KB085038

BERNARD WERBER

신

제3부

신들의 신비

베르나르 베르베르 장편소설
임호경 옮김

LE MYSTÈRE DES DIEUX
by BERNARD WERBER

텔레비전과

인터넷과

비디오 게임과

스포츠와

나이트클럽과

잠의 유혹에도 불구하고,

또 말다툼이 끊이지 않는 가정생활에도 불구하고

함께 꿈꾸기 위해 소중한 몇 시간을 내주신

모든 독자들에게

나는 꽃들을 묶어 꽃다발을 만드는 리본에 불과하다. 하지만 꽃을 창조한 것은 내가 아니다. 꽃의 형태도, 색깔도, 향기도 내가 만들어 내지 않았다. 내게 한 가지 공이 있다면, 그것은 꽃들을 고르고 한데 모아 새로운 방식으로 여러분에게 제시했다는 것뿐이다.

에드몽 웰스, 『상대적이며 절대적인 지식의 백과사전』

어둡다 불평하지 말고, 작은 빛이 되어라.

리반포(3세기의 중국 철학자)

고등학교의 한 책상 위에, 책에서 읽은 다음의 글귀가 컴퍼스 바늘로 새겨져 있었다.
〈신은 죽었다. 니체.〉
바로 그 밑에는 사인펜으로 다음의 글귀가 덧붙어 있었다.
〈니체는 죽었다. 신.〉

인간은 우리가 〈우주〉라고 부르는 전체의 일부이며, 시간과 공간의 한계 속에 갇혀 있다. 인간은 자신의 존재와 생각과 감각이 우주의 나머지 부분과 분리된 것이라고 느끼는데, 사실 이것은 우리 의식이 일으킨 일종의 착시 현상에 불과하다. 이러한 환상은 우리에게는 하나의 감옥이며, 이 때문에 우리는 개인적 욕망만을 추구하며 우리와 가까운 사람들만을 사랑하는 것이다. 그렇다면 우리가 해야 할 일은 무엇인가? 그것은 물론 이 감옥에서 벗어나는 일이다. 그리고 이를 위해서는 우리 공감의 범위를 확장함으로써 모든 생명체와 찬연한 자연 전체를 끌어안아야 한다.

알베르트 아인슈타인

황색 작업

낙 원 에 돌 아 오 다

1. 별들 사이로

꿈.

나는 꿈을 꾼다.

꿈속에서, 나는 한 인간이고, 평범한 삶을 살고 있다.

「일어나……!」

나는 꿈의 세계에 남아 있으려고 눈을 뜨지 않는다.

「빨리 일어나라고!」

일어나라고 하는 이 소리는 내 꿈의 일부일까, 아니면 누가 실제로 말하고 있는 걸까?

나는 눈을 꼭 감고서 뜨지 않는다. 다시 보고 싶지 않은 현실로부터 나 자신을 보호하고 싶어서다.

꿈속에서 나는 포근한 침대에 몸을 묻고 평화로이 자고 있다. 검은 목재 침대에는 새하얀 면 시트가 덮여 있고, 침실의 파란 벽에는 일몰 장면을 포착한 사진들이 걸려 있다.

창문을 통해 갖가지 소리들이 들려온다. 출발하는 자동차 소리, 부웅 하고 달리는 디젤 버스 소리, 짜증이 묻어나는 경적 소리, 비둘기들이 꾸룩대는 소리…… 알람 라디오 하나가 작동하기 시작한다.

「자, 기상!」

이 소리는 내 머릿속에서 나는 것인가?

손 하나가 나를 흔들어 댄다.

「일어나, 미카엘!」

내 꿈을 이루는 요소들, 즉 자동차, 버스, 나무들이 뽑혀 날아간다. 거리에는 깜짝 놀란 표정을 한 사람들이 쭈욱 빨아들이는 소리와 함께 어디론가 사라져 간다. 다음에는 건물, 집, 아스팔트 도로, 보도, 잔디밭, 숲, 그리고 행성의 표피를 이루는 흙과 모래 차례이다. 결국 당구공처럼 매끈매끈한 구체 하나만 남는다. 그런 다음 행성은 쪼그라든다.

물고기가 수면 밖으로 튀어 오르듯, 나는 펄쩍 뛰어 콩알만 한 행성을 벗어나 우주 공간을 유영한다. 별들 사이를 더 잘 나아가기 위해 개구리헤엄을 친다.

「아, 그만 좀 일어나라고!」

나는 하나의 현실을 버리고 또 다른 현실로 들어온다.

「기상, 미카엘! 서둘러야 해!」

발그레한 입술이 벌어져 그 안의 터널을 드러낸다. 터널 안에 입천장과 혀와 반짝이는 치아가 보인다. 가장 깊은 곳에는 분홍빛 성문(聲門)이 바르르 떨리고 있다.

「제발 좀! 다시 잠들지 마! 우린 시간이 많지 않아.」

입이 또렷하게 발음한다.

나는 눈을 번쩍 뜨고서 이 입의 임자가 누구인지 살펴본다. 웬 여자다. 오동통하니 반듯한 얼굴, 구불구불하고 긴 갈색 머리, 반짝반짝 생기 있게 빛나는 눈.

그녀가 내게 미소 짓는다. 오, 기막히게 아름다운 여자다!

나는 눈을 비빈다. 지금 나는 천장이 높직하고, 사면의 벽은 돌을 깎아 만든 어떤 방에 있다. 은빛이 자르르 감도는 이불은 비단으로 지은 것이다. 활짝 열린 창문 너머로 산이 하나 보이는데, 그 꼭대기는 구름 속에 숨어 있다. 모든 것이 조용하다. 상쾌한 바람에서는 꽃들과 이슬에 젖은 풀의 향긋한 냄새가 느껴진다. 이곳에는 일몰의 사진도, 자동차도, 알람 라디오도 없다.

아, 그래, 생각난다!

내 이름은 미카엘 팽송이다.

난 인간이었다. 마취 전문 의사로서 환자들을 보살펴 주었다.

난 천사였다. 세 영혼을 맡아, 그들의 이어지는 삶들을 따라다니며 돌보아 주었다.

이제 나는 신(더 정확히는 신 후보생)이 되었다. 한 민족을 맡아, 그들을 최대한 오랜 시간 동안 존속시키려 하고 있다.

내가 있는 곳은 아에덴, 우주의 한구석에 위치한 신들의 학교가 있는 행성이다. 여기서 나는 최고가 되기 위해 144명의 신 후보생들과 치열한 경쟁을 벌이는 중이다.

나는 숨을 깊이 들이마신다. 최근에 내게 일어난 모든 일들이 한꺼번에 떠오른다.

내 백성이 큰 고난을 겪는 모습을 지켜보았던 일이 떠오른다. 또 도망쳐서 산을 기어오르던 일도 떠오른다. 산꼭대기를 자욱하게 감싼 안개 사이로 반짝이곤 하던 그 희미한 빛의 정체를 알아내고자 함이었다.

〈그래, 내겐 항상 바람이 있었지……. 내 의식을, 그것을 넘어서는 차원으로까지 끌어올리고자 하는 바람이…….〉

눈부시게 아름다운 내 앞의 여인은 맑은 갈색 눈을 내 눈 속에 빠뜨릴 듯 빤히 들여다보더니, 이렇게 덧붙인다.

「미카엘, 더 이상 꾸물거릴 시간이 없어. 당장 가야 해!」

나는 일어나 베개에 등을 대고 앉아서 겨우 입술을 뗀다.

「대체…… 무슨 일이야?」

「네가 떠나고 나서 7일이 지났어. 이 7일 동안, Y 게임은 너 없이 계속 진행되었지. 그리고 한 시간 뒤면 결승이 시작돼. 그 결승이 끝나면 우린 알게 돼. 어떤 후보생이 우승자가 되어 엘리시온 대로에 올라 창조자를 직접 만나는 특권을 얻게 될지를.」

뭐야? 결승전이 오늘이라고? 말도 안 돼!

순식간에 꿈이 악몽으로 변한다.

「미카엘, 좀 움직이란 말이야! 몇 분 내로 준비하지 않으면 지금까지의 모든 노력은 물거품이 돼. 네 백성들은 죽게 되고, 넌 패배한다고.」

한 줄기 전율이 등을 타고 흘러내린다. 갑자기 나는 명확하게 의식한다. 내가 어디에서 왔으며, 내가 누구이며, 또 내게 어떤 일이 남아 있는지.

나는 공포에 사로잡힌다.

2. 백과사전 : 영혼 진화의 세 단계

모든 영혼의 진화는 세 단계로 이루어진다.

1. 공포.

2. 모색.

3. 사랑.

그리고 모든 이야기들이 말하고 있는 것은 결국 한 가지, 이 각성의 세 단계이다. 이 세 단계는 하나의 생, 또는 여러 개의 환생을 통해 진행될 수도 있지만, 하루, 한 시간, 혹은 1분 사이에 일어날 수도 있다.

에드몽 웰스, 『상대적이며 절대적인 지식의 백과사전』 제6권

3. 아에덴의 아침 식사

입맞춤.

앞에 있는 아름다운 여인은 내게 가볍게 입을 맞춰 준다. 이어 다시 한번, 이번에는 한층 깊은 입맞춤이다. 그녀는 마타 하리다. 네덜란드 출신으로 프랑스에서 활동한 댄서였고, 사람들이 간첩이라고 했던 여자로, 이곳 아에덴에서는 내 동반자이다.

「서둘러! 이젠 정말로 얼마 안 남았어!」

그녀는 내게 앙크를 휙 던져 준다. 우리로 하여금 번갯불을 일으키고 인간들을 관찰할 수 있게 해주는 신성한 도구이다. 나는 우리 권능의 상징이라 할 수 있는 그 장신구를 목에 건다. 그런 다음 재빨리 옷을 주워 입고 있는데 그녀가 설명한다.

「오늘 아침, 켄타우로스들이 널 침대에 내려놓았어. 네가 없는 7일 동안 많은 사건들이 일어났고.」

나는 그녀가 내미는 가죽 샌들을 급히 꿰어 신고, 그녀는 끈 달린 가방을 집어 든다. 그리고 빌라의 대문을 닫을 생각도 하지 못하고 황급히 뛰어나간다.

바깥에는 바람이 불고 있다. 나는 동문(東門)으로 가려 한다. 지금까지 우리의 교육을 담당한 스승 신들의 궁전들과 엘리시온 대로가 위치한 구역이다. 하지만 마타 하리가 날 붙잡는다.

「이제 수업은 모두 끝났어. 결승은 원형 극장에서 예정되어 있고.」

우리는 올림피아 도성의 널찍한 거리들을 내닫는다. 길마다 텅텅 비어 있다. 신 후보생도, 스승 신도, 키마이라도, 곤충도, 새도 보이지 않는다. 고대식의 분수대에서 물이 졸졸 노래하는 소리와 나뭇잎이 살랑거리는 소리만이 뛰어가는 우리의 귓전에 스칠 뿐이다. 다시금 나는 장소의 장엄함에 압도된다. 조화롭게 다듬어진 정원, 꽃이 만발한 오솔길, 조각 작품들로 장식된 수반, 구불구불하게 뻗어 있는 올리브 나무…… 마치 동화의 나라에 들어와 있는 느낌이다.

하늘은 짙은 회색이고, 땅은 흰색이다. 높은 곳에서 한 줄기 번개가 어두운 구름을 찢지만, 아직 빗방울은 떨어지지 않는다. 언뜻 이상한 기분이 스친다.

세계 종말의 느낌.

대재앙이 몰아닥칠 것만 같다.

바람은 강풍으로 변한다. 공기는 싸늘해진다. 뎅, 뎅, 뎅, 종들이 일제히 울리기 시작한다. 마타 하리는 내 팔을 잡아 끌고, 그렇게 우리는 숨이 턱에 차도록 달린다.

인간으로서의 마지막 삶 때 겪었던 겨울 아침들이 떠오른다. 어머니는 학기말 시험이 기다리고 있는 학교에 나를 이런 식으로 데리고 가셨다. 그러면서 말씀하셨다. 〈야심을 품어라! 좀 더 높은 곳을 겨냥해야 해! 그럼 목적한 것의 반만 이룰지라도, 넌 벌써 높은 수준에 올라 있게 된단다.〉 어머니가 지금의 나를 보시면 뭐라고 말씀하실까? 올림피아에서 신들의 결승전에 올라 있는 나를 보신다면 말이다.

우리는 올림피아 시내를 내달린다.

내 앞에 달리는 마타 하리의 갈색 머리칼이 돌풍에 휘날린다. 그녀의 날씬한 실루엣은 골목들과 큰길들을 요리조리 통과하며 나를 이끈다.

「미카엘, 빨리빨리! 문이 닫히고 있어!」

우리는 원형 극장에 이른다. 석재로 지은 웅장한 건물이다. 창과 방패로 무장한 인간 영웅들과 싸우는 티탄들의 모습이 부조로 장식되어 있다. 정문 양쪽에 버티고 서 있는 것은 살아서 움직이고 있는 두 켄타우로스이다. 팔짱을 낀 그들은 얼어붙은 공기 가운데 허연 콧김을 푹푹 뿜어 대면서 발굽으로 땅을 두드리고 있다.

우리를 보자마자 그들은 각적을 불어 우리의 도착을 알린다. 섬세하게 장식된 둔중한 전나무 대문이 끼익하는 소리와 함께 열리고, 키가 2미터 50센티미터나 되며 머리에는 포도나무잎으로 엮은 관을 얹은 텁석부리 스승 신 하나가 나타난다.

「미카엘 팽송! 정말이지, 〈모두가 기다리는 이〉라고 하더니만, 자네에 대한 전설이 틀린 게 아니었구먼! 어떤 이들은 벌써부터 자네가 결승전을 놓칠 거라고 생각하고 있었는데 말이야.」 디오니소스가 우렁우렁한 목소리로 말한다.

술의 신은 우리를 들어오게 한 다음, 육중한 대문을 닫는다.

「벌써 시작했나요?」

마타 하리가 헐떡거리면서 불안한 표정으로 묻는다.

디오니소스는 북적북적 수염을 긁어 헝클어뜨리며 우리에게 찡긋 윙크한다.

「아냐, 아냐. 문은 막 닫힐 참이었지만, 시합은 아직 시작 안 했어. 오히려 한 시간이나 남아 있으니 자네들은 느긋하게 아침을 들 수 있다네. 자, 안내하는 자에게 자네들을 맡기겠네.」

반신 하나가 불쑥 나타난다. 계절의 신 중 하나인 디케다.

그녀는 우리를 대리석이 깔린 복도들과 포석이 놓인 뜰들을 거쳐 원형 극장의 구내식당으로 인도한다. 우리는 식당에 들어선다. 오른편의 뷔페 테이블 위에 놓인 주전자들에서는 커피, 차, 우유, 뜨거운 코코아 등의 향기가 그윽하게 피어오른다.

커다란 중앙 식탁에는 결승에 올라온 다른 신 후보생들이 둘러앉아 아침 식사를 하고 있다.

처음 시작할 때 우리는 모두 144명이었다. 하지만 내가 산 꼭대기를 탐험하러 빠져나갈 무렵에는 이미 절반이 넘는 후보생이 탈락했고, 살신자에 의해 살해된 이들도 꽤 있었다. 이제 우리는 단 열두 명에 불과하다.

식사하고 있는 후보생들은 대부분 내가 아는 이들이다.

조르주 멜리에스. 호랑이족의 신.

귀스타브 에펠. 흰개미족의 신.

시몬 시뇨레. 왜가리족의 신.

브뤼노 발라르. 매족의 신.

프랑수아 라블레. 돼지족의 신.

툴루즈 로트레크. 염소족의 신.

장 드 라퐁텐. 갈매기족의 신.

에디트 피아프. 수탉족의 신.

여기에 남자가 하나 더 있다. 잘 아는 사람이 아니라서 이름을 잊어버린 이다. 하지만 마타 하리는 그 혈색 좋은 동안의 금발 사내를 잘 알고 있는 듯하다. 그녀는 내 귀에 대고 속삭인다.

「저이는 그 자비에 뒤피이야. 상어족의 신이지. 그의 왕국은 처음에는 그저 그런 크기였어. 그런데 그는 백성들을 무장시켜 군사 귀족 계급이 형성되게 했지. 결국 그 왕국을 중심으로 인근 국가들을 규합하는 데 성공했고, 지금은 산업이 비약적으로 발전하는 중이야. 도시들이 팽창하며 번영을 누리고 있지. 인구가 급속도로 증가하고 있기 때문에 더욱 경계해야 할 민족이야.」

모두가 우리를 보고 인사를 한다. 하지만 모두들 잠시 있으면 벌어질 시합에 온 정신을 집중하고 있는 기색이다. 올림픽 경기를 앞둔 운동선수들 같다.

다른 선수들과 약간 떨어진 한구석에 독수리족의 신 라울 라조르박이 앉아 있는 게 보인다. 단검의 날처럼 기다란 얼굴, 어두운 눈빛, 냉철한 표정, 모두가 내게는 낯익은 특징들이다.

천천히 커피를 마시고 있던 그는 나를 보자마자 내게로 다가온다. 커피가 담긴 공기를 왼손에 든 채로 오른손을 내밀어 악수를 청한다. 하지만 난 그 손을 잡지 않고 싸늘하게 내려다보기만 한다.

「미카엘, 아직도 화가 풀리지 않았어?」

「내가 어떻게 널 용서할 수 있겠어? 난 내 예언자를 통해 관용의 메시지를 보냈는데, 넌 그것을 인종 차별 메시지로 둔갑시켜 내 백성을 박해하는 데 써먹었다고!」

그는 눈썹을 찌푸린다. 평소에는 냉정한 그지만, 지금은 사뭇 예민해져 있는 게 느껴진다.

「아, 또 지겨운 그 얘기인가? 설마 이 모든 걸 심각하게 생각하는 건 아니겠지? 미카엘, 이건 단지 게임일 뿐이야. 그들은 인간일 뿐이라고! 〈인간〉이 뭐야? 말 그대로 언젠가는 죽어야 할 운명을 지닌 존재 아니야?[1] 하지만 우리는 달라. 우리는 신이야! 우리는 그 모든 것들의 위에 있어. 그들은 거대한 체스판의 말들에 불과하지. 체스 말이 상대편에게 잡아먹혔다 해서 우리가 가슴 아파해야 할 필요가 있을까?」

그는 두 손을 펼치며 어깨를 으쓱해 보인 다음, 다시 내게 손을 내민다.

「하지만 자네와 난 친구였어. 앞으로도 영원히 그럴 거고.」

「라울, 그들은 체스 말이 아니야! 고통을 느낄 수 있는 살아 있는 존재들이라고!」

라울은 체념했다는 듯 팔을 내려뜨리고는 비웃는 듯한 눈으로 나를 쳐다본다.

「넌 이 게임에 너무 감정적으로 빠져들고 있어. 넌 항상 네가 맡은 신의 역할에 순진한 관점을 지녀 왔지. 미카엘, 네 문제가 뭔지 알아? 항상 〈영화의 착한 주인공〉이 되기를 원하는 거야. 그렇게 해서는 언제나 패배하게 마련이지. 중요한 것은 이기는 거야. 다른 사람들에게 호감 가는 자네의 모습을 보여 주는 게 아니란 말이야!」

「내겐 너처럼 생각하지 않을 권리가 있어.」

그는 다시금 어깨를 으쓱해 보인 다음, 남은 커피를 쭉 들이켠다.

「미카엘, 초라한 공동묘지에는 착한 영웅들이 우글대지만, 국립묘지에는 낯 두꺼운 깡패들이 가득하다네. 그런데 후세에 이른바 정사(正史)를 남기는 일을 맡은 역사가들이

---

1 프랑스어로 인간을 뜻하는 mortel은 문자 그대로 해석하면 〈죽어야 할 존재〉이다. 불멸의 존재인 신과 대비되는 인간을 뜻한다. 이하 모든 주는 옮긴이 주이다.

결국 선택하는 게 누구인지 알아? 그건 후자야. 바로 이 〈낯 두꺼운 깡패들〉이 선전 책임자들의 마술 덕분에 빛나는 영웅으로 둔갑하게 되는 거지. 우리는 여기서 인간사를 객관적으로 내려다볼 수 있기 때문에 그 사실을 더욱 잘 알고 있어.」

「라울, 그게 바로 우리 둘의 차이점이야. 넌 불의를 있는 그대로 받아들이지. 난 그것에 맞서 싸우려 하고.」

나와 신의 위치를 다투는 경쟁자의 컴컴한 눈에 문득 기이한 빛이 번쩍인다.

「미카엘, 잊었어? 죽은 자들의 대륙에까지 올라가고 싶은 욕구를 네게 불어넣어 준 사람이 바로 나야. 또, 잊었어? 우리의 영혼이 용감하게 육체를 벗어나 저승을 탐험하던 그 시절, 우리가 되뇌곤 하던 타나토노트의 슬로건을?」

「〈우리 함께 바보들에 맞서 싸우자〉였지.」

「맞아. 그리고 또 있었어. 〈미지의 세계로 나아가자.〉 우리가 모르는 것을 밝혀내는 것, 이것이 바로 우리 영혼들의 사명이야. 판단하려 들지 마. 다만 관찰하고 이해해! 어느 한편을 택하지 말고 미지의 세계를 향해 전진하라고! 우리가 무언가를 추구하는 목적은 사물의 겉모습 뒤에 숨어 있는 실체를 찾아내기 위해서지, 〈착함〉을 추구하려는 게 아니야.」

그는 〈착함〉이라는 단어를 경멸 어린 어조로 발음한다. 다른 이들은 묵묵히 우리의 대화를 듣기만 한다.

「그럼 넌 우리의 또 다른 슬로건을 잊었어? 우리가 천사들의 제국에서 살았을 때 사용하던 〈사랑을 검으로〉라는 슬로건. 우리가 싸우는 건 사랑을 위해서가 아니었어?」

「그 슬로건 전체를 말하자면 이렇지. 〈사랑을 검으로, 유머를 방패로.) 유머는 사물을 다양한 관점으로 보게 하는 능력이야. 너도 알잖아? 사람들이 사랑과 종교와 조국의 이름으로 얼마나 끔찍한 살육을 자행했는지. 반대로 비꼬기와 조롱하기를 통해 전쟁이 중단되고 폭군이 쫓겨나는 일이 자주 있지. 미카엘, 자네의 그 훌륭한 유머 감각은 다 어디로 가버린 거야?」

라울 라조르박은 아까의 자리로 돌아가 앉아 과일 잼이 발린 케이크 한 조각을 집어 든다.

「내 유머 감각? 그건 너의 독수리족이 내 예언자를 처형한 상징을 가져다가 자기네 결속의 기호로 사용하는 걸 본 순간 사라져 버렸어. 내 상징은 물고기야. 꼬챙이에 꿰여 있는 남자가 아니라고!」

그는 우물우물 케이크를 씹으며 대답한다.

「내가 그 상징을 선택한 것은 자네의 메시지를 오래오래 남기기 위해서였어……. 사람들의 정신에 깊은 인상을 남길 필요가 있었지. 그를 위해선 물고기 그림보다는 고문 기구를 상징하는 도형이 더 효과적이지 않겠어?」

나는 목소리를 더욱 높인다.

「넌 내 예언자를 죽였어. 그리고 그의 메시지를 가로채어 해괴한 것으로 만들어 버렸지!」

「미카엘, 자넨 불쌍한 바보일 뿐이야. 세계사의 큰 흐름에 대해선 아무것도 이해 못 하는 바보.」

나는 드디어 폭발하고 만다. 라울을 붙잡아 바닥에 넘어뜨린 다음, 그 위에 올라타 목을 조른다. 놀랍게도 그는 방어하려 들지 않는다. 그가 캑캑대기 시작하자 귀스타브 에펠과 조르주 멜리에스가 끼어든다. 그들은 우리를 일으키고 서로

22

를 떼어 놓는다.

브뤼노 발라르가 소리친다.

「어이, 오늘은 결승전이 있는 날이라고! 그렇게 치고받고 싶으면 너희 백성들을 통해 싸우면 될 거 아냐?」

에디트 피아프도 한마디 거든다.

「어차피 이번 시합이 끝나면 승자 한 명만 남고 나머지 열한 명은 탈락할 건데, 왜들 이렇게 난리야.」

「그래. 우리는 투기장에서 경기 시작을 기다리고 있는 검투사들이라고 할 수 있지. 최소한 시작 신호가 떨어지기 전에는 서로를 죽이지 말자고.」

그자비에 뒤피이가 동을 단다.

마타 하리는 내가 흐트러진 토가를 매무시하는 걸 도와준다.

「자, 이거 먹어 둬. 이따가 시합하려면 힘이 있어야지.」

그녀는 내게 크루아상을 내밀며 명령하듯 말한다.

나는 다시 커피를 들이켠다.

우리 신 후보생들은 경계 어린 눈빛으로 서로를 가늠한다. 장 드 라퐁텐은 팽팽한 분위기를 누그러뜨려 보려고 애쓴다.

「아, 인간들은 자기네가 얼마나 행복한지 모르고 있어…… 신 노릇을 한다는 게 얼마나 고역인지 알기나 할까!」

「또 그들 위에 다른 세계가 존재한다는 사실을 모르는 것도 큰 행복이지.」

프랑수아 라블레가 라퐁텐의 말에 덧붙인다.

「때로는 이렇게 중요한 권능을 차라리 몰랐으면, 이런 권능이 차라리 내게 없었으면 하는 생각이 들 때가 있어. 우리를 숭배하고 있는 그 모든 사람들을 생각하면…… 이건 너무

나도 무거운 책임이거든.」

시몬 시뇨레도 인정한다.

「몇 시간 후면 결과를 알게 되겠지.」

툴루즈 로트레크가 웅얼댄다.

나는 커피 몇 잔을 더 들이켠다. 다시 커피를 따르려고 주전자를 잡는데, 마타 하리가 내 손을 붙잡는다.

「그만 마셔. 손이 떨리면 번갯불을 제대로 겨냥할 수 없잖아.」

그러고는 내게 몸을 밀착해 온다. 그녀 몸의 보드라운 감촉이 느껴진다. 내 상체에 비벼지는 젖가슴의 감촉이다. 그녀가 내 귀에 대고 속삭인다.

「너하고 섹스하고 싶어.」

「여기서? 당장?」

「응. 시합이 시작되기 전에. 어차피 끝난 다음에는 너무 늦을 테니까. 신이 되든, 괴물이 되든 둘 중 하나잖아.」

「난 후딱 해치우는 섹스는 잘 못하는데.」

그녀는 내 손을 잡아 긴 복도 쪽으로 데려간다.

「못하면 배워야지. 몰랐어? 나는 식물과도 같단 말이야. 항상 말을 많이 해주고, 시시때때로 물을 뿌려 주어야 해.」

붉게 칠한 복도들이 계속 이어진다.

다른 이들에게서 충분히 떨어진 곳에 이르렀다고 판단한 마타 하리는 내 손을 잡고서 대리석 바닥에 드러눕는다. 우리는 몸을 찰싹 붙이고 입을 맞추고 애무하기 시작한다.

나의 동반자는 사랑의 춤을 리드해 간다. 그렇게 그녀는 우리의 수평적 왈츠를 지휘하는 악장이 되어 그녀만이 비밀을 알고 있는 격렬한 리듬을 연주한다. 마침내 우리가 헐떡이며 서로에게 밀착한 채 움직임을 멈췄을 때, 그녀는 끈 달린 가방에서 천으로 소중히 감싼 뭔가를 꺼내어 내게 내민다.

「이게 뭐지?」

「우리의 도우미.」

천을 펼쳐 보니 책 한 권이 들어 있고, 그 표지에는 『상대적이며 절대적인 지식의 백과사전』이라는 낯익은 제목이 붙어 있다.

「이 귀중한 유산의 명맥이 끊이지 않도록 내가 이어서 써 왔어. 자칫하면 너무도 많은 지식들이 사라질 뻔했지……. 어떤 항목들은 기억에 의지해서 옮겨 썼어. 그러니 네가 벌써 수없이 연구한 내용들이 적혀 있다고 해서 너무 놀라지는 마. 어떤 것들은 네가 없는 동안에 발견된 내용들을 첨가한 거야.」

첫 페이지에는 에드몽 웰스가 가장 중요한 것으로 여겼던 가르침이 적혀 있다. 우리가 모험을 한 번 거칠 때마다, 그는 매번 이 내용을 되풀이하여 들려주었다. 마타 하리가 표현을 약간 바꾸기는 했지만, 수천 년 동안 이어져 내려온 그 의미는 여일하다.

4. 백과사전: 숫자의 상징체계

숫자의 상징체계는 생명과 의식이 나아가는 도정을 잘 보여 준다.

숫자에 있는 곡선은 사랑을 나타내고, 교차점은 시련을 나타내며, 가로줄은 속박을 나타낸다. 숫자들의 생김새를 살펴보자.

〈1〉은 광물이다. 세로줄 하나로 되어 있으므로 아무런 속박도 없다. 곡선이 없으므로 사랑도 없다. 돌은 아무것과도 연관되어 있지 않으며 아무엇도 사랑하지 않는다. 교차점이 없으므로 시련도 없다. 광물은 물질의 첫 단계로 그냥 존재할 뿐이다.

〈2〉는 식물이다. 여기서 생명이 시작한다. 밑바닥의 가로줄은 식물이 땅에 속박되어 있음을 나타낸다. 식물은 땅에 뿌리를 박고 있으므로 움직일 수 없다. 위의 곡선은 식물이 하늘과 태양과 빛을 향해 품고 있는 사랑을 뜻한다. 식물은 하늘을 사랑하면서 땅에 속박되어 있다.

〈3〉은 동물이다. 두 개의 곡선으로 이루어져 있다. 동물은 땅도 사랑하고 하늘도 사랑한다. 하지만 어느 것에도 매여 있지 않다. 동물에게는 순수한 감정만 있을 뿐이다. 동물은 오직 두려움과 욕구 속에서 살아간다. 두 개의 곡선은 두 개의 입이다. 하나가 물어뜯는 입이라면, 다른 하나는 입맞춤을 하는 입이다.

〈4〉는 인간이다. 인간은 〈3〉과 〈5〉의 교차로에 있는 존재이다. 더 높은 단계로 나아갈 수 있다.

〈5〉는 깨달은 인간이다. 이 숫자는 생김새가 〈2〉와 정반대이다. 위의 가로줄은 하늘에 매여 있음을 나타내고 아래의 곡선은 땅에 대한 사랑을 나타낸다. 그는 다른 인간과 거리를 두면서도 인간과 지구를 사랑한다.

〈6〉은 천사이다. 하늘을 향해 오르는 나선 모양 사랑의 곡선이다. 천사는 순수한 정신이다.

〈7〉은 신 후보생이다. 〈7〉은 교차점이 있는 숫자로서 또 하나의 교차로이다. 생김새는 〈4〉와 정반대이다. 신 후보생은 천사와 그 아래 단계 사이의 갈림길에 놓여 있다.

에드몽 웰스, 『상대적이며 절대적인 지식의 백과사전』 제6권

(제3권의 내용을 기억에 의지해 옮겨 쓴 것임)

5. 7일 뒤

「제6권?」

겸손하게도 마타 하리는 자기 이름 대신 이 백과사전의 기획자인 에드몽 웰스의 이름을 적어 놓았다.

「우리는 꽃들을 묶어 꽃다발을 만드는 리본에 불과하다…….」

그녀는 이 인용을 통해 저자보다도 지식 그 자체가 더 중요하다는 점을 상기시켜 준다. 나는 항목의 내용을 다시 읽어 본다.

「〈제3권의 내용을 기억에 의지하여 옮겨 쓴 것〉이라…….」

「나름대로 정확히 옮기려고 최선을 다했어. 하지만 중요한 것은 글 자체보다도 글에 담긴 정신과 생각을 보존하는 거 아니겠어?」

나는 이 귀중한 책을 덮는다. 그녀의 정성으로 우리의 지식이 유실되지 않았다는 사실에 안도감이 느껴진다.

「근데 지금 몇 시지?」

마타 하리는 자기 앙크의 화면을 들여다본다.

「아직 15분이나 남았어.」

그러고는 가방에서 담배 한 갑과 성냥 한 통을 꺼낸다. 한 개비는 자기가 피워 물고, 다른 한 개비는 내게 권한다. 인간이었을 때 의사였던 나는 폐를 더럽히는 이런 종류의 독물을 끔찍이도 싫어했다. 하지만 지금은 상황이 상황인지라 나는 오랜만에 탈선을 즐겨 본다.

「사형수에게 베푸는 담배인가?」

「사랑 후에 나누는 담배야.」

그녀가 정정한다. 나는 한 모금 깊이 빨아들이고는 이내 캑 하고 기침을 한다.

「하도 오랜만에 피워 보는 거라서…….」

그녀는 내 품 안에 바짝 파고들어 속삭인다.

「사랑해.」

「왜?」

그녀는 내 코에 자기 코를 비비며 짓궂게 놀리듯 대답한다.

「왜냐면…… 넌 사랑스러우니까. 넌 내가 만나 본 사람 중에서 고민은 가장 많은데 카리스마는 가장 약한 인물이야. 자신감은 전혀 없고 실수는 밥 먹듯 하지. 한데 그런 너만이 산을 올라 제우스를 만나려고 시도했잖아. 정말 용감한 행동이었어.」

나는 펄쩍 뛴다.

「시도만 한 게 아니야! 난 정말로 제우스와 얘기했다고.」

그녀는 마치 거짓말을 꾸며 내는 아이를 대하듯, 따스한 미소를 지으며 내 볼을 톡톡 두드린다.

「에이, 우리 몽상가 아저씨…….」

「아냐, 그건 몽상이 아니야! 난 정말로 산꼭대기까지 올라갔고, 그 위에 있는 것을 봤어.」

나는 그녀의 어깨를 꽉 잡아 내 얼굴을 똑바로 보게 한다.

「제발 내 말을 믿어 줘!」

「하지만 그들의 말로는…….」

「그들 말을 들으면 안 돼. 그들은 우리를 가지고 놀고 있다고.」

도대체 어디서부터 이야기해야 할지, 답답하기만 하다. 우선 마타 하리에게 묻는다.

「그래, 넌 내게 무슨 일이 일어났었다고 생각하는 거지?」

「넌 아테나의 날개 돋친 말을 훔쳐 냈어. 그걸 타고 산 위로 조금 올라갔는데 말이 몸을 흔들어 너를 떨어뜨렸지. 그러고 나서 켄타우로스 경찰들이 너를 붙잡아 너의 방자함을 벌주기 위해 일주일 동안 감옥에 가둬 놓았어. 그런 다음 오늘 결승전에 참가할 수 있게끔 풀어 준 거지.」

「아냐, 그런 일은 없었어.」

그녀는 믿지 못하는 표정으로 나를 쳐다본다.

「그럼 네 주장은 뭔데?」

「이건 내 주장이 아니라 진실이야. 난 정말로 저 위까지 올라갔고, 아무도 나를 막지 않았어. 또 내가 간 곳은 켄타우로스나 그리핀은 올라올 수 없는 곳이야.」

나는 다시 담배 한 대를 피워 문다.

「시간이 얼마나 남았지?」

그녀는 내 무릎에 걸터앉아 나를 빤히 쳐다본다.

「10분. 아직 시간이 조금 더 남았어. 그래, 계속 얘기해 봐.」

나는 일어났던 일들을 모두 기억해 내려고 눈을 감는다.

「그러니까……」

나는 매캐한 연기를 쭈욱 빨아들인다. 연기가 내 살 속으로 들어와 몸을 오염시키는 동시에 이완시켜 주는 것이 느껴진다.

「나는 페가수스를 타고 오랫동안 높은 고도를 비행했어. 그런데 비가 쏟아져 우리는 착륙하지 않을 수 없었지. 그 빌어먹을 천마 녀석은 빗방울에 겁을 내고 소나기를 무서워하거든. 그래서 녀석에게서 내려서 혼자 계속 올라갔지. 숲으로 덮인 첫 번째 고원이 나타났어. 거기 초가집이 한 채 있었고, 그 안에는 가정의 신 헤라가 있었지. 그녀는 내게 돌아가라고 간곡히 타일렀지만, 난 듣지 않았어.」

「자질구레한 일들까지 말할 필요는 없어.」

「다음에는 노란 사막으로 덮인 두 번째 고원이 나타났어. 거기서 암벽 사이로 난 좁은 통로 앞을 지키고 있는 스핑크스와 마주쳤지. 스핑크스는 내게 수수께끼를 냈어. 〈이것은 신보다 우월하고 악마보다 나쁘다……〉」

「그래, 나도 알아. 사람들이 산꼭대기로 가는 것을 막는다는 그 위대한 수수께끼?」

마타 하리는 눈을 감고 암송한다.

「이것은 신보다 우월하고 악마보다 나쁘다. 가난한 사람들에게는 이것이 있고, 부자들에게는 이것이 부족하다. 만약 사람이 이것을 먹으면 죽는다. 이것은 무엇일까?」

「나는 정답을 찾아냈어.」

「뭔데?」

「아무것도 없어.」

그녀는 예쁜 눈썹을 찌푸려 책망하는 표정을 짓는다. 참으로 이상하다. 왜 사람들은 진실을 말해도 듣지 못하는 걸까? 에드몽 웰스가 말했듯 〈받을 준비가 되어 있지 않은 사람에게는 선물을 할 수가 없다. 그들은 선물을 받아도 그것의 가치를 모르는 것이다〉.

「지금 말하잖아. 아무것도 없어, 라고.」

「왜 내게 정답을 알려 주지 않지? 우리 둘은 하나잖아. 내게 아무것도 숨기면 안 돼.」

「〈아무것도 없음〉, 〈없음〉, 이게 바로 정답이라고!」

에드몽 웰스는 또 이렇게 말했다. 〈그들은 듣지만 귀 기울이지 않고, 보지만 주목하지 않고, 알지만 깨닫지 못한다.〉

결국 주의를 기울이느냐 않느냐의 문제이다.

「신보다 우월한 것은 아무것도 없고, 악마보다 나쁜 것도 아무것도 없어. 부자는 부족한 게 아무것도 없으며, 가난한 사람에게는 아무것도 없어. 또 만일 아무것도 먹지 않으면, 우리는 죽고 말지.」

마타 하리는 충분히 수긍한 기색이 아니다.

「그래서, 그게 의미하는 게 뭔데?」

「아마 이걸 거야…… 신이 〈모든 것〉으로 정의될 수 있다면, 이 〈모든 것〉으로서의 신은 그것의 대립항, 즉 〈없음〉에 의해서만 존재할 뿐이라는 사실.」

그녀의 얼굴에는 잘 이해되지 않는다는 표정이 떠오른다. 나는 계속 설명한다.

「〈너의 어떠함〉을 규정하는 것은 역설적으로 〈네가 아닌 것〉이야. 따라서 너와 반대되는 것을 아는 것이 너 자신을 아는 최선의 방법이지. 그리고 〈모든 것〉의 반대는 바로…… 〈없음〉이고.」

마타 하리는 자세를 바꿔, 바닥에 책상다리로 앉는다. 나도 그녀를 마주하고 앉는다.

「그래, 네가 정말로 위대한 제우스를 보았단 말이지?」

나는 고개를 끄덕인다.

그녀의 시선은 아까와는 조금 달라져 있다.

「거짓말!」

그러고 보니 잊고 있었다. 제우스라는 이름은 너무도 크고 두려운 이름이라서 아무도 함부로 입 밖에 내지 않는다는 사실을. 누군가가 자기가 제우스를 만났노라고 주장한다면, 나 역시 좀처럼 그 말을 믿으려 들지 않을 것이다. 그녀는 내 양어깨를 붙잡는다.

「그래, 너 미카엘 팽송이 산꼭대기에 올라갔고, 〈그분〉을 직접 대면했단 말이지?」

「분명히 그래.」

「증거가 있어?」

「미안하지만 난 산에서 내려올 때 모세처럼 십계명 판을 기념으로 들고 오지는 않았어. 몸에 후광이 비치지도 않고, 병자의 몸에 손을 올려놓아 연주창 같은 것을 치료하지도 못해. 요컨대 제우스를 만났다고 해서 내가 변한 건 없어. 하지만 분명히 말하지만, 난 그를 보았어. 지금 널 보고 있는 것처럼 그렇게 똑똑히 보았다고.」

「그럼 그냥 네 말만 듣고 믿으라는 거야?」

아, 정말 안 믿는군! 하기야 쉽게 믿을 수 있는 일은 아니니까.

「믿으라고 강요는 안 해.」

그녀는 갈색 머리 한 가닥을 손가락에 돌돌 말면서 잠시 생각한다.

「……좋아. 그럼 얘기해 봐. 그래, 〈그분〉은 어떻게 생겼는데?」

「키가 컸어. 아주 컸어. 굉장히 위압적인 모습이었지. 아마 5미터는 될 거야. 사실 그는 우리 모두가 상상했던 모습 그대로였어. 희고 구불구불한 수염이 길게 자라 있었고, 이중 커튼처럼 묵직한 토가를 늘어뜨리고 있었지. 목소리는 장중하고도 우렁찼으며 손에는 번개 지팡이를 쥐고 있었어.」

「하지만 누군가가 너를 놀리려고 제우스의 모습으로 꾸미고 나타난 건지도 모르잖아. 여기서는 그런 모방의 재주를 지닌 존재가 수없이 많아. 단지 하얀 토가를 걸치고 굵직한 목소리를 내는 것만으로 올림포스의 왕이 될 수 있다면야…….」

「난 왕궁 안에서 키클롭스들에 둘러싸여 있는 그를 분명히 봤어.」

「네 감각이 착각을 일으켰을 수도 있지.」

그녀는 나를 아직도 의심쩍은 눈으로 훑어본다. 그러더니 약간 어조를 누그러뜨리며 묻는다.

「그래, 하늘에 걸린 그 거대한 눈이 바로 그분이었어?」

「그는 다형적인 존재야. 거대한 눈이기도 했지만, 흰토끼, 백조 등의 모습으로 나타나기도 했지. 그 어떤 것으로도 변할 수 있어.」

「그럼 그분은 너를 봤어?」

「물론이지.」

「너도 그분에게 말했고?」

그녀는 〈그분은〉과 〈그분에게〉라는 단어를 아주 공손하게 발음한다.

「처음에는 감히 그러지 못했어. 너무 떨려서. 그는 내게 시련을 하나 부과했고, 나는 싸워야 했어.」

「싸워? 누구하고? 괴물하고?」

「그것보다 더 고약한 것. 바로 나 자신이었어.」

내 동반자의 얼굴에 다시 의심의 빛이 떠오르는 게 느껴진다.

「정확히 말해서 내가 맞서야 했던 것은 거울에 비친 내 모습이었어. 뼈와 살을 입고 거울 밖으로 튀어나온 나 자신의

33

그림자.」

그녀는 이번에는 무릎을 꿇고 앉는다. 기이한 내용의 수업을 듣고 있는 공붓벌레 학생의 모습이다.

「그분이 너 자신과 싸우라고 명했단 말이지? 그래서?」

「난 이겼어. 그러니까 그다음에는 내 백성을 적으로 삼아서 게임을 하게 했어.」

「돌고래족을?」

「그의 진리를 내어 주기 전에 날 시험하고 싶었던 거야. 내가 가진 가장 소중한 것까지 희생할 준비가 되어 있는지 알고 싶었던 거지.」

이제 그녀는 내 이야기를 조금 더 믿는 눈치다.

「자, 이제 자질구레한 얘기들은 그만해. 그래, 그의 진리가 뭔데?」

「제우스는 인간에 대해 경탄하고 있어. 왜냐면 인간들은 그가 상상도 못 했던 작품들을 창조해 냈거든.」

그녀는 어서 이야기를 계속하라고 재촉한다.

「그는 자신의 왕궁을 구경시켜 주었지. 그에겐 박물관들이 있어. 거기서 인간의 가장 아름다운 창조물들을 관찰하고 훔쳐보지.」

「올림포스의 왕이 하는 일이 고작 그거였어? 그는 일종의…… 관음증 환자인 거야?」

「제우스와의 만남은 내가 품어 온 의문들을 속 시원히 풀어 주기는커녕, 새로운 질문들로 가득한 하나의 광대한 공간을 열어 주었을 뿐이야.」

「아리송한 문자 좀 쓰지 말고 본론을 말하라고!」

「그의 옥좌가 있는 중앙 홀의 뒤편에는 닫힌 창문이 하나 있었는데…… 난 그것을 열어 보았어. 그런데 내가 거기서 본 것은…….」

「뭔데?」

「……멀리 두 번째 산이 있었어. 더 높은 산이었는데, 첫 번째 산에 가려 있었던 거지. 그리고 이 두 번째 산의 꼭대기에도 빛이 있었어.」

「첫 번째 산의 빛과 같은 거였어?」

「사실 우리가 보는 빛은 첫 번째 산에서 오는 게 아니라, 그 뒤에서 그것을 굽어보는 산에서 오는 거야.」

그녀의 얼굴에는 놀란 표정이 나타난다.

「더 높은 다른 산이 있다고?」

「응. 아에덴의 동쪽에. 제우스는 결국 인정하더군. 자기 위에 뭔가가, 즉 자기보다 더 강력한 어떤 실체가 있다고. 하지만 제우스조차 그것이 누구인지, 혹은 무엇인지 잘 모르고 있어. 그 역시 두 번째 산꼭대기의 빛을 관찰하고 있을 뿐이지.」

「왜 그는 직접 보러 올라가지 않는데?」

「그가 주장하기를, 어떤 역장(力場)이 산꼭대기를 에워싸고 있다는 거야. Y 게임의 우승자만이 그 역장을 통과할 수 있대.」

마타 하리는 아직도 반신반의하는 표정이다.

「쉽게 믿기지 않을 거야. 그건 최후의 신비이자 가장 큰 신비니까.」

「의식의 단계 중에서 제우스는 어느 수준에 속하지?」

「그는 8 의식 수준의 존재야. 여기서 8은 무한의 형태를 표상하고 있지. 말이 나왔으니 말인데, 이 점과 관련하여 백과사전을 보완해야 할 거야. 〈7—신 후보생〉다음에다 이렇게 적어 넣으라고.

〈8—무한한 신. 끝없이 소용돌이치는 사랑의 곡선. 하지만 이 곡선은 제자리에서 빙빙 돌기만 할 뿐 올라가거나 내려가지는 않는다.〉

마타 하리는 잠시 머뭇거리다가 백과사전과 연필을 꺼내어 내 지시대로 그 항목의 뒷부분을 이어서 적어 넣는다.

「제우스는 자신을 뛰어넘는 그 실체를 뭐라고 부르지?」

「9.」

왕년의 네덜란드 간첩의 연필 쥔 손이 멈칫한다.

「정말이야. 어떻게 그런 기억을 꾸며 낼 수 있겠어? 난 그걸 정말로 체험했다고.」

난 단언한다.

「네 생각으로 9가 뭔데?」

「나선이야. 6, 즉 천사의 나선이 거꾸로 뒤집힌 나선이지. 다시 말해서 올라가는 대신 내려오는 사랑이야. 하늘에서 땅으로 내려오지. 빙빙 돌아서 마요네즈가 엉기게 하는 나선.」

「아, 흡, 이라……」

그녀는 이 새로운 개념을 소화해 보기라도 하려는 듯 또박또박 발음해 본다.

「내 생각에 그것은 우주의 창조자야.」

「그럼 시합의 우승자는 그 대단하신 9를 만나 볼 수 있게 된단 말이지?」

「그 이상이야. 제우스의 말에 따르면, 이번 승급은 이전에 있었던 다른 것들과는 다르대……. 우승자는 단지 이번 시합의 승자로만 끝나는 게 아니라는 거지. 그는 상위의 수준에 도달하게 되고, 나아가 모든 세계들 위에 군림하는 새로운 9가 된다는 거야.」

마타 하리는 나의 이 말을 전혀 믿을 수 없는 모양이다.

「그는 그 사실을 누구한테서 들었대?」

「산에서 메시지가 왔대. 그의 말에 따르면 위대한 신은 이제 피곤하여 그만두고 싶어 한다는 거야. 이 때문에 앞으로 몇 분 뒤에 벌어지게 될 시합에는 중대한 결과가 걸려 있어. 우리가 반드시 이겨야 해. 그러지 않으면…….」

마타는 입술을 잘근거리며 잠시 뜸을 들이더니 이렇게 말한다.

「사실…… 너한테 아직 말하지 않은 것이 있어. 네가 없는 동안 이곳에서도…… 몇 가지 사건이 일어났어.」

「얘기해 봐.」

「네 백성, 그러니까 돌고래족에게 비극적인 사건들이 일어났어. 그것도 아주 많이 일어났지. 이후 그들은 큰 어려움을 겪고 있어.」

「하지만 내 백성이 아직 살아는 있겠지? ……그렇지 않다면야 내가 여기 있을 수도 없잖아.」

「물론이야. 지금까지 수십 세기 동안 그러했듯 이번에도 살아남았어. 하지만 줄어들었고, 흩어졌고, 여기저기로 흘러 들어갔지. 갖가지 시련에서 살아남은 얼마 안 되는 사람들은 조르주 멜리에스와 귀스타브 에펠이 받아들여 주었어.」

「그들이 남아 있는 이상, 나는 시합에 참가하여 승리하기 위해 노력하겠어.」

「쉽지는 않을 거야. 네 백성은 거듭되는 박해에 지쳐 버렸어. 그래서 그들을 받아들여 준 새로운 나라들에 들어가서는, 현지 주민들에 동화되어 그들 가운데 녹아들어 가는 길을 택했지. 자신의 종교를 버리고 현지 주민의 종교를 받아들인 거야. 나나 에디트 피아프도 꽤 많은 수를 받아들이고 보호해 주었는데, 거기서도 너의 돌고래 백성들은 자신들의 종교와 특징들을 포기하고 있어.」

설마……. 지금 과장하고 있는 거겠지.

「아직 완전히 동화되지 않은 사람들을 데리고 시합하면 되지 뭐.」

「그런데 말이야. 아직 개종하지 않은 사람들 중 많은 이들이…… 어떤 생각을 갖고 있냐면…….」

「또 뭔데?」

「자기네 신이 자신들을…… 버렸다고 생각하고 있어.」

원형 극장의 투기장 쪽에서 나팔 소리가 들려온다.

우리는 서둘러 달려간다. 내 기억으로, 마지막에 보았을 때 18호 지구는 고대 로마 시대와 비슷한 모습이었다.

독수리 제국이 천하를 지배한 시기 이후, 18호 지구의 인류 전체는 점차로 야만 상태로 빠져들었다. 7일이 지난 지금, 그들이 어떤 상태에 도달해 있으며, 그들의 지도자들은 과연 어떤 사람들일지 사뭇 궁금하다.

6. 백과사전: 네로

네로는 서기 37년, 도미티우스 아헤노바르부스와 아그리피나 사이에서 태어났다.

남편을 독살하고 클라우디우스 황제의 네 번째 부인이 된 아그리피나는 황제를 설득하여 자기 아들을 양자로 삼게 한다. 그녀는 여기에서 멈추지 않고, 네로를 황제의 딸 옥타비아와 결혼시키는 데 성공한다.

이렇게 네로는 수완 좋은 어머니 덕분에 당대 최고 권력자의 양자 겸 사위가 된다.

이어 클라우디우스 황제는 아그리피나에 떠밀려 친아들 브리타니쿠스 대신 양아들 네로를 후계자로 삼는다. 그러고 나서 얼마 되지 않은 서기 54년, 황제는 암살당한다(아마도 그가 생각을 바꿀까 봐 초조해진 아그리피나가 독살했을 것이다). 로마 원로원은 아그리피나의 능란한 책략에 휘말려 클라우디우스의 마지막 선택을 인준하고, 네로를 새 황제로 선언한다.

젊은 황제 네로는 초기에는 어머니와 스승인 세네카의 영향 아래 비교적 〈이성적인〉 통치를 하여 선정을 베풀며 분별력 있게 제국을 관리해 나간다.

하지만 이런 상태는 오래가지 못한다. 네로는 성인이 된 브리타니쿠스가 제위를 탈취할 야심을 품을지도 모른다는 불안에 사로잡혀 그를 독살한다.

얼마 뒤에는 어머니를 궁 밖으로 추방한다. 자신이 요부 포파이아 사비나를 새 정부로 삼은 것에 대해 어머니가 끊임없이 잔소리를 해대자 지겨워진 것이다.

아그리피나는 배를 타고 가다가 아들이 쳐놓은 덫에 걸려 죽을 뻔하는 위기를 겪는다. 그녀가 누운 침대의 천개(天蓋) 위에 무거운 납덩이가 올려져 있었고, 네로의 지시를 받은 선장이 장치를 작동시키자 아래로 떨어져 내린 것이다. 곁에 있던 시종은 즉사하고, 다른 시녀 한 명은 방정을 떨다가 아그리피나로 오인되어 선원들에게 맞아 죽는다. 배의 혼란을 틈타 강변까지 헤엄쳐 가 간신히 목숨을 건진 아그리피나는 아들을 찾아간다.

그러나 네로는 호위병들을 보내 그녀를 살해하게 한다. 병사들은 그녀를 에워싸고 몽둥이찜질을 한 다음 칼로 찔러 죽인다. 점성술사들은 아그리피나에게 아이가 장차 황제가 될 것이지만 어머니를 죽일 거라고 예언했다고 한다. 하지만 아그리피나는 〈황제가 되기만 하면 날 죽여도 상관없어!〉라고 대답했단다.

네로는 내친김에 또 다른 범죄를 저지른다. 이번에는 자기 아내 옥타비아를 살해한 것이다. 이로써 그는 정부 포파이아와 결혼할 수 있게 된다.

세네카가 그에게 정신 좀 차리라고 간언하자, 그마저 내쳐 버린다.

이때부터 아그리피나의 아들은 고삐 풀린 미친 폭군이 된다. 스스로를 운동선수로 착각한 그는 전차 경주에 출전하며, 위대한 시인이라 생각하고는 시인 대회에 나간다. 그리고 매번 우승자로 선포된다.

또 밤이면 변장을 하고 질펀하고도 난잡한 축제나 파티에 참가하여 평민들과 뒤섞이는데, 사람들은 그를 알면서도 모르는 척해 준다. 술판이 끝나 갈 때쯤이면 술자리에 같이 있던 사람 중 하나를 으슥한 곳으로 끌고 가 실컷 두들겨 패준 다음 하수구에 던져 버리는 게 취미이다.

세네카가 계속하여 자신을 비난한다는 말이 들려오자 그를 암살해 버린다.

어느 날 화가 치민 그는 자신의 아기를 임신 중인 포파이아 사비나에게 발길질을 해댄다. 그녀는 이때 입은 상처로 죽고 만다.

그는 이번에는 스타틸리아 메살리나와 결혼한다(이를 위해 우선 그녀의 남편부터 처형한다). 서기 64년에는 로마시의 3분의 2를 불사르라고 명하니, 비위생적 구역들의 재건축이라는 위대한 계획을 실현하기 위함이란다. 그는 화염에 휩싸인 수도의 장관을 기리기 위해 시와 노래를 짓기도 한다. 이 〈부동산 작전〉을 미리 통고받지 못한 사람들은 무수히 죽어 나간다. 주민들 사이에 불만과 분노가 고조된다. 이에 네로는 희생양을 찾아낸다. 이 화재를 일으킨 사람들로 기독교도를 지목한 것이다. 대규모 검거 작전이 벌어지고, 붙잡힌 기독교도들은 고문 끝에 있지도 않은 죄를 자백한다. 네로는 민중의 분노를 잠재우기 위해 대규모 공연을 벌이고, 그 가운데서 기독교도들에게 끔찍한 형벌을 집행한다. 하지만 제대로 관리되지 못한 제국은 내적 경련을 보이기 시작한다. 기근, 전염병, 반란 등……

결국 로마 원로원은 네로를 공적으로 선언하고 집정관 갈바를 새 황제로 추대한다. 자신에게 사형이 선고되었다는 사실을 알게 된 네로는 서기 68년 6월 9일, 노예의 도움을 받아 자살한다. 그는 죽는 순간까지 흐느끼면서 이렇게 되뇐다. 〈오, 애석하도다! 세상이 나같이 위대한 예술가를 잃게 되다니!〉

에드몽 웰스, 『상대적이며 절대적인 지식의 백과사전』 제6권

7. 운명의 시간

「난 널 잃고 싶지 않아.」

마타 하리는 내 손을 꼭 잡는다. 그렇게 우리는 손을 잡고 다른 신 후보생들이 있는 식당으로 들어간다.

우리의 흐트러진 옷과 머리 꼴을 보았으니, 우리가 복도에 나가 무슨 짓을 하고 왔는지 경쟁자들은 능히 짐작하리라. 하지만 그들은 잠시 뒤에 시작될 경기에 집중하고 있을 뿐, 별 반응이 없다.

기다리는 동안 무료함을 달래라고 계절의 신들이 1호 지구의 서적들을 가져다준다.

브뤼노 발라르는 현대사를 다룬 책 위에 머리를 숙이고 있고, 이름이 그자비에 뒤피이라고 한 남자는 중국의 군사 전략서에 관심을 보인다. 조르주 멜리에스는 고대의 마법서를, 귀스타브 에펠은 건축서를, 장 드 라퐁텐은 화학책을, 프랑수아 라블레는 요리책을, 툴루즈 로트레크는 미술책을 탐독

하며, 라울 라조르박은 어떤 기술 서적을 연구하고 있다. 시몬 시뇨레는 지그시 두 눈을 감고 있고, 에디트 피아프는 중얼중얼 기도문 같은 것을 읊조리고 있다.

「나팔 소리가 들리는 것 같았는데? 시간이 된 거야?」

내가 묻는다.

「아직 아니야.」

라울 라조르박이 대답해 준다.

그 말을 들으니 디오니소스가 일러 준 게 생각난다. 나팔은 원형 극장의 음향 상태를 확인하기 위해서만 울릴 거라고 하지 않았던가.

「그동안 앙크의 충전 상태나 확인해 두라고. 한창 시합하고 있는데 그게 고장 나면 낭패잖아.」

조르주 멜리에스가 내게 충고해 준다. 나는 고맙다고 말한다. 아닌 게 아니라 내 앙크가 절반만 충전되어 있음을 확인한 것이다.

이때 마타 하리는 가벼운 스트레칭을 시작한다. 내가 1호 지구의 인간이었을 때 파리의 공원들에서 가끔 보았던 태극권과 상당히 유사해 보이는 동작들이다. 그 느린 동작들은 그녀로 하여금 다시 자신에 집중할 수 있게끔 해준다. 그녀는 마치 공기 중에 유영하듯 움직인다. 나도 시몬 시뇨레 옆에 앉는다. 그리고 그녀처럼 지그시 두 눈을 감는다.

이제 몇 분 뒤면…… 나와 내 백성들은 혁명과 전쟁과 위기와 정열과 배반의 소용돌이에 빠져들게 되리라.

열한 명의 경쟁자들이 결코 만만하게 승리를 내어 주지는 않을 것이다. 나는 눈을 감고 영감을 구한다.

〈허를 찌르라!〉

42

그렇다. 이게 바로 열쇠이다. 이걸 내게 가르쳐 준 이는 에드몽 웰스였다. 〈가장 영리한 사람이 이기는 건 아니야. 예측할 줄 아는 사람, 상대가 예상하지 못한 곳에 가 있을 줄 아는 사람, 뜻밖의 방식으로 행동할 줄 아는 사람이 이기는 거야.〉

이 방법이 안 먹히면 또 다른 예언자를 보내야지.

아니다. 이제 그런 생각은 버려야 한다. 더 이상 기적이나 예언자를 써서는 안 된다. 그것은 스스로에 대해 자신감이 없는 신, 난관을 헤쳐 나가는 신자들의 능력을 믿지 못하는 신들이나 찾는 안이한 해결책에 불과하다.

디오니소스가 돌아와 아직 15분을 더 기다려야 한다고 알려 준다. 무대 감독이 준비를 마치는 데 필요한 시간이란다.

무대 감독?

그래. 이제 이 마지막 경기의 의미를 알 것 같다. 이 경기는 연극이나 영화처럼 무대 감독이 있는 일종의 공연인 것이다.

몹시 긴장이 되고 떨린다. 다른 경쟁자들도 다를 바 없다.

제우스가 한 말이 떠오른다. 〈모든 게임에서의 비결은 자기 자신을 되찾는 거야. 사실 우리는 모든 문제에 대한 답을 알고 있지. 이미 우리의 전생들에서 그 문제들을 마주친 적이 있으니까. 우리의 유일한 약점은 바로 잊어버리는 거야. 혹은 다른 이들의 책략이나 거짓으로 인해 주의가 흐트러지는 거지. 하지만 만일 우리가 우리의 본질에 눈을 돌린다면, 또 만일 타인들이 우리로 하여금 연기하게 만드는 인물로서가 아닌, 있는 그대로의 우리 자신을 진정으로 사랑한다면, 그럼 우리는 참된 거고, 그때에는 우리 주위의 모든 것이 자연스럽게 풀려서 해결이 돼.〉

나는 이 말의 의미와 중요성을 이해해 보려고 애쓴다.

제우스는 최종적인 신은 아니다. 하지만 8단계의 존재로서 내게 하나의 열쇠를 던져 준 것이리라.

내가 진정으로 누구인지를 기억해 내는 것.

나의 본질로 되돌아가는 것.

그는 내게 말했었다.

「미-카-엘…… 네 이름 자체에 하나의 정보가 들어 있어. 넌 미카엘이야. 미카엘이 히브리어로 뭘 뜻하는지 알아?〈미〉는〈누구?〉,〈카〉는〈무엇무엇과 같은〉,〈엘〉은〈신〉이야. 그러니까〈누가 신과 같은가?〉혹은〈신과 같은 게 누구?〉…….」

나는 누구지?

빌어먹을! 나의 진정한 정체는 뭐냐고?

마타 하리가 한 무서운 말이 머릿속에 맴돈다.〈네 백성들은 자기네 신이 자신들을 버렸다고 생각하고 있어.〉

어떻게 그렇게 생각할 수가 있지? 그동안 내가 그들을 위해 해준 그 모든 일들을 다 잊어버렸단 말이야?

하기야 나 자신도 인간이었을 때 어떠했던가? 상상의 신에게 끊임없이 요구하고 비난하고 간청하지 않았던가? 그때 난 전혀 깨닫지 못하고 있었다. 내가 생각해야 할 것은〈신이 나를 위해 무얼 할 수 있는가?〉가 아니라〈내가 신을 위해 무얼 할 수 있는가?〉라는 사실을…….

지금 나의 백성 인간들 역시〈신전〉과〈민원실〉을 혼동하고 있다. 그들은 건강과 사랑과 부와 영광과 영원한 젊음을 내놓으라고 요구한다. 심지어는 자신들의 적을 파괴해 달라고 요구한다. 그들은 자신들의 삶에 결코 만족하지 않는다. 항상 더, 더, 더를 원한다. 그들은 모두 자신이 부당함의 억울한 희생자라고 느끼기 때문에, 죽도록 도와주어도 결국 불평만 잔뜩 늘어놓을 뿐이다. 또 그들의 한심하기 짝이 없는 욕구를 얼른얼른 들어주지 않으면, 신을 모독하는 말까지 서슴없이 내뱉는다.

나의 백성 돌고래족 역시 다르지 않다. 내가 그렇게나 사랑하는 그들, 또 내가 아니면 존재하지도 못했을 그들이 지금 나를 의심하고 있다. 다른 종교로 개종하고, 다른 백성에 동화되고, 나의 가르침을 망각하고 있다. 그리고 이 모든 한심한 일들은 내가 1천5백여 년 정도 〈잠시〉 자리를 비운 새를 못 참고 일어났다.

내가 해준 좋은 일들은 그토록 빨리 잊어버리면서 어찌 그리 나쁜 일들만 기억할까! 어찌 그리 배은망덕한가!

디오니소스가 나타난다.

「자, 이제 5분밖에 안 남았다. 모두들 준비하도록!」

제자리에서 뱅뱅 돌고 있던 마타 하리는 내게로 돌아와 내 가슴에 몸을 꼭 기대고 속삭인다.

「우리는 꼭 성공해야 해.」

라울 라조르박이 이상한 눈을 하고 나를 꼬나본다. 이따 경기가 시작되면 나를 개인적으로 손봐 주겠다는 표정이다.

「더 나은 자가 승리하게 되겠지!」

그가 멀리서 또랑또랑 외친다.

「그게 네가 아니기를 빌 뿐이다.」

나는 냉랭하게 대꾸한다.

하지만 이 모든 일은 어떻게 시작되었던가? 내가 1호 지구의 파리, 페르라셰즈 공동묘지에서 그를 만남으로써 시작되지 않았던가? 그가 아니었더라면 난 아마도 더 시시한 삶을 살았을 것이다. 또 그는 나의 가장 친한 친구였으며, 놀라운 지평들을 내게 열어 주었다. 하지만…… 그는 나를 실망시켰다.

그는 목적이 수단을 정당화한다고 믿는 것이다.

갑자기 우렁찬 나팔 소리들이 일제히 울려 퍼진다. 디오니소스가 나타난다.

「잠시만 더 기다리도록. 시작할 때가 되면 말해 주겠다.」

나팔 소리는 한층 더 높아져 날카로운 고음으로 울린다.

마타 하리는 얼굴을 내 얼굴에 가까이 붙이고서 이렇게 속삭인다.

「네가 신이라는 사실을 결코 잊어서는 안돼!」

그녀는 나를 벽에 밀어붙이고는 입을 맞춰 준다. 그녀의 부드러운 숨결이 느껴진다.

「어이, 연인들! 지금은 밀어를 나눌 시간이 아냐! 준비가 다 끝났어. 자, 이제 나가야 할 시간이야!」

디오니소스가 알린다.

무거운 두 개의 문짝이 양쪽으로 열리며 검은 대리석 복도가 드러난다.

나는 크게 숨을 들이마신다. 우리 모두는 천천히 걸어 나간다. 그 옛날, 운명을 향해 걸어 나가던 검투사들처럼 비장한 표정으로.

앞으로 일어날 모든 일은 이미 어딘가에 기록되어 있다는 느낌이 스친다. 우리 중 하나는 살아남아, 어쩌면 모든 세계들을 지배하는 주인이 되리라.

복도 끝에 청동으로 된 거대한 문짝 두 개가 쿠구궁 둔중한 금속음을 발하며 천천히 열린다.

요란한 함성이 우리의 귀를 먹먹하게 한다.

우리는 신중한 걸음걸이로 투기장 안에 들어선다.

우선은 두 가지만이 눈에 들어온다. 하나는 광대한 하늘의 파란색, 너무도 찬란하여 눈이 멀 것만 같은 그 파란색이다. 그리고 다른 하나는, 이 하늘 아래 일제히 일어서서 환호하고 있는 군중들이다. 올림피아에서 이렇게 많은 사람들이 한데 모여 있는 광경은 본 적이 없다. 그들이 와글대는 소리가 점점 더 크게만 느껴진다.

휘파람을 불거나 환호를 보내는 이들도 있고, 자기가 좋아하는 후보자의 이름을 연호하는 이들도 있다. 심지어 내 이름까지 들리는 것 같다. 하늘은 한층 새파래진다.

8. 백과사전: 파란색

오랫동안 파란색은 폄하되어 왔다. 고대 그리스인들은 파란색은 진정한 색이 아니라고 생각했다. 흰색, 검은색, 노란색, 붉은색만을 진정한 색으로 여긴 것이다. 염료 기술의 문제도 있었다. 염색공들과 화가들은 파란색을 제대로 염착시키지 못했다.

파라오 시대의 이집트만이 파란색을 피안(彼岸)의 색으로 여겼다. 그들은 구리로부터 이 염료를 제조해 냈다. 고대 로마 시대에는 파란색이 야만인들의 색이었다. 그것은 아마도 게르만족 사람들이 유령처럼 으스스한 모습으로 보이기 위해 얼굴에 청회색 가루를 바르고 다녔기 때문일 것이다. 라틴어와 그리스어에서 〈파랑〉이라는 단어는 그 의미가 명확히 규정되어 있지 않았고, 회색 혹은 녹색과 혼동되는 경우가 많다. 〈파랑〉이라는 단어 자체가 게르만어 〈블라우blau〉에서 온 것이다. 로마인들은 파란 눈의 여자는 천하며, 파란 눈의 남자는 거칠고도 어리석다는 편견을 지니고 있었다.

한편 성경에서는 파란색이 언급되는 일은 드물지만, 푸른 보석인 사파

이어는 가장 귀한 보석으로 여겨진다.

서양에서 파란색에 대한 멸시는 중세까지 이어진다. 빨간색은 선명할수록 더 큰 부의 상징이 된다. 따라서 빨간색은 사제들, 특히 교황과 추기경의 옷을 물들였다.

하지만 이러한 경향은 역전된다. 남동석, 코발트, 인디고 덕분으로 화가들은 마침내 파란색을 염착하는 데 성공한다. 파란색은 성모의 색이 된다. 성모는 파란색 외투나 파란색 드레스를 입은 모습으로 묘사된다. 이처럼 성모와 파란색이 연결되는 것은 성모가 하늘에 살기 때문이기도 하고, 파란색이 거상(居喪)의 색인 검은색 계열로 간주되기 때문이기도 하다.

이전에는 하늘이 검은색이나 흰색이었으나, 이 시대에 와서 비로소 파란색으로 칠해진다. 녹색이었던 바다 역시 목판화 등에서 파란색으로 바뀌는 것을 볼 수 있다. 이렇게 유행은 바뀌어 파란색은 귀족들이 선호하는 색이 되며, 염색공들은 이 유행을 따른다. 그들은 서로 경쟁을 벌이며 점점 더 다양한 종류의 파란색을 만들어 낸다.

토스카나, 피카르디, 툴루즈 등지에서는 파란색 제조의 원료가 되는 식물인 〈대청(大靑)〉이 재배된다. 파란색 염료 산업 덕분으로 이 지역들 전체가 융성하게 된다. 아미앵 대성당은 대청 상인들의 기부금으로 지어진 것이다. 반면 스트라스부르에서 붉은색의 재료인 꼭두서니를 취급하는 상인들은 성당 건축 자금을 대는 데 애를 먹는다. 이런 까닭으로 알자스[2] 지방 성당들의 스테인드글라스는 악마를 예외 없이 파란색으로 묘사하게 된다. 이렇게 하여 파란색을 좋아하는 지방들과 붉은색을 좋아하는 지방들 사이에 일종의 문화적 전쟁이 시작된다.

종교 개혁 시대에 칼뱅은 검은색, 갈색, 파란색은 〈정직한〉 색이고, 붉은색, 주황색, 노란색은 〈정직하지 않은〉 색이라고 주장한다.

2 알자스는 스트라스부르가 위치한 지방이다.

1720년 베를린의 한 약사는 감청색을 발명하며, 이로 인해 염색공들은 파란색의 색조를 더욱 다양화할 수 있게 된다. 항해술의 발전 덕분으로 대청보다 훨씬 강력한 염착력을 지닌, 앤틸리스 제도와 중앙아메리카의 인디고를 이용할 수 있게 된다.

색의 세계에 정치도 끼어든다. 프랑스에서 파란색은 흰색의 왕당파와 검은색의 가톨릭파에 맞서 일어난 공화파의 색이 된다. 또한 나중에 공화파의 파란색은 사회주의자들과 공산주의자들의 붉은색과 대립한다.

1850년대 파란색의 위상을 결정적으로 드높인 옷이 등장하니, 바로 샌프란시스코의 재단사 리바이 스트라우스가 발명한 청바지이다.

현재 프랑스에서 설문 조사를 하면 대부분의 사람들은 가장 좋아하는 색으로 파란색을 꼽는다. 유럽에서 스페인은 붉은색을 선호하는 유일한 나라이다.

청색이 아직 발을 붙이지 못한 유일한 영역은 음식이다. 파란 통에 든 요구르트는 흰색이나 붉은색 통에 든 것보다 덜 팔린다. 파란색 음식은 거의 없다고 할 수 있다.

에드몽 웰스, 『상대적이며 절대적인 지식의 백과사전』 제6권

9. 만신(萬神)의 교향악

파란 하늘이 밝아 오고 11시 태양의 눈부신 흰빛이 떠오른다.

갑자기 나팔 소리가 뚝 그친다. 관중들 역시 입을 다문다. 이어지는 정적은 요란한 함성보다도 더욱 먹먹하게 귀를 울린다. 바람은 더 불지 않는다. 새와 곤충들마저 숨을 죽이고 있다.

모래와 흙먼지와 돌멩이와 땀의 냄새가 느껴진다.

나 자신의 호흡 소리에 다른 모든 소리가 가려진다.

우리, 열두 명의 신 후보생은 투기장 한복판에 서 있다.

관중은 다시 자리에 앉고서 정적 속에 우리를 내려다본다. 계단식 좌석은 입추의 여지 없이 꽉 들어차 있다. 반신들, 보조 강사들, 키마이라들, 사티로스들, 꼬마 괴물들, 거인들, 그리고 그리스 신화에서 튀어나온 온갖 종류의 잡종들과 기타 괴물들이 다 거기 모여 있다. 아에덴의 주민이 이렇게 수가 많고 다양할 줄은 정말이지 상상조차 못 했다.

정의의 신 아테나는 붉은 벨벳이 깔린, 우리를 굽어보는 단상의 중앙에 위엄 있게 앉아 있다. 그녀 옆에는 다른 스승신들이 자리 잡고 있다. 시간의 신 크로노스, 대장장이의 신 헤파이스토스, 전쟁의 신 아레스, 그리고 헤라, 아폴론, 헤르메스, 디오니소스, 아르테미스, 데메테르 등등…….

에메랄드빛 시선이 나를 강렬하게 응시하고 있는 게 느껴진다.

아프로디테다!

내게서 또 뭘 바라는 걸까?

옆에는 그녀의 아들 헤르마프로디토스가 보인다. 혀를 음탕하게 날름거리며 내게 윙크를 보낸다. 그가 나를 행성을 나르는 짐꾼으로 변형시키려 했을 때 가까스로 위기를 벗어난 일이 떠오른다.

이카로스가 벌떡 일어나 손바닥이 부서져라 박수를 치기 시작한다. 그것이 신호가 되어 다른 이들도 따라 박수를 친다. 모두가 우리의 모험과 우리 백성들의 모험을 처음부터 관심 있게 지켜본 이들이다. 그들에게 이것은 서스펜스와 반전으로 가득한 텔레비전 시리즈물만큼이나 흥미진진하리라. 하지만 차이점도 한 가지 있다. 여기에서 신들에게 볼거리를 제공하기 위해 서로 사랑하거나 서로 죽이고 있는 것은 여느 텔레비전 드라마에서처럼 여남은 명의 배우가 아니다. 수십억에 달하는 무수한 엑스트라들이다.

이에 대해서는 라울이 제대로 정의 내린 바 있다. 〈18호 지구는 수십억의 살아 있는 말들을 가지고 노는 체스 게임이야.〉

아프로디테가 내게 관심 어린 눈길을 던지는 걸 본 마타하리는 내 손을 꽉 잡는다. 나는 자기 것임을, 자신은 권리를 양도할 의향이 전혀 없음을 분명히 표시하기 위함이다.

어깨에 올빼미가 앉아 있는 아테나는 몸을 일으킨다. 그리고 창을 흔들어 군중을 조용하게 만든다.

「제18기 아에덴 신 후보생 승급 대회 결승전의 개최를 정식으로 선언합니다!」

켄타우로스들이 커다란 북을 어깨에 둘러메고 나와 강약이 갈마드는 장단으로 두드리기 시작한다. 선수들과 관중들도 일제히 합창하며 화답한다. 모두가 박자에 맞추어 손뼉을 친다.

그리펀들이 끄는 수레에 실린 커다란 수조들에서는 인어들이 솟구쳐 나와 날카로운 고음으로 노래를 부른다. 카리테스 신들과 계절의 신들로 구성된 다성(多聲) 합창단이 부르는 송가는 점점 더 증폭되면서 모두에게 강렬한 감동을 안겨 준다.

아폴론이 지휘하는 뮤즈들의 오케스트라가 반주를 시작하자 노래는 한층 힘차게 울린다. 붉은색의 토가를 입은 여자들 중에는 내가 아는 얼굴도 몇 있다. 카르멘, 영화의 뮤즈가 된 매릴린 먼로, 유머의 뮤즈가 된 랍비 프레디 메예르……. 그들은 나를 알아보았노라고 가볍게 신호를 보낸다. 하지만 장엄한 분위기에 압도된 나는 제대로 응답조차 못한다.

갑자기 노랫소리가 잦아든다. 현이 아홉 개 달린 리라를 든 오르페우스가 튀어나온 것이다. 그는 구현금을 절묘하게 연주하면서 그 반주에 맞추어 독창곡을 부르기 시작한다. 원형 극장 전체에 울려 퍼지는 그 가락은 우리로 하여금 곧이어 수행해야 할 의무를 잠시나마 잊게 해준다. 마지막 변주를 열창하면서 오르페우스는 인사를 하고, 관중들은 열화와 같은 박수로 화답한다. 아테나가 창끝으로 쿵 하고 바닥을 치자, 어디선가 날아오른 비둘기 떼가 갑자기 하늘을 가린다. 노래가 그친다. 예술가들은 모두 관중석으로 돌아간다.

정의의 신이 손짓을 하자 모든 관중은 조용해지며 그녀의 말에 귀를 기울인다.

「여러분! 우리가 그토록 오랫동안 기다려 온 순간이 왔습니다. 18호 지구 역사의 마지막 장(章)이죠. 한 세계가 태어났고, 한 세계가 성숙해 왔습니다. 자, 이제 이 세계가 절정을 맞는 순간을 모두 함께 지켜봅시다!」

관중은 우렁찬 함성으로 화답한다. 아테나는 말을 잇는다.

「지금까지 우리 모두는 이 세계에 대한 신들의 작업을 흥분된 마음으로 지켜보았습니다. 신 후보생들은 처음에는 우왕좌왕 갈피를 잡지 못하고 헤맸지만, 이내 정신을 가다듬고는 우리에게 멋진 순간들을 선사했지요. 이곳 올림피아 신들의 마음에 쏙 드는 훌륭한 공연이었습니다.」

열두 명의 스승 신은 고개를 끄덕인다.

「이 자리를 빌려서, 인간이었던 이 존재들을 교육하여 책임감 있는 신으로 변화시켜 주신 스승 신 여러분의 인내와 노고에 깊은 감사를 드리는 바입니다. 그리고 신 후보생 여러분! 이전에 여러분은 저마다의 운명에 속박된 노예였습니다. 그러나 이제는 다른 개인들의 운명뿐 아니라, 문명 전체의 운명까지 자유롭게 짜나가는 주인이 되었습니다! 비록 우리 스승 신 중의 몇몇은 교육을 위해 여러분을 혹독하게 다루기도 했지만…… 어쨌든 우리는 여러분을 신이라는 명칭이 부끄럽지 않은 존재들로 키워 낸 것에 대해 무한한 자부심을 느끼고 있습니다.」

아프로디테는 내게 뭔가를 말해 주고 싶은 기색이다. 그녀는 입술을 움직여 어떤 모음들을 그려 보이지만 난 이해할 수 없다. 아테나는 연설을 마무리 짓고 있다.

「이제는 말이 아닌 행동으로 보여 주어야 할 때입니다. 자, 모두들 힘을 내세요! 여러분 자신의 영혼과 여러분이 맡고 있는 모든 이들의 영혼을 위하여!」

「패배한 후보생들은 어떻게 되나요?」

시몬 시뇨레가 불쑥 묻는다.

아테나는 이 썰렁한 질문에 어깨를 으쓱해 보인다.

「우리처럼 이 섬의 주민이 됩니다. 하지만 우리와는 다른 형상으로…….」

「만일 우승하면요?」

브뤼노 발라르가 묻는다.

「엘리시온 대로에 오르게 되죠.」

정의의 신이 신호를 하자, 아폴론은 숫양 뿔로 만든 나팔을 분다. 투기장 오른쪽에 있는 문들이 열리고, 켄타우로스들이 반숙 계란 담는 그릇 모양으로 생긴 거대한 대리석 받침대를 가져다 놓는다. 그러자 아틀라스가 나타나는데, 등에는 18호 지구가 담긴 유리 구체를 지고 있다. 그는 정말이지 힘들어 죽겠다는 듯 오만상을 찌푸린 채 역도 선수처럼 끙끙 신음을 내면서 비틀비틀 나아온다. 그런 다음 엄청나게 용을 쓰면서 두 팔로 세계를 들어 올린다.

나는 거인의 손에 애들 공처럼 들려 있는 행성을 바라본다.

18호 지구…….

마침내 티탄은 직경 3미터 크기의 구체를 계란 그릇 모양 받침대에 올려놓는다. 그러고는 이 구체에 저승과 천사들의 제국을 섬세한 손길로 연결한다. 두 부속 세계는 이 행성 영혼들의 재활용 및 환생을 가능케 해줄 것이다. 아틀라스가 내뱉듯 말한다.

「자, 준비됐수다! 그런데 이 기회를 빌려 나도 한마디 해야겠수다. 지금 내 근무 조건은 내 신분에 비추어볼 때 적절치 못…….」

「입 닥쳐, 티탄!」

아테나가 싸늘하게 말을 끊는다.

아틀라스는 분노에 이글거리는 눈으로 신들을 잠시 노려보더니만, 이윽고 불만을 쏟아 내기 시작한다.

「아니요! 이런 식으로 계속할 수는 없어! 나도 신이란 말이오!」

「왜 이 일을 하는지는 당신도 알고 있잖아? 제우스에 대항한 빚을 갚기 위해 하는 거야. 자, 꺼지라고! 그리고 선수 여러분은 앞으로 나오시오!」

그러자 티탄은 행성을 들어 올려, 만일 아테나가 자기 요구에 응하지 않으면 그걸 내던져 박살 내버리겠다는 시늉을 해 보인다.

하지만 정의의 신은 눈 하나 깜짝하지 않는다.

「티탄 선생. 지금 당신은 한 가지 사실을 잊고 있어. 그건 진짜 18호 지구의 투영물에 불과해. 당신이 부수는 구체는 학생들과 그들의 백성들을 이어 주는 스크린일 뿐이라고.」

「그래도 이걸 집어던지면 당신들도 피해 좀 보게 될걸?」

행패꾼은 지지 않고 맞받는다.

나는 이 상황의 의미를 잘 이해하고 있다. 이것은 제우스 편인 올림피아 신들과 크로노스 편인 티탄들 간의 해묵은 갈등의 재연(再燃)인 것이다.

아틀라스는 잠시 주저하다가 결국은 포기하고 만다. 유리 구체를 다시 내려놓은 다음, 다른 티탄들이 모여 있는 계단식 좌석으로 터덜터덜 걸어가 앉는다.

켄타우로스들이 계단식 좌석 최상단에 높직한 기둥들을 세우고는, 기둥 사이마다 커다란 방수포를 펼쳐 스크린을 설치한다. 그런 다음 투광기들이 켜진다.

이제 관중들은 고개를 돌려 가며 선수들의 열두 수도를 모두 볼 수 있게 되었다. 공중에서 내려다본 조망도 있고, 파노라마 전망도 있다. 또 거리, 기념물, 시장, 사원 등이 나와 있는 지도도 있다. 잠시 훑어본 바에 따르면, 돌고래족의 수도는 현재 다른 나라에게 점령된 상태다. 하지만 사제와 철학자들은 전승을 잊지 않고 아직 그 명맥을 유지해 가고 있다. 나는 다른 화면들도 들여다본다. 18호 지구가 전체적으로 어느 정도의 진보 단계에 도달했는지 알아보고자 함이다.

이 행성에는 지금 산업화가 한창 진행 중이다. 대부분의 수도들에는 널찍한 대로가 쭉쭉 뻗어 있고, 그 위에는 시끄럽게 연기를 뿜어 대는 최초의 자동차들이 말이 끄는 마차들 사이를 굴러가고 있다. 하늘에는 복엽기와 헬륨 비행선 등 항공기가 몇 대 떠 있는 게 보인다. 1호 지구로 말하자면 대략 1900년대 초반이라고 말할 수 있다.

그리핀들은 주위를 퍼덕퍼덕 날아다니면서 사다리며 발판 사닥다리 등을 곳곳에 내려놓는다. 우리로 하여금 구체의 표면을 바짝 들여다보면서 경기할 수 있게 해주려는 배려이다. 나는 앙크를 손안에 꽉 움켜쥔다. 그렇게 우리가 앞으로 걸음을 내딛고 있는데 날카로운 목소리가 울린다.

「모두 정지!」

우리는 깜짝 놀라 우뚝 선다. 아프로디테가 아테나의 귀에다 대고 무언가를 속닥거렸고, 이에 아테나가 우리를 멈추게 한 것이다. 이어 그녀는 디오니소스를 부르고, 그는 놀라 어리둥절한 얼굴로 일어난다.

「아니 왜 그래?」

「넌 목욕재계 의식을 거행하는 걸 잊었어. 그렇게 아무것도 모르는 척, 어리둥절한 표정 짓지 말라고! 잘 알고 있잖아. 결승전에 참가하는 후보생들은 이 성스러운 의식에 앞서 몸을 정결하게 씻어야 한다는 사실을.」

「하지만 후보생들은 모두 깨끗해! 아침에 일어나 모두 샤워를 했다고.」

축제의 신이 항변한다.

「그것으로는 충분치 않아. 후보생들은 이 최후의 경기에서 백성들에게 마지막으로 개입하기 전에 반드시 전통적인 목욕재계 의식을 거쳐야 해. 연금술에서도 이렇게 경고하고 있잖아. 〈몸을 정화(淨化)하지 않은 자들에게 화학적 결혼은 해가 될 뿐이다.〉 자, 모두들 몸을 씻고 올 때까지 이 경기는 연기야.」

이때 아폴론이 끼어든다.

「아테나, 잠깐! 여기 모인 수많은 관중들의 심정도 나와 같으리라고 확신하는데…… 우리는 이 순간을 너무나 오랫동안 기다려 왔어. 그래서 하는 말인데, 그런 형식적인 의례들은 그냥 건너뛰는게 좋을 것 같은데. 이런 예비 의식들로 한없이 시간을 끄는 것은 초조하게 기다리고 있는 우리에게나 후보생들에게 너무 잔인한 일 아니야? 우리 모두는 빨리 우승자를 알고 싶은 마음뿐이야. 자, 어서 경기나 시작하자고.」

아테나는 왜 주제넘게 나서냐는 듯 그를 째려본다.

「아폴론! 네 요청은 잘 들었고, 내 대답은 아주 간단해. 제발 이 일에 끼어들지 마! 신성한 게임이 계속되기 위해 전통은 반드시 필요한 거야. 의식(儀式)이 없으면 우리의 가르침도 의미를 잃고 말아. 자, 신 후보생들, 즉시 목욕탕으로 뛰어가도록!」

실망한 관중석에서는 커다란 탄식이 솟는다. 아폴론은 땅에다 침을 탁 뱉고서 아테나에게 더 대들어 볼까 하고 잠시 망설인다. 하지만 짜증 난 몸짓을 한 번 보이는 걸로 만족하고는, 토가를 휙 하니 어깨에 두른 다음 체념한 얼굴로 다시 자리에 앉는다.

10. 백과사전: 아폴론

제우스와 레토의 아들인 아폴론은 아르테미스의 쌍둥이 오빠이기도

하다. 누이동생은 자신의 상징으로 달을 골랐고, 그는 태양을 선택한다. 여신 테미스가 넥타르와 암브로시아를 먹여 길러서인지, 그는 태어난 지 며칠 만에 어른의 체격이 된다. 훤칠한 키에 치렁치렁한 금발의 미남인 그는 올림포스 신들로부터 사랑을 듬뿍 받는다. 또 보기 드문 장사인 데다가, 음악과 점술에까지 뛰어난 재능을 보인다.

대장간의 신 헤파이스토스는 그에게 마법의 화살을 선사한다. 그것으로 무장한 그는 누이와 힘을 합쳐 피톤이라는 용의 지배하에 있는 델포이를 해방시킨다. 이때부터 그는 피톤 아폴론이라는 이름으로 불리게 되고, 음악 경연 대회와 체육 시합이 이어지는 피티아 제전, 그리고 델포이 신전에서 미래를 예언하는 사제인 피티아의 이름도 모두 여기서 연유한다.

못 말리는 바람둥이인 아폴론에게는 정부가 끊이지 않는다. 애인 중에는 특히 님프가 많았는데, 여러 관계를 통해 아니오스, 아스클레피오스 등 유명한 인물들을 낳는다. 하지만 그의 매력 앞에서도 버티는 여자가 있었으니 바로 다프네다. 그녀는 그에게서 벗어나고자 월계수로 변신해 버리니, 슬퍼한 아폴론은 이를 자신의 나무로 삼는다.

아폴론의 연인 가운데는 히아킨토스, 키파리소스 같은 미소년들도 있었다. 이 두 연인의 죽음으로 마음이 갈가리 찢어진 아폴론은, 죽은 히아킨토스는 히아신스꽃으로, 키파리소스는 사이프러스나무로 변하게 한다.

음악의 신이며 뮤즈들의 대장인 그는 현악기 류트를 창안한다. 그의 또 다른 악기인 리라는 원래 이복형제인 헤르메스의 것으로, 헤르메스가 아폴론에게서 훔쳐 간 암소 쉰 마리를 포기한다는 조건으로 얻은 것이다. 한번은 마르시아스라는 사티로스와 음악 시합을 벌인다. 승자가 패자에게 원하는 벌을 내린다는 조건이었다. 양손으로 리라를 능란하게 연주하여 승리한 음악의 신은 불쌍한 마르시아스를 산 채로 가죽을 벗겼고, 또 무엄한 도전자의 악기가 피리였으므로 그것의 사용을 금한다. 많은 동물들이 그와 연결된다. 늑대, 백조, 까마귀, 콘도르(점관들은 이 맹금류 새들이 나는 모양을 보고 아폴론의 뜻을 알아내려 했다)뿐 아니라, 그리핀, 금조(琴鳥), 나중에는 돌고래까지…….

아폴론은 원래 아시아의 신이었을 것이다. 이는 그가 신는 신이 그리스식 샌들이 아니라, 당시 아시아 나라들의 전형적인 신이었던 구두인 것을 보면 알 수 있다. 또 그는 올림포스의 제신 중 로마인들이 그리스식 이름을 그대로 사용한 유일한 신이기도 하다. 로마인들은 제우스는 유피테르, 아프로디테는 비너스 등 그리스 신들을 자기네 식으로 개칭했던 것이다.

에드몽 웰스, 『상대적이며 절대적인 지식의 백과사전』 제6권

11. 목욕재계

반투명한 표면 밑으로 회색 줄무늬가 은은히 비치는 흰 대리석을 깐 복도들.

벌써부터 수증기가 떠다니고 있다.

디오니소스는 원형 극장의 또 다른 미로 안으로 우리를 안내한다. 경기를 빨리 시작하고 싶은 조바심에 몸이 달아 있는 우리에게 이 목욕 의식은 또 하나의 인내심 시험처럼 느껴진다.

교차 지점에 이르자 디오니소스는 남자들은 오른쪽, 여자들은 왼쪽 방향으로 가라고 이른다. 그러자 카리테스 신들이 나타나 축제의 신과 교대하여 우리를 안내한다. 일종의 튀르키예식 공중목욕탕에 우리를 데리고 들어간 신들은 우리더러 옷을 벗으라고 말한 다음, 각자에게 폭신한 수건을 주어 허리에 두르게 한다. 라울 라조르박, 브뤼노 발라르, 그자비

59

에 뒤피이, 조르주 멜리에스, 귀스타브 에펠, 장 드 라퐁텐, 프랑수아 라블레, 툴루즈 로트레크, 그리고 나, 이렇게 아홉 명의 신 후보생은 김이 자욱한 널따란 홀로 인도된다. 홀의 흰 벽들은 신화의 장면을 묘사한 모자이크화로 뒤덮여 있다.

김이 모락모락 피어오르는 욕조에 들어가자 카리테스 신들이 따라 들어와서 거품을 내는 해면으로 비누칠을 해준다. 그다음엔 냉수 샤워이다. 이렇게 열탕 속에 들어갔다가 차가운 물 뒤집어쓰기를 번갈아 하는 것이 바로 목욕 의식인 듯싶다. 카리테스 신들은 월계수 가지로 우리를 문질러 주는 것으로 자신들의 작업을 마친다.

다음에 우리는 커다란 대리석 탁자 위에 눕고, 하늘하늘한 흰색 목면 튜닉을 입은 신들이 부드러운 아몬드 오일을 발라 가면서 전신 마사지를 해준다. 긴 금발 머리의 한 신은 엎드려 있는 나의 손가락을 문질러 주고, 다른 이는 발가락을 하나하나 쭉쭉 잡아당겨 준다. 이렇게 각기 손과 발에서 출발한 둘은 허리에서 만나 등 가운데의 우묵한 부분을 함께 주물러 준다. 내가 항상 약간 뻣뻣하다고 느끼는 바로 그 부분이다.

다른 두 도전자도 같은 식으로 다뤄지고 있다.

옆에 누워 있는 조르주 멜리에스가 신음을 토하듯 나직이 말한다.

「이 목욕재계 의식이란 거…… 알고 보니 그렇게 나쁘지 않은데? 왜 아테나가 경기 전에 기어코 이걸 시키려 했는지 알 듯도 해. 이렇게 긴장을 풀고 나면 이따가 훨씬 더 잘할 수 있을 테니까.」

「이건 고대에서 비롯된 전통일 거야. 당시의 검투사들 역

60

시 투기장에 들어가기 전에 이런 마사지를 받을 수 있었지.」

라울이 주장한다.

「폭력 속으로 몰아넣기 전에 약간의 달콤함을 맛보여 주는 건가.」

프랑수아 라블레가 빈정거린다.

「나는 차라리 시합을 빨리 시작했으면 했어. 한껏 분기탱천해서 뛰쳐나가고 있는데 중간에 뚝 끊어 버리다니, 이게 뭐냐고!」

나는 짐짓 불평한다.

하지만 카리테스 신들의 나긋나긋한 손길 아래 긴장이 풀어지고 있음을, 나의 깊은 속은 인정한다. 신들의 손가락은 등에서 뭉친 부분들을 찾아내어 딱딱함이 사라질 때까지 지압해 준다. 이어 튜닉 차림의 다른 신이 옆방에서 다음 코스를 받으라고 말하고는, 칸칸이 나누어진 작은 밀실들로 우리를 안내한다. 그 방들의 천장에는 목봉이 붙어 있는데, 이는 몸집이 작고 가벼운 카리테스 신들이 특별한 마사지를 시술할 때 붙잡는 것이다. 그렇게 한 밀실 안에 혼자 들어가 엎드리니, 그중 하나가 내 수건을 벗기고 발로 자근자근 밟아 주려 내 등 위에 올라선다. 옆방에 있는 다른 신 후보생들도 같은 시술을 받고 있는 모양이다. 바로 이때, 실루엣 하나가 방에 들어와 내 위에서 작업하던 카리테스 신에게 자기가 대신해주겠다고 이른다.

나는 보기도 전에 체취를 통해 그게 누구인지 안다.

「미카엘. 할 말이 있어. 아주 중요한 일이야.」

「아프로디테, 꼭 지금 해야만 하나요?」

그녀는 내 등에 올라서지는 않고, 흥분의 떨림이 느껴지는 손길로 마사지를 해주기 시작한다.

「들리는 말로는 네가 스핑크스를 만났는데도 살아났다고 하던데?」

그녀의 목소리에서는 놀라우리만큼 불안감이 느껴진다. 아프로디테의 이런 모습은 본 적이 없다.

「맞아요.」

「스핑크스가 수수께끼를 냈어?」

「그래요.」

「넌 정답을 찾아냈고?」

「네.」

마사지하던 손길이 딱 멈춘다.

「그래, 답이 뭔데?」

「〈없음〉이죠.」

그녀는 한동안 생각해 보더니 이윽고 웃음을 터뜨린다.

「아, 정말로 대단해!」

그녀는 다시 마사지를 하기 시작한다. 이제 그녀의 손길에는 어떤 즐거움마저 느껴진다.

「그리고…… 제우스가 나에 대해서도 말했어?」

나는 몸을 뒤집어 일어나 앉아 그녀와 얼굴을 마주한다.

이렇게 가까이 있으니 다시금 그녀의 마법이 작용한다. 그녀는 나의 모든 감각을 호리는 순수한 매력덩어리이다. 아몬드 모양의 에메랄드빛 눈, 나선형으로 돌돌 말리며 치렁치렁 늘어진 금빛 머리채, 흰 명주 튜닉 아래로 은은히 보이는 젖가슴, 길게 늘어뜨린 귀걸이, 왕관, 보석들이 줄줄이 박혀 있는 허리띠……. 바로 모든 사람이 상상하는 사랑의 신의 모습 그대로이다. 자신의 힘을 의식하고 있는 그녀는 내게 살짝 눈을 흘긴다. 그러고는 내 볼을 애무하려 손을 내뻗지만 나는 밀어낸다.

「걱정할 것 없어. 목욕재계를 위해 한 시간을 주었으니까. 그동안 관중은 키마이라들의 저글링 곡예를 즐기고 있겠지. 자, 아직 얘기할 시간은 남아 있어. 네게 한 가지 중요한 말을 해주고 싶어. 난 네가 우승했으면 해.」

「왜죠?」

「넌 A력을 대표하기 때문이야. 다른 신 후보생들은 마초들일 뿐이지. 모두가 각자의 문명을 통해 여성 혐오증과 여성에 대한 멸시를 노골적으로 표현했지.」

「하지만 그들 말고도 시몬 시뇨레와 에디트 피아프도 있고, 또 마타 하리도 있잖아요.」

그녀는 약간 당황한 표정을 짓는다.

「그녀들에겐 너와 같은…… 여성스러움이 없거든.」

그녀는 다시금 내 얼굴을 쓰다듬으려 손을 내밀고, 이번에는 나도 제지하지 않는다. 하지만 헤르메스와 아프로디테의 아들 헤르마프로디토스가 내게 들려준 그 무서운 이야기가 떠오른다.

신이 되기 전, 아프로디테는 우리처럼 한갓 인간이었다고 한다. 그런데 인간 아프로디테의 아버지는 그녀를 버리고 다른 여자와 떠나 버렸다. 아버지를 증오하게 된 그녀는 한 가지 결심을 하게 되었다. 즉, 남자들을 호리고 조종하고 농락함으로써 그들에게 복수하겠다는 거였다. 나의 영혼을 옭아매기 위해 그녀가 내게 주었던, 조그만 두 다리가 달린 살아있는 심장이 생각난다. 헤르마프로디토스는 이렇게 단언했었다. 〈그녀는 입만 열면 사랑 얘기고, 이 사랑이란 단어를 너무도 좋아하지. 왜 그런지 알아? 그녀와 가장 거리가 먼 것이 바로 사랑이기 때문이야. 어떤 것에 대해 잘 모를 때, 오히려 그것에 대해 더 잘 말할 수 있는 법이거든.〉

아프로디테는 천천히 내 목과 턱을 스치듯 어루만진다.

「미카엘, 전에 내가 한 가지 약속을 했었지. 만일 네가 그 수수께끼를 푼다면, 너와 섹스를 하겠다고.」

「하지만 지금 내게는 약혼녀가 있어요. 그리고 나는 그녀만을 사랑한다고요.」

그녀는 장난스러운 눈빛을 하고 맞받는다.

「상관없어. 난 질투하지 않거든. 또 난 너와 섹스를 하겠다고 약속했지, 너와 결혼하겠다고 하진 않았어. (그녀는 내 말이 가소로운 듯 킥킥 웃는다.) 그런데 다름 아닌 사랑의 신과 사랑을 나눈다는 것이 무엇을 의미하는지 알기나 해? 그건 그 강렬함으로 보나 다양함으로 보나 그 무엇과도 비교할 수 없는 유일무이한 경험이야. 이제까지 네가 다른 〈암컷들〉과 나눈 사랑들 따위는 정말 아무것도 아니지. 남자들이 이 절대적인 경험을 맛보게 되면 뭐라고 하는지 알아? 난생처음으로 사랑을 해본 것 같다고 말한다고.」

(그녀는 어서 오라는 듯한 몸짓을 한다.)

「지금 여기서요?」

「왜, 안 될 게 뭐야?」

그녀는 아주 천천히 다가오더니 내 위에 몸을 굽힌다. 그녀의 입술이 내 입술 몇 센티미터 위에 있다. 그녀는 계속 다가온다. 그녀는 내가 마치 맛있는 음식이라도 되는 양, 나를 통째로 집어삼킬 듯한 눈으로 내려다본다. 그녀의 체취에 머리가 아찔해진다. 지금 마법 허리띠를 사용하여 나를 매혹하고 있는 것일까? 돌진해 오는 자동차의 전조등 빛에 홀려서 옴짝달싹 못 하고 있는 토끼처럼 나는 더 움직일 수가 없다.

내 얼굴에 그녀의 입술이 스치고, 피부에는 그녀의 숨결이 느껴진다. 그녀의 입가에 빙긋 미소가 떠오르는 게 보인다.

나는 무언가 나쁜 것을 향해 가는 듯한 기분을 느끼면서 두 눈을 감는다. 동시에 이 순간의 절박함이, 즉 몇 시간 있으면 내가 죽을지도 모른다는 생각이 그냥 이 사랑을 즐기라고 나를 부추긴다.

우리의 두 입술은 맞닿기 직전이다. 이제 숨 한 번만 더 내쉬면…….

이때 누군가의 비명 소리가 울려 퍼진다.

12. 백과사전: 타지마할

타지마할의 파란만장한 이야기가 시작된 것은 1607년의 어느 날, 그러니까 무굴 제국 황실이 황실 전용 시장을 일반에게 특별히 개방하는 연례행사 날이었다. 이날은 평소에는 금지된 일들이 예외적으로 허용되는 일종의 사육제라고 할 수 있었다. 예를 들어 황실 하렘의 여인들은 시장에 모습을 드러내 큰 소리로 떠들거나 백성들 틈에 섞여서 향, 화장품, 보석, 의복 등을 살 수도 있었다. 또 상인들과는 물론 시장을 찾은 다른 손님들과도 얼마든지 대화를 나눌 수 있었다. 그렇게 사람들은 서로의 신분을 모르는 채로 대화를 나눴고, 젊은 귀공자들은 예쁜 아가씨를 유혹하기 위해 시(詩)를 겨루는 시합을 벌이곤 했다.

이해에 자한기르 황제의 아들인 쿠람 황자는 열여섯 살의 소년이었다. 용맹한 전사이자 각종 기예에 출중한 미소년이었다고 전해지는 이 황자는 친구들과 함께 시장을 구경 나왔다가 한 미소녀를 발견하게 된다.

마찬가지로 고귀한 혈통의 공주였던 아르주만드 바누 베굼이었다. 황자는 그 자리에서 불같은 사랑에 빠진다. 다음 날, 쿠람 황자는 아버지를 찾아가 아르주만드와 결혼하도록 허락해 달라고 간청한다.

황제는 기본적으로 결혼하는 것은 승낙하지만, 얼마간 더 기다리라고 이른다. 그리고 그 이듬해, 황제는 황자를 페르시아 공주와 결혼시킨다. 또 이슬람의 관습에 따라 황자는 페르시아 공주 외에도 다른 여러 여인을 취해야 했다. 그렇게 사랑하는 연인과 만나지도, 말 한마디 나누지도 못한 채로 꼬박 5년을 기다려야 했던 쿠람 황자는 1612년 5월 10일 마침내 황실 점성술사들의 허가를 받아 그토록 갈망하던 세 번째 결혼식을 올릴 수 있게 되었다. 며느리의 아름다움과 매력을 직접 눈으로 확인하게 된 황제는 며느리에게 〈뭄타즈 마할〉이라는 이름을 붙여 주었는데, 이는 〈궁전의 빛〉이라는 뜻이다. 그날 이후로 황자와 공주는 결코 떨어지지 않았다. 부부는 열네 명의 자녀를 두었고, 그중 일곱 명이 살아남았다. 1628년, 쿠람은 역모를 꾸며 아버지를 퇴위시키고 자신이 황좌에 오르며, 이때부터 〈샤자한〉이라는 명칭을 쓰게 된다.

황제가 된 쿠람은 흥청망청 놀기만 좋아할 뿐 관리 능력은 형편없었던 선황이 수많은 정치적, 경제적 문제들을 남겨 놓았음을 알게 되고는 이를 해결하고자 노력한다. 또 그는 반역한 봉신(封臣)과 전쟁도 벌여야 했다. 이 토벌전에 남편을 따라나선 왕비는 여행 중에 열네 번째 아이인 공주를 출산하다가 그만 죽고 만다. 왕비는 임종하면서 남편에게 두 가지 소원을 말한다. 첫째는 다른 여인에게서 아이를 갖지 말아 달라는 것이고, 둘째는 그들의 사랑의 힘을 상징할 수 있게끔 자신을 기념하는 묘당을 지어 달라는 것이었다. 이듬해, 당시 무굴 제국의 수도였던 아그라에서 묘당 공사가 시작된다. 샤자한은 이 건축 프로젝트를 위해 인도와 터키에서뿐 아니라, 멀리 유럽에서도 최고의 건축가들과 장인들을 불러온다. 그렇게 해서 지어진 타지마할은 흰 대리석으로 되어 있지만 새벽에는 분홍색, 정오에는 흰색이며, 저녁에는 황금빛으로 신비하게 물든다.

하지만 아내를 잃은 샤자한 황제는 점점 더 교조주의적인 폭군으로 변한다. 1657년 샤자한이 병으로 약해진 틈을 타서 그의 아들이며 그보다도 더욱 교조주의적인 아우랑제브가 그를 퇴위시킨 뒤 유폐해 버린다.

샤자한이 아들에게 한 부탁은 단 하나였다. 사랑하는 아내를 위한 궁전의 공사가 진척되는 것을 볼 수 있게끔, 자신이 갇힌 감방의 벽에다 구멍을 내달라는 것이었다. 이 청은 받아들여진다. 그는 1666년에 옥사한다.

에드몽 웰스, 『상대적이며 절대적인 지식의 백과사전』제6권

13. 이별

허리에다 수건을 두를 생각도 안 한 채, 나는 벌거숭이 몸으로 여자 목욕탕이 있는 쪽으로 달려간다.

그것만은 안 돼! 다 괜찮아도 그것만은 안 된다고! 나는 흰 대리석이 깔린 복도들을 내달린다. 마침내 소리가 난 방에 들어서자 벌써 후보생들이 모여 있다. 군중을 거칠게 밀치고 들어가 보니, 흥건한 피 위에 널브러져 있는 시체가 눈에 들어온다.

마타 하리다.

나는 그녀를 부둥켜안는다.

「안 돼!」

그 힘없이 늘어진 몸을 세차게 흔들어 대다가 벌떡 일어나 울부짖는다.

「그녀는 안 돼! 대신 날 데려가! 그녀의 생명과 내 생명을

맞바꾸자고!」

나는 주먹을 불끈 쳐든다.

「어이, 신! 위대한 신이든, 우주의 창조주든, 누구든 간에 그 위에서 모든 것을 결정하고 있는 자! 내 말 들려? 당신은 이렇게 할 권리가 없어! 당신에게 한 번 더 기회를 주겠어. 만일 당신이 모든 것을 할 수 있는 자라면, 시간을 거슬러 올라가! 그리고 이 상황을 바꿔 놔! 바꿔 놓지 않으면 내가 당신을 심판하겠어. 만일 당신이 이따위 일이 벌어지게 내버려두는 신이라면, 당신은 사랑의 신이 아니라 죽음의 신이야. 왜 우릴 만들었지? 이렇게 우리를 다시 거둬 가면서 우리가 고통스러워하는 꼴을 보면서 즐기려고? 당신은 이런 짓을 할 권리가 없어. 권리가 없단 말이야! 뒤로 돌아가 줘. 시간을 되돌려서 역사를 다시 만들어 줘. 어이, 위대한 신! 어서 시간을 거슬러 올라가 보란 말야! 그러지 않으면 이 끔찍한 일은 영원히 돌이키지…….」

미약한 음성이 내 말을 끊는다.

「그만해!」

마타 하리다. 그녀는 아직 의식이 남아 있다. 하지만 입에서는 선혈이 흘러내리고 있다.

「너무 늦었어. 뒤로 돌아갈 수는 없는 법이야. 자, 이제…… 나를 사랑한다면…… 그저 묵묵히 싸워서 이겨 줘. 나를 위해서 이겨 줘.」

「마타…….」

「제발 이겨 줘……. 사랑해, 미카엘. 나를 위해 꼭 우승해야 해!」

그리고 스르르 눈을 감는다.

내 뒤에서 사티로스들이 수군거리는 소리가 들린다.

「토가를 입은 사내였어. 그리스 연극에서 쓰는 가면을 쓰고 있었고.」

나는 벌떡 일어선다.

「그자가 느닷없이 창문을 깨고 뛰어 들어와 그녀 바로 앞에서 대고 쏘았어. 난 모든 걸 다 보았지.」

다른 목소리가 말한다.

「이쪽으로 도망갔어.」

「어디로 갔다고요?」

나는 마타 하리의 앙크를 낚아챈다. 그리고 옷을 주워 입을 시간도 없이 그대로 계속 이어진 어둑한 복도들을 내닫는다.

거대한 참나무 문이 원형 극장 외부로 빠끔히 열려 있다. 바깥의 눈부신 빛이 쏟아져 들어온다.

내가 나온 곳은 올림피아의 널찍한 대로이다. 텅 비어 있다. 바람이 다시 불기 시작하지만, 공기의 서늘함조차 느끼지 못한다. 내 몸은 아드레날린과 분노로 들끓고 있다.

실루엣 하나가 쏜살같이 서쪽으로 내닫는다.

잡고야 만다!

그는 올림피아의 시문 방향으로 향한다.

거리가 상당히 떨어져 있지만 나는 앙크를 겨냥하여 발사한다. 하지만 적중시키지 못한다. 나는 소리 지른다. 내가 소리 지르는 것을 의식조차 못하면서 고래고래 외친다. 그것은 다만 나의 분노를 표출하는 한 방식일 따름이다.

그는 고개를 돌린다. 분명히 나를 보았을 테지만, 멈추지 않고 굽이 길을 통해 파란 숲 쪽으로 내달린다.

저자는 수풀 속으로 사라져 버릴 거야.

다시 나는 먼 거리에서 앙크를 발사하지만 이번에도 놓친다.

나는 달린다. 그가 더 이상 보이지 않는다.

나는 헐떡거리며 멈춰 선다. 몸을 돌려 주위를 살핀다. 바로 이때, 미니어처 같은 여자 몸의 조그만 나비 하나가 불쑥 나타난다. 머리카락은 적갈색이고 눈은 초록빛이다.

무슈론!

거룹은 입을 열어 나비의 대롱같이 돌돌 말려 있는 긴 혀를 쭉 펼쳐서 한 방향을 가리킨다. 나는 그쪽으로 내닫는다.

심장이 가슴 속에서 쿵쾅거린다. 난생처음으로 누군가를 살해하고 싶은 강렬한 욕구에 사로잡힌다.

거룹은 내 앞에서 팔랑팔랑 날아가며 길을 인도해 준다.

나는 이어지는 덤불숲들을 통과해 숲속의 빈터에 다다른다. 살신자는 거기 있다. 하지만 혼자가 아니다. 똑같은 가면을 쓰고, 똑같이 너덜너덜 찢어진 토가를 걸친 다른 살신자 하나가 그와 마주하고 우뚝 서 있다. 하지만 둘 다 나를 노리는 것 같지는 않다. 그들은 서로를 향해 앙크를 겨누고 있다.

나 역시 무기를 들어 올린다. 하지만 누가 범인인지 몰라 당혹스러워 둘을 번갈아 겨누어 본다.

「쏘지 마, 나야, 미카엘!」

한 가면 뒤에서 허스키한 목소리가 흘러나온다.

「당신이 누군데?」

나는 묻는다.

「나, 에드몽!」

쉰 목소리가 소리친다.

「에드몽 웰스는 죽었어!」

나는 무기를 겨누며 대답한다.

「아냐, 내가 설명해 줄게.」

「아냐, 미카엘! 설명은 내가 해줄게. 왜냐면 내가 진짜 에드몽 웰스니까.」

그와 마주 보고 있는 자가 비슷한 음성으로 말한다.

「좋아. 그렇다면 둘 중에서 부활한 에드몽 웰스에게 질문을 하겠어요. 우리의 슬로건이 뭐였죠?」

둘 다 꿀 먹은 벙어리가 된다. 한쪽이 기침을 한다. 그러자 다른 쪽도 따라 하듯 요란하게 콜록댄다.

「난 네 편이라고. 저놈을 쓰러뜨려야 해.」

왼쪽에 있는 자가 기침을 멈추고 간신히 내뱉는다.

「아냐, 내가 네 편이야.」

다른 목소리가 외친다.

「그럼 둘 다 가면을 벗어요! 그러면 누가 누군지 알 수 있을 테니까. 에드몽 웰스 선생님, 선생님은 가면을 벗어도 잃을 게 없잖아요?」

신경이 팽팽해진 나는 요구한다.

「내가 움직이면 저놈이 쏠 거라고!」

한쪽이 말한다.

「아냐, 저놈이 날 쏠 거야.」

다른 한쪽이 대꾸한다. 둘의 목소리는 서로 비슷하다. 하나가 다른 하나보다 약간 더 쉬어 있을 뿐이다.

「빨리 저놈을 해치워 버려!」

오른쪽에 있는 자가 부추긴다.

난 그렇게 말한 쪽에다 대고 쏜다.

그자는 그대로 뒤로 쓰러진다. 바로 이 순간, 다른 한쪽이 가면을 벗는다.

에드몽 웰스다. 역삼각형의 얼굴, 삐죽하게 올라간 귀, 약간은 카프카와도 비슷한 모습이다. 눈은 여전히 반짝이지만 기침을 하고 있다.

「왜 슬로건을 말하지 않았죠?」

「어떤 슬로건 말인데? 슬로건이 여럿 있었잖아? 〈사랑을 검으로, 유머를 방패로〉, 〈미지의 세계를 향해 전진하자〉, 그리고 더 오래된 것으로는 〈우리, 바보들에 맞서 함께 싸우자〉 등등…….」

참으로 착잡한 기분이다. 마타를 잃은 아픔, 복수를 하고 난 후련함, 선생님을 다시 만나게 된 기쁨…… 이 모든 다양한 감정들이 혼란스레 뒤섞인다. 내가 말한다.

「선생님 목소리를 알아듣지 못하겠던데요?」

「숲속에서 자다가 감기가 걸렸어. 인후염에 걸린 것 같아. 금방 지나가겠지.」

「선생님이 돌아가신 줄 알았는데…….」

예전에 나의 인도자였던 이는 미소 짓는다.

「아냐. 난 아틀라스의 집에서 탈출해 나올 수 있었어. 그리고 이자를 감시하고 제압하기 위해 숲에 머무르고 있었지.」

나는 『상대적이며 절대적인 지식의 백과사전』의 한 구절을 바꾸어 이렇게 말해 본다.

「〈시스템에서 빠져나와야만 그 시스템을 제대로 이해할 수 있다.〉 맞아요. 올림피아를 이해하기 위해서는 올림피아에서 나와야 하죠.」

에드몽 웰스는 무겁게 한숨을 내쉰다.

「마타 하리 일은 안됐네. 결승전이 열리면 살신자가 또 무슨 짓을 벌일 거라고 짐작하고 있었지. 하지만 내가 너무 늦게 도착했어.」

나는 몸을 굽혀 땅바닥에 뻗어 있는 사내의 가면을 들추어 본다. 마침내 이 고약한 살신자의 정체를 알 수 있게 된 것이다.

그의 얼굴을 본 나는 경악하며 한 걸음 뒤로 물러선다.

맙소사! 다른 자는 다 의심할 수 있어도 이자만큼은 아니라고 생각했는데…….

저 멀리에서 추격자들이 달려오는 게 보인다.

에드몽 웰스가 자리를 피하며 말한다.

「난 우선 몸을 숨기는 게 낫겠어. 곧 다시 보자고. 그런데 미카엘, 반드시 자네가 우승해야 하네. 거기에 얼마나 중요한 것이 걸려 있는지 자넨 모를 거야. 꼭 이겨야 해!」

그는 사라진다. 다른 이들이 벌써 다다랐다. 몰려온 무리의 선두에 선 것은 사냥의 신 아르테미스이다. 켄타우로스의 등에 올라탄 그녀는 내게 활을 겨눈다.

아르테미스는 쓰러진 살신자 위에 몸을 굽히고는 가면을 들어 올린다. 역겨운 듯 아랫입술을 삐죽하니 내밀면서 살신자의 얼굴을 확인한 그녀는 흠칫 놀란다. 그리고 이렇게 짤막하게 내뱉는다.

「그래, 바로 이자였군…….」

14. 백과사전: 세 가지 굴욕

인류는 세 번의 굴욕을 경험했다.

첫 번째 굴욕을 안겨 준 이는 니콜라우스 코페르니쿠스이다. 그는 자신이 행한 천체 관측을 토대로 지구가 우주의 중심이 아니라는 결론을 이끌어 냈다.

두 번째 굴욕은 찰스 다윈에게서 비롯됐다. 그는 인간이 한 영장류의 후손이며, 따라서 다른 동물들과 마찬가지로 인간 역시 하나의 동물에 불과하다는 결론을 내렸다.

세 번째 굴욕은 지그문트 프로이트의 이론이다. 그는 대부분의 정치적, 예술적 행위의 실제적인 동기는 성(性)이라는 점을 지적했다.

에드몽 웰스, 『상대적이며 절대적인 지식의 백과사전』 제6권

15. 살신자의 얼굴

아르테미스는 무기를 버리고 두 손을 위로 올리라고 내게 명한다. 벌써 켄타우로스들이 험상궂은 얼굴을 하고 나를 에워싸고 있다.

나는 그녀의 말을 들은 척도 않고 살신자의 멱살을 쥐고 흔든다.

「왜 그랬어? 왜?」

그는 얼굴을 찡그린다. 이어 나를 잠시 응시하더니 마지막 힘을 다해 또박또박 말한다.

「이건 추악한 게임이야. 내가 너희들에게 수없이 되풀이했잖아. 우리는 게임할 수 없다고. 우리는 우리로 인해 고통받는 약한 존재들을 가지고 놀아서는 〈안 된다고〉. 대체 신 후보생이란 게 뭐지? 실험을 위해, 혹은 시합을 위해 작은 짐승들을 괴롭히는 게 신 후보생인가? 올림피아의 이 잔혹한 시스템 전체가 잘못되어 있어. 난 우승자가 나오지 않기를 바랐고, 이를 위해 후보생 전원을 죽이려 했어. 하지만 실패했지. 그래. 살아남은 후보생들이 있는 이상 게임은 계속될

터이고, 18호 지구의 인간들은 신들을 재미있게 해주기 위해 앞으로도 계속 고통받겠지. 그래, 난 실패했어!」

아르테미스는 그를 내려놓으라고 엄하게 명한다.

우리를 에워싼 무리가 점점 더 다가온다.

그는 되뇌듯 말한다.

「난 노력해 보았지만, 결국은 실패했어……. 모두들 부탁이야. 제발 게임을 포기해 줘. 아무도 인간들을 가지고 놀 권리가 없어. 그들이 우리의 개인적 야심을 위해 희생되어야 할 아무런 이유가 없다고!」

그래, 바로 이자였다.

살신자에게 초반에 희생됐던 매릴린이 숨을 거두면서 〈L〉 자를 애써 발음하려 했던 일이 떠오른다. L…… 그것은 바로 살신자의 이름 맨 앞에 오는 글자였다.

뤼시앵 뒤프레.

내 기억이 맞는다면, 이 사시 사내는 안과 의사였다. 시간의 신 크로노스의 수업 때 벌였던 첫 번째 경기에서 가장 우수한 성적을 거둔 후보생이었다. 즉, 17호 지구의 말기, 그러니까 공포와 혼돈이 지배하던 그 시기에 평등주의적이고도 축제적인 히피 공동체를 창조함으로써 자기가 맡은 인간들을 구해 내는 데 성공했던 이가 바로 그였다.

하지만 크로노스는 이 모든 것은 단지 게임일 뿐이며, 하나의 실험 행성에 불과한 17호 지구는 원칙에 따라 18호 지구에 자리를 내주기 위해 사라져야 한다고 말했다. 이에 뤼시앵 뒤프레는 격렬한 분노에 휩싸였고, 우리 이름을 하나하나 부르면서 절규하듯 물었다. 이 게임이 너무도 불공평하지 않느냐고. 신 후보생들은 이 불쌍한 인간들을 장난감처럼 가지고 놀면서 너무도 부당하게 권능을 남용하고 있지 않느냐고.

「이건 세계들이 아니야! 도살장들이라고!」

그리고 우리에게 애원했었다. 이 학살 게임을 중단하자고. 올림피아의 스승들에게 우리 모두 반항하자고. 하지만 우리가 굴종적인 태도를 견지하자, 그는 홀로 자퇴의 길을 택했다. 그렇게 교실 문을 박차고 나가면서 그는 이렇게 내뱉었다.

「신이 된다는 게 이런 거라면…… 저는 차라리 그만두겠습니다!」

우리는 믿고 있었다. 다른 모든 불량 학생들이 그랬듯, 그 역시 켄타우로스 경찰에 의해 처형된 다음, 키마이라로 재활용되었으리라고. 하지만 그게 아니었다. 올림피아 역사상 초유의 사태 앞에 모두가 정신이 멍해졌던 것일까? 아무도 그를 어떻게 해볼 생각조차 못 했다. 그리하여 그는 분노를 곱씹으며 숲속을 홀로 배회했을 것이다.

그리고 하나의 해답을 찾아냈던 것이다. 후보생들의 양심을 일깨움으로써 이 게임을 중단시키는 것이 불가능하다면, 참가자들을 하나하나 제거함으로써 게임을 끝내 버리리라.

그런데 우리는 애먼 프루동을 의심했다니……. 그것도 단지 그가 아나키스트였다는 이유만으로……. 게임의 진정한 적은 이 보잘것없는 안과 의사였다. 탁월한 인간 관리자이자 올림피아 스승들이 부과한 규칙을 거부했던 이상주의자.

그의 눈동자가 굳고, 입이 뒤틀린다. 나는 내 사랑을 죽인 자, 뤼시앵 뒤프레의 두 눈을 영원히 감겨 준다.

벌써 켄타우로스들이 다가온다. 그의 시신을 들것에 실어 옮겨 가기 위해서다. 페가수스를 탄 정의의 신 아테나가 나아온다. 언제나 그렇듯 한쪽 어깨에 올빼미를 앉히고, 손에는 창을 든 모습이다.

그녀는 준엄하게 꾸짖는다.

「팽송! 정의를 집행하는 것은 그대의 몫이 아니야. 아에덴에서 폭력은 금지되어 있어. 아에덴의 절대 법규이지. 또 앙크는 결코 한 개인을 죽이는 데 사용되어서는 안 돼. 설령 그게 배신자, 혹은 살인범이라 할지라도.」

나는 숨을 크게 들이쉬고 그녀를 똑바로 마주 본다. 신의 권위에 조금도 위압되지 않은 태도로.

「……노출 행위도 마찬가지로 금지야.」

난 그 말을 듣고도 알몸을 가리려고조차 하지 않는다.

「자, 관중들이 너무 오래 기다렸다. 결승전을 시작할 수 있도록 모두들 들어간다.」

아테나는 말을 맺는다.

원형 극장에 도착한 우리는 꾸물댈 시간이 없다. 켄타우로스들이 북을 두드리는 가운데, 군중은 계단식 관중석에 자리를 잡는다.

그리핀들은 각 수도의 영상을 중계방송할 열한 개의 대형 화면을 다시 켠다. 마타 하리의 것이었던 열두 번째 화면은 까맣게 꺼져 있다.

나는 새롭게 충전된 앙크를 하나 달라고 신호한다. 카리테스 신이 달려와 그 신성한 작업 도구와 함께 깨끗한 튜닉과 토가를 한 벌씩 내민다.

더 이상 마타 하리를 생각해선 안 돼. 에드몽 웰스, 뤼시앵 뒤프레도 마찬가지야. 오직 승리하기 위해 경기에만 집중

하자.

다른 후보생들이 수군거리고 있다. 무슨 일이 있었는지 전해 들은 모양이다.

이제 우리 열한 명의 후보생은 올림피아 열두 신 앞에 선다.

아테나는 모두들 조용히 하라고 말한다.

「신사 숙녀 여러분, 우리에게는 마지막으로 처리해야 할 문제가 몇 가지 있었습니다. 자, 이제는 정말로 경기를 시작하도록 합시다.」

신이 공을 치고, 그 소리는 원형 극장 전체에 길게 울려 퍼진다.

우리는 모두 투기장 중앙에 있는 구체를 향해 뛰어간다. 그러고는 저마다 발판 사닥다리나 사다리를 하나씩 잡는다.

나는 높직한 사다리를 기어올라, 구체의 유리 벽을 마주한다.

「자, 후보생들은 지난번 경기가 끝났을 때의 상태를 각자 확인하도록!」

다시 한번 공이 울린다. 무중력 상태에 들어간 듯 머리가 핑 돈다. 긴장으로 손이 덜덜 떨린다. 나는 앙크를 구체의 표면 위에 올려놓고, 그 고성능 확대경에 눈을 갖다 댄다.

처음에는 여기저기 우글대고 있는 인간 무리들이 그저 새카만 곤충 떼처럼 보일 뿐이다. 줌 조절 장치를 돌리니 비로소 그들의 모습이 분명히 보인다.

내 돌고래족의 수도는 부분적으로 타 민족에게 점령되어 있다. 바로 매족으로, 이들은 여우족과 동맹을 맺어 나의 영토를 침략했던 것이다. 하여 지금 나의 도성에는 매족이 들끓고 있고, 치안은 여우족에 의해 유지되고 있는 실정이다. 하지만 나의 돌고래족이 완전히 사라진 것은 아니다. 오히려 그들은 수도의 몇몇 특별 구역에서 큰 공동체를 이루며 전통을 이어 가고 있다.

다시 앙크의 버튼을 조정하여 다른 곳으로 시각을 돌려 본다.

그동안 돌고래족은 무수한 시련을 겪었다. 성전이 파괴되고 묘지가 모독되었으며, 고고학적 유적들이 폭파되었다. 또 매족의 강요 아래 다른 종교로 개종하기도 했다. 하지만 이 모든 것에도 불구하고 돌고래족의 전통은 아직 그 힘찬 활력을 잃지 않고 있다.

〈거의 꺼진 듯 보이지만, 내가 훅 하고 한번 불어 주기만 하면 다시금 활활 타오를 잉걸불이야!〉

나는 이국땅 여기저기에 흩어져 있는 다른 돌고래족 공동체들을 찾아본다.

그들의 형편은 썩 좋지 못하다. 돌고래족은 노후하고 비위생적이며 폐쇄된 구역에 모여 사는 경우가 많다. 그뿐이 아니다. 내가 없는 동안, 내 백성을 비방하고 중상하는 운동을 전개한 끝에 그들을 집단 학살장으로 내몬 일이 수차례 있었다. 그 끔찍한 짓을 가장 앞장서 자행한 것은 염소족이었고, 최근에는 곰족이 그랬다.

이러한 끊임없는 인종 차별주의 운동과 살육에 시달려 온 나의 공동체들은 점차로 줄어들었고, 흡수되었고, 개종되었다. 많은 이들이 비참하게 살아왔다. 이런 역사에도 이점이 하나 있다면, 그것은 몇 안 되는 드문 생존자들이 역경 속에서 살아남을 수 있는 예외적인 저항력을 키워 왔다는 점이다.

불쌍한 내 백성……. 하지만 이들은 최소한 어리석지는 않아. 어리석음에 대한 예방 주사를 맞은 셈이니까.

마음이 짠해진 나는 침을 꿀꺽 삼킨다.

라울과 다른 도전자들의 얼굴에서도 긴장과 불안의 빛이 느껴진다. 하기야 이 중에서 승리를 장담할 수 있는 사람이 누가 있으랴. 모두들 우리의 체스판이라 할 수 있는 18호 지구 위에 놓인 자기 말의 위치를 확인하고 있다.

마타! 너를 위해 이길게!

새로운 전략을 사용하여 모든 이의 허를 찔러야 한다.

날개가 팔랑이는 소리가 난다. 적갈색 머리칼을 바람에 흩날리며 무슈론이 살포시 내 어깨 위에 내려앉는다. 나를 격려해 주러 온 미니어처 천사 같다.

아직 아테나의 시작 신호가 떨어지지 않았다. 우리는 기다리고 있다. 내가 있는 위치에서 에디트 피아프의 모습이 보인다. 그녀는 높직한 사다리 위에 걸터앉아 앙크의 가운데 버튼에 손가락을 올려놓고 있다. 라울 역시 앙크를 꽉 잡고 있는데, 그 모습은 당장에라도 토치에서 화염을 내뿜을 준비가 되어 있는 용접공을 연상시킨다.

귀스타브 에펠은 앙크의 돋보기를 닦고 있다. 조르주 멜리에스는 정신을 한데 모으고 있다. 이런 우리의 모습은 멀리서 보면 거대한 알을 수술하고 있는 의료 팀과 비슷하리라.

나는 눈을 감는다. 어떻게 싸울 것인가? 머릿속에 여러 생각이 떠오른다.

자신의 약점을 메우려 하기보다는 강점을 더욱 강화해

야 해.

나의 돌고래족을 무장시켜 봐야 아무 소용 없을 것이다. 우선 다른 민족보다 수도 적고, 생명을 존중하는 전통 탓으로 악바리 근성이 부족하여 얼마 가지 않아 전멸해 버릴 게 뻔하다.

이 판국에 멋들어진 경기 스타일을 찾고 있을 여유가 있는가? 현 상황에서 내게는 다른 선택의 여지가 없다. 나는 예언자들을 창조할 것이다. 하나도 아니요, 둘도 아닌, 세 명의 예언자를 창조할 것이다. 셋 중에서 최소한 하나는 성공하지 않겠는가. 그들은 종교적인 예언자가 아닌 〈세속적〉 예언자, 하지만 진정한 정신적 혁명을 가져올 예언자가 될 것이다. 난 더 이상 선택의 여지가 없다. 이겨야 한다. 난 경제학, 과학, 심리학의 세 방면에서 동시에 움직일 것이다.

세 명의 천재. 세 개의 폭탄. 문제는 그들을 어디에 위치시키느냐이다.

마타 하리는 상어족을 경계하라고 내게 충고했었다. 좋다. 난 그들의 영토 내에 나의 씨들을 심어 놓을 것이다. 꽃나무가 가장 잘 자랄 수 있는 곳은 다름 아닌 퇴비 더미 속이니까.

나는 세 예언자의 모습을 머릿속에 떠올리기 위해 정신을 집중한다. 마타를 잃은 슬픔에 대해서는 이제 생각하지 말자.

〈난 그녀를 위해 이길 거야.〉

「자…… 모두들 준비됐나?」

아테나는 다시금 나무망치를 들어 올린다. 그리고 마치 슬로 모션처럼 느껴지는 동작으로 세 번째로 공을 친다.

금속음이 오랫동안 원형 극장 안을 맴돈다.

관중석에서 솟아오르는 거센 함성에 귀가 먹먹해진다.

16. 백과사전: 심리 역이용 게임

수학자 호프스태터는 그의 저서 『괴델, 에셔, 바흐』에서 매우 흥미로운 게임 하나를 소개하고 있다. 두 사람이 노는 게임으로 그 어떤 카드도 말도 필요 없고, 오직 두 개의 손만 있으면 되는 게임이다.

신호와 함께 두 참가자는 각자 손을 내밀고, 1에서 5까지의 수 중 하나를 손가락으로 표시한다. 이때 더 높은 수를 낸 사람이 두 사람이 낸 수의 차이만큼을 점수로 얻는다. 예를 들어 한 사람이 5를 내고, 한 사람이 3을 냈다면, 5를 낸 사람이 5-3, 즉 2점을 획득한다. 그렇게 해서 얻은 점수를 0점부터 더해 나간다. 그렇다면 언제든 5만 내면 될 것 아닌가? ……하지만 이 첫 번째 규칙을 보충하는 두 번째 규칙이 있다.

두 사람 사이의 차이가 1점이 되는 경우, 작은 수를 낸 사람이 두 사람의 수를 합한 점수를 얻는다. 예를 들어 한 사람이 5를 내고 다른 한 사람이 4를 내면, 4를 낸 사람이 5+4, 즉 9점을 획득한다.

만일 두 사람이 같은 수를 내면 점수가 나지 않고, 다시 시작한다. 이런 식으로 계속하여 먼저 21점을 얻는 사람이 이긴다. 물론 돈을 걸고 하는 사람들도 있다. 이것은 별다른 장비도 필요 없고, 규칙을 금방 익힐 수 있는 매우 간단한 게임이다. 하지만 실제로 해보면 상당한 수준의 심리 분석과 교묘한 전략을 요구하는 게임임을 알 수 있다. 이기기 위해서는 끊임없이 상대의 생각, 특히 나의 생각에 대한 상대의 생각을 예측해야 하기 때문이다. 또, 하나의 전략이 성공하면 즉시 전략을 변경하여 상대의 허를 찌를 줄 알아야 한다.

에드몽 웰스, 『상대적이며 절대적인 지식의 백과사전』 제6권

17. 돌고래족

위에서 내려다보면 수백만의 인간이 바글대는 한 대도시가 보였다. 가로등이 줄지어 선 널찍한 대로들이 쭉쭉 뻗어 있었다. 덜컹대며 굴러가는 사륜마차들은 내연 기관으로 추진되는 최초의 자동차들에게 추월당하고 있었다. 자동차들은 엄청난 소음과 연기를 뿜어 댔다. 하지만 마냥 즐겁기만 한 아이들은 운전수들을 졸라 대곤 했다. 서양 배 모양으로 생긴 고무 경적으로 뿡뿡 소리를 한번 내어 달라고.

토끼털이 주재료인 높직한 실크해트를 쓴 남자들은 은제 손잡이가 달린 지팡이를 자랑스레 휘두르고 있었다. 어떤 이들은 긴 담배나 시가를 피우며 자신의 지위를 과시했다. 그들의 배우자들은 허리 아래가 풍성히 부푼 긴 드레스를 입었는데, 그 속에는 가슴을 돋보이게 하는 고래수염 코르셋이 숨겨져 있었다. 머리채 위에 얹힌 모자는 긴 바늘로 고정되어 있었다. 빈민가에서는 매춘부들이 지나가는 남정네들을 불러 댔고, 구걸은 할 수 있을 만큼 심한 장애가 아닌 아이들은 행인들의 회중시계나 지갑을 훔치려 들었다.

보통 시내 한복판에 지어 놓은 공장들은 욕지기나는 시커먼 연기를 뿜어 대고 있었고, 공장에서 쏟아져 나오는 회색 작업복 차림의 노동자들은 기숙사나 진배없는 자기네 동네로 돌아가기 위해 열심히 자전거 페달을 밟아 대고 있었다. 때로는 하늘에 떠가는 헬륨 비행선도 볼 수 있었다. 승객을 싣고 구름 위를 천천히 움직이는 비행선의 꽁무니에는 나른하게 공기를 휘젓는 커다란 프로펠러가 달려 있었다.

상업 구역의 어느 거리, 바삐 오가는 군중 가운데 장발에 수염을 텁수룩하게 기른 한 청년이 심각한 표정으로 걷고 있었다.

그는 박해를 피해 여기저기를 떠돌아다닌 돌고래족 가문 출신이었다. 가난했던 그는 당시 비약적으로 발전하고 있던 상어족의 수도에 정착하여, 노동자 구역 한구석에 있는 다락방에 살고 있었다. 그는 책 읽는 것을 좋아했다. 역사서와 경제서를 주로 읽었으며, 특히 유토피아를 다룬 책들을 탐독했다.

스물한 살 때 그는 기자가 되었다. 덕분에 그는 당대의 모든 위대한 사상가들과 인터뷰를 할 수 있었으며, 이를 통해 자신의 이론을 정립해 가면서 그 내용을 일기장에 적어 나갔다. 그는 인간을 사고하는 존재가 아닌 행동하는 존재로 규정했다. 즉, 그가 보기에 인간은 사상이 아니라 행위로써 판단해야 할 존재였다.

특파원이 된 그는 각국을 여행하며 세상을 관찰했다. 특히 당시 근본적인 변화를 겪고 있던 노동 세계에 깊은 관심을 가졌다.

마침내 그는 위대한 저서를 한 권 집필했고, 그 책에 〈유토피아〉라는 제목을 붙였다. 그의 생각에 따르면, 종교와 국가는 생산은 안 하면서 빈둥거리기만 하는 자들을 부자로 만들어 주는 체제에 지나지 않으며, 사제나 정치가는 인간에게 불필요한 존재들이었다.

공장을 중심으로 이루어지는 삶은 자동적으로 착취자 대 피착취자의 대립을 낳는다는 사실에 주목하게 된 그는 역사에 대한 새로운 관점을 제시했다. 그에 따르면 역사는 착취자와 피착취자 간의 끊임없는 투쟁의 역사라 할 수 있었다. 그리고 언젠가는 이 두 계층 간의 간극이 사라지고, 지구상에 오직 하나의 집단, 즉 권리와 부와 권력에 있어서 평등한 사람들의 무리만이 존재하게 될 터였다.

그는 예측하기를, 왕들의 독재와 착취자들의 독재에 이어 피착취자들의 독재가 실현될 것이고, 종국에는 그가 〈최종적인 안정〉이라고 명명한 행성 전체의 평화 상태가 도래할 것이라고 했다.

그의 저서 『유토피아』는 처음에는 별다른 주목을 받지 못했다. 하지만 시간이 흐르면서 당시 각국의 수도에서 부상하고 있던 계층인 학생 및 지식인들로부터 큰 호응을 얻게 되었다. 그의 역사관을 연구하고 논평하는 모임들이 생겨났으며, 그의 사상을 내세우는 정치 운동들도 일어났다. 결국 어떤 〈평등주의적〉 정당이 출현하여, 언젠가는 이 세상 그 누구도 이웃보다 더 많이 소유하지 않게 되는 날이 도래할 것이라고 선언했다. 이렇게 하여 〈유토피아주의〉 운동이 시작되었다.

지식인과 학생의 뒤를 이어 그의 사상에 호응한 것은 노동조합들이었다. 그것은 아마도 〈착취자들의 지배〉 단계에서 〈피착취자들의 독재〉 단계로 넘어가기를 바라는 희망 때문이었으리라. 〈유토피아주의자〉가 스스로를 돌고래족 사상가로 내세우지 않은 점은, 모든 이들이 미래에 대한 그의 비전을 큰 거부감 없이 받아들일 수 있게 한 요인이 되었다.

〈유토피아주의자〉의 방에서 불과 몇 킬로미터밖에 떨어지지 않은 곳, 즉 같은 상어족의 수도 안이지만 학생들이 모여 사는 동네에 또 다른 청년이 있었다. 역시 부모가 돌고래족인 그 청년은 물리학의 영역에서 개인적인 프로젝트를 발전시켜 나가고 있었다.

어렸을 때(고독했던 청년 시절에도 마찬가지였지만) 교사들은 그를 범용한 아이로 여겼다. 항상 혼자만의 몽상에 잠겨 있다가, 무엇을 물어보면 한참 뜸을 들이고서야 대답하곤 했기 때문이다. 하지만 그는 중등 교육의 각 단계를 황소걸음으로 뚜벅뚜벅 이수해 나갔고, 결국에는 그 나라 최고의 물리학부에 들어가게 되었다. 그리고 거기서, 직관에서 출발하여 생각해 낸 이론을 하나 발표했다. 바로 에너지와 물질과 속도 사이에 연관성이 존재한다는 이론이었다. 속도와 에너지를 가지고 물질을 만들어 내는 게 가능하다는 거였다. 물질과 속도를 가지고 에너지를 만들어 내는 게 가능하다는 거였다. 에너지와 물질을 가지고 속도를 만들어 내는 게 가능하다는 거였다. 그는 이 법칙을 〈연관의 법칙〉이라고 정의했다. 이 법칙에 따르면 〈모든 것은 서로 연관되어 있기〉 때문이었다. 이때부터 사람들은 그를 〈연관 이론가〉라고 불렀다.

그는 풍성한 콧수염과 웃는 듯한 실눈의 소유자였다. 또 농담을 입에 달고 다녔기 때문에, 그의 지성을 인증해 주는 학위증들이 아니었더라면 그의 이론 역시 그의 수많은 장난 중에 하나가 아닌가 하는 생각이 들 정도였다.

이 물리학의 3대 요소 사이의 관계는 과학계 전반에 일대 혁명을 가져왔다. 그의 이론은 존재하는 모든 것들 간에 연관성이 있음을 암시하기 때문이었다. 그의 이론은 〈과학계〉라는 작은 세계 안에 하나의 사상적 흐름을 탄생시켰다. 그의 비전에 영감을 받은 어떤 학자들은 석유를 대체할 새로운 형태의 에너지를 상상하고 만들어 내기 시작했다. 또 어떤 학자들은 새로 건립된 물리학 연구소에서, 물질을 기계 안에 넣어 극히 빠른 속도로 돌림으로써 초강력 에너지를 얻어 냈고, 이를 〈연관 에너지〉라고 명명했다.

여전히 상어족의 나라, 하지만 이번에는 부유한 동네에서 세 번째 청년이 나름의 독창적인 비전을 발전시켜 가고 있었다. 그 역시 박해를 피해 도망 온 돌고래족 가문 출신이었다. 그의 분야는 의학이었다. 잘 다듬어진 턱수염에 작고 동그란 안경을 걸치고서 긴 상아 담배 부리를 뻐끔거리는 그에게서는 멋쟁이 신사의 분위기가 풍겼다.

그도 종교인은 아니었다. 하지만 그 역시 동시대인들의 사고방식을 변화시키려 애썼다. 의사였던 그는 각종 정신 질환, 특히 당시의 책들이 〈우울증〉이라는 이름으로 통칭했던 질병들에 관심이 많았다.

마약의 효과에 대한 논문과 최면에 대한 논문을 각각 한 편씩 쓴 뒤, 어느 날 그는 꿈을 꾸었는데, 그 꿈을 통해 인간 정신을 이해하는 데 하나의 열쇠가 될 만한 사실을 발견하게 되었다. 그 열쇠, 그것은 바로 꿈이야말로 무의식의 메시지를 담고 있다는 사실이었다. 또 꿈을 해독함으로써 우울증의 원인이 된 사건을 다시 찾아낼 수 있다는 사실이었다.

그는 꿈에 관한 자신의 이론을 설명한 책을 한 권 저술하니, 바로 『가면의 뒤쪽』이었다.

그는 인간 행동을 지배하는 근본적인 메커니즘들에 대한 탐사를 계속해 나가다가 원시 공동체와 동물 공동체에 관심을 갖게 되었고, 결국 성(性)에서 또 다른 열쇠를 발견하게 되었다. 그의 주장에 따르면, 생식 호르몬의 작용이야말로 대다수 인간 행동의 주요 동기였다. 하여 그는 두 번째 저서, 『성과 생의 충동』을 썼다.

그는 이러한 연구를 더욱 발전시킨 끝에, 개인이 보이는 성적 행동은 대부분 유아기와 연결되어 있다고 주장했다. 특히 부모들이 보여 준 최초의 행동이나 태도와 밀접히 연관되어 있다는 거였다.

이미 꿈과 성에 대해 논문을 쓴 바 있는 그는, 이번에는 부모에 의해 정신적 외상을 입는 유년기를 주제로 하여 세 번째 논문을 쓰니, 바로 「각인(刻印)」이었다.

이러한 연구 결과들을 토대로, 그는 마침내 하나의 의학적 치료 방법을 제안하게 된다. 유년기 때 입은 정신적 외상은 개인으로 하여금 성장해서도 실패의 도식을 반복하게 한다. 그렇다면 과거를 분석함으로써 정신적 외상을 찾아내고, 결국에는 그 외상에서 벗어날 수 있지 않겠는가?

그가 제안한 방법은 실험으로 옮겨졌고, 그때까지 치료가 불가능하다고 여겨졌던 무수한 우울증 증상들을 치료하는 성과를 얻게 되었다. 정신 병원에 갇혀 있던 사람들, 강박적 행동들을 보이던 사람들은 심리적 장애를 극복하고 자신을 표현하고 타인과 소통하기 시작했으며, 심지어는 창조적인 활동까지 가능하게 되었다.

이것은 의학계의 작은 지각 변동이었다. 그때까지 사람들은 우울증을 기껏해야 수면제나 진통제 따위로 치료하려 들었던 것이다. 더 심한 경우에는 전기 충격 요법을 사용하거나, 자해 방지용 쿠션을 벽에 댄 감방에 처넣기도 했었다.

그는 〈분석가〉라는 별명을 얻게 되었다.

몇 년 사이에 그의 명성은 상어족의 나라 전체에, 심지어는 이웃 나라들에까지 퍼지게 되었다. 국가 원수들도 강박증과 우울증을 치료하기 위해 아내나 자녀들을 그에게 보내곤 했다.

상습적 자살 기도자들은 삶의 의욕을 되찾게 되었다.

〈분석가〉는 자신을 둘러싼 숭배자들에게 거리낌 없이 자신의 소망을 피력하곤 했다. 모든 사람이 과거에 받은 정신적 외상에서 해방되어 각자의 충일한 성(性)을 누리는 세상이 왔으면 좋겠습니다……. 어린 시절에 겪은 고통을 성장해서 타인들에게 부과하는, 그런 악순환이 일어나지 않는 세상이 언젠가는 올 것입니다…….

〈유토피아주의자〉, 〈연관 이론가〉 그리고 〈분석가〉가 일으킨 혁명적인 움직임은 상어 나라의 지성계 전체를, 나아가서는 당대 전 세계 지성계를 뒤흔들어 놓았다. 각국의 수도에서 학자들은 이 혁신적인 사상들을 열정적으로 연구하고 논의하고 유포했으며, 나아가 현실에 적용하면서 여러 방면으로 발전시켜 나갔다.

그야말로 불길이 동시에 번져 가는 세 줄기의 휘발유 도랑이라고 할 만했다. 그뿐이 아니었다. 그 옆에는 다른 불길들도 일어나고 있었다. 즉, 살아남은 돌고래족 공동체 출신의 다른 학자들 역시 세계를 변화시키기 위한 나름의 생각들을 내놓고 있었다. 그중 하나인 〈존중하는 자〉라는 별명의 학자는 〈인권〉의 개념을 창안했다. 이는 십계명을 본뜬 것으로, 살해와 강간과 고문과 모욕을 피할 권리를 만인에게 부여하는 개념이었다.

또 다른 학자인 〈정통주의자〉는 지구상에 흩어져 있는 모든 돌고래족들을 이웃 민족들이 점거하고 있는 조상의 땅으로 돌아오게 한다는 구상을 발표했다. 당시 돌고래족은 그들의 수도에 대한 행정권은 잃은 형편이었지만, 그래도 그 안에서 공동체를 형성하여 고대로부터 전해 내려오는 조상의 메시지를 충실하게 보존해 오고 있었다. 이런 상황에서 정통주의자는 그가 〈물고기들의 근원지로의 귀환〉이라고 명명한 운동을 대대적으로 일으켰던 것이다.

하지만 돌고래족은 조상의 땅에 살고 있는 다른 민족들과의 분쟁은 가급적 피하려 노력했다. 첫 정착지로 사람이 살기 어려운 비위생적이고도 척박한 지역들부터 골랐던 것이다. 그들은 소매를 걷어붙이고 습지를 메웠으며, 관개 시설을 건설하여 사막으로 화한 땅을 옥토로 되돌려 놓았다. 이 개척자들의 삶의 조건은 실로 험난한 것이었으나, 그들은 조상의 땅을 부활시킨다는 꿈을 먹고 살아갔다.

마을들도 지어졌다. 〈유토피아주의자〉의 정신에 따라 평등주의적인 방식으로 움직이는 마을들이었다. 여기에는 착취자도 피착취자도, 종교도 우두머리도 없었다. 돈도 경찰도 사유물도 없었다. 모든 것은 모두에게 속해 있었다. 농업 및 산업 활동에서 나온 이윤은 공동체에 귀속되었으며, 개인들은 각자의 공적이나 가치가 아닌, 필요에 따라 공급받았다.

이 〈평등 유토피아〉 공동체에 이끌려 수많은 돌고래족 젊은이들이 모여들었다. 자신의 정체성과 화해할 새로운 방식을 여기서 발견했던 것이다. 그들은 조상의 언어를 다시 쓰기 시작했고, 부모의 역사를 재발견했으며, 현대 세계에서 살아가기 위한 새로운 가치들을 고대의 지혜에서 길어 올 수 있었다. 이 새 마을들에서는 하루하루가 축제였고, 풍속은 자유분방했다. 곧 다른 민족 출신의 젊은이들도 돌고래족의 이상에 참여하고 함께 축제를 벌이기 위해 달려와 합류했다.

모두가 땀 흘려 일하는 하루가 지나가면, 청년들은 벽난로 가에 둘러앉아 열정적인 토론을 벌였다. 전 세계 군비 감축에 대해, 환경주의에 대해, 자유로운 사랑에 대해, 세상에서 돈이 사라져야 할 필요성에 대해, 그리고 아이들을 폭력 없이 키울 수 있는 새로운 교육 방법들에 대해……. 그리고 모두가 예감하고 있었다. 이 새로운 비전은 전 세계로 퍼져 나갈 것이고, 언젠가는 세상 모든 사람이 그들처럼 살게 될 것이라고. 그리하여 인류 전체는 모두가 함께 축제를 벌이는 하나의 커다란 히피 공동체가 될 것이라고…….

18. 백과사전: 붉은 여왕의 역설

붉은 여왕의 역설은 생물학자 리 밴 밸런이 제기한 것이다. 그는 루이스 캐럴의 『거울 나라의 앨리스』(『이상한 나라의 앨리스』의 속편)의 한 장면을 예로 든다. 이 소설에서 앨리스는 카드 게임의 붉은 여왕과 손을 잡고 미친 듯이 달린다. 이때 소녀는 이렇게 말한다. 「그런데 붉은 여왕님, 정말 이상하네요. 지금 우리는 아주 빨리 달리고 있는데, 주변의 경치는 조금도 변하지 않아요.」여왕은 대답한다. 「제자리에 남아 있고 싶으면 죽어라 달려야 해.」리 밴 밸런은 종들 간의 진화 경쟁을 설명하기 위해 이 은유를 사용한다. 전진하지 않는 것은 곧 후퇴하는 것이다. 제자리에 남아 있기 위해서는 주변의 다른 것들만큼 빨리 달려야 한다.

구체적으로 말해 보자. 어느 한 시점에서 자연 선택의 양상이 가장 빠른 포식자들에게 유리하게 전개된다면, 동시에 가장 빠른 피식자들도 빨리 도망갈 수 있으므로 이점을 갖게 된다. 결과적으로 포식자와 피식자 간의 힘의 관계는 변하지 않는다. 그러나 전체적으로 개체들의 속도는 점점 더 빨라지게 된다.

붉은 여왕의 역설 이론은 이렇게 말한다. 〈우리가 살고 있는 환경은 진화한다. 그리고 우리가 제자리에 남아 사라지지 않기 위해서는, 최소한 환경과 같은 속도로 진화해야 한다.〉

리 밴 밸런은 또 하나의 예를 든다. 바로 난초 꽃 속에 긴 대롱을 집어넣어 꿀을 빨아먹는 나비이다. 나비는 꿀을 빨면서 머리에 꽃가루를 묻히게 되며, 그것을 운반하여 다른 꽃들을 수정시킨다.

그러나 나비들의 크기가 커짐에 따라 대롱 역시 길어졌고, 녀석들은 꽃가루를 건드리지 않고도 꿀을 빨 수 있게 되었다. 이러한 변화의 결과로 가장 깊은 꿀샘을 가진 난초들만이 살아남게 되었다. 꿀샘이 깊어야만 나비들이 꽃가루를 묻히게 되기 때문이다.

이렇게 꽃은 변화에 적응하여 꿀샘으로 들어가는 통로를 늘였고, 그 결과 작은 나비들은 사라지고, 큰 나비들은 더욱 번성하게 되었다. 각 세대마다 꿀샘이 가장 깊은 난초 꽃들과, 대롱이 가장 긴 나비들이 선택되었다. 그 결과 꿀샘의 깊이가 25센티미터나 되는 난초까지 나타나게 되었다! 이 붉은 여왕의 역설은 바로 다윈의 이론에 이의를 제기하고 있다. 다윈의 자연 선택과 달리 종들은 함께 진화하며, 환경과 조화를 이루려고 변형된다고 주장하기 때문이다. 자연 선택을 결정하는 요인은 환경의 변화를 따라가는 능력인 것이다.

리 밴 밸런은 이 붉은 여왕의 역설을 통해 포식자−피식자 간의 무기 개발 경쟁, 나아가 인간의 칼과 방패의 발전 과정까지 설명한다. 칼이 날카로워질수록 방패도 두꺼워진다. 핵미사일의 파괴력이 높아질수록, 벙커는 더욱 깊어지고, 방어 미사일도 더욱 빨라진다.

에드몽 웰스, 『상대적이며 절대적인 지식의 백과사전』 제6권

19. 상어족

「이 모든 건 돌고래족 탓이오!」

뾰족한 턱수염의 작달막한 사내가 탁자에 올라서서 아까부터 열을 내고 있었다.

「지금 우리 젊은이들의 정신을 감염시키고, 우리 나라를 위험에 빠뜨리고 있는 유토피아 운동을 만들어 낸 게 누구요? 바로 이 개 같은 돌고래 족속이오. 놈들은 타락한 생각들을 퍼뜨리기 위해 예술과 문화와 과학과 책들을 이용하고 있는 거요.」

얼굴이 시뻘게진 뾰족 턱수염의 사내는 주먹으로 벽을 치면서 한 마디 한 마디를 망치로 두드리듯 외쳐 댔다.

「놈들은 모든 문제의 원인이오! 놈들을 죽여야 하오! 있는 대로 모조리 잡아 죽여야 하오! 이 더러운 재앙으로부터 우리 나라를 해방시킵시다! 아니 전 세계를 해방시킵시다! 놈들 중 단 하나도 살려 놓지 맙시다!」

여기저기서 웃음과 야유가 터져 나왔다.

「야, 이 주정뱅이야! 술 깨게 나가서 길바닥에서 한잠 자고 오라고!」

다른 손님들의 야유 속에 뾰족 턱수염의 사내는 쫓기듯 선술집을 빠져나오지 않을 수 없었다. 하지만 속으로는 이를 갈았다. 언젠가는 돌아와서 벌써 돌고래족의 썩어 빠진 사상에 감염되어 있는 이 더러운 술집을 불살라 버리리라.

처음에 이 작은 뾰족 턱수염 사내의 연설을 맞아 준 것은 야유와 함께 사람들이 던져 대는 돌멩이뿐이었다. 하지만 상어 나라는 경제 성장을 초과하는 인구 증가 탓으로 사회적 위기 속으로 빠져드는 중이었다. 새로이 형성된 빈곤 계층으로 인해 사회 전체가 불안해지고 있었던 것이다.

그런데 선술집에서 연설하는 뾰족 턱수염을 유심히 지켜

보는 이가 있었다. 제철업에 종사하는 이 나라 굴지의 사업가로, 〈유토피아주의자〉의 평등 사상에 물들어 가는 노동자들과의 반복되는 분규에 지쳐 있는 사람이었다. 뾰족 턱수염의 연설을 관심 있게 듣고 난 사업가는 그를 따라 거리로 나왔다.

「당신은 비전이 있는 사람이오. 당신은 진정한 원인을 찾아냈고, 또 좋은 해결책을 제안하고 있소. 돌고래 족속의 정치 선전은 노동자 같은 순진한 사람들을 충분히 현혹해 왔소. 이제는 어떤 방식으로든 이 재앙을 중단시켜야 하오. 모든 인간이 평등하다고? 그것은 세상에서 가장 어리석은 생각이오. 그런 환상 때문에 곰 나라에서는 혁명이 일어났지만, 결국 그들은 기아에 허덕이는 신세가 되고 말았소. 그리고 돌고래 땅으로 돌아간 이른바 〈개척자〉들은 지금 성적으로 문란하기 짝이 없는 생활을 하고 있다 하오. 나 역시 돌고래 족속을 혐오하오. 자, 내가 당신에게 내 부하 몇을 붙여 줄 테니, 그 이방인 놈들에게 똑똑히 가르쳐 주시오. 이 나라의 주인은 저희들이 아니라는 사실을 말이오. 솔직하게 말해서, 내가 당신에게 원하는 것은…… 대대적인 청소 작업이오.」

사업가의 자금 지원을 얻게 된 뾰족 턱수염은(이제 스스로를 〈세상을 깨끗하게 하는 자〉, 즉 〈정화자(淨化者)〉라고 부르게 된다) 먼저 항의하는 노동자들부터 공격하기 시작했다. 노동자들의 시위가 있을 때면 〈정화파〉 깡패들이 앞장서서 시위대를 공격했다.

그들은 광장 한복판에서 화형식을 거행했다. 돌고래족 사람들이 쓴 책을 산더미처럼 쌓아 놓고 불태운 것이다. 특히 정화자가 〈묵시록의 세 기사(騎士)〉라고 낙인찍은 〈유토피아주의자〉, 〈연관 이론가〉, 〈분석가〉의 저서들이 주요 대상이었다.

이제 쇠몽둥이로 무장한 비밀경찰의 경호를 받게 된 뾰족턱수염은 선술집에서도 더는 조롱의 대상이 아니었다. 그의 목소리는 점점 커져만 갔다. 침을 튀겨 가며 으르렁대고 허공에 주먹을 휘두르며, 요란한 트림처럼 증오를 토해 냈다.

「돌고래 족속은 우리 상어 민족을 노예로 만들려 하고 있지만, 내가 가만있지 않을 것이오! 돌고래 사상은 금속을 녹슬게 하는 물처럼 정신을 녹슬게 하지. 또 모든 것을 부패시키고, 모든 것을 쉬어 빠지게 만들지. 돌고래 사상이 평등에 대해 말한다고? 그건 여러분을 더 잘 지배하기 위함이오. 그것이 자유를 논하오? 그건 여러분 안에 가장 비천한 본능들을 풀어놓아 제멋대로 날뛰게 하기 위함이오. 유토피아를 약속하고 있소? 아니오, 그것이 가져오는 것은 혼돈의 세계일 뿐이오. 그들은 자칭 물고기 철학의 계승자라고 말하고 있소. 좋소. 그렇다면 이 돌고래들을 바다에 돌려보냅시다. 놈들을 빠뜨려 물귀신으로 만들자는 말이오!」

이제 군중은 박수갈채와 사나운 외침으로 호응하고 있었다. 〈돌고래족을 죽여라! 돌고래족을 죽여라!〉 대담하게 야유의 휘파람으로 맞선 몇몇 사람들에게는 즉시 몽둥이찜질이 퍼부어졌다.

뾰족턱수염은 결론지었다.

「여러분에게 약속하겠소! 만일 나를 권좌에 올려 준다면, 으쓱대며 걷는 돌고래 부자 놈들 옆에서 구걸을 해야 하는 가난한 상어족은 더 이상 존재하지 않을 것이오. 놈들의 집으로 쳐들어가, 놈들이 우리 백성들에게서 훔친 돈을 되찾아

올 것이오. 한 놈도 빠짐없이 확실하게 다뤄 줄 것이오.」

정화자는 여기에서 멈추지 않았다. 부하들과 함께 돌고래 사원 앞에서 기다리고 있다가 예배를 끝내고 나오는 사람들에게 달려들어 마구 때렸다. 또 돌고래족이 주인이라고 생각되는 상점들의 진열창을 박살 내기도 했다.

아무리 경제적, 정치적 문제가 심각하다 해도, 상어족 정부는 이유 없는 폭력이 갈수록 심해지는 상황을 묵과하고 있을 수는 없었다. 정화자는 공공질서를 어지럽힌다는 죄목으로 체포되었다. 그리고 2년간 옥살이를 하게 되는데, 이때 그는 여가를 이용하여 『나의 진실』이라는 책을 썼다. 체계적인 학살을 통해 세계를 정화한다는 계획을 제시한 끔찍한 책이었다. 여기서 그는 이렇게 기준을 정했다.

〈돌고래족으로 간주되는 자들은 다음과 같다. 부모가 돌고래족인 자, 돌고래족의 사촌, 돌고래족의 남편과 아내, 이런 식으로 해서 여섯 단계로 이어지는 친척까지 돌고래족으로 간주된다. 따라서 돌고래족의 사촌의 사촌의 사촌도 돌고래족이며, 그에 걸맞은 응분의 취급을 받아야 한다.〉

또 정화자는 모든 유토피아주의자들을 제거하고, 상어족 이외의 다른 모든 민족을 노예화하자고 제안했다.

〈외국인들에게는 상어족의 영광을 위해 협력하라고 요구할 것이다. 우리의 명령을 따르든지 아니면 죽든지, 둘 중 하나를 택해야 할 것이다.〉

그는 상어족의 사상과 문화가 지구 전체를 지배하게 될 것이라고 약속하기도 했다. 마지막으로 그는 신비주의자들을 자기편으로 끌어들이기 위해 이렇게 결론지었다.

〈이는 내가 꿈에서 받은 신의 메시지이며, 난 이것을 기어

이 실현할 생각이다.〉

그런데 모든 사람이 깜짝 놀랄 일이 벌어졌다. 서점에 나온 『나의 진실』이 불티나게 팔린 것이다. 사회 극빈층은 돌고래족의 부를 빼앗아 자기들에게 나누어 준다는 생각을 환영했다. 정화자들은 노숙자들과 실업자들에게 무료 급식을 베풀어, 제철업자 사업가가 자금을 대는 사적인 민병대에 사람들을 결집시키고 있었다.

정화자는 전과자들도 끌어들였다. 그의 정치 선전은 감옥 안에서도 전파되고 있었던 것이다.

「지금까지 여러분의 힘과 용기는 그릇된 방향으로 사용되었소! 여러분, 죄인들이여! 이제 여러분은 사회 정화를 위해 봉사함으로써 구원받을 수 있게 되었소. 여러분의 힘과 기술을 우리에게 맡기시오. 우리는 그것들을 선한 목적을 위해 사용하겠소!」

이전에 그를 비웃었던 선술집들은 불살라졌다. 불온서적 화형식이 갈수록 빈번해졌고, 정화자들은 고래고래 노래 불렀다. 〈돌고래족을 쳐 죽이자! 돌고래족을 쳐 죽이자! 대청소 만만세!〉

책들을 불태우고, 돌고래 사원들에 화재를 일으키고, 노동조합들을 폭력으로 짓밟은 정화자의 민병대는 이번에는 사람들을 죽이기 시작했다. 과거 범죄자였던 자들의 지휘 아래 민병대는 돌고래족의 집에 몰려가, 그들을 살해하고 거기서 나온 약탈물을 나눠 가졌다. 이런 약탈의 사례가 너무도 많아 경찰도 손을 놓고 있었다. 사실 정화자의 숭배자는 경찰 내부에도 적지 않았고, 그들은 죄인들을 체포하는 데 조금도 열의를 보이지 않았다.

당시 이웃인 수탉 나라의 사정은 사뭇 달랐다. 공화국 대통령은 인권법 및 세계 군비 감축법을 제안하고, 이를 채택하기 위한 투표를 제의하고 있었다. 더구나 공교롭게도 대통령 자신의 먼 조상이 다름 아닌 돌고래족이었다. 하지만 상어 나라에서는 모든 것이 거꾸로 흘러가고 있었다. 정화자를 지원하는 제철업계의 사업가는 그동안 역점을 두어 온 자동차 산업을 제쳐 두고, 군수 산업 쪽으로 방향을 전환해 가는 중이었다. 그의 엔지니어들은 신형 총과 탱크, 현대식 전투기를 개발하고 제조하느라 정신을 못 차릴 지경이었다.

반(反)돌고래족을 표방한 정치 운동 집단은 민주적 방식으로 치러지는 선거에 공식적으로 출마했다. 처음 두 번은 소수당의 위치에 머물렀지만, 세 번째에는 의회 의석의 과반수를 차지하는 다수당이 되었다. 더불어 정화자는 수상이 되었다. 돌고래족 출신 관리들은 각종 특별법에 발이 묶여 하루아침에 모든 공직에서 쫓겨나는 신세가 되었다. 또 〈전략적〉이라고 간주되는 특정한 직책에 종사하는 것도 금지되었다. 교수들 역시 모두 자리를 잃었다. 〈태생이 나쁜〉 학생은 대학에 갈 수 없게 되었다.

하지만 정화자는 거기서 멈추지 않았다. 그는 은밀하게 무언가를 짓고 있었다. 바로 가축 도살장에서 착안한 공장들로, 돌고래족들을 끌고 와 학살할 시설들이었다. 도대체 왜 그는 돌고래족에게 그토록 맹렬한 증오를 품게 되었던 것일까? 그 죽음의 공장에서 학살하는 것만으로 충분치 않았는지, 박탈과 모욕을 통해 최대한의 고통을 안겨 줄 방법을 찾고 있었다.

모든 사람이 이 사실을 알고 있었지만, 모르는 척했다. 반발하는 나라는 하나도 없었다. 남의 나라 내정이니 간섭할 수 없다는 식이었다. 최악의 범죄를 자행하는 것이 이렇게도 쉽다는 사실에 스스로도 놀랐던 것일까? 정화자는 용기백배하여 자기는 전 세계를 청소해 줄 뜻이 있노라고 선언했다. 반돌고래족 투쟁을 구실 삼아 그는 스스로를 상어 나라의 황제로 선포했고, 대군을 양성했다. 실업가 친구의 도움을 받아 최신식 파괴 수단들로 무장한 강력한 군대였다.

그리고 극적인 반전이 일어났다. 정화자가 곰 나라에 새로이 등장한 독재자와 동맹을 맺은 것이다. 곰 나라 독재자는 그의 유토피아 당의 근원이 바로 돌고래족에게 있음을 잊어버리고, 자신은 이 작달막한 뾰족 턱수염 황제의 반돌고래적 견해에 공감한다고 선언했다.

이제 동부 전선에는 신경 쓸 필요가 없게 된 정화자는 탱크와 현대식 전투기들을 동원하여 서쪽과 남쪽의 이웃 나라들을 마음 놓고 공격할 수 있게 되었다. 먼저 수탉 나라부터 침공해 들어갔다. 승리는 쉽고도 신속했으니, 상어족의 현대화된 무기 앞에서 수탉 나라 군대는 속수무책이었기 때문이다.

이어 상어 군대는 돼지족, 늑대족, 갈매기족의 나라도 차례로 침공했고, 모두가 저마다의 신들에게 버림받은 듯 힘없이 무너져 내렸다. 유일한 예외는 여우족이었다. 섬 안에 틀어박혀 있던 그들은 강력한 해군력 덕분으로 격렬하게 저항할 수 있었다.

이처럼 상어족이 승승장구하자, 어떤 민족들은 싸워 보지도 않고 항복하는 길을 택했다. 또는 독재자를 우두머리로 추대하여, 그로 하여금 정화자와 동맹을 맺게 했다. 이 민족들의 영토 내에 열 세대 혹은 스무 세대 전부터 공동체를 이루어 뿌리박고 살아온 돌고래족들은 그 출신이 확인되었고, 계수(計數)되었고, 체포되었고, 먼저 임시 수용소에 모아진 다음 도살 공장으로 보내졌다.

돌고래족이 사는 동네는 불태워졌으며, 돌고래족의 마을은 지도에서 흔적도 없이 사라져 버렸다.

상어족의 새 황제는 무적처럼 보였다. 그가 행성 전체를 지배하고, 상어족이 세계의 패권을 잡는 것은 시간문제로 보였고, 벌써부터 많은 이들이 그 상황에 대비하고 있었다. 더불어 돌고래족은 이 세상에서 완전히 사라져 버리리라고 예상하고 있었다.

그런데 정화자는 돌고래족에서 유래한 사상과 조금이라도 비슷해 보이면, 무엇이든 격렬히 증오했다. 그런 이유로 서쪽과 남쪽과 북쪽의 영토들을 정복한 뒤에 이제는 동쪽의 동맹자, 즉 곰 나라의 독재자까지 치기로 마음먹었다.

정화자의 열렬한 숭배자가 되어 있던 곰 나라 독재자로서는 그야말로 아닌 밤중에 홍두깨였다. 철석같이 믿었던 친구가 자기 영토에 쳐들어오다니! 그는 어리벙벙한 상태로 몇 차례의 패배를 맛보아야 했다. 그러면서도 끝까지 믿음을 잃지 않았다. 정화자가 곧 생각을 바꾸리라. 그래서 고분고분하지 않은 마지막 돌고래족들을, 그와 함께 학살할 수 있으리라.

상어 군대는 마치 뜨거운 바늘이 버터에 박혀 들어가듯, 곰족의 광활한 영토 깊숙이 침공해 들어갔다. 그들의 진격 속도를 늦춰 보려 시도했던 몇몇 레지스탕스들은 사로잡혔고, 이들은 모두에게 겁을 주기 위한 목적으로 특별히 음산

하고도 끔찍한 방식으로 처형되었다. 이러한 공포 분위기와 극도의 잔혹함을 통하여, 상어족은 빠른 속도로 부와 권력을 획득해 갔다.

이처럼 이웃 나라들을 하나하나 짓밟아 가면서, 상어족은 단지 그 나라의 자원과 문화재만 약탈한 게 아니었다. 그 나라 과학자들을 윽박질러, 상어족을 위해 보다 파괴적인 무기를 연구하게 만들었다. 복속된 나라들은 어마어마한 액수의 세금을 바쳐 상어국의 전쟁 비용을 충당해야 했고, 그들의 영토 내에 거하는 모든 돌고래족을 넘겨주어야 했다. 어디 그뿐이랴. 몸이 성한 남자는 모두 내주어야 했다. 그들은 병사가 되어 상어군의 최전선에서 총알받이가 되거나, 정신없이 돌아가며 돈을 갈퀴로 긁고 있는 군수 공장에서 노예나 다름없는 직공이 되어야 했다.

이렇게 밀고 들어가는 무력 앞에 모든 것이 너무나도 쉽사리 허물어지자 정화자 스스로도 자못 놀라게 되었다. 그는 결국 이런 생각을 하기에 이르렀다. 〈신이 정말로 우리와 함께하는 모양이야. 그래! 지금 난 그의 비밀스러운 계획을 완수하고 있는 거라고.〉 그를 지원하는 제철업계의 실업가조차 자신의 이윤이 기하급수적으로 증가하는 것을 보고는 터무니없는 망상에 사로잡히기 시작했다. 〈이 정화자는 보통 사람이 아니야. 그는 하늘의 축복을 받은 자, 어떤 필연적인 계획을 수행하고 있는 사람일 거야…….〉

이 세계 대전의 승패는 이미 결정된 듯이 보였다. 승자는 상어족이었고, 이 세상에서 그들을 막을 수 있는 것은 아무것도 없는 듯했다.

20. 백과사전 : 북유럽의 우주 신화

북유럽의 신화에서 발할라는 〈영웅들의 낙원〉이다.

병들어 죽었거나 늙어 죽은 자는 들어갈 수 없는 곳이다.

오직 전사한 군인만이 들어갈 자격을 얻는다. 그들을 거기로 데려가는 것은 전쟁의 처녀들인 발키리들이다. 이 반신들은 사내들을 도취시켜 살육의 광기에 빠지게 한 다음, 죽어 전장에 쓰러져 있는 전사자를 한데 모아 지붕이 창과 방패로 덮여 있는 발할라 궁에 데려간다. 여기서 일명 보탄이라고도 하는 싸움의 신 오딘은 그들을 맞아 주면서, 그들은 지상에서 싸웠던 것처럼 여기서도 계속 싸워야 한다고 설명한다.

그리하여 발할라의 전사들은 아침부터 저녁까지 싸운다. 죽으면 다시 살아나서 저녁 식사 종이 울릴 때까지 계속 싸운다.

그리고 저녁마다 향연이 벌어지고, 전사들은 마음껏 먹고 마시면서 그날의 싸움에 대해 논평을 나눈다. 그들은 원기를 회복하기 위해 암염소 헤이드룬의 젖을 마시고 산돼지 세흐림니르의 고기를 먹으며, 그들에게 맥주를 아낌없이 제공하는 발키리들과 사랑을 나눈다.

이 향연 중에 오딘은 먹을 것은 입에 대지 않고 포도주만 마시면서 두 마리의 이리에게 먹이를 던져 주기만 한다. 그리고 전사들에게는 최후의 대전을 준비해야 함을 상기시키는데, 이것이 바로 그 유명한 〈신들의 황혼〉, 라그나뢰크이다.

그날이 되면 발할라 궁에 있는 540개의 문이 열리고 거기서 튀어나온 전사들은 불의 신 로키와, 그가 이끄는 군대, 즉 거대한 늑대 펜리르, 미트가르트의 뱀, 그리고 무수한 악마 들로 이루어진 무리와 맞서야 한다. 이 라그나뢰크 전투에서 발할라의 전사들이 패할 경우, 승리한 로키는 마침내 파괴된 우주를 바라보면서 거대한 광소(狂笑)를 터뜨린다고 신화는 전한다.

에드몽 웰스, 『상대적이며 절대적인 지식의 백과사전』 제6권

21. 독수리족

새들이 빙빙 돌고 있는 까마득한 고층 빌딩, 현란한 조명으로 밝혀진 영화관들이 늘어선 대로, 중심가의 뮤직홀 앞에 길게 줄을 서서 입장을 기다리고 있는 턱시도 차림의 남녀들, 황홀한 광택을 흘리는 자동차들로 정체된 거리……. 상어족 침략 전쟁의 현장에서 수천 킬로미터 떨어진 곳에 독수리 나라의 수도인 뉴이글이 위치해 있다.

리듬이 강한 음악, 흥겹고도 재미난 춤들…… 전체적으로 느긋하고도 태평스러운 분위기이다. 이곳의 모든 이들은 자기 민족의 역사를 기억하고 있다. 수도 뉴이글은 4백여 년 전, 구대륙을 떠나온 독수리족 식민 개척자들에 의해 건설되었다.

〈상황이 악화되면 배를 타고 떠나라〉라는 돌고래족의 원칙을 알고 있었음일까, 독수리 제국이 쇠락하자 위기감을 느낀 그들은 배들을 의장하여 대양의 건너편에 있는 다른 대륙으로 피신했던 것이다.

신대륙에는 원주민인 칠면조족의 여러 부족이 살고 있었다. 하지만 신에게서 버림받은 원주민들을 쳐부수고 그들의 터전을 빼앗기란 너무도 쉬운 일이었다. 이렇게 독수리족 식민 개척자들은 그곳에 완전히 정착하게 되었고, 웅장한 도시들을 세웠다. 기술적인 측면에서 구대륙의 가장 큰 수도들에 비해 조금도 뒤떨어지지 않는 멋진 도시들이었다. 그들은 스스로를 신세계의 개척자로 여겼지만, 동시에 옛적의 독수리 제국의 호화로움을 결코 잊지 않고 있었다. 어떻게 잊을 수 있겠는가? 그들이 보기에 현대 문명을 이루는 모든 것의 시발점은 바로 독수리 제국이었다.

상어족의 침략 전쟁에 대한 소식이 구대륙에서 처음 들려 왔을 때 독수리 공화국의 대통령은 라디오 연설을 했다.

〈우리는 차분하게 앉아 있읍시다……. 대양 건너편에서 일어나고 있는 사태는 우리와는 직접적인 관계가 없습니다.〉

독수리 나라 실업가들은 전쟁을 벌이고 있는 양 진영에 강철이며 석유 등속을 파는 데 열을 올릴 뿐이었다. 상대가 갈수록 많은 무기가 필요하게 된 상어족이든, 아니면 그들의 섬에서 항전을 계속하고 있는 여우족이든 상관하지 않았다. 독수리 나라 국민들의 의견은 양분되어 있었다. 평화로운 삶을 원하는 대부분의 사람들은 바다 건너편에서 일어나고 있는 이 분쟁에 개입해서는 안 된다고 생각했다. 〈머나먼 이국땅에 우리의 아들들을 보내어 죽게 하지 맙시다. 어차피 우리로서는 어떤 권리도 없는 곳 아닙니까?〉, 〈결국 이건 우리의 전쟁이 아닙니다〉라고 대부분의 독수리족은 소리 높여 말했다. 〈우리가 거기서 얻을 것은 아무것도 없는 반면, 잘못하면 모든 것을 잃게 될 것이오.〉

이 독수리 나라의 배우, 가수, 노조 활동가, 정치가 중의 어떤 이들은 카리스마 넘치는 정화자에게 매혹된 감정을 공공연히 드러내고 있었다.

그의 단순하고도 명쾌한 연설, 힘과 폭력에 대한 숭배, 한 번 칼을 뽑으면 끝장을 보는 화끈한 태도 앞에서 섬약한 정신의 소유자들은 유혹을 느끼지 않을 수 없었다. 그 강력한 매력은 심지어는 지식인들과 실업가들까지 사로잡고 있었다. 그들은 정화자의 탁월한 군사적 재능과, 그의 나라가 이룩한 경제적 부흥을 인정했다. 또 위험한 유토피아주의 국가인 곰 나라를 견제하기 위해 독수리-상어 동맹도 가능하다고 발언하는 이들도 있었다.

독수리 나라에서 살고 있는 소수의 돌고래족들만이 인종 차별주의에 사로잡혀 광분하는 저 폭군을 저지해야 한다고 용기 있게 발언했다. 하지만 다른 사람들은 그들이 〈편당적〉이라고, 즉 상어족의 영토 내에서 〈대수롭지 않은 행정적 문제들〉을 겪고 있는 자기네 동족들을 편들고 있다고 주장했다. 대체적으로 사람들은 돌고래족의 말에 귀를 기울이지 않았다. 하지만 몇몇 독수리족 지식인과 자유로운 정신의 사상가들은 정화자를 멈춰야 할 필요가 있음을 인정했다. 그들이 보기에 상어족의 독재자는 구대륙을 정복하고 나면 신대륙마저 정복하려고 들 위험이 있었다. 〈그는 『나의 진실』에서 명확하게 밝히지 않았습니까? 모든 외부 민족들을 상어족을 섬기는 노예로 만들고 싶다고 말입니다.〉

독수리 정부는 참전을 망설이고 있었다. 참모부의 전략가들은 자제하라고 충고했다. 지금으로서는 모든 교전국들이 기진맥진해질 때까지 기다리는 편이 낫다. 그때 싱싱한 힘을 간직한 우리 군대가 개입하여 치면 승패를 가를 수 있을 것이다…… 사실 그동안 독수리 나라 대통령은 만일의 경우를 대비하여 은밀하게 군수 공장의 생산량을 증가시켜 오고 있었다. 사려 깊은 인물이었던 그는 상어족의 강력한 정예군에 맞서기 위해서는 신무기와 첨단 기술이 필요하다는 사실을 잘 알고 있었다.

드디어 그가 기다리던 순간이 온 것 같았다. 곰 나라 영토를 거침없이 진격하던 상어군이 마침내 멈춰 선 것이다. 그들을 저지한 것은 다름 아닌 동장군(冬將軍)이었다. 곰족의 영토는 행성의 북부에 위치해 있었고, 그곳의 겨울 날씨는 혹독했다. 곰족의 대도시를 포위하고 있던 상어 군단은 더 이상 나아가지 못하고 있었다. 그들의 탱크와 병력 수송 트럭은 진흙과 눈 속에 빠져 제대로 움직이지 못했다.

정화자의 본질을 뒤늦게 파악하게 된 곰족의 독재자도 상어군의 진격을 한층 더 늦추려는 목적으로 수십만의 곰족 병사들을 투입했고, 그들은 침략군에 맞서 싸우다 파리 떼처럼 죽어 갔다.

마침내 어느 날, 기진맥진해진 상어족은 최초의 패배를 맛보았다. 혹독한 추위에 약해질 대로 약해진 상어군은 파상 공세를 벌이며 끊임없이 공격해 오는 곰족 병사들을 더 이상 막아 낼 수가 없었다. 그들은 곰 나라의 가장 큰 도시 하나를 점령하긴 했지만, 곧바로 수많은 사상자와 포로를 뒤에 남긴 채 퇴각해야만 했다.

상어군의 불패 신화가 일거에 무너져 버린 것이다.

독수리 나라 군사 전략가들은 서부 전선에 대공세를 벌일 것을 결정했다. 바다를 통해 접근하여 서부 해안에 보병을 상륙시킨다는 것이 작전의 내용이었다.

독수리 군단은 엄청난 대군이었다. 첨단 기술로 무장하고 있었고, 각오도 비장했다. 특히나 너무도 예상 밖의 기습에 적은 당황하고 있었다. 하지만 이 모든 유리한 여건에도 독수리군은 상어군이 지키고 있는 서쪽 해안에 발을 들여놓는 데 무진 애를 먹고 있었다. 우선 날씨가 좋지 않았다. 하늘을 찢으며 떨어지는 벼락은 때로는 금속으로 된 상륙정을 후려쳤다. 높은 물결에 흔들리는 배를 타고 도착한 병사들은 땅에 내려서도 초췌한 얼굴로 비틀댔다. 그런 그들을 상어군의 기관총은 손쉽게 거꾸러뜨렸다. 상어족은 서부 해안 전체에 진지를 만들어 놓고 방비하고 있었던 것이다. 이렇게 상륙군의 첫 번째 물결은 몰살되었고, 두 번째 물결은 격퇴되었다.

행성 전체의 운명이 이날의 공격 작전에 달려 있었다. 1분 1분이 결정적이었다. 그리고 날씨 하나가 모든 것을 바꾸어 놓았다. 마침내 태양이 구름을 흩어 버리고 비가 멈추었을 때, 독수리 병사들의 세 번째의 물결이 밀려들었다. 이들은 수많은 희생자를 내며 용감무쌍하게 싸운 끝에, 마침내 사구 뒤쪽의 해안에 상륙할 수 있었다. 이제 반(反)상어 동맹군은 다시금 희망을 품을 수 있게 되었다.

하지만 아직 전쟁이 끝난 것은 아니었다. 서부 전선과 동부 전선이 갈수록 악화되는 것을 본 상어족은 돌고래족 학살에 오히려 박차를 가했다. 〈만일 우리가 사라져야 한다면, 돌고래족 역시 우리와 함께 사라져야 하오! 우리에게 이 일은 세상의 기생충들을 없애 버리는 공중위생 작업이니까. 그것이 바로 우리의 신성한 의무요. 우리는 무엇보다도 반돌고래적 존재들이기 때문이오!〉 정화자는 운집한 숭배자들에게 이렇게 외쳐 댔다. 그의 연설에 가장 열광하는 것은 기가 막히게도 제복을 입은 아이들이었다.

아주 어린 나이부터 정화당(淨化黨)의 목적을 위해 자신을 희생하게끔 훈련받고 자라난 아이들은 독재자에게 완전히 홀려 있었다. 특별 훈련과 끊임없는 세뇌 교육은 그들을 오로지 돌고래족에 대한 증오만을 위해 사는 존재로 키워 낸 것이다.

인간 도살장들은 학살의 속도를 한층 높였다.

이제 그것은 시간과의 싸움이 되어 있었다. 동부 전선에서 거듭되는 패배에 약이 바짝 오른 상어군 병사들은 민간인들을 교회당에 가두고 산 채로 불태워 죽였다. 동부 전선에는 나무마다 곰 나라 민간인들이 섬뜩한 열매처럼 주렁주렁 매달려 있었다.

아홉 살밖에 안 된 나이에 광신적인 자살 특공대에 들어가게 된 상어족 아이들은 몸에 폭탄을 품고 적진에 돌진하면서 외쳤다. 〈정화자에게 영광을! 돌고래족에게 죽음을!〉

이제 승리는 진영을 바꾼 듯 보였지만, 독수리군의 진격이 쉽지만은 않았다. 돌고래족을 도살하는 죽음의 공장들은 1백 퍼센트 가동되고 있었고, 그곳의 굴뚝들은 불타는 시체에서 나오는 연기를 밤낮으로 뿜어내고 있었다.

세계 대전의 결과는 한동안 불확실해 보였다. 정화자의 광기를 멈추고 싶었던 한 상어군 장군 집단은 독재자를 제거하기 위해 그의 책상 밑에다 폭약을 설치했다. 하지만 불길한 예감이 스친 독재자는 폭탄이 터지기 직전 두꺼운 목재 탁자 뒤에 몸을 숨겨 구사일생으로 목숨을 건질 수 있었다. 이에 그는 참모부의 대대적인 숙청을 명하고, 이른바 〈돌고래족의 전 세계적 음모〉에 대한 투쟁을 위해 죽을 때까지 싸울 준비가 되어 있는 극렬분자들만을 남겨 놓았다.

인간들은 지상에서뿐 아니라 공중과 물 위에서도 싸웠다. 심지어는 물속에서도 싸웠다. 상어족이 가장 뛰어난 기술력을 보유하고 있던 잠수함 덕분이었다.

시체 더미들은 갈수록 높이 쌓여 갔다. 마치 전 인류가 자기 파괴의 에너지에 휩싸여 군인과 민간인, 남자와 여자, 아이와 노인, 아무도 구별하지 않고 닥치는 대로 서로를 살육하고 있는 것 같았다. 그 어떤 대륙도, 섬도, 나라도 이 파괴의 히스테리 발작으로부터 안전하지 못했다. 전 세계는 명확하게 두 진영으로 나뉘어 있었다. 한편은 상어의 깃발 뒤에, 다른 한편은 독수리의 깃발 뒤에 모였다. 상어족 과학자들은 점점 더 파괴적인 무기들을 만들어 내기 위해 발명에 발명을 거듭하고 있었다. 그들이 고안해 낸 로켓은 실로 가공스러운 무기였다. 로켓은 폭약을 가득 채우고 하늘 높이 치솟아 대기권의 최상층부에 이른 다음, 여우족의 도시들에 떨어져 내렸다.

결국 기진맥진한 상어족은 방어선이 후퇴하는 상황을 보게 되었다. 얼마 뒤에는 수도가 폭격되고, 포위되었다. 정화자는 자살을 택했다. 그는 죽기 직전에도 이렇게 말했다. 〈이 모든 것은 돌고래족 탓이야! 나를 사랑하는 모든 이들이여! 놈들의 파괴를 위해 그대들의 삶을 바치기를!〉

휴전 협정이 조인되었다.

최후의 한 시간까지 돌고래족을 학살하는 죽음의 공장들은 계속 가동되었다. 심지어는 휴전 협정이 조인되고 난 뒤에도, 상어족의 열성분자들은 아직 명령을 전달받지 못한 척하면서 돌고래족을 최대한 없애기 위해 학살을 멈추지 않았다.

다시금 평화가 찾아왔고, 사람들은 반돌고래주의자들의 광기와 증오가 남긴 참상의 규모를 점차 발견하게 되었다.

이 세계 대전의 최대 승자는 독수리족이었다. 그들의 영광은 완전했다. 풀가동된 군수 산업 덕분으로 경제는 번영했고, 실업은 자취를 감추었다. 또 그들의 정치적 영향력이 행성 전체에 미쳤다. 모든 나라가 하나하나 찾아와 독수리 나라에게 충성을 서약했다. 전쟁의 무서움을 겪고 난 터라, 모두가 평화를 갈구하게 되었다. 전 세계 모든 나라의 연합 기구가 창설되었고, 그 본부는 마치 당연한 일이기라도 한 듯 뉴이글에 자리 잡았다.

전쟁 중에 돌고래족 학자들은 그들의 지식과 함께 세상에서 영영 사라져 버릴 위기에 처했었다. 그런 그들을 적시에 받아들인 덕분에, 독수리족은 그들의 기술력을 가속적으로 발전시킬 수 있었다. 돌고래족은 감사하는 마음으로 성심껏 그들에게 봉사하기 시작했다. 그들은 〈연관 이론가〉의 작업에서 영감을 길어 내어, 최초의 핵발전소들을 지어 주었다.

휴전 뒤에 독수리 나라가 데려간 과학자 중에는 상어족 출신들도 있었다. 그중 한 명은 과거 여우족의 섬을 폭격할 때 사용했던 것과 동일한 유형의 로켓을 제작하는 일에 기여했다. 하지만 이번에는 용도가 전혀 달랐다. 그것은 우주인들을 다른 행성에 보내기 위해 최대한 하늘 높이 쏘아 올리는 데 쓰는 로켓이었다. 수년간의 모색과 실패 끝에, 엔지니어들은 우주 비행사들을 태우고 가장 가까운 행성까지 날아갈 수 있는 로켓 제작에 성공했다.

그리고 첫 발사가 이루어졌다. 18호 지구의 모든 인간들은 라디오와 텔레비전을 통해 이 역사적 사건을 지켜보았다.

솟아오른 로켓은 우주 공간을 날아가 정확히 목표에 도달했고, 우주 비행사들을 실은 착륙선을 떨어뜨렸다. 우주비행사들은 그 행성에 착륙했다. 모듈에서 첫 번째로 나온 우주 비행사는 헬멧에 부착된 마이크를 통해 약간 헐떡대는 소리로 감격에 찬 일성을 발했다. 바로 도착 전날, 꿈속에서 누군가가 그에게 전해 주었다는 문장이었다.

「우리가 이겼다!」

그러고는 그 행성의 먼지 덮인 바위에다 독수리 깃발을 힘차게 꽂아 넣었다.

22. 백과사전 : 피타고라스

학교 다닐 때 우리는 피타고라스의 정리를 배운 바 있다. 〈직각 삼각형의 빗변을 한 변으로 하는 정사각형의 넓이는 다른 두 변을 각각 한 변으로 하는 정사각형의 넓이의 합과 같다.〉 하지만 이 정리를 처음 증명했다고 알려진 학자는 단순한 수학자를 훨씬 뛰어넘는 인물이었다.

피타고라스는 기원전 6세기 초 부유한 보석상의 아들로 사모스섬에서 태어났다. 그의 부모는 여행 중에 델포이의 아폴론 신전을 들렀는데, 이때 신전의 사제는 장차 이들 부부에게서 〈모든 시대의 모든 사람에게 유용한 아들〉이 태어나리라고 예언하면서, 그를 페니키아의 시돈에 있는 한 히브리 성전에 보내 축복을 받게 하라고 충고한다.

운동을 좋아했던 젊은 피타고라스는 올림픽 경기에 참가한다. 또한 그는 여러 나라를 돌아다니면서 다양한 ─ 때로는 서로 모순적이기까지 한 ─ 지식을 습득한다. 밀레토스에서는 수학자 탈레스 밑에서 공부하고, 또 이집트에 가서는 23년 동안 멤피스의 사제들에게서 기하학과 천문학 등을 배우는 한편 그들의 신비 사상에 입문한다. 하지만 이 무렵 이집트를 침공해 온 페르시아인들이 그를 다른 학자들과 함께 바빌론으로 끌고 간다. 그곳에서 10여 년을 보낸 뒤에 간신히 탈출한 그는 남이탈리아에 위치한 그리스 식민지 크로토네에서 세속적인 학교를 세운다. 남녀 모두 입학이 허용되었던 이 학교에서 교육은 단계별로 이루어졌다.

첫 번째 단계, 이른바 〈준비〉 단계에서 초심자들은 2년에서 5년에 걸치는 기간 동안 가르침을 들으며 침묵을 지켜야 한다. 그렇게 함으로써 직관력을 기를 수 있다고 생각한 것이다.

또 그들은 델포이 신전에 새겨져 있는 〈너 자신을 알라, 그러면 하늘과 신들을 알게 될 것이다〉라는 유명한 금언의 의미를 배운다.

두 번째 단계인 〈진화〉 단계에서는 수에 대한 공부가 시작된다. 그다음에는 수의 조합으로 간주된 음악에 대한 공부가 이어진다.

피타고라스는 이렇게 말한다.

진화는 생명의 법칙이다.

수는 우주의 법칙이다.

통일은 신의 법칙이다.

세 번째 단계인 〈완성〉 단계에서는 우주 이론에 대한 가르침이 시작된다. 피타고라스는 당시로서는 혁명적인 우주관을 가지고 있었다. 즉 행성들은 태양에서 나왔고 태양 주위를 돌고 있으며(반면 고대의 대표적인 자연 철학자 아리스토텔레스는 지구를 우주의 중심에 위치시켰다), 별들은 그 각각이 하나의 태양계라고 생각한 것이다. 또 그의 생물학적 관점 역시 놀라운 것이었다. 〈동물은 인간의 친척이며, 인간은 신의 친척이다.〉 또 생명체들은 계속 변형되어 가는데, 그 변형은 대지에 의한 선택 및 박해로써 이루어지며, 또 그 선택과 박해를 결정하는 것은 이해 가능한 원칙들일뿐 아니라 보이지 않는 힘들이기도 하다고 주장했다.

네 번째 단계, 즉 〈에피파니아〉(문자 그대로 해석하면 〈위에서 내려다본 전체적 진리〉) 단계에 이른 피타고라스 밀의(密儀)의 수행자는 세 가지 측면에서 완성되어야 한다. 즉 지적으로는 진리를 발견해야 하고, 영혼의 현덕함과 육체의 순수함에 이르러야 한다. 이런 상태에 도달한 학생은 여인(가급적 동일한 경지에 이른 여인)과 생식 행위를 나눌 수 있으니, 이는 한 영혼에게 환생할 기회를 주기 위함이다.

피타고라스는 이렇게 주장하기도 했다.

〈잠, 꿈, 그리고 황홀경은 저승으로 통하는 세 개의 문이며, 이 문들 덕분으로 영혼의 과학과 점술이 가능해진다.〉

피타고라스 학교에서 공부를 마친 학생들에게는 공공 활동 참여가 권장되었다. 이 학교의 졸업생 중 가장 뛰어난 인물로는 고대 의학의 창시자이며 그의 이름을 딴 유명한 선서의 주인공인 히포크라테스가 있다.

이웃 도시 국가인 시바리스의 군대가 크로토네를 공격해 오자, 피타고라스학파에 속하는 한 영리한 장군이 상황을 역전시켜 오히려 시바리스를 점령하게 된다. 하지만 피타고라스 학교의 입학 시험에서 낙방하여 앙심을 품은 한 학생이 승전 후의 혼란한 상황을 틈타서 피타고라스의 추종자들이 노획품을 독점하고 있다는 거짓 소문을 퍼뜨린다. 이에 크로토네 시민들은 학교를 습격하여 불을 지르고, 피타고라스와 그를 보호하려 한 그의 제자 서른여덟 명을 살해한다. 이렇게 그가 죽고 난 후, 제자들은 박해를 받고 그의 책들은 불살라진다.

이 화재에서 기적적으로 살아남은 세 권의 저작 중 한 권을 읽을 기회가 있었던 소크라테스는 자신의 가르침이 피타고라스와 직접적으로 이어져 있음을 결코 숨기지 않았다.

에드몽 웰스, 『상대적이며 절대적인 지식의 백과사전』 제6권

23. 게임 오버

정신이 멍하다.

마치 끔찍한 악몽에서 깨어난 것 같다.

관중들은 맹렬히 함성을 질러 대고 있다.

등짝 가운데가 부르르 떨리는 가운데 차가운 땀 한 방울이 척추를 타고 흘러내린다. 열이 있는지 온몸이 불덩이처럼 뜨겁다.

나의 앙크는 땀에 젖은 손가락 사이로 스르르 흘러내려 아래로 툭 떨어진다. 그리고 목걸이 줄에 매달려 흔들린다.

다른 선수들 역시 탈진 상태이다. 수탉족의 신 에디트 피아프는 퀭한 눈을 부릅뜨고 있다. 장 드 라퐁텐의 얼굴에는 반짝이는 땀방울들이 송글송글 맺혀 있다. 라블레는 얼굴이 온통 시뻘게져서 덜덜 떨고 있다. 브뤼노 발라르는 극도의 긴장 탓인 듯 코피를 흘린다. 조르주 멜리에스는 제대로 서 있을 기력조차 없어 보인다. 귀스타브 에펠은 엉금엉금 사다리를 내려오더니 땅에 털썩 쓰러진다. 시몬 시뇨레는 울고 있다. 툴루즈 로트레크는 떨어질까 두려운 듯 발판 사닥다리 윗부분에 바짝 매달려 있다.

올림피아의 원형 극장을 가득 메운 관중들은 미친 듯 열광하고 있다. 우리가 벌인 마지막 세계 대전의 순수한 잔혹성이 관중들을 극도로 흥분시킨 것이다. 그들에게는 그 학살이 신나는 구경거리였을 뿐이다. 서로 죽이는 검투사들을 구경하듯, 그렇게 그들은 인간들을 구경했다. 그들에게 인간은 수십억 명의 〈하위 검투사〉였을 따름이다.

대형 화면에는 18호 지구의 광경들이 나타나고 있다. 행성 위에 펄럭이는 독수리 기. 독수리족 우주 비행사들이 이웃 행성에 〈무사 착륙〉한 것을 축하하며 각국의 수도에서 환호하고 있는 군중들…….

라울이 승리의 표시로 한 손을 번쩍 들어 올리자, 이곳의 관중석과 대형 화면 속의 관중들이 보내는 환호와 갈채는 한층 거세어진다. 스승 신들도 더없이 흐뭇한 얼굴들이다.

미안해, 마타. 난 실패했어.

난 적수들을 과소평가했다.

훌륭한 생각들이 원초적인 폭력보다 더 강할 것이라 믿었다. 하지만 그건 완전한 착각이었다.

여기 두 종류의 방식으로 움직이는 자들이 있다. 하나는 굵직한 몽둥이와 파괴의 욕구를 가진 자. 다른 하나는 논리적 사고와 건설의 욕구를 가진 자. 둘 중에서는 언제나 전자가 유리하게 마련이다.

관중들은 계속하여 오늘의 승리자에게 박수를 보내고 있다.

그래. 모든 게 끝나 버렸어.

나는 멍하니 18호 지구를 쳐다본다. 너무나도 작은 행성. 어찌 보면 우스운 게임. 하지만 내가 패배한 장소.

도무지 이해가 되지 않는다. 좋다. 게임의 막바지에 이르러 우리는 모두 이기기 위해 온갖 방법을 다 썼다. 그야말로 모든 걸 걸고 죽기 살기로 싸웠다. 경기가 격렬할 수밖에 없었다는 것, 그것은 충분히 이해할 수 있다. 하지만 이런 일이 일어나리라고는…… 정말이지 전혀 예상하지 못했다.

나는 그자비에 뒤피이에게 시선을 돌린다. 그의 모습을 보니 새삼 불같은 분노가 치밀어 오른다. 나는 이글거리는 눈으로 그를 노려본다.

그는 이기려고만 하지 않았다. 사회 전체를 거대한 학살 공장으로 바꾸어, 내 백성을 철저히 파괴하려 들었다. 내가 다시 일어날까 봐 겁이 나는 듯 아주 씨를 말려 버리려고 했다.

내 세 예언자의 성공에 불안해졌던 건가.

그는 돌고래족을 죽이기만 한 게 아니었다. 그들을 체계적으로 발가벗기고, 머리를 빡빡 밀어 버리고, 몸에다 문신

115

을 새기고, 독가스로 질식시켰다. 여자와 아이, 노인까지. 그는 나의 사원들과 책들과 음악들과 그림들, 내 문화의 마지막 흔적까지 파괴해 버렸다. 내 백성이 존재한 기억마저 깨끗이 지워 버리려는 듯이 말이다.

대체 왜 그렇게 나를 증오한단 말인가?

엄청난 양의 아드레날린이 내 안에 차오른다. 혈관 속에는 시뻘건 용암이 콸콸 흐른다.

나는 나만큼이나 지쳐 있는 상어족 신을 노려본다. 한데 그자는 내게 공모자의 몸짓을 보낸다. 유난히도 치열했던 운동 경기가 끝나고 나서 패한 선수들끼리 나누는 인사 같은, 그런 몸짓이다.

그는 자신이 형편없이 경기한 것을 자못 유감스러워하는 선수의 표정을 지으며, 팔을 흔들어 보인다.

그때부터 일어나는 모든 일은 내 머릿속에서 슬로 모션처럼 느껴진다. 나는 앙크로 그를 겨냥하고 버튼을 누른다. 하지만 배터리가 다 떨어진 것을 알고 그의 앞으로 내달아 얼굴 한복판에 주먹을 내지른다. 주먹 아래로 그의 코뼈가 부서지는 게 느껴진다. 두 번째 주먹이 턱을 강타했을 때는 핏방울이 분수처럼 폭발하는 게 보인다. 나의 힘은 배가된다. 다시 꽉 쥔 내 주먹의 손가락뼈들 아래에서 그의 턱뼈가 으스러지는 게 느껴진다. 그의 입 안에서 치아들이 유리 깨지듯 박살 난다.

그는 방어하려 두 손을 올리지만, 이번에는 가랑이의 그 물컹한 살에 나의 니킥이 작렬한다. 그는 털썩 무릎을 꿇는다. 나는 약간의 탄력을 받아 다시 주먹으로 그의 관자놀이를 강타한다. 그는 옆으로 고꾸라지며 새우처럼 몸을 웅크리고, 나는 뒤따라 달려가 그의 옆구리를 노리고 발길질을 한다.

켄타우로스들이 제지하려 달려 나오고, 나는 상어족 신의 앙크를 집어 든다. 배터리가 가득 차 있음을 확인하고는 그들을 겨눈다. 그들은 멈춰 서더니 뒷걸음친다. 살벌하게 일그러진 내 얼굴에 위압된 모양이다.

나는 몸을 홱 돌려 이번에는 앙크로 라울 라조르박을 겨냥한다. 다시금 관중들은 함성을 발하며 반응한다. 내 머릿속에는 〈마지막 장(章)〉이라는 생각이 희미하게 떠오른다. 좋다! 더 이상 잃을 것도 없으니, 내 원초적 충동들이나 마음껏 발산해 보자! 라울 라조르박의 입이 천천히 움직이면서, 나직하고도 불명확한 목소리가 흘러나온다.

「어-이-아아. 에아-어-우에-우어-아아. 아아이어-어어-우어아어어……」

슬로 모션 상태가 끝나고 목소리가 정상적으로 들린다. 나는 머릿속에서 녹음테이프를 다시 돌려 그가 했던 말을 다시 들어 본다.

「쏘지 마! 내가 널 구해 줬잖아. 나 아니면 넌 죽었다고.」

난 침을 꿀꺽 삼킨 다음 말한다.

「넌 상어족이 돌고래족을 학살하도록 내버려 두었어. 한참이 지나고서야 상륙 작전을 시작했지. 넌 일부러 그런 거야. 내가 네게 위협이 될 수 있었으니까.」

나는 그를 겨냥한 팔을 내리지 않는다.

「아냐. 난 네 백성의 일부를 받아들여 주었어. 온 세상이 네 학자들을 버렸을 때 우리 나라만이 보호해 주었잖아.」

「그럼 왜 개입하는 데 그렇게 뜸을 들였지?」

「준비가 되어 있지 않았어. 만일 상륙 작전을 너무 일찍 했으면 난 패하고 자비에가 이겼을 거야. 너도 인정하겠지만, 자칫하면 실패할 수도 있는 일이었어.」

더 이상 아무도 끼어들려 하지 않는다. 관중들은 놀란 얼굴로 우리 둘의 논쟁을 듣고 있다.

「끔찍한 일이 일어난 건 사실이지만, 더 나쁠 수도 있었어. 상어족이 승리할 수도 있었잖아.」

나는 번개 발사 버튼에 집게손가락을 올려놓은 채, 팔을 내리지 않는다. 라울은 자신을 변호한다.

「간디의 말을 기억해 봐. 〈악인들은 폭력과 거짓을 사용하여 금방 우위를 점하곤 한다. 그래서 우리는 그들이 승리할지도 모른다는 생각에 잠시 사로잡히기도 한다. 하지만 결국은 선한 자들이 승리한다는 사실을 알아야 한다.〉」

「그건 멋들어진 말에 불과할 뿐이야.」

「아냐. 이건 역사적 현실이야. 왜인지 알아? 선함이란 지성의 가장 위대한 형태이기 때문이야. 악인들은 결코 승리할 수 없어, 미카엘. 나의 새 독수리 제국은 우리에게 소중한 평화와 자유의 가치를 옹호할 거야.」

「얼마 동안이나?」

「미카엘, 난 네 적이 아니야. 친구라고. 넌 이길 수도 있었지만 너무 이상주의자였어. 견고하고 지속적인 세계 질서를 세우기에는 너보다 내가 더 적합하지. 먼저 힘이 있어야 하고, 이성은 그다음에 오는 거니까. 무엇보다도 인류는 강해야 해. 이성은 사치일 뿐이야.」

「나는 유토피아적 세계를 정착시킬 수 있었…….」

「〈유토피아〉란 단어가 문자 그대로 해석하면 뭘 의미하는지 알아? 〈존재하지 않는 장소〉야. 이건 아주 의미심장한 사실이지.」

「하지만 난 그걸 존재하게 할 수 있었다고!」

나는 바락바락 우겨 댄다.

「만일 네가 이겼으면, 18호 지구는 어떤 유약한 몽상가의 손안에 들어갔겠지. 아냐. 그건 〈합리적〉이지 못해. 먼저 견고함을 갖추어야 하고, 꿈은 그다음 차례야.」

자신감이 흔들리면서 그를 겨눈 팔이 미세하게 내려간다.

「너도 잘 알겠지만, 선한 뜻만 가지고서는 전투에서 승리할 수 없어. 사실 너의 세 예언자도 시대에 맞는 인물들이 아니었지. 너의 평등주의적 혁명, 그건 곰족의 독재자에 의해 악용되었어. 또 연관 이론의 혁명은 군인들이 가져다가 파괴를 위한 무기를 만드는 데 사용했지. 심지어는 분석적 혁명도 너무 시대에 앞선 것이어서 기껏해야 사기꾼들에게 이용되었을 뿐이야.」

나는 다시 앙크를 겨눈다. 그는 아랑곳 않고 말을 잇는다.

「그래, 넌 아주 잘했어. 하지만 현실을 고려하지 않았지. 18호 지구의 인간들은 아직…… 원숭이에 불과해. 단순한 사상만으로는 그들을 죽음의 충동에서 벗어나게 할 수 없어. 병사와 경찰에 대한 두려움이 항상 더 효과적인 법이지.」

나는 번개 같은 속도로 생각해 본다. 하지만 라울의 생각에 반박할 말은 한 마디도 찾아낼 수 없다. 나는 풀 죽은 목소리로 인정한다.

「그래. 착하게만 사는 것도 이젠 피곤하군…….」

나는 힘없이 무기를 떨어뜨리고 신들을 향해 몸을 돌린다. 벌써 켄타우로스들이 나를 잡으려고 사방에서 뛰쳐나온다.

그들이 내 몸에 손을 대기 전, 나는 올림피아의 주신(主神)들을 향해 입을 연다.

「요청합니다……!」

말을 채 끝내기도 전에 켄타우로스들은 나를 우악스레 붙잡아 땅바닥에 자빠뜨린다.

「요청합니다! 이 결승전의 재경기를 치를 권리를 요청합니다.」

정의의 신은 놀란 눈으로 나를 잠시 쳐다보다가 이윽고 웃음을 터뜨린다. 관중들도 모두 배꼽을 잡고 뒤집어진다.

바로 이때 놀라운 일이 일어난다.

관중 가운데는 눈만 빨갛고 머리카락, 수염, 피부 등 다른 부분은 온통 하얀 자가 있었다. 이 흰둥이 사내가 갑자기 커지기 시작하더니 키가 5미터나 되는 거인이 된다. 이제 보니 다름 아닌 제우스이다.

올림포스의 왕이 관중 틈에 섞여서 결승전을 관람하고 있었던 것이다!

모두가 아연실색한다. 얼떨결에 절을 하는 이들도 있다.

제우스가 발산하는 오라는 눈이 멀 정도로 강렬해지고, 모두들 감당을 못 하여 눈을 돌려 버린다. 올림포스의 왕은 두 팔을 앞으로 뻗어 다들 진정하라고 신호한다. 모두들 입을 딱 벌리고 있다. 당연한 일이다. 아직 그를 보지 못했던 이들에게 그는 경이 그 자체일 테니까.

이윽고 그는 입을 열어 말한다. 깊은 동굴에서 울려 나오는 소리 같은 쩌렁쩌렁한 음성은 모든 이를 떨게 한다.

「미카엘 팽송의 요구를 윤허한다!」

아테나는 신성한 빛으로부터 눈을 보호하며 더듬더듬 말

한다.

「위, 위대한 제우스여, 그래야겠지요……. 하, 하지만 어떻게?」

올림포스의 왕의 눈썹이 꿈틀 올라간다.

「그대는 잊었는가? 우리가 지금 어디에 있는지? 우리가 누구인지 잊었는가? 그리고 내가 누구인지를 잊었단 말인가?」

올림포스의 주군은 커다란 앙크를 마치 왕홀처럼 휘둘러 18호 지구 쪽으로 향하게 한다. 그는 여러 개의 버튼을 조합하여 두드린다. 그러자 원형 극장을 굽어보고 있는 대형 화면들에는 믿을 수 없는 일들이 나타나기 시작한다. 마치 〈되감기〉 동영상이 펼쳐지는 듯, 다른 행성에 꽂혀 있던 독수리기가 빠른 속도로 뽑혀 나온다. 우주 비행사들은 뒷걸음쳐서 착륙선에 올라가고, 착륙선은 떠올라 로켓에 결합되며, 로켓은 지구로 돌아와 다시 발사대 위에 놓인다. 〈되감기〉는 가속되어, 태양이 거꾸로, 즉 서쪽에서 동쪽으로 돈다.

비는 땅을 떠나 다시 구름을 향해 올라간다. 상어족의 죽음의 공장에서 나온 검은 연기는 다시 벌거벗은 사람들이 되고, 그들은 기차를 타고 집으로 돌아간다. 시체 더미를 덮은 흙이 열리고, 산같이 쌓여 잠들어 있는 것 같던 해골들은 깨어나 옷을 입는다.

상륙 중이던 독수리족 병사들은 뒷걸음으로 달려가 다시 상륙정에 오르며, 기관총 총알은 병사들의 몸에서 빠져나와 탄약통 속으로 들어간다.

상처는 도로 붙고, 모든 이들이 집으로 돌아간다.

도처에서 죽은 자들이 휘청대는 걸음으로 무덤에서 걸어

나온다.

장의차들이 달려와 그들을 싣고 병원이나 요양원, 혹은 그들의 집에 돌려보낸다.

그들의 건강은 갈수록 회복된다.

그들은 다시 일어선다. 이가 다시 난다. 주름살이 사라진다. 흰 터럭들은 금색이나 갈색이나 적갈색으로 돌아온다. 벗어진 머리에 다시 머리카락이 솟는다.

노인들은 성인이 된다.

성인들은 몸집이 줄어들어 청소년이 된다.

청소년들은 네발로 기는 아기가 된다.

아기들은 신생아가 된다.

신생아들은 어머니의 배 속으로 돌아간다.

어머니들은 자기 배가 꺼지는 것을 본다.

태아들은 난자가 되고, 난자들에서는 정자들이 빠져나와 음경으로 돌아가 다시 고환으로 들어간다.

이렇게 모든 것이 같은 방식으로 뒷걸음친다.

닭들은 다시 병아리가 된다.

병아리들은 다시 달걀이 된다.

사람들의 옷은 다시 목화송이가 되고 양털이 된다.

신발들은 다시 악어와 사슴이 된다.

햄버거들은 다시 소가 된다.

소시지들은 다시 돼지가 된다.

철로 된 물건들은 다시 바위가 된다.

나무들은 다시 씨가 된다.

씨들은 다시 열매가 된다.

열매들은 다시 꽃이 된다.

다시 돌아가는 광경, 얼마나 경이로운가!

사람과 물건들이 저마다 최초의 근원으로 돌아가는 것을 보는 것은 얼마나 아름다운가.

그리고 모든 것이 정지한다.

「자, 결승전을 다시 한다.」

제우스는 간단히 이렇게만 말한다. 그리고 아무도 올림피아 신들의 왕의 뜻에 감히 맞서지 못한다.

24. 백과사전: 니므롯왕

성경에 따르면, 노아가 기적의 배 덕분으로 인류를 구해 낼 수 있었던 대홍수가 지나간 뒤에 아라라트산에 내려앉은 그의 자손들은 다시 땅 위에서 살기 시작했다고 한다. 그들의 수는 급속히 증가했으며 세계의 각 평원에 퍼져 나갔다. 그들 중에 니므롯왕이라는 카리스마 넘치는 지도자가 있었다. 명성 높은 사냥꾼이었던 그는 우선 사람들을 모아 부족들을 만들었고, 부족들은 다시 도시들을 이루었다. 그는 니네베와 바벨을 건설했으며, 대홍수 뒤에 군대와 경찰을 갖춘 최초의 국가를 조직했다.

히브리와 로마 역사가인 플라비우스 요세푸스가 저서 『유대 고대사』에서 주장하는 바에 의하면, 사냥꾼 왕 니므롯은 폭군이 되었고, 인간을 신에 대한 공포로부터 해방시킬 유일한 방법은 신보다도 훨씬 더 무서운 대상을 이 땅 위에 만들어 놓는 거라고 생각했다고 한다. 또 니므롯은 백성들에게 신이 다시 내릴지도 모를 대홍수로부터 그들을 보호해 주겠노라 약속하고는 기상천외한 계획을 추진하기 시작했다. 바로 바벨 땅(나중에 바빌론이 된다)에 아라라트산보다도 높은 탑을 세우겠다는 것이었다. 플라비우스 요세푸스는 이렇게 쓰고 있다. 〈백성들은 니므롯의 말에 혹했으니, 신을 두려워하고 그에게 복종해야 하는 것을 하나의 굴종이라고 여겼던 까닭이다. 그리하여 사람들은 탑을 쌓기 시작했고, 공사는 예상보다 훨씬 빠른 속도로 진척되었다.〉

탑이 상당히 높아지자 니므롯왕은 꼭대기에 올라 이렇게 말했다. 〈자, 이제 우리가 꼭대기에서 신을 볼 수 있는지 한번 보자.〉 하지만 신이 보이지 않자, 이번에는 사냥용 활을 들어 이렇게 말했다. 〈우리가 신에게 닿을 수 있는지 한번 보자.〉 그는 구름을 향해 화살을 날렸지만 화살은 다시 땅에 떨어졌다. 니므롯왕은 선언했다. 〈바벨탑은 충분히 높지 못하다. 계속 쌓아 올리도록 하라.〉 그 이후의 일은 창세기 11장에 묘사되어 있다. 왕의 방자함에 노여움을 느낀 신은 탑을 쌓는 공사를 하는 사람들이 더 이상 같은 언어로 말하지 못하도록 만들었고, 이로 인해 탑은 잘못 지어져 결국은 붕괴되었다. 또 니므롯왕은 끔찍한 벌을 받게 되었다. 모기 한 마리가 그의 콧속으로 들어가 몹시 고통스러운 두통을 일으켰던 것이다. 왕은 자신을 괴롭히는 모기를 다시 나오게 해볼 양으로 만나는 사람마다 자기의 머리통을 때려 달라고 부탁했다고 한다. 이렇게 화살로 신을 맞히려 했던 사람이 모기라는 모든 피조물 중에서 가장 작고도 약한 미물의 침에 의해 죽게 된 것이다.

에드몽 웰스, 『상대적이며 절대적인 지식의 백과사전』 제6권

25. 재경기

그렇다.

한 번 이루어진 것이 해체될 수 있었다.

그리고 해체된 것이 다시 이루어질 수 있었다.

그것도 다른 식으로 말이다.

문득 엉뚱한 생각이 스쳐 간다.

제우스는 시간을 거꾸로 가게 할 수 있어. 그렇다면 내 사랑 마타 하리도 다시 살아나게 할 수 있지 않을까……

하지만 난 잘 알고 있다. 이 모든 기적은 하나의 인공적 세계, 즉 어떤 글의 초안에 불과한 18호 지구에서나 가능한 얘기라는 것을.

결국 이건 컴퓨터 게임과도 비슷한 것이다. 1호 지구에 있을 때 나는 군사 전략 게임이나 경영 전략 게임 같은 것들에 빠져 있었다. 그때 나는 지게 되면 게임을 중단하고 〈메뉴〉로 돌아가 미리 저장해 놓은 판을 〈로딩〉함으로써, 이야기가 꼬이기 직전의 순간으로 돌아갈 수 있었다.

라울의 말이 옳았다. 나는 이 게임에 너무 감정적으로 빠져들었던 것이다. 이것이 체스처럼 한갓 게임에 불과하다는 사실을 잊고 있었다. 또 체스 게임에서처럼 여기서도 원하는 부분들을 다시 두어 보는 것이 가능하다는 사실도 잊고 있었다.

제우스는 다시 몸이 줄어들어, 이제 다른 올림피아 신들과 별반 차이가 없는 크기가 된다. 그는 올림피아 신들 한가운데 자리 잡고 앉은 다음, 팝콘이 가득 든 봉지를 하나 꺼내 든다. 지금 자신은 공연을 관람 중이라는 사실을 분명히 보여 주기 위함이다. 지금부터 상연될, 18호 지구의 역사를 보여 주는 영화를 느긋하게 즐겨 보겠다는 표정이다.

그자비에 뒤피이는 카리테스 신들의 부축을 받아 다시 몸을 일으킨다. 피를 뱉어 내는 그의 얼굴에는 시뻘건 상처들이 벌어져 있다. 여기저기에 희끄무레한 부분들이 보이는데, 아마도 뼈나 연골이 아닌가 싶다. 그는 끙끙 신음을 한다. 카리테스 신들이 그에게 응급 처치를 해준다. 그는 감히 나를 쳐다보지도 못한다.

내가 겁나는 모양이군.

인간으로 살 때 난 그 누구에게도 겁을 준 기억이 없다. 하지만 모든 것에는 시작이 있기 마련이다. 폭력에도. 그리고 공포에도. 어쨌거나 이것들은 상황을 해결하기 위한 도구가 될 수 있다. 그리고 난 지금 고백하지 않을 수 없다. 내 백성을 박해한 자가 토가는 피로 얼룩지고 머리는 두 배 크기로 팅팅 부어 있는 꼬락서니를 보니, 뭔가 역겨우면서도 짜릿한, 야릇한 느낌이 든다는 사실을.

그래, 이게 바로 복수라는 거군.

「그자비에! 이제 경기할 준비가 되었나?」

아테나의 물음에 그는 피가 배어 벌겋게 된 붕대를 칭칭 동여맨 머리를 끄떡인다. 카리테스 신들은 끙끙대며 그를 부축하여 3미터 높이의 구체 옆에 데려다 놓는다. 장 드 라퐁텐은 이 상황이 사뭇 재미있는 듯, 어깨를 으쓱해 보인다. 에디트 피아프, 프랑수아 라블레, 시몬 시뇨레, 조르주 멜리에스, 툴루즈 로트레크, 브뤼노 발라르, 귀스타브 에펠은 결승전이 〈다시 시작됨〉으로 인해 승리의 기회를 다시 한번 얻은 셈이니 나쁠 게 없다는 표정이다.

이렇게 조금 물러서 있으니, 이전 판에는 그다지 주의해 보지 않았던 18호 지구의 다른 지역들의 상황이 좀 더 명확히 눈에 들어온다. 그러고 보니 염소족의 신이었던 툴루즈 로트레크는 이전의 후보생 신이 버리고 간 곰족을 데려다가 길러 오고 있었다.

갈매기족의 신 장 드 라퐁텐 역시 여우족의 영토를 이어받았고, 그들의 새로운 신으로서 상어족에 맞서 싸운 이도 바로 그였다.

매족의 신 브뤼노 발라르는 지금 매 문화의 지배하에 있는 엄청난 영토를 보유하고 있다. 이는 과거 그들이 남쪽 지역들을 사납게 침략한 결과이다.

돼지족의 신 라블레는 비교적 작은 영토를 소유하고 있다.

각각 호랑이족과 흰개미족의 신인 조르주 멜리에스와 귀스타브 에펠은 매우 세련된 문명을 자랑하는 주민들이 바글바글 밀집하여 살고 있는 영토들에 영향을 미치고 있다.

아테나의 지시에 따라 세 계절의 신이 재충전한 앙크와 샌드위치를 우리에게 나누어 준다. 라블레는 긴장을 풀기 위해 포도주 한 잔을 요청한다. 에디트 피아프가 원한 것은 담배 한 개비이다. 그자비에 뒤피이는 진통제, 브뤼노 발라르는 코카인을 달라고 한다. 나는 맑은 정신을 유지하려고 커피를 부탁한다.

아테나는 옆에 앉아 있는 신들의 왕을 너무 오래 기다리지 않게 하려고, 우리에게 휴식할 틈을 거의 주지 않는다.

계절의 신들이 우리에게서 유리컵이며 수건 따위를 거두어 간다. 켄타우로스들은 다시 발판 사다리와 사다리들을 가져다 놓고, 흔들리지 않게끔 단단히 조인다.

공이 울린다. 우리는 다시 각자의 위치로 돌아간다. 카리테스 신들은 그자비에를 부축하여 사다리에 오르는 걸 도와준다.

「자, 경기를 다시 시작한다!」

아테나가 선언하고 다시금 공이 울린다.

이전의 실패를 똑똑히 기억하고 있는 나는 지적인 혁명들을 포기한다. 대신 〈돌고래족 방위군〉이라는 명칭의 지하 부대 창설에 온 힘을 쏟는다. 더 이상 예술과 과학과 지식에 에너지를 허비하지 않는다. 오직 군사력만이 중요하다는 사실을 깨달았기 때문이다. 만일 상어족이 또다시 내 백성을 멸절하려 든다면, 그들은 앙칼진 저항에 마주칠 것이다. 평화에 대한 갈망과 생명에 대한 존중으로 인해 남을 죽이기는커녕 제 몸 하나 제대로 방어하지 못하던 지식인이 더 이상 아닐 것이다.

이제 내 돌고래족은 신무기 제조에 뛰어난 솜씨를 발휘한다. 특히 몸 안에 감추기 쉬울뿐더러, 사격 시 반동이 거의 없는 조그만 기관 단총은 그들의 걸작이다.

내가 유토피아의 개념을 창안하는 것을 포기했듯 곰족 역시 유토피아주의 혁명을 일으키지 않고, 대신 왕정을 유지한다.

그러나…… 다시금 분쟁이 발생할 기미가 보인다. 국경에서의 소규모 충돌, 수입 물품에 부과되는 관세를 둘러싼 다툼, 영토 내에 섬처럼 고립되어 있는 지역에 대한 양측의 영유권 주장, 상대국으로부터 우롱당하고 있다고 느끼는 외교관들…….

나는 이 모든 것이 어떤 결과에 이르게 될지 잘 알고 있다. 이런 전쟁의 싹들은 일찌감치 잘라 버려야 한다. 나의 옛 본능이 되살아난다. 나는 무장 노력을 중단하고 세계 평화를 위한 원대한 프로젝트로 돌아온다. 나의 돌고래족은 세계 평화를 확보하기 위해 광범위한 규모의 의회, 즉 〈국가 연합〉 결성을 추진한다. 내 백성을 구하고 싶다면 먼저 세계를 폭력에서 구해 내야 한다. 앞의 경기에서 보았던 그 시체 더미들을 피하기 위해 내가 가진 수단은 오직 하나, 평화뿐인 것이다.

돌고래족 백성들은 나의 세계 평화 프로젝트에 열광한다.

그들은 각종 구호 단체를 조직한다. 또 나의 예쁜 여자 스파이들은 독재자를 포함한 각국의 정치가들을 유혹하여, 그들이 군사적 정복을 포기하도록 유도한다. 나는 성(性)을 통하여 가장 호전적인 자들까지 달래는 데 성공한다.

심지어 나의 정치가 중 하나는 총기 소유를 금지하는 전행성적 법안을 만장일치로 통과시키는 데 성공하기도 한다. 이제 나는 실질적인 평화를 정착시킬 수 있다는 희망에 젖는다.

이러한 평온 상태는 20여 년간 지속된다. 나는 내가 승리했다는 생각마저 하게 된다. 그리고 〈유토피아〉 사상과 〈연관〉 사상과 〈분석〉 사상을 다시금 전파한다.

그러나 돌연, 무언가 이상한 일이 경기 중에 발생한다. 반돌고래 운동이 도처에서 일어나는 것이다. 내 백성들이 그토록 평화를 옹호하는 까닭은 거기서 개인적인 이득을 얻어 내려 함이라는 소문이 떠돈다. 여기저기에서 기자들은 이른바 〈평화론자들의 음모〉를 고발한다. 정치가들은 〈전쟁에 뛰어드는 용기〉와 〈조국을 수호해야 할 필요성〉에 대해 역설한다. 나의 돌고래족은 지나친 관용론자, 물렁한 자, 현실을 직시하지 못하는 자, 외세에 팔린 자 등으로 취급된다.

각 세대는 저마다의 억압된 본능을 폭발시키기 위해 전쟁을 원하게 되는 모양이다. 자기네 부모들이 치러야 했던 대가와 고통은 까맣게 잊어버리고서 말이다. 호전적인 담화들이 터져 나오고, 선동된 대중은 열광한다. 평화를 호소하는 담화들은 야유를 받고, 그런 말을 한 사람은 비겁자로 몰린다.

다시 상어족 가운데 카리스마 있는 인물이 등장한다. 그는 더 이상 〈정화자〉가 아니라 〈몰살하는 자〉라고 불린다. 또 턱수염이 아니라, 양 끝이 뾰족하게 올라간 가느다란 콧수염을 달고 있다. 그의 깃발은 녹색이 아닌 검정색이다. 그의 추종자들이 부르는 예찬가들은 가사는 다르지만 동일한 증오를 퍼뜨린다. 〈몰살하는 자〉는 과감한 쿠데타를 통해 권력을 장악하는 데 성공한다.

곰 나라에서도 어떤 장군이 같은 일을 벌인다.

곰 나라 독재자와 상어 나라 독재자는 동맹을 맺고 〈돌고래족의 전 세계적 음모〉를 고발한다. 중상꾼들과 정치 선전자들은 내 백성이 외세에 매수된 배신자들이라고 떠들어 댄다.

그리고 곰족과 상어족은 또다시 돌고래족을 박해한다. 돌고래족에 대한 상어족의 증오는 이해하기 힘들 정도로 맹렬하고 악착스럽다. 턱뼈가 탈골되고 코가 으스러진 그들의 신 그자비에 뒤피이가 나에 대해 개인적 원한을 품고 있기 때문이 아닐까 하는 생각이 들 정도이다.

그렇게 경기는 진행되어 나가고, 내 백성은 다시금 학살당하고, 상어족은 좋아 날뛰며, 그자비에 뒤피이는 파괴의 기쁨을 서슴없이 드러낸다.

이번에 라울 라조르박은 자신의 독수리 제국을 이끌고 조금 더 일찍 개입한다. 아마 내가 꾸물댄다고 비난할까 봐 겁이 나는 모양이다. 그의 상륙 작전은 처음보다 훨씬 신속한 성공을 거둔다. 하지만 대륙에서의 진격은 상어 군단의 악착스러운 저항에 막혀 쉽지가 않다. 그런 이유로 이번 결승전 역시 전번 판만큼이나 더디 진행된다. 에드몽 웰스가 했던 말이 생각난다. 〈우리는 끊임없이 똑같은 역사를 반복하도

록 운명 지어진 건 아닐까? 인간이라는 동물에게 가능한 역사는 오직 이 한 역사뿐이기에?〉

나는 중얼거린다. 어쩌면 아에덴의 신들의 학교가 할 수 있는 일은 이것뿐인지도 몰라. 1호 지구에서 나타난 첫 번째 역사의 얼개보다 나은 것이 나오는 게 과연 가능한 일인지, 여러 기(期)의 실험을 통해 확인하고 또 확인해 보는 것.

나는 최대한 신중히 게임을 풀어 나간다. 구해 낼 수 있는 것은 구해 내려고 애쓴다. 다시 말해서 구해 낸 게 별로 없다. 다시금 라울 라조르박은 간발의 차로 세계 대전의 승자가 되고, 다시금 내 과학자들은 독수리족의 우주 정복을 돕는다.

이러한 도도한 흐름 앞에서 다른 선수들이 할 수 있는 일은 거의 없었다.

독수리족의 우주선은 이웃 행성에 착륙하고, 우주 비행사는 역사적인 문장을 내뱉는다.

「이제 우리의 새로운 경계는 여기입니다!」

공이 울려 경기의 끝과 라울 라조르박의 승리를 알린다.

관중들의 박수갈채는 지난 판이 끝났을 때처럼 그렇게 열렬하지는 않다. 모두가 제우스의 의견을 듣기 위해 그에게로 고개를 돌린다. 그는 움직이지도 않고, 박수도 치지 않는다. 다만 알 수 없는 상념에 잠겨 있을 뿐이다.

「경기를 다시 하고 싶습니다!」

나는 소리친다.

비난의 웅성거림이 관중석에서 흘러나온다. 〈지저분한 선수〉, 〈치사한 놈〉이라는 말들이 간간이 귀에 들어온다. 스승 신들조차 나의 악착스러운 고집이 어이없다는 표정이다. 하지만 그들은 별말 없이 경외하는 제우스의 반응을 조용히 기다린다. 천천히 몸을 일으킨 제우스는 팔을 쳐들어 좌중을 조용히 시킨다.

라울 라조르박은 이를 악물고 불평을 토한다.

「아, 뭐야! 이젠 됐다고! 내가 이겼잖아!」

다른 후보생들은 나의 대담한 행동 앞에 입만 딱 벌리고 있을 뿐이다.

「그의 원대로 되게 하라!」

올림포스 왕의 결정이 쩌렁쩌렁 울린다.

계절의 신들과 카리테스 신들은 새 앙크를 가져다주고, 또다시 샌드위치와 보온병에 든 따뜻한 음료를 제공한다.

밤의 어둠이 내리자 켄타우로스들은 사방에 횃불을 설치한다.

전에 제우스를 만났을 때 그가 했던 말이 생각난다. 그는 가장 좋아하는 영화 중의 하나가 「끝없는 하루」[3]라고 고백했다. 어느 하루를, 그날이 완벽해질 때까지 수없이 반복하게 되는 남자의 이야기를 그린 영화였다. 그러한 그이기에 지금 이 결승전의 50년을, 그 50년이 완벽해질 때까지 재경기하게 해주는 것이리라(50년, 그것은 1호 지구의 1920년에서 1970년 사이의 기간이다. 1920년은 유럽 도처에서 극우 민족주의가 발흥한 해다. 1969년 7월은 아폴로 11호가 달에 착륙한 때이다).

하지만 영화와 이 결승전 간에는 미묘한 차이점이 있다. 영화에서는 도달해야 할 완벽성이 하나뿐이었다. 하지만 여기서는 선수마다 제각기 다른 완벽성을 지향하고 있다.

---

3 원제는 〈Groundhog Day〉. 해럴드 래미스 감독의 1993년 작품으로, 우리나라에서는 〈사랑의 블랙홀〉이라는 제목으로 소개되었다.

그래서 붉은 여왕의 역설이 작용한다. 한 선수가 향상되면, 다른 선수들 역시 향상된다. 결과적으로 아무런 변화가 없다는 느낌을 받는다.

뒤로 돌아간다. 다시금 마법이 작용한다.

이웃 행성에 꽂힌 독수리족의 깃발을 보여 주는 화면이 거꾸로 돌아간다. 깃발이 뽑힌다. 로켓은 유턴한다.

죽은 이들은 무덤에서 나온다.

태아들은 배 속으로 빨려 들어간다.

모든 배우가 거두어지고, 꼭두각시들처럼 가지런히 정돈된다. 잠시 뒤 벌어질 같은 영화의 새 버전에 출연시키기 위함이다.

〈되감기〉의 광경, 정말이지 1천 번을 보아도 싫증이 나지 않을 것이다.

그것은 아마도 그 광경이 나를 두려움에서 해방시켜 주기 때문일 것이다. 흘러가 버리는 시간에 대한 두려움. 그리고 과거를 고치는 것이 불가능하다는 사실에 대한 두려움…….

세 번째 공이 울린다. 18호 지구를 세 번째로 다시 쓰는 경기의 시작을 알리는 공이다.

나는 경기에 임한다.

이제는 경기 중에 다른 선수들과 말하는 것을 더 이상 주저하지 않는다. 그자비에 뒤피이와의 전쟁에서 좀 더 빨리 이기라고 라울 라조르박에게 충고한다.

「네 상륙정들을 이쪽으로 가게 해! 내가 번개로 상어족 병사들의 눈을 부시게 해놓을 테니.」

하지만 우리가 지난 역사의 지식을 통해 현 상황을 보다 현명하게 판단할 수 있다면, 그건 우리의 적수들 역시 마찬가지이다. 그리하여 우리는 거의 비슷한 시나리오에 다시금 돌아오게 된다.

다시 날이 밝는다. 나는 거의 제정신이 아니다. 에디트 피아프도 몹시 피곤해 보인다. 그녀는 번번이 손에서 앙크를 떨어뜨리고, 그걸 줍느라 사다리를 내려간다.

독수리 깃발이 다시 꽂힌다.

여기저기서 힘없는 박수 소리가 이 역사적 사건을 축하한다.

나는 다시 재경기를 요구한다. 제우스는 나의 요청을 받아들여 주라는 신호를 한다. 카리테스 신들은 우리에게 재충전한 앙크들을 가져다주고, 샌드위치를 제공한다. 관중석에도 음식 바구니들이 손에서 손으로 건네진다.

18호 지구에는 파괴된 것들이 다시 세워진다. 죽은 것이 생명을 되찾는다.

체스 기사들이 말들을 모두 거둬 모으자, 다시 공이 울리고 투쟁이 시작된다.

두 번째 밤이 왔다. 관중은 모두 기진맥진해 있고 우리 또한 그렇다. 관중석의 많은 이들이 꾸벅꾸벅 졸고, 어떤 이들은 코까지 곤다.

우리 신들은 이 불완전한 반세기를 다시 창조하는 일을 계속하고 있다. 이번에 나는 상어족이 대규모의 침략 전쟁을 일으키지 않는 상황을 만드는 데 성공한다. 하지만 다른 사건들로 인해 결과는 결국 마찬가지가 된다. 여전히 승자는 라울 라조르박이다.

그중 한 판에서, 아마 일곱 번째 판일 것이다, 나는 확실한 국경선에 의해 보호받는 돌고래족 독립 국가를 세우는 데 성공한다. 하지만 이것도 근본적인 변화를 가져오지는 못한다. 또다시 라울 라조르박이 승리한다.

나는 그다음의 판들에서는 다른 전략들을 시도해 본다.

어떤 메시아와 함께 새로운 종교를 하나 만들어 본다. 전 세계 사람들이 이 메시아의 말에 귀를 기울인다. 하지만 또다시 라울이 그의 혁신적인 메시지를 슬쩍하여, 독수리족이 절정의 영광을 누리게 하는 데 사용한다. 심지어는 〈메시아의 메시지〉의 이름으로 로켓을 이웃 행성에 보내기까지 한다.

난 대체 어디가 잘못된 것인지 이해해 보려고 애쓴다. 어쩌면 내 돌고래족에게 악바리 근성이 부족하여 그런지도 모른다는 생각도 든다. 하지만 그들은 일단 위기에 처하면 뛰어난 병사로 변신하지 않았던가? 비록 조상들의 율법에 어긋나는 까닭에 다른 민족 병사들처럼 약탈이나 고문 행위는 못 하지만 말이다.

어떤 판에서 나는 거의 라울만큼이나 훌륭하게 게임을 한다.

또 어떤 판에서는 돌고래족 출신의 인물이 상어 나라의 대통령이 된다.

또 나는 모든 위험으로부터 멀리 벗어나 있는 대양의 어느 섬에다 새로운 돌고래 국가를 세워 보기도 한다.

하지만 매번 라울이 큰 차이로든 간발의 차이로든 이 마지막 판의 승자가 된다. 결국 열세 번째의 독수리 로켓이 이웃 행성에 당당하게 착륙하고, 부리가 갈고리처럼 구부러진 새가 그려진 깃발이 꽂힘과 동시에 땡 하고 공이 울린다.

우주 비행사는 역사적 일성을 발한다.

「우리가 최고입니다!」

이번에는 아무도 박수 치지 않는다. 대부분의 관중들은 관중석에 앉은 채 쿨쿨 자고 있다.

제우스는 몸을 일으키고는 나에게 직접 말한다.

「미카엘…… 그래, 자넨 알고 싶어 했지. 자, 이젠 분명히 알게 되었네. 역사는 반복될 뿐이야. 약간의 차이는 있지만 반복되지. 그리고 항상 비슷한 결과에 도달하게 돼.」

「이 순환 고리에서 벗어나는 방법이 분명히 있을 거예요. 분명히 어떤 방법이 있을 거라고요!」

제우스는 유감스럽다는 표정을 지어 보인다.

「그럼 무슨 짓을 한다 해도 아무것도 바꿀 수 없단 말입니까?」난 재차 물어본다.

그는 고개를 끄덕인다.

「자넨 현실을 인정해야 해. 인간들이란 원래 그런 존재야. 자넨 결코 그들의 운명을 바꿀 수 없네.」

이렇게 결론지은 제우스는 위엄 있는 백조로 변하여 산 쪽으로 훨훨 날아간다.

나는 수평선 너머로 사라지는 그의 뒷모습을 망연히 바라본다.

「자, 이제 경기는 완, 전, 히 끝났다!」

정의의 신은 비난의 빛이 가득한 눈으로 나를 노려보며 선언한다.

관중들은 안도의 한숨을 내쉰다.

상어족의 신은 증오에 불타는 눈으로 나를 쩨려보면서 가운뎃손가락을 불쑥 세워 음란한 손짓을 해 보인다. 난 순간 이성을 잃는다. 곧바로 앙크를 들어 올려 피에 젖은 붕대로

136

칭칭 감은 그의 머리통을 겨냥한다. 내 의도를 제일 먼저 알아챈 라울은 나를 제지하려 뛰어나올 양으로 몸을 움찔한다. 손가락을 치켜올리는 모욕질에 정신이 팔려 있던 그 자비에 뒤피이는 내 무기에서 벼락이 뿜어져 나오자 속절없이 당하고 만다. 상어족 신의 머리는 목을 떠나 공중에 붕 뜨더니 둥근 궤적을 그리며 땅바닥에 떨어진다. 하지만 거기서 멈추지 않고 무거운 공처럼 다시 튕겨 올라 계단식 관중석 하단에 세차게 부딪친다. 머리를 잃은 몸은 그대로 서 있다가, 이윽고 털썩 무릎을 꿇는다. 마치 무엇으로 받쳐진 듯 몸통은 한동안 무릎을 꿇은 채 똑바로 서 있다. 경동맥에서 자홍색 피가 분수처럼 뿜어져 나온다. 그러다가 앞으로 허물어져 내린다.

미소들은 공포의 일그러짐으로 변한다.

켄타우로스들은 즉각 반응한다. 내가 가장 가까운 곳에 있는 놈을 쏘아 쓰러뜨리자 뒷발로 일어선 다른 놈들이 그대로 얼어붙는다. 나의 결연한 태도에 위압된 것이다. 나는 무기의 총구에서 피어오르는 연기를 훅 하고 분 다음 앞쪽 땅바닥에다 던져 버린다.

아테나는 다른 범행을 저지르기 전에 나를 사로잡으라고 켄타우로스들에게 명한다. 나는 그들에게 순순히 몸을 맡기면서, 다른 말인간들이 과거 상어족의 신이었던 자의 살 조각들을 주워 담는 광경을 묵묵히 지켜본다.

자, 이젠 다 끝났어.

며칠 사이에 얼굴 살이 쪽 빠지고 토가는 꼬질꼬질해진 신후보생들, 즉 에디트 피아프, 장 드 라퐁텐, 귀스타브 에펠, 조르주 멜리에스, 시몬 시뇨레, 툴루즈 로트레크, 프랑수아 라블레, 브뤼노 발라르, 그리고 라울 라조르박 등은 이해할 수 없다는 눈으로 내 얼굴을 살피고 있다. 관중석 상단의 대형 화면들에는 독수리족 우주 비행사들이 중력이 약한 이웃 행성 위에서 신이 나서 깡충대고 있다. 하지만 여기서는 분홍빛 구름이 층층이 걸려 있는 하늘에 연보랏빛 석양이 저물어 간다.

아테나는 자신의 선언에 엄숙함을 더하기 위해 창으로 바닥을 쿵 하고 내리친다.

「그리고 우승자는…… 라울 라조르박입니다!」

박수와 환호가 터져 나온다.

「자, 이제 이 경기를 처음부터 끝까지 다시 한번 보기로 하겠습니다.」

다시금 공이 울린다.

그러자 대형 화면들에는 다양한 각도에서 포착된 18호 지구의 역사 전체가 빠른 속도로 지나간다. 첫 번째 스승 크로노스의 명령에 따라 빙하를 녹인 후, 최초의 대양이 지표에 펼쳐진다. 각종 박테리아, 수중 식물, 짚신벌레, 물고기가 출현한다. 최초의 대륙들이 수면 위로 융기한다. 물고기는 도마뱀이 되고, 도마뱀은 공룡이 된다. 다양한 크기의 포유류들이 저마다의 은신처에서 튀어나오고, 각양각색의 새들이 둥지에서 푸드덕 날아오른다. 마침내 최초의 인간이 출현한다. 인간들은 처음에는 무리를 지어 유랑하다가, 방어용 울타리로 둘러싸인 마을에 정착한다. 그들은 말과 개를 길들이고, 장례 의식, 농업, 직조술, 바퀴, 대장간, 그릇, 석공술 등을 발견한다. 최초의 대규모 전쟁. 높은 석벽으로 둘러싸인 고대 도시 건설. 시장, 도로, 수도교, 학교, 성, 수공업 작업장,

증기 기관, 내연 기관, 전기 모터, 공장, 총, 자동차, 비행기, 텔레비전 등이 차례로 등장한다. 모든 것이 자라나고, 커지고, 탈바꿈하고, 진화하여, 마침내는 커다란 노란 불기둥을 내뿜으며 발사되는 독수리 로켓으로 마감된다.

라울은 허리를 깊이 굽혀 멋지게 인사를 보내고, 관중은 환호하며 그의 이름을 연호한다.

「라조르박! 라조르박! 라조르박!」

관중은 그에게 꽃과 월계관, 그리고 리본으로 장식된 축하 카드 등을 던진다.

「그리고 이자는 감옥에다 가두고, 내일 심판할 것이다. 그가 범한 죄의 대가를 치러야 할 것이다.」

정의의 신이 손가락으로 나를 가리키며 명한다.

모두가 나를 쳐다본다. 아프로디테는 큰 충격을 받은 기색이다. 하지만 감히 끼어들 수는 없는지라 애써 외면하고 있다.

나는 중얼거린다.

「미안해, 마타 하리. 난 실패하고 말았어…….」

26. 백과사전 : 아폽토시스

아폽토시스는 세포가 예정된 프로그램에 의해 스스로를 파괴하는 현상을 말한다. 예를 들어 인간 태아의 손이 형성될 때 이 아폽토시스가 일어난다.

태아의 손은 형성 초기에는 물고기의 지느러미나 물개의 앞발과 같은 형태를 지닌다. 그러다가 손가락 사이에 있는 세포들이 죽어 인간 손의 형태가 드러나게 된다. 인간 손이 존재하기 위해서는 이 세포들의 〈자살〉이 반드시 필요한 것이다. 이렇게 해서 우리는 〈물고기〉의 단계를 넘어설 수 있게 된다.

태아의 엉덩이에 달려 있는 조그만 꼬리도 동일한 과정을 거쳐 사라지게 된다. 태아의 꼬리는 스스로를 파괴하여 꼬리가 없는 인간의 척추를 형성하게 되고, 이로써 우리의 〈원초적 동물〉 단계는 끝나게 된다.

식물 세계에서 아폽토시스는 나무가 새롭게 재생할 수 있도록 가을에 낙엽이 떨어지는 현상에서 관찰된다. 매년 나무는 자신의 진화에 필요하지만 이 진화가 계속되기 위해서는 일정 기간 후에 사라져 주어야 할 세포들을 생산하는 것이다.

인체의 모든 세포는 끊임없이 뇌에게 물어보고 있다. 자신의 임무가 무엇이며, 자신의 존재가 아직도 유용한지를. 뇌는 각 세포에게 어떻게 성장하고 진화할 것인지를 지시해 주는 한편, 어떤 세포들에게는 죽을 것을 명한다.

아폽토시스 현상의 이해는 다양한 연구 분야, 특히 암 연구에 새로운 길을 열어 주고 있다. 사실 암은 어떤 세포들이 몸이 보내는 아폽토시스의 메시지에 따르지 않음으로써 발생한다. 암세포들이 뇌가 스스로를 파괴하라고 신호를 보내는데도 계속 성장하기 때문이다. 이처럼 암세포들이 자살을 거부하고 〈이기적으로〉 불멸성을 추구함으로써 결국 몸 전체를 죽게 한다는 것이 일부 과학자들의 견해이다.

에드몽 웰스, 『상대적이며 절대적인 지식의 백과사전』 제6권

27. 죽음과 생명의 신

쾅 소리와 함께 문이 닫힌다. 여러 개의 굵직한 빗장이 철컹철컹 질러진다.

켄타우로스들은 내가 자기네 동료를 죽이는 걸 보았기에 더욱 거칠게 나를 다룬다.

편안해 보이는 침대가 하나 놓여 있는 감방은 제법 널찍하

다. 창문의 철창 사이로는 아에덴의 첫 번째 산의 봉우리가 보인다.

나는 침대에 드러눕는다.

평생 나의 삶을 따라다녔던 그 질문이 또다시 떠오른다.

〈그런데 내가 여기서 뭘 하는 거지?〉

정말이지 내가 여기서 무얼 하고 있단 말인가? 내가 태어난 지구에서 한참 떨어진 우주의 변방, 올림피아의 감방 안에서 말이다.

나는 잠을 청해 본다.

그런데 잠이란 놈은 꼭 옛날에 키우던 고양이 녀석 같다. 필요 없을 때는 불쑥 나타나서 하는 일을 방해하면서, 정작 필요할 때는 오지 않는다.

오늘 하루 동안 일어난 사건들이 머릿속에 하나하나 떠오른다.

나는 눈을 부릅뜨고 꼼짝 않고 누워서 가끔씩 숨을 몰아쉰다.

자, 이제 나는 알게 되었다. 결국 우리는 아무것도 할 수 없다. 인간은 똑같은 잘못을 반복할 수밖에 없는 운명이다. 그 잘못들이 바로 그들의 깊은 곳에 내재된 프로그램에 새겨져 있기 때문이다.

DNA.

〈파괴〉를 뜻하는 D 자가 맨 앞에 오는 것은 결코 우연이 아니리라.

왜 제우스는 내게 재경기할 수 있는 특권을 허락했을까? 그 목적은 오직 하나, 인간 역사의 흐름을 바꾸는 것이 불가능함을 똑똑히 인식시켜 주기 위함이었다.

개인들은 저마다의 숙명을 지니고 있다.

민족들도 저마다의 숙명을 지니고 있다.

심지어는 동물의 종들도 마찬가지다.

이 사실은 조르주 멜리에스의 두 가지 마술을 떠올리게 한다. 첫 번째 마술에서 처음에 내가 어떤 숫자를 고르든 상관없이 결국 이르게 되는 단어는 항상 〈키위〉였다.

또 카드 마술은 어떠했던가? 어떤 식으로 카드를 커트하든 간에 결국에는 한 줄은 킹, 한 줄은 퀸 하는 식으로 끗수가 같은 그림패들이 그룹을 이루게 됐었다. 멜리에스는 이렇게 말했다. 〈너는 선택한다고 하지만 사실은 선택한 게 아니야. 이미 오래전에 결말이 쓰여 있는 시나리오 안으로 들어가고 있을 따름이지.〉

또 에드몽 웰스는 이렇게 주장했었다. 〈자연은 계획을 가지고 있어. 한쪽 길이 막히면 다른 길을 사용하지. 그렇게 해서 결국에는 계획을 이루고 말아.〉

나는 그릇 속의 개미처럼 감방 안을 빙빙 돈다.

그러고 있는데 한쪽 구석에 무언가가 놓여 있는 게 보인다. 귀 같이 생긴 손잡이가 양쪽에 달린 술 단지이다. 단지 위에는 〈디오니소스 양조장〉이라고 새겨져 있다. 최소한 주정뱅이들의 신만큼은 나를 완전히 저버리지 않았다.

나는 뚜껑을 따고 킁킁 냄새를 맡아 본 다음, 그 속에 든 액체를 벌컥벌컥 들이켠다. 꿀로 빚은 알코올이 두개골의 안벽을 짜르르 자극하기 시작한다. 뇌가 흐릿해진다.

그때 문 쪽에서 무슨 소리가 난다.

누군가가 내 감방의 커다란 빗장을 열고 있다. 이윽고 문이 열리고, 열린 문틀의 네모난 공간으로 한 여인의 실루엣이 역광을 받으며 나타난다.

「나가요! 난 아무도 보고 싶지 않아요. 꺼지라고요!」

나는 소리 지른다.

「내일 스승 신들이 모일 거야. 너를 어떻게 처벌할지 결정하기 위해서지. 하지만 우리 중 몇 명은 네 편이야. 그들은 네 행위가 정당방위였다고 생각하고 있어.」

나는 어깨를 으쓱한다.

「나도 너를 위해 변론할 작정이야.」

사랑의 신이 자신의 뜻을 밝힌다.

그녀의 그윽한 향기가 나를 감싸 온다. 하지만 예전과 같은 마력은 더 이상 느껴지지 않는다. 처음 이 냄새를 맡았던 때가 떠오른다. 정말이지 그때 나는 꼼짝달싹 못 할 정도로 매혹됐다. 하지만 지금은 여느 냄새와 다를 바 없는 하나의 후각적 정보일 따름이다.

「그래. 넌 나를 종종 의심하곤 했었지. 하지만 난 네 편이야.」

그리고 여전히 어스름 속에 잠겨 있는 그녀는 이렇게 덧붙인다.

「미카엘, 난 널 사랑해.」

「이미 무수한 남자들에게 사랑을 나눠 준 신의 사랑이 대체 무슨 가치가 있다는 거죠?」

그녀는 몇 걸음을 더 나아온다. 창을 통해 새어 들어온 달빛에 그녀의 입과 얼굴 아랫부분이 드러난다.

「신의 사랑도 여느 여자의 사랑과 다를 바 없어. 난 널 사랑하겠다고 약속했었지. 넌 신성을 획득하기 위한 경기에서 패배했지만, 그래도 넌 여전히 내게 소중한 존재야. 너에 대한 사랑은 언제나 진정이었지만, 넌 항상 나를 경계했지. 두려움은 진실을 보지 못하게 하는 법이야.」

「꺼져요, 아프로디테! 당신은 줄곧 마타 하리를 내게서 떼어 놓으려 했어요. 이곳에서 내 삶의 유일한 사랑이었던 그녀를 말이에요. 나가요! 아니면 내가 당신을 해치고 싶은 충동에 굴복해 버릴지도 몰라요. 다른 사람도 아닌 사랑의 신마저 죽여 버린다면 내 악명은 그야말로 완벽해지겠죠.」

지금 내 상황에서 더 잃을 게 무엇이랴.

하지만 그녀는 개의치 않고 더욱 가까이 다가온다. 이제 달빛에 비친 그녀의 두 눈이 에메랄드빛으로 영롱하게 반짝인다.

「미카엘. 그렇다고 해도 난 겁나지 않아. 내 눈에 넌 절망에 빠져 어쩔 줄 몰라 하고 있는 어린애일 뿐이야. 그리고 내 의무는 아이들을 도와주는 거지. 아이가 아무리 공격적으로 나온다 해도.」

그녀는 더 다가온다. 이제 그녀는 내게서 몇 걸음밖에 떨어져 있지 않다.

「어차피 네겐 다른 선택이 없잖아.」

「천만에. 난 선택할 수 있어요. 아니, 우린 언제나 선택할 수 있다고요. 자, 보세요! 난 이렇게 선택하잖아요!」

나는 꿀술이 든 단지를 집어 들어 한참 동안 벌컥벌컥 들이켠다. 다시금 머릿속에 짜르르 술기운이 퍼지고, 급기야는 혈관이 뜨끈뜨끈해지는 게 느껴진다.

「마타 하리가 널 이렇게 변하게 했어. 하지만 그녀는 아무것도 아니야. 이제는 잊어버려.」

「다시는 함부로 그녀 이름을 들먹이지 마요!」

나는 딸꾹질을 해가면서도 애써 또박또박 말한다. 그리고 다시 술 단지를 잡고 이렇게 말한다.

「아프로디테. 난 당신을 사랑하지 않아요. 당신은 사람의 마음을 가지고 노는 음흉한 여자예요. 진정한 사랑은 못 하는 사람이죠. 당신은 영원히 마타 하리의 발뒤꿈치도 따라갈 수 없다고요.」

「떠나간 그녀를 향한 너의 사랑은 정말이지 아름답구나. 나로선 부럽기만 할 뿐이고.」

「뭘 그렇게 한탄하죠? 세상 모든 남자들이 당신을 사랑하는데.」

「아니, 남자들은 단지 나를 탐할 뿐이지. 내 매력 때문에, 내 육체 때문에 나를 〈욕망〉할 뿐이야. 하지만 진정한 사랑은 〈육체 대 육체〉의 관계가 아니라 〈영혼 대 영혼〉의 관계야.」

나는 어깨를 으쓱한다.

「당신의 아들 헤르마프로디토스에게서 다 들었어요. 인간이었을 때 당신의 삶과, 당신이 남자들에게 행한 복수에 대해서 말이에요. 그는 또 당신이 사랑의 신이 되기를 선택한 이유도 설명해 줬어요. 어떤 의사들이 자기 자신의 병을 다루는 전문의가 되는 것과 같은 이유였다고 하더군요. 다른 사람들을 치료하면서 자기 자신을 치료할 수 있다고 생각하는 거죠.」

나는 그녀를 비웃는 눈으로 빤히 쳐다본다.

「당신은 내가 만나 본 이들 중…… 가장 사랑을 못하는 존재예요.」

나는 이 말에 그녀가 충격을 받았음을 느낀다.

「네 말이 전적으로 틀린 것만은 아냐. 맞아, 난 그랬어. 하지만 변했지. 네 스승인 에드몽 웰스가 어딘가에 이렇게 썼더군. 〈처음엔 공포, 그다음엔 모색, 마침내는 사랑.〉……나 역시 한 단계를 뛰어넘었다고 생각해, 미카엘. 난 너도 이렇게 어려운 상황 속에서도 변화하고 진화할 수 있기를 바라.」

그녀는 한 걸음 더 다가와 내 손을 붙잡는다. 나는 다른 쪽 손으로 단지를 들어 주둥이에 입을 대고 젖을 빨듯 쪼옥 빤다.

「미카엘, 내가 그렇게 미워?」

「그래요. 난 당신을 미워해요.」

나는 몸을 빼면서 말한다.

「하지만 난 너를 사랑하는걸. 진정으로 사랑해. 너의 영혼 깊은 곳에 있는 너를 사랑해. 미카엘. 넌 좋은 사람이야. 좋은 사람.」

나는 단지가 다 비워질 때까지 게걸스레 들이켠 다음, 빈 단지를 벽에다 던져 버린다. 단지는 요란한 소리를 내며 산산조각 난다.

「아직도 이해 못 하겠어요? 난 더 이상 아무것도 믿지 않아요. 할 수만 있다면 이 아에덴 전체를 불살라 버리고 싶어요. 이 섬, 이 행성, 이 학교가 영원히 사라져 버렸으면 좋겠다고요.」

「어쩌면 그게 바로 사랑의 힘일 거야. 나 역시 너를 그만큼 깊게 사랑하고 있어. 스스로를 파괴자로 여기는 너를 따라 어디에고 갈 수 있을 만큼.」

나는 그녀를 밀쳐 버린다.

「아프로디테. 난 당신이 역겨워요.」

「네 자신이 역겨운 거야. 넌 너무나도 스스로를 경멸하고 있어. 그래서 내가 널 도와주어야 해. 네 자신을 되찾을 수 있게끔 도와주어야 하지. 넌 굉장한 사람이야. 하지만 분노에 눈이 멀어 그 사실을 잊고 말았지.」

그녀가 천천히 다가온다. 마치 길들이려는 동물에 다가가듯이.

「자, 괜찮아질 거야. 다 끝났어. 더 이상 괴로워할 이유가 없어. 모든 게 끝났으니 이젠 진정해도 돼, 미카엘. 너도 여느 사람과 다름이 없어. 네 문제가 뭔지 알아? 그건 충분히 사랑받지 못한 거야…….」

그녀는 밀치려는 나의 손을 꼭 잡고 쓰다듬는다.

「전에는 나 역시 참된 사랑과는 거리가 먼 감정들로 가득했었어. 그런데 Y 게임의 마지막 경기 중에 무언가가 일어났지. 너와 네 백성이 겪어야 했던 그 불공평한 운명이 내 마음을 깨어나게 했어. 널 돕고 싶은 마음이 생겨난 거지. 난 에드몽 웰스가 그의 책 중 한 권에 적어 놓은 이 문장에 공감해. 〈무언가를 남에게 줄 때 우리는 비로소 그것을 소유했다는 사실을 깨닫게 된다.〉 맞아, 미카엘. 난 네게 줄 무언가를 가지고 있었어. 진실하고도 사심 없는 무언가를 말이야.」

내 가슴팍에 그녀의 젖무덤이 느껴진다. 그녀를 밀쳐 버리고도 싶지만 그러지 못한다. 그녀는 길고 힘찬 팔로 나를 꼭 끌어안는다. 내 몸에 밀착한 그녀의 따스한 몸이 느껴진다. 그렇게 오랫동안 그녀의 열기를 받고 있으려니, 무언가가 내 안에서 차오르며 두 눈을 불태운다. 눈물이 흘러내린다. 요 며칠간의 모든 압박감이 돌연 소금기 있는 물로 바뀌어 솟구치는 것일까.

「자, 모든 게 괜찮아질 거야.」

아프로디테가 속삭이고 내 이마와 양 볼에 입을 맞춰 준다. 그녀의 입술이 내 입술을 찾는다.

「내가 약속했었지? 수수께끼를 풀면 널 사랑해 주겠다고. 난 약속을 어기고 싶지 않아.」

그리고 그녀는 닫힌 내 입술을 밀어 열고 관통해 들어온다.

나는 눈을 감는다. 무언가 나쁜 것에 몸을 맡긴다는 느낌이 든다. 하지만 알코올과 번뇌에 시달리는 나의 영혼에 힘과 위안을 주는 이 에너지를 포기하기란 쉽지 않은 일이다.

그녀는 내 귀에 대고 속삭인다.

「잊어. 잠시만이라도, 잊어.」

나는 눈을 감는다.

휭하니 속이 비워지는 것 같다. 사지가 해체되는 느낌이다. 난 침대 위에 쓰러진다. 아프로디테는 내 몸을 뒤집는다.

「우리 섹스해…… 제발, 미카엘.」

그다음에 일어나는 일은 내가 겪은 모든 육체적 경험을 초월하는 것이다. 〈무(無)〉와 접촉했기에 〈전부〉에 접근할 수 있다. 풀장의 밑바닥을 찍은 나는 다시 신속히 떠오른다. 색채들과 열기와 빛이 내 머릿속에서 분출한다. 내 두개골이 이루는 별이 총총한 천구(天球) 아래 뉴런들은 제각기 태양이 된다.

황금의 액체가 무수한 시내처럼 내 혈관 속을 콸콸 흐른다.

엔도르핀으로 범람하는 나의 몸 전체는 이제 순수한 쾌락일 뿐이다.

나는 더 이상 내가 누구인지 모른다.

과거와 미래에 대한 의식을 모두 잃어버리고, 달콤한 현재 안에서만 살 뿐이다. 그 안에서 신의 몸은 내 몸과 뒤섞이고, 그녀의 입맞춤과 애무 아래 내 몸은 마법의 악기처럼 진동하며 비밀한 자신을 드러낸다.

다시 나타난 나의 입은 겨우 한마디를 내뱉을 수 있을 뿐이다.

「아프로디테……..」

「미카엘.」

〈뱀은 허물벗기를 할 때 장님이 된다.〉

또한 기억 상실증에 빠지기도 한다.

우리는 신성한 춤을 추듯 여러 차례 사랑을 나눈다. 나의 살에 이처럼 관능적인 감각이 새겨졌던 적은 일찍이 없었다.

기진하여 미소 지은 나는 부드러운 아프로디테의 품에서 잠을 잔다.

이제 나는 오래오래 살고 싶다.

28. 백과사전 : 면과 정신의 각성

다큐멘터리 전문 영화 제작자 피터 엔텔은 「튜브」라는 작품에서 이미지가 우리에게 작용하는 방식에 대해 보여 준다. 이를 위해 영화 관람자와 텔레비전 시청자 간의 차이를 보여 주는 실험이 행해졌다.

두 그룹의 관객들에게 똑같은 천 위에 영사된 영화를 보여 준다. 한 가지 차이점이 있다면 한 그룹에는 영사기를 등 뒤에 놓고, 다른 그룹에는 영사기를 관객 앞에 놓음으로써 마치 텔레비전을 보듯이 영사기에서 나오는 빛을 관객의 눈이 정면으로 받아야 한다는 점이다. 영화가 끝난 뒤 각 그룹에게 질문을 하는데, 첫째 그룹 관객들은 작품에 대한 분석 능력과 비판 정신을 간직하고 있는 반면, 둘째 그룹 관객들은 스스로 수동적이라고 느끼고 있었고, 작품에 대해 별다른 의견이 없었다. 또 빛을 정면으로 받은 사람들이 영화 상영 시에 보여 준 두뇌 활동은 빛이 등 뒤에서 나간 사람들보다 훨씬 약한 것으로 드러났다. 이러한 이유로 피터 엔텔은 텔레비전과 관련하여 〈정신 기능의 쇠퇴〉라는 표현을 사용한다. 빛을 정면으로 받으면 거리감을 상실하게 된다. 반대로 영화에서 보는 것은 빛의 반영이기 때문에 정신은 활동을 계속하게 되는 것이다.

에드몽 웰스, 『상대적이며 절대적인 지식의 백과사전』 제6권

29. 재판

나는 내가 죽은 꿈을 꾼다.

결국 삶이란 하나의 점선이다.

꿈들은 점선을 이루는 점들이다.

그리고 죽음은 그 마지막 점이다.

내 장례식이 벌어지고 있다. 내 관을 힘겹게 운반하는 긴 행렬이 언덕과 경사가 급한 연보라색 산비탈 사이의 오솔길을 꼬불꼬불 나아간다.

내 유해를 옮기고 있는 이들, 가만히 보니 그들은 나의 백성, 바로 돌고래족이다. 모두가 검은 턱시도 차림이다. 어떤 이들은 실크해트를 쓰고 있고, 여인네들은 부인모에 베일을 드리우고 있다. 가까이 다가가면서 나는 기이한 사실을 발견한다. 그들에게는 얼굴이 없고 대신…… 체스 말들의 머리가 달려 있다.

가장 작은 이들은 매끈한 구체인 폰의 머리를, 가장 뚱뚱한 이들은 입과 콧구멍을 벌리고 있는 말대가리를, 그리고

또 어떤 이들은 비스듬한 홈이 나 있는 비숍, 즉 주교의 머리를 하고 있다. 키가 가장 큰 사내들은 십자가가 달린 왕관을 쓴 킹이며, 길고 풍성한 드레스 차림의 키가 큰 여인들은 톱니 모양의 왕관을 쓴 퀸이다. 그들은 눈도 없고 피부도 없다. 다만 매끈하게 옻칠한 밝은 베이지색 나무들일 뿐이다.

그들은 무수히 떼를 지어 조용히, 그리고 천천히 공동묘지 쪽으로 나아간다.

나는 신의 토가를 두르고 관 속에 누워 있다. 두 손은 앙크 위에 교차되어 있고, 얼굴은 잠든 듯하며, 눈꺼풀은 감겨 있다. 장례 마차를 끄는 것은 이마에 길고 검은 깃털 장식을 단 네 말대가리, 즉 나이트들이다. 나의 문명을 이끌어 온 돌고래 문장이 그려진 기들이 마차 위에 펄럭이고 있다.

행렬은 어느 오솔길 앞에 멈춰 선다.

한 무리의 킹들이 내 관을 마차에서 끌어낸다. 그들은 관을 몇 미터가량 옮긴 다음, 한 무리의 퀸들에게 넘겨준다. 다음에는 한 무리의 비숍들 차례이다. 나를 무덤구덩이까지 옮기는 것은 비숍들의 몫이다.

그들은 검정 끈을 사용하여 관을 내린다.

조금 떨어진 곳에서는 검은색 작업용 앞치마를 두른 폰들이 청록색 대리석에 나의 묘비명을 새긴다.

그는 최선을 다했고, 실패했노라.
하지만 그의 백성들은
원망하지 않노라.

뎅, 뎅, 뎅, 종들이 울린다.

하지만 눈을 뜨고 싶은 생각은 전혀 없다. 나의 무덤과 엄숙한 묘비명에 매혹된 탓이다.

〈원망하지 않노라…….〉

그들은 나를 원망하지도 않는단다. 종소리가 들림에도 내가 계속 진행시키고 있는 나의 꿈속에서, 체스 말들은 차례로 다가와 내 관 위에 꽃을 던진다. 가만히 살펴보니 턱시도를 걸친 말들 뒤에는 죄수복 차림의 바짝 여윈 말들이 보인다. 또 그 뒤로는 르네상스 시대의 사슬 갑옷 차림을 한 말들과 혈거인들처럼 짐승 가죽을 두른 말들이 줄지어 있다.

사제의 법의를 걸친 비숍 머리 체스 말 하나가 조사를 읽는다.

「우리는 우리 신을 선택하지 않았습니다. 우리의 예언자들을 선택하지도 않았습니다. 우리의 인도자들을 선택하지도 않았습니다. 우리의 전쟁들을 선택하지도 않았습니다. 오늘 우리가 땅에 묻는 이분이 우리를 대신하여 우리의 모든 방향을 결정했고, 그것을 우리에게 부과했습니다. 우리는 우리의 운명을 선택하지 않았습니다. 평화주의 노선을 선택한 것은 우리가 아닙니다. 오늘 우리가 매장하는 이분이, 그것이 우리를 위해 나을 것이라 생각하신 겁니다. 이제 이분은 죽었고, 우리는 그분의 역사(役事)를 한 걸음 물러서서 바라보고, 또 판단할 수 있게 되었습니다. 그분은 모든 것을 오판했습니다. 참담한 대실패인 것입니다. 그분은 최선을 다했고, 실패했습니다……. 하지만 아무것도 원망치 않는 그분의 백성들이.」

내 관은 흙으로 완전히 덮이고, 그 위로 무거운 묘석이 놓인다.

종들이 더 시끄럽게 뎅뎅거린다.

「일어나!」

난 번쩍 눈을 뜬다. 감방의 내부가 보인다. 나는 얼른 눈을 다시 감는다.

〈그는 최선을 다했고, 실패했노라. 하지만 그의 백성들은 원망하지 않노라.〉

그냥 좀 자고 싶다. 아주 오랫동안……. 자는 것도 삶의 목적이 될 수 있지 않은가? 자는 것, 즉 꿈꾸는 것 말이다.

나는 꿈꾼다. 내 영혼이 잠만 자고 있는 삶을 꿈꿔 본다. 잠자는 숲속의 미녀처럼.

그리되면 나는 태어나자마자 자기 시작하리라. 영양분은 점적 주사로 공급받으리라. 그렇게 나는 서서히 늙어 가리라. 병도, 상처도, 영광도, 패배도, 선택도, 따라서 실수할 위험도 없이.

죄책감도 없이.

나는 아무 일도 하지 않으리라.

눈을 감고서, 그 어떤 행위에도 결과가 따르지 않는 상상의 세계 속을 자유롭게 날아다니는 삶을 살리라.

부드러운 입맞춤이 나를 깨우려 한다.

이어 두 번째 입맞춤. 이번에는 좀 더 깊다.

나는 다시 눈을 뜬다.

향기.

마타 하리의 체취가 아니다.

여인의 입.

마타 하리의 입이 아니다.

「꿈자리가 아주 사나웠나 봐. 발로 나를 막 차고 그랬지

153

뭐야.」

그녀가 다정하게 말한다.

내 앞에 있는 동그랗고 발그스레한 얼굴은 장난스러운 미소를 머금고 있다. 그녀는 내 이마에 입을 맞추며 말한다.

「내가 여기 온 것은 너와 이 마지막 장(章)을 함께하고 싶어서였어. 그래야 네가 알 수 있을 테니까. 난 항상 너와 함께 있었고, 앞으로도 오랫동안 그럴 거라는 사실을.」

아프로디테가 벌떡 몸을 일으키자, 온전히 드러난 그녀의 눈부신 아름다움이 눈에 들어온다. 그녀는 경쾌하게 걸어가 신속히 옷을 입는다.

「난 여기 머무를 수 없어. 하지만 이것만은 말하고 싶어. 난 널 구하기 위해 모든 것을 할 거야. 정말로 모든 것을.」

그녀가 나가자마자 한 무리의 켄타우로스들이 요란스럽게 감방으로 들이닥친다. 그들은 나를 침대에서 끌어내어 옷을 입게 한다.

체념한 나는 순순히 따른다.

그들은 나를 임시 재판정으로 개조한 원형 극장으로 데려간다.

긴 탁자엔 열두 스승 신이 자리를 잡고 있다. 관중들도 모두 돌아와 있다. 그들에게 이 재판은 전날 공연의 연장에 지나지 않는다.

아테나가 일어나 공을 울린다.

「피고 미카엘 팽송은 기립하라!」

나는 천천히 일어선다. 스승 신들은 이 예외적인 재판의 진행 방식에 대해 한참 동안 갑론을박을 벌인다. 결국 그들은 모두가 수긍할 수 있는 방식에 합의한다. 내가 이해한 게 맞는다면, 디오니소스가 내 변호인이다.

아폴론은 공소를 제기할 것이다.

재판장인 아테나는 의사봉으로 탁자를 두드려 재판정을 조용하게 한다.

「검사는 발언하시오!」

아폴론은 나를 다중 살해범으로 규정한다. 그는 내가 경쟁자인 뤼시앵 뒤프레와 그자비에 뒤피이와 켄타우로스를 죽인 사실을 상기시킨다. 또한 내가 경기 중에 속임수를 사용했고, 연이은 패배를 인정하려 들지 않은 지저분한 패배자임을 강조한다. 그는 올림피아의 모든 규칙들을 열거하며 내가 그것들을 모두 위반했다고 주장한다. 또 내가 처음부터 〈말썽쟁이 불평분자〉의 행동을 보였다고 말한다. 그뿐만이 아니라, 18호 지구에 대한 경기에서는 정해진 규칙 내에서는 이길 수 없으니까 기적이며 예언자들을 남용했다는 것이다.

증인 아틀라스도 내가 전에 속임수를 쓴 사실을 보고한다. 내가 자기 집에 숨어 들어와 그 알량한 메시아 〈신의 가르침을 받은 자〉를 투입하여 Y 게임의 순수한 정신을 변질시켰노라고 주장한다.

증인 헤르마프로디토스는 내가 자기 실험실을 파괴하고 그곳의 괴물들을 풀어 놓았다고 증언한다. 그들 중 어떤 놈들은 아직 파란 숲에 숨어 있으며, 이 때문에 지금 아에덴섬 전체는 예상치 못했던 생물학적 변이의 위험에 노출되어 있다는 것이다.

수조 속의 인어들도 노래로 이야기한다. 내가 어떻게 뗏목을 타고 강을 건너려 했으며, 또 어떻게 몽둥이로 자기들을 사정없이 후려쳤는지를.

나는 조소하는 표정을 짓는다.

정말이지 나처럼 추악한 아에덴 시민도 없군그래.

증언은 계속된다. 머리가 셋 달린 키마이라가 나와서 내가 어떻게 거울로 자기를 미치게 만들었는지 밝힌다. 또 메두사는 내가 자기의 사실주의적 조각 공원에 난입해, 완벽하게 정돈되어 있는 그곳을 온통 어지럽혀 놓았다고 주장한다.

이제 생텍쥐페리와 나를 삼켰던 그 거대한 고래만 데려오면 완벽하겠군. 녀석은 나 때문에 소화 장애가 발생했다고 하소연할 텐데 말이야.

라울 라조르박이 발언을 신청한다. 자기가 꼭 증언하고 싶다는 것이다.

아테나는 허락한다. 나의 옛 친구는, 신으로서의 나의 작업은 모범적이었으며, 내가 예언자〈신의 가르침을 받은 자〉를 통해 사람 간의 따뜻한 이해, 깨달음, 관용 같은 가치들을 전파했다는 사실을 상기시킨다. 또 내가 이따금 미숙한 모습을 보인 것은 사실이지만, 그것은 게임을 망치려는 의도에서였다기보다는, 나의 순진함과 지나친 흑백 논리 때문이었다고 설명한다.

이렇게 승자가 패자를 옹호하자 재판관들의 얼굴에는 짜증의 빛이 떠오른다. 하지만 라울은 계속하여 말한다. 돌고래족은 한 번도 이웃 나라를 침략한 적이 없으며, 다른 민족들을 억지로 자기네 종교로 개종시키려 한 적도 없었다고. 또 그들은 자신들을 받아들여 준 나라에 항상 진보와 변화를 가져다주었고, 그들이 도처에서 박해를 받게 된 이유는 오직 하나, 바로 그들의 성공에 대한 질투심 때문이었다고. 라울은 이렇게 결론짓는다.

「어떤 선수라 할지라도 이런 억울한 상황에 처하면 인내심과 자제력을 잃는 게 당연합니다. 저라도 그의 처지, 그의 상황이었다면 아마 똑같이 행동했을 겁니다.」

방청석에서 몇 사람이 동조하는 소리를 내자, 아테나는 의사봉을 두드려 정숙하라고 명한다.

변호인 디오니소스가 라울의 뒤를 이어 변론한다. 그는 돌고래 문명이 18호 지구의 인류에 기여한 모든 것들을 상기시킨다. 이어 내가 산에 올라가 제우스를 만난 것은, 다만 더 높은 곳에 이르려는 나의 의지 때문이었다고 단언한다. 또 내가 살신자를 죽인 것은 사실이로되, 사실 이 살신자는 모두들 처리하지 못해 쩔쩔매고 있던 만인의 두통거리가 아니었냐고 반문한다.

「그가 한 일이 〈범죄〉라고요? 사실 그것은 공중위생에 기여한 일 아닙니까? 오히려 연쇄 살인범을 처치한 경찰관에게 하듯, 우리가 그에게 감사해야 하지 않겠소?」

방청객들은 휘파람과 야유로 반응한다.

어떤 이들은 벌써부터 이렇게 외친다. 〈팽송에게 죽음을! 팽송에게 죽음을!〉

이렇게 와글대는 군중을 진정시키기 위해 아테나는 다시금 의사봉을 땅땅땅 내리친다.

제기된 주제에 대해 열띤 토론이 시작된다. 〈살해범을 살해하는 것은 과연 죄인가?〉 신마다 나름의 견해를 내놓는다.

나는 피곤해지기 시작한다.

내 왼쪽에서 뭔가 작은 날개가 팔랑이는 소리가 난다. 무슈론이 온 것이다. 나비 날개가 돋은 그 작은 소녀는 내 손가락에 내려앉아 미소 짓는다.

「그런데 난 전에 널 알았던 것 같아.」

난 그녀에게 속삭인다.

그녀는 적갈색 머리채를 찰랑이며 고개를 까딱거린다.

「너 내가 1호 지구에서 알았던 사람이야? 우린 친구였어?」

그녀는 내가 사용한 표현이 자못 재미있다는 표정이다.
어쨌든 그녀는 시인한다.

「우리, 사랑하는 사이였어?」

그녀는 더욱 크게 고개를 끄덕인다. 그러고는 조금 답답
한 듯 자기 머리칼을 헝클더니, 내 손톱을 앙하고 문 다음
가벼이 날아오른다.

하지만 그녀는 떠나지 않고 주위를 팔랑팔랑 돌고 있다.

포세이돈이 발언을 요청한다. 이 대양의 신은 아테나를
마주 보면서 당당히 자신의 견해를 밝힌다. 자신은 똑같은
일들이 지루하게 반복되는 세계 가운데 생기와 활력을 가져
다준 돌고래족의 신에게 깊은 경의를 표하고 싶다고 한다.
또 16기와 17기 후보생들은 속임수와 살인을 피하기는 했지
만, 모든 것이 뻔하게 돌아가는 그 광경에 우리 신들은 너무
도 지루해하지 않았느냐고 반문한다.

또 다른 증인이 나선다. 아레스는 내가 투쟁심이 없으므
로 유죄라고 생각한다고 말한다. 전쟁의 신은 내가 겁쟁이라
는 점을 강조한다. 나는 튼튼한 군대를 양성하고, 다른 민족
을 침략하고 개종시켜야 마땅했으니, 그것이 바로 신들의 게
임이라는 것이다. 또 그는 말하기를, 나는 상대편의 말들을
따내기 거부하는 체스 기사와도 같단다. 그것이 바로 반(反)
게임이며, 공연을 망치는 행위라는 것이다. 그는 이렇게 소

리 높여 결론짓는다.

「아마도 팽송 씨는 지나치게 단순한 윤리적 관념들에 사로잡혀, 모든 민족이 서로 사이좋게 살아가기를 원했겠지요! 그는 실제로 전 행성의 비군사화를 지향하는 제 민족 대표 회의가 여럿 결성되도록 은밀하게 영향력을 행사하기도 했습니다. 어찌 이럴 수가 있단 말입니까! 검투사들이 싸우지 않고 사이좋게 지낸다면 이 세상은 대체 뭐가 되겠습니까?」

방청객들이 다시 시끄러워지며 야유하거나 박수를 친다.

사냥의 신 아르테미스는 내가 결승까지 올라온 것은 게임을 그만큼 잘했기 때문이며, 그것만으로도 대단한 성과가 아니냐고 반문한다.

나는 아프로디테 쪽을 돌아본다. 그녀는 나를 돕겠다고 약속했음에도 아무런 말이 없다. 나에게 별 관심이 없는 듯 쳐다보지도 않고 혼자만의 내밀한 상념에 잠긴 듯 보인다.

다시금 스승 신들 사이에서는 정당방위, 자민족 보호의 의무, 각 문명이 지켜야 할 도의, 신들의 윤리 등등을 주제로 열띤 토론이 벌어진다.

결국 나는 내 백성에게는 너무도 윤리적이로되, 다른 신들에 대해서는 너무도 비윤리적인 신이었다는 사실에 모두가 동의한다.

아테나는 배심원들은 심의를 위해 퇴정할 것이라고 선언한다.

그렇게 올림피아의 열두 스승 신은 자리를 떴고, 혼자 남은 나는 자기들끼리 속닥거리며 나를 관찰하고 있는 아에덴의 관중들을 마주하고 있어야 한다.

눈을 감아 버리니, 자고 싶은 욕구가 다시금 스멀스멀 올라온다.

잠을 자면 너무나도 좋은 점이 한 가지 있기 때문이다. 바로 우리가 어떤 행위를 하든, 거기에 결과가 따르지 않는다는 점이다. 심지어는 누구를 죽일 수도 있다. 심지어는 자기 자신을 죽일 수도 있다. 그래도 아무런 피해가 없다.

하여 나는 눈을 감고, 이 불쾌한 현실을 피하기 위해 꾸벅꾸벅 선잠에 빠져든다.

아까 중단됐던 꿈을 다시 꾸고 싶다. 이를 위해서는 에드몽 웰스가 내게 얘기해 준 바 있는 〈방향을 조종하는 꿈〉을 꾸어야 하리라.

이야기의 시작 부분을 머리에 담고 잠이 들면 되는 것이다.

그렇게 잠이 들면 꿈은 우리가 원하는 레일 위에 놓여 저절로 굴러가기 시작한다. 에드몽 웰스의 주장에 따르면, 말레이시아 밀림에 사는 세노이라는 부족은 이런 꿈을 꾸느라 하루의 4분의 3을 보내기도 한단다.

나는 시도해 본다.

그래, 꿈속에서 내 백성들에게 영향을 줄 수 있을 거야.

꿈꾸면서 뭔가를 해볼 수 있을 거야.

그렇게 해서라도 이 상황을 반전시켜야만 해.

묘석 아래, 흙 아래, 나무 뚜껑 아래, 상상의 관 속에서 나는 눈을 뜬다. 사방은 컴컴하고 나프탈렌 냄새만 코를 찌른다. 나는 몸을 뒤틀어 앙크를 잡는다.

방아쇠를 당겨 전나무 관 뚜껑을 박살 낸다. 그리고 지상으로 빠져나가기 위해 땅속에다 터널을 뚫는다. 마침내 묘석을 쪼개고 땅에서 솟구쳐 나온다.

몸에 묻은 흙을 툭툭 털어 낸다.

나는 돌고래 깃발들이 여전히 펄럭이고 있는 장의차 위로 올라간다. 체스 말 형상을 한 자들의 행렬이 눈에 들어오자, 난 그들에게 말한다.

올림피아의 스승 신들에게 심판받고 나니, 이제는 내 백성들에게 심판받고 싶기라도 한 것일까.

나는 선언한다.

「자, 여기 내가 다시 돌아왔다! 난 너희와 얘기할 준비가 되어 있어!」

내가 무덤에서 빠져나오자 그들은 변형된다.

나무로 된 그들의 얼굴이 인간의 얼굴로 바뀐다.

심지어는 돌고래족의 몇몇 지도자의 모습도 보인다. 돌고래와 함께 헤엄쳤고, 그로 인해 내 백성에게 이름을 주었던 할머니, 그들을 배에 태워 〈고요한 섬〉으로 인도했던 덩치 큰 영매 여인, 그리고 나의 〈신의 가르침을 받은 자〉, 〈연관 이론가〉, 〈유토피아주의자〉, 〈분석가〉……

「신이여, 신이여! 왜 우리를 버리셨습니까?」

그들은 일제히 외친다.

「오, 난 너희들을 버리지 않았다! 난 너희들의 자유 의지를 존중해 주면서 내가 할 수 있는 최선을 다했어. 다만 다른 신들이 나보다 나았을 뿐이야. 너희도 이 사실을 인정하고 이해해 줘야 한다.」

「왜 박해자들에게 저항할 수 있게끔 우리를 무장해 주지 않았습니까?」

피골이 상접한 한 사내가 따지고 든다. 정화자의 도살장

161

에서 살아남은 생존자 중의 하나이다.

「폭력으로는 폭력을 치료할 수 없어!」

「비폭력으로도 치료할 수 없습니다! 양들처럼 가만히 앉아서 도살당하고 있으라는 게 당신이 우리에게 말해 줄 수 있는 전부입니까? 그렇다면 우리 문화는 살아남을 가능성이 전혀 없습니다.」

그 인간은 지지 않고 맞받아친다.

「앉아서 도살당하고 있는 것과 폭력을 행사하는 것, 이 둘 사이에는 다른 해결책들이 있어.」

「도망가는 것 말인가요?」

머리를 한 가닥으로 땋아 장식한 여인이 묻는다.

「여행하기. 그리고 새로운 사고방식들을 발명하기.」

그러자 이번에는 〈신의 가르침을 받은 자〉가 나선다.

「당신이 말씀하시는 그 〈새로운 사고방식들〉은 어떻게 되었습니까? 박해자들이 가로채어 변형시킨 뒤, 우리를 해치는 데 사용했습니다. 그들은 우리가 빛의 에너지로 산출하는 모든 것들을 어둠의 에너지로 둔갑시켜 버리지요.」

그 말에 유토피아주의자가 설명한다.

「예를 들어 우린 망치를 발명합니다. 우리 생각으로 그것은 못을 박아 오두막을 짓는 데 사용하는 거지요. 우리는 이 망치를 인류에게 선사하지만, 어떤 자들이 그걸 빼앗아 두개골을 박살 내는 데 사용하는 겁니다.」

「주로 우리의 두개골을 박살 내지요.」

키만 훌쩍하니 마른 몸매에 얼굴은 새같이 생긴 사내가 유토피아주의자의 설명을 보충한다.

「당연하지. 우리가 망치의 진정한 용도를 알고 있으니까,

우릴 없애야만 사람들로 하여금 그 사실을 잊게 할 수 있거든.」 한 노인이 말한다.

「우리의 사상을 훔치고 나면, 자기네 도둑질을 증언하지 못하게끔 우릴 죽여야 해요.」

땋은 머리의 여인이 말한다.

돌고래 무리는 분노로 술렁거린다.

저것들이 내가 누구인지 잊어버렸군. 마치 여느 인간에게 하듯 내게 따져 대고 있잖아?

나는 버럭 호통친다.

「다른 민족들의 파괴적 충동에 대해선 난 책임이 없어!」

「천만에요! 아버지가 자녀들에게 책임이 있듯, 당신도 우리에게 책임이 있습니다. 그리고 당신은 우리를 잘못 교육했어요. 우리에게 좋지 않은 가치들을 주셨단 말입니다.」

법의의 사제가 바락바락 대든다.

「뭐? 좋지 않은 가치들? 내가 너희에게 무얼 가르쳐 줬지? 예술, 과학, 지혜…….」

「……하지만 그것들을 공격성과 어리석음과 증오 앞에다 갖다 놓으니 아무짝에도 쓸모없더라고요.」

땋은 머리의 여인이 계속 대든다. 다른 이들도 모두 그녀 편을 든다.

「하지만…… 나는 개자식으로 사느니보다는 성자로 죽고 싶어.」

〈연관 이론가〉가 말한다.

「오, 난 아니야! 먼저 죽는 사람이 지는 거야. 생명이 남아 있는 한 희망이 있는 법이니까. 죽으면 그 순간 모든 게 끝장이지. 정말이지 희생의 문화란 멍청한 거야.」

땋은 머리의 여인이 대꾸한다.

「특히나 우리 신께서는 우리 백성만이 아니라, 인류 전체를 위해 우리 자신을 희생하라고 말하고 있으니 더욱 한심하지!」

분석가가 거든다.

상복을 입은 내 백성들 사이에 갑론을박이 벌어진다. 그러고 보니 내가 돌고래족의 비판 감각을 극도로 발전시켜 놓았다는 사실을 잊고 있었다. 그들은 때와 장소와 주제를 가리지 않고 토론을 벌인다. 한 사람이 어떤 입장을 취하기만 하면 다른 사람은 곧바로 반대 입장을 취한다. 그들에게 토론은 일종의 스포츠인 셈이다.

나는 내 꿈의 세계를 통제할 수 있는 능력을 이용하기로 마음먹고는, 장의차에서 내려와 몸을 2~3미터 높이로 부풀린다.

그러자 백성들은 다소 위압되어 다시 내 말을 들어 보기로 한다.

「자, 난 너희의 신이야! 신이 자신을 정당화해야 할 필요가 있어?」

난 거의 윽박지르고 있다.

「그리고 난 항상 너희들이 잘되기만을 바라 왔어. 또 내가 알기로는, 전번 경기가 끝났을 때 너희는 아직 살아남아 있었잖아.」

「살아남았다고요? 우리의 3분의 2 이상이 상어족에게 학살되었어요. 그런데도 아무도 우리를 도와주러 오지 않았죠.」

「지금 너희에겐 너희만의 나라도 있어.」

「그건 하도 콩알만 해서 지도상에서 잘 보이지도 않아요.」

땋은 머리의 여인이 말한다.

「그리고 이웃 나라들은 그것을 인정하지 않을 뿐 아니라, 오히려 침공하겠다고 공언합니다.」

「그들은 우리를 파괴해 버리겠다고 서슴없이 말하지요.」

〈정통주의자〉가 상기시켜 준다.

하지만 난 당황하지 않고 몸을 한층 더 부풀린다.

「너희는 과학과 예술 방면에서 활동을 계속하고 있어. 너희 과학자들은 세계에서 가장 뛰어난 성과를 올리고 있고, 또 너희 예술가들도 다들 명성이 높잖아.」

「우리 과학자들은 이용당하고 있고, 그들의 특허권은 약탈되기 일쑤입니다. 우리 예술가들은 질투와 중상의 표적이고요.」

내 백성들이 슬슬 내 성질을 긁기 시작하는군.

「너희들은 다 편집증 환자들이야!」

나는 버럭 소리 지른다.

「그게 다 누구 잘못이죠?」

아버지와 자녀 간의 미묘한 관계에 대해서는 누구보다 잘 알고 있는 분석가가 대꾸한다.

일순 무거운 침묵이 내려앉는다. 나는 몸을 한층 더 부풀리지만, 이번에는 한결 누그러진 어조로 말한다.

「맞아. 난 완벽한 신은 아니야. 너희는 나를 이해해 줘야 해. 내가 너희에게 〈용서제〉라는 축제를 주었잖아……. 그걸 나한테도 적용할 수 없겠어? 너희를 항상 구해 주지 못했던 못난 신을 용서해 줘. 지금 너희는 너희가 겪은 학살의 시련들을 하나하나 세고 있지만…… 하지만 만일 내가 개입하지 않았더라면 시련은 훨씬 더 많았을 거야.」

이 말을 듣고도 그들은 전혀 수긍하는 기색이 아니다. 하지만 나는 기이하게도 마음이 한결 가벼워지는 걸 느낀다.

진실을 고백하면 죄책감이 덜어지는 것일까?

그들은 나를 똑바로 쳐다본다. 그들의 시선에는 그 어떤 용서의 기미도 느껴지지 않는다.

「당신은 우리를 버렸다고요!」

땋은 머리의 여인이 되풀이한다.

이제 내 위엄을 되찾을 필요성이 있음을 느낀다. 모름지기 신이란 자신의 권위를 보여 주어야 하는 법이다. 내 몸은 한층 더 커진다. 이제는 키가 족히 5미터는 될 듯하다. 이 무수한 배은망덕한 불신자들을 위압하려면 적어도 그 정도는 되어야 한다.

「난 언제나 너희들을 지켜 왔단 말이다!」

조그만 사내아이 하나가 손을 쳐든다.

「그럼 왜 지금 이렇게 사과하러 오셨나요?」

「사과하러 온 게 아니야. 난 너희가 나를 이 공동묘지에 묻어 버리고 잊어버리는 게 싫었을 따름이야.」

「그런데요…… 당신이 말하기 전까지는 우린 당신의 말을 상상할 수 있었어요.」

아이가 계속하여 말한다.

「맞아요. 당신이 나타나기 전까지는 우린 당신의 모습을 상상할 수 있었죠.」

땋은 머리의 여인도 거든다.

「당신이 나타나 이렇게 사과하기 전까지는, 적어도 우린 이 모든 게 당신 잘못이 아니라고 믿을 수 있었단 말입니다!」

법의의 사제가 덧붙인다.

166

「우린 당신 행위의 이유들을 나름대로 꾸며 내고 있었죠.」

분석가가 덧붙인다.

「우린 조상들의 입을 통해 전해 들은 당신의 행위들에 대한 변명거리들을, 당신을 대신해서 꾸며 내곤 했던 겁니다.」

〈신의 가르침을 받은 자〉도 조용히 있지 않는다.

「우리는 생각했죠. 마지막 순간에 당신이 나타나 이 모든 것의 의미를 밝혀 주리라고요. 이 모든 것은 의도된 것이었다고 설명해 주리라고요. 그리하여 마지막의 눈부신 극적 반전이 모든 것을 뒤엎고 정당화해 주리라고요.」

〈연관 이론가〉가 목소리를 높인다.

「그런데 지금 당신은 이렇게 나타나서, 자신은 서투르기 짝이 없지만 그래도 하는 데까지는 해봤노라고 궁색하게 변명을 늘어놓고 있단 말입니까? 그래서 우리보고 용서해 달라고요?」

무리는 웅성댄다.

사제가 잘라 말한다.

「당신은 차라리 관 속에 누워 있는 편이 훨씬 나았습니다. 물론 말은 강력한 거지요. 하지만 신은 신비를 지키는 편이 나아요.」

모든 이가 〈옳소!〉라고 외쳐 댄다.

「당신을 이렇게 직접 보기보다는, 그냥 우리끼리 〈정말로 신은 존재할까?〉라고 궁금해할 때가 훨씬 나았어요.」

사내아이가 분명하게 말한다.

이미 에드몽 웰스는 내게 경고한 바 있었다. 〈절대로 해명하려 들지 말 것. 절대로 자신을 정당화하려 들지 말 것. 네가 네 행동을 정당화하려 드는 순간, 다른 사람은 네가 틀렸다

고 생각하게 되는 거야.〉

난 갑자기 깨닫는다. 신은 절대로 자기 백성 앞에 나타나
서는 안 된다는 사실을.

돌고래족 백성들은 묵묵히 나를 노려보고 있다. 그들에게
서 나에 대한 경외감이나 존경심 같은 것은 눈곱만큼도 느껴
지지 않는다. 그들의 강렬한 눈빛은 단지 이렇게 말하고 있
을 뿐이다.

〈만일 우리에게 신을 선택할 수 있는 권한이 있다면, 적어
도 당신은 아냐.〉

손 하나가 나를 사정없이 흔들어 댄다. 이번에 눈앞에 보
이는 것은 여인의 육감적인 입이 아니다. 다만 고약한 입 냄
새를 풀풀 풍기는 수염투성이 켄타우로스의 낯짝일 뿐이다.
꿈의 세계를 떠나 현실로 돌아오면서 지금처럼 기뻤던 적이
또 있었던가!

아아, 이건 꿈에 불과했어!

이곳 아에덴에서 무슨 일이 일어나든, 이 끔찍한 악몽에
비하면 아무것도 아니다. 정말이지 신 후보생으로서는 더없
이 끔찍한 악몽이었다.

자신의 백성 인간들에게 결산 보고를 해야 하다니…….

나팔 소리가 울려 퍼진다.

난 이제 조금도 불안하지 않다. 그 어떤 벌이 나를 두렵게
할 수 있으랴? 켄타우로스로 변하는 것? 시시포스처럼 바위
를 굴리는 것? 프로메테우스처럼 간이 파먹히는 것? 죽는
것? 설사 내 영혼이 환생을 멈추고, 이 살이, 내가 마지막으
로 입게 된 이 살이 고깃덩이가 되어 썩어 구더기 밥이 된다
할지라도, 이제 나는 안도할 것이다. 이 쓰디쓴 죄책감의 1분

을 영원한 안식의 몇 세기와 맞바꾸는 것, 나로서는 오히려 너무도 달가운 일이다.

아테나는 판결 내용을 선고한다.

「〈미카엘 팽송은 아에덴에서 살해를 저지른 죄가 있는가?〉라는 질문에 대한 대답은…… 〈예〉입니다.」

방청석이 크게 술렁인다.

「〈미카엘 팽송은 18호 지구에서 속임수를 쓴 죄가 있는가?〉라는 질문에 대한 대답도…… 〈예〉입니다.」

빨리 좀 끝냈으면.

「〈미카엘 팽송의 죄에 대해 어떤 형벌을 내릴 것인가?〉라는 질문에 대해 배심원들은 판결을 내렸습니다. 미카엘 팽송에게는 최고의 중형이 마땅하다고.」

헉 하고 나는 숨을 멈춘다.

커다란 술렁임이 재판정을 휩쓸고 지나간다.

나는 경기의 끝자락에 이르러 기진맥진한 나머지, 펀치를 맞아도 더 이상 아픔을 느끼지 못하는 복서와도 같다. 나는 내가 처한 이 엄청난 상황의 의미를 금방 실감하지 못한다.

「피고 팽송은 이 판결에 대해서 하고 싶은 말이라도 있는가? 그대의 범죄적 행동의 동기에 대해 설명하고 싶은 부분이라도 있는가?」

나는 더 생각할 힘조차 없다. 다만 그 숱한 시간을 들여 마침내 그 힘과 가치를 이해하게 된 단어를 겨우 내뱉는다.

「없습니다[無].」

아테나는 만족한 표정을 짓는다. 재판정에 빼곡히 들어찬 다른 이들 역시 마찬가지다.

하지만…… 숫자가 많다고 해서 틀린 것이 옳은 건 아니지.

켄타우로스들이 나를 잡으러 온다. 나는 발버둥 치지도 않는다. 그냥 끌고 가는 대로 몸을 맡길 뿐이다. 내 몸뚱이는 축 늘어졌다.

신의 삶이란 너무도 피곤하다. 그래, 모두들 나 없이 잘들 해보길 바란다. 내 토가와 앙크는 반환할 테니.

마음을 진정시키려 눈을 감기 직전, 비탄에 사로잡힌 아프로디테의 얼굴이 보인다. 반면 그녀 옆의 다른 스승 신들은 이제 안도한 표정이다.

그래…… 나를 단죄함으로써 저들은 평온함을 되찾게 되었군.

30. 백과사전: 자긍심

자긍심에 관한 실험이 행해진 적이 있다. 먼저 사회학자들은 한 그룹의 젊은 남성들에게 아주 쉬운 교양 문제 테스트를 치르게 했다. 테스트를 쉽게 통과할 수 있었던 이 남성들은 이어서 젊은 여성들이 있는 방으로 자리를 옮긴다. 그러면 테스트 통과자들, 즉 참가자 전원은 가장 예쁜 여자들에게 접근하는 모습을 보여 주었다.

다음에는 다른 그룹의 남성들에게 이번에는 어려운 문제들로 이루어진 테스트를 치르게 했다. 물론 이들은 모두 합격하지 못했다. 이들을 젊은 여성들과 만나게 하면 한쪽 구석에 처박혀 있든지 가장 매력이 덜한 여성들에게 접근하는 모습을 보여 주었다.

젊은 여성들도 마찬가지의 반응을 보였다. 시험을 쉽게 통과한 여성들은 서슴없이 가장 매력적인 남성들에게 다가갔고, 자신들에게 어울리지 않는다고 판단되는 남성들에 대해서는 무시하는 태도를 보여 주었다.

이처럼 우리는 간단한 테스트 하나로 한 사람의 자긍심을 조건 지을 수 있다. 하지만 한 개인이 인간 사회의 다른 구성원들로부터 받는 점수는 좋을 때도 있고 나쁠 때도 있기 마련이어서 사람의 자긍심은 칭찬 혹은 비난에 따라 높아지기도 하고 낮아지기도 한다. 따라서 우리가 진정으로 자유로워지기 위해서는 스스로에게 시험을 부과하고 그에 따른 보상을 부여함으로써 외부에서부터 오는 〈당근과 채찍〉의 자극으로부터 벗어나야 한다. 그렇다면 이런 식으로 스스로의 자긍심을 향상시킬 수 있는 방법에는 어떤 것이 있을까? 그중 하나는 〈위험을 무릅써 보는 것〉, 다시 말해서 스스로 어려운 일을 시도해 봄으로써 자신의 한계를 알아보는 일이다. 이 경우, 실패한다고 하여 자신을 평가 절하 해서는 안 된다. 승리를 결정짓는 데는 자신의 재능 외에도 다른 많은 요인들이 있기 때문이다. 우리가 칭찬해야 할 것은 승리가 아니라, 위험을 무릅써 보았다는 사실 자체이다.

에드몽 웰스, 『상대적이며 절대적인 지식의 백과사전』 제6권

녹색 작업

인 간 세 상 에 서

31. 유배된 신

나는 깊이 잠들어 있다.

꿈속에서 나는 신이고, 굉장한 삶을 살고 있다.

아에덴에 있는 나는 둥근 고리가 달린 십자가를 통하여, 간단한 몸짓이나 생각만으로 한 민족을 다스릴 수 있다. 나는 아프로디테, 즉 사랑의 신과 사랑을 나눈다. 나는 고대 올림포스의 신들과 함께 살고 있다. 거리에는 켄타우로스, 거인, 사티로스들이 오간다. 강에는 인어들이 헤엄친다. 하늘에는 나비 날개의 거룹들과 박쥐 날개가 달린 그리핀들이 날아다닌다. 이 놀라운 세계는……

「……우리 수탉 나라 팀이 5 대 3의 스코어로 승리했습니다. 이 승리로 인해, 우리는 다음 달 흰개미 나라에서 열리는 전 세계 축구 챔피언 결정전의 준준결승에 오르게 되었습니다. 다음은 해외 소식입니다. 오늘 아침, 독수리 나라의 수도 지하철에서 또다시 테러가 발생했습니다. 혼잡한 출근 시간을 노린 이번 테러에서 20여 명이 사망하고 1백여 명이 중상을 입었습니다. 이 숫자는 앞으로 더 증가할 것으로 보입니다. 의료계 소식입니다. 보건부 장관은 주민들에게 독감 예방 주사 접종을 당부했습니다. 돌연변이를 일으킨 이 신종 바이러스는 앞으로 큰 피해를 초래할 수 있으며……」

나의 손은 자동적으로 알람 라디오를 눌러 녀석의 입을 다

173

물게 한다.

그러면서 지금이 8시 8분이라는 사실을 확인한다.

점선을 이루는 한 점인가?

다시 말해서 꿈속의 한 생(生)인가?

나는 눈을 뜬다.

나는 파란 벽에 주황색 석양 사진들이 걸려 있는 현대식 방에 있다. 침대는 검은 목재로 되어 있고, 그 위에는 하얀 목면 시트가 덮여 있다. 바퀴벌레 한 마리가 천장에 돌아다닌다.

알람 라디오는 다시 켜져서 다시 중얼중얼 염불하기 시작한다.

「……그의 정원 토마토 아래 매장된 채로 발견된 시체 열세 구에 대한 살인 혐의를 받고 있습니다. 날씨입니다. 올해 11월에는 이례적으로 온화한 날들이 계속될 것 같습니다. 전문가들의 말에 따르면, 이러한 이상 기후는 극지방 오존층에 난 구멍이 확장되는 데서 기인하며…….」

나는 알람 라디오의 코드를 잡아 뽑아 버린다.

창문을 통해 자동차들이 지나가는 소리와 비둘기들이 꾸룩거리는 소리가 들려온다.

알람 라디오는 투명한 소재로 되어 있어서, 그 안에 든 전자 부품, 전선, 그리고 돌아가며 분침을 움직이고 있는 톱니바퀴 등속이 훤히 보인다.

나는 일어나 거울 앞에 선다.

나는 파란 새틴 잠옷을 입고 있다. 얼굴은 피곤해 보이고 수염이 까칠하니 돋아 있다. 입 안은 바짝 말라 있다.

나는 창으로 다가간다. 도시의 모습이 파노라마처럼 펼쳐진다. 널찍한 대로에는 이상하게 생긴 차들이 가득한데, 대부분 전조등은 세 개나 되는 반면, 후미등은 하나만 붙어 있다. 지붕과 굴뚝들에서는 연기가 피어오른다. 빨간 제복의 경찰관들은 주차 위반한 차들을 적발하여 딱지를 붙이고 있다. 오른쪽에는 아주 높은 기념물이 우뚝 솟아 있다. 그것은 붉은색 탑으로 꼭대기에는 수탉 대가리 형상의 거대한 조형물이 올려져 있다. 수탉의 두 눈에서는 빛이 쏟아져 나오고, 정수리에 달린 천으로 만든 벼슬은 깃발처럼 나부낀다.

아까 뉴스 진행자는 수탉 나라를 언급했다.

〈우리 수탉 나라 팀.〉

수탉 나라? 수탉족의 나라…….

나는 멈칫한다. 갑자기 모든 것이 생각난다.

나는 인간이었다.

나는 천사였다.

나는 신 후보생이 되었다.

나는 경기를 했다.

나는 패배했다.

나는 죽었다.

나는 중형을 선고받았다.

그리고 지금은…….

내가 다시 인간이 된 거야!

그리고 창밖으로 보이는 광경, 그것은 내가 게임을 했던 바로 그 체스판이다.

나는 게임 속으로 들어온 것이다. 나는 지금 18호 지구에 있는 것이다!

참을 수 없는 욕지기가 올라온다. 나는 욕실을 찾아 달려

175

가 배 속에 들은 걸 모두 게워 낸다.

마지막 순간까지 나는 믿지 못했다.

그들은 나를 잠들게 하여 작아지게 만든 다음, 이 작은 세계의 침대 위에 올려놓은 것이다.

내가…… 18호 지구의 인간?

나는 소파 위에 털썩 주저앉는다.

살을 세게 꼬집어 본다.

분명 꿈은 아니다. 신들이 내게 내린 형벌은 프루동에게 내린 것과 같은 것이었다. 즉, 다시 평범한 인간으로 돌아가되, 신들의 세계에서 얻은 지식을 가지고 돌아가는 거였다.

그들은 말했다. 〈저 아래 세상에서 우리에게 고통을 주는 것은 다름 아니라 아는 것이다. 차라리 모르고 있으면 견딜 만하다.〉 이제 나는 저 위에 무엇이 있는지 알기 때문에, 인간 세계에 대한 나의 관점은 아주 다를 수밖에 없는 것이다.

신이 인간으로 돌아가는 것, 그것은 인간이 원숭이로 돌아가는 것, 혹은 원숭이가 뾰족뒤쥐로 돌아가는 것이나 마찬가지이다. 의식의 진화 과정에서 후퇴하는 것이다.

분명 이것은 최악의 형벌이다.

진실을 알고 있지만, 그 지식을 너무도 원시적인 자신의 동류들에게 전달할 수 없는 상황…….

진실을 알고 있지만, 만일 자신의 생각을 표현하면 아무도 자신의 말을 믿지 않을 것임을 분명히 알고 있는 상황…….

이런 상황에서 미치지 않을 수 있는 유일한 방법은 잊어버리는 것이리라.

내가 신이었음을 잊어버려야 하리라.

나는 창가로 돌아가 도시를 내려다보며 다음 문장의 의미를 깨닫는다. 〈정신이 단순한 자들은 복이 있다. 천국이 저희 것이다.〉 행복해지기 위해선 무지해져야 한다. 내 모든 지식의 무게는 나를 도와주기는커녕, 내가 평정한 삶을 살 수 있는 모든 가능성을 끊어 버리는 것이다.

마타 하리를 잊어야 한다. 아프로디테를, 라울을, 아테나를, 제우스를 잊어야 한다.

난 내 아파트 내부를 돌아본다. 18호 지구에 있는 인간의 아파트 말이다.

이 아파트는 내가 전에 파리의 마취과 의사 미카엘 팽송이었을 때 살았던 아파트와 비슷하다. 좀 더 크고 현대적이라는 점이 다를 뿐이다.

우선 하얀 주방에는 전기 레인지, 냉장고와 커다란 붙박이 찬장들이 갖춰져 있다. 냉장고를 열어 보니 음식은 대부분 유통 기한이 지난 것들이다.

응접실에는 각 나라, 각 시대의 체스 게임 세트들이 어마어마하게 수집되어 쌓여 있다.

정교한 카니발 가면들로 장식된 복도를 지나니 서재가 나온다. 탁자 세 개가 잇대어져 U 자형의 커다란 작업 공간을 형성하고 있고, 그 위에는 여러 대의 노트북 컴퓨터와 평면 모니터가 딸린 대형 컴퓨터 한 대가 놓여 있다. 그리고 컴퓨터마다 헤드폰이 하나씩 연결되어 있다.

창문을 맞보는 벽면에는 수집한 꼭두각시들이 잔뜩 걸려 있다.

다른 벽들은 잡다한 책들이 빼곡히 꽂힌 서가들로 가려져 있다.

〈신문 기사 모음〉이라는 분류표가 붙은 두꺼운 서류철들을 뒤적여 보니, 〈그〉에 대해 말하고 있는 기사들을 오려 낸 것이 눈에 띈다. 아니 〈그〉라기보다는 〈나〉라고 해야 옳을 것이다.

사진 속 얼굴이 조금 전에 욕실 거울에서 본 얼굴과 상당히 흡사하기 때문이다.

이번에야말로 정말로 이렇게 자문하지 않을 수 없다. 〈내가 여기서 뭘 하는 거지?〉 우선 18호 지구에서 내 이름이 무엇인지부터 알아내야겠다.

운 좋게도 그들은 말이든 글이든, 언어를 자동으로 이해할 수 있는 시스템을 내게 부여했다. 때문에 나는 조금 전에 라디오 뉴스도 이해할 수 있었고, 지금 신문 기사도 읽을 수 있는 것이다.

신문 스크랩 가운데 가장 빈번히 등장하는 이름은 〈가브리엘 아스콜랭〉이다. 길거리에서 누군가 이 이름으로 나를 부른다면 고개를 돌려 봐야 하리라.

나는 그의 직업을 찾아본다. 기사들은 〈소설들〉에 대해 얘기하고 있다. 그는 작가임에 분명하다. 어라, 내가 천사였을 때 돌보던 인간 중 하나도 작가였는데…… 자크 넴로드 말이다.

내 나이는 몇일까?

난 내 두 손을 살펴보고, 얼굴 피부를 더듬어 본다. 다행히 주름살은 만져지지 않는다. 아마 서른다섯에서 마흔 살 사이겠지.

서랍들을 뒤져서 여권을 찾아낸다. 마흔여섯 살!

하지만 나이보다 훨씬 젊게 보인다. 건강한 삶을 살고 있거나, 몸 관리를 잘한 모양이다. 흠, 이건 괜찮은 소식이다.

나는 거울에 비친 내 모습을 주의 깊게 관찰한다.

가브리엘 아스콜랭은 미카엘 팽송과 똑같은 모습을 하고 있다.

살아가기엔 이게 더 편리할 거야. 혼동할 위험이 적으니까.

〈가족 상황〉 난에는 〈미혼〉이라고 적혀 있다. 나이 마흔여섯에 아직 결혼도 않고 있다니! 뭔가 좀 수상해 보인다. 못 말리는 플레이보이거나 처량한 은둔자, 둘 중 하나일 것이다. 여하튼 알아봐야 할 일이다.

서랍들을 모두 뒤진 끝에 앨범을 하나 찾아낸다. 그 안의 사진들에는 여남은 명의 여자들이 미소 짓고 있다. 어떤 여자들은 나, 아니 가브리엘과 함께 카메라 앞에서 포즈를 취하고 있다.

전화기에 시선을 돌린 나는 자주 거는 전화번호들이 적혀 있는 걸 본다. 그렇다면 내게는 친구와 가족, 그리고 직업상 이유로 자주 접촉하는 사람들이 있다는 얘기다.

전화를 걸어 그들이 누구인지 알아봐야 하리라……. 하지만 우리 관계의 성격을 정확히 파악하려는 의도는 내색하지 않은 채 갖가지 질문을 던져야 하는 상황은 얼마나 야릇할 것인가!

나는 〈솔레나〉라는 여자 이름을 발견하고, 자동 연결 버튼을 누른다. 신호음이 한 차례 울리는가 싶었는데, 곧바로 여자 목소리가 응답한다.

「아! 드디어 전화를 했네!」

「어…….」

「어제저녁 일 때문에 자기가 화난 줄 알았어. 하도 오랫동안 전화가 없어서 말이야.」

바로 내가 걱정했던 부분이다. 이제는 또 다른 시간 개념을 염두에 두어야 한다. 내가 방금 전에 들어온 이 인물, 이 육체 외투, 18호 지구의 가브리엘 아스콜랭은 아에덴의 미카엘 팽송의 삶과 평행한 삶을 살고 있었다.

내가 인지했던 18호 지구의 시간은 게임의 편의를 위해 극히 빠른 속도로 흘러갔었다. 하지만 여기서 가브리엘 아스콜랭은 〈정상적인〉 시간 흐름 속에 살고 있다. 그래서 나로서는 잠이 깨고 나서 시간이 얼마 흐른 것 같지도 않은데, 저 여자는 저리 호들갑을 떠는 것이다.

「미안해. 술이 덜 깼었거든. 그런데 어제저녁에 무슨 일이 있었는지 생각이 잘 안 나.」

「술이 덜 깼다고? 웬 농담이야, 가브리엘? 술은 한 방울도 못 하는 사람이.」

「아, 그래? 그럼 말해 봐! 어제저녁, 무슨 일이 있었어?」

「잘 알고 있잖아. 어제 우리 아빠랑 체스를 뒀는데 자기가 이겨서 아빠가 화가 났지. 그래서 자기 책들에 대해 사람들이 뭐라고 비판하는지 아빠가 언급했고, 자기도 화가 나서 가버렸잖아.」

「맞아…… 그랬지. 내가 약간 예민하잖아.」

나는 통화를 계속하면서 앨범을 꺼내어 음화 필름들을 뒤적여 본다. 혹시 뒤에 사진 주인공의 이름이 적혀 있는지 보려 함이다. 운 좋게도, 적혀 있다. 하지만 이 아가씨들 중에서 대체 누가 솔레나인가? 가장 최근의 사진들을 찾아본다. 마침내 나는 로맨틱한 눈빛의 갈색 머리 미녀를 발견한다.

「뭐, 어젯밤 일은 그걸로 끝내야지. 하지만 그런 말을 들으니 좀 흥분했던 건 사실이야. 생각 좀 정리하기 위해 얼마간 혼자 있고 싶었어.」

「아, 이번에는 좀 낫네! 지난번에는 심통이 나서 보름이나 나한테 전화를 안 했었지. 그러고 나서 무슨 일이 있었는지 생각나?」

「아, 그때는 상황이 달랐지.」

나는 대체 무슨 일이 있었을까 궁금해하면서 그녀의 질문을 어물쩍 피한다.

「좋아. 우리 내일 보는 거지? 그럼 너무 좋을 거야.」

「어…… 안 돼. 내일은 안 될 것 같아.」

「뭐야? 지난번에도 그렇게 말해 놓고서 딴짓하러 갔었잖아! 자기 옛날 애인 중에 하나를 만났지?」

난 이 인물의 사람됨을 대충 파악하기 시작한다. 빨리 이 대화를 끝내고 싶을 뿐이다. 하지만 난 알아내야 한다.

「아, 그래? 누구 말인데?」

「모르는 척하지 마! 자기 입으로 자백했잖아! 그 갈보 같은 쥘리라고!」

나는 사진들을 건성으로 넘겨 보며 그 쥘리라는 아가씨를 찾아본다. 앞의 여자와 매우 닮은, 하지만 그녀보다는 훨씬 자신감이 넘쳐 보이는 여자이다. 그리고 좀 더 앙큼해 보인다.

「다 지나간 얘기야.」

「그럼 내일 저녁에 보자고!」

「난 글 좀 쓰고 싶어.」

「자기가 저녁 때 글을 쓴다고? 그럼 자기의 생활 규칙은 어디로 간 거야?〈오전에만 글을 쓸 것. 하지만 매일 쓸 것.〉」

「어…… 이번 원고가 좀 늦어져서 일을 더 해야 해. 내 〈일상생활〉이 그렇긴 하지만 사정이 사정이니만큼 어쩌겠어.」

「그래서 내일 저녁 날 안 보겠다는 거야? 벌써 내가 자기의 지겨운 〈일상〉의 일부가 되었단 말이지?」

이 아가씨는 왜 이리도 달라붙는 걸까? 아, 그래, 잊고 있었다. 인간들은 버림받는 걸 두려워하지. 항상 안심되는 말을 듣고 싶어 하는 존재들이지.

「어쨌든 이따 저녁 때 자기 지켜볼게.」

그녀는 작별 인사를 대신하여 이렇게 말한다.

나는 수화기를 내려놓는다. 날 지켜보겠다고? 도대체 무슨 말을 하는 거지?

전화벨이 울린다. 전화기의 조그만 화면에 〈로베르〉라는 이름이 뜬다. 나는 수화기를 들고 일부러 아무 말도 안 한다.

「여보세요? 가브리엘?」

굵직하면서도 훈훈한 목소리다.

「네?」

「나, 로베르요. 오늘 저녁, 준비는 되어 있겠죠? 결국 선생을 응원하러 같이 가기로 했어요. 패널의 면면을 볼 때 그리 만만하지는 않을 것 같아요.」

「아? 고마워요.」

이런…… 또 바보 같은 질문을 해야 하나? 하지만 아무것도 모르고 있을 수는 없는 일이다.

「두 가지만 물어볼게요. 오늘 저녁, 우리가 어딜 가죠? 그리고 당신은 또 누구죠?」

「아니 웬 농담이오? 나 로베르요. 선생 책들을 출판해 주는 사람! 그리고 오늘 저녁에는 선생의 최근작에 대해 토론하기 위해 텔레비전 문학 프로그램인 〈언어 깨뜨리기와 골라 모은 삶의 조각들〉에 출연하기로 했잖소?」

〈언어 깨뜨리기와 골라 모은 삶의 조각들bris de verve et morceaux de vies triés〉이라……. 분명히 〈유리 깨뜨리기와 유리공들의 작품들bris de verre et morceaux de vitriers〉을 변형한 말장난이렷다! 정말이지 텔레비전은 그럴싸한 표현들을 좋아한단 말이야.

「가만있자, 어떤 책을 말하는 겁니까?」

「지금 농담하는 거죠? 당연히 선생의 최근작 아니겠소? 『코끼리 파는 가게 안의 도자기 인형처럼』.」

그는 내 말이 우스운지 너털웃음을 터뜨린다.

나는 책 내용에 대해서도 묻고 싶지만, 지나치면 로베르의 의심을 살까 두려워 자제한다.

「너무 떨리거나, 그러지는 않소?」

마침내 나는 그 책을 찾아낸다. 표지에는 분홍색 원피스 차림의 조그만 여자아이가 누더기를 걸치고 수염이 텁수룩한 노숙자들 틈에 서 있는 모습이 그려져 있다.

가면들…… 체스 게임 세트들…… 꼭두각시들…… 그리고 책.

책의 뒤표지에는 멀리 지평선을 바라보고 있는 나의 사진이 인쇄되어 있다. 그 밑에는 이런 문장이 적혀 있다. 〈수가 많다고 해서 틀린 것이 옳은 건 아니다.〉

난 이곳에서도 반골인 모양이다. 어쨌든 이 가브리엘 아스콜랭의 약력을(아마 인터넷에 나오겠지) 찾아봐야 하리라. 또 이 책도 한번 읽어 봐야 하리라. 하지만 오늘 저녁까지는 시간이 부족하다. 그리고…… 나는 그다지 독서를 즐기는 사람은 아닌 것 같다. 내가 느끼기로는, 나는 글쓰기에 대한 욕구는 엄청난 반면, 독서에 대한 욕구는 아주 미약한 것 같다. 작가니까 당연한 건가? 빅토르 위고의 한 구절이 떠오른다. 〈암소는 (우유를 만들지만) 우유를 마시지 않는다.〉

수화기 너머에서 갑자기 초조해하는 기색이 느껴진다.

「그리고 선생 차기작에 대해서 얘기 좀 합시다. 일전에 말씀하셨죠. 7년 전부터 대작을 준비 중이라고. 모두 1천5백 페이지가 넘는 3부작이 될 거라는 말까지만 했었죠……. 자, 이번 작품이 나왔으니 이젠 나도 알아야겠소. 그 엄청난 비밀 프로젝트에 대해 이젠 좀 털어놓으시오. 더 이상 뜸 들이지 말고.」

자, 머리를 빨리 굴려 보자. 도중에 아이디어가 고갈됨 없이 1천5백 페이지나 되는 엄청난 분량을 끌고 나갈 수 있는 주제가 뭐 있을까?

「음…… 신들에 관한 얘기입니다. 그래요. 멀리 떨어진 어느 행성에 있는 신들의 학교에 대한 얘기죠. 거기서 학생들은 우리 세계의 복사판들이라 할 수 있는 평행 세계들의 민족들을 다스리는 법을 배우게 되는 거예요.」

「황당무계하군.」

「아녜요. 단지 새로울 뿐이죠. 새로운 것들은 이전에 나온 준거가 없기 때문에 황당무계하게 보이는 거예요. 하지만 누군가가 어느 시점에서 무언가를 내놓으면, 그때부터 그것은 분명히 존재하게 됩니다.」

「난 약간 실망했소. 차라리 추리 소설 같은 걸 써보는 게 어떻겠소? 선생만이 비밀을 알고 있는 기막힌 수수께끼를 감추고 있는.」

「그런 책이라면 벌써 수천, 수만 권 나왔습니다.」

「맞아요. 왠지 알아요? 사람들이 그런 책에 흥미를 느끼기 때문이오. 반면, 신들의 학교를 다룬다는 선생의 책…… 왜 지금까지 한 번도 나오지 않았을까? 그런 얘기에는 아무도 관심을 갖지 않기 때문이오.」

「모든 것에는 시작이 있어야 하는 법입니다. 무언가를 온전히 알 수 있는 최상의 방법, 그것은 문제를 제기하는 것 아닐까요? 천 리 길도 한 걸음부터라고 하지 않았나요?」

수화기 너머에서 그가 실망하는 것이 역력히 느껴진다.

「난 별로 재미있는 것 같지 않지만, 선생이 원한다면 나중에 다시 한번 얘기해 봅시다…… 아무튼 오늘 저녁, 분장을 해야 하니까 9시 반까지 방송국에 나오는 거 잊지 마시오. 선생, 항상 지각하는 좋지 않은 습관이 있는데, 이번에는 제발 그러지 마시오. 아, 이렇게 하면 좋겠군. 내가 9시에 차로 모시러 갈게요. 괜찮겠어요?」

「좋습니다.」

나는 수화기를 내려놓는다. 잠시 생각한 뒤 자동 연결 버튼을 한 번 더 누른다. 다시 출판업자의 목소리가 들린다.

「미안해요, 하지만 아까 말씀드렸던 그 미개척 주제의 자료 수집을 위해 질문을 하나 드리고 싶어서요. 만일 당신 민족의 신을 만나게 된다면, 무얼 요청하고 싶나요?」

「글쎄요……. 음, 나는 요로 결석 때문에 고생하고 있소. 그게 발작을 일으키면 무지하게 아프죠. 팔짝팔짝 뛸 정도로 아파요. 약을 먹어도 소용없지요. 그래서 난 그 결석 좀 완전히 없애 달라고 부탁하고 싶소.」

「그럼 인류 전체를 위해서는요?」

「엥? 인류에 대해서는 별 생각이 없소. 아…… 그래! 세금 좀 줄여 달라고 하고 싶군. 자, 이따가 저녁때 봅시다!」

나는 샤워를 하고 옷을 입는다. 한 번 더 주위를 둘러본다. 이 모든 것은 신으로서 남을 죽이고 속임수를 쓴 나의 행위에 대한 형벌이다. 하지만 인간으로서의 이 삶도 잘 꾸려 나간다면 그럭저럭 견뎌 낼 수 있을 것 같다는 생각이 든다. 그러려면 우선 원료를 만들어야 한다. 살 만한 삶의 원료, 그것은 다름 아닌 〈생각〉이다.

나는 컴퓨터 앞에 자리를 잡고 앉아 이렇게 쓴다.

〈신을 주제로 한 소설을 위한 몇 가지 메모. 아에덴에서 지낸 삶의 추억들.〉 다음 순간, 나는 깜짝 놀란다. 키보드 위에서 움직이는 열 손가락의 속도가 너무도 빠른 것이다.

내가 몸속에 들어가 있는 이 친구는 타자 수업을 받은 모양이군.

자판을 들여다볼 필요조차 없다. 무슨 생각을 하기만 하면 손가락들은 보이지 않을 정도로 휘리릭 돌아가고, 생각은 그 즉시 화면에 글이 되어 나타난다. 세상에 이렇게 편리할 수가 없다.

글을 쓰면 쓸수록 더 편안해지는 걸 느낀다.

그러고 보니 오늘 아침부터 내가 느끼던 그 이상한 불안감, 그것은 다름 아닌 글을 쓰고자 하는 욕구였다. 글을 쓰기 시작하니까 비로소 마음이 놓이기 시작하는 걸 보면.

이 가브리엘 아스콜랭이라는 친구의 핏속에 〈아침 글쓰기의 본능〉이 흐르고 있는 것은 아닐까?

아니다. 이건 습관의 힘이리라. 그는 오래전부터 매일 아침에 글을 써 왔기 때문에, 태양이 뜨는 순간 몸 전체가 이 활동에 대해 준비되는 것이리라. 파블로프의 조건 반사처럼 말이다. 떠오르는 태양의 광선이 그에게 자동적으로 글쓰기의 욕구를 일으키는 것이리라.

나는 또 지금 내가 하고 있는 작업의 의미도 깨닫는다. 잊지 않기 위해 모든 것을 적어 놓아야 한다. 난 지금 미쳐 버릴 수도 있는 위기에 처해 있는 것이다. 이 몸 안에는 가브리엘 아스콜랭이라는 인간과 미카엘 팽송이라는 신이 공존하고 있다. 이러한 이중적인 상황으로 인해 나는 자칫하면 심각한 분열증에 빠질 수 있다. 그렇다면 해결책은 무엇인가? 그것은 내가 신들의 왕국에서 체험한 것들을 정확히 기억해 두는 것이다. 그래서 현재 상황의 의미를 명확하게 이해하는 것이다……. 내 손가락들은 부지런히 움직인다.

나는 이름들을 적어 놓는다. 에드몽 웰스, 조르주 멜리에스, 디오니소스, 아프로디테, 마타 하리, 라울 라조르박.

그러다 중단한다.

라울…….

그의 승리와 함께 게임은 끝난 것일까, 아니면 아직도 계속되고 있을까? 18호 지구는 17기 후보생들의 활동이 끝난 후의 17호 지구와 같은 상태로 전락했을 가능성이 크다. 다시 말해서 혼자 남겨진 세계가 됐을 것이다.

나는 기사들이 버리고 간 체스판 위에 놓인 체스 말 한 개에 불과하다.

이 세계, 이 18호 지구는 이제 신들에게 버림받은 세계이다. 지금 신들은 무얼 하고 있을까? 산으로 가기 위해 엘리시온 길을 떠나는 라울을 축하하며 성대한 환송식을 거행하고 있겠지.

버림받고 혼자서 돌아가고 있는 세계……. 한 수업이 끝나고 다음 수업 시간이 될 때까지, 즉 우리 신들이 자고 있을 때 아틀라스의 지하실에 홀로 남겨져 있던 그 18호 지구와도 같은 세계…….

이곳의 인류는 이 사실을 모르고 있다. 한편으로 인류는 그들로서는 전혀 알 수 없는 이유로 인해 자유 의지를 다시 행사할 수 있게 되었다. 최소한 다음 기(期)가 시작될 때까지는 말이다. 그리고 그다음 기는 이곳 시간으로는 빨라야 2천 년 뒤에나 올 것이다.

위에서 우리를 관찰하고 있는 이들이 아무도 없다면, 얘기는 완전히 달라진다. 나는 여기서 무엇이든 할 수 있다. 체스 말들이 나름의 선택을 할 수 있는 권리, 그 선택을 책임질 수 있는 권리를 되찾은 체스 게임이 아마 이러하리라.

어쩌면, 신들의 세계에 대한 나의 지식은 형벌이라기보다는 오히려 결정적인 이점으로 작용할지 모른다.

나는 응접실을 빙빙 돌며 곰곰이 생각한다.

어떻게 하면 나의 핸디캡을 유리한 점으로 바꿔 놓을 수 있을까?

이때 문에서 초인종이 울린다.

32. 백과사전: 마야 천문학

마야인들은 세계가 지하, 땅, 하늘이라는 세 개의 층으로 나뉘어 있다고 믿었다.

땅은 편평한 사각형이었다. 그리고 이 사각형의 네 각은 저마다 하나의 색으로 상징되었다. 즉 북은 흰색, 서는 검은색, 남은 노란색, 동은 붉은

색이었고, 중앙은 녹색이었다. 이 네모진 판은 연꽃으로 뒤덮인 수반(水盤) 안에서 쉬고 있는 거대한 악어의 등 위에 놓여 있었다.

하늘은 사방위에 해당하는 백색, 흑색, 황색, 적색의 네 나무로 지탱되고 있었다. 그리고 하늘의 중앙은 녹색 나무가 떠받치고 있었다.

마야인들이 보기에 하늘은 열세 개의 층으로 이루어져 있고, 각각의 층에는 그곳을 다스리는 신이 하나씩 있었다.

한편 지하 세계는 아홉 층으로 이루어져 있고, 이곳 역시 층마다 특정한 신이 다스리고 있었다.

그리고 이 하늘과 지하의 신들은 해골, 박쥐 머리의 남자, 날개 돋친 뱀 등 제각기 특별한 모습으로 그려졌다.

마야인들은 죽은 이의 영혼이 태양의 길을 따라간다고 생각했다. 다시 말해서 밤이 되면 해가 지듯이 영혼도 지하 세계로 내려갔다가, 다시 부활하여 하늘 높이 올라가 하늘나라의 신들에게로 간다고 믿었다.

마야인들은 뛰어난 수학자들이었다. 그들은 0을 발견했으며, 20진법을 매우 효율적으로 사용했다. 그들은 특히 천문학에서 높은 수준에 올라 있었다. 그들은 많은 천문대를 세워 대부분의 행성을 관측했고, 달의 주기와 태양의 주기를 정확히 계산하여 1년을 365일(이 365일의 주기를 그들은 〈하아브〉라고 불렀다)로 계산하는 역법을 서구인들보다 훨씬 일찍부터 사용하고 있었다. 마야의 사제들은 이 역법을 사용하여 과거와 미래를 읽을 수 있다고 주장했다. 또 마야인들은 세계는 주기적으로 탄생과 죽음을 반복한다고 믿었다. 그들의 성전이라 할 수 있는 『포폴 부』에 따르면, 세계는 모두 네 번 태어나고 죽는다. 첫 번째 시대는 진흙 인간들의 시대였다. 이들은 너무도 흐물흐물하고 어리석어서 신들은 그들을 없애 버렸다. 그리고 나무 인간들의 시대인 두 번째 시대가 왔는데, 역시 감정과 지성이 없던 그들을 신들은 홍수를 내려 멸종시켰다. 그다음에는 후나푸와 이시발랑케라는 두 영웅이 출현했다. 이들은 땅의 괴물들과 맞서 싸웠고, 하늘의 벼락을 두려워하고 신을 경배할 줄 아는 옥수수 인간을 탄생시켰다. 그리고 그다음 주기가 끝날 때에는 이 세계가 완전히 파괴될 거라는 게 마야 사제들의 예언이다. 서양식 역법으로 따져서 2012년이 바로 그 종말의 시간이다.

에드몽 웰스, 『상대적이며 절대적인 지식의 백과사전』 제6권

33. 독수리교 사제

문구멍을 통해 내다보니, 웬 땅딸막한 사내가 서 있다. 통통한 몸집의 사내는 가는 콧수염을 기르고 있고, 짙은 녹색 조끼에 체크무늬 셔츠를 받쳐 입은 차림이다. 나는 문을 열어 준다.

같은 층에 사는 이웃이다. 그는 청원서를 한 장 내밀며 서명을 해달라고 부탁한다. 밤마다 시끄러운 파티를 벌여 건물 주민들을 못 자게 하는 또 다른 이웃 하나를 퇴거시켜 버리겠다는 것이다.

나는 이상한 동물을 바라보듯 그를 쳐다본다.

「이 재앙이 중단돼야 한다는 것, 거기에는 당연히 동의하시겠죠?」

아, 그래! 난 인간들이란 원래 이렇다는 사실을 잊고 있었다.

「그런데…… 선생 성함이……?」

나는 묻는다.

「미셸. 잘 아시잖아요? 미셸 오두앵.」

「아, 물론 알고 있죠.」

「그리고 엘리베이터 문제도 있어요. 어떤 자의 소행인지 모르겠는데…… 아마 3층에 사는 꼬마 녀석들이 비상 정지

버튼을 가지고 장난치는 것 같아요. 그 버튼을 좀 더 위쪽으로 옮겨야겠어요. 아이들 손이 닿지 않게끔.」

나는 더없이 측은한 마음으로 내 이웃을 쳐다본다. 에드몽 웰스가 한 말은 너무도 옳았다. 〈그들은 행복을 만들 생각은 하지 않고, 불행을 줄이는 데 급급하다.〉

뭐라고 대답해야 할지 모르겠다. 이런 하찮은 일들이 이 사람에게는 엄청나게 중요한 모양이다. 엘리베이터 문제와 소음에 대한 투쟁에 인생 전부가 걸려 있는 사람 같다.

「그래요. 골치 아프군요…….」

나는 마지못해 동조한다.

그는 나를 이상한 눈으로 쳐다본다.

「아스콜랭 씨, 괜찮으세요? 몹시 피곤해 보이시는데요?」

위험한 상황이다! 지금 나는 저들과 뭔가 다르다는 인상을 주고 있다. 빨리 시정하자. 정상적인 인간으로 보이지 않으면 저들은 사냥개들처럼 달려들어 나를 물어뜯으려 할 것이다. 신들이 프루동에 대해 뭐라고 말했던가? 〈그가 자기 지식을 전하려 들면, 그는 도리어 마녀사냥을 당하게 될 것이다.〉

나는 얼른 태도를 바꾼다.

「자, 어디다 서명하면 되죠? 맞아요. 그런 공공질서 침해 행위는 중단되어야 해요.」

심지어 나는 눈썹을 찌푸리며 화를 참는 시늉을 하기까지 한다. 과거 내가 인간이었을 때 보였던 반응들을 기억해 내야 한다. 인간들이 갖는 하찮은 욕망들, 하찮은 분노들을 나도 표현해야 한다. 이 굴곡 없는 밋밋한 삶에 적응하여 저들을 속이고 저들과 비슷해져야 한다. 그러지 않으면 저들은 나를 내칠 것이다. 나를 파괴할 것이다.

코끼리 파는 가게 안의 도자기처럼.

「선생의 다음 작품은 잘돼 가나요?」

「그렇죠, 뭐…….」

나는 애매하게 답한다.

「이런 질문을 해도 괜찮은지 모르겠습니다만…… 그 책은 무슨 얘기를 담고 있죠?」

〈우리를 다스리고 있는 신들.〉 나는 이렇게 대답하고 싶지만 자제한다.

「외계인들요. 아시잖아요? 뾰족하게 솟은 귀를 가진 조그만 초록색 인간들. 그리고 로켓과 레이저 총 얘기도 나오죠. 일종의 서부극인데, 인디언은 외계인으로, 화살은 살인 광선으로 대체된다는 점이 다를 뿐이죠.」

「오호, 그렇군요.」

그는 짐짓 예의를 갖추려 애쓴다. 나는 내가 좀 지나쳤음을 의식한다. 모자라는 인간으로 보일 필요까지는 없었다. 나의 약간은 황당한 발언에 그가 당황하는 것이 느껴진다.

「사실 저는 사람들에게 안도감을 주기 위해 글을 쓴답니다. 왜냐면 우리의 진정한 문제는 〈만일 외계인들이 존재하지 않는다면?〉이니까요. 자, 한번 생각해 봅시다. 만일 우주 가운데 우리가 유일한 존재라면, 전적으로 유일한 존재라면 과연 어떻게 되겠습니까? 이 경우, 이 행성이 파괴된다면 이 우주에는 아무것도 남지 않게 됩니다. 정말 아무것도요. 영원한 차가움과 어둠과 정적만이 남겠지요.」

이 말들은 백과사전의 한 항목 내용이 자연스럽게 흘러나온 것이다.

그의 두 눈썹은 한일 자로 이어지며 불안감을 표시한다.
아, 또 내가 좀 지나쳤던 모양이다.

「하하. 물론 농담이었습니다.」

「우리 아들은 선생의 책을 아주 좋아한답니다. 우리 내외한테도 항상 그 얘기뿐이죠. 전에는 책하곤 담쌓고 지내던 애였어요. 그런데 선생 덕분에 독서에 취미를 붙이게 됐지요. 저나 제 아내는 그런 종류의 문학은 좋아하지 않아요. 우리가 선호하는 건 좀 더…… 진지한 문학이죠.」

「네, 이해합니다.」

「제 아내는 아카데미 회원이자 대작가인 아르시발드 구스탱을 아주 좋아하죠. 특히 그의 문체를 좋아해요. 저는 자전적인 소설들을 높이 평가한답니다. 작가는 자신이 아는 것만을 얘기해야 한다고 생각하거든요. 따라서 작가 자신의 삶, 그것만이 책의 진지한 주제가 될 수 있다고 생각합니다.」

「물론이죠. 작가의 상상력에서 나온 소설들은 무엇보다도…… 아이들을 위한 거죠.」

나는 짐짓 그의 말을 거들어 준다.

아이들…… 혹은 아이의 영혼을 간직한 사람들.

그는 나를 빤히 쳐다본다. 혹시 내가 자기를 조롱하고 있는 것은 아닌지 살피는 눈빛이다. 나는 그를 최대한으로 안심시켜 주려고 환한 미소를 지어 보인다.

「자, 청원서 서명은 어디다 하죠?」

그는 내게 종이를 내밀고 나는 서명을 한다.

「한 가지만 여쭤 보겠습니다. 만일 신을 보게 된다면 무얼 요구하시겠어요?」

「아, 좋은 질문입니다! 물론 로또 당첨이지요.」

그는 자신의 대답에 만족한 듯 보인다. 그러고는 미소를 지으며 손을 내밀어 악수를 청한다.

「오늘 저녁 텔레비전으로 지켜보겠습니다.」

그리고 멀어져 간다. 나는 서재로 돌아온다. 하지만 작업의 욕구보다는 호기심이 더 강하다. 더 이상 쓰고 싶지도 않다. 오늘 저녁 텔레비전 토론에서 변호해야 할 내 책을 읽고 싶지도 않다. 뭐, 그때 가서 대충 둘러대면 되겠지.

나는 서둘러 신발을 신는다. 어서 빨리 18호 지구의 수탉 나라 수도를 구경하고 싶은 것이다. 1호 지구의 프랑스 수도 파리와 어떻게 다른지 알아보고 싶다.

나는 거리를 걷는다. 사람들은 나의 고향 세계 사람들과 별반 다르지 않다. 하지만 자동차들은 모델이 다르고, 브랜드도 괴상한 이름들이다. 의복도 다르다. 여자들은 파스텔 색조의 풍성한 드레스를 입고 다닌다.

나는 대로들을 따라 산책하면서 에펠 탑처럼 우뚝 서 있는 거대한 기념물인 수탉 대가리 탑 쪽으로 다가간다.

참으로 웅장한 탑이다. 독수리족 역시 꼭대기가 독수리로 장식된 비슷한 기념물을 가지고 있을까?

나는 한 슈퍼마켓에 들어간다. 아에덴에서 내려다보던 것 그대로 인간 개미집들은 여전히 사람들로 바글거린다. 하지만 저들과 같은 높이에 서서 보는 것은 이번이 처음이다. 난 이곳에는 파란색 과일들이 존재한다는 사실을 확인한다.

발길 닿는 대로 걷고 있던 나는 문득 어떤 건물을 발견하고 큰 충격을 받는다. 드넓은 광장 위에 독수리 사원이 우뚝 서 있는 것이다. 사원은 다양한 조각, 가고일,[4] 복잡한 탑들로 장식되어 있고, 이 모든 것을 구부러진 부리의 거대한 맹금 한 마리가 굽어보고 있다.

이제야 모든 것이 기억난다.

난 평화와 사랑의 메시지를 전하는 예언자를 보냈었다. 바로 〈신의 가르침을 받은 자〉이다. 그는 이렇게 말했다. 〈나는 새로운 종교를 창건하러 온 것이 아니라, 돌고래족 본연의 가치들을 잊어버린 사람들에게 그것을 다시 일깨워 주러 왔습니다.〉 그는 체포되었고, 꼬챙이에 몸이 꿰뚫려 죽었다.

그로부터 몇 년 뒤, 그를 체포했던 독수리족 비밀경찰의 우두머리는 자기가 계시를 받았다고 선언했다. 스스로를 〈후계자〉라고 칭한 그는 〈신의 가르침을 받은 자〉의 메시지를 변형하여 〈만백성의 종교〉를 만들었다. 그는 돌고래 문화와 너무 깊게 결부된 물고기 상징을 버리고, 〈신의 가르침을 받은 자〉가 겪은 참혹한 형벌의 상징인 꼬챙이로 그것을 대체했다.

그런 다음 그는 선언했다. 〈신의 가르침을 받은 자〉의 생전에 그와 가까웠던 벗들은 그의 메시지를 전혀 이해하지 못했으며, 〈후계자〉인 자신만이 그 깊은 의미를 파악했노라고. 이러한 구실로 그의 추종자들은 〈신의 가르침을 받은 자〉의 벗들을 붙잡아 죽이기에 이르렀고, 결국 대대적인 돌고래족 박해 운동을 전개하게 되었다.

이제 나는 그러한 사건들이 어떤 결과를 가져왔는지 알게 되었다. 바로 내 눈앞에 있는 저 웅장하고도 화려한 〈만백성의 종교〉 사원이다.

나는 사원 안에 들어가고, 거기서 내게는 너무도 끔찍한

4 서양의 성당에서, 괴물 형상으로 생긴 낙수용 사신(邪神).

195

이미지를 발견한다. 바로 나의 〈신의 가르침을 받은 자〉가 발가벗겨져 꼬챙이에 꿰뚫려 있는 모습을 재현한 2미터 높이의 거대한 조각상이다. 스테인드글라스에는 〈후계자〉가 주장하는바 〈돌고래족에게 박해받는 신의 가르침을 받은 자〉의 수난 장면들이 묘사되어 있다.

정말로 거꾸로 돌아가는 세상이군.

1백여 개의 황금빛 파이프를 갖춘 오르간이 연주하는 소리가 배경 음악처럼 울린다. 기다란 걸상과 걸상 사이의 공간들은 무릎 꿇은 신도들로 꽉꽉 차 있다.

나는 사제를 만나고 싶다고 요청한다. 한 남자가 나아온다. 긴 진홍색 법의 위에, 그것과 대조를 이루는 흰 앞치마 같은 것을 두르고 있다. 그 앞치마 한가운데는 〈신의 가르침을 받은 자〉의 얼굴이 극히 사실적인 색채로 수놓여 있다. 일그러진 입이 고통의 울부짖음을 토하는 순간이 포착되어 있다.

그 음란한 이미지. 난 차마 쳐다볼 수가 없다.

「안녕하세요…….」

「신부님이라고 부르세요.」

「안녕하세요, 신부님. 당신의 종교에 대해 함께 얘기해 볼 수 있을까요? 저는 외국인인데 그냥 순전히 호기심에서…….」

「아, 그래요? 어느 나라에서 오셨죠?」

그래. 아주 먼 나라를 고르자.

「호랑이 나라입니다.」

내 기억이 맞는다면, 이건 중국에 해당하는 나라이다.

「오, 대단하네요! 외국인 특유의 발음이 전혀 없군요. 우리 언어를 완벽하게 구사하고 있어요. 자, 무엇을 알고 싶죠?」

「에, 그러니까…… 신부님의 종교, 〈만백성의 종교〉에 대해서요. 고문당하는 남자를 상징으로 삼고 있는 종교이죠. 그런데 그 이미지는 너무 난폭하지 않나요? 제 기억이 맞는다면, 〈신의 가르침을 받은 자〉는 사랑과 평화만을 얘기했다는데요.」

「그건 〈신의 가르침을 받은 자〉의 수난을 나타낸 거예요. 그분은 거룩한 희생을 통하여 우리에게 길을 보여 주셨죠.」

「하지만 그는 고통에 대해서는 말하지 않았어요. 자신은 기쁨을 원한다고 했지, 아픔을 원한다고 하지는 않았거든요.」

사제는 경계하는 눈으로 나를 노려보더니, 가르치는 듯한 어조로 이렇게 말한다.

「잘 모르나 본데, 〈신의 가르침을 받은 자〉는 돌고래족에게 무참히 희생되었어요.」

「하지만 〈신의 가르침을 받은 자〉 자신이 돌고래족 아니었던가요!」

나는 나도 모르게 목소리를 높인다. 그가 반박할 말을 찾지 못하고 어물대자, 나는 말을 잇는다.

「그리고 그는 돌고래족들을 대상으로 돌고래 정신이 담긴 메시지를 전파했어요. 그리고 제 생각으로는, 〈신의 가르침을 받은 자〉가 살았던 시대에 그의 작은 나라는 독수리족에게 점령되어 있었을 것 같은데요. 또 그를 체포한 것은 독수리족이고, 그를 꼬챙이에 꽂아 죽인 것도 독수리족이었을 것 같은데요. 또⋯⋯.」

「같은데요, 같은데요⋯⋯. 참 상상력도 풍부하군요. 조심하세요! 신성 모독을 범하지 마시라고요! 마치 당신이 그때 거기 있었던 듯 말하는군요!」

그거야 내가 실제로 거기 있었으니까 그렇지, 이 미련한 인간아! 난 다 봤단 말이야. 우리 신들은 진정한 역사를 다 알고 있다고! 독재자들에게 봉사하는 너희 역사가들이 꾸며낸 역사, 군중을 조작할 생각밖에는 없는 너희 정치 선전자들의 역사가 아닌 진짜 역사 말이야!

「신부님은 신부님이 믿고 있는 종교의 실체를 모르는 것 같습니다!」

나는 분명히 말한다.

주위에 있는 사람들이 〈쉿〉 하며 조용히 하라고 주의를 준다.

사제는 침착함을 잃지 않는다.

「당신 말은 고해실에서 들어야 할 것 같군요. 자, 따라오세요.」

그는 사원 내부에 지어진 작은 나무 오두막 같은 곳으로 나를 인도한다. 거기서 그는 나보고 앉으라고 권하고, 우리는 양쪽을 분리하는 격자 사이로 대화를 나눈다. 그가 묻는다.

「도대체 무슨 문제가 있으시죠?」

「신부님은 진실을 들을 준비가 되어 있습니까?」

내가 되묻는다.

「물론이에요. 〈당신의〉 진실을 한번 들어 보고 싶군요.」

「……신부님의 종교를 만든 것은 바로 접니다.」

나무 격자를 통해 보니, 그는 지그시 눈을 감고 이해심 가득한 표정을 지으며 고개를 천천히 끄덕이고 있다. 마치 내 말이 담고 있는 모든 함의를 온전히 이해하기 위해 정신을 집중하고 있는 듯한 모습이다.

「음, 듣고 있으니 계속해 보세요.」

나는 그가 내 말을 명확히 이해할 수 있게끔 한 자 한 자 또렷하게 말한다.

「당신들에게 신의 가르침을 받은 자를 보낸 것은 바로 나라고요. 당신들이 메시아라고 부르는 사람 말입니다.」

사제는 다시금 고개를 끄덕이며 무한한 인내심을 보여 준다.

미친놈으로 보이지 않게 조용조용 살겠다고 그토록 다짐했던 나였건만, 벌써 이렇게 폭발해 버렸다.

「네, 듣고 있어요. 계속해 보세요.」

자기가 살고 있는 행성에 대해 모든 걸 알고 있노라고 믿는 인간에게 어떻게 설명할 수 있단 말인가?

「당신들은 전혀 이해하지 못했어요. 당신들이 대변인이라고 자처하고 있는 그 사람의 메시지를. 〈후계자〉는 신의 가르침을 받은 자를 왜곡했어요. 당신들의 종교 전체가 오해 위에 서 있다고요.」

사제는 깍지를 끼어 턱을 받친다. 정신을 모아 깊은 성찰을 행하고 있다는 표시이다. 이윽고 그가 입을 연다.

「전 당신이 일 때문에 너무 과로한 게 아닌지 걱정이 됩니다. 사실 전 당신을 알아보았어요. 당신은 유명한 SF 소설 작가죠. 그렇죠? SF 소설을 쓰는 것은 정신을 어지럽히는 활동이에요. 그런 걸 쓰다 보면 모든 것에 대해 말하게 되죠. 그것도 아무거나, 제멋대로 말하게 돼요. 그런데 말에는 가치가 있답니다. 단어들도 저마다의 가치를 갖고 있어요. 어떤 신성한 단어들은 경홀히 사용해서는 안 되는 법입니다. 그런 걸 바로 신성 모독이라고 하는 거예요. 당신은 왜 오늘 여기에 오셨습니까? 아마 구원받기 위함이 아닐까요? 그렇다면 양초를 하나 들어 불을 붙이세요. 그리고 우리의 자선 모금함에다 기부금을 넣고, 무릎을 꿇고 앉아 방황했던 삶을 용서해 달라고 신에게 기도하세요. 왜냐면 당신이 영혼의 평화를 찾을 수 있는 곳은 오직 여기, 이 사원 안뿐이니까요!」

모든 것을 알고 있다고 착각하는 이 자만심덩어리에게 어떻게 말할 수 있단 말인가? 신들은, 그의 신을 비롯한 신들은 어디에서나, 어떤 방법으로든, 사원이나 사제들의 도움 없이 인간들과 직접 소통한다고.

어떻게 말한단 말인가? 신들은, 그의 신을 비롯한 신들은 독신자(篤信者)들을 싫어한다고.

어떻게 말한단 말인가? 신들은 꿈속에서 우리의 새로운 메시지를 들을 수 있는 유연한 정신을 가진 무신론자나 불가지론자를 더 좋아하며, 확신 속에 갇혀 있는 종교인들은 우리가 인간과 소통할 수 있는 길들을 모조리 막아 버린다고.

긴 법의를 입은 이 바보에게 어떻게 말할 수 있단 말인가? 이제 신들이 게임을 중단했기 때문에 당분간은 기도할 대상도 없다는 사실을.

「신부님. 신부님이 잘못 생각하고 있는 것 같습니다. SF 소설은 종교보다 더 강한 거예요. 당신들은 정신을 닫아 버리는데, SF는 정신을 열어 준단 말입니다.」

「자, 이 대화를 끝내야 할 시간이 된 것 같군요. 저는 갈 테니, 조금 전에 제가 충고한 대로, 조용히 앉아서 기도나 드리세요.」

그는 일어나서는 잠시 머뭇거리더니 이윽고 멀어져 간다. 나는 작심하고 제단 위에 뛰어 올라가 마이크를 잡는다.

「여러분! 모두들 집으로 돌아가세요! 이제 이 행성에는 그어떤 신도 없답니다!」

화가 머리끝까지 치민 사제는 달려와 내 손에서 마이크를 빼앗고는, 당장 꺼지지 않으면 경찰을 부르겠다고 소리 지른다. 나는 제단에서 내려와 신도석 한가운데를 천천히 걸어간다. 여기저기에서 나에 대한 논평들이 들려온다.

「무신론자야.」

「미친놈이야.」

「아나키스트야.」

「자기가 뭐라고 생각하는 걸까?」

「난 저 사람 알아. 텔레비전에 나온 걸 봤거든. 작가 가브리엘 아스콜랭이야.」

「우리 아들이 저 사람 책을 읽는데 아주 좋아하지.」

사제가 휴대 전화를 꺼내 들고 내 쪽을 흘깃거리는 게 눈에 들어온다.

경찰을 부르고 있군.

그렇다. 결국 아무것도 변하지 않았다. 하지만 몰랐던 건 아니다. 빛 가운데의 모든 행동은 어둠의 반작용을 낳는다는 사실을.

나의 예언자 〈신의 가르침을 받은 자〉가 여기 와서, 사람들이 자신의 〈말씀〉을 가지고 무슨 짓을 하고 있는지 본다면…… 기겁을 하리라. 고통 가운데 영원히 고착되어 있는 자신의 모습을 발견한다면…… 구역질을 하리라. 사제가 자신의 이름으로 설교하는 내용을 듣는다면…… 폭소를 터뜨리리라.

나는 한 신도 앞에 걸음을 멈춘다. 내가 떠들어서 화가 난

듯이 보이는 늙은 신사이다. 나는 조용히 말한다.

「선생님. 가기 전에 한 가지만 여쭙겠습니다. 만일 선생님께서 신을 만나게 된다면, 무얼 부탁하시겠습니까?」

「나요? 에…… 40년 동안이나 충성스럽게 봉사를 했건만 뻔뻔하게도 나를 해고해 버린 우리 사장을 벌주라고 하겠소. 그런 자가 스스로 내 친구라고 떠들어 댔었지. 벌레 한 마리가 그의 안에 들어가 그를 갉아 먹었으면 좋겠소. 안에서부터 다 뜯어 먹어 버렸으면 좋겠소. 자, 이게 내가 신에게 부탁하고 싶은 바요!」

저들의 행복은 타인의 불행 속에 있구나.

「야니크! 저 사람이 뭘 물었나?」

「저치하곤 말하지 마! 무신론자야!」

「좀 이상해 보이지 않아?」

「미친놈이야. 맞아, 미친놈!」

「저자하고 얘기하지 마!」

「위험한 자야.」

「도발을 즐기는 자지.」

「이단이야.」

「우리하고는 다른 놈이야.」

나는 무리에게 허리를 굽혀 정중히 답례를 한다.

「관심을 가져 주셔서 감사합니다. 언젠가 여러분도 방금 내가 한 말들을 이해하게 될 겁니다. 최소한 난 그렇게 되기를 희망하고 있지요.」

하지만 한 가지 문제가 있다. 거짓은 언제나 진실보다 매력적으로 보인다는 사실이다.

무언가를 해야 한다. 그것도 빨리.

나는 신들에 대한 책을 쓸 것이다.

그것은 첫 번째로 해야 할 일이다. 하지만 그것으로 멈추고 싶지는 않다.

신들이 버린 이 세계 가운데 인간으로 존재하는 내 위치를 이용해야 할 필요가 있다. 이제 아래에서부터, 다시 말해서 토대로부터 변화를 일으켜야 한다. 에드몽 웰스는 이렇게 말하지 않았던가? 〈물 한 방울이 대양을 넘치게 할 수 있다.〉

나는 나로 하여금 공세를 취할 수 있게 해줄 어떤 〈관념〉을, 쉽게 말해서 어떤 〈아이디어〉를 찾아서 도시의 이 거리 저 거리를 정처 없이 걷는다.

갑자기 광고 포스터 하나가 눈앞에 나타난다. 자기를 쳐다보라는 듯 불쑥 내 앞을 가로막는다. 이거야말로 내가 기다리던 강력한 신호가 아닐까?

나는 가까이 다가가 천천히 읽어 내려간다.

34. 백과사전: 여교황 요한나, 전설일까 실제일까?

요한나는 독일 마인츠 근처의 잉엘하임에서 822년에 태어났다. 그녀는 색슨족에게 기독교를 전파하기 위해 영국에서 건너온 참사회원 게르베르트의 딸이었다. 여자의 신분임에도 총명하고 학구열에 불탔던 그녀는 공부를 하기 위해 요한네스 앙글리쿠스(〈영국인 존〉이라는 뜻)라는 이름의 남자로 변장하고 한 수도원에 필사승으로 들어간다.

이후 그녀는 유럽 각지의 수도원을 유랑하면서 다양한 경험을 쌓는다. 콘스탄티노플에서는 비잔틴 제국의 테오도라 황후를 만났고, 아테네에서는 당대의 명의 이삭 이스라엘리에게서 의학을 배웠으며, 독일에서는 〈대머리 왕〉 카를 2세를 만나 대화를 나누었다고 한다. 그러다가 848년에 성서 교수 자격으로 로마 교황청에 들어가게 된 그녀는 계속 진짜 성을 숨기면서, 깊은 교양과 능란한 외교적 수완 덕분으로 권력의 계단을 차근차근 오르게 된다. 결국 교황 레오 4세를 만나게 되었고, 그에게 필요 불가결한 존재가 되어 교황의 국제 관계 보좌관이 된다. 레오 4세가 855년에 선종하고, 세월이 흘러 마침내 교황으로 선출되니 바로 요한 8세이다. 그런데 별 탈 없이 교황직을 수행하던 요한 8세는 덜컥 임신을 하게 된다. 여교황은 날마다 부풀어 오르는 배를 풍성한 법의로 감출 수 있었다. 하지만 성모 승천일, 산클레멘테 성당에서 일이 터지고 만다. 노새를 타고 가면서 신도들에게 인사를 건네던 요한 8세는 갑자기 고통으로 몸을 뒤틀며 탈것에서 떨어진다. 구조하려 달려든 사람들은 교황의 법의 자락 아래에서 신생아를 발견했다. 그것은 엄청난 충격이었다. 장 드 마일리에 의하면, 군중의 경악은 곧바로 집단 히스테리로 변했고, 여교황 요한나는 아기와 함께 돌에 맞아 죽었다.

이 사건 이후, 추기경들은 앞으로는 교황의 남성성을 확인하는 의식을 갖기로 결정했다. 이제 새로 선출된 교황은 고환이 빠져나오게끔 구멍을 뚫어 놓는 의자에 앉아야 했다. 그러면 한 남자가 확인해 보고는 〈하베트 듀오스 테스티쿨로스 에트 베네 펜덴테스(그분은 두 개를 가지고 있으며 그것들은 제대로 늘어져 있노라)〉라고 외치게 된다.

마르세유 타로의 2번 아르카나 그림은 이 여교황 요한나를 모델로 한 것이다. 법의를 걸치고 교황 삼중관을 쓴 그림 속의 인물의 무릎에는 책이 펼쳐져 있는데, 이는 〈책을 통한 깨달음〉이라는 통과 제의의 첫 번째 단계의 상징이다. 그런데 이 그림에는 사람들이 흔히 못 보고 지나치는 세부가 하나 있다. 카드의 오른쪽에 조그만 알 하나가 놓여 있는 것이다.

에드몽 웰스, 『상대적이며 절대적인 지식의 백과사전』 제6권

35. 파란 나비

포스터에는 굵직한 활자로 이렇게 쓰여 있다.

갈수록 모든 것이 악화되고 있는 이 칙칙하고도 우울한 세계, 당신은 지겹지도 않으십니까?

경이로운 새로운 차원을 발견해 보십시오! 다섯 번째 차원이 여러분을 기다리고 있습니다!

그 아래에는 어디서 본 듯한 슬로건이 적혀 있다.

제1세계: 현실

제2세계: 꿈

제3세계: 소설

제4세계: 영화

제5세계: 컴퓨터 게임

또 그 아래에는 다음과 같은 설명이 붙어 있다. 〈제5세계. 모든 백화점, 대형 마트 및 전문 매장에서 판매 중. 콘솔 및 인터넷에 접속된 PC를 통해 작동함.〉

모든 게 다시 생각난다……. 올림피아에 있을 때, 내가 살던 빌라의 거실에는 휴식 시간에 보면서 긴장을 풀라고 설치해 준 텔레비전 수상기가 있었다. 그 덕분에 나는 1호 지구에서 세 인간이 살아가는 모습을 지켜볼 수 있었다. 이를 통하여 나는 향수를 달래기도 했지만, 또 미래를 전망해 볼 수도 있었다.

그런데 이 세 인간 중 하나는 한국의 천재 소녀 은비, 〈코리안 폭스〉라는 별명의 벗과 함께 새로운 세대의 비디오 게임을 개발했던 은비였다.

이 컴퓨터 게임은 현실 세계를 복제한 가상 세계에서 이루어졌다. 이 가상 세계의 배경은 극히 사실적이며, 놀이꾼들은 그 안에 사는 각자의 아바타를 갖는다. 각 아바타는 놀이꾼의 얼굴 사진과 정확한 신체 치수를 기반으로 구성되므로, 놀이꾼과 똑같은 신체적 형태를 갖는다. 하지만 이 게임의 독창성은 이것만이 아니다. 각 놀이꾼의 강점들과 약점들, 개개인이 지니고 있는 깊은 열망, 기벽, 어린 시절의 정신적 외상, 청소년기에 겪은 극도로 강렬한 경험 등을 아주 세밀하게 파악해 내는 설문지를 통해, 아바타는 놀이꾼과 동일한 정신적 특성까지 갖추게 되는 것이다.

이렇게 하여 놀이꾼은 아바타, 즉 자신의 분신을 통해 자신의 삶과 평행한 또 다른 삶을 살 수 있다. 그것도 진짜 세계와 아주 흡사한 세계 속에서 말이다. 이 게임에는 많은 이점이 있다. 우선 놀이꾼은 어떤 상황들을 실제 삶에서 체험하기 전에 아무런 위험 없이 시험해 볼 수 있다. 또 게임을 〈자유 의지〉 모드로 설정해 놓으면, 특정한 상황에 자기 대신 놓인 아바타가 어떤 식으로 헤쳐 나가는지를 관찰할 수 있다. 이를 통해 놀이꾼은 자신이 따를 만한 하나의 모델을 얻게 되는 것이다…….

코리안 폭스가 최초로 상상해 낸 〈제5세계〉는 처음엔 사랑하는 고인(故人)에게 살아 있는 듯한 모습을 부여하기 위해 고안된 콘셉트였을 뿐이다. 하지만 곧바로 이 게임은 정서적 접촉에 목말라 있던 대중의 욕구에 부응하게 되었다. 그리고 이 게임의 다양한 응용 프로그램은 온갖 종류의 애호가를 탄생시켰다. 어떤 이들은 이 게임을 즐기며 이렇게 중얼거리기도 했다. 비록 내가 죽는다 해도, 나의 가상 클론이

206

〈제5세계〉에서 나를 대신해서 계속 살아 줄 거야.

나는 1호 지구의 게임 이름인 〈제5세계〉가 여기서도 그대로 사용되고 있다는 사실에 적잖게 놀란다.

이건 불가능한 일인데……. 코리안 폭스와 은비가 두 지구 사이를 넘나들 수는 없잖아? 아니면…… 발명가들 자신은 넘나들 수 없지만, 그들의 생각들만큼은 가능하단 말인가.

문득, 에드몽 웰스의 그 엄청난 문장이 떠오른다. 〈관념은 그것들을 발전시킨 이들의 것이다.〉 이것이 바로 그의 기막힌 〈관념권〉 이론이었다. 관념권…… 모든 인간의 무의식들로 이루어지는 집단적 무의식……. 예술가들이란 바로 꿈속에서 이 관념권으로 가서 아이디어들을 길어 오고, 깨어나서도 그것들을 잊어버리지 않는 능력을 지닌 사람들이라고 했다. 또 공기 중에는 수많은 아이디어가 떠다니고 있고, 이것들을 각기 다른 장소에 있는 수많은 사람들이 붙잡아 자기 것으로 삼을 수도 있다고 했다. 그뿐만 아니라 이 관념권은 여러 차원들에 열려 있을 것이라고 했다. 그것이 바로 초차원적 관념권이었다.

결국 관념은 모든 사람에게 열려 있다. 관념은 취하는 사람의 것이다. 관념은 그것을 말한 사람 것이 아니라, 받아들여 자기 것으로 삼는 사람 것이다.

나의 스승은 이렇게 덧붙였다. 〈그러니 정치가들의 공약을 원망할 필요는 없네. 거기에 귀를 기울이고, 그것을 받아들이는 사람 잘못이니까.〉

이 모든 일을 벌이고 있는 사람이 대체 누구인지, 갑자기 확인하고 싶어진다. 한국인 연인이 아니라면 과연 누구란 말인가?

포스터 한 귀퉁이에 숨어 있던 상표가 눈에 띈다. P. B. P 라는 회사이다. 〈파란 나비 프로덕션〉의 약자로 주소는 물랭 가 22번지이다.

나는 호주머니 속에 돈이 들어 있는 것을 확인하고는 택시를 부른다.

택시는 그다지 크지 않은 베이지색 건물 앞에 도착한다. 입구 위에는 파란 나비 프로덕션이라는 청록색 네온 간판이 걸려 있다.

나는 건물로 들어간다.

로비에 들어서니 먼저 다양한 이미지의 포스터들이 나를 맞아 준다. 해변, 석양의 정경, 수영복 차림의 아가씨들, 서로 손을 잡거나 입 맞추고 있는 커플들.

벽에는 광고 문구들이 이어지고 있다. 〈제5세계! 새로운 즐거움을 맛보십시오! 자신으로 남아 있으면서 동시에 다른 사람이 되어 보십시오!〉

좀 더 가니 사진이 줄지어 걸려 있는 갤러리가 나온다. 갤러리의 한편에는 인물 사진들이, 맞은편에는 각 인물에 상응하는 아바타들이 붙어 있다.

〈제5세계: 당신 최고의 친구는? 바로 당신입니다.〉

그리고 토플리스 비키니 차림의 세쌍둥이 미녀에게 둘러싸인 한 사내의 사진 아래에 붙어 있는 문구는 이렇다. 〈제5세계, 이곳에서는 감히 해볼 수 없었던 일들을 다른 곳에서 해본다면?〉

정말이지, 어떤 광고 회사가 모든 상상력을 쏟아부어 갖가지 광고 문구들을 만든 뒤에, 어느 것을 선택해야 할지 몰라 고민하다가 결국 다 간직하고 있는 형국이라고나 할까.

로비의 끝에 이르니 분주하게 일하고 있던 전화 교환원이 방문 용건을 묻는다. 내가 대답하자 종이에 메모하고 전화를 건 다음, 잠시 기다려 달라고 이른다.

나는 그녀의 말대로 기다리면서 시간을 보내기 위해, 로비 벽을 뒤덮은 광고물들을 죽 둘러본다.

마침내 나타난 인물은 기다란 금발 머리에 수염이 덥수룩하고, 헐렁한 모직 스웨터를 걸친 거한이다. 한마디로 바이킹을 연상시키는 사내다.

빌어먹을! 이제 모든 게 이해가 된다! 아에덴에서 내 텔레비전을 볼 수 있었던 사람은 나를 빼면 마타 하리가 유일했다. 내가 자리를 비운 그 7일 동안, 그녀는 세 채널을 돌려 보다가, 내 보호를 받는 한국 소녀 은비를 발견했음이 분명하다. 더불어 가상 세계 전문 프로그래머인 코리안 폭스와의 사랑 이야기도 알게 됐을 거다. 그런 다음 그녀는 자신의 백성 인간들에게 직관을 통해 영감을 내려 주었다. 그녀의 백성 늑대족은 1호 지구로 말하자면 스칸디나비아인들에 해당하는 북방 민족이 아니었던가? 그렇다. 바로 내 앞에 있는 이 바이킹 같은 사내가 마타 하리의 영감을 받은 거다. 늑대 나라의 내수 시장은 그다지 크지 않으므로, 이 바이킹 사내는 수탉 나라로 내려와 사업을 벌였을 것이다.

사내는 부리부리한 눈으로 나를 훑어본다.

「무슨 일이오?」

「저는 소설가입니다. 컴퓨터 게임에 관련된 아이디어를 하나 제안하고 싶어서요. 이 아이디어는 제 차기작 중의 하나와 연관된 것이죠.」

색소 결핍증에 걸린 듯 온몸이 새하얀 사내가 바이킹 옆으로 걸어온다.

「엘리오트, 이분 모르겠어? 가브리엘 아스콜랭 씨잖아? SF 소설가 말이야.」

「아니, 그 유명한 가브리엘 아스콜랭?」

몇 분 뒤 나는 바이킹, 하얀 남자, 그리고 미소 띤 얼굴의 대머리, 이렇게 셋과 함께 회사 응접실에 앉아 있다. 이들이 바로 파란 나비 프로덕션의 경영자들이다. 내가 부탁하자 그들은 자기네 최고 히트 상품인 〈제5세계〉에 대해 설명해 준다. 듣고 보니 코리안 폭스의 프로젝트 그대로이다.

나는 그들에게 보충적인 콘셉트를 하나 제안한다. 지금까지 놀이꾼들은 가상 세계에서 그들과 〈동등한 존재들〉을 가졌었다. 그렇다면 이제 그들보다 〈하등한 존재들〉을 갖게 하면 어떨까?

이렇게 놀이꾼들은 저마다의 인류를 창조함으로써 모두…… 신이 되는 것이다.

이 아이디어는 세 사람을 놀라게 한다.

「그런데 말이죠, 인간의 동류를 만들어 내고 있는 지금만 해도, 벌써부터 오만 가지 문제들이 발생하고 있답니다.」

하얀 남자가 실태를 알려 준다.

「어떤 문제들이죠?」

「우선 경제적인 문제들이에요. 〈제5세계〉에 접속하는 건 무료입니다. 우리는 단지 가상 주택과 대지, 그리고 의복, 무기, 가구 같은 가상 물건들만을 판매할 뿐이죠. 그런데 우리가 확인한 바로는 이 세계에…… 절도 행위가 발생하고 있어요.」

「특수한 프로그램을 만들어서 다른 놀이꾼의 가상 재산을 훔치는 겁니다.」

바이킹이 덧붙인다.

「위조 행위도 있어요. 권리도 없는 남의 집이나 토지를 시가보다 싸게 팔 수 있게 해주는 프로그램들을 만들어 내고 있죠. 그래서 어떤 땅에 두 사람이 같이 살게 되는 일도 가끔씩 일어나요. 영문도 모르고 같이 살게 되는 거죠.」

이 말을 들으니 에드몽 웰스가 말한 구절이 생각난다. 〈한 세계를 창조하는 것이 쉬운 일이라고 생각한다면, 직접 한번 만들어 보라. 한 세계를 창조하고, 통제하고, 붕괴되는 것을 막는 것, 그것은 치즈 수플레를 만드는 것만큼이나 어려운 일이다. 이 세상의 자연스러운 흐름은 붕괴를 지향하기 때문에, 끊임없이 세계를 수선하고, 그것에 방향성을 부여하기 위해서는 상당한 에너지를 쏟아부어야 한다.〉

「하지만 제5세계의 가상 절도 행위는 기껏해야 가상 범죄, 즉 비현실적인 범죄에 불과하지 않습니까?」

내가 지적하자 세 사람은 흥분하기 시작한다.

「가상적인 범죄로만 끝나는 게 아니죠.」

대머리가 말한다.

「그래요. 제5세계의 화폐는 보통 화폐로 전환 가능하답니다.」

바이킹이 맞장구친다.

「결국 가상 카지노에서 도박을 할 때 진짜 돈이 오가게 되는 거죠.」

하얀 남자가 설명해 준다.

「이 세계에는 매춘부도 있어요. 그들에게도 진짜 돈을 지불하는 셈이에요. 그 이유는 나도 잘 모르겠지만, 사람들은 정말로 대가를 치를 때 더 큰 쾌감을 느끼는 법이죠.」

바이킹이 단언한다.

「성행위는 희생이 수반될 때 현실적인 차원을 획득하는 법이지.」

하얀 남자가 동을 단다.

「어느 모로 보나 다양한 종류의 갱단들에게도 구미 당기는 영역이 아닐 수 없죠. 그들은 가상 은행이나 가상 카지노를 털기 위한 시스템을 고안해 냈습니다.」

대머리가 보충 설명한다.

「더 고약한 일도 있어. 어떤 놀이꾼들은 다른 놀이꾼들의 아바타를 파괴하기 위한 시스템도 만들어 냈어.」

「가상적으로 서로를 죽이는 거지.」

「서로를 약탈하고.」

「심지어는…… 강간까지 하지!」

「강간? 아니, 어떻게 아바타들을 강간한단 말입니까? 그들은 컴퓨터 속에 들어 있는 일련의 숫자에 지나지 않는데?」

나는 놀라서 외친다.

「그게 바로 숫자의 힘이오. 숫자들은 한 존재를 존재하게 하지. 꼬리에 꼬리를 물고 이어지는 수많은 1과 0들의 집합은 하나의 가상적 실체를 형성하고, 이 가상적 실체는 또 다른 0과 1의 집합들에 의해 도둑맞고, 상처 입고, 살해되고, 또 강간당할 수 있는 거요.」

「처음에 우리는 제5세계가 덕성과 교육의 장소가 되리라고 상상했어요. 하지만 웬걸요. 현실 세계에서는 금지된 모든 것들이 실현될 수 있는, 억눌린 욕망의 분출 공간으로 전락했답니다.」

「사랑과 협력을 시험해 보기는커녕, 가상 세계는 아바타들이 모든 비윤리적인 것들을 시험해 보는 장소가 되어 버렸죠.」

이제 제5세계 개발자들의 고민이 충분히 이해가 된다.

「요즘은 가상 세계에서 범해진 절도, 강간, 살인 행위에 대해 우리 현실 세계에서 소송이 벌어지고 있는 판국이죠.」

하얀 남자가 덧붙인다.

「변태들은 오직 제5세계만을 목표로 신종 질병들을 개발하고 있어요.」

「독감, 임파선 페스트, 콜레라 같은 전염병들이죠.」

「게임 내부의 의사들은 백신을 찾아내는 데 상당한 어려움을 겪고 있지요.」

「듣도 보도 못 한 희한한 질병들이 돌아다녀요. 아바타들은 미쳐 가고 있고, 심지어 어떤 놈들은 운영자의 통제마저 거부하죠.」

파란 나비 프로덕션의 세 경영인은 어찌할 바를 모르겠다는 표정을 짓는다. 나는 한번 곰곰이 생각해 본다.

「하지만 그것이 바로 성공했다는 증거가 아닐까요? 여러분을 해치기 위해 그토록 애를 쓰는 사람들 덕분에 역설적으로 여러분의 세계가 존재하게 되는 거니까요. 여러분의 적들이 여러분의 윤곽을 만들어 주는 셈입니다.」

세 사람은 그다지 공감하는 기색이 아니다. 나는 다시 묻는다.

「그런데 접속자는 얼마나 되죠?」

「이거 한 가지는 확실해요. 이 게임은 우리의 예측보다 훨썬 잘나가고 있다는 거. 6개월 만에 이 제품은 엄청난 성공을 거뒀죠. 우리는 접속자 수를 50만 정도로 희망했었는데, 지금은 8백만 명 이상이 접속해요.」

「솔직히 말씀드려서, 지금 〈제5세계〉가 이렇게 혼란스러워진 데에는 우리가 이 정도의 성공을 미처 예측하지 못한 이유도 있어요.」

「우리 세계를 내부로부터 부패시키기 위해 사람들이 그 많은 에너지를 쏟아부으리라고는 정말 상상도 못했지.」

「다시 말해서 우린 우리의 창조물을 제대로 통제하지 못하고 있는 실정입니다. 이런 마당에 당신은 사람들에게 보다 강력한 권능을 부여하자고 제안하고 있는 거예요. 아직 당신은 잘 모르는 것 같아요. 저열한 본능들이 얼마나 빠른 속도로 모든 것을 지배하게 되는지.」

「특히 놀이꾼들이 무슨 짓을 해도 처벌받지 않는 상황에서는 더욱 그렇지.」

「어떤 자들은 단 한 가지 목적으로 게임을 해. 마구 죽이고, 숨은 본능을 분출하려는 거지.」

「영화나 인터넷도 사정은 비슷해. 사람들은 포르노나 폭력 영화라면 사족을 못 쓰잖아.」

바이킹이 말하고, 셋 다 고개를 끄덕인다. 하지만 나는 쉽게 포기하고 싶지 않다.

「내가 제안하는 것은 〈유사한〉 세계가 아니라 〈하부의〉 세계예요. 놀이꾼들이 자신의 군중들에 대해 반드시 책임져야 하는 세계죠. 만일 누군가의 인류가 살인을 범하거나 사기를 치거나 혹은 사디스트 짓을 하면, 다른 놀이꾼들로부터 즉각 제재가 들어오니까요.」

「놀이꾼들이 그 제재를 순순히 받아들일까? 혼돈이 한 차원 위로 확대될 뿐이야.」

하얀 남자가 숙명론자의 어조로 중얼댄다. 바이킹과 대머리는 그의 관점에 공감하는 듯 보인다.

「아니죠. 여러분들, 즉 〈파란 나비〉가 통제자들의 통제자가 될 테니까요. 아시잖아요? 인간들보다는 신들을 통제하는 게 더 쉽다는 거.」

이 말은 마치 마타 하리에게 하듯, 나도 모르게 자연스럽게 튀어나왔다. 실수를 깨달은 나는 속으로 아차 한다. 하지만 에드몽 웰스는 이렇게 말하지 않았던가? 〈그들에게는 진실을 말해도 상관없다. 어차피 이해하지 못할 테니까. 그들의 귀는 들어도 듣지 못한다. 들은 말을 해석하여 그것의 의미를 제거하거나 바꾸어 버리기 때문이다.〉

나는 세 사람의 얼굴을 조심스레 살피면서, 이제 그들에게 충격을 줄 수 있는 말은 가급적 삼가자고 다짐한다.

「사실 나 역시 〈신들의 왕국〉이라는 제목의 소설을 쓸 생각을 하고 있어요. 신들이 그들의 세계보다 작지만 유사한 세계에서, 그들보다 작지만 유사한 존재들을 가지고 게임하는 이야기를 담을 겁니다.」

그들은 이상한 사람 보듯 내 얼굴을 훑어본다.

「흠, 재미있겠네요.」

그래도 바이킹같이 생긴 덩치 큰 친구는 고개를 끄덕여 준다. 나는 덧붙인다.

「수백만 개, 아니 수십억 개의 말들을 갖고 노는 거대한 체스 게임이라 할 수 있죠. 각각의 신은 저마다의 민족을 가지며, 다른 놀이꾼, 즉 신들과 경쟁을 하게 됩니다.」

「한 민족이 쇠퇴하면요?」

「그 신은 점수를 잃습니다.」

「한 민족이 사멸하면요?」

「그 신은 탈락합니다. 〈게임 오버〉죠.」

하얀 남자와 대머리는 그다지 확신이 안 서는 모양이다. 하지만 금발의 턱석부리는 흥미를 보인다.

「문학에서는 〈미장아빔〉이라고 하는 거죠. 사실 우리 자신의 세계도 우리보다 우월한 신들에 의해 통제되고 있다고 가정할 수 있지 않겠습니까?」

나는 이쯤에서 자제한다. 이 주제에 너무 깊이 들어가지는 말자.

「이 경우, 마치 〈곰 나라 인형들〉[5]같이 되는 거죠. 세계 위에 세계가 있고, 세계 아래에 또 세계가 있습니다. 이런 식으로 무한히 계속되는 겁니다.」

「자, 엘리오트. 어떻게 생각하죠?」

나는 바이킹에게 묻는다.

「말도 안 되는 아이디어예요. 그 게임도 절대 성공하지 못할 거고요.」

내 뒤쪽에서 웬 목소리가 들려온다. 나는 뒤를 돌아본다. 젊은 여자 하나가 열린 문간에 서 있다. 몸은 호리호리한데 어두운 색 눈동자는 날카롭기 그지없다. 매끄러운 검은 모발은 연보라색 리본으로 한데 묶었고, 흰 셔츠와 청바지 차림이다.

「아, 델핀! 거기 있었어?」

---

5 〈미장아빔〉의 한 형태인 러시아 인형 마트료시카를 패러디한 것. 18호 지구의 곰 나라와 1호 지구의 러시아는 유사점이 많다.

대머리가 놀라며 묻는다.

「미안해요. 하지만 난 이 계획에 반대예요.」

「아, 그래? 왜지?」

엘리오트가 묻는다.

「왜냐면 이건 신성 모독이기 때문이에요. 우리 스스로를 신으로 여긴다는 것은 있을 수 없는 일이에요. 내가 믿는 종교에서는 신의 이름을 입에 담는 것 자체가 벌써 일종의 죄악이라고요.」

대머리는 내 쪽으로 몸을 굽혀 귀에 대고 속삭인다.

「우리 회사 미술 감독이죠. 〈돌고래족〉이에요.」

뭐, 돌고래족? 내가 지금 잘못 들은 게 아닐까?

하얀 남자가 동을 단다.

「아, 저 돌고래족들! 자기들이 이 세상에서 제일 똑똑한 줄 안다니까!」

엘리오트는 일어선다.

「델핀, 자넨 시키는 대로만 하면 돼. 여기 사장은 나야. 그리고 난 가브리엘의 프로젝트가 맘에 들어. 좋아! 우린 이 〈신들의 왕국〉을 해볼 거야. 놀이꾼으로 하여금 자신이 저 위에 살면서 모든 것을 제어한다는 느낌을 갖게 해주는 거지. 천지창조의 즐거움이라고나 할까. 아, 그래, 벌써 광고 문구가 생각났어! 〈신이 된 자신을 느껴 보고 싶지 않으십니까? 게임을 하고 있는 동안만이라도.〉 어쩌면 이 게임을 통해 사람들은 깨닫게 되는지도 몰라. 신들이 어떻게 우리를 가지고 놀고 있는지를. 사실 나도 이제는 제5세계가 지긋지긋해. 자, 지금부턴 모두 〈제6세계〉로 가는 거야!」

엘리오트는 우정의 표시로 내 등을 탁 하고 두드린 다음,

보다 상세한 논의를 위한 날짜를 잡는다.

「자, 그럼 지금 이 순간부터 〈신들의 왕국〉은 존재하는 걸로 알고 계시오!」

그들이 델핀이라고 부른 아가씨는 얼음같이 싸늘한 눈으로 나를 쏘아보더니만, 쾅 하고 문을 닫고는 떠나 버린다.

36. 백과사전 : 타히티의 창세기

타히티인들은 태초에 〈유일자〉 타로아가 있었다고 생각했다.

타로아는 알 속에서 고독하게 살고 있었고, 이 알은 텅 빈 공간을 빙빙 돌고 있었다. 그런데 타로아는 너무 심심했다. 그리하여 그는 부화하여 알을 깨고 밖으로 나왔다.

하지만 바깥에는 아무것도 없었다. 그는 자신이 들어 있던 알껍데기를 반으로 쪼개어 그 윗부분으로는 궁륭을 만들었으니 곧 하늘이었고, 아랫부분으로는 모래를 담아 놓는 받침대를 만들었다.

그리고 자신의 척추로는 산맥을 만들었다.

자신의 눈물로는 대양과 호수와 강을 만들었다.

자신의 손톱으로는 물고기의 비늘과 거북이의 등딱지를 만들었다.

자신의 깃털로는 나무와 관목을 만들었다.

자신의 피로는 무지개에 색깔을 입혔다.

이어 장인들을 불러 최초의 신 타네를 조각해 만들게 했다. 타네는 하늘을 별들로 채워 더욱 아름답게 만들었다. 또 태양을 두어 낮을 비췄고, 달을 올려 밤을 밝혔다. 타로아는 타네 외의 다른 신들도 창조했다. 이렇게 해서 루, 히나, 마우이, 그 밖의 많은 신들이 생겨났다. 마침내 타로아는 인간을 창조함으로써 자신의 작품을 완성했다.

타로아가 설계한 우주는 층층이 포개어진 일곱 개의 판으로 이루어져 있었다. 맨 아래층에는 인간이 살고 있었다. 이 아래층이 인간과 각종 동식물들로 가득 차게 되자 타로아는 몹시 기뻤지만, 인간들이 너무 답답함을 느낄 경우 위층에 올라갈 수 있게끔 판에 구멍을 하나 뚫어 놓는 게 좋겠다고 생각했다. 이렇게 해서 각 판마다 구멍이 뚫리게 되었고, 이 구멍 덕택에 가장 용감한 자들은 더 높은 깨달음으로 계속 상승할 수 있게 되었다.

에드몽 웰스, 『상대적이며 절대적인 지식의 백과사전』 제6권

37. 델핀

그녀는 투명한 공용 엘리베이터를 타고 위로 올라간다. 나는 그녀와 얼굴을 마주치지 않으려고 층계를 이용한다. 층계를 다 올라가자 고지에 광장이 펼쳐져 있고, 그녀가 엘리베이터에서 나오는 게 보인다. 나는 충분한 거리를 유지하며 그녀의 뒤를 쫓는다.

잰걸음으로 걷고 있는 그녀는 왠지 초조해 보인다.

그녀는 군중 속에 파묻힌다.

나는 놓치지 않으려 거리를 좁힌다.

그녀는 똑바로 걸어간다.

그녀의 말총머리는 그 자체로 생명력을 띤 듯 찰랑찰랑 춤을 춘다.

그녀는 거리를 건넌다.

순간, 나는 자동차에게 치일 뻔한다. 이곳에서는 차들이 좌측으로 달린다는 사실을 잊고 있던 탓이다.

운전자는 차창 밖으로 고개를 내밀고 욕설을 퍼붓는다. 하지만 나는 무시하고 다시 그녀를 뒤쫓기 시작한다.

우리는 시끄러운 음악 소리와 함께 지나가는 일종의 카니발 행렬과 마주친다. 지휘봉을 빙글빙글 돌리며 행진하는 소

녀들, 음악을 연주하는 악대들, 가지각색의 모습으로 변장한 사람들…….

카니발은 모든 문명의 공통적인 풍속이다. 사람들은 1년에 한 번씩은 억압에서 해방돼야 할 필요가 있으니까.

그녀는 군중 속으로 들어가고, 나는 그녀를 놓치지 않으려 행인들을 밀쳐 가며 거리를 좁힌다.

그녀는 손목시계를 들여다보더니, 걸음을 한층 빨리한다.

나는 하마터면 그녀를 놓칠 뻔한다. 가로막는 행인들 탓에 걸음이 느려지는 데다가, 가장행렬 무리가 그녀의 작은 몸을 가려 버린 탓이다.

행인들 사이를 뚫고 나오자 다시 그녀의 모습이 눈에 들어온다.

그녀는 한 번 더 방향을 튼다……. 그리고 또다시 시야에서 사라져 버린다.

나는 그녀를 찾기 위해 이리 뛰고 저리 뛴다. 내 눈이 운 좋게 그녀를 다시 찾아냈을 때, 그녀는 막 지하철 입구로 들어가고 있다.

나도 뒤따라 들어간다.

그녀는 급히 플랫폼 쪽으로 향하고 있다. 더 이상 따라갈 수 없게 되었다. 내게는 전철 표도 없고, 그걸 사고 있을 시간도 없다. 할 수 없이 나는 경찰에 붙잡힐 각오를 하고 철책을 뛰어넘는다.

플랫폼에 이르는 미로와도 같은 지하 통로. 사람들이 꾸역꾸역 반대편에서 밀려오며 걸음을 방해하지만, 이제는 어떻게 하면 그녀를 놓치지 않는지 요령을 알고 있다. 열차가 들어온다. 나는 문이 닫히기 직전에 그녀가 탄 객차에 올라

탄다. 한순간 그녀는 내가 있는 방향으로 눈을 돌리지만, 나는 얼른 고개를 숙여 들키지 않는다.

주위에 있는 사람들은 모두가 우울하고도 피곤해 보인다. 지하철 열차는 1호 지구와 비슷한 요란한 소리를 내면서 맹렬히 달린다. 객차 내부에 설치된 텔레비전 수상기들은 한 뉴스 전문 채널에 맞춰져 있다. 기자의 목소리가 내 귀에까지 들린다.

「······범인은, 자신은 대륙 전역에서 암약하고 있는 한 소아 성애자 조직의 일원에 불과하다고 주장했습니다. 경찰은 그의 집 정원에서 매장된 아동 시신 1백여 구를 찾아냈으며, 과학 수사대는 곧 치열 분석을 통해 이들의 정확한 신원을 밝혀낼 예정입니다. 공판에서 밝힌 바에 의하면, 그는 처음에는 극히 신중하게 범행했지만, 아이들을 유괴하는 것이 너무도 쉽다는 사실을 알게 되었고, 결국 대낮에도, 심지어는 증인들이 보는 앞에서도 서슴없이 범행을 하게 되었다고 합니다. 그는 이미 10여 년 전부터 이러한 만행을 저질러 왔지만, 함께 사는 그의 부인은 아무것도 모르는 양 행동해 온 것으로 알려지고 있습니다. 그가 체포되었을 당시, 그녀는 남편의 〈또 다른 삶〉에 관여하고 싶지 않다는 구실로, 지하실에서 올라오는 아이들의 애절한 구조 요청에 귀를 틀어막고 굶어 죽어 가는 그들을 방치해 온 것으로······.」

지하철은 계속 달려가고 있다.

멀리서 살펴보니 델핀은 뉴스를 듣고 있지 않다. 대신 어떤 책에 푹 빠져 있다. 이런 식으로 유리 방울 같은 보호막을 만들어 스스로를 고립시켜 버리는 것이다.

벨이 울리자 열차 문이 열리고, 한 무리의 승객이 썰물처럼 빠져나가자 또 다른 무리가 밀려 들어온다.

접이식 좌석에 앉아 있던 나는 금방 일어서야만 한다. 꽉 꽉 들어찬 사람들 때문에 발 디딜 틈조차 없는 것이다. 끔찍한 땀 냄새와 입 냄새에 금방이라도 질식할 것만 같다. 수십 제곱미터 남짓한 금속 상자 안에 1백여 명이 넘게 갇혀 있는데도, 모두들 이런 상황을 당연한 듯이 받아들이고 있는 것 같다. 이것이 문명의 진화의 결과란 말인가? 참으로 기막힌 진화가 아닐 수 없다.

다시금 뉴스가 들려온다.

「……그의 견해에 따르면, 지금 우리 행성의 가장 큰 문제는 각국의 파행적인 주권 행사에 있다는 것입니다. 이어 그는, 더 이상 식량 부족 문제가 존재하지 않는 현 세계에서 아직도 어떤 지역 주민들이 굶주림으로 죽어 가고 있다면, 그 책임은 자국민들을 의도적으로 굶주리게 하는 몇몇 정부에 있다고 지적했습니다. 이러한 관점에서 그는 명백한 불의가 발생할 때마다 개입할 수 있는 행성 경찰의 창설을 제안하면서, 이 경찰은 환경 오염 관련 사건에도 개입할 수 있을 거라고 덧붙였습니다. 실제로 어떤 나라들은 이웃 나라로 흘러 들어가는 하천의 상류를 고의로 오염시키고 있는 것으로 알려지고 있습니다.」

사람들의 얼굴에는 아무런 변화가 없다. 관심도, 적의도 떠오르지 않는다. 매일같이 접하는 이런 맥 빠지는 뉴스들에 이제는 만성이 돼버린 탓이리라.

또다시 벨이 울리고, 또다시 문이 열리고, 또다시 승객들의 물결이 빠져나가고 또 밀려 들어온다.

갑자기 열차가 터널 한가운데서 정지한다. 사람들은 아무런 반응도 없이 꼼짝 않고 서 있을 뿐이다. 열차 내부의 공기는 무거워지고, 고약한 냄새는 욕지기를 일으킨다.

기자의 우울한 독백은 계속된다.

「……가장 놀라운 사실은, 사교 집단과도 비슷하게 운영되는 이 학교들에게 우리 나라 교육부가 종교의 자유라는 미명하에 재정 지원까지 해주고 있다는 점입니다. 이 학교들은 아이들에게 오직 순교의 열망만을 심어 주기 위한 목적으로 그림 그리기, 춤추기, 노래하기는 물론, 심지어는 웃는 것까지 금지하고 있습니다. 아이들은 아침 6시부터 기도문을 암송하고, 이른바 〈믿지 않는 자〉들에 대한 증오의 슬로건을 외쳐야 합니다. 준(準)군사 훈련이 아이들의 유일한 레크리에이션입니다. 세뇌 교육은 항시, 그리고 체벌은 빈번히 이루어지고 있습니다. 특히 가족과의 연락이나 전화 사용은 금지되어 있습니다. 이 기숙 학교에서 탈출한 소년들의 호소와 증언에도 불구하고, 이 학교들을 후원하고 있는 관련국 대사관은 종교의 자유를 내세우며, 수탉 나라는 이들 〈전통 문화적〉 단체들에 개입할 권리가 없다고 주장하고 있습니다…….」

주위의 몇몇 승객들은 텔레비전 화면에 이어지는 영상들에 아연한 표정이다. 탈출한 아이들의 등에 남은 채찍 자국들, 경찰이 초동 수사 때 발견한 종교 학교 체벌실의 사진들…….

지하철은 다시 출발하고 어느 정거장에서 멈춘다. 델핀이 일어나 열차에서 내린다. 나는 그녀 뒤를 따르고, 다시금 우리와 반대 방향으로 흘러오는 군중과 마주해야 한다.

우리는 다시 지상으로 올라오고, 잰걸음의 행보가 또다시 시작된다. 거리, 모퉁이, 거리, 모퉁이……. 한순간, 거리를 건너던 델핀은 내가 있는 쪽으로 고개를 돌린다. 하지만 나는 반사적으로 머리를 숙여 겨우 얼굴을 감춘다.

그녀의 연보라색 리본에 묶인 말총머리가 찰랑찰랑 춤을
춘다.

델핀⋯⋯.

그렇다. 그녀의 부모가 붙여 준 이름은 가장 돌고래적인
이름이었다⋯⋯. 〈델핀〉이란 〈델프 출신〉이라는 뜻이 아닌
가? 〈델프〉는 〈델피누스〉, 즉 돌고래에게 봉헌된 사원이다.
또 헤라에게서 들은 정보도 떠오른다. 1호 지구의 아돌프 히
틀러는 아-돌프, 즉 반(反)돌고래라는 의미인 것이다.

어떻게 1호 지구에 존재하는 어근이 이곳 18호 지구까지
건너오게 되었을까? 평행 지구들 사이에는 어떤 연결 끈들
이 있는 게 분명하다.

그녀는 걸음에 속도를 낸다. 그리고 드디어 평범한 외관의
1층 건물 앞에 멈춰 선다. 겉으로는 아무런 표시도 없는 건물
이다. 단지 더러운 벽 한쪽에 스프레이 페인트로 그린 그래
피티만 보이는데, 〈돌고래족을 죽여라!〉라는 문구와 생선
가시 모양으로 환원된 물고기 그림이 그 내용이다.

경찰관 한 사람이 건물 앞에서 경계 근무를 서고 있다. 그
는 델핀을 알아보고는 인사를 건넨다. 그녀가 들어간 뒤 내
가 다가가니 의심에 찬 눈으로 훑어봤지만 그냥 들어가게 놔
둔다.

문을 지나자 어떤 사원 내부로 통하게 되어 있다. 이런 곳
이 숨어 있으리라고 바깥에서는 전혀 상상할 수 없었다.

아마 돌고래 신도들은 박해받을 것이 두려워 이렇게 은밀
하게 모이는 쪽을 택한 것이리라.

이 돌고래 사원의 규모는 독수리 사원의 10분의 1에도 못

미친다. 사원 내부도 썰렁하니 사람이 보이지 않는다. 여러 개의 가지가 달린 촛대 몇 개만이 창문도 없는 커다란 홀을 밝히고 있다.

천장에는 내가 직접 내 백성 인간들에게 전해 준 상징들이 모두 보인다. 벽에는 여러 가지 장면들이 그려져 있다. 쥐족을 피해 바다로 탈출한 일. 〈고요한 섬〉을 덮친 해일. 비폭력법의 제정.

하지만 〈신의 가르침을 받은 자〉의 그림은 전혀 보이지 않는다.

이들은 예언자를 도둑맞은 거야. 자기네의 예언자를 인정할 수 없는 처지가 되어 버린 거지.

델핀은 허공에다 물고기 기호를 그은 다음, 벤치에 가서 앉아 기도를 하기 시작한다. 세 손가락으로 자기 이마 중앙을 짚은 자세인데, 나로서는 한 번도 보지 못한 자세이다. 그녀가 읊조리는 소리가 귀에 들어온다.

「……하늘에 계신 우리 아버지여, 우리 나라에서 벌어지고 있는 전쟁이 그치게 해주시고, 전 세계에 흩어져 있는 우리 형제들을 죽이는 일을 멈추게 해주소서.」

그녀는 두 눈을 감고 움직이지 않는다.

나는 다가가 속삭인다.

「누군가가 당신 기도를 듣고 있으리라고 믿나요?」

그녀는 천천히 눈을 뜨는데 조금도 놀란 기색이 아니다.

「당신이군요. 여기서 뭘 하고 있죠? 당신도 돌고래족인가요?」

「이를테면…… 이 사라진 종교에 관심이 많은 편이죠.」

「사라지지 않았어요. 보세요. 당신 주위에 사람들이 있잖아요.」

그녀는 아무도 없음을 보고는 다시 말한다.

「지금은 사람이 없는 시간이에요. 하지만 곧 많은 사람들
이 기도하러 올 거예요. 그래요, 난 누군가가 내 기도를 듣는
다고 생각해요. 우선…… 당신부터 이렇게 내 기도를 듣고 있
지 않았나요? 당신은 나를 뒤쫓아 왔어요, 그렇죠?」

「말했잖아요. 당신 종교에 아주 관심이 많다고.」

「당신의 종교는 뭐죠?」

「택일신교 신봉자라고나 할까요.」

「처음 들어 보는 말이군요. 〈택일신교〉란 무얼 의미
하죠?」

「그건 아마…… 민족마다 특별한 신을 갖고 있는 걸 말할
거예요. 단 하나의 중앙 집권적인 신이 아니라, 사이좋게 공
존하는 지방 신들이 여럿 존재하는 거죠. 내 상상이지만, 이
신들은 서로 경쟁도 하고, 심지어는 전쟁도 벌일 것 같아요.」

그녀는 여전히 내 쪽으로 고개를 돌리지 않은 채 제단만을
주시하고 있다. 거기에는 한 사제가 나타나 책을 정리한 뒤
다시 사라져 버린다. 그녀는 중얼거리듯 말한다.

「당신의 게임에서처럼 말이군요.」

「사람들로 하여금 진실인 무언가를 순전히 상상적인 것처
럼 믿게 하는 것, 재미있지 않아요?」

「그럼으로써 얻는 게 뭐죠?」

「사람들을 진실에 대해 준비시키는 거죠. 진실을 가지고
놀다 보면, 언젠가 그걸 듣게 되어도 크게 당황하지 않을 테
니까요.」

그녀는 마침내 고개를 돌려 엄하게 나를 노려본다.

「지금 당신은 신을 조롱하고 있······.」

「그런 생각은 추호도 없어요.」

「당신, 대체 신앙은 갖고 있나요?」

「날에 따라 달라지죠.」

「신의 존재는 믿나요?」

「뭔가 좋은 일이 생기면, 그게 다른 곳에 있는 누군가가 보내 준 선물이라는 생각이 들어요. 그럼 나는 하늘을 올려다보면서 〈고맙습니다!〉라고 말하죠. 반면 불행한 일이 일어나면 나는 내가 서투른 탓이라고 생각해 버려요.」

「그런 때만 신을 믿나요?」

「아니죠. 시내 중심가에서 운 좋게 주차 자리를 찾게 되었을 때, 또는······ 아주 괜찮은 여자를 만나게 되었을 때도 믿게 되죠.」

그녀는 더 이상 토를 달지 않고 이렇게 말한다.

「나는 신앙이 있어요. 나의 신이 항상 내 곁에 있다고 믿죠. 그분 덕분에 난 아무것도 두렵지 않아요. 심지어는 죽는 것도 두렵지 않아요.」

「아······ 그럼 만일 신을 정말로 만나게 된다면, 신에게 무슨 말을 하겠어요?」

그녀는 잠시 생각하더니 단호하게 말한다.

「한바탕 혼을 내줄 거예요. 우리 가족 대부분이 상어족의 수용소에서 학살당했으니까요.」

마치 내 꿈에서처럼 말이지. 거기서 인간들은 자신들의 신에게 호된 질책을 퍼부었지.

「당신의 신을 그다지 좋아하지는 않는 것 같군요.」

「끝까지 들어 봐요. 먼저 호통을 친 다음에 그의 해명을 들어 보겠어요. 그러한 혐오스러운 짓이 자행되도록 놔둔 데에는 나름의 이유가 있겠죠. 그러고 나서 말할 거예요. 난 항상 당신을 믿었노라고. 또 나는 당신의 충직한 종으로서 당신이 원하는 모든 것을 이루겠노라고.」

나는 다시 한번 그녀를 유심히 살펴본다. 그녀의 얼굴에는 고대적인 희귀한 아름다움이 깃들어 있다. 돌고래족의 근원으로부터 곧바로 솟아 나온 듯한 모습이다.

「그럼 만일 당신의 신이 이렇게 말한다면요? 〈난 그걸 막아 보려고 최선을 다했지만, 때로는 나로서도 어찌해 볼 수 없는 다른 힘들이 있는 법이니라…….〉」

그녀는 이상한 시선으로 나를 쳐다본다.

「그럼 나는 대답하겠어요. 〈실패하는 자들은 변명거리를 찾고, 성공하는 자들은 방법을 찾는다.〉」

이빨을 온통 박살 내는 주먹처럼 통렬한 일격이다.

「나는 확신해요. 학살당한 그 죄 없는 사람들, 그 어린아이들을 구할 방법들이 분명히 있었을 거라고요.」

「하지만 만일 그가 또 말하기를, 자신은 최선을 다했지만, 그 범죄를 막는 것은 정말로 불가능했었다고 한다면요?」

「난 대답하겠어요. 진정으로 원하면 할 수 있는 법이라고.」

「신앙을 가진 사람치고 당신은 당신의 신에 대해 몹시 가혹하군요.」

「난 나의 신을 아버지같이 생각해요. 아버지가 잘못하면 가혹하게 대할 수는 있지만, 아버지는 여전히 아버지인 거죠. 그는 내게 모든 것을 주신 이, 내가 존경하고 경배하는 이예요.」

그녀는 내 쪽으로 몸을 돌린다.

「어쨌든 아스콜랭 씨. 그 이상한 컴퓨터 게임도 상상해 내고, 신을 주제로 소설도 써보려 하는 걸 보니, 당신도 영적 영역에 대해 조금이나마 궁금함을 느끼기 시작하는 것 같군요.」

「오, 그럼요. 나는 추구하는 존재입니다. 모든 이들과 마찬가지로, 나 역시 내 위에 무엇이 있는지 알기 위해 의식의 수준을 높이기 원하지요.」

「그런가요? 나는 내 의식을 상승시켜 다른 차원을 볼 수 있어요.」

늙은 여인 하나가 들어와 기도하기 시작한다. 나는 속삭여 묻는다.

「호오, 그래요? 위에 뭐가 있는데요?」

「……좋아요. 생각을 바꿨어요. 당신의 게임 〈신들의 왕국〉 개발 작업을 돕겠어요.」

「아, 고마워요!」

「고마워할 것 없어요. 당신 멋대로 신성 모독을 범하게 놔두느니 이 불경한 계획을 내부에서 통제하는 편이 그나마 낫겠다는 생각이 든 것뿐이에요.」

「당신 같은 사람이 미술 감독으로 있으면 더없이 아름다운 그래픽이 나올 게 분명해요.」

「아스콜랭 씨. 난 당신의 책은 한 권도 읽어 보지 못했어요. 그런데 평이 썩 좋은 편은 아니더군요. 황당무계한 얘기들이 정신없이 펼쳐진다고…….」

「내 문체가 원래 그래요.」

「솔직히 말해서 이렇게 직접 알게 되니, 읽고 싶은 마음이 더 없어졌어요.」

「최소한 솔직해서 고맙군요.」

「우리 돌고래족은 생각하는 것을 확실하게 표현하는 습성이 있어요. 이런 점이 불편한가요? 어쩌면 당신도 대부분의 사람들과 마찬가지로 돌고래족을 혐오하는 인종 차별주의자인지도 모르죠.」

「내가 〈반돌고래적〉 인종 차별주의자라고요? 하하하. 여태껏 들어 본 말 중 가장 재미있는 말이군요!」

「많은 사람들이 자신은 인종 차별주의자가 아니라고 주장해요. 하지만 다음 순간 보면 이런 얘기들을 하고 있어요. 〈난 개인적으로 돌고래족에게 아무런 유감이 없어. 하지만 그들이 무위도식하면서 편히 사는 건 사실이잖아?〉 혹은 〈돌고래족이 불행한 일들을 겪은 건 사실이지만, 그건 결국 자업자득이 아닐까?〉 이렇게 생각하는 사람이 아주 많죠.」

「수가 많다고 해서 틀린 것이 옳은 것은 아니다.」

「흠, 멋진 표현이네요.」

「내가 보기에는 이래요. 돌고래 문명은 비록 그 수는 극히 적었지만, 또 항상 세상의 욕이란 욕은 다 먹어 왔지만, 관용과 열린 정신의 가치를 추구해 왔어요. 바로 이 때문에 다른 민족들, 특히 독재자의 정치 선전에 쉽사리 놀아난 민족들은 돌고래족을 파괴하려 들었던 거예요.」

그녀는 놀란 눈으로 나를 쳐다본다.

「그걸 어떻게 알았죠?」

「그러니까…… 돌고래족의 역사를 그 기원부터 다룬 책들을 꽤 읽었어요. 나 자신이 그 종교로 개종하려고 생각하기도 했었죠.」

「그런데 왜 그러지 않았나요?」

「시간이 없어서요.」

「뭐, 시간이 없다고요? 우리의 신을 이해하는 것이 그리 만만한 일은 아니라고요! 그분의 뜻의 1만분의 1이라도 깨닫기 위해 평생을 바치는 사람들이 수두룩해요.」

그동안 여러 사람이 사원에 들어왔고, 이제 제단을 향해 놓여 있는 벤치들에는 10여 명의 신도가 앉아 있다.

「아, 그래요? 하지만 내가 생각하는 돌고래족의 신은 어떤가 하면…… 이렇게 말하면 웃을지 모르겠지만…… 별로 특별할 것 없는 평범한 친구일 것 같아요. 자신이 할 수 있는 일은 해보지만, 한계가 있는…….」

「세상에나!」

「내가 생각하는 신은 경배받아야 하는 존재라기보다는, 그냥 한 명의 친구예요. 우리를 항상 격려하고 도와주지만, 그 대가로 아무것도 요구하지 않는 친구죠. 만일 그를 만나게 되면 난 그를 친구 대하듯 할 거예요. 즉, 〈그가 나를 위해 해줄 수 있는 것〉이 아니라, 〈내가 그를 위해 해줄 수 있는 것〉이 무엇인지 묻고 싶어요.」

나는 이런 생각들이 언젠가는 싹을 틔우리라 기대하며 그녀의 정신 속에 심어 둔다.

「신에게는 아무런 문제가 없어야 해요. 정의상 신이란 완전하고도 전능한 존재 아닌가요?」

「의식 있는 모든 존재는 반드시 욕망과 두려움을 느끼게 마련이죠. 한계들과 적들이 있기 때문이에요. 나는 한갓 인간이라 할지라도 신을 도울 수 있다고 확신해요. 그러고자 하는 마음만 있으면 충분해요.」

그녀는 아무 말이 없다. 나는 다시 말을 잇는다.

「무엇이 좋은 질문인지 알아요? 그건 〈인간은 신을 믿어야 하는가?〉가 아니에요.」

「그럼 뭐죠?」

「여기서도 관점을 바꿀 필요가 있어요. 좋은 질문은 바로 〈신은 인간을 믿어야 하는가?〉입니다.」

그녀는 나를 쳐다보더니 풋 하고 웃음을 터뜨린다.

「〈신은 인간을 믿어야 하는가〉라니! 정말이지 그런 기막힌 질문은 처음 들어 보는군요!」

주위 사람들은 화난 표정으로 〈쉬잇!〉 하며 정숙해 줄 것을 요청한다.

바로 이 순간, 기껏해야 열여섯 남짓 돼 보이는 청소년 세 명이 사원에 뛰어 들어오고, 그중 하나가 제단을 향해 무언가를 던진다. 최루탄이다. 한 소년이 고래고래 소리 지른다.

「돌고래족! 다 뒈져 버려!」

곧 짙은 연기가 사방으로 퍼진다. 우리는 숨이 막히는 것을 느끼며 사원 밖으로 뛰어나온다. 밖에 경계 근무를 서던 경찰관은 어디 갔는지 보이지 않는다. 잠시 뒤 경찰관이 헐레벌떡 뛰어오는데 손에는 샌드위치를 들고 있다. 점심거리를 사러 간 틈을 타서 꼬마 녀석들이 일을 벌인 것이다. 눈이 새빨개진 델핀은 콜록대면서 내게 소리친다.

「당신은 이제 가요!」

「싫어요. 이런 식으론 못 갑니다. 이 일은 내 잘못이 아니잖아요. 다른 사람들이 당신을 공격했다고 해서 나까지 쫓아내서는 안 되는 거예요.」

「당신을 원망하는 건 아니지만, 지금은 혼자 있고 싶어요.

우리가 이렇게 공격당하고 있는데 아무도 우릴 보호해 주려 하지 않아요. 저 꼬마 깡패 녀석들이 경찰에 붙잡혔다 해도 그냥 너그럽게 풀어 주었겠죠. 돌고래족을 해코지하는 것은 너무도 평범한 일이 되어 버렸으니까요. 모든 사람이 용인하는 평범하고도 당연한 일.」

「나는 그렇지 않아요.」

그녀의 퉁퉁 부어오른 눈에서 닭똥 같은 눈물이 줄줄 흘러내린다. 내 눈에서도 눈물이 흐른다. 나는 그녀를 품에 안고 힘을 북돋아 주려 애쓴다. 그녀는 가만히 몸을 맡기고 중얼거린다.

「왜 세상은 이토록 불공평하죠?」

「불공평하지 않아요. 다만 어려울 뿐이죠. 만일 모든 게 쉽다면 신앙을 갖는 행위에는 아무런 가치가 없을 거예요. 용기는 역경 속에서만 드러나는 법입니다.」

그녀는 살며시 몸을 뺀 다음, 한참 동안 나를 응시한다.

「그래요. 당신에겐 아무 잘못도 없어요. 미안해요.」

「당신을 다시 보고 싶어요.」

나는 내 감정을 분명히 밝힌다.

「현명한 생각 같지는 않은데요.」

「어쨌든 우린 〈신들의 왕국〉 때문에 같이 일해야 하잖아요?」

그녀는 잠시 망설이더니 명함을 한 장 내민다. 그녀의 이름은 델핀 카메레이다.

「급한 일이 있는 경우에만 사용하세요.」

그녀는 멀어져 가고 나는 소매로 눈물을 훔친다.

점입가경이라더니, 이제 인간 여인과 사랑에 빠지려 하고 있어!

나는 손목시계를 들여다본다.

텔레비전 생방송은 밤 10시에 예정되어 있다.

38. 백과사전 : 니콜라 테슬라

사람들은 니콜라 테슬라가 얼마나 뛰어난 천재였는지 잘 모르고 있지만, 현대의 위대한 발명품들의 대부분은 그가 아니었다면 나올 수 없었을 것이다. 현재 크로아티아에 해당하는 지역에서 태어나 미국으로 이민 간 이 천재 과학자는 전기에 관련된 기술들을 무수히 발명해 냈다. 특히 교류 시스템(그때까지는 여러모로 불편한 직류 시스템만 사용되고 있었다), 방사선에 대한 이론, 무선 제어 장치(리모컨), 교류 발전기, 유도 전동기, 고주파 램프(네온보다 훨씬 경제적이다), 그리고 음극선관 텔레비전에 사용되는 테슬라 코일 등이 그의 대표적인 업적이다. 또 1893년에는 마르코니보다도 훨씬 일찍 헤르츠파를 이용한 무선 전신 장치를 시연해 보였으며, 1900년에는 파동 반향의 원리를 발견함으로써 훗날 레이더가 개발될 수 있는 문을 열어 주었다. 그는 모두 9백여 개에 달하는 특허를 출원했는데 그 대부분은 에디슨이 가로챘다고 한다.

이상주의자였던 테슬라는 자신이 개발한 기술들을 무상으로 대중에게 제공하기를 원했지만, 이는 오히려 당시 실업가들의 미움을 사는 이유가 되었다. 예를 들어 그는 에펠 탑에서 강력한 전기장을 발출함으로써 온 파리 시민이 전기를 무료로 사용하게 되기를 꿈꾸었다. 1898년, 그는 규칙적인 진동을 일으킴으로써 건물 전체를 흔들리게 할 수 있는 지진 발생기를 만들었다. 또 무선 원격 조종되는 어뢰 발사선들도 만들었는데 그중 한 척은 잠수함으로 발전 가능한 것이었다.

말년에 이르러 극도로 가난해진 그는 미국 공군을 위해 〈죽음의 광선〉

을 개발한다. 또 우리가 공짜로 무한히 이용할 수 있는 에너지원인 〈우주 에너지〉도 개발하려 시도하지만, 이는 당시의 다른 과학자들이 그를 의심의 눈초리로 보게 하는 계기가 된다. 1943년 1월 7일, 그가 사망하자 FBI는 그의 모든 연구 노트와 제작 모형들을 압수해 간다.

불행한 삶을 산 그의 명성은 많이 잊혔지만, 그의 이름은 자기력선속 밀도의 단위 〈테슬라〉로 우리에게 남아 있다.

에드몽 웰스, 『상대적이며 절대적인 지식의 백과사전』 제6권

39. 코끼리들 틈에서

잠시라도 틈을 내어 가브리엘 아스콜랭의 소설들을 읽어 봐야 옳았다.

이제 나는 궁지에 빠져 있다.

로베르는 내 옆에 있다. 그에게 내 책 내용을 아주 대충이라도 요약해 달라고 부탁하고 싶은 마음이 굴뚝같다. 아니 그 책에서 내가 무슨 말을 하고 있는지 짐작이라도 할 수 있게끔 몇 마디 말이라도 해주었으면……

마치 공부한 것이 하나도 없이 시험지를 기다리고 있는 학생의 심정 같다.

왜 단 한 시간만이라도 짬을 내어 작품을 들여다보지 않았단 말인가? 그러는 대신 나는 글을 썼고, 게임을 하나 발명해 냈고, 어떤 아가씨를 따라 사원에 들어갔다.

로베르가 내게 묻는다.

「긴장돼요?」

「네.」

「떨려요?」

「네.」

내가 누구던가? 전쟁을 지휘하고, 학문을 창조하고, 도시를 건설했던 신이 아니던가? 그런 내가 지금 한갓 텔레비전 대담 방송을 앞두고 벌벌 떠는 신세가 되었다.

진행자가 다가와 인사를 한다.

「와, 대단한 성공이던데요! 선생님 책이 출간되자마자 불티나게 팔리고 있다면서요? 브라보! 벌써 베스트셀러 순위에 올랐다고요?」

「아…… 네에…….」

이렇게 보자마자 축하를 퍼부어 대는 꿍꿍이가 과연 뭘까?

나는 로베르만 멀뚱히 쳐다본다. 난 내 책이 어떻게 되었는지 전혀 모르고 있는 것이다.

「선생 책에 대해 나온 그 고약한 기사들…… 모두가 질투 많은 인간들이 쓴 것일 뿐이에요. 공교롭게도 선생을 모욕하는 비평가들은 모두가 실패한 작가들이더군요. 〈범용한 자들로부터의 고약한 평은 찬사의 한 형태이다…….〉 그렇지 않습니까?」

진행자가 다시 떠들어 댄다.

「아, 물론이죠. 물론이죠.」

나는 우물대면서도, 대체 사람들이 내 책에 대해 무슨 말을 하고 있는 건지 사뭇 궁금해진다.

「제 아들 녀석은 선생님 글을 아주 좋아합니다. 전에는 도통 책을 읽지 않았어요. 책을 무슨 징그러운 벌레 보듯 하던 애였죠. 그런 애가 선생님 글을 읽고 나더니만 확 바뀐 거예요. 선생님이 그 애의 정신을 활짝 열어 준 셈이지요. 이제 그 애는 책을 읽을 뿐만 아니라, 역사, 철학, 과학 등에도 깊은 관심을 갖게 되었어요.」

「그럼, 진행자님은요? 제 책이 괜찮으셨나요?」

「미안하지만 솔직히 말씀드리죠. 시간이 없어서 출연자 분들의 책을 모두 읽어 보지는 못했습니다.」

「솔직하게 말씀해 주시니 감사하군요.」

「이따가 책 내용을 선생님이 직접 소개해 줄 수 있으시 겠죠?」

지금 이 순간, 발행인인 로베르가 내 책의 내용을 알고 있는 유일한 사람이다. 나는 그의 얼굴을 살핀다. 하지만 나는 갑자기 의혹에 사로잡힌다. 어쩌면 이 사람마저 내 책을 안 읽었을 가능성이 있다는 생각이 든다. 그런다면 여기서 내 책의 내용을 알고 있는 사람은 과연 누구일까? ……나의 독 자들이다. 출간되자마자 서점에 달려가 책을 사 와서, 그날 밤 단숨에 다 읽어 버린 나의 독자들뿐이다.

몇 분 뒤, 한 여자가 내 가슴에 핀 마이크를 달아 주고, 늘 어선 카메라들의 표시등에 차례로 불이 들어온다. 나와 함께 초대된 다른 다섯 작가는 나를 쳐다보지도 않고 인사도 건네 지 않은 채, 옆에 자리를 잡는다. 줄무늬 양복 차림에 늙은 플 레이보이같이 생긴 사내, 외알 안경을 끼고 허연 콧수염을 단 노인네, 아주 자극적인 옷차림의 젊은 여자, 흘러내린 머 리 가닥이 두 눈을 가린 젊은 친구, 그리고 요란한 소리로 호 흡하고 있는 뚱뚱한 남자.

「시청자 여러분, 안녕하십니까! 〈언어 깨뜨리기와 골라 모은 삶의 조각들〉을 시청해 주셔서 감사합니다. 오늘 우리 는 아주 유명하신 분들을 손님으로 모셨습니다. 자, 곧바로 본론으로 들어가서, 처음 소개드릴 분은…….」

제발 내 순서가 맨 나중에 오기를…….

「젊은이들이 너무도 좋아하는, 그리고 전 세계적으로 알려져 있으며 심지어는 학교에서도 연구되고 있는…… 가브리엘 아스콜랭 씨이십니다. 자, 아스콜랭 씨, 오늘 당신은 최근작『코끼리 파는 가게 안의 도자기 인형처럼』을 소개해 주시려고 이렇게 나오셨습니다. 제목이 좀 길군요. 그렇지 않습니까?」

「그렇습니다.」

「자, 이 책의 중심 주제를 좀 말씀해 주시겠습니까?」

「모든 것이 이상하고도 이해할 수 없는 어떤 세계 한복판에 떨어져 내려 어찌할 바를 모르고 있는 한 사람의 이야기입니다.」

머리를 완벽하게 빗질해 올린 진행자는 고개를 끄덕이면서 자료를 들여다본다. 내 책은 책장의 상태를 보아하건대한 번도 펼쳐 보지 않은 것이 분명해 보인다. 저 사람이 내 책에 조금이라도 관심을 가지고 있을지도 모른다는 실낱같은 희망은 이제 완전히 사라져 버린다.

카메라가 내 쪽을 향한 틈을 타서 그는 책을 대신 읽어 준사람이 작성한 자료를 느긋하게 읽고 있다.

아, 나도 저 자료를 좀 들여다볼 수만 있다면 얼마나 좋을까!

「아, 정말 흥미롭군요! 다시 말해 이 책의 주인공은 아주특이한 인물이겠군요?」

나는 묵묵부답 아무 말도 하지 않는다. 텔레비전에서는 금기시되는 행동이다. 그리고 이 공백이 야기한 동요를 틈타공격을 감행한다.

「제 말에 약간 놀라실지도 모르겠습니다만, 사실 이 책은 2년 전에 쓰인 것으로, 출판사의 일정 때문에 이번에야 출간된 것입니다. 저로서는 벌써 옛날 책이라 할 수 있죠. 자 그래서 — 이런 파격도 한 번쯤은 괜찮지 않겠습니까? — 오늘은 이 책 대신 제 차기작에 대해서 말씀드리고 싶어요. 오늘 오전까지도 작업하다 나온 참이어서 지금 제 머릿속에 따끈따끈한 상태로 들어 있답니다.」

진행자는 눈썹을 찌푸린다. 반면 다른 초대 손님들은 자멸에 가까운 나의 행동에 좋아서 어쩔 줄 모른다.

「에, 그러니까…… 오늘 아스콜랭 씨가 초대된 것은 『코끼리 파는 가게 안의 도자기 인형처럼』 때문인데…….」

과연 스튜디오에 설치된 화면마다 내 책 표지가 나타나고, 화면 속의 작은 상자 속에는 내 얼굴이 보인다.

「……그런데 오늘 제가 여러분의 관습을 어지럽히는 행동을 하고 있단 말이지요? 하지만 저의 새 주제를 한번 들어 보세요. 그럼 분명히 여러분도 흥미를 느끼시게 될 겁니다.」

잠시 동요의 순간이 흐른다.

방청석에 앉은 발행인은 절망적으로 내게 손짓하며 그 말도 안 되는 생각을 그만두라고 애원한다.

나에 대한 모두의 적의가 느껴진다. 하지만 진행자의 판단은 약간 다르다. 이런 종류의 돌발 상황은 다음 날 다른 매체들의 화젯거리가 될 만한 충분한 희소성을 갖추고 있지 않은가? 더욱이 그 자신이 내 책을 읽지 않은 터라, 다른 책을 얘기한다니 차라리 안심이 되기도 하는 것이다.

「좋습니다, 그렇게 하기로 하지요. 자, 가브리엘 아스콜랭 씨. 선생께서 오늘 오전에도 작업했다는 그다음 소설은 무엇에 대해 얘기하고 있나요?」

「우리 위에 있는 것에 대해 얘기하고 있어요. 우리를 다스리고, 우리 인간들을 마치 거대한 체스 게임의 말처럼 관찰하면서 가지고 노는 신들에 대한 이야기입니다. 전 이 새 소설에 〈신들의 왕국〉이라는 제목을 붙였어요.」

「줄거리는 어떻게 되나요?」

「주인공은 신을 탐구하는 사람입니다. 하지만 그는 제(諸) 종교가 제공하는 통상적인 길을 따르지 않지요. 대신 이렇게 생각합니다. 신의 뜻을 이해하는 가장 좋은 방법은 신과 같은 상황에 들어가서, 신의 입장이 된 자신이 어떻게 행동하는지 관찰하는 거다…….」

「신과 일종의 공감을 하는 건가요?」

「그렇습니다. 신의 의무를 맡아 그 일을 체험해 봄으로써, 우리의 주인공은 신을 이해하고, 나아가 신을 더욱 사랑할 수 있게 되는 거지요.」

「사랑한다?」

「최소한 두려워하지는 않게 됩니다. 우리는 알지 못하는 것을 두려워하는 법이니까요. 우린 우리가 이해하는 것만을 사랑할 수 있습니다.」

「그럼 신을 어떻게 이해할 수 있죠?」

「그의 입장이 되어 봄으로써죠. 즉 그의 경험을 공유하는 겁니다. 우리는 실제로 체험해 본 것들만을 진정으로 알 수 있으니까요.」

초대 작가 하나가 흥분하기 시작하더니 발언을 요청한다.

「네, 아르시발드 씨?」

아하, 그 위대한 아카데미 회원, 아르시발드 구스탱이 바로 저 양반이었군! 그는 줄무늬 양복에 검은 셔츠를 받쳐 입고 녹색 실크 머플러를 두르고 있다. 또 상아 담배 부리를 빠끔빠끔 아주 맛있게 빨아 대며 육식 동물 같은 미소를 머금고 있다.

「난 아무나 신에 대해서 제멋대로 얘기할 권리는 없다고 생각하오만. 아스콜랭 씨, 당신은 신학 공부를 하지 않은 걸로 알고 있는데요?」

「그게 제 자부심이죠.」

「또 문학 공부도 하지 않은 걸로 알고 있는데?」

「그게 제 두 번째 자부심이죠.」

「신과 관련된 주제는 사제가 됐든 신학 박사가 됐든 평생을 바쳐 그 분야를 연구한 전문가들만이 다룰 수 있다는 게 내 생각이오만.」

「전 자유로운 정신의 소유자이고, 거기에 자부심을 느끼고 있습니다.」

「하지만 젊은 애들이 황당무계한 당신 책을 읽고 그걸 믿게 될 수도 있잖소!」

마침내 아카데미 회원이 화를 낸다. 스튜디오 안이 술렁인다. 올림피아에서 받은 재판을 다시 겪는 기분이다. 아테나가 진행자로, 나를 고발한 증인들은 초대 작가들로 바뀌었다는 점이 다를 뿐이다.

「오히려 제 책을 읽는 젊은이들은 자유로운 판단력을 함양하고, 이를 통해 진리의 자동판매기들에서 벗어나 자신의 견해를 구축하는 능력을 갖게 될 것입니다. 영성(靈性)이란 걸어가야 할 하나의 길인 것이지, 결코 어떤 교리가 아닙니다.」

「하지만 이 세상에는 존중해야 할 제의(祭儀)들이…….」

「……모두 인간이 만들어 낸 거죠. 그런 제의를 특정한 사람들만이 신에 대해 말할 수 있게끔 정한 인간들끼리의 협약에 불과합니다. 이 몇몇 사람들은 자신들만이 죽음과 낙원에 대해 말할 줄 아는 양 뻐기고 있습니다. 그들에게 이런 독점적인 권한을 부여하는 것은 지나친 일입니다. 신이라는 단어, 그리고 신이란 주제는 죽음과 낙원의 주제와 마찬가지로 거기에 관심을 갖는 사람들, 즉 모든 사람의 것입니다.」

무대 위가 또다시 술렁인다.

나에 대한 초대 작가들의 적의가 고조되는 것이 느껴진다. 진행자는 자신이 슬슬 부채질하고 있는 이 분쟁에 사뭇 만족해하는 기색이다. 시청률이 꽉꽉 올라가는 게 느껴지나 보다.

「그러니까 가브리엘 아스콜랭 씨, 제가 이해한 게 맞는다면…… 선생님은 독자들로 하여금 자신의 주인공을 통하여 몇 분 동안이나마 신의 입장과 고민을 체험하게 해주겠다는 건가요?」

「그렇습니다. 그리고 보다 강렬한 체험을 위해 이와 병행하여 컴퓨터 게임을 하나 제안하려 합니다. 가상 세계에서 민족들을 창조하고 관리할 수 있는 게임이죠. 이제 독자들은 신의 처지를 직접 체험해 보고, 이를 통해 신을 이해할 수 있게 되는 겁니다.」

진행자는 나의 특이함으로부터는 단물을 짜낼 만큼 짜냈고, 더 이상 계속하다가는 프로그램의 수준을 떨어뜨릴 수 있다고 판단하고는, 〈진지한 고객들〉에게 마이크를 넘긴다. 아르시발드 구스탱은 나의 〈순진한〉 계획에 대한 조롱 조의 멘트를 한 번 더 던진 후, 자신의 책에 대해 말하기 시작한다. 담배 부리까지 내려놓은 그의 열띤 설명에 따르면, 그 책은 그의 어린 시절 추억들의 모음집이란다. 특히 당시에 벌써 작가요 문학 아카데미 회원이었으며, 자기에게 독서의 즐거움을 가르쳐 준 어머니의 추억이 많이 담겨 있단다. 또 그는, 이 책은 자신의 소년기와, 격동에 찬 시기였던 성년기를 계속하여 다루게 될 시리즈의 첫 작품에 불과하다고 덧붙인다.

자신에 찬 그의 태도는 나로 인해 당황스러워하던 모든 이를 안심시켜 준다. 이 권위 있는 작가가 후속작을 약속하자 방청석의 몇몇은 열렬히 박수까지 쳐댄다.

다음 작가는 자신을 괴롭힌 폭식증에 대한 책을 쓴 젊은 여자 소설가이다. 그녀는 어떻게 자신이 매일 저녁 화장실 변기 위에 몸을 굽히고 두 손가락을 목구멍에 넣어 먹은 것을 다 토해 내곤 했는지 설명한다. 그녀의 말로는, 예쁜 아가씨들은 다들 이렇게 한단다. 날씬한 몸매를 유지하기 위해 먹은 것을 토해 내거나 설사약을 복용한다는 것이다.

진행자는 그녀의 책에 대해 칭찬을 늘어놓은 다음, 이번에는 그녀의 성(性)에 대해 말해 보라고 요청한다. 그녀는, 자신은 복종을 통해서만 쾌감을 얻는다고 설명한다. 따라서 자신을 사랑하는 남자는 자신을 지배할 능력이 있어야 한단다. 남자의 착함이란 게으름의 한 형태에 불과하다는 것이다.

그녀는 그물 스타킹으로 포장된 긴 다리를 꼬았다 풀었다 하기를 반복하고, 진행자는 더 이상 동요를 감출 수 없게 된다.

그는 재빨리 다음 초대 작가에게 마이크를 넘긴다. 외알 안경에 흰 콧수염을 달고 있고, 최근 『돌고래 민족의 역사』라는 책을 출간했다는 작가이다.

그의 저서가 이야기하고 있는 것은 돌고래족의 그 유명한 일화이다. 대륙을 탈출한 돌고래족의 마지막 생존자들이 뗏목 하나에 몸을 의지하고 대양을 건너 어느 머나먼 섬에 다다라, 거기서 새로운 문명을 건설하는 이야기…… 역사가의 어조는 너무도 분명하여 그 어떤 이의도 허용하지 않는다. 그는 이 모든 일들이 어떤 식으로 이루어졌는지 〈정확하게 알고 있다〉.

그는 가설을 제시하는 게 아니라, 단언한다.

그가 사실을 알게 되면 어떤 표정을 지을까? 그 모든 것을 야기하고, 이끌어 나가고, 만든 이가 다름 아닌 나라는 사실을 말이다. 피난민들에게 도망가라고 영감을 불어넣은 이가 바로 나였고, 통치 형태를 귀띔한 이도 나였다.

사실 그 책의 저작권을 가져야 할 사람은 바로 나다. 그 책에 나오는 장면들, 과연 누구의 머리에서 나왔는가? 바로 내 머리에서 나온 것들이다.

역사가는 돌고래족의 이향(離鄕)의 역사를 계속 설명하는데, 나는 그 가운데 사실에 상치하는 점이 한둘이 아님을 발견한다.

그는 이름, 인물, 사건들에 대해 오류를 범하고 있다. 영웅과 비겁자를 혼동하고, 도살자와 희생자를 뒤바꾼다. 대학 교수라는 보호막을 쓴 그는 말도 안 되는 사실들을 주장한다. 예를 들어 이 도피는 오랫동안 준비한 계획에 따른 것이었으며, 먼저 한 무리의 척후대가 파견되어 도피할 장소를 찾아낸 뒤 대형 선박이 출발했다는 것이다. 이어 그는, 돌고래족이 〈고요한 섬〉에 집결했지만 그것은 과도적 단계에 불과했다고 지적한다. 즉, 돌고래족이 고향에서 멀리 떨어진 곳으로 간 까닭은 귀환을 더 잘 준비하기 위함이었다는 것이다. 다시 말해서 침략자 쥐 부족에게 점령된 자신들의 땅을 탈환하기 위한 침공 준비를 위해서였다는 것이다.

난 더 이상 참지 못한다.

「아닙니다! 그런 일은 절대 없었습니다. 〈고요한 섬〉에 정착한 그들은 그 누구의 땅도 침공하기를 원치 않았습니다. 그들은 단지 고요하고 평화롭게 살기를 원했을 뿐입니다. 섬의 이름부터가 그걸 말해 주고 있지 않습니까?」

「그들은 전 세계적 음모를 준비하고 있었소! 이건 확실한 사실이고, 모두가 알고 있는 바요.」

흰 콧수염 영감이 단언한다.

「그 주장의 〈출처〉는 어디지요?」

「〈우리〉는 알고 있소! 당시의 모든 기록들이 일치하고 있소! 거기에 대해선 모든 역사가들이 동의하고 있단 말이오!」

나는 내가 즐겨 말하는 그 문장을 이번에도 내뱉고 만다.

「수가 많다고 해서 틀린 것이 옳은 것은 아닙니다!」

그는 얼굴이 시뻘게진다.

「여보시오, 불쌍한 양반…… 당신은 지금 학위를 등에 업고 멍청한 소리들만 내뱉고 있는 겁니다. 나의 돌고래 백성들은 언제나 평화와 평정함만을 열망해 왔어요! 만일 해일이 밀어닥치지 않았다면 그들은 결코 〈고요한 섬〉을 떠나지 않았을 것이고, 당신은 그들의 이름조차 들어 보지 못했을 거요. 그때 아프로디테가…….」

난 말을 멈춘다. 모두가 이상한 눈으로 나를 쳐다보고 있는 것이다.

아차차, 실수했군! 〈나의〉 돌고래 백성이라니…….

「당신은 무슨 권리로 역사적 진실에 이의를 제기하는 거요?」

허연 콧수염의 사내가 내게 호통 치는데, 그 모습은 제자를 위압하는 교수의 모습이다.

「무슨 권리냐고? 죽은 이들의 권리, 희생자들의 권리요! 죽은 이들에게는 그들의 진실이 멍청한 현학자들에 의해 더럽혀지는 꼴을 보지 않을 권리가 있소! 또 희생자들에게는, 오직 폭군들의 정치 선전과 무지한 자들의 소문을 통해서만 세상을 아는 사이비 지식인들이 도살자들의 범죄를 정당화하는 꼴을 보지 않을 권리가 있소!」

허연 콧수염은 폭발 직전이다. 뇌출혈 발작 직전에 이른 그는 단지 이렇게 되풀이할 뿐이다.

「이자가 어디서 감히…… 이자가 어디서 감히…… 왜 이런 자를 부른 거요?」

진행자는 어떤 행동을 취해야 할지 몰라 잠시 망설인다. 결국 그는 나의 발언을 모르는 체해 버리기로 결정하고, 몸을 휙 돌려 다음 초대 작가를 소개한다. 머리 가닥을 반항적으로 늘어뜨린 금발 청년은 오늘 스와핑 클럽들에서 체험한 파티에 대해 이야기하러 출연했다. 이 주제는 금방 분위기를 부드럽게 만든다. 특히 금발 미남이 밤의 모험 중에 상당수의 유명 인사와 정치가들과 마주쳤다고 이야기할 때이다. 그가 〈변태 올빼미〉 카페에서 만난 유명 인사 중에는 「언어 깨뜨리기와 골라 모은 삶의 조각들」의 진행자까지 있었다고 밝히자, 화기애애함은 절정에 달한다. 당사자는 놀라운 페어플레이 정신을 발휘하여, 실제로 친구들에 이끌려 몇 번 가 본 적이 있노라고 인정한다.

이처럼 모두의 긴장이 풀어진 틈을 타서 진행자는 오늘의 마지막 초대 작가, 즉 실제 직업은 주방장인 뚱보 사내로 넘어간다. 이 사람은 최소한 자기가 아는 것만을, 미각, 시각, 후각 등 자신의 감각으로 직접 체험한 것만을 말한다. 그는 자신이 발명한 조리법, 창안한 음식이나 요리, 혹은 식탁 꾸미는 방법 등을 소개한다. 정말이지 말만 듣고 있어도 통하는 사내이다.

방송이 끝나고 분장을 지우고 나오니, 발행인 로베르가 뿌루퉁한 얼굴로 서 있다.

「아니, 대체 무슨 생각으로 그랬소? 〈신들의 왕국〉 얘기는 왜 꺼냈고? 이제 저승에 대해 나름의 확신을 지닌 사람들, 즉 거의 모든 사람이 당신에게 등을 돌려 버릴 수가 있소.」

「그 정도 위험은 감수해야죠. 이를 통해 단 몇 사람의 정신이라도 열어 줄 수가 있다면…….」

「이제 당신은 아르시발드 구스탱의 사랑을 듬뿍 받게 되었소. 그는 여러 가지 방법으로 당신을 보살펴 주겠지. 아시오? 그는 이 나라 문학계 전체를 주무르고 있는 실력자란 말이오.」

「나의 독자들은 그의 책을 읽지 않아요. 그리고 그의 독자들 역시 내 책을 읽지 않고요.」

「비평가들 가운데 상당수는 아카데미에 들어가기를 꿈꾸는 작가들이기도 하오. 그들은 아르시발드에게 아첨하기 위해서라도 당신을 깎아내릴 거요.」

「그들도 내 책을 안 읽을 것 같은데요.」

「당신 책을 꼭 읽어야만 당신을 깎아내릴 수 있는 건 아니지. 그냥 텔레비전에서 한 말만 가지고 판단할 테니까. 그들은 온갖 소문과 악담을 퍼뜨릴 거요. 그런데 그게 바로 결정적인 거요. 나중에 어떤 역사가가 당신에 대해 말할 때 참고하게 될 자료는 오직 하나, 그들의 험담밖에 없을 테니까.」

「내게는 내 독자들이 있어요. 그들은 나를 알아요. 그들은 진실을 안다고요.」

「가브리엘, 정신 차리시오! 독자의 수가 아무리 많다 해도, 그들의 성원만 가지고서는 작가로서의 입지를 견고하게 다져 나갈 수 없소. 명성은 진정한 재능보다도 중요한 거요.」

「난 명성에 얽매이지 않아요. 난 자유로운 정신의 소유자라고요.」

「조심하시오! 자유의 결과가 뭔지 아오? ……외톨이가 되는 거요. 자, 난 분명히 경고했소!」

그는 작별 인사를 대신하여 이렇게 외친다.

그와 헤어진 나는 어둠이 깔린 수도의 거리들을 따라 배회하며, 아까의 방송을 다시 생각해 본다.

제기랄, 이럴 수가 있나! 자크 넴로드가 견뎌 내야 했던 그 수구 꼴통들이 여기에 또 있다니! 18호 지구 수탉 나라의 문학계가 1호 지구 프랑스의 상황과 이 정도까지 비슷할 줄이야! 어디에서나, 아니 어떤 세계에서나 득세하고 있는 것은 결국 저런 종류의 위선자들이란 말인가?

델핀이 떠오른다.

이들과 달리 그녀는…… 너무도 아름다운 여자야!

파란 나비 프로덕션 사람들도 떠오른다.

아, 그래! 지금 18호 지구에서 얻게 된 최초의 추억들이 떠오르고 있어. 그렇담 난 여기서도 하나의 삶을 갖게 된 거지. 아에덴과는 분리된 자체의 삶을.

이곳에서의 삶을 방학을 보내러 휴가지에 온 것과 비교할 수 있을까? 과거의 문제들을 까맣게 잊어버리고, 얼마 동안 새로운 문제들에 부딪히며 살아가는 휴가지의 삶.

저들은 이제 한갓 체스 말처럼 보이지 않아. 저들은 내게 깊은 인상을 주고, 날 흥분시키고, 또 불안하게 만들지. 마치 나의 동류들처럼.

나는 사람들의 얼굴을 하나하나 쳐다본다. 길을 가르쳐 주고 있는 경찰관. 중얼중얼 같은 말을 반복하는 노파. 눈이 젖어 있는 소녀. 도로변의 도랑에다 폭죽을 던지고 있는 한 무리의 개구쟁이들. 손을 잡고 걸어가다가 걸음을 멈추고 키스를 하는 두 연인. 옆에다 〈배고파요. 도와주세요〉라는 글을 써놓고서, 무릎을 꿇고 손을 벌리고 있는 걸인.

내가 하늘에서 무심히 내려다보던 18호 지구에 사는 수십억의 인간들…… 바로 이들이었어. 이렇게 하나하나가 생생하니 살아 있는 사람들.

어떤 이들은 내가 얼굴을 유심히 쳐다보자 불쾌한 표정을 짓는다.

제5세계의 광고 포스터가 다시 눈에 들어온다. 정말이지 그들은 광고 하나는 확실하게 하고 있다. 또 다른 종류의 광고들도 눈에 띈다. 담배, 자동차, 향수, 영화 등등…….

비가 내리기 시작한다.

오늘 하루 들었던 문장들이 하나하나 다시 떠오른다. 〈수가 많다고 해서 틀린 것이 옳은 것은 아니다.〉, 〈자유의 결과가 무언지 아는가? 외톨이가 되는 것이다.〉, 그리고 내 마지막 책 제목, 〈코끼리 파는 가게 안의 도자기 인형처럼〉······.
아스콜랭은 내가 올 것을 예감했던 것일까? 그리고 이번에
출간됐다는 이 마지막 소설의 내용이 인간들 가운데 떨어져
그들로부터 일장 훈시를 듣는 처지가 된 신의 이야기라
면······ 하하하, 이 얼마나 재미난 일이냐!

그렇다면 모든 것이 딱 맞아떨어지는 거지.

나는 속으로 미소를 머금는다.

나는 호주머니에서 담배 한 갑을 발견하고, 한 개비를 꺼
내 불을 붙인다. 담배 연기를 깊숙이 빨아들이는 내 가슴속
에는 스스로를 중독시키고 있다는 죄의식과 그로 인한 쾌감
이 기묘하게 뒤섞인다.

나도 모르게 걸음을 옮기다 보니 어느새 어둡고 소란스러
운, 하지만 인적은 드문 어느 거리에 들어서고 있다. 어디 앉
아서 목 좀 축일 만한 바라도 없나 하고 주위를 둘러보고 있
는데 익살 장난감 가게의 쇼윈도 유리에 베이지색 레인코트
에 검은 모자를 쓴 사내의 그림자가 비친다. 그는 멀리서 나
를 주시하고 있다.

그의 의도를 확실히 알아보기 위해 이 골목 저 골목을 돌
아다녀 보는데, 사내는 계속 나를 따라온다.

내 사인을 얻으려는 독자인가?

종교적 광신도인가?

나는 장난감 가게 쇼윈도 앞에 멈춰 선다. 그에게 다가올
기회를 준 셈이다. 하지만 그는 그렇게 하지 않는다. 여전히
상당한 거리를 유지하고 있다.

더 이상 의심의 여지가 없다. 이 친구는 내게 뭔가 볼일이
있다. 하지만 나의 팬은 아니다. 저치를 따돌려야 한다.

나는 달린다. 그도 나를 따라 달린다.

40. 백과사전 : 코넌 도일

코넌 도일은 1859년, 스코틀랜드의 에든버러에서 태어났다. 그는 이미 어렸을 때부터 학교 신문을 만들어 거기에 단편소설을 발표하곤 했다고 한다. 의과 대학을 마친 도일은 부친의 알코올 의존으로 형편이 어려워진 집안의 가장 노릇을 해야 했다. 포츠머스에서 안과의로 개업한 그는 스물여섯 살 때 한 환자의 누이와 결혼하여 두 아이를 둔다. 이렇게 의사 일을 하면서도 글쓰기에 대한 정열을 잃고 있지 않았던 그는 1886년에 셜록 홈스가 주인공으로 등장하는 최초의 소설 「주홍색 연구」를 쓴다. 도일은 에든버러 의대 시절의 은사에게서 셜록 홈스의 모델을 발견했다고 한다. 바로 환자의 말도 듣기 전에 귀신같은 추론을 통해 질병을 알아맞히기로 유명한 조지프 벨 박사였다.

『스트랜드 매거진』지는 그의 단편 여섯 편을 실었고, 독자의 반응이 좋자 다른 작품들을 써줄 것을 요청한다. 도일은 장난삼아 당시로서는 거액인 50파운드를 고료로 요구했는데, 의외로 이 요구가 받아들여진다. 이렇게 해서 스스로의 덫에 갇히게 된 도일은 의사 일을 그만두고 작품 집필에 전념하게 된다. 이후 셜록 홈스의 모험담이 줄줄이 발표된다. 이 명탐정의 세계에는 작가 자신도 모습을 비치는데, 바로 작품의 화자이며 탐정의 파트너이고, 작가와 여러모로 비슷한 왓슨 박사이다. 하지만 추리 소설을 밥벌이 정도로만 여겼던 도일은 셜록 홈스가 자신의 삶가운데 점점 더 큰 자리를 차지해 감에 따라, 자신을 보다 진지한 문학적 노력으로부터 멀어지게 하고 있다고 생각하고는 그에 대한 혐오감마저 느끼기에 이른다. 아내의 결핵을 치료하러 스위스에 체류해야 했던 1892년, 드디어 그는 「마지막 사건」에서 자신이 창조한 인물을 죽여 버리기로 결심한다. 스위스 라이흔바흐의 한 폭포에서 불구대천의 원수 모리아티 교수와 싸우던 홈스는 악한 적과 함께 추락사하는 것이다. 독자들은 즉각적으로 반응했다. 독자들은 편지를 보내어 제발 셜록 홈스를 부활시켜 달라고 애원했다. 심지어는 도일의 어머니까지 명탐정을 구해 달라고 간청할 정도였다. 런던 거리에서는 죽은 영웅을 애도하기 위해 검은 완장을 차고 다니는 사람들을 심심찮게 볼 수 있었다. 애원이 통하지 않자 모욕과 위협이 뒤를 이었지만 코넌 도일의 뜻에는 변함이 없었다.

그는 「워털루」라는 희곡 한 편과 역사 소설들을 썼다. 또 에든버러에서 국회 의원 선거에도 출마했으나 낙선했다. 그는 여러 곳을 여행했다. 수단에서 의료 활동을 한 적이 있고, 보어 전쟁 때에는 남아프리카에서 병원장으로 근무했다. 1902년, 그는 만인의 예상을 깨고 『바스커빌가의 개』에서 셜록 홈스의 모험담을 다시 시작한다. 하지만 이 작품의 배경은 셜록 홈스가 라이흔바흐의 절벽에서 떨어지기 이전으로 설정되어 있다. 그리고 3년 뒤 『돌아온 셜록 홈스』에서 명탐정의 부활이 공식화되니, 작가는 새집을 지을 건축 비용이 필요했던 것이다. 기다렸다는 듯 작품은 대성공을 거뒀고, 도일은 더욱 화가 났다. 심지어 수신인이 셜록 홈스로 된 편지까지 받아야 했으니 그의 심정이 오죽했겠는가? 작가는 작중 인물을 점점 더 어둡게 그림으로써 복수한다. 셜록 홈스는 모르핀과 코카인 등 각종 마약 중독자가 되고, 성마른 성격의 고독한 여성 혐오주의자로 변해 간다.

1912년 코넌 도일은 『잃어버린 세계』에서 셜록 홈스의 경쟁자가 될 수 있는 챌린저 교수를 창조하지만, 홈스만큼의 인기는 얻지 못한다.

제1차 세계 대전의 참혹성을 목격하고 세상에 염증을 느낀 코넌 도일은 생의 황혼에 이르러 심령술에 경도된다(빅토르 위고처럼). 1927년 셜록 홈스의 마지막 모험담인 『쇼스콤 관(館)의 모험』이 발표된다. 그 이후로 레인코트 차림에 파이프 담배를 뻐끔거리는 이 명탐정의 모험담들은 끊임없이 재출간되고 영화화된다. 또 세계 도처에서 홈스의 팬클럽이 우후죽순으로 생겨난다. 영국의 한 셜록 홈스 연구가(〈셜로키언〉) 그룹은 셜록 홈스가 실제로 존재했다는 증거를 가지고 있다고 주장하기도 한다. 실제의 셜록 홈스, 그건 다름 아닌 작가 코넌 도일 자신이라는 것이다.

에드몽 웰스, 『상대적이며 절대적인 지식의 백과사전』 제6권

41. 피조물에게 받는 수업

나는 점점 더 빨리 달린다. 하지만 그는 나를 놓치지 않는다.

나는 골목길 몇 개를 돌다가 어느 건물 현관에 몸을 숨긴다.

베이지색 외투와 검은 모자의 사내는 나를 보지 못하고 현관 앞을 달려 지나친다.

지금은 저자의 손에 죽을 때가 아니야.

이 위기를 무사히 넘길 수 있을까? 혹시 신들이 나를 벌주기 위해, 나를 완전한 인간, 즉 죽을 수 있는 존재로 만들어 버린 것은 아닐까?

18호 지구…… 내 영혼의 종착역?

나는 다시 단순한 시체로, 더 이상 환생의 가능성도 없이 썩어 버리는 미지근한 고깃덩이로 돌아가는 걸까?

나는 잠시 기다렸다가 숨어 있던 곳을 빠져나온다. 좌우를 둘러보니 그는 이제 보이지 않는다.

오늘 밤은 혼자 있고 싶지 않아.

누구를 봐야 하나? 솔레나는 분명히 날 기다리고 있을 것이다.

하지만 내가 갈망하는 건 그녀가 아니다.

나는 델핀이 준 명함을 찾아낸 다음, 택시를 부른다.

카메레의 이름이 표시된 인터폰 버튼을 누른다.

「누구시죠?」

「가브리엘.」

「누구?」

「가브리엘 아스콜랭, 〈스스로 신으로 여기는 밉살스러운 작가〉.」

나의 솔직함이 그녀를 웃게 한다. 그녀는 다시 정색을 하고 묻는다.

「지금 몇 시인지 알아요? 신이라 할지라도 자고 있는 사람을 깨울 권리는 없다고요. 내게서 또 뭘 원하는 거죠?」

「들어가게 해줘요. 지금 난 아까의 텔레비전 방송 때문에 어떤 광신도에게 쫓기고 있어요.」

그녀는 망설인다.

「잘됐군요. 하늘 높은 줄 모르는 당신이 정신 좀 차릴 테니까요.」

「나 정말로 문제가 있어요. 농담이 아니라고요.」

「또 신성 모독을 범했나 보죠?」

「난 단지 똑같은 방식으로 생각하는 사람들로만 가득한 이 세상 가운데서 〈다른 식으로 생각하는 자유〉에 대해 말했을 뿐이에요.」

「사실은 나도 그 방송을 봤어요. 그래요. 당신의 태도는 용기 있었어요. 당신의 이교적인 신관(神觀)은 마음에 들지 않지만, 우리 돌고래족의 율법에는 곤경에 처한 사람은 절대 저버리지 말라고 적혀 있어요.」

철컹하고 자동문이 열린다.

나는 뒤를 쫓는 사람이 아무도 없음을 확인하고는 건물 안으로 들어간다. 34층까지 올라가니 문이 하나 빠끔히 열려 있다. 103호이다. 나는 들어간다.

델핀 카메레는 빨간 목욕 가운 차림에, 역시 빨간색의 수건으로 머리를 감싸고 있다. 아마 샤워를 하다가 나온 모양이다.

「오늘 저녁엔 혼자 있고 싶지 않았어요. 만일 나를 노리는 무리가 있다면, 내 집에서 기다리고 있을지도 모른다는 생각이 들기도 했고요.」

「저녁 식사는 했어요?」

「아뇨.」

그녀는 나를 거실에서 잠시 기다리게 한다. 거실에는 서가가 하나 있는데, 거기 꽂힌 책들의 주제는 오직 한 가지, 바로 돌고래족의 종교이다. 호화롭게 장정된 책을 한 권 펼쳐 본다. 아마도 그들의 공식 경전이리라.

그 첫 페이지를 읽어 본다.

태초에는 바다만이 있었다.

그리고 바다에는 돌고래들이 살고 있었다.

대륙이 출현했을 때, 돌고래들은 물에서 나와 뭍 위를 기어 다니다가 마침내 똑바로 서서 걷기 시작했다.

이렇게 해서 돌고래-인간들이 생겨난 것이다.

하지만 그들 중 몇몇은 물 원소에 대해 향수를 느끼고, 헤엄치러 바다로 돌아갔다.

그 이후 뭍과 물의 두 형제 백성은 서로를 도우며 살고 있다.

대양이 지닌 비밀의 수호자인 돌고래—돌고래들은 돌고래—인간들에게 자신들의 원초적인 지혜를 전해 준다.

많은 돌고래—인간들은 자신들이 바다에서 나왔다는 사실을 잊어버리고, 다른 동물들과 연합한 인간이 되었다. 심지어 그들은 돌고래를 죽이고 바다를 더럽히기까지 하게 되었다.

바다의 백성들과 뭍의 백성들 사이에 처음으로 대화를 재개한 인물은 〈어머니〉라는 이름의 여인이었다.

이 여인은 직관을 부여받았고, 그 직관을 통해 잊혔던 신성한 끈을 다시 발견했다. 뭍의 백성들과 물의 백성들 사이의 소통을 다시 시작한 이가 바로 그녀인 것이다.

자, 바로 이런 식으로 18호 지구의 돌고래 인간들은 나의 가르침을 소화했던 것이다. 모든 사실들이 아이들도 이해할 수 있는 내용으로 윤색되고, 정당화되고, 보다 조화롭게 바뀌었다. 하지만 나는 돌고래—인간들과 돌고래—돌고래들 간의 그 역사적인 만남을 생생히 기억하고 있다. 아닌 게 아니라 그 주인공은 한 여인이었다.

그러나 그녀에게 그 대화의 욕구를 불어넣어 주는 일은 이글의 내용처럼 그렇게 쉽지만은 않았다. 나는 또 Y 게임의 첫 경기들이 어떻게 진행되었는지도 기억한다. 어떻게 직관을 통해 그들에게 위기를 알렸는지, 어떻게 대충 뗏목을 만들어 몇몇 생존자를 극적으로 구해 냈는지, 어떻게 깨어나서도 꿈속의 일을 기억해 낼 수 있는 영매들에게 메시지를 보냈는지를. 그들은 끊임없이 잊고, 엉뚱하게 이해하고, 재해석해 왔다.

그리하여 그 모든 것의 결과가 바로 이것, 이『돌고래 성경』이다. 내가 행한 신 게임을 이 체스 말들이 나름대로 이해하여 이야기의 형태로 남겨 놓은 것이다.

델핀이 돌아온다. 진청색의 티셔츠 차림이다. 내가 성경을 읽고 있는 동안, 그녀는 즉석에서 데워 먹는 요리 몇 가지를 가스레인지 위에다 올려놨다.

그녀는 재빨리 식탁보를 깔고 수저, 포크 등을 늘어놓은 다음, 푸른색 음식, 노란색 음식이 가득 담긴 접시들을 내밀면서 자신은 채식주의자라고 설명한다.

떠먹어 보니, 음식이 모두 맛있다.

「하지만 여기서 자고 갈 수는 없어요. 집에 들어가는 게 무섭다면 호텔로 가세요.」

그녀는 경고한다.

「돌고래족 율법에 따르면 재난을 당한 사람은 집에 받아들여야 하는 걸로 알고 있는데요?」

「돌고래족 율법은 율법이고, 내 개인적인 생활 수칙은 따로 있어요. 당신은 남자고 난 혼자 사는 여자라고요. 나는 이웃들을 포함하여 세상 사람들이 내 등 뒤에서 수군대는 게 싫단 말이에요.」

「이웃들이 당신을 감시하나요?」

「앞집에 사는 여자는 종일 문구멍에 눈을 붙이고 살아요. 복도에 돌아다니는 동시대 사람들을 관찰하는 것이 그녀가 가장 즐기는 취미죠. 그런 다음 자기의 관찰 내용을 건물의 모든 주민에게 아주 상세하게 보고한답니다. 대부분 은퇴하여 그녀만큼이나 할 일 없는 노인네들이죠.」

그녀는 음식에 넣어 먹으라고 향신료를 건네준다. 후추도 아니고, 고춧가루도 아니다. 노란색 분말과 주황색 분말이다. 맛을 보니 1호 지구의 카레와 비슷한 것도 같다.

「그래서 곤경에 빠진 사내를 쫓아내야만 하겠다……. 그렇다면 만일 내게 당신을 유혹하고 싶은 마음이 있다면요?」

「나를 설득할 수 있어야겠죠.」

「내가 당신의 종교를 만들었소. 자, 이 정도면 충분하지 않나요?」

「또 그 과대망상 증상이 나오는군요. 그러다가는 사람들이 당신에 대해 하는 말을 나도 믿어 버리겠어요.」

「믿지 말고…… 직접 실험해 보라고요. 인간이 신을 만날 수 있는 기회가 매일 오는 것은 아니잖아요?」

그녀는 부엌으로 가더니 두꺼운 장갑을 낀 손으로 투명한 그릇 하나를 들고 온다. 브로콜리를 사이사이에 넣고 베샤멜 소스를 끼얹은 라자냐같이 생겼다.

「설득력이 전혀 없어요. 하지만 나도 게임을 좋아하니 이렇게 해요. 자, 지금부터 점수를 따려고 노력해 봐요. 내 맘에 드는 말을 해봐요. 당신이 얼마나 나에 대해 알고 있는지 보고 싶어요.」

「점수라? 좋아요. 이렇게 한번 말해 보죠. 당신이 내 종교에 열정을 바치는 모습이 아주 마음에 든다.」

「그건 〈당신의〉 종교가 아니에요. 빵점.」

「그러면 이렇게 말해 봅시다. 난 돌고래 〈철학〉이 아주 좋다.」

「흠, 그건 좀 더 단순하네요. 좋아요, 격려의 의미로 1점.」

「오늘 밤 여기서 자려면 몇 점이 필요하죠?」

「20점.」

「당신과 섹스를 하고 싶어요.」

「그럴 줄 알았어요. 빵점.」

「이런! 난 진지하게 말하건만 보상이 없네.」

그녀는 내게 포도주를 따라 준다. 그러고는 정색을 하며 나를 쳐다본다.

「당신은 스스로가 〈나의 신〉이라고 말하고 있고, 오직 당신에 대해서만 말하고 있어요. 혹은 〈당신이〉 나를 〈원한다〉고 말하죠. 하지만 당신은 단 1초라도 나라는 사람 자체에 관심을 가져 본 적이 있나요? 단 한순간이라도 나, 이 델핀 카메레가 어떤 사람인지 생각해 본 적이 있나요? 내가 볼 때 당신은 완전히 자기중심적인 과대망상증 환자일 뿐이에요!」

내가 과대망상증 환자라고?

「자신을 신으로 여기다니, 세상에 그런 참람한 태도가 어디 있죠? 그건 과대망상, 우월감 콤플렉스예요. 아마 당신 부모가 당신을 왕자처럼 떠받들어 모셨거나, 애지중지 버릇없이 키웠겠죠. 아니면 형편없이 짓뭉개 버려서 그 반발로 자신을 지나치게 높이고 있는 거든지.」

「아니요! 나는 절대로 당신을…….」

「과대망상증은 병이죠. 정신 병원에 가면 그런 사람들 많아요. 그들은 자기를 뭐라고 하는지 아나요?」

나라고 하겠지.

「……자기가 〈우리 주님〉이라고 하죠.」

나는 포도주를 마신다. 그녀는 물만 마시고 있다. 이 젊은 여인이 점점 더 매력적으로 보이기 시작한다. 이런 사람이 처음에는 예쁘다는 생각조차 들지 않았다니! 한 시간 한 시간 시간이 흐름에 따라 그녀에 대한 나의 시각은 완전히 바뀌어 가고 있다.

「그럼 델핀 카메레, 당신은 어떤 사람이죠?」

「우선 내 신앙은 하루아침에 생겨난 게 아니라 아주 오래된 거예요. 우리 가족은 세계 대전 때 몰살당했고, 숙모님이 나를 거두셨는데, 그분은 오랫동안 내 종교를 숨기셨지요. 나중에 내 뿌리를 알게 된 나는 우리 돌고래 문화 속에 완전히 뛰어들게 되었어요. 심지어는 그때까지의 평범한 삶과 컴퓨터 공부도 중단하고, 돌고래 수도원에 들어가 3년을 보냈죠.」

「세상에나!」

「거기서 나는 매일 신앙 수행을 했어요. 자연에 대한 존중, 타인에 대한 존중, 특히 자기 자신에 대한 존중을 기반으로 한 수행이었죠.」

그녀는 다시 내게 포도주를 따라 준다. 하지만 난 더 마시고 싶지 않아, 대신 맑은 물을 찾는다.

「돌고래 수도원의 생활은 어떻죠?」

「동이 틀 때 기상해요. 대개 아침 6시죠. 그다음엔 유연체조를 하죠.」

그래. 내가 그들에게 요가를 가르쳐 주었지.

「이어 집단 파동을 발출하기 위한 다성 음악적 찬송. 우리 행성 전체를 위한 기도. 돌고래족의 위대한 현자들이 남긴 글에 대한 토론. 그런 다음 함께 점심 식사를 하죠. 고기나 술은 없어요. 담배와 커피도 없고요.」

「섹스도 없나요?」

「섹스는 허용돼요. 아니, 에너지를 깨워 주기 때문에 권장

되기까지 하죠. 하지만 그 수도원에는 여자들밖에 없었고, 나는 같은 여자들에겐 끌리지 않는답니다. 또 그것은 종교하고는 아무런 상관이 없어요. 나는 육체적 공감을 맛보기 위해서는 우선 강한 정신적 유대가 있어야 한다고 생각해요. 그런데 정신적 유대란 시간이 흐르면서 단계적으로 형성되는 거죠. 〈어머니〉는 이렇게 말씀하셨어요. 〈시간을 들여 만들지 않은 것은 시간을 견뎌 내지 못한다.〉」

알았어. 오늘 밤 섹스하기는 글렀단 말이군.

「또 〈어머니〉는 우리에게 무술과 호흡법, 그리고 현재를 의식하는 법, 자연을 이해하는 법을 가르쳐 주셨죠. 〈욕망이 없으면 고통도 없다.〉 이것이 그분의 금언 중의 하나였어요.」

방에 걸린 그림 한 점을 살피던 나는 거기에 D. K. 즉 델핀 카메레의 서명이 있음을 발견한다. 그녀는 파란 나비 프로덕션의 미술 감독일 뿐 아니라, 화가이기도 하다는 얘기다. 작품이 묘사하고 있는 것은 서로 얼싸안은 한 쌍의 남녀, 한데 섞여 들어 하나의 구름을 이루는 두 몸이다. 색채는 매우 부드럽고, 인물들의 얼굴은 모든 것에서 초탈한 듯 평온하기 그지없다.

「내가 당신에게 욕망을 품는다면 어떻게 되죠?」

「고통받겠죠.」

나는 물을 내려놓고 결국 포도주로 돌아온다.

이거야 원! 내가 한갓 인간 여인한테서 영성과 지혜에 대해 배우고 있다니! 게다가 그녀는 이 모든 지식을 조상들에게서 물려받은 거고, 이걸 그들에게 전수해 준 건 결국 나인데 말이야!

「뭐가 그리 우스워 웃고 있죠, 과대망상증 환자님?」

「당신한테서 배워야 할 게 아주 많은 것 같다고 생각했죠.」

「우선 이것부터 말해 줄게요. 당신은 항상 뭔가 불안하고 초조하고 조급해 보여요. 좀 평정한 마음을 되찾을 필요가 있을 것 같아요. 내가 간단한 명상법 하나를 가르쳐 줄까요?」

「기꺼이 배우겠습니다.」

「자, 그럼 몸을 똑바로 해봐요.」

나는 그녀가 시키는 대로 한다. 등을 쭉 펴서 의자 등받이에 붙이고 두 손은 무릎에 올려놓는다.

「깊게 호흡하세요.」

나는 숨을 들이켠다.

「현재의 순간을 의식해요. 바로 이 순간만을 사는 거예요. 자, 이제 우리는 오감을 사용할 거예요. 지금 당신 눈앞에 보이는 것들을 묘사해 봐요. 색깔도 하나하나 눈여겨보고요.」

「갈색 머리에 검은 눈의 여인이 한 명 보여요. 아주 예쁜 여자예요. 빨간 부엌. 하얀 냄비들. 주황색 식탁 하나. 하얀 쟁반 하나. 구름에 싸인 한 쌍의 남녀를 그린 파란 그림 한 점.」

「좋아요. 이제는 눈을 감아 봐요. 귀에 들리는 것을 말해 봐요.」

「음식이 냄비 속에서 보글거리는 소리가 들려요. 벽 뒤에서 고함치며 싸우고 있는 이웃집 소리가 들려요. 창에 부딪치는 바람 소리도 들립니다.」

「계속 눈을 감고 있어요. 무슨 냄새가 나죠?」

「파스타 냄새, 타임 냄새, 세이지 냄새. 그리고 소금 냄새,

트 향인데 라일락이나 백합 같은 꽃향기가 기조를 이루고 있
군요. 아니, 오히려 백단 같은 무슨 나무 향 같기도 하고.」

「입 안에는 어떤 맛이 느껴지나요?」

「브로콜리 라자냐 맛이 아직 남아 있어요.」

「촉감은?」

「엉덩이 밑에 의자가 느껴지고요, 두 발에는 바닥, 두 팔
아래로 식탁, 그리고 입고 있는 옷의 무게도 느껴져요.」

「좋아요. 이제는 다시 눈을 뜨고 당신의 감각들을 통해 받
아들인 모든 정보들을 한데 섞어 봐요.」

그렇게 해봤더니, 모든 것이 한층 강렬하게 느껴진다. 그
녀는 내 손을 잡는다. 내가 지금껏 얻은 정보들에 자신의 피
부 감촉을 덧붙인 것이다.

「당신은 진정으로 여기에 있어요. 지금, 여기, 그리고 나와
함께.」

나는 지금 그녀로부터 엄청나게 중요한 수업을 듣고 있는
중이다. 신의 세계를 경험한 뒤에, 이제 육체를 입은 인간의
삶을 철저하게 체험하고 있는 것이다.

이러한 상황은 1호 지구에서의 일을 떠오르게 한다. 자전
거를 탈 때 나는 자전거보다 한 단계 높은 차원에 속한 것이
라고 느껴지는 자동차를 갖는 것을 꿈꿨다. 난 자동차를 갖
게 되었다. 그런데 어느 날, 내가 탄 자동차가 정체된 도로에
서 거북이걸음을 하고 있는데 옆에 자전거가 나를 추월해 가
는 거였다. 그때 나는 깨달을 수 있었다. 자전거가 자동차보
다 더욱 흥미로운 것일 수 있다는 사실을.

그렇다. 인간의 삶은 신의 삶보다 더 흥미로울 수 있고, 내

영혼에 더 교육적일 수 있다.

그렇다면 모든 것이 완벽해진다. 나는 지금 유배되어 18호 지구의 인간 가운데 떨어진 신세이다. 하지만 이것은 내게 형벌이기는커녕, 오히려 내 영혼이 더 높이 상승할 수 있는 좋은 기회가 될 수 있다. 아니, 이 하강은 상승을 위해 꼭 필요한 단계인지도 모른다.

「난 당신이 아는 걸 내게 가르쳐 주기를 원해요.」

나는 말한다.

「그럼 이것부터 말하죠. 〈나는 원한다〉라고 하지 말고 〈나는 바랍니다〉라는 표현을 쓰도록 해요. 그게 첫 번째 교훈입니다.」

「난 당신이 내 선생님이 돼주길 바랍니다.」

「두 번째 교훈. 마음을 가라앉혀요. 당신은 항상 조급하고 흥분되어 있는데, 그런 모습은 좋지 않아요. 모든 것은 때가 되면 오는 법이에요.」

「하지만 지금 내게 걸려 있는 문제는 너무도 중요한 것이라서…….」

「지구의 종말도 내일까지 기다려 줄 수 있어요.」

「좋아요. 노력해 보죠.」

「당신의 선의가 가상해서 1점을 가산하겠어요. 총 20점에서 2점을 얻은 셈이죠. 자, 이제는 떠나 주세요.」

「다음 수업은 언제죠?」

「학생이 준비되면 선생은 자연히 와요.」

점입가경이다. 이 문장은 원래 에드몽 웰스가 한 말로서, 내가 돌고래족의 한 영매에게 전해 주었던 것이다.

그녀는 몸을 일으켜 내게 재킷을 내민 다음, 조용히 현관

문을 가리킨다. 이렇게 다시 길거리로 쫓겨난 신세가 된 나는 인적 끊긴 대로들을 따라 걷는다. 새벽 1시다. 나는 집에 돌아와 소파에 털썩 주저앉는다.

전화벨이 울린다.

수화기 너머에서 들리는 목소리의 임자를 금방 알아차린다. 나는 그녀가 말하는 것을 듣고 있다.

「미안하지만 안 돼, 솔레나. 난 내일 갈 수 없어. 그리고 우리 둘 만나는 거, 이제 그만두었으면 해.」

「다른 여자가 생긴 거야?」

「응.」

나는 가브리엘의 약혼녀, 즉 지금 대화하고 있는 이 솔레나의 사진을 본다. 〈이전의 나〉는 도대체 저 여자의 어디가 좋았던 것일까? 에드몽 웰스는 이렇게 말하곤 했다. 〈사랑이란 지성에 대한 상상력의 승리다.〉나의 상상력은 이 사람에게 엄청난 크기와 광휘를 부여했었나 보다.

수화기에서 뭔가 특징적인 소리가 들려온다.

「울지 말라고, 솔레나. 네게는 나보다 더 나은 남자가 어울린다고 생각해.」

「나쁜 자식!」

그녀는 쾅 하고 전화를 끊는다. 됐다! 이제 내 감정의 공간에는 오직 델핀만이 남아 있을 뿐이다. 게임이 쉽지는 않을 터이지만, 최소한 규칙만큼은 명확하다.

총 20점에서 2점 획득…….

나는 서재로 가서 『코끼리 파는 가게 안의 도자기 인형처럼』을 빼 든다. 첫 번째 페이지를 펼쳐 보니 이렇게 쓰여 있다. 〈이 책을 솔레나에게 바친다. 이 비천한 세상에서 그녀가

없었다면 난 얼마나 외로웠을까!〉

음…… 그리고 보니 내가 가브리엘 아스콜랭의 가게에서 도자기 인형 하나를 깨버린 것 같기도 하다. 하지만 무슨 상관이랴? 엄밀히 말해서 내가 이 친구는 아니지 않은가? 나는 내 마음 가는 대로 처신할 권리가 있지 않은가?

나는 다시 한 페이지를 넘기고 첫 번째 장(章)을 읽는다.

때로는 이 행성이 낯설게 느껴진다. 그리고 여기에 사는 생명체들, 이른바 나의 〈동류〉라고 하는 자들은 나를 결코 이해하지 못할, 그리고 나로서도 결코 이해할 수 없는 기이한 동물들처럼 보인다. 내가 느끼기에 그들 안에는 두려움이 많다. 그리고 그들이 두려움을 견뎌 내는 방식 중의 하나는 포식자가 되는 것이다. 다른 이들을 겁에 질리게 함으로써 스스로를 안심시키는 것이다.

이 작품이 자전적인 글이 아니기를 빈다. 자신의 너절한 개인사에만 관심 있는 작가들은 정말이지 질색이다.

나는 계속 읽어 나간다.

대충의 줄거리가 이해되기 시작한다. 주인공은 질이라는 이름의 사내인데, 그의 쌍둥이 형은 사회 안에 완전히 녹아 들어가 있는데 반해 그는 이 세계 안에서 이질감을 느낀다. 그의 형은 보험 회사 사원이고, 그는 희귀한 도자기 제품을 제조하고 장식하고 판매하는 일을 한다.

여기에 사랑 이야기가 끼어든다. 두 형제는 같은 여자를 사랑한다. 두 사람이 〈암코끼리〉라고 부르는 몸집이 큰 여인이다. 그리고 범죄 이야기도 섞여 있다. 질의 형은 부친의 보험을 들어 놨는데, 포커에서 돈을 잃어 빚을 지자 보험금을 타려고 아버지를 살해한 것이다. 질은 부친의 살해범을 알아내기 위해 수사를 벌인다.

결국 질은 걸작을 제작한다. 암코끼리 형상의 거대한 도자기 인형이다. 그 도자기 작품 측면에 그는 부친을 살해하는 쌍둥이 형의 모습을 묘사해 놓았다. 이런 식으로 자신의 수사 결과를 밝힌 것이다. 이 도자기 코끼리는 한 문화 박람회에 전시되지만, 쌍둥이 형은 자신의 범죄가 발각될까 두려워 도자기를 파괴하고 만다.

작가는 책의 말미에서 자신이 이 작품을 쓰면서 어떤 음악을 들었는지 밝히고 있다. 물론 이 행성의 앨범들이어서, 나로서는 아는 곡이 하나도 없다. 나는 또 다른 책을 집어 든다. 『여인들의 행성』이라는 책으로, 남자들은 모두 사라지고 여자들만 남은 세계에 대한 이야기이다. 부제는 〈지구 위에 여자들만 남고, 남자들은 전설이 되어 버린 어느 날〉이다. 이 책은 〈카리나〉라는 이름의 또 다른 여자에게 헌정되었다.

정말이지 이 친구는 작품마다 뮤즈를 하나씩 두는 모양이다. 또 이 책의 말미에도 글을 쓰며 들은 음악 목록이 실려 있다. 왜 컴퓨터마다 헤드폰이 연결되어 있는지 이제 이해가 된다. 음악은 글쓰기 중에 그를 지탱해 주고 나아가게 하는 힘이다. 한편으론 글에 리듬을 부여해 주기도 하리라.

세 번째 책을 펼친다. 범죄 수사 이야기인데, 여기서 유일한 증인은 나무 한 그루이다. 이야기는 생각하는 나무의 관점에서 서술되고 있다.

보아하니 지금 내가 몸속에 들어와 있는 이 가브리엘 아스콜랭은 정말이지 생각이 사방팔방으로 튀는 친구이다. 그의 생각은 통제라는 걸 모르는 동시에, 한계 또한 없다.

아스콜랭은 글 쓰는 것을 엄청나게 즐거워하는 친구인 것 같다. 그래서인지 글이 상당히 유쾌하다.

그의 몸속에서 지내는 것도 괜찮다는 생각이 들기 시작한다. 그는 작가다. 고독한 직업이긴 하지만 최소한 자기 시간을 마음대로 관리할 수 있다는 장점이 있지 않은가. 더욱이 이 가브리엘이 델핀 카메레와 감정적인 관계를 갖기 시작함에 따라 그 안의 모든 것이 새롭게 태어나고 있는 느낌이다. 새 책을 계획하게 되었고, 새 뮤즈가 생겼다. 나이기도 하고 그이기도 한 새로운 존재가 새로운 창조 과정을 시작한 거다. 그렇다. 이제 나는 그처럼 음악을 들으면서 즐겁게 글을 쓰기만 하면 된다. 당장 내일 아침부터 시작하리라. 나는 다시 여기저기를 뒤져 본 끝에 그의 작업 노트들을 찾아낸다.

펼쳐 보니 그림, 명함, 작중 인물에 대한 인덱스카드, 화살표 등으로 표시한 전체 스토리 도식 같은 것들이 들어 있다. 그가 써놓은 메모를 읽다 보니 노트 한쪽 구석에 〈글쓰기를 위한 충고들〉이 보인다. 그는 〈평행 스토리 기법〉에 대해 말하고 있다. 여러 개의 이야기가 번갈아 나오며 이어지게 하되, 영화의 시퀀스들처럼 자유롭게 잘라서 몽타주를 한다는 것이다. 소설의 특정 장면들이 독자의 상상 속에서 생생하게 떠오를 수 있게끔, 그 장면들을 분명하게 시각화해 보는 〈스토리 보드〉 기법에 대해서도 말하고 있다. 또 그에게 아주 중요한 의미를 지니고 있는 듯이 보이는 한 개념에 대해서도 언급하고 있다. 바로 〈미장아빔〉의 개념이다.

그렇게 그의 책을 읽고 있으려니 피로감이 눈꺼풀을 무겁게 눌러 온다. 이제 나 자신이 잠이라는 이름의 미장아빔 속으로 빠져든다.

42. 백과사전 : 미장아빔

〈미장아빔Mise en Abyme〉이란 한 작품 안에 또 하나의 작품을 집어넣는 예술적 기법을 말한다. 예를 들어 이야기 안에 이야기를, 이미지 안에 이미지를, 영화 안에 영화를, 음악 작품 안에 음악 작품을 집어넣는 것이다.

문학의 경우, 우리는 이러한 방식의 서사 기법을 얀 포토츠키의 『사라고사에서 발견된 원고』에서 발견할 수 있다. 18세기에 쓰인 이 소설은 한 이야기 속에 이와 유사한 다른 이야기가 들어가 있고, 또 이렇게 삽입된 이야기 속에 또 다른 이야기가 삽입되는 식의 중층적인 구조로 이루어져 있다.

회화의 경우를 보자. 1434년 얀 반 에이크는 「아르놀피니 부부의 결혼」의 중앙에 거울 하나를 위치시킴으로써 〈이미지 속의 이미지〉를 보여 준다. 다시 말해서 거울 속에 아르놀피니 부부의 뒷모습과 함께 그들을 그리고 있는 화가 자신의 모습이 보이는 것이다. 얀 반 에이크의 이런 절묘한 회화적 아이디어는 후대의 다른 많은 작품들에서 다시 사용되었는데, 그 대표적인 경우가 디에고 벨라스케스의 「시녀들」로, 이 작품 안에는 그림을 그리고 있는 화가 자신의 모습이 포함되어 있다. 더 후대에 와서는 살바도르 달리가 작품에서 이러한 현기증 나는 시각적 효과를 자주 보여 주었다.

광고 분야에서도 미장아빔 구조를 찾아볼 수 있다. 프랑스의 유명한 치즈 〈웃는 암소〉의 용기 뚜껑에 그려진 그림이 그 예이다. 뚜껑 속 웃는 암소는 귀에 귀걸이를 하고 있는데, 그 귀걸이 안에 다시 똑같은 귀걸이를 한 암소 그림이 들어 있는 식으로 같은 이미지가 무한히 반복되는 것이다.

영화에서도 이런 기법은 빈번하게 사용된다. 예를 들어 「망각의 삶Living in Oblivion」(1995, 톰 디칠로 감독), 「상자 속의 악마Le Diable dans la boîte」(1977, 피에르 라리 감독), 「플레이어The Player」(1992, 로버트 올트먼 감독) 등은 영화를 촬영하는 영화 제작 팀의 이야기를 그리고 있다.

또 과학의 영역에서, 수학자 브누아 망델브로는 전체의 기하학적 형태와 유사한 작은 기하학적 형태가 존재한다는 사실에서 착안하여 1974년에 프랙털 이론을 제시하기도 한다.

어떤 영역에서 사용되든 간에 미장아빔은 최초의 시스템 안에 끼워지거나 감추어진 하위 시스템들을 만들어 냄으로써 우리로 하여금 현기증을 느끼게 한다.

에드몽 웰스, 『상대적이며 절대적인 지식의 백과사전』 제6권

43. 글쓰기

나는 꿈을 꾼다.

꿈속에서 나는 작가인데, 독자 사인회 중에 만난 한 여성 독자가 어떤 주제에 대해 얘기하고 싶다고 말한다.

내 책들을 읽고 나름대로 이해한 것들을 말해 주고 싶다는 것이다. 그러고서 그녀가 말하기 시작하는데, 난 나보다도 그녀가 내 책들을 더 잘 이해했다는 사실을 깨닫는다.

세상에! 어떻게 이런 일이 있을 수 있는가?

나는 그녀에게 여러 가지를 질문해 보는데, 그녀는 나 자신의 작업에 대하여 엄청나게 많은 것을 가르쳐 준다.

「최근 작품에서 당신은 1 더하기 1은 3이라고 말하고 있어요. 그런 다음 이를 수학적으로 논증해 보이는데, 이때 당신의 논증은 어찌 보면 불가능한 것으로 여겨질 수 있죠. 논증

과정 중에 0으로 나눠야 하는 때가 있는데, 이는 수학자들이 금지하고 있는 일이거든요. 하지만 바로 여기에 당신의 위대한 발견이 있는 거예요. 왜 학자들은 그걸 금지할까요? 0으로 나누면 그 결과는…… 무한이 되기 때문이에요. 그리고 무한이란 것은 철학에서도 그렇지만 수학에서는 받아들일 수 없는 개념이기 때문이죠. 하지만 당신은 자유사상가로서 과감하게 한계를 초월해 나가죠. 따라서 당신의 1 더하기 1은 3일 뿐 아니라, 동시에 무한, 다시 말해서 우주 전체를 채우는 완전한 사랑이라고도 할 수 있어요.」

나는 결국 수첩을 꺼내어 메모를 하지 않을 수 없다. 심지어는 제대로 이해하기 위해 다시 한번 천천히 말해 달라고 그녀에게 부탁까지 해야 한다.

아, 얼마나 씁쓸한 느낌인가! 다른 사람에게는 너무도 유익하지만 자기에게는 전혀 그렇지 못한 작품을 산출한 예술가로 남아 있는 느낌.

꿈속에서, 나는 다른 사람들을 이해하게 만들어 주는 작가보다는 차라리 작가 덕분에 이해하게 되는 독자가 되고 싶어 한다. 나 역시 내가 만든 작품을 천진하게 즐기고 싶어 한다. 작품의 결말이나 살해자의 정체를 숨기는 신비로운 전개를 따라가면서, 페이지가 넘어감에 따라 모든 것이 하나하나 밝혀지는 재미를 느껴 보고 싶어 한다. 이 여성 독자는 내가 세계를 바라보는 자신의 방식을 바꿔 주었다고 말하고 있지만, 나 역시 책들로부터 가르침을 얻고 나의 세계관들을 변화시켜 보고 싶어 한다.

나는 꿀벌이야. 꿀을 만드는 것은 나의 천직이고, 그 일을 하며 즐거움을 느끼기도 하지만, 정작 그 꿀의 가치에 대해서 난 아무것도 몰라. 내 꿈을 분석해 주는 다른 사람의 도움이 필요한 처지인 거야. 난 꿈을 산출하지만 꿈을 모르지. 난 그걸 먹지 않아. 아, 난 정말 알고 싶어. 내 꿈은 대체 어떤 맛일까?

여성 독자는 계속 말하고 있다. 그 말을 듣고 있으려니 답답함과 억울함의 감정이 커져만 간다.

놀랍게도 이 꿈속에서는 괴물들도, 알록달록한 색깔들도, 괴상망측하게 행동하는 사람들도 나타나지 않는다. 나의 꿈은 너무도 사실적이어서, 어느 순간 나는 꿈속에서 자러 들어가고, 잠이 든다.

나는 꿈속에서 잠이 깬다.

그리고 꿈속에서 잠이 깨었던 사람이 또 잠이 깬다. 이렇게 또 깨어나고, 또 깨어난다. 꿈의 세계의 미장아빔인 셈이다. 그것은 두 거울 사이에 위치한 사람의 영상이 스스로를 반영하면서 무한히 증식해 가는 것과도 같다.

마지막으로 깨어나서 이 세계만큼은 안정되었다고 느낀 사람은 확인을 위해 자신을 꼬집어 본다.

나는 눈을 뜬다. 작가 가브리엘 아스콜랭의 침실에는 조금의 변화도 없다. 침대, 천장, 창문……. 난 여전히 18호 지구에 있는 것이다. 또 욕실 거울을 통해 보이는 얼굴을 통해 판단하건대, 나는 여전히 가브리엘 아스콜랭이다.

〈이 사람〉 얼굴 좀 씻어 주고, 수염 좀 깎아 줘야겠군.

나는 이 사람의 평소 생활 습관이 어떤지 알아내기 위해 잡지에 나온 기사나 인터뷰 등을 읽어 본다. 그는, 자신은 아침마다 노트북 컴퓨터를 들고서 자기가 사는 건물 아래층에 있는 카페로 일하러 내려간다고 말하고 있다. 거기서 신문을 읽으면서, 커다란 플랑[6] 하나를 먹고 물을 잔뜩 마신단다.

나는 이 매일의 의식을 따라 해본다. 신기하게도 내 몸은 자체의 기억이 입력되어 있는 듯 자동적으로 움직인다. 카페에 들어가니 종업원들이 나를 잘 알고 있는 듯 반갑게 인사하며, 주문하지 않았는데도 크림을 잔뜩 얹은 플랑 하나와 물병 하나를 가져다주고, 신문도 한 부 건네준다.

웨이터는 오늘의 시사 현안들에 대해 말하기 시작한다. 정말이지 이 웨이터를 화나게 하는 일이 너무도 많은 것 같다. 날씨부터 정치가들의 발언에 이르기까지.

「그런데 한 가지 묻겠는데요. 내가 이렇게 아침마다 여기서 글을 써온 게 얼마나 되었죠?」

그는 이상한 눈으로 나를 쳐다본다.

「에, 그러니까…… 이 동네에 살기 시작했을 때부터니까, 한 7년 됐죠.」

「아, 그럼 내가 전에는 어디서 살았나요?」

나는 그를 안심시키기 위해 농담하는 듯, 일부러 익살스러운 표정을 지어 보인다. 그는 고개를 끄덕이며 멀어져 간다.

나는 신문을 읽는다.

신문들은 언제나 똑같은 주제들을 또 전하고 있다. 전쟁, 살인, 강간, 파업, 인질 납치, 테러리즘, 소아 성애증, 공해…… 문화 쪽으로는 추상화의 경향과 오로지 자신의 개인적 문제에만 천착하는 경향. 정치 쪽으로는 공약들, 데마고기, 그리고 모든 것을 말하지만 결국 아무런 의미도 없는 텅

---

6 우유, 계란, 밀가루, 설탕 등을 재료로 하여 굽거나 쪄서 만든 서양과자. 영어로는 커스터드라고 한다.

빈 수사(修辭)들……. 사진은 스포츠난에만 유일하게 실려 있는데, 온몸이 스폰서 로고들로 뒤덮여 신이 나서 웃고 있는 애송이 억만장자들의 얼굴과, 단지 공을 이쪽에서 저쪽으로 잘 운반한다는 이유 하나로 그 애송이들을 우상으로 삼은 군중들이 열광하는 모습이 담겨 있다. 이처럼 도처에서 승리하고 있는 것은 거짓, 멍청함에 대한 옹호, 그리고 분열되어 있기에 더욱 무력해진 지성의 마지막 보루들에 대한 뻔뻔스러운 자들의 손쉬운 승리이다. 가축 떼처럼 멍청해진 무리들은 음험한 사료를 먹으면서 더 달라고 열렬히 외쳐 댄다.

이제 가브리엘 아스콜랭의 창작 과정이 이해되기 시작한다. 이렇게 신문을 읽고 있으면, 모든 민감한 정신이 지니는 영감의 주요 근원이라 할 수 있는 분노가 치밀어 오르는 것이다. 아드레날린이 서서히 혈관을 달궈 간다.

됐다! 이젠 준비됐다!

나는 노트북을 켜고 쓰기 시작한다.

처음에는 서서히 진행한다. 배경들의 윤곽이 떠오르고, 차차 그곳의 분위기가 느껴진다.

나는 배경을 묘사한다. 게임의 무대. 올림피아. 아에덴. 그곳을 보다 생생히 느껴 보기 위해 종이 식탁보 위에 섬의 지도를 그려 보기까지 한다.

그런 다음 체스 게임의 말들을 위치시킨다. 신 후보생들. 스승 신들. 괴물들. 처음에는 실루엣이 나타났다가, 점점 더 생생한 모습으로 다가온다.

나는 세부적인 배경들을 추가한다. 가구들. 태피스트리. 카펫. 잔디밭. 숲.

그리고 하위의 체스 말들. 엑스트라들. 수십억의 인간들.

나는 색채, 음향, 말[言], 냄새 등도 배치한다. 단어들은 감각적 자극들을 유발하여, 이 모든 것을 실제로 느끼는 듯한 인상을 받게 한다.

글을 쓰며 창조하는 일은 정말이지 너무도 재미난 일이다. 나는 점점 더 빠른 속도로 자판을 두드린다.

이 과정은 아주 자연스럽게 이루어진다. 내 생각은 시냇물처럼 콸콸 흘러나오고, 나는 그 생각이 사방으로 튀지 않고 한 방향으로 흘러가도록 잘 붙잡아 주기만 하면 된다.

이제 내 생각은 뛰어간다.

손가락은 자판 위를 달리고, 어느 순간 나는 쓰면서 미소 짓고 있는 나 자신을 발견한다. 몸이 온통 땀에 젖어 있다. 글을 쓸 때, 나는 운동을 할 때만큼이나 체중이 빠진다.

흥분이 고조된다. 내 작중 인물들은 사방으로 내달린다. 어떤 이들은 죽고, 어떤 이들은 태어난다. 나는 내 안에서 선함을 길어 내어 너그러운 인물을 창조하기도 하고, 음흉함을 찾아내어 못된 놈들을 만들어 놓기도 한다.

10시 15분, 제동이 걸린다. 작중 인물 중 하나가 문제를 해결하지 못하여 글이 더 이상 나아가지 못하게 되었기 때문이다.

그러자 자크 넴로드가 작가였을 때 들려주었던 일화가 떠오른다.

1호 지구에서 1860년에 일어난 일이다. 소설가 피에르 퐁송 뒤 테라유는 한 일간지에 로캉볼의 모험 이야기를 연재하고 있었다. 어느 날 그는 주인공을 쇠사슬로 칭칭 동여매어 돌덩이가 꽉 찬 관에다 가둔 다음, 악당들로 하여금 수심이 깊고 상어가 우글대는 대서양 한가운데 던져 버리게 하였다. 그런 다음, 퐁송 뒤 테라유는 신문사 사장을 찾아가서 봉급 인상을 요구했다. 사장은 모험 소설 따위는 아무나 쓸 수 있는 거라고 주장하며 그의 요구를 거절하고는, 다른 작가들에게 로캉볼의 모험을 이어서 써달라고 요청했다. 하지만 그 누구도 위에서 말한 상황을 벗어날 수 있는 설득력 있는 해결책을 찾아내지 못하여 결국 포기하고 말았다. 이에 신문사 사장은 다시 퐁송 뒤 테라유를 불러 봉급 인상을 약속한 다음, 어떻게 로캉볼을 곤경에서 빠져나오게 할 거냐고 물었다. 그리하여 다음 날, 독자들은 연재된 소설의 첫머리에서 이런 문장을 발견하게 되었다. 〈대서양에서의 문제들을 극복해 낸 뒤에, 로캉볼은 뉴욕의 5번가를 걷고 있었다.〉

나는 빙긋 웃는다. 맞다. 바로 이게 해결책이다.

모든 걸 다 해결하려 들지 마라. 돌아서 가라.

무슨 일이 일어나도, 어떤 대가를 치르더라도, 전진을 멈추지 말 것.

그리하여 나의 주인공은 문제를 해결하지 않고 돌아가며, 다른 곳에서 다른 방식으로 이야기를 이어 간다. 이러한 방식은 내게 더 큰 힘을 부여한다. 이제 글은 뛰어가는 정도가 아니라 맹렬하게 질주한다.

11시 30분. 나는 황홀경에 빠져 있고, 열 손가락은 보이지 않을 정도로 빠르게 움직인다. 나는 내가 누구인지, 또 지금 무엇을 하고 있는지조차 잊어버린다. 나는 내 작중 인물들과 함께 저 위, 아에덴을 다시 방문하고 있다.

그런 나를 다른 손님들은 멀찌감치서 쳐다보기만 할 뿐 아무도 다가와서 방해하지 않는다. 딱 한 번 한 남자가 책을 내밀고 사인을 부탁하고, 나는 이야기의 끈을 놓지 않은 채 그의 부탁을 들어준다.

12시 30분. 난 콜록거리기 시작한다. 카페의 손님들이 마구 담배를 피워 대는 바람에 자욱해진 회색 연기가 목과 코의 점막을 자극하고 있다.

이곳 카페에는 금연 규칙이 없다. 그래서 다른 사람들의 담배가 내게는 작업 제한기 역할을 하는 셈이다. 나는 비로소 가브리엘 아스콜랭이 한 말의 의미를 이해한다. 그는 인터뷰에서 자신은 글을 쓴 다음 인근 공원에 가서 운동을 한다고 밝혔던 것이다.

나도 공원으로 가고, 스트레칭을 하고 있는 사람들을 발견하여 그 무리에 합류한다. 그들은 나를 알고 있는 듯, 살며시 인사를 건넨다. 나는 그들의 동작을 따라 한다.

오후 1시. 집에 돌아온 나는 델핀에게 전화한다. 그녀는, 내가 파란 나비 프로덕션 건물로 오면 만나 주겠다고 말한다.

파란 나비 프로덕션으로 가던 중에 나는 베이지색 레인코트에 검은 모자의 사내가 또다시 내 뒤를 쫓고 있음을 알아차린다. 그자를 뒤에 달고서 델핀을 만나고 싶은 생각은 전혀 없으므로, 나는 그를 따돌리려고 애를 쓴다. 결국 나는 사람들로 붐비는 큰 백화점에 들어가 몸을 숨기고, 나를 놓친 그가 다른 방향으로 가는 것을 지켜본다.

편안한 마음으로 약속 장소에 가보니, 사무실 건물 앞에 델핀이 기다리고 있다.

입고 나온 진청색의 드레스 때문인지, 오늘따라 그녀의 시선이 더욱 강렬해 보인다. 긴 검은 머리를 치렁치렁 늘어뜨린 모습은 어찌 보면 아시아 사람 같기도 하다. 머리에는 벚꽃과도 흡사한 분홍빛 꽃 한 송이가 꽂혀 있다.

「어느 나라 요리를 좋아하죠?」

그녀가 묻는다.

「중국…… 음, 그러니까…… 호랑이 나라 요리가 괜찮을 것 같네요.」

막상 가보니, 1호 지구의 타이 음식처럼 향신료를 많이 사용한 게 호랑이 나라 요리란다. 레스토랑은 온통 호랑이를 새겨 넣은 금빛 목판들로 요란하게 장식되어 있다.

델핀은 간밤에 나의 책 『코끼리 파는 가게 안의 도자기 인형처럼』을 읽느라 잠을 자지 못했노라고 말한다. 나는 그녀가 그렇게 빨리 내 책을 읽기 시작했다는 사실에 기분이 으쓱해진다.

「우선 이거부터 묻고 싶어요. 사람들이 당신에 대해 말하는 게 모두 사실인가요?」

그녀는 나에 대해 떠도는 여남은 개의 부정적인 소문의 내용을 들려준다.

「……당신은 어떻게 생각하죠?」

내가 되묻자 그녀는 시선을 다른 곳으로 돌린다.

「당신의 성공 때문일 수 있지요. 당신의 성공이 당신을 질투하는 적들을 잔뜩 만들어 놓은 거죠. 당신의 이름과 작품을 더럽히고 싶어서 안달을 하는 적들 말이에요. 빛은 어둠을 끌어들이는 법이죠. 모든 작용은 반작용을 낳고요.」

「그렇다면 당신은…….」

「하지만 놀라운 점이 하나 있어요. 일반적으로 누군가가 성공하면 즉시 험담하는 사람들이 와글와글 쏟아져 나오기 마련이지만, 그래도 열성적인 지지자가 몇 사람 정도는 있거든요? 그런데 당신의 경우는 달라요. 당신의 작업을 칭찬하는 기사는 고사하고, 〈평범하게〉 대하는 기사조차 찾아볼 수 없어요.」

「내가 쓰는 글들이 수탉 나라 문학 권력을 쥐고 있는 사람들의 마음에 들기에는 너무도 〈특이한〉 탓일 거예요. 그들은 자기들이 이해하지 못하면 파괴해 버리려 들죠.」

「그렇다면 글은 그렇다 치고 당신 자신은 어떻죠?」

「이렇게 말하면 많이 실망하겠지만, 내가 아는 한 나는 평범한 삶을 살고 있어요. 매일 규칙적으로 평범한 일을 하면서, 조금도 특별할 것 없는 평범한 삶을 살고 있다고요.」

그녀는 나의 얼굴을 뚫어지게 쳐다본다. 나에 대한 기사들이 잘못되었다는 것을 분명히 확인하려는 듯한 눈빛이다. 이윽고 그녀는 미소를 지으며 책을 꺼내 든다.

「좋아요. 하지만 나도 당신의 서술 방식에 대해 몇 가지 얘기하고 싶은 게 있어요. 당신에겐 한 가지 원칙이 있더군요. 〈행동은 인물의 심리를 드러낸다.〉」

「맞아요. 사람의 진면목은 역경 속에서 드러나게 된다는 게 내 지론이에요. 그리고 행동부터 보여 줄 때 소설은 더 설득력을 갖게 되고 이미지도 더욱 풍부해지죠. 난 이미지로 생각하고, 글을 써요.」

「당신은 그 역방향으로 시도해 볼 필요가 있을 것 같아요. 〈인물의 심리는 행동을 낳는다.〉」

「예를 들어 이런 말인가요? 어떤 편집광을 선택하여, 그가

그 편집광적인 관점으로 어떻게 수사를 진행해 가는지 보여
준다?」

그녀는 고개를 끄덕인다.

나는 그녀의 지적이 매우 타당하다고 생각하여 메모해
둔다.

「소설가는 아니지만 내 생각은 이래요. 어떤 작중 인물의
심리적, 육체적 특성, 과거, 희망, 두려움, 감수성…… 이런
것들을 아주 정확하게 규정해 놓으면, 그 인물이 창조자의
상상력에서 해방되는 순간이 온다고요.」

「계속해 봐요.」

「즉, 인물들은 자체의 생명력을 얻게 되어, 우리가 그들에
게 어떤 줄거리 속으로 들어가라고 지시해 줄 필요조차 없게
되는 거죠. 당신이 주인공을 충분히 깊게, 또 세밀하게 묘사
한다면 작은 기적이 일어나게 될 거예요. 작은 기적, 그것은
인물이 당신을 놀라게 하는 순간, 다시 말해서 작품 속 존재
가 충분한 실체를 획득하여 줄거리를 당신이 전혀 생각 못
했던 방향으로 끌고 가는 순간에 일어나죠. 하지만 이런 일
이 가능하려면 그 인물을 정말로 철저하게 묘사해야 해요.
인물의 특성 하나하나를 다 알아야 하죠. 그는 세상을 어떻
게 해석하는가, 그가 세상을 보는 특이하고도 삐딱한 방식은
무엇인가, 그의 광기, 편집증, 슬픔, 기쁨, 고통, 거짓, 직관은
무엇인가?」

「즉 이런 말인가요? 제5세계의 아바타가 그렇듯이, 인물
은 더 세밀하게 만들어질수록 애초의 모델에서 더 벗어나게
된다.」

「소설이 지닌 강력한 힘에 비하면, 제5세계는 지극히 초

보적인 실험 장소에 불과하다고 할 수 있죠.」

참으로 기막힌 여자다! 신에게 영성에 대한 강의를 해주더니만, 이제는 작가에게 글쓰기 수업을 하고 있다니!

「당신의 주인공은 역설적이어야 해요. 예를 들어 상처를 입었기에 내구력이 생겨 더욱 강인해진 사람이어야 해요. 잘 못 생각했기에 성공하는 사람이어야 해요. 자기 자신도 모르는 심리적 지층들을 숨기고 있는 복합적인 존재여야 해요. 이해할 수 없는 행동들로 놀라게 해야 해요. 왜냐면 사람들이란 원래 그렇거든요. (그녀는 이 점을 강조한다.) 주인공이 여자라면, 히스테릭하면서도 직관력이 뛰어나야겠죠.」

「히스테릭하면서도 직관력이 뛰어난 여자라…… 모순적인 두 특성의 결합인데, 약간 회화적이지 않겠어요?」

「그렇진 않아요. 히스테리 안에 강점이 숨어 있을 수도 있고, 반대로 직관이 약점이 될 수도 있는 일이에요. 이렇게 인물의 특수한 히스테리, 인물의 개인적인 직관들을 규정해 놓는 것, 그게 바로 당신이 해야 할 일이죠. 그리고 인물들을 끊임없이 묘사해야 해요. 그림을 그리듯이 구체적으로요. 그들의 과거, 그들이 겪은 시련과 고통들을 계속 상기시켜 줘야 해요. 그리고 역설을 첨가해야 해요. 항상 많은 역설이 필요해요. 마요네즈를 만들 때처럼 말이죠. 이렇게 해가면 당신은 무에서 출발하여 스스로 존재하는 존재를 만들어 내는 놀라운 특권을 얻게 될 거예요. 그러면 더 이상 줄거리를 만들 필요도 없어요. 당신 대신 인물들이 스스로 줄거리를 만들어 갈 테니까요.」

그녀는 입을 다물고 나의 반응을 기다린다.

「그런데 말이죠…… 내가 추구하는 건 완벽한 소설이 아니에요.」

그녀는 실망한 듯이 말한다.

「아, 그래요? 그럼 당신이 추구하는 게 뭐죠?」

위대한 신. 나는 위대한 신을 찾고 있는 작은 신이니까. 하지만 이 사실을 밝히면 그녀는 또 내가 신성 모독을 범한다고 생각하겠지. 아니면 정신 병원에 가둬 놓아야 할 자라고 생각하거나.

「나 자신을 향상시키는 것. 나의 개인적인 모순들을 극복하는 것. 나의 특수한 고통들에서 벗어나는 것. 사랑하는 것…… 당신을 사랑하는 것.」

「그렇다면 당신은 실제 삶 속의 인물로서도 허술하기 짝이 없네요. 현실성이 너무도 부족하다고요.」

「내가 또 뭘 잘못한 거죠?」

「만일 나를 사랑하기 원한다면…….」

「……당신이 진정으로 어떤 사람인지 이해해야 한다, 이 말인가요?」

「아뇨. 나를 유혹하고 싶다면 그런 식으로 행동해선 안 돼요. 전번에 내가 20점을 채워야 한다고 말했을 때 알아차리지 못했나요? 이건 게임이에요. 나하고 하는 게임이라고요.」

「무슨 게임이죠?」

「유혹의 게임이죠.」

「무슨 말인지 이해 못 하겠어요. 난 지금 너무나도 솔직하게 내 감정을 표현하고 있는데, 대체 뭐가 잘못이죠?」

「바로 그거예요. 솔직하면 안 돼요. 교묘한 책략가가 되어야 해요. 여자들은 게임을 좋아하죠. 우리는 고양이고, 당신네 남자들은 개라고 할 수 있어요. 고양이는 게임을 즐기는 동물이죠. 자, 나의 허를 찔러 봐요.」

이거야 원! 차라리 마타 하리와 아프로디테가 훨씬 더 단순하군. 사랑의 신보다도 한갓 인간 여인을 유혹하는 게 더 어려운 일일 줄 누가 알았겠는가? 이제야 이해가 된다. 왜 제우스가 인간 여인들에게 그토록 열정을 품고, 올림피아의 여신들은 거들떠보지도 않았는지를.

「아, 난 포기하겠어요!」

그녀는 내 얼굴을 빤히 쳐다본다.

「브라보! 1점. 이제 20점 만점에 3점이에요.」

「도대체 무슨 영문인지 모르겠네!」

「당신은 나를 유혹하는 걸 포기하겠다고 말했죠. 그럼으로써 당신은 돌고래교의 가장 기본적인 가르침 중의 하나, 즉 〈놓아주기〉의 비밀을 깨달았음을 보여 준 거예요. 우리는 무언가를 포기해야만 비로소 그것을 얻을 수 있는 법이죠. 나는 당신에게 흥미를 느끼기 시작하고 있어요.」

「꼭 나를 조롱하는 것 같네요.」

「나 역시 역설적인 존재예요. 당신이 나를 졸졸 쫓아다니면 난 이렇게 생각하죠. 〈또 따분한 녀석 하나가 따라오는군. 나를 사냥감처럼 포획해서 자기 집 응접실에 자랑스럽게 전시할 생각이나 하고 있겠지.〉 반대로 당신이 나를 포기하겠다고 말하면 난 이런 식으로 생각해요. 〈뭐야? 내가 충분히 매력적이지 않단 말이야?〉 나는 자신의 외모와 유혹 능력에 의문을 품기 시작하죠. 〈내 가슴이 너무 작다고 생각하는 걸까? 엉덩이는 너무 크고? 아마 저 사람 주변에는 나보다 훨씬 더 나은 여자들이 있는지도 몰라.〉 이런 생각들로 인해 난 당신에게 새로운 관심을 느끼게 되는 거죠.」

「하지만 난 당신이 신앙밖에 모르는 사람이라고 생각했는 데요? 왜, 이렇게 말했잖아요? 〈욕망이 없으면 고통도 없다.〉」

「내 몸속에도 호르몬이 흐르고 있어요. 그리고 이 세상에 사랑받기 싫어하는 사람도 있나요?」

「이 모든 가르침에 대해 감사할 뿐입니다.」

「오, 괜찮았어요! 다시 1점 주겠어요.」

「허허, 이번에는 내가 또 뭘 했기에?」

「지금 당신은 〈감사하다〉고 했어요. 내가 당신에게 뭔가 좋은 일을 해주었다는 것을 의식하고 있다는 뜻이죠. 남자들 이란 대개 배은망덕해서, 여자들이 뭘 해줘도 지극히 당연한 것으로 여기거든요. 따라서 진정으로 고맙게 느끼고, 또 그 렇다고 말해 주는 것이 여자로서는 큰 선물이죠. 좋아요, 난 당신의 선물을 받아들이겠어요. 이로써 20점 만점에 4점이 에요. 자, 이제는 다른 얘기를 해봐요. 요리할 줄 아나요?」

「아뇨.」

「세상에나! 신이라 자칭하는 사람이 요리를 할 줄 모르다 니요!」

그녀는 재미있다는 표정을 지으며 입을 삐죽 내민다.

「좋아요, 내가 가르쳐 주겠어요. 이건 모든 일의 기본이라 고요. 특히 작가가 요리를 못한다면 말이 안 되죠. 자, 무엇을 가르쳐 드릴까…… 그래요, 약간 복잡하면서도 전형적인 돌 고래식 요리가 좋겠네요.」

그러고서 그녀는 내게 조리법 하나를 전수해 준다. 그녀 의 말로는 돌고래 문명이 존재했던 까마득한 옛날부터 전해 내려온 것인데, 자기 엄마한테서 직접 배운 것이라고 한다.

44. 백과사전: 돌고래식 치즈 케이크 만드는 법

우선 다음의 재료로 반죽을 만든다.

밀가루 250그램.

기름 100그램.

설탕 100그램.

달걀 1개.

화학 이스트 2자밤.

이 재료들을 잘 섞어 반죽한 다음, 황산지를 깐 네모난 케이크 틀 안에 반죽을 채워 넣는다.

흰 치즈는 따로 준비한다.

고운체를 사용하여 흰 치즈 800그램의 물기를 뺀다.

대접에 달걀노른자 4개를 넣어 잘 휘젓는다.

여기에 설탕 180그램, 생크림 200밀리리터, 바닐라 향 설탕 2봉지, 건포도 한 줌을 넣는다.

이 재료들을 흰 치즈에 잘 섞는다.

전동 거품기로 이 흰 치즈 혼합물을 10분간 휘저어 거품을 낸다.

맛을 보아 흰 치즈가 시다고 생각되면 설탕을 넣어 맛을 조절한다.

달걀흰자 4개를 흰 눈처럼 부풀어 오르게 젓는다. 거품을 내다가 흰자가 단단해지면 흰 치즈에 살며시 첨가한다.

네모난 틀에 넣은 반죽 위에 흰 치즈 혼합물을 붓는다.

오븐을 온도 4단에 맞춰 놓고 10분간 예열한다. 오븐이 달궈지면 흰 치즈 케이크를 오븐의 중간 칸에 넣고 45분간 굽는다. 그런 다음 오븐을 끄고, 몇십 분 동안 케이크가 오븐 속에서 서서히 식도록 놔둔다. 바로 꺼내면 케이크가 내려앉아 버릴 위험이 있다.

식으면 상에 내놓는다.

에드몽 웰스, 『상대적이며 절대적인 지식의 백과사전』제6권

45. 부패 중인 행성

그 이후 며칠 동안 나는 18호 지구의 곳곳을 방문한다.

나는 지구의 상태를 특징적으로 보여 주는 장소들을 찾아가 작가 자격으로 방문을 허락해 달라고 요청한다. 모두가 평범한 인간이었을 때에는 체험해 보지 못했던 놀라운 장소들이다.

가장 먼저 방문한 신생아실은 온몸을 뒤틀며 울어 대면서 먹을 것과 뽀뽀를 요구하는 아기들로 가득하다. 마치 울음의 합주를 듣는 듯하다. 나는 출산 때 나오는 태반을 간호사들이 가져간다는 사실을 알게 된다. 꼬치꼬치 캐물으니 그들은 마침내 실토하는데, 이 태반은 특별한 고객들에게 아주 비싼 값으로 팔리는 미용 크림의 원료로 사용된다는 것이다.

이런 식으로 세상은 돌아가고 있다. 누군가는 출산의 찌꺼기를 몸에 바르고서 남자들을 유혹하고, 그렇게 또 다른 상대를 찾아내어 또 다른 아이들을 낳는다. 이렇게 더러운 순환이 계속되는 것이다.

다음에는 중학교를 방문한다. 한 과학 교사가 태양이 지구 주위를 돈다고 설명하고 있고, 학생들은 조용히 듣고 있다. 하지만 난 감히 반박하지 못한다. 아이들은 작가라는 직업에 관해 여러 가지를 물어 오고, 나는 즐겁게 설명해 준다.

「너희들 모두 작가가 될 수 있어. 너희 모두가 재능이 있기 때문에, 단지 용기를 내어 그걸 표현하기만 하면 된단다. 자신을 성급히 판단하지 마. 부모의 질책과 교사들의 평가는 모두 잊어버리라고. 너희들 깊은 곳에 숨어 있는 상상적인 것들, 그 기막힌 것들을 마음껏 표현해 보란 말이야. 처음에는 조그만 이야기들부터 만들어 봐. 그런 다음에 친구들에게 보여 주면서 반응을 살펴봐. 그런 식으로 점점 더 큰 이야기를 만들어 가는 거란다.」

교사들은 나에게 툴툴대면서 질책을 한다. 판단받는 것을 두려워 말고 창조하라고 충고함으로써, 아이들이 반항하도록 부추긴다는 것이다. 하지만 나는 교사들에게도 충고한다. 당신들도 글을 써보라고. 판단받는 것을 두려워 말고, 원초적인 충동을 마음껏 표현해 보라고.

나는 공장을 방문한다. 공장 안엔 위계질서와 경쟁이 만들어 내는 긴장감이 뿌연 연기처럼 가득 차 있다. 관리자들은 중간 관리자들에게 복종을 강요하고, 중간 관리자들은 그 부하들에게 똑같이 요구한다.

운동선수들이 훈련하는 체육관도 가본다. 코치들은 고래고래 소리 지르고 있고, 선수들이 기록을 깰 때마다 열광적인 함성이 터져 나온다.

병영을 방문한다. 군인들은 모두 축구 박사들이고, 각자가 좋아하는 팀에 대해 떠들어 대고 있다. 아니면 카드를 치며 시간을 보낸다. 자신의 진가를 보여 주기 위해 전쟁이 일어나기만을 기다리고 있는 사람들이란 게 그들이 주는 인상이다.

교도소를 방문한다. 주로 도서관에서 시간을 보낸다는, 수감자들 중에서 가장 똑똑하다는 이들과의 대화가 허용된다. 그들은 자신들이 사회에서 아주 힘든 시련을 겪었노라고 하는데, 내 느낌으로는 그것보다 한층 더 지독한 시련을 타인에게 안겨 준 것 같은 사람들이다. 하나같이 자신이 마약 밀매업자였다고 털어놓지만, 교도소장의 말로는 어떤 이들은 사연이 좀 더 복잡하다고 한다. 미소 띤 얼굴에 농담을 잘

하는 자그마한 노인네는 국제 마약 조직의 대부였다. 그는 정글 한가운데의 요새화된 성에서 사병(私兵)들과 함께 지냈다. 슬픈 얼굴을 하고 있는 거구의 사내는 유괴범이었다. 차분한 거동의 덩치 큰 사내는 암흑가의 청부 살인업자였다. 어두운 눈빛의 키 작은 사내는 정글에서 길을 트는 큰 칼로 자신의 일가족과 이웃들을 몰살했다고 한다. 또 말이 없는 한 사내는 연쇄 강간 살인범이었다는 것이다.

정신 병원을 찾아가 본다. 여기서는 담배가 돈을 대신한다는 사실을 발견한다. 정신병자들은 자기네 여왕을 선출했는데, 권위적인 성격의 이 껑다리 아가씨는 비밀 금고에 숨겨 놓은 담배를 엄격히 관리하면서, 자기 기분에 따라 그것을 분배한다.

내가 의사와 얘기를 나누고 있을 때, 한 환자가 간호사의 눈에다 포크를 박는다. 비상벨이 요란하게 울리는 중에도 증인 대부분은 킬킬대며 사건에 대해 농담을 나눌 뿐이다. 놀랍게도 이 환자들은 자기 마음대로 병원을 들락거린다. 출석부에 표시만 하면 되는 모양이다. 환자들이 지나치게 흥분하면 의사들은 수면제를 나누어 준다.

양로원에도 가본다. 대부분의 입원자들은 휴게실에 모여 앉아 조그만 텔레비전 화면에 시선을 고정하고 있다. 그렇게 그들을 아침에 거기 데려다 앉혀 놓았다가, 저녁이 되면 약을 먹인 뒤 데려간다고 한다.

임종 도우미 호스피스도 들러 본다. 여기서 나는, 생의 마지막 순간을 거쳐야 하는 사람들을 돕기 위해 헌신하는 훌륭한 사람들을 만난다. 마주치는 사람마다 무관심한 표정들이었던 신생아실을 보고 난 뒤에, 이처럼 선의에 찬 사람들로 가득한 장소도 있다는 걸 발견하니 놀랍기만 하다.

이게 바로 18호 지구 인류의 실상이야.

나의 세계에 대해 잘 아는 것, 이것이 작가로서 내 작업의 기초일 터이다.

나는 돌고래 사원뿐 아니라, 호랑이 사원, 흰개미 사원, 매 사원, 늑대 사원, 곰 사원 등 다른 종교의 사원들도 방문한다.

가는 곳마다 사제들과 토론을 벌인다. 내가 개인적으로 아는 그들의 신은 다 잊어버리고, 아무런 선입견 없이 그들의 말을 들어 본다.

어떤 이들은 법의를 휘감은 채 신비스러운 특권 의식에 젖어 차갑고도 거만한 표정을 짓고 있다. 그런가 하면 모든 종교에 열려 있는 나의 호기심에 대해 관심을 보여 주는, 보다 개방적이고 관용적인 이들도 있다.

나는 인터뷰를 끝맺을 때마다 이렇게 질문한다. 〈만일 당신이 신을 만나게 된다면, 신에게 무얼 요구하고 싶으신가요?〉

나의 동창 18기 신 후보생들은 단 한 번만이라도 이곳에 와봐야 하리라. 자기들의 생각이 이렇듯 심하게 변형되고 해석되고 왜곡되어, 심지어는 원래 의도와는 정반대의 것을 의미하고 있는 상황을 보게 되면 얼마나 놀랄 것인가?

천체 관측소를 찾아가 허연 머리를 길게 늘어뜨린 소장과 대화를 나눠 본다.

「소장님이 생각하시기에 저 위에는 뭐가 있나요?」

「내 생각으로는 구체가 있고, 그 구체는 보다 큰 다른 구체들 안에 포함되어 있지요.」

나는 그의 생각이 옳을 수도 있다고 말해 주고 싶지만 꾹 참는다.

「그럼 가장 큰 구체 너머에는 뭐가 있지요?」

「그보다 더 큰 구체가 있겠죠.」

이렇게 나는 오후에는 조사 작업을 하고, 아침에는 〈신들의 왕국〉을 집필한다. 카페에서 담배 연기가 자욱해져 눈이 따가워질 때까지 글을 쓴다. 그런 다음 집에 돌아와서 가면들, 꼭두각시들, 체스판들 앞에서 음악을 들으며 작업한다.

적어도 일주일에 세 번은 델핀을 만난다. 그녀는 내게 요리 강의를 해주고 소설 쓰기와 관련하여 (작품에서 문제점을 느끼는 독자의 입장에서) 여러 가지 충고를 해준다. 또 영성(원래의 돌고래교 원리에 따른 영성. 돌고래족의 일부는 지나치게 현대적인 성격의 종교로 빠져들었다는 것이 그녀의 생각이다)에 대한 강의도 빼놓지 않는다.

저녁 시간에는 영화, 연극, 오페라 등을 함께 관람한다. 코미디 쇼, 마술 쇼 등을 구경할 때도 있다. 그러고 나서 함께 저녁 식사를 한다.

나는 그녀의 먹같이 까만 머리채와 커다란 검은 눈망울을 쳐다본다. 그녀의 아름다움은 나를 사로잡기 시작하고 있다. 나는 조르주 멜리에스가 내게 가르쳐 준 마술들, 특히 어김없이 〈키위〉라는 단어에 이르게 되는 숫자 마술을 보여 준다. 그리고 킹, 퀸, 잭, 에이스 등의 그림 패들을 섞어 어떤 식으로 커트하든 항상 같은 무늬의 그림 패가 모이는 카드 마술도 보여 준다.

「이런 마술들을 〈강요된 선택〉이라고 부르죠. 자기는 자유롭게 선택한다고 믿지만, 사실은 미리 쓰인 시나리오 안으로 들어가고 있을 뿐이에요.」

오후에는 혼자 도시를 산책하면서, 과거에는 앙크를 통해서만 관찰했던 이 행성을 발견해 나간다.

로베르는 내가 보내 준 〈신들의 왕국〉의 첫 부분 원고를 받고는 답장을 보내온다. 멋들어진 글씨로 쓰인 그 편지에서 그는 이렇게 알린다. 〈이 프로젝트는 이상하면서도 조금은 당황스러운 게 사실이오. 생전 처음 보는 희한한 내용이지만, 여태까지 우리가 신성한 것, 혹은 금기로 생각했던 것들을 색다른 방식으로 말해 본다는 강점이 있소. 나는 깊이 생각을 해보았고, 지금은 선생과 함께 이 모험을 떠날 준비가 되어 있음을 느끼오.〉

델핀 카메레는 이따금 저녁 식사를 하러 우리 집을 방문하며, 그때마다 나는 그녀에게서 배운 요리법대로 음식을 준비한다. 요리가 실패하거나 맛이 형편없게 나올지라도 예의 바른 그녀는 음식을 남기는 법이 없다. 단지 소금이나 후추, 혹은 소화를 도와준다는 이 행성 특유의 향신료를 첨가할 뿐이다.

그녀는 때로는 내가 작업하는 모습을 옆에서 지켜보기도 한다. 내 열 손가락이 자판 위에서 춤을 추는 것을 구경하는 게 즐겁기 때문이라고도 하고, 내가 정말 내 주장만큼 빨리 쓰는지 확인하기 위해서라고도 한다.

우리는 다시 글쓰기 기술에 대해 대화를 나눈다. 그녀는 나의 〈요리 비법〉, 즉 나의 글쓰기 비법에 대해 알고 싶어 한다.

「좋은 소설에는 겉으로 보이는 부분과 보이지 않는 부분, 이렇게 두 부분이 있어요. 보이지 않는 부분, 그것은 이야기에 은밀한 힘을 부여해 주는 〈숨은 성분〉들이에요. 구체적으로는 다음의 세 구성 요소죠. 첫째, 구성상의 절묘한 마법. 둘째, 재미난 농담. 셋째, 깨달음으로 이끌기.」

「그럼, 겉으로 보이는 부분은요?」

「역시 세 구성 요소로 이루어지죠. 첫째, 수수께끼. 둘째, 사랑 이야기. 셋째, 널리 알려지지 않은 과학적 발견.」

「좀 기계적이지 않은가요?」

「도식적으로 보일 수도 있겠지만, 결국 모든 것은 이 재료들을 어떻게 다루느냐에 달려 있어요. 요리를 할 때도 마찬가지 아니에요? 아니, 살아 있는 존재를 창조할 때도 똑같아요. 모든 사람에게는 심장, 대뇌, 성기가 하나씩 달려 있지만, 세상에 똑같은 사람은 한 명도 없잖아요? 또 몸 바깥 부분을 보더라도 똑같이 머리 하나, 몸통 하나, 다리 두 짝이 붙어 있지만, 얼굴 모양은 제각기 다르잖아요? 이런저런 피부색, 찢어진 눈, 두툼한 입술, 긴 몸통, 굵은 몸통 등등…….」

「그럼 당신은 글쓰기를 인체를 만드는 것과 마찬가지의 작업이라고 생각하는 건가요?」

「물론이죠.」

어찌 이리 청산유수일까? 내가 말하는 게 아니라 내 안에 다른 누군가가 들어와 말하고 있는 기분이다. 맞다! 바로 작가 가브리엘 아스콜랭이다.

그는 잘 알고 있지. 10여 년의 글쓰기 경험이 있으니까.

「맨 처음에는 뼈대가 있어요. 즉 동인(動因), 서스펜스, 최후의 반전 등으로 이루어진 플롯이죠. 아직 다듬어지지 않아서 별로 예쁘다고 할 수는 없지만, 이 뼈대가 모든 걸 결정한다고 할 수 있어요. 바로 그것이 이야기 전체를 지탱하게 될 테니까요. 그다음에 나는 장기(臟器)들을 집어넣어요. 다시 말해서 극적인 주요 장면들이죠.」

「마법, 농담, 깨달음, 이런 요소들이 활발하게 작용하는 장면들이겠군요?」

「맞아요. 그리고 이야기를 진전시키는 주인공들의 성격도 빼놓을 수 없죠. 구체적으로 이 장기에 해당하는 것들로는 극적인 반전, 사랑의 장면, 숨겨진 사실의 밝혀짐 등이 있어요.」

「그다음에는요?」

「그다음은 근육들이죠. 즉 극적인 성격은 덜하지만 줄거리의 전개를 위해 꼭 필요한 장면들 말입니다. 이런 가벼운 장면들은 이야기를 진전시킬 수 있게끔 충분히 효과적으로 연출되어야 해요. 마지막으로는 이 모든 것을 덮어 주는 피부가 필요하죠. 자, 이렇게 만들어진 소설을 읽을 때, 당신의 눈에는 피부만 보이겠죠. 지금 당신을 보고 있는 내 눈에 당신의 얼굴 피부만 보이듯이 말이에요. 하지만 뼈대가 없다면 당신도 소설도 그대로 폭삭 무너져 버리고 말겠죠.」

「이렇게 당신이 좋아하는 일을 열정적으로 얘기하는 모습이 참 보기 좋네요. 왜 다른 작가들이 당신을 그토록 질투하는지 이제 이해가 돼요……. 그래요. 당신의 삶에는 의미가 있어요. 어떤 사람이 불행한지 알아요? 바로 자신이 태어난 이유를 찾아내지 못한 사람들이죠.」

「델핀! 당신의 삶에도 의미가 있어요. 그건 바로 그래픽 디자인과 영성이죠. 이 때문에 우리는 서로를 이해할 수 있는 겁니다. 우리는 지금 같은 속도로 나란히 나아가고 있는 거라고요.」

우리는 주중에는 인터넷 게임 〈신들의 왕국〉 프로젝트의 작업에 몰두한다. 그녀는 자신이 디자인한 게임 그래픽들을 내게 보여 준다. 델핀에게는 뛰어난 색채 감각이 있다. 그녀는 올림피아의 인물들에게 진정으로 독창적인 형태를 불어넣어 준다. 그녀는 놀라운 그리핀들을 그려 낸다. 앳되면서도 약간 창백한 얼굴의 거룹들은 너무도 사랑스럽다. 머리가 셋 달린 키마이라는 실제보다 훨씬 섬뜩하다.

이 젊은 여인에게는 모든 상상을 초월하는 기기묘묘한 배경들을 만들어 내는 능력이 있다. 모든 것이 숭엄할 정도로 아름답다. 현실 그 자체만큼이나 복합적이다.

그녀의 가장 놀라운 점은, 내가 항상 여자에게서 찾아 왔던 것을 지니고 있다는 사실이다. 즉, 그녀는 나의 개인적 우주와 비견될 수 있는 자신만의 우주를 소유하고 있는 것이다.

그래. 창조하는 사람은 그 창조 행위로 인해 자동적으로 일종의 신이 되는 거야.

그녀가 창조한 놀라운 배경들에 자극을 받은 나는 소설 〈신들의 왕국〉 집필을 할 때 끊임없이 나 자신을 뛰어넘으려고 노력하지 않을 수 없다. 내 소설의 상황들이 그녀가 빚어 낸 환상적인 그림들의 수준으로 올라서야 하기 때문이다.

그녀는 내게 말한다.

「최대한으로 과감해지고, 최대한의 위험을 무릅써야 해요. 그렇게 해야만 모방할 수 없는 작품을 만들어 낼 수 있어요. 기존의 그 어떤 상황과도 같지 않은 완전히 새로운 상황들, 가장 기상천외하고도 최대한 독창적인 인물들을 만들어 내라고요. 이것이 좀 지나치지 않을까, 사람들에게 충격을 주지 않을까 하면서 망설이거나 겁내서는 안 돼요. 지금 비평가들이 〈현대적〉이라고 하는 모든 것들은 얼마 안 가서 똑같은 비평가들에 의해 〈구닥다리〉로 전락해 버리죠. 그러니 그 어떤 것과도 비슷하지 않은 자신만의 길을 만들어야 해요. 유행을 따르지 말고…… 당신 자신의 유행을 발명해 내야 해요.」

그리하여 맹렬한 글쓰기의 시기가 시작된다. 나는 소설의 상황들을 극도로 대담하게 전개해 본다. 때로는 우스꽝스럽고 괴상망측하게 느껴질 정도이다. 이런 경우 장면들은 너무 빨리 쌓아 올린 카드 성처럼 와르르 무너져 버리기 일쑤이다.

나의 〈바벨탑〉들인 셈인가?

그래서 난 다른 식으로 다시 시작해 본다. 그렇게 시도하고 또 시도해 본다.

나는 〈인물들의 심리가 이야기를 나아가게 해야지, 이야기가 인물의 심리를 나아가게 해서는 안 된다〉라는 델핀의 규칙을 적용하려고 애써 본다. 이렇게 해보니 전혀 다른 글쓰기가 된다. 좀 더 느리고 무겁지만, 동시에 더 깊은 글이 되는 걸 느낀다.

델핀 카메레는 다시 내 글을 읽어 보고는 몹시 비판적인 태도를 취한다. 그녀는 심리의 밀도를 한층 더 높이라고 주문한다. 그녀가 보기에 마타 하리에 대한 나의 묘사는 충분히 섬세하지 못하고, 주인공은 너무 징징거리는 경향이 있으며, 제우스는 너무 인간적이라는 것이다. 결국 그녀가 가장 흥미롭게 생각하는 인물은 다름 아닌 라울이다.

「최소한 그에게는 독자에게 궁금증을 불러일으키는 어두운 구석이 있어요. 일견 냉혹한 듯 보이지만, 속으로는 그렇게 나쁜 사람이 아니란 걸 느낄 수 있죠. 라울이야말로 〈신들의 왕국〉의 진정한 주인공이에요. 그를 승리자로 만들도록 하세요.」

나는 불만을 삭이려 침을 꿀꺽 삼킨다. 젠장. 진짜 라울이 아에덴의 Y 게임에서 우승했다는 사실만큼은 인정할 수 있지만, 이 세계에까지 따라와 내 라이벌이 되는 일은 제발 없었으면 좋겠다.

나는 눈썹을 찌푸리며 내뱉는다.

「내 소설의 창조자는 바로 나예요. 그러니 누가 호감형 인물이 되어야 할지, 누가 승리자가 되어야 할지 결정하는 것은 내 자유라고요. 나중에 읽어 보면 알게 될 거예요. 내가 당신의 라울을 어떤 놈으로 만들어 놓을지.」

「착각하지 마요. 그렇게 쓴 소설은 절대 안 읽을 거니까요. 당신이 라울을 비호감형으로 만들려고 애쓰면 애쓸수록, 그러한 의도는 눈에 띄게 될 거고 오히려 당신 의도와는 정반대의 결과가 나올 거예요. 마찬가지로 당신의 겁쟁이 미카엘을 억지로 구해 주려 애써도 인위적인 느낌을 줄 뿐이죠. 다시 말해서 인물들이 스스로를 발전시키며 자신을 드러내도록 놔두는 수밖에 다른 선택의 여지가 없어요. 당신이 무엇을 해보기엔 그들은 이미 너무 강한 존재를 갖고 있다고요.」

주말을 함께 보낼 때면, 그녀는 내게 돌고래 요가 자세들을 가르쳐 준다. 난 운동 신경이 그리 뛰어나지 않고 몸도 유연하지 않기 때문에 제대로 따라 하지 못한다. 그녀는 몸을 이완하기 위해서는 숨을 내쉬면서 몸을 뻗어야 한다고 충고한다.

함께 모험 영화를 보았을 때, 그녀는 나로 하여금 그 영화를 세밀하게 분석해 보게 한다.

「이 영화에서 잘못된 점이 뭐라고 생각해요?」

「배우들이 약간 밋밋했던 것 같아요.」

「아녜요. 배우가 문제가 아니라, 시나리오가 문제예요. 배우들이 밋밋하게 느껴지는 이유는 이야기가 그냥 하나의 일관적인 덩어리로 이루어져 있을 뿐 아무런 변수가 없기 때문이에요. 이 영화에선 모든 것이 예측 가능해요. 다음에 어떤 장면이 이어질지 뻔히 보이거든요. 예측할 수 없게 하는 거야말로 이야기꾼이 첫 번째로 갖춰야 할 예의인데 말이에요. 여기서 주인공이 승리하리라는 것, 그가 보물을 찾게 되고 공주에게 키스를 하게 되리라는 것은 누구라도 짐작할 수 있죠. 또한 그에게는 역설적인 면도 없어요. 당연히 변화도 없고요. 성공적인 소설 인물은 이야기에 의해 극적으로 변형되는 모습을 보여 주어야 해요. 그래야 통쾌한 역전의 감동을 선사할 수 있으니까요. 그래서 처음에는 이기주의자였다가 너그러운 사람으로 바뀌죠. 처음에는 비겁했다가 용기 있는 사람으로 바뀌고요. 또 처음에는 소심했다가 끝에 가서는 왕이 되는 거죠. 이렇게 주인공은 변화해야 해요. 이게 바로 관객 혹은 독자가 이야기에서 얻을 수 있는 치유적인 효과예요. 이야기는 독자도 주인공처럼 변화할 수 있다는 사실을 암시해 주는 거죠. 또 지금 독자가 갖가지 결점이 있을지라도 그건 아무 문제도 안 된다고 위로해 주죠. 결국 그 결점들은 장점들로 뒤바뀔 수 있으니까 말이에요.」

그녀가 어떻게 이런 생각들을 할 수 있는지 참으로 놀랍기만 하다.

「성공적인 주인공에게는 양면성이 있어야 해요. 그가 실패할 수도, 악인의 진영으로 건너가 버릴 수도 있다는 느낌을 주어야 하죠. 또 공주에게 차이고, 친구들의 불신을 받는 사람이어야 하죠. 현실 세계에서도 마찬가지예요. 공주들이란 같이 자는 걸 쉽게 허락하지 않는 법이거든요.」

「거기에 대해서는 나도 좀 아는 바가 있죠.」

그녀는 내 말을 못 들은 척한다.

「친구들은 단지 도움을 주지 않을 뿐 아니라, 순전히 질투심 때문에 주인공을 함정에 빠뜨릴 생각만 하고 있어야 해요.」

「그 점에 대해서도 난 뭔가를 알고 있죠.」

나는 옛 기억을 떠올리며 투덜댄다.

그녀는 말을 멈추고 나를 똑바로 쳐다본다. 자업자득인데 왜 불평하느냐는 듯 책망하는 눈빛이다.

「왜인지 알아요? 당신은 당신 자신이 지어낸 이야기의 주인공인 셈인데, 당신의 그 이야기야말로 역설덩어리이기 때문이에요.」

「어떤 점에서 역설이란 거죠?」

나는 발끈한다.

「당신은 신인데…… 자기가 만든 종교를 믿고 있는…… 어떤 인간 여자한테서 인생을 배우고 있잖아요! 최소한 당신은 그렇게 주장하고 있잖아요, 안 그래요? (이렇게 말하며 그녀는 풋 하고 웃음을 터뜨린다.) 더 우스운 것은 당신 스스로도 이해하지 못한 것을 다른 이들에게 가르쳤다는 사실이죠.」

이따금 우리는 돌고래 사원에 간다.

그녀는 내게 말한다.

「기도하기 싫으면 그냥 시늉이라도 해요.」

「그럼 눈을 감고서 그 긴 시간 동안 무슨 생각을 하고 있으란 말이에요?」

「당신이 전날에 행한 일요. 전날에 한 일들을 정리해 봐요. 전주, 그리고 전달에 한 일들도요. 그리고 지금까지 당신에게 일어난 모든 일들의 의미를 이해하려고 노력해 봐요.」

이따금 우리는 외국 음식점이나 수탉 나라 전통 음식점에서 저녁 식사를 한다. 그녀는 미각의 예술에 대해서도 가르쳐 준다. 쓴맛, 신맛, 단맛, 짠맛 등 네 가지 맛의 원리와 박하 냄새, 장뇌 냄새, 꽃 냄새, 용연향 냄새, 썩는 냄새, 에테르 냄새, 매캐한 냄새 등 일곱 냄새의 원리를 설명해 준다.

모든 음식 맛은 이 네 가지 맛의 조합에 이 일곱 냄새의 미묘한 차이가 혼합된 후각적, 미각적 지각에 불과한 것이란다. 하지만 이렇게 이루어지는 맛의 뉘앙스는 실로 무한하다고 그녀는 단언한다.

어느 날, 평소에 가는 카페에 들른 나는 아르시발드 구스탱이 킬킬대는 몇 사내와 한 테이블에 둘러앉아 점심 식사를 하고 있는 것을 발견한다. 그들은 모두 정장에 넥타이 차림이다. 구스탱은 오늘도 그 멋들어진 녹색 실크 스카프를 목에 두르고 상아 담배 부리를 빨고 있다.

나를 알아본 그는 곧바로 반응한다.

「아, 여러분들! 여기 이분께 인사하시오! 위대한 베스트셀러 작가 가브리엘 아스콜랑 씨요!」

모두가 눈을 동그랗게 뜨고 휘유 하며 감탄의 휘파람들을 부는데, 경의의 표현이라기보다는 조소에 가깝게 느껴진다.

나는 인사를 하고, 멀찌감치 떨어진 한구석에 앉아 조용히 작업하려고 노트북을 펼친다. 하지만 우리의 존경스러운 아카데미 회원께서 일어나 내 옆으로 실실 걸어온다.

「아, 가브리엘, 편히 작업하라고! 그래, 자네 또 어떤 황당무계한 이야기를 지어내고 있나?」

가까이서 보니 그는 약간 취해 있고, 시선도 조금 흐릿하다. 그는 나를 빤히 쳐다보더니 갑자기 내 팔을 잡아끌면서 귀에다 대고 속삭인다.

「가브리엘, 자네에게 할 말이 있네. 난 사실 자네가 부러워.」

「내가 부럽다고요?」

그는 나를 자기 테이블까지 끌고 가더니, 종업원을 불러서 얼른 내게 술 한잔을 가져다 달라고 부탁한다.

「물론이지. 내가 그렇게 멍청한 놈인 줄 아나? 그래, 여기 있는 모든 이들, 작가이자 내 친구인 이 모든 훌륭한 양반들이 그 진실을 모르고 있으리라고 생각하나? 그 서글픈 진실을 말일세.」

사내들은 모두 재미있다는 듯한 눈으로 나를 쳐다본다.

「가브리엘, 자네는 미래일세! 우리는 과거이고.」

이렇게 속삭이고 난 아르시발드는 미친 듯이 웃어 대며 모두에게 건배를 제의한다.

「자, 과거를 위하여!」

모두가 즐거이 반복한다.

「과거를 위하여!」

그중의 한 자가 끼어든다.

「난 말이야. 자네가 내 면상을 박살 내려 들지 않은 걸 참

대단하다고 생각해! 자네에 대해서 그렇게나 고약한 글들을 많이 썼는데도 말이야……. 게다가 자네 글을 읽지도 않고서 썼는데!」

모두가 웃음을 터뜨린다.

갑자기 아르시발드는 심각한 표정을 짓는다.

「그래, 우리가 자네를 몹시 싫어하고, 자네를 질투하는 건 사실이네. 그리고 앞으로도 자네를 최대한 해치려고 노력할 거야. 때로는 침묵으로, 때로는 모욕과 험담과 중상으로 말일세……. 하지만 자네가 알아야 할 것은…… 아니, 자네가 우리에게 도리어 감사해야 할 것은…… 우리가 이런 식으로 행동하는 것은…… 자네 글을 읽어 보지도 못했지만 우린 자네가 무슨 일을 하는지 잘 알고 있기 때문이라네. 자네는…… 자네는…… 세계의 창조자일세!」

이 대목에서 그들은 일제히 폭소를 터뜨린다.

그는 다시 내 귀에 대고 이렇게 털어놓는다.

「왜 내가 개인적으로 자네를 미워하는지 아나? 내 딸 때문이라네. 그 애는 책을 읽지 않았어. 열세 살이 될 때까지 제대로 읽은 소설 한 권 없었지. 그런데 어느 날 그 애가 같은 반 친구의 권유로 자네 책을 발견하게 된 거야. 책을 펼치더니만 그날 밤에 다 읽어 버렸네. 그러고는 두 번째 책을 찾더군. 그렇게 불과 한 달 만에 자네 책들을 몽땅 읽어 버린 거야. 자네의 소설 열네 권을 말이야. 그러더니 우리에게 철학과 역사에 대해 떠들어 대기 시작하더군. 또 자네 책을 읽고 얻은 지식을 보충하기 위해 다른 철학책과 역사책들까지 찾아 읽고. 그 애에게 독서 취미를 심어 준 사람이 바로 자네였어.」

「잘된 일이군요. 그런데 대체 뭐가 문제죠?」

그의 눈빛이 싸늘해진다.

「그 애의 아비가 작가야. 바로 나지. 그런데 내 책은 한 권도 안 읽었어. 이 자리에 모여 있는 위대한 작가들의 작품도 한 권도 안 읽었고.」

아르시발드 구스탱은 내 얼굴을 빤히 들여다보면서 결론짓는다.

「아이들은 자네를 이해하지만 그 부모들은 자넬 이해하지 못하지. 가브리엘, 자네의 진정한 문제가 뭔지 알고 싶나? 자네는 일테면 드높은 삼차원에 있는데, 여기 있는 다른 사람들은 (그는 자기 친구들을 가리킨다) 아직 이차원에 머물러 있다는 거야. 그런데 이 사람들은 자네가 이차원 소속 같아 보이지는 않으니까 그냥 일차원 찌질이라고 생각하는 걸세……. 」

지금 나를 놀리고 있는 걸까, 아님 진심일까? 그의 야릇한 말을 어떻게 받아들여야 할지 몰라 당황스럽다. 그는 모두가 감추는 진실을 자기만은 용기 있게 말한 것이 자랑스러운지 환한 미소를 보여 준다.

그러나 다른 이들은 여전히 키득대고 있다.

「정직하게 말씀해 주셔서 감사합니다. 이젠 당신을 더 잘 이해할 수 있을 것 같군요.」

나는 또박또박 말해 주고 슬그머니 카페를 빠져나온다. 그리고 파란 나비 프로덕션으로 가서 델핀을 만나 그녀가 새로 그린 크로키들을 검토한다. 내가 체험한 것을 바탕으로, 하지만 배경은 달리하여 이야기를 쓰는 일은 야릇한 기분을 느끼게 한다. 내가 5점을 넘기자 델핀은 자신이 〈애정의 단계〉라고 부르는 것을 내게 제공해 주기로 결정한다. 나를 자기 집에 초대하여 발가락에서 정수리까지 오랫동안 마사지해 주는 것이다. 그녀는 에센스 오일을 내 몸에 바른 다음, 돌고래족의 비밀 전통 의학에서 중요시하는 근육의 지점들을 정성껏 주물러 준다.

나는 아프로디테와 함께 육체적 사랑의 황홀경의 절정에 이르렀다고 느낀 바 있지만, 이제는 또 다른 감정적 상황을 체험하고 있다. 나의 욕망을 자극하는 데 있어 델핀은 아프로디테보다 한층 멀리 나아간다. 그것은 나의 상상력이 나의 쾌락에 새로운 차원을 하나 더 첨가하기 때문이다. 그녀와 나, 이렇게 둘이서 〈신들의 왕국〉이라는 하나의 세계를 창조하는 것, 그것은 함께 하나의 〈세계-아이〉를 낳는 것이라고 할 수 있지 않은가?

〈1 더하기 1은 3인가?〉

〈1 더하기 1은 무한이다.〉

꿈속의 여자가 말했던 것처럼.

나는 델핀 카메레에게 매혹되고 있다.

그녀는 내 새로운 삶의 스승인 것이다.

그녀는 내게 〈돌고래 경락〉이라는 새로운 과학을 가르쳐 준다.

「우리 두 사람의 관계는 이 경락점들에 연결된 단계들을 차례로 밟아 나갈 거예요.」

「그게 뭐죠?」

「신경절들, 다시 말해서 척추 위에 위치한 우리 몸의 에너지 교차로들이에요. 한 개인의 에너지뿐 아니라, 두 사람의 에너지가 교류할 수 있게 해주는 지점들이죠. 제1점: 꼬리뼈 아래. 이것은 우리의 행성과 관계되는 점이에요. 우리를 땅과 자연에 이어 주죠. 제2점: 성기 높이의 요추 부분. 우리 안의 동물적인 부분, 즉 성에 관계된 점이에요. 생식, 즉 미래와 관계된 점이죠. 우리가 맨 나중에 점화할 점이기도 하고요. 제3점: 좀 더 위, 즉 배꼽 뒤에 있는 부분. 물질성과 관계되는 점이에요. 다시 말해서 집, 재산, 돈, 물질적 계획 등 두 존재가 공유하는 것들과 관계돼요. 제4점: 심장 뒤의 척추 부분. 감정들의 점이에요. 사랑하는 사람을 생각할 때 우리 안에서 느껴지는 그것 말이에요. 같은 가족, 혹은 같은 부족에 속해 있다는 느낌도 이 점과 관계되어 있죠. 사랑하는 이를 생각하기만 해도 심장 박동이 약간 빨라지는 게 느껴지잖아요? 제5점: 목 뒤의 경추 부분. 소통과 관계된 점이에요. 우리에겐 항상 서로 알려 줘야 할 사실들, 나눠야 할 말들, 전달해야 할 생각들이 있으니까요. 제6점: 이마에서 두 눈썹 사이의 지점. 문화와 관련된 점이죠. 문화란 동일한 가치들을 공유하는 거라고 할 수 있어요. 같은 음악, 같은 영화, 같은 책을 좋아하는 거 말이에요. 같은 호기심과 같은 가치를 공유하는 거예요.」

「그렇다면 제7점은?」

「정수리에 있어요. 영성과 관계된 점이죠. 위의 세계로 향하는 문이 거기에 위치하지요. 또한 그 점을 통해서 우리는 동일한 신앙과 저승에 대한 동일한 인식을 공유할 수 있어요.」

「일곱 개의 경락 점이라…… 두 존재를 이어 주는 일곱 다리라고도 할 수 있겠군요……. 기능할 수도 있고, 기능하지 않을 수도 있는…….」

「그것들을 점화하여 서로 연결시키는 것이 우리가 해야 할 일이죠.」

나는 델핀을 응시한다. 이제 그녀는 황홀할 정도로 아름답게 보인다.

우리의 관계는 그녀가 원했던 대로 단계를 밟아 진전되어간다.

15점에 이르러 우리는 같이 잠을 잔다. 이제 그녀는 발가벗은 몸을 내 몸에 밀착시키면서, 욕망의 열락과 고통을 동시에 느끼게 한다.

우리가 명상하는 시간은 갈수록 길어지고, 그녀가 내 집에 머무는 시간도 갈수록 길어진다.

〈신들의 왕국〉 소설과 게임은 빠른 속도로 진척된다. 우리는 게임을 처음으로 테스트해 보는데, 놀랍게도 아에덴의 모든 것이 고스란히 되살아나는 느낌을 받는다. 앙크. 돋보기 속에 나타나는 민족들. 예언자에게 영향력을 미치는 꿈들. 전투 중에 개입하는 번개.

나는 엘리오트에게, 게임에 건축물을 짓는 기능도 추가해야 할 거라고 지적한다.

「기념물은 이웃 민족들에게 깊은 인상을 줄 수 있어. 연합하고 싶은 마음이 생기게 할 정도로.」

또 나는 가장 형편없는 자부터 탈락시켜 나가는 144명의 선수 시스템을 제안한다.

「최후의 승리자가 게임의 왕을 만나게 되는 거야. 궁극의 보상인 셈이지.」

「그럼 그 왕은 어떤 존재인데?」

엘리오트가 묻는다.

「제우스!」

엘리오트는 나를 멍하니 쳐다본다. 아차. 이 18호 지구 인간들의 전거(典據)는 나하고 다르다는 사실을 깜빡했다.

「하얀 토가를 입고 머리에는 왕관을 쓴 수염 난 거한이지. 장대한 체격에 카리스마가 넘치는, 일종의 지혜롭고도 힘센 할아버지라고 생각하면 돼.」

「그가 바로 〈위대한 신〉이야?」

「아니, 단지 아에덴의 왕일 뿐이야. 나중에 우승한 선수가 그를 만나게 되는데, 그때 그는 놀라운 사실을 발견하게 돼. 즉 제우스는 한 시스템의 정상일 뿐이고, 그 시스템 뒤에 숨어 있는 상위 시스템이 또 존재하는 거야. 다시 말해서 신들의 왕국의 군주 뒤에는 더 위대한 어떤 신이 숨어 있어.」

그들 모두는 마치 알아들을 수 없는 외국어를 지껄이는 사람을 보듯 나를 쳐다본다. 델핀은 토가를 입은 할아버지의 모습을 쓱쓱 그려 본다. 그런 다음 그의 팔다리에 실을 몇 가닥 그려 넣는다. 그는 무(無)에서 불쑥 튀어나온 어떤 손이 조종하고 있는 꼭두각시에 불과하다는 뜻이리라.

「그렇담 그는 대체 누군데? 아에덴의 왕 뒤에 있는 그 위대한 신은?」

「아, 그거? 지금으로서는 나도 찾아내지 못했어. 하지만 곧 말해 줄 수 있을 거야.」

하지만 이 사람들은 잘 알고 있다. 내게는 깜짝쇼를 벌일 만한 밑천이 없다는 사실을. 내가 지킬 수 없는 약속을 하고 있다는 사실을.

「가브리엘, 자네 좀 피곤해 보여. 우리 모두에게는 한계가 있다고. 그런데 자네는 목표를 너무 높게 잡았어.」

엘리오트는 자기 생각을 솔직하게 털어놓는다.

「흐음…… 아에덴의 왕 위에 있는 또 다른 존재를 찾고 계시다……. 혹시 우리가 자넬 도와줄 수 있지 않을까?」

하얀 남자가 제의한다.

「그 위에 아무것도 없을 수도 있잖아?」

대머리는 가장 간단한 해결책을 제시해 본다.

「그게 거대한 컴퓨터라면 어떨까? 우주 전체를 관리하는 컴퓨터 같은 거 말이야.」

하얀 남자도 넌지시 제안해 본다.

「빛 같은 것일 수도 있어. 순수한 밝음이면서 물질적인 견고함은 없는 존재.」

델핀도 자기 생각을 내놓는다.

「복잡하게 생각할 것 없어. 그냥 우승자들을 다른 게임으로 보내 버리는 거야. 거기서 새로운 모험을 시작하게 하는 거지. 이번 게임이 성공한다면 후속편을 내놓아야 할 필요도 있을 테니까.」

엘리오트가 자기의 아이디어를 말한다.

「안 돼! 모두들 아무렇게나 얘기하는데, 그렇게 제멋대로 해서는 안 된다고! 나는 아에덴의 왕 위에 있는 것을 반드시 찾아낼 거야. 그래야만 이 게임을 완벽하게 완성할 수 있다고.」

내가 대답한다. 그러나 하얀 남자는 내 대답이 사뭇 불만스러운 기색이다.

「그런데 말이야, 엘리오트. 올림피아 인물들의 이동을 제어하는 인공 지능 엔진에 문제가 있어. 자꾸만 버그가 나고 있다고. 인물들이 이유도 없이 사라져 버려. 근간 프로그램을 완전히 바꿔야 필요가 있을 것 같아.」

「그래픽 프로토콜이 지시한 대로 앙크를 만들어 게임을 테스트해 봤어. 그런데 아주 불편할 뿐 아니라, 보기도 여간 흉한 게 아냐.」

대머리도 투덜댄다.

「중앙 인공 지능 엔진 설계를 할 프로그래머도 부족하고.」

「또 어떤 주변 인공 지능 엔진들은 제대로 돌아가지 않아. 그것들은 빼버려야 할 것 같은데…….」

하얀 남자가 동을 단다.

「그리고 그 기사도 문제야…….」

엘리오트가 말한다. 일순, 무거운 침묵이 내려앉는다.

「기사? 무슨 기사?」

내가 묻는다.

「자네가 텔레비전에 출연하고 나서 기사가 떴어. 아르시발드 구스탱이 어떤 잡지에다 장문의 글을 기고했지. 자네한테 무슨 원한이 그리 많은지 형편없이 깎아내리더군.」

「아, 난 상관 안 해.」

내가 내뱉는다.

「그럴 수는 없어. 우리가 출시할 게임의 이미지를 위해 좋지 못하단 말야.」

나는 그 기사를 좀 보자고 한다. 기사에는 방송 중에 찍은 나의 사진이 곁들여져 있다. 기사는 내 작업, 내 독자들, 혹은 나라는 인간 자체를 헐뜯는 온갖 내용들로 이어져 있다. 아르시발드 구스탱은 주장하기를, SF 문학은 온갖 헛소리들을 허용하며, 문학적 품격이라고는 조금도 없는 마이너 장르에 불과하다는 것이다. 그는 내가 옷을 입는 방식을 조롱하면서 기사를 끝맺는다.

「이건 단지 질투심일 뿐이야.」

내가 말한다.

「문제는 이 기사가 유사한 다른 기사들의 기폭제가 되었다는 사실이야. 자네 이미지에 좋을 게 없어.」

「내 이미지 따위에는 신경 안 써. 난 진지한 자세로 내 일을 하고 있기 때문에, 그따위 실패한 작가들 기분을 맞추고 싶은 생각은 전혀 없다고.」

파란 나비 프로덕션 사람들은 그다지 수긍하는 표정들이 아니다.

「어쨌든 우리 게임의 언론 홍보를 위해서는 좋지 않은 일이야.」

엘리오트는 얼굴을 찡그리며 말한다.

나의 행성 1호 지구에서 조너선 스위프트는 이렇게 말했다. 〈이 비천한 세계에 천재가 나타나면 바보들은 단결하여 그에 맞서며, 이것이 바로 진정한 천재가 나타났다는 증거이다.〉

「가브리엘, 솔직히 말하겠네. 이 기사가 나온 뒤로 우리 팀에서 이탈한 사람들이 있다네. 심지어는 우리의 고정 스폰서 중에도 후원을 중단한 이들이 있어. 자기네 이름이 자네 이름과 연결되는 걸 원치 않는 거지.」

「그럼 나보고 그 구스탱을 명예 훼손죄로 고소하라는 거야?」

「아, 절대 그러면 안 돼. 그게 바로 그들이 노리는 거니까. 즉, 자네를 자기네와 같은 수준으로 끌어내리려는 거지. 그리고 고소해서 뭘 어쩌려고? SF도 하나의 훌륭한 문학 형태라고 주장하겠다고? 그 문학 장르의 정당성을 설명하려 든다는 것 자체가 그것에 문제가 있음을 인정하는 것 아니야?」

몇 분 뒤, 엘리오트는 나를 자기 사무실에 따로 불러 얘기한다.

「자, 이런 우여곡절은 당연히 일어나는 거기 때문에 난 그다지 걱정하지 않아. 그런데 자네, 델핀의 그림들을 봤나? 그녀가 이렇게 놀라운 영감을 보여 준 적은 여태껏 없었는데 말이야…… 하지만 우리는 새로운 프로젝트를 진행해 나갈 때 일반적으로 다음의 일곱 단계가 일어난다는 사실을 알아 둘 필요가 있어.」

그는 책상 위쪽 벽에 걸린 게시판 하나를 가리킨다.

1단계: 모두가 열광한다.

2단계: 문제점들이 발견된다.

3단계: 혼란에 빠진다.

4단계: 책임자들은 발뺌한다.

5단계: 잘못한 사람을 찾는다.

6단계: 무고한 사람이 처벌된다.

7단계: 결국 성공할 경우, 프로젝트에 마지막으로 합류하여 제대로 참여하지도 않은 사람들이 상을 받는다.

바이킹은 내게 눈을 찡긋해 보인다. 내 심정을 충분히 이해한다는 듯한 윙크이다.

「그래…… 쉽지는 않겠지만, 난 도전하는 걸 좋아하네. 그런데 말이야, 자네가 〈신들의 왕국〉에 대해 말하는 걸 듣다 보면 말이지, 꼭 자네가 정말로 거기서 온 사람이라는 느낌이 들기도 한단 말이야.」

그러고 나서 그는 나를 문까지 배웅해 주면서 내 등을 탁

탁 두드려 준다.

그날 저녁, 레스토랑에서 델핀과 저녁 식사를 하는 나는 우울하고 불안하기만 하다. 〈신들의 왕국〉이 무너져 버릴지도 모른다는 생각이 든다. 바보들이 승리하고, 내 소설과 게임은 망해 버릴 것 같은 느낌이 든다.

그런데 불난 데 부채질하는 건가? 델핀은 왜 동료들에게 내 관점을 자신 있게 내세우지 않았느냐고 책망한다.

「가브리엘. 자기 문제는 자신감 결여하고 관계가 있어. 자기는 항상 피하기만 하지. 자기가 어떤지 알아? 기사처럼 용 앞으로 나아가다가, 용이 으르렁대기만 하면 그대로 몸을 돌려 줄행랑을 쳐서…… 또 다른 용을 찾아 나서지. 그런 식으로 계속하기 때문에 결국은 그 어떤 용도 쓰러뜨리지 못하는 거야.」

「나는 용감하게 용과 맞섰다가 나자빠진 사람들을 수도 없이 봐왔어.」

「그래서? 패배도 하나의 경험이야.」

「나는 패배하기 싫다고.」

「패배를 받아들여야 해. 그것이 어쩌면 자기가 다음번에 배워야 할 교훈일 거야. 그리고 도망가지 말고 용과 맞서는 걸 받아들여야 해. 싸워서 너를 죽이지 못하는 것은 너를 더욱 강하게 만들 뿐이야.」

갑자기 델핀이 전혀 예뻐 보이지 않는다. 그녀의 말에 화만 날 뿐이다. 나는 벌떡 일어선다.

「솔직히 말해서, 난 그따위 논리는 너무도 멍청하다고 생각해 왔어! 그래, 자동차에 치여서 평생 장애를 갖게 된 친구에게 가서 얘기해 봐. 그 사고가 널 죽이지 못했으니 널 더욱 강하게 만들어 주었다고! 소아 성애자에게 당한 아이에게 가서 그 아이가 그 일로 인해 더욱 강해졌다고 얘기해 봐! 미친놈들 떼거리에게 강간당한 소녀에게 그로 인해 네가 더욱 강해졌다고 얘기해 봐! 전쟁의 무고한 희생자들에게 그로 인해 그들이 더욱 강해졌다고 얘기해 보라고! 살다 보면 그런 그럴싸한 소리들은 더 이상 듣고 싶지 않은 때가 있어! 그건 인류로 하여금 받아들일 수 없는 것을 받아들이게끔 만드는 사탕발림에 지나지 않아. 우리로 하여금 이 부당한 세계가 무언가 긍정적인 의미를 숨기고 있다고 믿게 만들지. 하지만 그런 숨은 의미란 없어! 우리는 소설 속에서 사는 게 아냐! 잔혹한 일들을 정당화해 주는 감춰진 의미 따위는 존재하지 않는다고!」

「가브리엘! 도대체 왜 그러는 거야?」

「왜 그러냐고? 지금까지 경우에 맞게, 착하게만 살아왔지만 이젠 나도 지겨워졌어! 그래, 구스탱을 명예 훼손죄로 고소하겠어.」

「가브리엘…….」

「너도 이젠 짜증이 나.」

나는 내 외투를 휙 채어 들고는 의도하지도 않은 말들이 입에서 튀어나오기 전에 문을 쾅 닫고 나가 버린다.

나는 거리를 걷는다.

이 행성은 1호 지구만큼이나 답답하기 짝이 없다. 사람들은 1호 지구의 사람들만큼이나 어리석고 편협하며, 의식 수준은 침팬지와 별 차이가 없는 주제에 입만 열면 설교를 늘어놓는다. 전에는 다른 사람과는 달라 보였던 델핀마저 이제 보니 다른 사람보다 나을 것도 없다.

그래도 나는 7단계에 속해 있어서 의식 수준이 4단계, 혹은 3단계에 정체되어 있는 이 인류를 위에서 내려다볼 수 있으니 그나마 다행이라고 해야 할까?

등 뒤로 델핀이 나를 부르는 소리가 들린다.

「가브리엘!」

나는 고개도 돌리지 않은 채, 승객을 찾아 돌아다니고 있던 택시 한 대를 세운 다음 차에 올라 쾅 하고 문을 닫는다.

차가 델핀 앞을 지날 때 나는 고개를 돌려 외면해 버린다.

「저분은 같이 안 타나요?」

「안 타요.」

「그럼 어디로 모실까요?」

「더러운 인간들과 함께 술을 마실 수 있는 더러운 장소로 데려다주시오!」

어차피 형편없는 것들을 체험해야 하는 신세가 됐으니 어디 한번 밑바닥까지 내려가 보자.

몇 분 뒤, 나는 수탉 나라 수도에서 야한 곳으로 소문난, 선정적인 조명이 밝혀진 거리에 와 있다.

나는 시끌벅적하고 담배 연기가 자욱한 어떤 바에 앉아, 이 행성의 알코올을 홀짝이기 시작한다.

한쪽 구석에서 한 친구가 피아노를 치기 시작하고, 사람들은 그와 함께 고래고래 음탕한 노래들을 불러 댄다.

나도 그들과 함께 제멋대로 노래하며 술을 들이켠다.

이 행성은 전혀 존재할 가치가 없다. 아, 내게 앙크만 있다면 이 도시를 그대로 박살 내버릴 수 있을 텐데! 소돔과 고모라처럼 말이야!

신들을 화나게 하면 안 되는 법이라고!

「어이, 갈색 머리 오빠! 나랑 같이 천당 구경 해보지 않을래?」

어떤 여자가 내 코 아래로 다가와 깊이 파인 검은 가죽 브래지어 위로 젖가슴을 보여 주며 말을 건넨다. 그 위로는 여러 겹의 진주 목걸이가 목을 두르고 있고, 입술에는 반짝이는 루주가 듬뿍 칠해져 있다.

「미안해. 난 천당에서 오는 길이야.」

그녀는 나를 못마땅한 눈으로 노려본다. 천박하기로는 그녀와 별반 차이 없는 다른 여자 하나가 그녀 옆에 온다.

「놔둬. 일전에 텔레비전에서 본 인간이야. 가브리엘 아스콜랭 몰라? 작가 말야.」

「이런 떨거지가 작가라고?」

「그냥 작가는 아니고…… 〈SF 작가〉.」

다른 아가씨가 정정해 준다.

「자, SF 작가님, 나랑 같이 가자고! 나의 은하계를 구경시켜 줄게. 거기 가면 별들이 가득해!」

「그럼! 예쁜 사내아이들이 가득하지.」

다른 여자가 비꼬고 두 여자는 깔깔대며 떠나간다.

또 다른 여자가 다가온다. 놀랄 정도로 마른 몸매에 표정이 풍부한 각진 얼굴, 생쥐처럼 새까맣고 불안해 보이는 눈망울의 소유자이다. 미니스커트 차림에 그물 스타킹과 하이힐을 신고 있는데, 티셔츠에는 〈나는 천사예요〉라는 문구가 쓰여 있다. 진짜 천사가 어떤 존재인지 알고 있는 사람에게는 정말이지 짜증 나는 내용이 아닐 수 없다.

「당신은 작가이신 모양이죠? 나도 책을 한 권 쓰고 싶어요.」

내게 접근해 오는 방식이 재미있게 느껴져 나는 다가오는 그녀를 막지 않는다.

여자는 내 팔을 잡는다. 그제야 한 가지 사실을 의식하게 된다. 인간 미카엘 팽송이 일생 동안 한 번도 매춘부를 접해 보지 못했으며, 이게 내게 부족했던 마지막 경험일지도 모른다는 사실 말이다.

그녀는 나를 바의 지하실 쪽으로 인도하고, 곧 우리는 〈지옥〉이라는 글자 아래 빨간 악마와 빨간 네온사인이 깜빡거리는 간판 앞에 이른다. 그녀는 내 귀에 대고 알려 준다.

「여기는 회원 전용 클럽이에요.」

사시 친구 하나가 문을 열어 주며 우리 얼굴을 훑어본다. 그는 내 옷차림이 약간 후줄근하다고 판단했는지 입을 삐죽 내밀며 안 된다고 손을 젓는다.

이 지옥에 들어가는 것도 그리 쉽지만은 않다.

여자가 우기자 그는 결국 승낙한다.

분홍빛 쿠션을 덧댄 지옥문은 끼익하며 열린다.

자, 이제 나는 인간 풍속의 밑바닥을 한번 경험해 보리라.

입구에는 빨갛고 까만 과자가 담긴 그릇들이 놓여 있다. 아마도 힘이 빠진 사람들에게 원기를 보충해 주려는 배려이리라.

빼빼한 여자는 내 손을 잡아끈다.

「어서 와! 마음에 들 거야.」

「이 장소와 책을 쓰고 싶다는 네 소망 사이에 무슨 관계가 있지?」

그녀는 나를 쳐다보며 내 얼굴을 쓰다듬는다.

「바보! 바로 이곳이 내가 쓰고 있는 소설이야. 작가님들을 쾌락의 절정으로 올려 주는 인생 종 친 아가씨의 이야기지. 그녀의 이름은 에스메랄다고.」

「그래, 반갑다, 에스메랄다. 내 행성에서 에스메랄다는 유명한 소설의 여주인공 이름인데 말이야.」[7]

「닥치고 따라오기나 해.」

복도를 따라가 보니 시끄러운 장소가 나타난다. 정장 차림의 사내들이 앉아 있는 스탠드 앞에서 젊은 여자들이 춤을 추고 있다. 사내들은 시골 결혼식에 초대되어 온 푸주한 같은 몰골이다.

우리가 들어가자마자 그들은 마치 새로 인도된 가축을 쳐다보듯 우리를 훑어본다.

그중 몇 사내가 에스메랄다에 다가오자 그녀는 재빨리 몸을 빼어 내 손을 끌고 다른 장소로 데려간다. 거기서는 벌거벗은 쌍쌍들이 사랑의 행위를 벌이고 있고, 옷을 입은 다른 사람들이 그 광경을 구경하고 있다. 마치 지하의 미술관을 돌아다니는 기분이다. 살의 조각품들은 체취와 신음을 발하며 꿈틀대고 있다.

네발로 엎드려서, 역시 무릎을 꿇은 사내의 몸 아래 갇혀 있는 한 젊은 여자가, 남자 친구와 속닥대며 자기를 구경하고 있는 옷 입은 여자 관람객에게 시비를 건다.

「야, 얘기하고 싶으면 딴 데 가서 해!」

「이 갈보가 언다 대고 반말이야?」

「반말을 하든 존댓말을 하든 내 맘이야. 꺼지라고, 이 더러운 관음증 환자야!」

---

7 에스메랄다는 빅토르 위고(1802~1885)의 소설 『노트르담 드 파리』에 나오는 롬인 여인의 이름이다.

「음탕한 암캐 같으니!」

사랑의 행위를 하면서 동시에 욕지거리를 퍼붓고 있는 이 아가씨의 모습, 정말이지 기이하기 짝이 없다!

그러고 보니 관음증 환자들 가운데는 〈언어 깨뜨리기〉 방송에 출연했던 그 금발 머리의 젊은 작가도 눈에 띈다. 그는 검은 색안경을 끼고 있는데 얼굴은 온통 시뻘게져 있다. 그는 경련하듯 자신의 몸을 애무한다.

바로 이런 식으로 작품의 영감을 얻는 모양이다.

「안녕하쇼, 동료 양반!」

내가 인사를 건네자 그는 고개를 홱 돌려 나를 보더니, 부리나케 스탠드 쪽으로 달아나 버린다.

저쪽에 떨어진 입방체 형태의 작은 방에는 거의 스무 개에 달하는 알몸뚱이들이 포개고 포개어져 마치 라자냐 같은 살의 무더기를 이루고 있다. 이 살아 있는 조각품은 전체가 쉴 새 없이 물결치듯 요동한다. 땀은 윤활유 역할을 하고, 열기는 난방을 대신해 준다. 한 친구는 턱밑에 누군가의 하이힐 뒷굽이 끼어 몹시 불편한 모양이다. 그는 하이힐 주인에게 좀 비켜 달라고 한다.

「그러고 싶어도 몸이 끼어서 꼼짝할 수 없다고!」

아래층에서 고음의 여자 목소리가 새어 나온다.

「그러니까 미리 신발 벗어야 한다고 했잖아!」

헐떡이며 꿈틀대는 가운데 층에서 또 다른 목소리가 소리친다.

「키스해 줘.」

에스메랄다가 내게 청한다.

그녀가 다가오는데, 처음에는 보지 못했던 세부가 눈에

317

들어온다. 그녀의 목에 조그만 물고기 목걸이가 걸려 있는 것이다.

「너 돌고래족이야?」

「우리 엄마가. 왜, 싫어? 당신도 인종 차별주의자야?」

나는 실망했다고 말해 주고 싶다. 돌고래족이라면 모두들 고결하거나, 최소한 영성을 추구하며 사는 것으로 믿고 있었다고 말해 주고 싶다.

「가자!」

내가 말한다.

「어디 가려고?」

우리는 계단을 올라오고, 나는 수탉 나라 전통 요리 전문 고급 레스토랑에 그녀를 데려간다.

「그냥 네가 먹는 거나 보고 싶어. 내가 관심 있는 건 그것뿐이니까.」

나는 가장 비싼 요리를 시켜 먹게 한 뒤 그녀를 관찰한다.

「다른 사람 먹는 모습 보는 걸 즐기는 관음증 환자야?」

그녀가 묻는다.

「맞아. 너처럼 가련하게 바짝 마른 사람을 보면 뭐라도 먹여 주고 싶어.」

「일부러 살을 뺀 게 아냐. 난 거식증 환자도 아니고 무슨 병에 걸린 것도 아니라고. 원래 몸이 이럴 뿐이야. 근데 당신은 아무것도 안 먹을 거야?」

「응. 난 괜찮아.」

나는 레스토랑의 불빛에 반사되어 마치 나를 조롱하듯 반짝이고 있는 조그만 보석 물고기에서 눈을 떼지 못한다. 나는 묻는다.

「신을 믿나?」

「물론이지.」

「신이 하는 일이 뭐라고 생각해?」

「우릴 내려다보고 우리를 도와주지.」

「물론 그렇지. 그럼 그를 만나게 되면 무얼 부탁하고 싶어?」

「글쎄. 뭐 세상 모든 사람과 같아.」

「다시 말해서?」

「……50짜리 지폐 한 장.」

이렇게 말하고는 웃음을 터뜨린다. 이 아가씨는 처음 생각했던 것보다 훨씬 더 흥미로운 여자인 것 같다.

「자, 이제 우리 방으로 올라갈까? 내가 할 줄 아는 게 이것만 있는 게 아니라고!」

하지만 난 그녀의 말을 듣고 있지 않다. 방금 전 거울에 비친 영상 하나가 내 몸을 얼어붙게 한 것이다.

베이지색 레인코트에 검은 모자 차림의 사내가 레스토랑 안, 내 뒤 멀찌감치 떨어져 앉아 있다.

도망가지 말 것. 용과 정면으로 맞설 것.

나는 출구는 하나뿐이라는 사실을 확인한다. 나는 여자에게 500짜리 지폐 한 장을 내민다.

「이 돈이라면 당신의 모든 성적 환상을 받아들일 용의가 있어. 위험한 것까지도.」

그녀가 들떠서 외친다.

「아냐. 네게 부탁하고 싶은 것은 좀 더 야릇한 거야. 저기 베이지색 레인코트에 검은 모자 차림의 친구가 문 앞을 지나갈 때 좀 붙잡아 줘.」

「왜? 셋이서 즐기고 싶은 거야?」

「음, 어떤 의미로는. 그런데 좀 뻗대는 친구라서 처음에는 설득해야 할 필요가 있어. 자, 자기를 믿겠어!」

에스메랄다는 문 앞에 가서 선다. 나는 음식값을 계산한다. 대형 거울을 통해 미행자가 하는 행동을 살펴볼 수 있다.

나는 느닷없이 입구를 향해 내달려 문 밖으로 뛰쳐나간다. 그리고 레스토랑 전면의 새시 유리를 통해 사내의 모습을 지켜본다. 그는 벌떡 일어나 내 쪽을 향해 온다. 이때 에스메랄다가 다리를 쭉 뻗어 딴죽을 걸고, 그는 앞으로 나자빠진다. 조그만 몸집에 솜씨도 좋다. 나는 사내를 제압하려고 몸을 돌려 달려가는데 그럴 필요조차 없었다. 에스메랄다가 허벅지에 숨겨 두었던 소형 권총을 꺼내어 모자가 벗겨진 사내의 머리통에 대고 겨눈 것이다.

사람들이 무슨 일인가 보려고 몰려들지만, 나는 사내를 일으켜 세운 다음 아무 일도 없으니 괜찮다고 말한 다음 셋이서 레스토랑을 빠져나온다.

「왜 나를 따라다니는 거요?」

물어보다가 나는 갑자기 그가 누구인지를 알아본다. 같은 층에 사는 내 이웃이다.

「아니 이게 누구야! 오두앵 씨 아닙니까?」

「다 설명해 주리다.」

「뭔가요? 또 서명해야 할 청원서가 있는 건가요?」

「이 여자 앞에서는 말하기가 곤란해요.」

나는 500짜리 지폐를 에스메랄다에게 내밀며 감사를 표한다. 그녀는 썩 만족한 표정이 아니다.

「아직 내 책 쓰는 걸 도와주지 않았는데…….」

「방금 제1장을 알려 주었잖아? 어떤 작가의 이야기 말이야. 그는 지나가다 보이는 술집에 들어가 술을 마시지. 그러다가 아주 괜찮은, 하지만 다소 마른 매춘부를 만나게 되고, 그녀와 함께 스와핑 클럽에 들어가게 돼. 그들은 동침하지는 않아. 대신 그는 여자가 거식증 환자라고 생각하고, 뭘 좀 먹이고 싶어 해. 그는 그녀에게 신에 대해서 얘기하지. 여기에 그녀는 아주 재미있는 대답을 하고…… 결국에 두 사람은 그들을 미행하는 의문의 사내를 붙잡게 돼. 자, 소설의 소재로 이만큼 진실에 가까운 것이 있을까?」

「끝부분이 마음에 들지 않아. 난 두 사람이 사랑했으면 더 좋겠는데.」

「아, 그럼 이건 네 이야기니까, 네가 원하는 대로 결말을 써봐.」

「내 이야기에서 작가는 여자에게 이렇게 말해. 〈자, 우리이 불안한 세계를 떠나자. 내가 다른 세계를 발견하게 해줄게.〉 그녀 역시 작가가 되고, 이렇게 두 사람은 같이 여행하면서 놀라운 모험들을 하게 돼. 그리고 그 모험이 그들 각자가 쓰는 소설의 소재가 되는 거야.」

이웃 사내는 우리의 정신이 잠시 다른 데로 가 있는 틈을 타서 도망려 해본다. 하지만 그녀는 본능적으로 사내의 사타구니를 걷어차고, 그는 신음하며 털썩 무릎을 꿇는다.

「……그리고 여자는 나쁜 놈의 면상을 갈겨 주는 거지.」

그녀는 자신의 발길질에 장단을 맞추듯 이렇게 내뱉는다.

이웃 사내가 잠시 녹아웃 상태에서 헤매는 동안 그녀는 다가와 내 몸을 벽에다 밀어붙인다. 삐쩍 말랐지만 상당한 근육질의 몸이란 게 느껴진다.

「그리고 여자 주인공은 남자 주인공에게 황홀한 키스를 해주고, 남자 주인공은 너무 좋아서 까무러치는 거야.」

「하지만 이 기똥차고 놀라운 여주인공이 더 진도를 나가자고 졸라 대자, 남자 주인공은 결국 고백하고 말지. 자기에겐 다른 여자가 있다고.」

에스메랄다가 실망한 듯 입을 조금 내미는데, 이웃 사내가 힘겹게 숨을 내쉬며 간신히 몸을 일으킨다.

「아, 그래? 그 다른 여자가 나보다 나을 게 뭐가 있는데? 뭐 사랑의 신이라도 되나?」

「아니, 그런 건 벌써 한 번 겪어 봐서 더 이상 생각이 없어. 그 여자는 〈자신의 세계를 가진 평범한 돌고래족 여자〉일 뿐이야.」

「하지만 여기 있는 이 여자도 돌고래족이고, 또 발견할 만한 가치가 있는 자신만의 세계를 가지고 있을 수도 있잖아.」

이웃 사내가 다시 일어난 것을 보고 에스메랄다는 또 한 번의 발길질로 다시 무릎을 꿇게 한다.

「결국 매춘부는 남자 주인공의 태도에 화가 나서 자신이 그보다 훨씬 훌륭한 작가임을 증명하게 되는 거야. 자, 이게 바로 해피 엔딩 아니겠어?」

내가 말하는데 이웃 사내가 오만상을 찌푸리며 끼어든다.

「두 분이 부부싸움하는데 방해해서 죄송한데 말입니다…… 그렇게 문학 토론을 하는 게 더 좋으시다면 전 이만 실례해도 될는지…… 다른 볼일이 좀 있어서…….」

500짜리 지폐. 그녀는 그것을 이상한 물체 바라보듯 내려다보고 있더니만 돌연 갈기갈기 찢어 버린다. 그러고는 이렇게 말한다.

「글쓰기에 대한 당신의 충고와 격려, 내 보수는 그걸로 충분해. 자, 나를 다시 보고 싶으면, 난 매일 저녁 〈지옥〉에 있을 테니 그리로 와.」

보석 물고기를 목에 건 젊은 매춘부는 멀리서 손바닥 가득 키스를 담아 길게 불어 보낸 다음, 몸을 돌려 사라져 간다. 이제 나는 이웃 사내에게 몸을 돌린다.

「자, 이제 우리끼리 얘기해 봅시다. 왜 자꾸 나를 따라다니는 겁니까?」

그는 대답하는 대신 휴대 전화로 전화 한 통 걸게 해달라고 부탁한다. 나는 그가 어떻게 하는지 두고 본다.

「여보세요. 그가 나를 발견해서 잡아 버렸어요.」

그는 간단히 이 말만 한다. 그러고 나서 미지의 통화 상대와 한참 동안 대화가 이어진다. 그는 고개를 끄덕이고는 내게 말한다.

「그가 당신을 보고 싶어 해요. 여기로 차를 한 대 보낼 겁니다.」

「그라니? 그가 누군가요?」

「그의 말로는 당신은 벌써 그를 알고 있다고 하던데요?」

나는 가는 콧수염을 단 이웃 남자의 얼굴을 뚫어지게 쳐다본다. 도대체 무슨 말을 하는 건지 전혀 이해할 수 없다.

「그의 이름이 뭐요?」

「여기서 우리는 그를 간단하게 〈예언자〉라고 불러요.」

우리를 데리러 온 차는 황금빛 광택이 자르르 흐르는 고급 리무진으로 제복 차림의 기사가 운전하고 있다.

미셸 오두앵은 나보고 타라고 청한다.

「당신의 그 예언자는 어떤 사람이죠?」

「사실 나도 직접 만나 본 적은 없어요.」

그가 고백한다.

차는 오랫동안 달리다가 샛길로 접어드는데, 그 끝에는 감시 카메라들이 얹혀 있는 높다란 연철 철책이 이어진다.

입구가 열리고 차가 안으로 들어가자 개들이 맹렬히 짖어 대며 날뛰기 시작하고, 녀석들의 끈을 붙잡고 있느라 경비원 두 명이 진땀깨나 흘린다. 우리는 한 무리의 정원사들이 작업하고 있는 드넓은 정원을 통과한다.

우리를 태운 금빛 리무진이 나무로 빽빽한 숲을 지나자, 1호 지구의 베르사유 궁전만큼이나 호화로운 성관 하나가 나타난다.

그래. 지금까지 죄수, 군인, 정신병자, 매춘부, 사제 등을 다 만나 보았고, 이제 남은 것은 부자뿐이야.

여기에도 귀에 이어폰을 끼고서 맹견들을 부리고 있는 경비원들이 있다.

성관. 사병(私兵)들⋯⋯. 그렇다면 왕은 누구일까? 내가 묻는다.

「억만장자인 모양이군요?」

「예언자가 뭐하는 사람인지 알고 싶은 거요? 그는 경제 활동을 하나 하고 있죠. 스쿠프 그룹이 바로 그의 소유입니다.」

「스쿠프[8] 그룹? 그건 주로 스캔들을 다루는 언론사 아닌가요?」

「물론 스쿠프 그룹이 연예 잡지 『피플』류의 매체들로 잘 알려져 있긴 하지만, 텔레비전 프로나 음악도 만들어 내고 있죠.」

8 영어와 프랑스어에서 〈특종 기사〉를 의미하는 단어.

「〈예언자〉라고 하면 무엇보다도 신비주의자가 연상되는데, 이런 사람하고 주로 유명 인사들의 사생활에 관련된 사진들을 공개해서 먹고사는 언론 그룹하고 무슨 관계가 있다는 거죠?」

질문을 던지자마자 머릿속에 대답이 저절로 떠오른다.

맞아. 영향력 행사.

차는 멈춰 서고, 제복을 입은 한 사내가 차 문을 열어 준다.

우리는 호화로운 살롱으로 들어가는데, 그 안에는 잡지에 나오는 모델처럼 멋들어진 옷을 입은 여자 여러 명이 수다를 떨고 있다. 모두가 곱게 화장을 하고 보석으로 몸을 휘감고 있다. 별로 하는 일도 없이 노닥거리고 있는 품이 술탄에게 수청 들 차례를 기다리는 하렘의 여인들을 연상시킨다.

하인 하나가 조그만 케이크들이 담긴 쟁반을 가져와 권하지만 나는 사양한다.

턱시도 차림의 한 사내가 내게 다가온다.

「여기서 기다리시오. 잠시 뒤에 〈마스터〉께서 당신을 영접할 것이오.」

미셸 오두앵은 격려의 의미로 살짝 손짓하고는 떠나간다. 나는 앉아서 기다린다.

델핀이 생각난다. 그녀의 빈자리가 허전하게 느껴진다.

내 연인은 내게 스승을 대신해 주는 존재, 아니 스승이 필요 없게 해주는 존재이다. 지금까지 나를 가르쳐 주고, 나를 구원해 준 것은 다름 아닌 여인들이었다.

그중에서도 델핀은 다른 모든 여인들을 내 정신에서 지워 버렸다. 여기서 나가게 되면 그 즉시 그녀에게 전화를 걸리라. 내가 한 행동에 대해 용서를 빌리라.

「그분이 기다리고 계시오.」

나는 짙은 녹색 재킷을 입은 집사의 뒤에 바짝 붙어서 끝없이 이어지는 복도들을 따라 걷는다. 바닥은 대리석이고, 벽에는 화장 패널을 댔으며, 금빛 액자 속의 그림들은 하늘 가운데 빛이 나타나는 광경을 묘사하고 있다.

마침내 집사가 아기 천사 조각들로 장식된 커다란 문을 두드린 다음 밀어 열자, 나는 각양각색의 장식물과 깃발로 정신을 차릴 수 없을 지경인 서재 안에 서게 된다. 커다란 탁자 너머로 한 사내가 등을 보이며 안락의자에 앉아 어떤 영상을 보고 있다. 텔레비전에 보이는 것은 다름 아닌 델핀과 함께 있는 내 모습이다. 그렇다. 미셸 오두앵은 단지 나를 쫓아다니기만 한 게 아니라, 몰래 촬영까지 하고 있었던 것이다. 이제 어딘가의 창문에서 촬영한 것인 듯, 혼자 있는 델핀의 모습이 나타난다.

이렇게 우리를 염탐하고 있는 이 거부는 대체 누구일까? 지금 보이는 것은 그의 등과 귀뿐이다. 그는 수염이 나 있고 안경을 쓰고 있다. 나는 정적을 깨뜨린다.

「그래, 사람들을 염탐하는 게 그렇게도 재미있소?」

그는 아무 대답도 없이 화면에서 시선을 떼지 않는다. 카메라는 신생아실, 정신 병원, 교도소, 사원, 〈지옥〉 등을 방문하는 나의 모습을 쫓고 있다.

「하기야 삼류 언론의 관음증 덕분에 막대한 재산을 쌓을 수 있었던 사람이니, 타인의 사생활에 끼어드는 것은 너무도 자연스러운 일이겠지.」

그가 몸을 돌리고, 나는 엄청난 충격을 느낀다.

46. 백과사전 : 중국 용

중국 용(龍) 테크닉이란 좌중으로 하여금 불확실한 가설을 받아들이게 하기 위한 하나의 전략이다. 때로는 과학에서 의심스러운 생각을 보강하려는 목적으로 사용되기도 한다.

예를 들어 〈중국 용〉을 만들고자 하는 과학자가 한 사람 있다고 하자. 그는 자신의 이론과 정반대의 이론을 주장하는 가상의 반대 이론가를 꾸며 낸다. 그리고 이 적수의 이론이 타당하지 않음을 증명해 보인 다음, 역으로 자신의 이론은 반드시 옳고 참될 수밖에 없다고 주장하는 것이다.

에드몽 웰스, 『상대적이며 절대적인 지식의 백과사전』 제6권

47. 검은 예언자

내가 놀라 멍하니 있자 그는 커다란 미소를 지어 보인다.

「이럴 때 1호 지구에서는 무슨 표현을 썼더라? 아, 맞아! 〈세상은 참 좁아!〉라고 그랬었지.」

「난…… 네가…….」

「죽은 줄 알았다고? 다른 곳으로 쫓겨난 줄 알았다고? 맞아, 너희들은 날 심판했어. 그래서 날 이 18호 지구에 있는 그 수챗구멍으로 쫓아냈잖아? 다름 아닌 쥐족의 나라로 말이야.」

이제야 겨우 정신이 들기 시작한다.

「쥐족은 영광의 시기를 맛보았고, 절정에 도달했어. 그러고 나서 모든 문명이 그러하듯 붕괴되었지. 살아 있는 모든 유기체가 그러하듯 말이야. 그것들은 태어나고, 성장하고, 죽어 가지.」

그는 두 손을 모아 깍지를 낀다.

「그래. 내가 과거 쥐족의 수도였지만 이제는 다른 민족에 점령되어 버린 도시에 〈착륙〉했을 때, 쥐족의 제국은 1호 지구의 바빌론 제국이 그러했듯 생명력이 고갈되어 빈사 상태에 빠져 있었어. 그래서 나는 이 행성의 여기저기를 여행했지. 이 밑바닥을 돌아다니면서 너희들이 저 위에서 재미 삼아 쓰고 있는 역사를 지켜보았단 말이야.」

그는 손톱에 매니큐어 칠한 손가락들을 깍지 꼈다 풀었다 하기를 반복한다.

「벼락이 칠 때마다, 꿈을 꿀 때마다, 지진이 일어날 때마다 나는 자문하곤 했지. 〈저 녀석들, 또 왜 그러는 거지?〉 나는 이 세계에서 일어나는 일들을 매일같이 지켜보았고, 그리고 알고 있었어. 이 모든 것은 너희 신들이 서로 겨루기 위해 인간들을 조작하며 놀고 있는 것에 지나지 않는다는 사실을!」

그는 비난의 빛이 가득한 무거운 시선으로 나를 응시한다. 그는 시가 하나를 피워 문 다음, 내게도 한 대를 권하지만 나는 사양한다.

「난 18호 지구의 세계 대전을 체험했어.」

그의 얼굴에 빈정거리는 듯한 그 삐딱한 미소가 떠오른다.

「그게 얼마나 이상한 일이었는지 알아? 주위의 모든 사람이 무더기로 죽어 가는데 나만 혼자 불멸의 몸이라서 살아 있어야 하는 상황 말이야. 그 거대한 시체 구덩이 한복판에 나 혼자만 살아남아 멍하니 서 있었지. 그 기막힌 심정, 이해할 수 있겠어? 난 수많은 사람들이 죽어 가는 걸 지켜봤지. 그리고 나 역시도 수없이 죽어야 했어. 하지만…… 내 옆에서 폭발이 일어나 모든 것이 박살 나도, 전염병과 기근이 번져 나가도…… 그래도 난 죽지 않고 살아남았지. 사랑하는 사람들이 모두 다 죽어 없어졌는데도 나 혼자만 살아 있어야 했어. 그래! 그게 바로 나의 영벌이었던 거야. 굴러떨어지는 바위를 끝없이 굴려야 하는 시시포스, 끊임없이 다시 돋아나는 간을 쪼여야 하는 프로메테우스와 똑같은 신세였어. 나는 제발 좀 죽게 해달라고 기도했어. 나는 너희들보다 위에 있을지도 모르는 〈상위의 신〉에게, 제발 너희들이 벌이고 있는 저 올림피아의 게임을 좀 끝내 달라고 기도했지. 아, 이 세계가 서투르기 짝이 없는 신들에게 달려 있다는 것, 정말이지 끔찍한 불행이더군!」

「그냥 〈배워 가고 있는 신들〉이라는 표현이 낫지 않을까? 학생들은 연습해야 하는 법이야. 1호 지구에서 우리 의대생들은 외과 의사가 되기 위해 환자들의 쓸모없는 맹장을 제거하곤 했어. 연습을 위해서였지. 그 덕분에 다음에는 보다 어려운 수술도 성공할 수 있었다고.」

그는 내 말을 듣는 시늉조차 하지 않는다. 하긴 그에게는 씨알도 안 먹히는 소리일 테니까.

「네가 보다시피 난 아직 여기 있고, 여전히 살아 있어. 그리고 이 모든 게 다 네 덕분이지…… 미카엘, 그 모든 박해에도 불구하고 살아남은 민족 돌고래족의 신, 너 미카엘 말이야.」

이제 그의 목소리에는 꿈틀대는 적의가 선명히 느껴진다.

「난 네가 벌받는 걸 원치 않았어.」

나는 단언한다.

「넌 내 반대편의 주요 증인이었어. 앙크로 내 어깨를 맞혔다는 네 진술 때문에 재판관들이 나의 유죄를 확신하게 됐잖아!」

「분명히 말하는데, 난 끝까지 그들에게 상기시켜 주려 했었어. 거기에는 분명치 않은 점이 있다고. 맞은 어깨가 일치하지 않았으니까.」

그는 대답하지 않는다. 나에 대한 그의 판단은 오래전에 끝났음을 느낄 수 있다. 나는 조제프 프루동, 과거 아에덴에서는 쥐족의 신이었으며, 1호 지구에서는 위대한 아나키즘 이론가요 19세기 사회주의 운동의 선구자였던 이 사내를 살펴본다. 여전히 총명하게 반짝거리는 눈, 조그만 안경, 풍성한 수염, 장발의 머리 등은 예전과 조금도 다름이 없다.

「미카엘, 난 더 이상 널 원망하지 않아. 그래. 처음 이곳에 떨어졌을 때는 가장 이를 갈았던 게 바로 너였었지. 사실 여기서 나는…… 네 백성의 파괴에 미력하나마…… 나름대로 참여했다네.」

「무슨 말인지 모르겠는데?」

그는 후우하고 회색 연기를 길게 뿜어낸 다음, 만족스러운 미소를 지으며 말을 잇는다.

「나는 여기서 — 개인적으로 직접 접촉해서 말이야 — 어떤 인간에게 영향을 주었어. 내 친구였지. 거의 노숙자 같은 녀석이었어. 난 그를 먹여 주었고, 위로해 주었고, 이야기를 나누어 주었어. 단 한 사람만으로도 역사의 흐름이 바뀔 수 있다고 말해 주었지. 여러 가지 생각들을 들려주었어. 그리고 끝까지 나아가 보라고 부추겼지. 처음에 그는 약간 소심한 모습을 보이더군. 그냥 적당히 타협하겠다는 쪽이었어. 저항이 있을까 두려워했지. 그는 우리가 별짓을 다해도 아무도 저항하지 않으리라는 사실을 아직 모르고 있었던 거야. 그래서 나는 그에게 설명해 줬지. 집단 맹목의 원리를.」

「집단 맹목?」

「그래. 과감하게, 그리고 극단적으로 나가야 하는 거야. 거짓말이 엄청나면 엄청날수록 사람들은 더 매혹되어 믿어 버리는 법이니까. 토끼들이 어떤지 알아? 자동차 전조등 불빛이 갑자기 나타나면, 녀석들의 몸은 그대로 굳어 버려 차에 깔려 죽고 말지.」

내 몸은 부르르 떨린다.

「정화자!」

「맞아. 내 친구를 그렇게 부르기도 하지. 처음에 나는 신문으로 재산을 모았어. 원래 사람들은 조그만 거짓말을 좋아하거든. 그래서 난 아예 엄청난 거짓말들을 만들어 내어 같은 가격에 판 거지. 당시 나는 상어족의 땅에 있었어. 거기에는 벌써 분노에 이끌리는 성향이 강하게 존재하고 있더군. 인간이란 항상 자기가 억울한 희생자라고 생각하고 책임을 물을 죄인을 찾는 법이지. 그리고 그 죄인을 주로 약자 중에서 찾아. 아마 그때 저 위에서는 상어족의 신이 — 그 친구 이름이 그자비에였지, 아마? — 침략을 위한 군대를 기르느라고 애를 쓰고 있었을 거야. 그때 이 아래 세상, 역사의 현장에 있던 나는 무얼 했는지 아나? 군중의 불만을 파괴 에너지로 분출시킬 수 있는 전략과 슬로건을 제공하여 그를 지원했어. 바로 〈해묵은 증오를 결집시켜라〉, 〈돌고래족을 파괴하라〉였지. 여기에서 반돌고래 운동을 일으킨 건 바로 나였다네.」

난 더 참지 못하고 그에게 달려든다. 나는 그를 쓰러뜨리고, 우리는 함께 바닥에 뒹군다. 하지만 그는 넘어지기 직전에 책상 아래의 버튼을 눌렀다.

경호원들이 튀어나와 쉽사리 나를 제압해 버린다. 나는 버둥거리며 놓으라고 신호한다.

「놔줘!」

그의 명에 경호원들은 영문을 몰라 어리둥절한 표정을 짓는다.

「이 양반은 이전에…… 휴가지에서 만난 친구야. 우리는 어느 섬 해변에 위치한, 같은 클럽에 속한 빌라에서 지내는 이웃이었지. 지금 이 양반이 이렇게 화내는 이유는…… 그때 같이 둔 체스 게임 때문이야. 이 양반이 좀 꽁하는 기질이 있거든. 내가 이 양반 말들을 꽤 잡아먹었단 말이야. 그게 몇 개였더라? 아, 그래. 적어도 수백만 개는 됐지, 아마? 그걸 관성의 힘이라고 해. 한번 발동이 걸리니 멈추기가 힘들더군.」

나는 몸부림치며 고래고래 소리 지른다.

「넌 대가를 치르게 될 거야!」

「오, 물론이지! 착한 행동은 상을 받고 나쁜 행동은 벌을 받는다는 그 고리타분한 이야기, 아직도 철석같이 믿고 계시는군. 하지만 지금 최악의 형벌 장소에 떨어져 있는 우리에게 더 나쁜 일이 일어날 수 있겠나?」

조제프 프루동은 어깨들에게 우리 둘을 놔두고 나가라고 명한다. 그리고 앞으로는 이런 불쾌한 대접이 없으리라는 것을 내게 암시라도 해주듯 이렇게 덧붙인다.

「아, 이 인간들이란! 저들은 지나치게…… 충직해서 탈이야.」

「정말 네놈이 싫다.」

「알아, 알아. 처음엔 다들 너 같은 반응을 보여. 하지만 말이야. 내가 개인적인 소식통들을 통해 들은 바에 의하면, 너는 지난 50년간 게임을 여러 번 다시 했다며? 그리고 〈나의〉 정화자가 어떤 방식으로든 다시 출현한다는 사실을 분명히 확인했다고 하던데? 정화자…… 그는 증오를 결집시키는 역할을 할 뿐, 증오 그 자체는 그 이전부터 존재하고 있었다네.」

「네놈이 경멸스럽다.」

「자넨 또 한 가지 사실을 잊고 있는 것 같군. 이걸 발명한 건 내가 아니야. 1호 지구의 또 다른 역사적인 〈인종 청소부〉를 기억하나? 히틀러 말이야. 우리가 18호 지구에서 Y 게임을 시작하기 전에도 그는 존재했었잖아?」

「넌 18호 지구에다 비슷한 또 하나의 히틀러를 만들어 놓았어.」

「나도 당시에는 원한이 사무쳐 있었거든. 그리고 솔직히 말해서 난 증오가 세계의 새로운 원리가 되기를 꿈꾸고 있었어. 안 될 것도 없잖아? 인간들로 하여금 그들의 자연스러운 악한 성향을 따르게 하는 것은 너무나도 쉬운 일이야.」

조제프 프루동은 다시 시가에 불을 붙여 뿌연 연기 도넛들을 퐁퐁 뱉어 낸다.

「미카엘…… 난 이곳 18호 지구에서, 역사는 중단되었다가 다시 시작하기를 반복한다는 사실을 알고 있는 유일한 존재였어. 그렇게 다시 시작할 때마다 나는 이전에 실수한 경험을 바탕으로 나의 개인적 탄도를 끊임없이 개선해 왔지. 이전의 포탄 낙하지점을 관찰함으로써 탄도를 교정해 나가는 포병처럼 말이야.」

「그래서 결국 이 돈의 왕국을 세우게 됐나?」

「처음 내가 18호 지구에 도착했을 때는 점술업부터 시작했어. 상상이 가나? 〈프루동 도사〉의 모습이. 온갖 종류의 점술을 다 해보았지. 아에덴의 내막을 속속들이 알고 있는 나이기에 백발백중 죽집게였지. 그렇게 해서 돈 좀 모았어. 하지만 충분치는 않았어. 그래서 정치가가 됐지. 그게 좀 낫더군. 그다음엔 언론인이 된 거야. 난 계속 생각했지. 가장 적게 투자하고 가장 많이 버는 방법이 무엇일까. 그래서 나는…… 종교를 하나 만들게 되었다네. 아니, 사실은 여러 개를 만들어 보았어. 음악가처럼 나의 고유한 스타일을 찾을 필요가 있었거든. 결국 난 최적의 조합을 찾아낼 수 있었다네.」

「그게 뭐지?」

「언론과 종교를 반반씩 섞는 거야.」

「언론과 종교를 짬뽕하여 장사를 한다…… 그것도 명색이 아나키스트란 자가……. 할 말이 없군.」

「물론 나는 1호 지구에서 아나키스트였고, 아에덴에서도 아나키즘을 옹호하는 신 후보생이었던 게 사실이야. 하지만 여기서는 더 이상 내세워야 할 타이틀이 없어. 즉, 어찌되든 상관없다는 거지.」

「나를 왜 오게 했나, 프루동?」

「그냥 조제프라고 부르게. 나도 자네를 미카엘이라고 부를 테니. 왜 자넬 여기 오게 했냐고? 내가 비밀을 간직하고 살게 된 이후로, 그것을 누군가와 나누고 싶었거든. 내 간절한 꿈이 뭐였는지 아나? 그건 나를 이해하고 내 고통을 공유해 줄 누군가가 언젠가는 나타나는 거였지. 이 형편없는 조그만 행성에서 나는 너무도 외롭단 말일세! 나도 누군가로부터 조금이나마 동정을 받을 권리가 있지 않겠나? 모든 사람처럼 말이야.」

「나 때문에 유죄 판결을 받게 되었다고 내게 이를 갈고 있는 줄 알았는데……」

「너를 파괴하는 즐거움과 우리의 동맹을 통해 얻을 수 있는 이점, 이 둘 중에서 난 조금도 망설임 없이 후자를 선택하겠어. 백과사전의 한 구절 생각나? 협동, 상호성, 용서…… 난 자넬 용서해. 하지만 이건 경고해야겠어. 만일 자네가 나를 거스르는 행동을 할 경우, 나도 똑같이 행동할 거야. 자, 난 자네에게 협력을 제의하는 거야. 알겠어? 나도 이렇게 합리적인 놈이 됐다고.」

「왜 나지?」

「왜 너냐고? 넌 이 행성에서 나 말고 유일한 불사의 존재 아냐!」

「내가 불사의 존재라고 확실히 말할 수 있을까? 네가 그렇다고 해서 나까지 그런 것은 아니잖아?」

「그걸 확인하는 가장 좋은 방법은 실험해 보는 거지.」

그는 서랍에서 9밀리미터 구경의 큼직한 리볼버 권총을 꺼내어 침착하게 나를 향해 겨눈다.

「다섯까지 세겠어. 만일 다섯에도 협조를 약속하지 않는다면 난 너를 죽일 거야.」

그는 차분하게 알린다.

「잠깐! 뭐하자는 거야?」

「하나…… 둘…… 셋…… 넷…… 다섯.」

그는 방아쇠를 당긴다. 나는 본능적으로 총알을 막아 보려고 두 손을 앞으로 올리는데, 다시금 모든 것이 슬로 모션으로 진행되는 느낌이 든다……. 불을 뿜는 총구에서 튀어나온 총알은 천천히 내 쪽으로 날아온다. 나는 몸을 움직일 시간조차 없다는 사실을 잘 안다. 날아온 총알은 내 셔츠를 통과하여 살갗을 태우고, 근육 섬유를 찢고서 갈비뼈 한 대를 마치 마른 나뭇조각처럼 박살 내어 버린 다음 내 심장을 이루는 액질의 덩어리를 꿰뚫고 들어와 사정없이 터뜨려 버린다. 그런 다음 등 근육까지 계속 박혀 들어가 척추를 부수고 벽까지 날아가 박힌다.

나는 눈을 뜬 채로 두 팔을 십자가 모양으로 활짝 벌리고 벌렁 나자빠진다. 이번에는 모든 게 끝이구나.

나는 천장을 바라본다. 시야의 한구석에 있는 조제프 프루동이 쓰러진 내 몸을 내려다본다.

「아으…… 난 죽어…….」

「쯧쯧쯧…… 믿음이 없는 자여.」

내 귀에는 그가 무기를 책상 위에 올려놓고, 다시 시가를 입에 물고 성냥을 켜는 소리가 들린다. 그런 다음 다시 내 얼굴 위에 몸을 굽히고 뿌연 연기를 훅 하고 뿜는다. 나는 더듬더듬 말을 한다.

「데…… 델핀에게 전해 줘. 죽으면서 마지막으로 그녀를 생각했다고.」

나는 눈을 감고, 온몸의 피가 빠져나가는 것을 느낀다.

오랜 시간이 흐른다.

아직 안 죽었나?

나는 눈을 감은 채 눈꺼풀을 꿈쩍꿈쩍 해본다.

한 눈을 뜨고, 다시 다른 눈도 뜬다.

내가 아직 살아 있어!

나는 팔꿈치를 짚고 상체를 일으킨다. 나는 멍한 얼굴로 내 재킷에 난 구멍과 거기서 콸콸 솟구치는 피를 보고 있다가, 막을 수 없는 그 구멍을 막아 보려 손으로 눌러 본다.

프루동은 안락의자 속에서 쭉 뻗은 몸을 흔들흔들하고 있다.

「정말로 기억이 하나도 안 나나? 여기 내려오기 전에 선고받은 형벌이 생각 안 나? 의식 없는 하루살이들의 세계에서 의식 있는 불사의 존재로 지낼 것……. 자네도 나와 같은 형벌을 받았을 텐데? 자, 그래서 자넨 죽지 않는 거야.」

과연 내 상처가 다시 아물기 시작하는 게 보인다. 등 쪽의 통증도 사라지는 게 느껴진다. 심지어는 척추까지 다시 형성되고 있다.

조제프 프루동이 말을 잇는다.

「지금 자네가 어떤 기분인지 나도 잘 알아. 처음에는 내 눈에도 죽지 않는 것의 좋은 측면들만 보이더군. 그래서 나는 활화산 분화구 속에도 뛰어내려 보았고, 낙하산 없이 비행기에서 점프도 해보았으며, 아무 걱정 없이 러시안 룰렛 도박도 해보았지. 그리고 전쟁 중에는 제일선에 서서 잘난 척도 해봤어. 때로는 다른 병사들에게 이렇게 말하기도 했었어. 〈자, 나를 따르라! 절대로 위험하지 않아! 나를 보라고!〉 아! 자신이 죽지 않는다는 사실을 발견하게 되면 얼마나 재미있는 일이 많은 줄 아나? 하지만 난 곧 깨닫게 되었어. 그래 봤자 내 신세에는 큰 차이가 없다는 사실을. 사실 우리가 받은 가장 큰 형벌은…… 지겨움이라네.」

그는 다시 비디오 시디를 집어 들어 플레이어 안에 넣는다. 화면에 델핀의 얼굴이 나타난다. 고개를 돌림에 따라 검은 머리채가 찰랑이는 모습이 슬로 모션으로 이어진다.

「저 여자를 사랑하나? 그렇다면 고통받을 각오를 해야 해. 저 여자는 곧 늙을 텐데, 자네는 영원히 현재의 나이로 굳어져 있어야 하거든.」

나는 몸을 일으켜 책상 맞은편에 있는 의자에 털썩 주저앉는다. 이제는 이해가 되기 시작한다.

「이게 바로 우리 형벌의 일부이지. 사실은 내게도 사랑한 여자들이 있었어. 그리고 나 역시 엄청난 고통을 맛봐야 했지. 사랑하는 여인이 벌벌 떠는 이 빠진 꼬부랑 할머니로 변해 가는 모습을 지켜봐야만 하는 그 심정! 그 뒤 내게 가능한 선택은 하나밖에 없었어. 더 이상 고통받지 말고 이 상황을 이용하자! 지금은 자네가 보다시피 항상 〈신선한 살〉을 맛보기 위해 끊임없이 〈애인 창고〉를 신상품으로 채워 놓지. 이제 감정적으로 빠지는 일은 없어. 애인들은 두되 사랑은 없는 거지. 저 앞에서 안내하는 아가씨들, 예쁘지 않나? 맘에 들면 가져도 돼. 난 그렇게 쩨쩨한 놈이 아니니까.」

상처는 이제 완전히 아물었다. 셔츠와 손가락에 묻은 핏자국만이 조금 전에 있었던 일을 증언하고 있다.

「우리는 신이야. 이제 자네가 얼마나 큰 힘을 가지고 있는지 실감이 되나? 자, 어때? 이 행성에 유배 온 두 신끼리 동맹을 맺어 보는 것이?」

「미안하지만, 난 관심 없어.」

그는 못마땅한 얼굴로 시가를 짓이겨 부서뜨린다. 나는 다시 앉는다.

「아, 그래! 내가 잊고 있었어⋯⋯. 델핀 양 때문이로군. 지상에서의 운명적 사랑! 깊은 경의를 표하네!」

나는 프루동의 서재를 둘러본다. 낯익은 상징들이 눈에 띈다. 조각된 쥐들이다.

「사람들은 자네를 〈예언자〉라고 부르던데? 그래, 신들의

338

왕국에서 입만 열면 〈신도 없고, 스승도 없다〉라고 주장하던 자네가 정말로 종교를 만들었단 말이야?」

「권력을 잡기 위해서지. 일단 권력부터 잡고 나서, 그다음에 어떻게 해야 할지 결정할 거야. 나를 아는 사람들은 날 숭배하지. 내가 만든 새 종교는 막연한 직관들만 늘어놓는 다른 종교들과 달리, 알기 쉽고도 확실한 설명을 제공한다는 장점이 있거든. 참으로 기가 막힌 역설이야! 종교라는 게 달콤한 마약에 불과하다는 사실을 보여 주기 위한 가장 좋은 방법, 그게 바로 나 자신이 종교를 만드는 거였다니! 하지만 적어도 저 위에서 정말로 무슨 일이 일어나고 있는지 알고 있는 유일한 종교지. 너도 부인할 수 없을 거야. 저 위에서 무슨 짓거리들이 일어나고 있는지 적어도 우리 둘은 분명히 알고 있잖아?」

「네가 만든 것은 광신적인 신흥 종교일 뿐이야!」

「너무 험한 말은 삼가게나, 미카엘. 그리고 〈신흥 종교〉란 게 대체 뭔가? 아직 신도 수가 충분히 많지 않아서, 다른 사람들이 인정하지 않을 수 없는 세력을 갖추지 못한 종교를 말하는 게 아닌가? 하지만 난 아냐. 돌고래족에 대한 증오 덕분에 나는 각국의 수많은 정치 운동 세력들을 결집할 수 있었다고. 심지어는 흑기, 홍기, 녹기들을 반돌고래 연합의 테두리 안에서 서로 화해시키기도 했지. 자네 알고 있나? 이 행성에는 자네의 돌고래족을 좋아하는 사람들이 거의 없다는 사실을. 가장 재미있는 사실은, 그들을 증오하는 이유들이 서로 모순된다는 점이야. 그들은 가난한 나라에서는 너무 부자로 여겨지고, 부유한 나라에서는 재산 분배를 주장하는 혁명가들로 간주되지. 사실은 모두가 그들을 질투하고 있을 뿐이야. 심지어는 돌고래족이 한 명도 없는 나라에서 반돌고래 운동이 일어난다니까!」

「아나키즘은 처음에는 인간 해방을 지향했던 사상으로 알고 있는데?」

「인간을 해방하기 위해서는 먼저 가둬 놓는 일부터 시작해야 해. 왜, 〈인민의 독재〉라는 말도 있잖아? 참으로 기막힌 역설이지!」

「에드몽 웰스는 이렇게 말했어. 〈대부분의 사람들은 천성적으로 관대하다. 하지만 나쁜 놈들은 더 잘 조직되어 있다.〉」

「하하하! 에드몽, 말 한번 멋지게 했군! 결국에 승리하게 되는 건 나쁜 놈들이야. 왜냐면 간단히 말해…… 그들은 더 냉철하고, 더 단호하기 때문이지. 현실주의자가 돼야 해. 사람들은 진실보다는 거짓에 더 귀가 솔깃해지는 법이지. 민주주의보다는 독재 체제가 더 잘 돌아가. 또 평화보다는 폭력이 훨씬 더 재미있지. 사람들은 모두 〈자유! 자유!〉 하고 짖어 대. 하지만 속으로는 원치 않아. 그걸 주면 곧바로 가장 난폭한 자에게 되돌려 주기 바쁘지. 1호 지구의 러시아 혁명을 생각해 봐. 러시아인들은 민중 해방의 이름으로 차르를 죽였지만, 곧바로 새로운 슈퍼스타를 추대했어. 바로 그들을 굶주리게 하고, 수용소에 처넣고, 모든 표현의 자유를 금지한 스탈린 말이야.」

「그건 우연의 일치였을 뿐이야.」

「천만에. 충분히 숙고된 뒤 일어난 일이야. 민중이란 카리스마 있는 우두머리를 원하는 법이라고. 그게 그들을 안심시켜 주니까. 자유는 불안하게 느껴지지.」

그러고 보니 생각난다. 프루동이 쥐 부족 사람들을 진정시키기 위해 어떤 방법을 사용했는지를. 그는 희생양들을 지목하고 우두머리에 대한 공포 분위기를 조성함으로써 벼락에 대한 공포를 극복시킬 수 있었다.

「여기서 똑같은 역사가 반복되는 것을 지켜보아 온 이 사람의 말을 믿게나. 인간들이 좋아하는 길은 어둡고도 난폭한 것이네. 물론 그들은 이 사실을 인정하지 않겠지만 말이야. 인간들은 바보들이지. 그러니 그들의 언어로 말해야 해. 증오에 찬 자들은 다수를 이루고 있고, 다루기도 쉽다네. 또 가장 적극적이기도 하지. 제시하는 목적이 파괴적일수록 그들은 더욱 열렬히 참여하지. 그러니 바로 이자들 위에 나의 세계 혁명을 건설하는 것이 지극히 논리적인 선택 아니겠나?」

「혁명?」

「난 정당도 하나 만들었어. 지금은 차근차근 지지자들을 확보해 가는 중이고, 곧 내 종파와 함께 수면에 부상하게 될 거야. 자, 이게 요즘 내가 준비하고 있는 일들이지.」

프루동은 다시 리모컨을 집어 들어 영상들을 빨리 지나가게 하여 내가 파란 나비 프로덕션 팀원들과 함께 있는 장면을 찾아낸다.

「자, 자네 역시 작가만으로 지내기는 따분했던지 뭔가 꼼지락거리고 있더군. 안 그래? 하긴 당연한 일이야. 지구에 유배 와 있는 신의 신세, 실로 답답하기 그지없지. 자네도 뭔가 강력한 것을 하나 만들어 낸 걸로 알고 있어. 게임 말이야. 〈신들의 왕국〉. 자, 보라고! 자네도 〈진실〉에 대한 지식을 이용해서 다른 사람들에게 영향력을 미치려 하고 있잖아?」

「나는 인간들과 내 경험을 나누고 싶을 뿐이야. 너처럼 내 경험을 이용하여 그들을 노예로 만들려 하지는 않는다고!

에드몽 웰스는 이렇게 말했어. 〈좋은 스승은 다른 이들을 제자로 만드는 사람이 아니다. 좋은 스승은 다른 이들을 스승으로 만드는 사람이다.〉 이 말은 우리에게도 적용될 수 있겠지. 〈좋은 신은 다른 이들을 신으로 만드는 자이다.〉」

그는 박수를 친다.

「오, 괜찮은데! 아주 훌륭해요!」

그는 신문 자료가 들어 있는 서류철을 꺼낸다.

「지금 자네가 몸을 빌리고 있는 이 친구…… 요즘 인기가 별로인 거 같더구먼. 가브리엘 아스콜랭 말이야.」

「그게 오히려 나의 축복인 셈이지. 새로운 전망을 여는 놀라운 세계들을 만들어 낼 가능성이 있다는 얘기니까. 또 이해받지 못하고 있다는 점에서는 나의 저주이기도 하고.」

「꼭 이 친구가 자네 자신인 것처럼 얘기하는군.」

「나는 가브리엘 아스콜랭이야. 마치 그의 몸과 정신이 내가 올 것을 미리 알고 있었던 것 같아. 내가 도착하기도 전에 그는 나와 똑같았지.」

「그래서 원하는 게 뭔데? 사람들이 자네에게 박수 쳐주고 자네의 다름을 인정해 주기를 바라나?」

「난 내 직업을 좋아해. 이 일에는 어떤 의미와 어떤 유용성이 있는 것 같아. 난 새로운 지평들을 열고 있어.」

「여봐, 1호 지구에서의 일을 생각해 봐. 거기서 진정한 선구자들은 모두 이해받지 못했어. 그다음에 나타나서 베낀 놈들이 상을 받아 갔지. 당연한 일이야. 인간들이란 새로운 것을 싫어하거든. 특히 그 새로운 것이 그들에게 변화를 강요하면 더욱 싫어해. 너의 독창성은 이단적인 것으로 간주되고 있어. 그들은 새로운 지평을 원하지 않아. 그들이 원하는 것은 단 하나, 이미 알고 있는 것이 재생산되는 거야.」

「그래도 결국에는 내 메시지가 전달될 거야.」

「네 작업은 영원히 인정이나 도움을 받을 수 없을 거야. 반대로 만일 네가 내 편이 되면, 거대 언론 그룹의 힘을 온전히 누릴 수 있게 돼. 네 작품은 드디어 지지받고, 설명되고, 논평될 수 있어. 그뿐이겠어? 너를 비판하는 자들에게 한 방 먹여 줄 수도 있을 거야.」

그는 형광빛 감도는 녹색 술을 유리잔에 따라 내게 내민다.

「아직까지는 내 말에 설득력이 없는 모양이군. 자, 그렇다면 우리 다른 식으로 말해 보지.」

그는 리모컨을 들어 델핀의 영상이 나올 때까지 되감는다. 그는 버튼들을 조작하여 그녀의 얼굴을 클로즈업한다.

「내가 알기로 이 아가씨는 인간, 즉 죽을 운명의 존재일 거야. 이 아가씨에게 무슨 일이라도 일어나면 안 될 텐데 말이야……. 내 종파에는 반돌고래 광신도들이 좀 있어. 그들에게 몇 마디만 해주어도 이 아가씨와 자네 파란 나비 친구들에게 관심을 가질 거야. 우리 게임은 아직 끝난 게 아니잖아? 우리에겐 각자 자기 체스 말을 움직일 권리가 있다고. 자넨 아에덴에서 내게 불리한 증언을 했지. 그래서 나는 형을 선고받았어. 나도 정화자를 고안해 냈지. 그 결과 넌 여기로 떨어져 내리게 되었고. 이렇게 〈꼼수〉를 써서 서로에게 한 방씩 먹인 셈이지. 이것은 앞으로도 계속될 수 있어. 하지만 피차에게 피곤한 일이겠지. 만일 자네가 협력을 받아들인다면 우린 이제 비기게 되는 거야. 여봐! 왜 그 가치도 없는 인간들을 위해 사서 고생을 하는가?」

나는 잠시 생각해 본 다음 이렇게 말한다.

「음…… 결국 자네 말이 옳은 것 같네. 그래, 내가 틀렸고 자네가 옳았어.」

나는 항상 이 문장을 말해 보기를 꿈꿔 왔다. 〈자네가 옳았고 내가 틀렸어.〉 토론이 벌어질 때면 우리는 상대의 말은 듣지 않고 자기주장만 우기다가, 결국은 처음의 확신을 간직한 채 돌아가는 게 보통이다. 하지만 모두가 원하는 것은 바로 이 문장을 들어 보는 것이다. 〈자네 말이 맞아. 자네가 옳았고 내가 틀렸어.〉

그는 약간 당황하며 되묻는다.

「아? 정말이야?」

「사실 난 델핀과 내 백성을 너무 사랑하고 있어. 또 자넨 나에 앞서서 18호 지구에 유배 와 있는 신 후보생이잖아? 그렇다면 무엇을 해야 할지에 대해선 나보다 잘 알고 있을 거야. 그런데 네 말을 듣지 않는다면 어리석은 짓이겠지. 그리고 네가 이렇게 말했잖아. 〈바보들을 교묘히 이용하는 편이 낫다. 그들의 수가 더 많으니까.〉

그는 시가를 내려놓고, 형광빛 나는 녹색 술이 담긴 유리잔을 다시금 내민다. 나는 술잔을 받아 단숨에 들이켜고, 한층 힘이 솟는 걸 느낀다.

「자, 그럼 뭔가 계약서를 쓰든지 아니면 악수라도 할까?」

「말로 충분해.」

그가 대답한다.

나는 책상 위에 놓인 9밀리미터 구경 리볼버를 내려다 본다.

「공평해지기 위하여, 즉 우리가 진정으로 동등하게 되기 위해, 자네가 내게 한 걸 나도 자네에게 해야 하지 않겠나?」

그는 9밀리미터 구경 리볼버를 집어 들어 내게 내민다.

「꼭 그래야 안심이 된다면 나를 죽이게. 그럼 우린 똑같이 되니까.」

나는 총신을 그의 이마에 갖다 댄다.

「자네 두개골에 대고 쏴도 여전히 살아 있을 거란 말이지?」

그는 기괴한 미소를 짓는다.

「가끔 두통이 심하면 그 짓을 하곤 해. 난 이것을 〈생각에 좀 바람을 쐬어 준다〉라고 표현하지. 아스피린보다 효과가 좋아.」

그는 비웃는 듯한 미소를 띤 채 시가를 다시 들어 느긋하게 빨아 댄다. 내 손가락이 방아쇠를 잡아당겨도 눈 하나 깜짝하지 않으면서.

「자, 다섯에 쏘겠어. 하나…… 둘…… 셋…….」

총알은 그의 이마에 커다란 구멍을 낸다. 두개골 상부는 마치 박살 나는 야자 껍질처럼 무수한 흰 조각들로 폭발한다. 남은 것은 턱과 입뿐이고, 그 위로는 아무것도 없다. 입술은 여전히 시가를 물고 있다.

벌써 뼈들이 엄청나게 빠른 속도로 다시 생성되는 게 보인다. 하지만 아직 눈과 귀는 없는 틈을 타서 나는 리볼버를 주워 들고 창문을 넘어 정원으로 뛰어내린다. 내 계산이 맞는다면, 조금 전에 나는 심장에 총을 맞은 뒤 의식을 되찾기까지 족히 1분은 필요했었다. 이 짧은 시간 동안 도망쳐야 하는 것이다.

주차장에는 스포츠카가 한 대 서 있다. 차 문은 열려 있고,

열쇠도 운전석 계기판 위에 올려져 있다. 게다가 운 좋게도 차 유리는 어둡게 선팅이 되어 있다. 이제 몇 초 내에 이 정원을 빠져나가야 한다.

나는 자갈이 깔린 진입로를 전속력으로 달린다.

정문에 이르렀을 때, 이제는 비상벨이 울리고 경호원들이 앞을 가로막고 맹견들이 풀리리라고 예상한다. 하지만 아무 일도 일어나지 않는다.

프루동 뇌에서 언어를 담당하는 부분이 아직 재생되지 않은 모양이다. 나는 뒤에 추격자를 달지 않고 계속 시골길을 달린다. 이제 1초도 허비해서는 안 된다.

48. 백과사전 : 카히나 여왕

카히나 여왕은 이른바 〈아마지그 부족〉의 지방(현 알제리의 아우레스 지방)을 지배하던 왕이었다. 역사가들에 따르면 항상 붉은 옷차림을 하고 다니는 절세 미녀였다는 이 왕은 강력한 카리스마와 외교력 덕분으로 점차 그 위명과 영향력을 높여 갔다. 마침내 베르베르 부족 연합의 수장으로 선출된 그녀는 반목 관계에 있는 부족들을 화해시키는 한편, 비잔틴 문화의 카르타고인들과 동맹을 맺어, 서기 695년에서 704년에 이르는 기간 동안 이슬람교를 앞세운 아랍 침략군에 맞서 싸웠다. 그녀의 주적은 다마스쿠스의 칼리프인 말리크가 파견한 아프리카 총독 하산 이븐 누만이었다. 각각 애니미즘과 기독교를 신봉하는 베르베르족과 카르타고인의 연합군은 카르타고를 점령하려 드는 이슬람교도들을 무찔렀다. 능란한 전략가였던 카히나왕은 미스키아나에서 적의 10분의 1밖에 안 되는 병력으로 하산 이븐 누만의 군대를 격파하여, 트리폴리타니아 지역으로까지 몰아냈다.

굴욕을 당한 이븐 누만은 칼리프에게 도움을 요청했다. 이에 칼리프는

4만 명의 정예군을 보내 주면서 이렇게 경고했다. 〈카히나의 목을 가져와라. 그러지 못할 경우 네 목을 내놓아야 한다.〉이 증원군을 이끌고 다시 공세에 나선 이븐 누만은 이번에는 카르타고를 쉽게 함락할 수 있었다. 이때부터 카히나왕은 베르베르족 전사들을 이끌고 홀로 이븐 누만에게 저항하지 않으면 안 되었다.

그녀는 침략군의 공격 의지를 꺾기 위해 초토화 작전을 펼쳤다. 702년에는 적의 20분의 1밖에 안 되는 병력을 이끌고 타바르카에서 결전을 벌인 끝에 승리를 눈앞에 두게 된다. 하지만 마지막 순간에 칼리드라는 청년에게 배신을 당하고 만다. 칼리드는 적의 전사였는데, 약자를 보호하는 〈아나이아〉라는 베르베르족 관습에 따라 용서해 주고 양자로까지 삼아 준 자였다. 결국 왕은 적에게 사로잡혀 참수되었고, 그 머리는 칼리프 말리크에게 보내졌다.

칼리프는 왕의 머리가 든 자루를 열면서 이렇게 말했다고 한다. 〈그래 봤자 제까짓 게 여자 아니겠어.〉

에드몽 웰스, 『상대적이며 절대적인 지식의 백과사전』 제6권

49. 탈출

홀연, 주위에 있는 구름들이 어두워지더니 서로 합쳐지면서 위협적으로 쩍 벌어진 입과 성난 얼굴들의 형상을 이룬다.

나는 달린다.

번개가 하늘에서 뿜어져 나온다.

나와는 더 이상 상관없는 그 시끄러운 소리들을 듣지 않으려고 시디플레이어를 튼다.

웅장한 음악이 차 안에 울려 퍼진다. 놀랍게도 곡이 전혀 낯설게 느껴지지 않는다.

그렇다. 모차르트의 「디에스 이레」이다.

프루동이 용케도 1호 지구의 음악을 가져온 것이다! 이런 일이 어떻게 가능했을까? 히틀러, 그리고 이번에는 모차르트.

관념뿐만 아니라 멜로디까지 돌아다니고 있다.

그래. 평행 세계들 사이에는 연결 통로가 있는 거야!

이 음악은 나를 멈추게 하기는커녕 오히려 힘을 불어넣어 준다.

굵직한 바리톤의 음성과 여성 합창이 서로 화답하며 힘차게 부르는 라틴어 가사는 나를 도취시킨다.

내가 알기로 〈디에스 이레〉의 뜻은 아마 〈신의 분노〉일 것이다.

나는 여기저기 뒤진 끝에 시디 재킷을 찾아낸다. 물론 거기에는 다른 제목과 다른 작곡가 이름이 적혀 있다. 그래도 1백 퍼센트 똑같은 불법 복제는 삼간 모양이다.

장대비가 억수같이 쏟아지기 시작하며 차의 앞 유리를 사정없이 후려친다. 나는 와이퍼를 작동시키고 차의 속도를 한층 높인다. 질주하는 차는 거센 물보라를 일으킨다.

벼락이 차의 바로 앞 나무에 떨어지고, 나무는 불길에 휩싸이며 연기를 뿜는다.

저것도 어떤 신의 짓일까? 하지만 난 그 어느 신도 두렵지 않다. 어쨌든 나 역시 불사의 존재 아닌가!

차가 고속도로에 접어들자 한층 속도를 높인다. 지금 상황이 얼마나 급박한지 나는 충분히 인식하고 있다.

맹렬히 질주해 오는 내 차의 기세에 다른 차들은 속도를 줄인다. 나는 번갯불에 환하게 밝혀지는 빗물 젖은 도로 위를 시속 250킬로미터로 달린다. 과속 감지기의 플래시가 번쩍하고 터진다. 하지만 이 속도로 달리는 차를 제대로 촬영할 수는 없었을 것이다. 어차피 벌금 딱지는 프루동 앞으로 날아갈 테니까 상관없는 일이지만.

나는 점점 더 속도에 취하기 시작하면서 기어를 마지막 단으로 올린다. 그러자 계기판의 불 하나가 반짝 켜지면서 차가 터보 모드에 들어섰음을 알려 준다.

나는 승용차와 트럭들 사이를 지그재그로 빠져나가기도 하고, 오토바이들을 추월하기도 한다.

우주의 허공을 생각의 속도로 여행해 본 적이 있는 나지만, 타이어가 그대로 터져 버릴 듯 노면에 마찰되는 걸 느끼면서 공기를 가르며 질주하는 즐거움을 참으로 오랫동안 잊고 있었음을 깨닫는다.

시속 280킬로미터.

나는 거의 로켓처럼 달린다. 수도의 외곽 도로에 이르러서야 정체 구간을 만나 엉금엉금 기어가고 있는 무수한 차들 틈으로 끼어든다.

정체 구간을 벗어난 나는 도시를 관통해 달리며 모든 신호등을 무시하고 그 어떤 차에도 양보하지 않는다. 결국 다시 빨간불이 들어온 교차로를 지나다가 내게 길을 양보하려 들지 않는 한 대형 차량과 정면으로 충돌하고 만다. 이곳의 차도는 좌측통행이어서 내가 순간적으로 착각을 일으킨 탓이다.

다시금 모든 것이 슬로 모션으로 돌아가는 느낌을 받는다. 두 자동차의 엔진이 두 개의 물렁한 떡처럼 서로의 안에 파묻혀 들어가고, 차 내부가 휘어지는 게 느껴진다. 내 흉곽은 에어백이 작동하지 않은 핸들에 눌려 찌그러지고, 머리는 차 앞 유리를 깨면서 밖으로 튀어나온다. 무수한 유리 조각이 박혀 든 얼굴로 빗물이 줄줄 흘러내린다.

앞을 보니 충돌한 상대 차량은 연기 나는 고철 덩어리로 변해 있다.

미안! 정말로 미안해요. 하지만 지금 걸려 있는 사안은 이 사건보다 무한히 중요한 일이니 이해해 줘요.

나는 앞 유리를 뚫고 차에서 빠져나오고, 그런 내 모습을 보는 행인들은 공포에 질려 비명을 지른다.

기이하게도 시디플레이어에서는 모차르트의 「디에스 이레」가 계속 흘러나오고 있다.

나는 〈미안해요〉와 〈걱정들 마세요. 난 괜찮습니다〉라는 두 가지 뜻을 동시에 표시하는 손짓을 한다. 피가 옷을 흠뻑 적시다 못해 쉬지 않고 뚝뚝뚝 떨어지고 있지만 난 개의치 않는다. 더러워진 옷이야 세탁소에 맡기면 그만인 것이다.

참사의 현장을 벗어난 나는 한 분수대에서 몸을 대충 씻은 다음 택시를 부른다. 모두가 내 몰골을 보고는 겁에 질려 차를 세워 주지 않는다. 그중 한 대는 놀라 갑자기 핸들을 꺾느라 차가 뒤집힐 듯 기우뚱대기도 한다.

결국 구급차 한 대가 멈춰 서서 날 병원까지 데려다주겠다고 제의한다.

하지만 난 먼저 친구 집에 들러야 한다고 말하고, 나의 단호한 태도와 들이댄 리볼버 앞에서 그들은 나를 델핀 집으로 데려다 주는 것에 동의한다.

문을 연 그녀는 내 모습을 보고는 얼굴이 하얘져서 뒤로 물러선다.

「설명할 시간이 없어. 지금 우리 둘 다 큰 위험에 처해 있어. 간단히 짐을 싸! 당장 떠나야 해.」

델핀은 잠시 멍하니 서 있다. 하지만 그녀 내부의 무언가가 반응한다. 내가 한 말, 그것은 그녀의 조상들에게 무수히 반복되었던 말이어서 이제는 그녀의 유전자 깊숙이 새겨져 있는 내용이다. 언제라도 열쇠만 들어오면 열릴 준비를 하고 있는 자물쇠처럼 말이다.

돌고래족 중에서 살아남을 수 있었던 사람은 가장 강박증이 심한 사람들이었어. 반응 속도가 남들보다 빨랐기 때문이지. 낙관주의자들은 다 죽음을 맞았고.

델핀 카메레는 더 이상 꼬치꼬치 물어보지 않는다. 다만 내게 수건을 한 장 던져 주고 욕실을 가리킨 다음, 곧바로 짐을 싸기 시작한다.

나는 세면대 앞에 서서 거울에 비친 내 모습을 본다. 미처 다 아물지 못한 상처들도 있다. 뜨거운 물로 샤워를 한다. 델핀은 옛 약혼자가 남기고 간 옷가지를 가져다준다.

그녀는 조그만 바퀴가 달린 커다란 여행 가방 세 개를 꺼내어 차곡차곡 채우기 시작한다. 그녀는 꼭 필요한 물건들을 찾는다. 컴퓨터, 화장품 세트, 더울 때와 추울 때 입을 옷가지들.

그녀의 차에 올라타자, 나는 백미러를 주시하며 시동을 건다.

「자, 이젠 말해 봐. 무슨 일이야?」

그녀가 묻는다.

「어둠. 어둠의 힘들이 깨어났어. 내가 전에 살던 한 세계의 작가였던 베르톨트 브레히트는 이렇게 말했지. 〈괴물을 낳은 짐승의 모태는 아직 사라지지 않았다.〉그 짐승은 지금 괴물을 낳고 있어. 난 그 짐승을 정면으로 목격하고 왔어.」

「그게 누군데?」

「아에덴 학교의 동창인데 지금 여기서는 신문사 사주이자 신흥 종교 교주이고, 조금 있으면 정치 지도자도 될 거야. 그는 우릴 감시하고 있어. 네 생명이 위험에 처해 있다고.」

그녀의 얼굴에 놀란 표정이 떠오르고 있는데 어디선가 차가 한 대 나타난다. 고개를 돌려 살펴보니 조제프 프루동의 빌라에서 봤던 덩치 큰 경호원들과 비슷하게 생긴 친구들이 가득 들어 있다. 나는 스포츠카를 박살 낸 것을 후회하며 엑셀을 밟는다.

또 신호등을 여러 개 무시하고 달린다. 역주행도 서슴지 않는다. 나는 불사의 몸이지만 델핀은 그렇지 않다는 사실을 상기하고는 아까보다는 좀 더 안전에 유의하면서 차들 사이를 요리조리 빠져나간다. 하지만 괴한들의 차가 끈질기게 따라오는 것을 보고는 차창 밖으로 리볼버를 내밀어 타이어를 겨냥하여 쏜다. 괴한들의 차는 방향을 잃고 미끄러져 가로등에 거세게 부딪힌다.

연료 계기판 바늘이 바닥에 닿아 있어 어쩔 수 없이 주유소에 차를 세운다. 주위의 모든 사람이 수상쩍게 느껴진다. 맥주를 마시면서 곁눈으로 나를 살피는 트럭 운전사. 말 없는 노숙자. 심지어는 장난감을 만지작거리고 있는 꼬마까지. 프루동의 말이 아직도 귀에 쟁쟁하다.

〈증오에 찬 자들은 다수를 이루고 있고, 또 다루기도 쉽다네. 또 가장 적극적이기도 하지. 제시하는 목적이 더 파괴적일수록 그들은 더욱 열렬히 참여하지. 따라서 바로 이자들

위에 나의 세계 혁명을 건설하는 것이 지극히 논리적인 일 아니겠나?〉

주유소의 계산원은 입을 덮은 풍성한 콧수염의 소유자로, 마치 나를 알아본 듯 눈썹을 찌푸린다.

정말로 인간은 모두가 겁 많은 원숭이에 불과할까?

이들은 모두가 위험한 존재들일까?

자그마한 여자가 내게 묻는다.

「혹시 작가 가브리엘 아스콜랭 씨 아니세요? 우리 딸이 선생 책을 아주 좋아하죠. 나는 개인적으로는 아직 읽어 보지 못했지만, 듣기로는 그다지…….」

나는 지갑에서 돈을 찾느라 허둥댄다. 델핀이 나 대신 계산하고, 우리는 서둘러 다시 길을 떠난다.

다시 차 한 대가 우리를 따라오고, 나는 시내의 골목길들을 요리조리 빠져나간 끝에 결국 그들을 따돌리는 데 성공한다.

나는 백미러에서 시선을 떼지 않는다.

델핀이 마침내 입을 연다.

「가브리엘 아스콜랭. 당신의 진짜 정체가 뭔지 설명을 듣고 싶어.」

이 여인만큼은 신뢰할 수 있을까? 내가 만든 종교를 이 여자가 믿고 있다고는 하지만, 사실 그것도 확실한 보장은 되지 못한다.

「물론 난 모든 걸 얘기해 주고 싶어……. 하지만 정말로 알고 싶은 거야?」

「응. 이젠 정말 알고 싶어졌어.」

그리하여 계속 차를 운전하면서 나는 내 영혼이 걸어온 도정을 들려준다.

1호 지구에서의 인간으로서의 평범한 삶.

죽음에 대한 공포.

우리를 뛰어넘는 세계들에 대한 무지.

라울 라조르박과의 만남.

공간을 여행하기 위해 육체마저 벗어 버리고 낙원 정복을 떠났던 우리 타나토노트들의 기상천외한 서사시.

위 세계에 이르게 된 사연. 천사들의 나라에서의 삶.

아에덴에 오게 된 사연.

올림피아에서의 신 후보생으로서의 삶.

내가 돌고래족을 창조한 이야기, 그리고 이 고래목 동물들과 처음으로 대화를 나눈 할머니의 이야기를 상세히 들려준다.

쥐족의 공격.

배를 타고 도망가서 고요한 섬에 이르게 된 사연.

해일. 돌고래족 생존자들을 태운 배가 각 대륙으로 흩어지게 된 사연.

그녀가 말한다.

「이 모든 이야기를 자기가 꾸며 낸 건지는 모르겠지만, 최소한 우리 돌고래족 책들을 통해 배운 내용과 아주 가까운 건 사실이야.」

나는 또 어떻게 내 백성들에게 의회 정치, 휴일, 식품 위생 등의 개념과 범선 항해, 천문학, 상업, 미지의 땅의 탐험 등에 대한 관심을 심어 주었는지도 들려준다. 그리고 어려웠던 날들의 이야기도 빼놓지 않는다. 패전, 유랑 생활, 박해, 돌고래족에 대한 조직적인 중상 운동, 세 번째로 흩어지게 된 일.

또 열두 스승 신의 강의에 대해서도 얘기한다. 산꼭대기 불빛의 정체를 알아내려고 산을 올라간 일. 인어. 용. 레비아단. 나를 조각상으로 변형시킨 메두사. 밤이면 후보생들을 죽이던 살신자. 프루동 체포. 그에 대한 재판과 처벌.

그리고 내가 Y 게임 중에 속임수를 쓰게 된 일, 또 위험에 처한 내 백성을 구하기 위해 메시아를 투입한 일도 빼놓지 않는다.

「그게 〈후계자〉야?」

「아니 〈신의 가르침을 받은 자〉.」

「그럼 〈신의 가르침을 받은 자〉가 우리 돌고래족이었단 말이야?」

「물론이지. 그는 돌고래 땅에서 태어났고, 단지 돌고래족의 전통적인 종교를 가르쳤을 따름이야. 그런데 나중에 나의 옛 친구이자 경쟁자이기도 했던 라울 라조르박이 만들어 낸 이른바 〈후계자〉가 그를 훔쳐 갔고, 이웃 나라들에 대한 자신의 지배권을 확대하려는 목적으로 그가 한 말들을 교묘하게 써먹었지.」

그녀는 눈썹을 찌푸린다.

「사실 나도 〈신의 가르침을 받은 자〉가 우리 중 하나인데, 남들이 그의 메시지를 훔쳐 간 게 아닐까 어렴풋이 느껴 오긴 했었어. 하지만 그렇게 빼돌려지고 얼마간 변형되었을지라도, 그의 메시지가 널리 전파될 수 있었던 것은 결과적으로 잘된 일이라고 생각해. 독수리족이 했든 누가 했든, 그의 훌륭한 메시지가 온 세상 사람들에게 전해졌으니까 좋은 거지.」

나는 델핀이 이 경악스러운 역사적 진실을 알게 되었음에도 이렇듯 담담한 태도를 보이는 걸 보고 적이 놀란다. 〈후계자〉의 추종자들이 〈신의 가르침을 받은 자〉의 말씀을 내세워 우리 돌고래족에게 무슨 짓을 했는지 익히 알고 있을 텐데 말이다.

그래도 이 여인은 용서할 줄 아는군. 자기 신보다 훨씬 나아.

나는 계속해서, 결국 참지 못한 내가 라울의 얼굴에 주먹을 날린 다음 아테나의 그 유명한 천마 페가수스를 타고 도망치게 된 일을 이야기해 준다.

물론 그리스 신화를 모르는 그녀로서는 아테나나 페가수스는 난생처음 들어 보는 이름일 터이다.

여하튼 나는 내가 올림포스산에 올라간 일, 티탄들과 싸운 일, 마침내 신들의 왕 제우스와 만나게 된 일, 그러고 나서 돌아와 Y 게임 결승전에서 그 악착스러운 〈정화자〉에게 패배하게 된 일 등을 차례로 들려준다.

「그렇게 너희들이 이 아래 세상에서 싸우고 있을 때 난 위에서 싸우고 있었던 거야.」

이어서, 수없이 경기를 다시 해보았지만 그때마다 패배를 맛보았던 일, 그리고 마침내 분노가 폭발하여 상어족의 신을 죽이게 된 일을 이야기해 준다.

그 결과는 당연히 올림피아 신들의 심판이었다.

18호 지구로의 유배였다.

그다음에 나는 베이지색 레인코트와 검은 모자 차림의 이웃 사내가 내 뒤를 따라다닌 일, 그리하여 역시 유배 와 있는 쥐족의 신 조제프 프루동과 재회한 일에 대해 말한다. 이어 그가 획책하고 있는 전 세계적 음모, 즉 그가 서슴없이 〈증오에 찬 자들의 혁명)이라고 부르는 것에 대해서도 설명해 준다.

「그건 너무나 거칠고도 단순한 계획이라서 오히려 성공할 수 있어. 프루동의 말이 맞을지도 몰라. 공포, 질투, 증오 같은 가장 비천한 본능들을 선동할 때 신속하고도 눈부신 결과를 얻을 수 있는 법이지. 게다가 그에게는 행성 전체를 지배하고 싶은 뜻이 있고, 거기에는 두 개의 강력한 동기가 있어. 첫째는 심심해서이고, 둘째는 해야 할 복수가 있는 거지.」

델핀은 이제 모든 것을 이해하겠다는 듯 고개를 끄덕인다.

「그럼 우린 끝장인 거야? 우리 돌고래족 모두가?」

「큰 위험에 처해 있는 게 사실이야.」

「가서 교인들에게 알려야겠어.」

「아무도 네 말을 믿지 않을 거야. 진실은 항상 과장처럼 들리는 법이거든.」

「그럼 어떻게 해? 그냥 앉아서 죽기만을 기다리란 말이야?」

「전 세계적 음모를 저지하기 위해서는 전 세계적 반(反)음모를 시작해야 해. 적들과 똑같은 무기를 사용하여 그들을 쳐부수자고! 우리도 대중 상대의 언론 그룹을 만들어야 해! 극단적 정치 그룹들 내부에 우리 사람들을 침투시켜야 해! 그렇게 도처에서 프루동의 연합 세력들에게 타격을 입혀야 해! 프루동으로서는 누구의 소행인지 전혀 감을 잡을 수 없도록 은밀한 방식으로 말이야. 또 그의 언론 그룹 내부에 파업을 일으키자고! 그의 신흥 종교의 평판에 먹물을 끼얹자고! 폭력을 막기 위해 폭력을 사용하자고! 광신을 반대하는 우리의 광신도들을 키우자고! 그래서 우리도 다른 종교들

357

내부에다 우리의 반(反)광신적인 광신도들을 심어 놓는 거야. 놈들의 시설들을 부숴 버리자고! 테러리스트들에게 테러를 가하자고! 우리도 정당을 하나 만드는 거야!」

그녀는 입을 삐죽 내밀면서 회의적인 표정을 짓는다.

「그런 방법은 통하지 않을 거야. 우리 돌고래 문화는 평화와 관용의 문화라는 걸 자기도 잘 알잖아. 우리의 광신도와 테러리스트? 보나 마나 형편없는 광신도와 테러리스트가 될 거야. 우리는 자성과 배려와 인명 존중의 성향이 너무 강하거든. 또 우리 정치가들 역시 형편없을 거야. 그리고 이런 건 우리 스타일이 아니잖아. 자기가 만들었으니까 더 잘 알 것 아냐?」

이 순간, 나는 내가 선택한 〈스타일〉을 후회하지 않을 수 없다. 파괴의 힘은 그것만큼이나 지독한 또 다른 파괴의 힘으로 막아야 한다는 생각을 좀처럼 떨쳐 버릴 수 없는 것이다. 1호 지구에서 1940년대에 나치즘을 저지하기 위해서는, 그들에 맞서 싸우고 죽일 수 있는 연합군을 만들어야 하지 않았던가?

「우리 자신의 무기로 이겨야 해.」

그녀가 단언한다.

「그게 뭔데?」

「사랑. 유머. 예술.」

가만있자…… 이거 어디서 많이 들어 본 소리 아닌가? 그녀는 또다시 나 자신의 가르침으로 나를 가르치고 있는 것이다!

그녀는 덧붙인다.

「우리 돌고래 철학자 중 하나가 이렇게 말했대. 〈사랑을 검으로, 유머를 방패로.〉」

자, 이렇게 지금으로부터 6천 년 전에 그들에게 던져 준 하나의 관념이 수많은 세대를 거쳐 전해 내려오면서 아직까지도 그 결실들을 맺고 있는 것이다.

차창 밖의 풍경은 점점 더 빠르게 지나간다.

「어떤 사람이 칼을 들고 찾아와. 그런 그에게 〈당신을 사랑합니다〉라고 말해……. 그런데도 전자가 후자를 그냥 죽여 버리면 어떻게 되지? 결국 그 알량한 사랑은 흔적도 없이 사라져 버리고, 남는 것은 죽음뿐이야.」

「자기의 〈신들의 왕국〉 프로그램은 어쩌면 빛의 세력이 사용할 수 있는 첫 번째 도구가 될지 몰라. 사람들이 신처럼 행동해 보면서 우리의 삶 가운데 진정으로 중요한 것이 무엇인지 깨달을 수 있을 테니까.」

「하지만 사람들이 깨달을 때까지 프루동이 점잖게 기다려 줄까? 이제 내가 그의 음모를 알게 된 이상 서둘러 행동에 들어갈 거야. 또한 가장 극단적인 수단들을 거리낌 없이 사용하겠지. 학교 안에 설치한 시한폭탄 한 개가 책상에 앉아 존재론적 문제들을 성찰하는 놀이꾼보다 훨씬 더 위력적이란 말이야.」

우리는 밤의 어둠이 깔리고 주위에 차가 한 대도 보이지 않게 될 때까지 한참을 더 달린다. 차츰 갯내가 느껴지면서 어디선가 갈매기 끼룩대는 소리가 들려오기 시작한다. 이제 우리는 이 나라의 서쪽 끝에 다다른 것이다. 저 너머에는 대양이 펼쳐져 있으리라.

델핀은 호텔을 하나 찾아낸다. 바다가 보이는 외딴 곳에 위치했으며 〈절벽 호텔〉이라는 간단한 이름이 붙어 있다. 우리는 선글라스와 모자 차림으로 안에 들어간다. 그리고 프런트에 가짜 이름을 제시한다. 조금 떨어진 곳에서는 은퇴한 노인 몇 사람이 앉아 축구 얘기를 하고 있다.

「주위에 감시 카메라가 없는지 잘 살펴야 해. 만일 보이면 고개를 푹 숙이고.」

나는 주의를 준다.

우리는 얼마 안 되는 짐을 객실에 올린다.

객실은 시골 정취가 느껴지는 분위기로 꾸며져 있다. 목재 장식과 가구에서는 양초 냄새가 나고, 중앙에는 천개로 덮인 커다란 침대가 하나 놓여 있다. 창밖으로는 달빛이 반사된 금갈색 물결이 반짝이는 바다가 보인다. 우리는 커튼을 내리고 문 자물쇠를 단단히 잠근다. 델핀은 먼저 샤워부터 한 다음, 목욕 가운을 걸치고 머리를 수건으로 감싼 모습으로 돌아온다. 그녀가 말한다.

「어쨌든 자기는 오늘 점수를 땄어.」

「왜?」

「용기를 보여 주었으니까. 용감하게 용에 맞서 싸웠고, 공주를 구해 주었잖아.」

「그래, 몇 점이나 딴 거지?」

「5점. 그래서 총 20점이야. 자, 이제 난 자기하고 사랑을 나눌 거야.」

그녀는 아무렇지도 않은 듯 이렇게 말하고는 머리를 말리러 간다.

「무슨 뜻인지…… 잘 모르겠는데?」

「우리는 지금 전쟁 중이야. 그런데 자기가 내게 말해 준 슬로건 중 하나가 뭐였지? 〈사랑을 검으로〉였잖아?」

그녀는 풀어 늘어뜨린 긴 머리채를 차분하게 털고 있다.

「사실은 훨씬 더 먼 장래까지를 고려한 결정이야. 우리는 아이를 하나 가져야 해.」

그녀는 나를 쳐다보지도 않은 채 평온하면서도 결연한 표정으로 말을 잇는다.

「보드라운 살과 뜨거운 피, 그리고 투명한 지성을 갖춘 아이. 이것은 아에덴이나 천사들의 제국에서는 가질 수 없는 거야. 하지만 이곳, 즉 자기 표현대로 하자면, 이 〈18호 지구〉에서는 가질 수 있어. 이 하등한 세계에서 하루살이 신세로 살아가고 있는 우리 인간들의 특권이지. 바로 생명을 창조할 수 있는 특권이야. 진짜 아기들을 창조해 낼 수 있는 특권. 이건 체스 말들보다, 꼭두각시들보다, 인형들보다, 흉내만 내는 영화배우들보다, 혹은 아바타들보다 훨씬 더 나은 존재야. 왜냐면 진짜 생명이거든.」

「기껏해야 다음번 희생제 때 바쳐질 불쌍한 아기 돌고래를 또 하나 만들어 보자고?」

나는 빈정거린다.

「아냐. 이건 새로운 존재야. 내가 옛적의 돌고래족이 신봉했던 가치들에 따라 키우게 될 전혀 새로운 존재.」

나는 그녀의 목덜미를 쓰다듬는다. 이어서 어깨도 부드럽게 주물러 준다.

「델핀. 난 더 이상 그런 희망은 품지 않아.」

이렇게 말하면서도 나의 영혼은 나도 모르게 그녀의 검은 눈과 먹빛 머리칼의 향기 속으로 완전히 잠겨 들어간다. 그녀는 내게 입을 맞춰 오고, 내 몸을 안아 자기 몸에 꼭 밀착시킨다. 정말이지 형언할 수 없는 감각이다.

그녀는 내 귀에 대고 속삭인다.

「사랑은 그 무엇보다도 강한 거야. 고귀한 이상들을 옹호하는 신이라고 자처하는 자기가 이 사실을 믿지 않는다면, 이 세상 그 누가 믿을 수 있겠어?」

우리는 입을 맞추고, 얼싸안고, 한데 녹아 섞여 든다. 하나로 융합된다. 하지만 이러한 합일은 조금도 놀랍거나 특별하게 느껴지지 않는다. 아주 단순하고도 당연한 행위일 뿐이다. 하지만 보다 높은 차원의 감정이 이 육체의 결합을 더욱 풍요롭게 해준다. 우리가 지금 새로운 생명을 창조하고 있다는 감정이다.

지금 나는 Y 게임에서 처음 돌고래 백성들을 만들어 냈을 때 느꼈던 것과 똑같은 감동을 느낀다.

아무것도 없었다가, 홀연 무언가가 있게 된다.

관념의 힘.

감정의 힘.

하나의 생각이 떠오름으로써 만유가 시작되는 것이다.

하나의 작은 욕망이 모든 것을 낳는 것이다.

우리가 피차의 몸을 되찾아 가고 있을 때, 나는 퍼뜩 하나의 진실을 깨닫는다. 태초에 사랑이 있었다면, 마지막 순간에도 사랑이 있으리라. 바로 지금 이 순간처럼 말이다.

이러한 생각은 나로 하여금 에드몽 웰스의 『백과사전』에서 가장 결정적인 항목 하나를 떠올리게 한다.

50. 백과사전 : 협동, 상호성, 용서

1974년에 철학자이자 심리학자인 토론토 대학 교수 애너톨 래포포르트는 다음과 같은 견해를 발표한다. 타인을 상대로 행동하는 방식 중에

서 가장 〈효율적인〉 것은 협동, 상호성, 용서이다. 다시 말해서 한 개인
이나 조직이나 집단이 다른 개인이나 조직이나 집단을 만날 때 먼저 협
동을 제안하고, 상호성의 원칙에 따라서 자기가 받은 만큼 남에게 주는
데에서 이익을 얻게 된다는 것이다. 상대가 도움을 주면 이쪽에서도 도
움을 주고 상대가 공격을 하면 똑같은 방식과 똑같은 강도로 반격을 가
한다. 그러고 나서는 상대를 용서하고 다시 협동을 제안해야 한다는 것
이다.

1979년에 정치학자 로버트 액설로드는 살아 있는 존재처럼 행동할 수
있는 컴퓨터 프로그램들 중에서 가장 우수한 것을 가르는 일종의 토너
먼트를 주최하였다. 이 대회에는 한 가지 제한 규정이 있었다. 어느 프
로그램이든 다른 프로그램과 의사소통을 할 수 있는 하위 프로그램을
갖추고 있어야 한다는 것이었다.

로버트 액설로드는 이 토너먼트에 관심을 가진 동료들로부터 열네 개
의 프로그램 디스켓을 받았다. 각 프로그램에는 저마다의 행동 법칙이
있었다(행동 암호가 두 개의 라인으로 된 가장 간단한 것부터 1백여 개
의 라인으로 된 가장 복잡한 것까지). 승부는 어느 프로그램이 가장 많
은 점수를 축적하는가로 판가름 나게 되어 있었다. 어떤 프로그램들은
가능한 한 빨리 다른 프로그램에 접근하여 그 프로그램의 점수를 빼앗
은 다음 상대를 갈아 치우는 것을 행동 규칙으로 삼았다. 또 어떤 프로
그램들은 다른 프로그램들과의 접촉을 피하고 혼자 해나가려고 애쓰
면서 자기 점수를 지키는 쪽으로 나갔다. 그런가 하면 어떤 것들은 〈남
이 적대적으로 나오면 그만두라고 경고하고 나서 벌을 가하는〉 방식이
나 〈협동하는 척하다가 기습적으로 배신하기〉 같은 방식을 행동 규칙
으로 삼았다.

모든 프로그램이 다른 경쟁자들과 각각 2백 차례씩 대결을 벌였다. 그
런데 다른 모든 프로그램을 이기고 승리를 거둔 것은 협동, 상호성, 용

서를 행동 규칙으로 삼은 애너톨 래포포르트의 프로그램이었다. 그보다 훨씬 더 놀라운 사실은 협동, 상호성, 용서의 프로그램이 다른 프로그램들 속에 놓이게 되면 처음에는 공격적인 프로그램들을 상대로 점수를 잃지만, 결국에는 승리를 거두고 시간이 흐르면 흐를수록 다른 프로그램들의 행동에 영향을 미치기까지 한다는 점이다. 이웃한 프로그램들은 그 프로그램이 점수를 모으는 데 가장 효율적이라는 점을 깨닫고 마침내 똑같은 태도를 취하게 된다는 것이다.

이렇듯이 장기적으로 보면 협동, 상호성, 용서의 원칙이 가장 이로운 행동 방식임이 드러난다. 우리는 일상생활에서 그 점을 확인할 수 있다. 이것이 의미하는 바는 직장 동료나 경쟁자가 우리에게 어떤 모욕을 가할 경우 그것을 잊고 마치 아무 일도 없었던 것처럼 같이 일하자고 그에게 계속 제안해야 한다는 것이다. 결국에 가서는 이 방식이 효과를 발휘하게 된다. 이것은 단지 선의의 문제가 아니라 우리 자신의 이익이 걸린 문제이다. 컴퓨터 공학은 무엇이 우리에게 이익이 되는가를 입증해 주고 있다.

에드몽 웰스, 『상대적이며 절대적인 지식의 백과사전』 제6권

(제3권의 항목 재수록)

51. 위대한 출발

이제는 한결 외로움이 덜하다.

침대 위의 델핀과 나, 밖에 나가면 늑대를 만날까 봐 무서워서 땅굴 속에 웅크린 채 서로 몸을 꼭 붙이고 있는 겁 많은 여우 새끼들 같다.

밖에는 커다란 파도가 밀려와 바위에 부서지는 소리가 거세다.

그녀의 발가락은 몹시 차갑지만 나는 익숙해진다. 완전하

게 결합한 우리의 두 몸, 심장의 박동마저 하나가 된다.

그녀에게 모든 걸 털어놓으니 마음이 너무도 가볍다. 이제 일이 어떻게 될지는 몰라도 최소한 내게는 내밀한 공모자가 있다.

오늘 밤, 나는 꿈꾸지 않는다.

아마도 현실 자체가 충분히 극적이기 때문이리라.

잠에서 깨어나 보니 내 얼굴은 그녀의 검은 머리카락에 묻혀 있다. 델핀이 말한다.

「꿈을 꿨어. 나는 나뭇가지 위에서 옴짝달싹 못 하고 있는 작은 새였어. 웬일인지 날 수가 없었어. 아래에서는 하이에나들이 으르렁거리며 내가 추락하기만을 기다리고 있었고. 나는 폴짝폴짝 뛰면서 날아올라 보려고 했어. 하지만 날개가 너무 작아 양력이 부족한 게 느껴졌어. 잘못하면 그대로 떨어져 몸은 땅에 부딪혀 박살 나고 야수들에게 잡아먹힐 것만 같았지. 그때 굉장한 일이 일어났어. 내가 저절로 불타오르는 거야. 횃불처럼 타오른 내 몸은 연기로 피어올라 구름이 되었고, 바람이 나를 바다로 몰고 가 어느 섬에 이르게 했어. 거기서 구름은 흩어지고 이번엔 난 물이 되었어. 그리고 물은 얼음으로, 얼음은 깃털로 변형되어 나는 그때마다 새로 만들어졌지. 그리고 그 섬에는 아무런 위험이 없었기 때문이 더 이상 날아야 할 필요조차 없었어.」

「불사조…… 그건 불사조의 전설인데. 맞아, 바로 그거야! 어쩌면 네가 문제의 해결책을 찾아낸 건지 몰라. 맞아. 다시 태어나기 위해서는 죽어야 해.」

우리는 식사를 방에 가져오게 하여 양껏 먹는다. 치열한 사고를 위해서는 충분한 당분이 필요하기 때문이다. 천개로 덮인 우리의 침대는 정육면체의 배인 셈이다. 또 다른 아이디어들이 솟아오르며 첫 번째 것을 보완한다. 그때마다 우리는 열심히 기록을 해놓는다. 치밀한 행동 계획을 짜놓아야 한다.

내가 제안한다.

「그래픽 디자이너 델핀 카메레와 작가 가브리엘 아스콜랭은 자동차 사고로 사망하는 거야. 차가 굽잇길을 돌다가 해안의 절벽에서 추락하는 거지. 시체조차 찾기 힘든 그런 장소에서 말이야.」

「역시 작가는 달라. 연출이 아주 그럴싸해.」

「그러면 조제프 프루동의 부하들에게 쫓기거나 감시당하는 일은 더 이상 없을 거야. 그가 불사의 몸이긴 하지만 내가 아는 한 전지적 능력은 없거든.」

「그러니까 우리는 공식적으로는 실종되어서…….」

「다른 곳에서 다시 태어나는 거지. 자, 어디가 좋을까?」

그녀는 몸을 일으켜 창의 커튼을 열고 끝없이 펼쳐진 바다를 바라본다. 갈매기들이 호텔 주위를 선회하며 끼룩대고 있다. 그녀는 이야기를 들려주기 시작한다.

「내가 열두 살 때 일이야. 요트를 몹시 좋아하는 삼촌이 한 분 계셨어. 한번은 삼촌이 나를 배에 태우고 먼바다로 나가셨지. 우린 아주 오랫동안 항해했어. 마침내 대양 한가운데 위치한 작은 무인도에 도착했지. 육지에서 아주 멀리 떨어진 곳이었어. 산 하나와 강 하나만 달랑 있는 섬이었지. 삼촌 설명으로는 사람이 살기에는 늪지가 너무 많아 모기가 득실대는데, 구충 작업 비용이 많이 들어 관광 회사들이 투자를 꺼린다는 거야. 게다가 섬 주위는 암초와 소용돌이 해류로 둘러싸여 있어서 접근하는 게 몹시 위험하댔어. 삼촌은 이렇게 말씀하셨어. 〈언젠가 네가 세상을 피해 도망가야 할 일이 생기면, 이곳이 너의 성소가 되어 줄 수 있을 거다. 이곳에는 아무도 오려 하지 않으니 말이다.〉 삼촌은 어떤 은밀한 물길을 통해 다다른 장소에서 네발 갈고리를 던져 배를 댔고, 우리는 함께 뭍에 올랐어. 그러고는 매우 힘들게 기어 올라갔지. 마침내 위에 다다르니 산과 강과 숲이 보였어. 지금 삼촌은 고인이 되셨지만, 나는 그때의 일을 한 번도 잊은 적이 없어.」

「정말로 근사해! 그 섬을 다시 찾아낼 수 있겠어?」

「그럴 수 있을 것 같아. 가마우지섬의 남서쪽이야.」

나는 식욕도 왕성하게 크루아상 빵을 몇 개나 해치우고, 커피와 오렌지 주스를 맛나게 들이켠다.

「크기는 얼마나 되지?」

「몇 제곱킬로미터 정도 될 거야.」

오래전에 느꼈던 그 열광이 다시금 나를 사로잡는다. 나는 중얼거린다.

「〈고요한 섬〉처럼 말이군…… 하지만 거기 있으면 세상과의 연결이 끊기게 돼. 그러면 프루동의 전 세계적 음모를 저지할 방법이 없잖아.」

「난 컴퓨터를 가지고 왔어. 위성 안테나를 배에 싣고 가면 인터넷을 통해 세상 사람들과 소통할 수 있다고.」

「그럼 전기는?」

「태양열 집열판과 재충전식 배터리를 사용하는 거야.」

그러고 보니 내 동반자가 신기술에도 능통하다는 사실을 잊고 있었다.

「육지에서 하던 일들은?」

「파란 나비 프로덕션 사장인 엘리오트가 있잖아. 그는 전적으로 신뢰할 수 있는 아주 좋은 사람이야. 멀리 떨어져서도 게임 제작을 계속할 수 있어. 난 섬에서 게임 그래픽을 만들어 그에게 전송할 생각이야. 자기는 게임 규칙을 만들어 보내는 거지. 소설 〈신들의 왕국〉도 집필해서 원고를 어떤 식으로든 출판사에 넘기면 되고. 운 좋게도 우리는 현장에 직접 있지 않아도 되는 직업을 가지고 있어.」

나는 우리 방에 인터넷 선을 연결해 달라고 호텔에 요청한다. 우리는 우주 공간에서 18호 지구를 내려다보게 해주는 사이트를 클릭해 들어간다. 〈가마우지섬〉이란 검색어를 입력하자 프로그램은 서쪽 바다를 〈줌 인〉해서 보여 준다. 그런 다음 나는 델핀이 알려 준 방향으로 커서를 움직이면서 그 섬을 찾기 시작한다.

「바로 여기야!」

그녀가 외친다. 그녀가 가리키는 것은 처음에는 희미한 거품같이 보이다가, 이윽고 형태를 갖추어 대양 위에 떠 있는 하나의 이빨 같은 것이 된다.

그녀가 화면을 최대한으로 확대하자 강과 울퉁불퉁한 해안은 물론 암초까지 보인다.

그녀는 손가락으로 한 지점을 짚는다.

「삼촌과 난 이쪽으로 상륙했어.」

커서를 섬에 대고 클릭해 보니 〈피투시섬〉이라는 지명이 뜬다. 〈피투시〉란 아마 이 섬을 발견한 사람의 이름이리라.

「수목이 아주 울창하군. 그렇다면 먹을 게 있다는 얘기지. 열매도 있을 테고, 어쩌면 사냥감도 있을 거야.」

내가 말한다.

「작은 놈뿐 아니라 큰 놈들도 있어. 삼촌 말로는 커다란 포식 동물들을 조심해야 한대.」

「인간보다야 덜 위험하겠지.」

우리는 여전히 관광객의 모습으로 가장하고 가까운 마을로 들어가 내 계좌의 돈을 모두 현금으로 인출한다.

프루동이 이러한 우리의 움직임을 포착하여 부하들을 보내려면 아직 며칠이 필요할 것이다. 그동안 우리는 계획에 필요한 모든 것을 가명으로 구입한다. 요트 한 척, 노트북 컴퓨터 다섯 대, 위성 안테나, 카메라, 그래픽 보드, 태양열 집열판, 배터리, 의약품, 비상식량, 가위, 망치, 각종 연장 및 건축 자재 등이다. 야채, 곡물, 유실수의 씨앗들도 잊지 않는다. 또 커다란 포식 동물의 전설이 현실이 될 경우를 대비해서 엽총 두 정과 탄약도 챙긴다.

우리는 이러한 물품들을 가득 실은 상자들을 요트에 쟁여 넣는다.

델핀은 꼼꼼하고 재빠르고 열정적이다. 이렇게 날들이 지나간다. 우리는 잘 먹고, 사랑을 나누고, 컴퓨터에 연결한 스피커를 통해 흘러나오는 음악을 들으며 작업한다.

마침내 위대한 출발을 위한 준비가 끝난다.

그날, 새벽 4시 44분, 온 세상이 잠들어 있을 때 우리를 태운 차는 도로변에 설치된 속도 감지기를 향해 고속으로 돌진한다. 하지만 이번에는 우리의 사진이 제대로 찍히게끔 제한 속도를 불과 20킬로미터 넘은 속도로 달린다. 플래시가 터진다.

이제 운전대에 앉은 우리 둘의 모습이 세계 정보 통신망의 어딘가에 정확한 날짜, 시간, 분과 함께 입력되리라.

이어 우리는 해안의 한 지점으로 간다. 미리 선택해 놓은, 수심이 깊은 만에 면한 절벽 위의 도로이다. 우리는 도로변 가드레일을 부수고 땅에는 타이어 자국을 최대한으로 남긴다.

그런 다음 차 엑셀 페달 위에 커다란 돌덩이를 올려놓아 자동차를 절벽에서 추락시킨다. 떨어져 내린 차는 바다의 심연 속으로 잠겨 들어간다.

우리는 호텔로 돌아가지 않고 걸어서 요트로 간다. 그동안의 투숙료는 호텔 측이 알아서 빼갈 것이다. 비록 둘 다 가명을 사용하기는 했지만 맡겨 놓은 신용카드에 지문이 남아 있으니 우리가 투숙했음을 증명하는 데는 문제가 없으리라.

델핀은 엘리오트의 개인 전화에 전화를 건다. 앞으로의 통신에 필요한 암호를 서로 정해 놓기 위해서다. 그녀는 모든 사정을 상세히 밝힌다. 엘리오트는 잠시 망설이다가 우리와 함께 한바탕 신나게 놀아 보기로 마음먹고는, 우리의 부탁대로 경찰에다 긴급 신고 전화를 한다. 그는 휴대 전화로 전화를 걸어 온 우리와 얘기를 나누고 있었는데 갑자기 타이어가 지면에 끌리는 소리가 요란하게 들리더니 곧바로 충격음, 비명, 무언가가 추락하는 소리 등이 잇달았다고 보고한다. 또 우리와의 통화를 통해 사고 지점이 어디 근방인지도 알고 있노라고 덧붙인다.

이렇게 엘리오트가 자신의 임무를 다하고 있을 때, 델핀과 나는 요트의 정박 장치를 푼다. 우리는 엔진을 최대한 조용히 돌려 항구의 수로를 빠져나온다. 그런 다음 모든 돛을 활짝 펼친다. 얼마 되지 않아 해안의 불빛이 저 멀리 뒤쪽에서 가물가물해진다.

「자, 됐어!」

내가 말하고, 우리는 웃음을 터뜨린다.

「우린 해냈어!」

우리는 서로를 얼싸안는다. 위성을 통해 연결한 인터넷 덕분에 요트 선실에 앉아 세상 사람들이 우리의 자동차 사고를 발견해 가는 과정을 느긋하게 지켜볼 수가 있다. 매 시간 진전되는 상황을 흥미롭게 지켜본다. 우리가 꾸민 마술은 기막히게 성공하고 있다.

심지어는 장문의 애도 기사까지 등장하는데, 그걸 쓴 사람은 다름 아닌…… 아르시발드 구스탱이다. 그는 그때까지만 해도 SF 소설의 〈S〉자만 들어도 무조건 알레르기 반응을 보이던 자신이 어떻게 딸내미 덕분에 내 책들을 발견하게 되었는지 설명한다.

또 그는 말하기를, 자신은 운 좋게도 여러 차례 나와 마주친 적이 있었는데, 그때마다 서로의 〈상호 보완적인〉 문학관에 대해 진지한 토론을 벌였다고 한다. 자기는 형식을, 그리고 나는 내용을 옹호했단다. 또 자기는 문체에 역점을 둔 반면, 나는 플롯의 질을 높여야 한다고 주장했단다. 결국 내가 이 두 방면에서 때로는 뛰어난 수준에 이르기도 했음을 인정하면서, 나의 『코끼리 파는 가게 안의 도자기 인형처럼』을 몇 달 뒤에 출간될 자신의 작품과 비교한다.

「와, 이 사람 정말로 대단하군! 내 애도 기사를 쓰면서 이렇게나 교묘하게 자기광고를 할 수 있다니!」

기사는 거기에서 끝나는 게 아니다. 아르시발드 구스탱은 얘기하기를, 내가 〈혁신적인, 너무나도 혁신적인〉 예술가요,

371

너무도 시대를 앞섰기 때문에 이해받지 못한 작가였다고 한다. 또 우리 시대의 이른바 〈점잖은〉 지식인들은 나를 경멸했지만, 그것은 그들이 내가 미래의 문학을 쓰고 있다는 사실을 몰랐기 때문이라고 주장한다. 그러고는 전에 내게 했던 말을 다시 한번 멋지게 써먹는다. 〈아스콜랭의 문학은 삼차원에 있었습니다. 그런데 기껏해야 이차원 문학밖에 모르는 매체들은 이차원이 아닌 것은 무조건 일차원이라고 믿는 거지요.〉

적들에게서 칭찬받는 것은 묘한 즐거움을 안겨 준다. 어쨌든 어떤 기회든 놓치지 않는 이 양반의 능력은 정말이지 경탄스러울 따름이다. 또 덤으로 딸의 존경까지 회복하게 되지 않았는가? 그녀는 아버지가 자신이 가장 좋아하는 작가의 이미지를 〈용감하게도〉 드높여 준 것을 자랑스럽게 여기리라.

「이런 사람들은 자아만 비대해진 존재들이야. 개구리처럼 자신을 한껏 부풀릴 수만 있다면 그 어떤 기회라도 잡으려 드는 인간일 뿐이라고.」

그녀는 이 기이한 애도 기사에 약간이나마 감격해하는 나를 보고 핀잔한다.

그런데 이 기사가 실린 신문은 다름 아닌 프루동의 언론 그룹인 〈스쿠프〉에 속한 것이고, 이 사실을 발견한 나는 쓴웃음을 짓는다.

인터넷 덕분으로 나에 대한 다른 기사들도 찾아볼 수 있는데, 대부분이 찬사 일색이거나, 뒤늦게 발견된 나의 재능에 놀라며 호들갑을 떨고 있다.

이렇듯 세인의 관심을 끌기 위해서는 죽어야 하는 모양이다. 아니면 비평가들은 예술가의 작품 생산이 완전히 중단되고 난 뒤에야 그의 작품의 총체를 판단할 수 있다고 생각하는 것일까?

모두들 이렇게 야단인데 자기만 조용히 있기가 뭐했던지 발행인 로베르도 기사를 한 편 발표하여, 자기가 무명이었던 나를 어떻게 발굴해 냈는지, 또 어떻게 끝까지 밀어주었는지를 설명한다. 그는 내가 〈다양한 면모를 지닌 신비스러운 예술가〉였다고 말하고 있다. 한편 엘리오트는 이 기회를 이용하여 델핀 카메레가 그래픽 분야에서 보여 준 뛰어난 창의성에 찬사를 보낸다. 그는 이 두 예술가의 상상력에서 나온 어떤 게임이 곧 출시되리라는 사실을 세상에 알린다.

신문의 1면은 타이어 자국과 부서진 가드레일의 사진들로 장식되고, 그 아래에는 사고가 난 지점은 수심이 너무 깊어 심해 잠수정을 사용해야만 수색이 가능하며, 간단한 산소통에 의지해서는 어림도 없는 일이라는 잠수부들의 의견이 실린다.

나는 큰 소리로 말하며 일어선다.

「됐어! 이제 델핀 카메레와 가브리엘 아스콜랭은 이 세상에 존재하지 않아.」

나는 선실 아래에서 잔 두 개와 럼주 한 병을 들고 올라와, 우리의 공식적 자아의 죽음을 축하하며 그녀와 함께 건배한다.

우리는 이물 쪽의 삼각돛과 주 돛을 팽팽히 당기고, 스피니커 돛을 활짝 펼쳐 배에 속도를 낸다.

나란히 선 우리는 이제 아무 말이 없다.

키를 잡은 델핀의 시선은 아스라한 수평선을 응시하고 있다. 요트의 하이파이 오디오 세트에서는 장엄한 교향악이 힘차게 흘러나온다.

예로부터 돌고래족은 언제나 바다와 돛단배와 특별한 관계를 맺어 왔으니, 그들에게 이것들은 구원을 의미했던 까닭이다.

델핀 카메레는 내게 키 조종법을 가르쳐 준다. 오랜 세월 동안 저 멀리 떨어진 우주의 어느 곳에서 이곳의 수많은 항해자들을 이끌어 왔던 나…… 이제는 나 자신이 그 무엇과도 비교할 수 없는 항해의 즐거움을 발견한다. 아무런 공해도 남기지 않고, 아무런 소음도 내지 않고, 오로지 바람의 힘으로만 추진되어 물 위를 미끄러져 나갈 때의 그 순수한 기쁨을 말이다.

선실이나 갑판에서 사랑을 나누지 않을 때면, 우리는 무엇을 먹거나, 럼주 혹은 교향악에 취하거나, 혹은 문학과 마술에 대해 이야기하거나 한다. 혹은 우리 둘의 정신을 사로잡고 있는 문제에 대해 깊이 토론해 본다. 〈모든 것은 이미 쓰여 있는 걸까? 우리의 운명의 도정은 벌써 어딘가에 그어져 있는 걸까?〉

나는 조르주 멜리에스에게 배운 마술을 하나 해 보인다. 우선 종이 위에 낱말 하나를 쓴다. 그런 다음 델핀에게 이렇게 묻는다.

「내가 이 종이에다 뭐라고 썼는지 알아?」

「아니.」

그러면 나는 그녀에게 종이를 펼쳐 보여 주는데, 그 위에는 〈아니〉라고 쓰여 있다.

그녀는 웃음을 터뜨린다. 그러고는 하늘의 별들을 가리

킨다.

「꼭 저 위에서 누군가가 우리를 내려다보고 있는 것 같은 느낌이 들어. 우리가 던질 질문들에 대한 대답을 미리 다 써 놓은 존재가.」

「오, 아냐. 그 〈누군가〉가 바로 나였어. 그런데 이제 게임은 끝났고, 신 후보생들은 이 행성을 버리고 떠나 버렸어. 저위에는 이제 아무도 없어.」

나는 그녀를 품 안에 꼭 안아 준다. 그녀가 외친다.

「저기 좀 봐! 방금 저 위에서 어떤 불빛을 본 것 같았어!」

「저 위에 불빛이 있든 없든 그게 우리하고 무슨 상관이지? 설사 우리의 삶이 어딘가에 쓰여 있다 해도, 우리는 우리인 거야. 오직 현재의 순간만이 중요할 뿐이야. 〈여기〉, 그리고 〈지금〉이 중요하다고! 자, 키스해 줘!」

문득 바람이 일고, 돛이 팽팽히 부풀어 배에 한층 속도가 붙는다. 나는 하늘의 별들을 올려다본다.

인간이란 과연 무엇일까?

52. 백과사전: 바야돌리드 논쟁

바야돌리드 논쟁은 최초의 〈인권 재판〉이었다.

크리스토퍼 콜럼버스가 1492년에 아메리카 대륙을 발견한 이후로 스페인은 인디오들을 광산에서 노예로 부려 먹고 있었다. 또 이 〈인간과 비슷한〉 존재의 몇몇 〈표본〉들은 유럽에 끌려와 마치 서커스의 동물처럼 사람들의 구경거리로 제공되었다. 당시의 가톨릭교회는 심각한 고민에 빠지지 않을 수 없었다. 이들도 우리처럼 아담과 이브의 후손일까? 이들에게도 영혼이 있을까? 이들을 우리 종교로 개종시켜야 하나? 이 문제를 해결하기 위해 에스파냐 왕이자 신성 로마 제국 황제인

카를 5세는 1550년 바야돌리드의 산그레고리오 수도원에서 〈전문가〉들을 소집하여 인간과 비인간에 대한 정의를 내리기 위한 토론을 벌이게 했다.

인디오도 인간이라고 주장한 이는 도미니크회의 수사인 바르톨로메 데 라스카사스였다. 그의 부친은 콜럼버스와 함께 아메리카에 간 적이 있었고, 바르톨로메 자신은 에스파냐 사람과 인디오가 협력하는 이상적인 공동체를 카리브해의 섬들에 건설하려 시도했던 사람이다.

그와 맞선 사람은 신학자이자 아리스토텔레스를 번역한 헬레니즘 전문가이며, 루터의 공공연한 적이기도 했던 후안 히네스 데 세풀베다였다. 이들 외에도 네 명의 성직자와 열한 명의 법학자로 구성된 15인의 위원회가 두 사람의 논쟁을 판가름하기 위해 참석하고 있었다.

이 토론은 경제적으로 결정적인 중요성을 지니고 있었다. 왜냐하면 그때까지 에스파냐 정복자들이 보기에 인디오는 인간이 아니었고, 따라서 무한정한 공짜 노동력이 될 수 있었기 때문이다. 그리하여 그들은 인디오들을 굳이 개종시키려 하지 않았고, 아무런 양심의 거리낌 없이 그들의 부를 빼앗고 마을을 파괴하고 그들을 노예로 만들었다. 그런데 그들 역시 인간이라고 판명된다면 어찌되겠는가? 그들도 기독교로 개종시키고, 그들에게도 정상적으로 임금을 지불해야 하지 않겠는가? 여기서 또 하나의 문제가 제기되었다. 〈그들을 개종시켜야 한다면, 설득과 강제 중 어떤 방법을 써야 하는가?〉 이 논쟁은 1550년 9월에서부터 1551년 5월까지 계속되었는데, 이 기간 동안 신세계 정복은 잠시 중단되었다.

논쟁은 애초의 쟁점을 벗어나 크게 확대되었다. 세풀베다는 인디오에 대한 간섭의 권리 및 의무를 주장했으니, 인디오들은 식인종이며 인신 공양을 서슴지 않는 데다가 남색 등 교회가 금지하는 각종 성행위들을 자행한다는 것이 그 이유였다. 또 그들 스스로는 폭군들의 지배에서 벗어날 수 없기 때문에 서구인들이 군사적으로 개입해 줘야 한다고 말했다.

라스카사스의 생각은 달랐다. 그가 보기에 인디오들이 인신 공양을 하는 것은, 그들이 신을 너무도 숭상하는 까닭에 평범한 동물 공양이나 기도로는 만족할 수 없기 때문이었다.

세풀베다는 가치의 보편주의를 내세웠다. 동일한 법이 만인에게 적용되어야 하며, 기독교적 윤리가 야만인들에게도 부과되어야 한다는 것이 그의 생각이었다.

반면 라스카사스는 상대주의를 제의했다. 각 민족, 각 문화를 개별적으로 연구해야 한다는 것이 그의 의견이었다.

평결은 라스카사스에게 불리한 방향으로 내려진다.

그리하여 인디오의 영토에 대한 정복 사업이 재개되었다. 한 가지 변화가 있었다면, 그것은 논쟁 중에 세풀베다가 권고한 대로 앞으로는 〈정당한 전쟁〉의 개념에 의해 정당화되지 않는 한 〈불필요한 약탈과 잔혹 행위와 살인 행위〉는 허용되지 않는다는 점이었다. 그러나 이 〈정당한 전쟁〉은 에스파냐 정복자들이 자의로 해석할 수 있는 너무도 애매모호한 개념에 불과했다.

에드몽 웰스, 『상대적이며 절대적인 지식의 백과사전』 제6권

53. 두 번째 고요한 섬

폭풍우가 휘몰아친다. 은빛 거품 물마루의 성난 파도는 바다 위에 높은 산들과 깊은 골짜기들을 조각해 낸다. 델핀은 가죽끈 하나로 자기 몸을 키 앞에 붙들어 매고서 배의 침몰을 막으려 사투를 벌인다. 요트 앞 2백여 미터 지점에 벼락이 떨어진다.

아직도 나는 모든 현상들 가운데서 신들의 의도를 읽으려

하고 있다. 아니, 더 이상 그래서는 안 된다. 이제 Y 게임은 끝났고, 이 세계는 홀로 남겨진 거다.

혼란은 여러 시간 동안 계속되더니, 홀연 모든 것이 멈추고 잔잔해진다. 우리는 피투시섬을 향해 평화로이 항해한다.

일곱째 날, 마침내 나는 쌍안경을 통해 무리 지어 있는 새들을 발견한다. 새가 있다는 것은 내려앉을 땅이 있음을 뜻한다.

이 소식을 전하려 델핀에게 달려가자, 오히려 그녀가 먼저 알려 준다.

「우린 세 시간 안에 도착할 거야. 접안 장소도 벌써 레이더로 찾아냈어.」

젠장, 현대의 테크놀로지들은 길을 잃고 헤맬 여유조차 허락하지 않는다. 이제 이 행성에는 그 어떤 미지의 감추어진 땅도 없는 것이다.

무인도를 발견한다는 것도 더 이상 아무런 의미가 없다.

섬이 점점 더 가까워짐에 따라 거기에 사람의 자취라곤 전혀 없다는 사실을 확인한다. 연기도, 배도, 모터 돌아가는 소리도 없다.

「우리도 저런 모습을 유지해야 해. 그래야 난바다에 배가 지나가더라도 섬에 사람이 있다고 의심하지 않지.」

델핀이 말한다.

멀리서 본 피투시섬은 가운데다 고깔 하나를 얹어 놓은 둥근 케이크 같다.

우리는 수중 음파 탐지기와 레이더에 의지하여 수면 바로 아래 숨어 있는 암초들 사이를 요리조리 빠져나간다. 해안의 지형은 우리의 접근을 거부하는 듯 험악하기 그지없다. 아무리 둘러봐도 배를 댈 만한 해변이나 내포는 보이지 않고, 까마득한 화강암 절벽 사이에 조그만 틈이라도 있는지 찾아보지만 온통 꽉 막혀 있다. 우리는 섬 주위를 돌아본다. 섬의 서쪽 비탈에는 맑은 시내가 콸콸 흘러내리고 있다. 적어도 물이 부족할 일은 없으리라.

델핀은 바위 절벽의 한 면을 가리킨다.

「저기야.」

우리는 엔진을 끄고 닻을 내린 뒤 다음 절벽까지 헤엄쳐 간다. 거기에 말뚝을 하나 박고 밧줄을 묶어 요트를 절벽 발치까지 끌어온다.

지금까지는 항해를 체험해 봤으니 이제는 암벽 등반 차례이다. 둘 다 로프와 아이젠으로 무장하고, 발 디딜 곳을 조심조심 찾아 가며 절벽을 타고 올라간다.

「아니, 정말 여기가 가장 쉬운 길이 맞아?」

나는 가쁜 숨을 몰아쉬며 묻는다.

「삼촌이 그렇게 말씀하셨어. 최소한 여기서 추락하면 바위에 떨어지지 않고 물에 빠지게 되거든.」

마침내 우리는 절벽 위에 이른다.

정말이지 이 섬은 천험의 요새라 아니할 수 없다.

그 어떤 배도 감히 다가올 생각을 못 할 것이다. 또 섬 전체가 울창한 밀림으로 덮여 있어 그 어떤 비행기나 헬리콥터의 착륙도 불허한다. 반면 야생 생물은 천연의 상태 그대로 보존되어 있다. 각양각색의 나비들과 새들이 서식하고 있다. 특별히 보호해야 할 필요가 없는 듯 알도 그냥 땅 위에다 낳아 놓았다.

모기 한 마리가 우리 주위를 윙윙대며 맴돌기 시작하더니,

곧이어 수천 마리가 떼 지어 몰려든다.

나는 열 마리 정도를 손바닥으로 짓눌러 잡아 보다가, 결국 그 두려운 질문을 던지고 만다.

「물론…… 모기에 대한 대책은 생각하고 온 거겠지?」

「모기 퇴치 크림과 모기장. 이 정도로 안심이 될지는 모르겠지만.」

그녀는 튜브 하나를 건네준다. 나는 허겁지겁 얼굴이며 살이 노출된 부분들을 한 치도 남김없이 크림으로 덮는다.

정말이지 육체란 불편한 거야…….

천사들의 세계에는 모기가 없었다. 신으로 살았던 아에덴은 말할 것도 없고.

하지만 가슴 깊이 들이마시는 공기만큼은 너무도 맑고 신선하다. 우리는 절벽 가장자리에 앉는다.

「배고파?」

델핀은 배낭에서 커다란 샌드위치 두 개와 뜨거운 커피가 담긴 보온병을 꺼낸다.

우리는 먹고 마시느라 말하는 것도 잊어버린다. 음식과 음료의 맛이 이렇게 그윽하게 느껴진 적이 또 있었던가?

「자, 이렇게 무사히 도착했어.」

그녀가 마침내 입을 연다.

우리는 키스를 나누고, 그녀의 제안에 따라 우선 우리의 오감을 자연을 향해 활짝 여는 일부터 시작하기로 한다. 눈 앞에 펼쳐진 파노라마를 관조하면서 공기와 그 속에 섞인 향 내들을 흡입하고, 사방에서 들려오는 음향에 귀를 기울이며, 발바닥으로는 암질 토양의 에너지를, 미뢰로는 커피의 맛을 느껴 본다. 우리는 두 손을 한데 모아 합장한다.

절벽 아래의 요트가 조그만 장난감같이만 보인다.

「섬의 이름을 바꾸는 게 어떨까? 〈두 번째 고요한 섬〉이라고 부르는 거야.」

나는 중얼거리듯 말한다.

「우선 한 시간 동안은 휴식을 취하자. 그러고 나서 도르래와 밧줄을 설치해. 내가 내려가서 밧줄에 궤짝을 걸어 놓으면 자기가 끌어 올리는 거야.」

「그래도 로빈슨 크루소보다는 사정이 훨씬 낫군.」

「로빈슨 크루소?」

「미안. 다른 지구에 있는 이야기야. 내가 태어난 나의 첫 번째 지구. 로빈슨은 무인도에 상륙한 조난자였어. 그런데 혼자인 데다가 가진 것이 별로 없어서 살아남기 위해 고생깨나 해야 했지.」

「아주 재미있을 것 같아. 언제 한번 그 이야기를 듣고 싶어. 하지만 지금 우리에겐 해야 할 일이 있지.」

우리는 궤짝들을 올리느라 오전 내내 분주히 움직인다.

오후에는 숲속의 빈터를 정리하여 텐트를 친다.

「무엇보다도 우리가 세우는 것들이 나무 꼭대기보다 높이 올라가지 않도록 주의해야 해. 또 연기를 피워서도 안 되고.」

그녀가 상기시킨다.

우리는 나무 꼭대기에 태양열 집열판들과 위성 안테나를 설치하고, 컴퓨터 시스템을 점검해 본다. 몇 번의 조정을 거친 끝에 인터넷을 연결하는 데 성공한 델핀은 엘리오트를 불러낸다.

금발 턱석부리의 얼굴이 화면에 나타난다.

「암호 시스템 작동 중?」

「암호 시스템 작동 중.」

델핀이 응답한다.

「이제부터는 그 누구도 우리를 볼 수도 들을 수도 없어.」

그녀는 옆에 있는 내게도 시스템의 작동 원리를 설명해 준다.

「난 자기만 믿겠어.」

나는 다시 모기 크림을 바르며 미소 짓는다.

그다음 날부터는 오두막 한 채를 짓는다. 물론 텐트보다 훨씬 더 크고 견고한 것이다. 우리는 나무를 잘라 널판을 만든다. 그런 식으로 작업한 끝에 천장 높이가 2.5미터나 되는 널찍한 집을 마련한다. 너비가 3미터에 이르는 목재 침대가 있는 침실, 주방, 식당, 거실 등이 갖춰져 있고, 서재는 두 칸인데 집의 양편에 떨어져 있다(서로를 방해하지 않고 떨어져서 작업하기 위함이다).

현명한 델핀이 잊지 않고 챙겨 온 관들을 사용하여 우리는 강물을 집까지 끌어온다. 덕분에 물이 약간 차긴 하지만 샤워도 즐길 수 있게 된다.

나는 숲을 헤매며 먹을 수 있는 동물을 여럿 찾아낸다. 칠면조와 상당히 흡사한 야생 닭, 토끼, 커다란 너구리, 자고새 등등. 하지만 델핀과 내가 그보다 선호하는 음식은 우리가 직접 키운 채소와 숲에서 따 온 열매, 그리고 절벽 위에서 낚시를 해서 잡은 생선이다.

모기는 여전히 가장 큰 골칫덩어리다. 그렇다면 델핀의 삼촌이 말했다는 포식 동물은? 나는 이것이 전설에 불과한 것이라고 결론짓는다. 우리는 점점 더 깊이 섬을 탐험해 보지만 맹수에게 잡아먹힌 초식 동물의 잔해는 전혀 보이지 않는다.

이렇게 내 영혼은 마침내 은퇴하여, 여기, 이 무인도에서 살아가게 되는 건가…….

자연과 함께, 그리고 사랑하는 여인과 함께 말이다. 사실 이것이야말로 한 정신의 도정이 이를 수 있는 가장 멋진 결론이 아니겠는가? 백과사전도 그렇게 말하고 있지 않은가? 처음에는 공포요, 그다음에는 모색이고, 결국에는 사랑이라고 말이다. DNA라는 세 이니셜 속에 담겨 있는 그 위대한 법칙을 또 다른 방식으로 증명하는 것이 아니겠는가?

저녁 식사를 위해 나는 횃불을 밝힌다. 얼마 전부터 우리는 안전을 위한 규칙 몇 가지를 포기하기로 했으니, 이는 쾌락을 위한 규칙들을 잃지 않기 위함이다. 예를 들어 음식은 화톳불에 구워 먹어야 제맛이다.

인간은 불 없이는 살아가기 힘들다.

불, 물, 공기, 대지…… 그렇다. 인간에게는 자연의 이 요소들이 모두 필요하다.

나는 델핀에게 내가 만든 요리를 맛보인다. 양념에 재운 생선에, 삶은 뿌리와 각종 과일 및 열매를 곁들인 요리이다. 그녀는 아주 맛있게 먹는다.

「게임 그래픽은 잘돼 가?」

「조금 있다가 보여 줄게. 자기는? 소설은 얼마나 진척되었어?」

「원한다면 보여 줄 테니 읽어 봐.」

「새로운 소식 있어? 오전에 시간이 없어서 뉴스를 못 봤는데.」

나는 생선을 조금 더 먹는다. 사방의 숲에서는 무수한 곤충들이 쉬지 않고 찌르륵댄다.

「또 테러 사건이 발생했어.」

「누구를 노린 건데?」

「돌고래 사원. 아홉 살짜리 꼬마 자살 특공대가 사원에 사람이 많은 날을 골라서 몸에 폭탄을 숨기고 들어와 자폭한 거지. 오늘이 돌고래족의 무슨 축제일이라며.」

「용서제.」

이렇게 대답한 그녀는 화난 얼굴로 덧붙인다.

「자기가 그걸 만들었으니 알고 있어야 하는 거 아냐? 그 멍청한 축제 말이야. 그래, 사망자는 몇이나 된대?」

「많대.」

정확한 숫자는 차마 밝힐 수가 없다.

우리는 묵묵히 먹기만 한다. 갑자기 그녀는 벌떡 일어나 별들을 쳐다보면서 말한다.

「이 장소는 우리 둘만을 위한 은신처로 남아 있어서는 안 돼. 다른 사람도 여기 올 수 있어야 한다고. 모든 사람에게는 민족적 출신이나 영적인 신념이나 종교 때문에 살해될 위험 없이 자유롭고 평등하게 태어나고 또 살아갈 권리가 있어.」

나는 아무 대답도 하지 않는다.

「우리는 사람들을 여기에 초청해야 해. 이 고요한 섬에. 우리가 이곳에 세워야 할 것은 우리의 사랑을 지키기 위한 이기적인 별장이 아닌 모두를 위한 특별구야.」

「누구를 초청하는데? 돌고래족?」

「돌고래족뿐만이 아니야. 관용과 비폭력의 가치를 지향하는 모든 사람들이야.」

「예술가들?」

「이곳의 청정한 분위기 속에서 상상을 통해 보다 나은 세계를 창조하는 작업에 참여하고 싶은 모든 사람들.」

하지만 나는 회의적인 반응을 보인다.

「무엇보다도 멋진 해변은 없고 모기만 득실거리는 이 섬에서 사는 걸 견뎌 낼 수 있는 사람들이어야 하겠지.」

「그것이 미래 세대의 행복을 위해 치러야 할 대가라면, 그런 작은 희생쯤은 감내해야 해. 우리도 받아들였는데 왜 다른 사람들이라고 안 하겠어? 이 험악한 장소를 작은 낙원으로 바꿔 놓는 것은 바로 우리의 몫이야.」

그녀의 말 한 마디 한 마디에 나는 가벼운 전율을 느낀다.

델핀의 결심은 너무도 확고하다.

「사람들을 오게 하여 그들에게도 기회를 주어야 해.」

「내 생각으로는 그건 실수일 것 같은데.」

「난 오히려 반드시 해야 할 일이라고 생각해.」

「사람들이 여기 몰려오는 순간부터 우리는 똑같은 도식을 반복하게 될 거야. 착취자, 피착취자, 천덕꾸러기, 그리고 독립적 인간.」

「그건 또 무슨 얘기야?」

「웰스의 백과사전에 나오는 얘기야. 그의 주장에 따르면, 여섯 사람이 모이게 되면 그들은 저절로 네 유형으로 나뉘게 된다는 거야. 즉 착취형 인간 둘, 피착취형 둘, 천덕꾸러기 하나, 그리고 독립형 하나. 이게 바로 우리 〈종(種)의 저주〉지.」

「맞아. 〈두 사람 이상이 모이면 바보들의 무리가 생긴다〉고 그랬지.」

「바로 그거야.」

「하지만 그렇게 따지기 시작하면 우린 아무것도 할 수 없어. 사람들을 불러야 한다고.」

그녀는 우긴다.

「그럼 조제프 프루동에게 발각될 위험은 어떻게 하고? 온 세상에 깔려 있는 그의 스파이들, 기자들, 청부 살인자들이 우리의 움직임을 포착한다면?」

「나는 그의 음모를 저지하기 위해 아무것도 안 한 것을 평생 후회하며 사느니, 차라리 그 위험을 감수하겠어.」

「그럼 우리가 지금까지 이 고생을 한 것이 결국 다른 사람들에게 피신처를 제공하기 위해서였단 말이야?」

「무언가를 소유하고 있음을 아는 유일한 방법은 그것을 남에게 주는 거야.」

나는 거기서 더 할 말이 없어진다.

「음…… 그래, 인정하겠어. 자기 말이 맞고 내가 틀렸어.」

그녀는 약간 당황하는 표정으로 나를 쳐다본다.

「아, 그래?」

「그래. 자기 말을 듣고 보니 맞는 것 같아. 내가 잘못 생각했고, 자기가 맞는 것 같아.」

아마 합기도에 이런 말이 있을 것이다. 〈상대의 힘이 가는 방향으로 흐르게 하라.〉

「그럼 내 말에 동의하는 거야?」

「응. 아까는 미안했어.」

그녀는 의심쩍은 눈으로 나를 쳐다본다. 갑작스러운 나의 굴복 이면에 어떤 함정이나 책략이 감춰져 있는 건 아닌지 의심하는 눈빛이다. 하지만 지금 나는 새로운 종류의 기쁨을 맛보고 있을 뿐이다. 자기의 고집을 내려놓고 상대의 반대 의견에 마음을 열 때 느껴지는 특별한 즐거움 말이다.

이날 이후 며칠 동안, 우리는 엘리오트의 중개와 우리 자신이 만든 인터넷 사이트를 통해 신청자들을 접수하기 시작한다. 엘리오트는 섬 생활을 원하는 후보자들 가운데 위험성이 있는 사람들은 걸러 내자고 제의한다. 이를 위해 그는 자기 회사의 인사 담당 부장으로 하여금 우리를 돕게 한다. 그의 소개에 의하면 이 여자 부장은 사람의 진정한 가치를 알아보고, 문제를 일으킬 소지가 있는 사람을 가려내는 특별한 재주가 있단다.

이러한 상황은 나로 하여금 과거 1호 지구에서 읽었던 『파피용』이라는 공상 과학 소설을 떠올리게 한다. 이 책에서 저자는 〈노아의 방주〉라는 주제에서 착안하여, 인류를 구원하기 위해 사람들을 다른 태양계로 실어 나를 우주선을 제작하는 상황을 상상한다. 이때 이 〈파피용 프로젝트〉가 해결해야 했던 가장 어려운 과제는 무엇이었던가? 인류가 동일한 과오를 영원히 반복하지 않게끔 최선의 후보자들을 선발하는 작업 아니었던가?

어느 금요일, 드디어 열여덟 명의 첫 번째 개척자들이 섬에 도착한다.

우리는 함께 집을 짓는다. 역시 어느 집도 나무보다 높지 않도록, 하늘에서 내려다보았을 때 아무것도 보이지 않도록 각별히 유의한다.

새로 온 사람들이 가져온 첨단 장비 덕분에 일이 한결 수월해진다.

저녁이면 우리는 한데 모여서 텔레비전 뉴스를 시청한다. 인터넷으로 중계되는 것을 위성으로 받아 천 스크린에 영사한 것이다.

프루동을 만난 이후로 이 세상이 돌아가는 상황을 알리는 뉴스들을 접하는 나의 시각은 크게 달라졌다.

마치 바둑에서 야금야금 집을 늘려 가듯, 도처에서 어둠의 세력이 세상을 잠식해 나가고 있다. 조제프 프루동은 그의 바둑돌들을 여기저기에 하나하나 위치시키고 있다. 물론 나중에 모두 연결하여 최후의 대공세를 벌이기 위함이다. 다행스럽게도 이러한 압박 현상의 진행 속도가 그리 빠른 것 같지는 않다. 민주주의가 지배하는 세계는 무기력하기는 하되 저항력만큼은 충분하여, 파괴 세력들은 작업을 진행할 때, 즉각적인 고통은 주지 않지만 효과적인 단계들을 하나하나 밟아 나갈 수밖에 없다. 각종 토론 프로그램을 시청해 보니, 지식인들은 극단적 성향의 당파들이 외관상의 차이에도 불구하고 사실은 모두 하나로 연결되어 있음을 전혀 깨닫지 못하고 있다. 아직도 그들은 순진하게도 검은 깃발은 붉은 깃발의 대척점에 있고, 또 녹색 깃발은 검은 깃발과 대립한다고 믿고 있는 것이다.

18호 지구에서는 전 행성적 차원의 거대한 비밀 조직이 이미 활동을 시작하고 있다. 그들은 광신적 당파가 집권한 나라들에는 카리스마를 지닌 지도자를 권좌에 앉혀 놓아, 이 어둠의 흐름에서 단 한 걸음도 후퇴할 수 없도록 한다. 폭군들은 지식인들과 반대파들을 제거해 가면서 영향력의 범위를 점점 더 넓혀 나간다. 여성들에게는 출산을 장려하며, 아이들은 학교 교육을 통해 세뇌하여 이른바 〈성스러운 목적〉을 위해 상상의 낙원을 꿈꾸며 기꺼이 순교할 준비가 되어 있는 광신적 전사들로 키워 낸다.

수면 아래서 이뤄지는 이 전쟁은 거의 느껴지지 않을 정도로 서서히 부패를 진행시키는 시스템으로 작용하고 있다.

괴저(壞疽)처럼 말이다.

나는 어둠의 세력이 일보 전진할 때마다 그 뒤에 프루동의 마수가 움직이고 있음을 느낀다. 그는 시간의 흐름에 구애받지 않는 존재이기에 이 모든 일들을 아주 여유 있게 진행해 나갈 수 있다. 익명의 존재로 몸을 숨긴 채 문명의 토대들을 천천히 허물어뜨리기만 하면 되는 것이다. 사실 지금껏 그를 의심한 사람은 아무도 없었다. 사람들의 눈에 그는 한 대중 언론 그룹의 사주일 뿐이다. 그는 교묘한 수완을 발휘하여 부패한 정부들로 하여금 난민 구호 기금을 빼돌리게 한다. 사람들로 하여금 최대한의 좌절감과 증오심을 느끼게 함으로써, 피압제자들을 보호하는 혁명가로 자처하는 폭군들이 벌이는 광신적 행위를 정당화해 줄 수 있는 이상적인 방법인 셈이다.

이렇게 멀리 떨어져 있으니, 게임 안으로 들어와서 게임을 하고 있는 프루동의 방식이 어떤 것인지 더 잘 이해가 된다. 그는 그저 공이 비탈을 따라 굴러 내려가도록 툭툭 밀어 주기만 할 뿐이다. 어떤 나라에서 그의 당의 이름은 〈정의당〉이요, 어떤 나라에서는 〈진리당〉이다. 불의와 거짓을 퍼뜨리기 위한 방법으로 이보다 나은 것은 또 없으리라…….

「이 모든 것 뒤에 누가 숨어 있는지, 사람들은 알기나 할까?」

델핀이 한숨을 쉬면서 말한다.

「아니, 사람들은 볼 준비가 되어 있지 않기 때문에 아무것도 보지 못해. 신비주의자와 과학주의자를 막론하고 지식인들조차 눈이 멀어 있지. 1호 지구에서는 이런 일이 있었어.

크리스토퍼 콜럼버스의 배들이 수평선에 나타났을 때, 인디언들의 시선은 분명히 바다를 향해 있었지만 그 배들을 보지 못했다는 거야.」

「크리스토퍼 콜럼버스?」

「신대륙을 찾아 대양을 건너간 탐험가지.」

「그런데 왜 그들은 배를 보지 못했는데?」

「인디언들은 수평선에서 무언가가 나타나는 상황을 경험해 본 적이 없었기 때문이야. 그들은 범선이 무엇인지조차 몰랐지. 그들의 논리 구조 안에서는 범선의 형태나 존재는 아무런 의미도 가질 수 없었어. 따라서 세 척의 거대한 배가 출현했을 때 그들은 아무것도 이해할 수 없었지.」

「범선이 눈앞에 있는데도 몰랐다니…….」

「다행스럽게도 〈마법적〉 현상들을 이해할 수 있는 특권이 있었던 샤먼들이 지금 무언가 새로운 일이 벌어지고 있다고 다른 주민들에게 설명해 주었어. 이렇게 샤먼들이 이 배들에 대해 말하기 시작하고 나서야, 인디언들은 비로소 수평선에서 불쑥 솟아 나온 크리스토퍼 콜럼버스의 세 범선에 관심을 가질 수 있게 된 거야.」

「다시 말해서 만일 사람들이 어떤 정보를 받아들일 준비가 되어 있지 않으면…….」

「그 정보는 존재조차 하지 않는 거지. 지금 사람들은 프루동을 보지 못하고 있어. 세상을 파악하는 도구로서 그들이 이미 알고 있는 것만을 사용하고 있기 때문이야.」

「돌고래 속담에 이런 게 있어. 〈현자는 달을 가리키는데 바보는 손가락을 쳐다본다.〉」

「나도 알아. 바로 내가 이 행성의 한 영매에게 전해 준 말이었어. 원래는 1호 지구의 중국 속담에서 유래한 말이기도 하지.」

「재미있는 비유야…….」

「바로 그 멋진 3단계 이야기야. 2단계를 이해하고 있다는 자부심으로 꽉 차 있지만 3단계는 이해하지 못하는 사람이 있어. 이 사람은 2단계가 아닌 것은 모두 1단계라고 생각하는 거야.」

그녀는 내 손을 잡고는 그 커다란 검은 눈으로 내 눈을 똑바로 들여다보면서 이렇게 말한다.

「자기는 사람들의 지성을 과소평가하는 것 같아. 아냐. 현 상태를 이해하고 있는 사람들은 많아. 단지 그들은 자신이 알고 있는 바를 매체나 정당을 통해 표현하고 있지 않을 뿐이야.」

고요한 섬에서 우리는 작업에 박차를 가한다. 바깥세상에서 테러가 일어날 때마다 이 세상의 유일한 피신처라 할 수 있는 이 섬을 빨리 정비해야 할 필요성을 느낀다.

그리하여 마을을 하나 짓고 난 우리는 이제 늪지대를 모래로 메운다. 기술을 제대로 이용할 수 없는 탓에 작업은 몹시도 고되다. 트랙터 대신에 삽과 양동이를 사용하는 식이다.

저녁에 함께 둘러앉아 식사를 할 때면, 우리가 짓고 있는 이 모든 것들이 결국 너무도 미약하고 보잘것없는 것은 아닌가 하는 불안감에 사로잡히기도 한다. 하지만 델핀의 표정은 언제나 평온하기 그지없다.

그녀의 그런 모습을 보고 내가 말한다.

「명상에 대해 좀 더 배우고 싶어.」

「전번에는 오감에 귀를 기울이고, 일곱 경혈에 불을 지피는 훈련을 했었지? 이번에는 무언가 흥미로운 것을 발견하러 떠나기 위해 우리의 몸을 벗어나는 방법을 가르쳐 줄게.」

「그것도〈내〉종교에 있는 건가?」

「물론이야. 자기의 가르침을 따르는 신비주의자한테서 배운 거야.」

우리는 숲의 빈터로 간다. 그리고 척추를 곧게 편 연꽃 자세로 정좌한다. 그녀의 지시대로 나는 천천히 호흡한다. 잠시 뒤에는 심장 박동까지 느려지는 것이 느껴진다. 내 몸이 하나의 식물처럼 느껴지기 시작하자 생각이 두 개로 나뉜다. 나는 육체에서 해방된 투명한 유체(幽體)가 된다. 나는 생각의 힘으로 몸 밖으로 빠져나온다. 과거 타나토노트였을 때 하던 방식과 비슷하다. 향수가 느껴진다. 내 정신은 하늘로 날아오른다.

대기권 위, 우주 공간에 맞닿은 접경에 이르자 그녀의 유체가 내 유체에게 말한다.

「여기다가 상상의 깃발을 하나 꽂아 놓을 거야. 그렇게 한다고 생각만 하면 돼. 그건〈지금, 여기〉라는 이정표를 만들어 놓는 거야. 이것을 기준으로 뒤쪽은 과거고 앞쪽은 미래야. 레일을 시각적으로 상상해 봐. 자기 삶의 레일을. 그리고 그 옆에는 평행하게 이어진 나의 레일도 그려 보고.」

과연 두 개의 선이 보인다. 하나는 빨갛고 하나는 파랗다. 펄럭이는 깃발에는〈지금, 여기〉라고 쓰여 있다.

「자, 이제 우리의 미래를 보러 가. 자기는 어디로 갈 거야?」

「모르겠는데. 뭔가 아주 중요한 순간을 보고 싶어.」

「〈중요성〉의 개념은 상대적인 거야. 하지만 어쨌든 뭔가를 보게는 될 거야. 자, 어서 가요.」

손을 맞잡은 우리 둘의 유체는 나의 파란 레일, 즉 나의 시간의 선 위를 둥둥 떠서 날아간다. 아래로 내 미래의 장면들이 슬라이드 필름처럼 줄지어 지나가는 것이 보인다. 이미지들은 너무 멀고 흐릿하여 잘 보이지 않지만, 아래로 내려가면 보다 선명해질 것임을 알고 있다. 나는 그중 한 장면에 시선을 고정한다. 우리가 내려감에 따라 세부가 나타나기 시작한다. 나는 이렇게 묘사한다.

「미래의 〈나〉는 반투명한 녹색 돌로 된 터널 안을 나아가고 있어. 터널의 돌벽에는 인물들이 등장하는 어떤 장면들이 새겨져 있고.」

「자기와 함께 있는 사람들은 누구야?」

「잘 안 보여. 두 사람, 아니 네 사람이야. 흰옷을 입은 여자 하나와 남자 셋. 여자는 금발이야. 물론 나도 거기에 있고.」

「그들이 자기한테 무슨 말을 하지?」

「응. 이런 소리가 들려. 〈난 이곳이 어딘지 알겠어. 똑바로 가다가 왼쪽으로 방향을 꺾어야 해요.〉」

「그래서 자기는 뭐라고 대답하는데?」

「나는 이렇게 말해. 〈아, 현기증이 나네.〉」

「하지만 이 장소는 높은 곳이 아니잖아? 내가 이해한 게 맞는다면 터널은 폐쇄된 공간일 텐데 어떻게 현기증이 날 수 있지?」

「모르겠어. 이상해. 현기증이 나는데 높아서 그런 건 아냐.」

「가브리엘. 이 터널이 어디로 통하는지 알겠어?」

「……아니. 빛이 보여서 기쁘다는 게 내가 느끼는 전부야.」

「여기에다 다른 깃발을 하나 꽂아 놓고 〈지금, 여기〉의 깃발로 돌아가요.」

우리는 몸을 돌려 돌아온다. 그리고 이번에는 그녀의 빨간 레일을 따라가 보기로 한다.

「이번엔 델핀 차례야. 어디로 가고 싶어?」

「미래로.」

그녀는 자신이 해산하고 있는 때를 선택한다.

「나는 행복해. 하지만 이상하게도 자기가 안 보여.」

우리는 레일을 따라 〈지금, 여기〉 깃발로 돌아온 다음, 두 사람의 미래에 대한 기억을 안고서 지상으로 내려온다. 나는 눈을 뜬다.

「내가 그런 곳에 있게 되다니…….」

나는 불안한 표정으로 중얼거린다.

「미래란 고정된 게 아니야. 우리가 본 것은 가능한 미래 중의 하나일 뿐이야.」

「그런데 우리가 어떻게 미래를 볼 수 있었지? 우리가 본 것은 우리 상상의 투사에 불과한 것이 아닐까? 우리가 꾸는 꿈들처럼 말이야.」

「그럴 수도 있겠지. 하지만 돌고래족 선생님이 내게 가르쳐 준 바에 따르면, 시간이 더 이상 일직선으로 흘러가지 않는 지점이 존재한대. 조금 전에 우리가 다녀온 곳이 바로 그런 곳이야. 현재, 과거, 미래가 모이는 곳이라서 우리는 세 개의 시간대를 넘나들 수 있어. 하지만 현재, 과거, 미래는 고정된 것이 아니야. 모든 게 변동될 수 있어. 이건 비디오 게임에 비교할 수 있어. 모든 선택이 가능하지만, 결국 모든 미래가 이미 프로그램화되어 있는 비디오 게임. 이 미리 정해진 미래들 가운데서 놀이꾼들은 저마다 자신의 운명을 선택하는 거지.」

이 작은 낙원 안에서 날들이 지나가고, 우리가 본 미래의 모습들은 조금씩 잊혀 간다. 우리는 육체 이탈 여행을 더 이상 시도하지 않는다. 또 나도 더는 미래에 대해 알려 하지 않는다.

이제는 나도 〈신비〉를 견뎌 낼 수 있게 된 것이다.

나는 델핀과 많은 대화를 나눈다. 우리는 수많은 주제에 대해 토론한다. 예술 창조, 인류의 미래, 과학의 한계, 종교를 현대화할 수 있는 가능성 등등.

세상과 지리적으로 떨어져 있게 되니 지금까지의 내 소설 작업에 대해서도 객관적인 거리를 취하게 된다. 나는 내가 느끼기에도 놀라운 말들을 하게 된다.

「결국 다른 사람들이 옳았고 내가 틀렸어. 2단계에 머물러 있는 그들에게 3단계를 주면 안 되는 거였어. 우선은 그들을 즐겁게 해주고, 그다음에 아주 천천히 그리고 점진적으로 그들로 하여금 흥미를 느끼게 함으로써 새로운 지평들을 열어 줘야 해. 그래. 내가 시대에 맞춰야 하는 거였어.」

델핀의 의견은 내 의견과 상반되는 경우가 많은데, 이는 오히려 나의 사고를 풍요롭게 해준다. 때로 우리는 아무 말도 하지 않고 다만 하늘의 별들을 올려다본다. 그러고 있으면 이 세상에 절대적으로 옳은 것도, 절대적으로 중요한 것도 없다는 게 느껴진다.

석 달이 지났을 때, 섬의 의사는 델핀이 임신했다는 사실을 알려 준다. 이 기쁜 소식에 우리는 큰 잔치를 벌이고, 한

번쯤은 어떠랴 하는 마음으로 큰 불까지 피운다. 사실 지나가는 배나 비행기에 우리의 존재를 드러낼 수도 있는 위험한 짓이다. 하지만 밤과 구름이 우리를 보호해 주고 있다. 위성이 불빛을 발견할 가능성도 있겠지만, 낙뢰로 인한 숲의 화재라고 판단해 버릴 것이다.

우리는 산에서 내려오는 급류에 수력 발전소를 건설한다. 이 발전소는 환경을 조금도 오염하지 않고 우리에게 전기 에너지를 추가로 공급해 준다.

델핀과 나는 우리만의 고유한 작업 방식을 찾아낸다. 오전이면 나는 나의 대작 소설 〈신들의 왕국〉을 집필한다. 나는 섬에서 일어나는 일들에서 이 작품 창조에 필요한 영감을 많이 얻는다. 오후 6시에는 단편소설을 한 편 쓴다. 상상력을 유지하기 위한 목적이기 때문에 한 시간 안에 한 편을 완성하는 것을 원칙으로 한다. 어떤 것은 세 페이지에 불과하고, 어떤 것은 스무 페이지에 달하기도 하는데, 소재는 인터넷에서 읽은 시사 뉴스들이나 저녁때 식탁에 둘러앉은 섬 주민들과의 담소 중에서 얻는 경우가 많다.

어느 날 저녁, 나는 델핀에게 말한다.

「정말로 웃기지 않아? 18호 지구에 미스 유니버스 대회가 있다니! 어떻게 우주에서 가장 아름다운 여자들이 다름 아닌 이곳 18호 지구에 있다고 확신할 수 있는 거지? 만일 외계인들이 내려와서 다른 행성들도 이 대회에 참가하게 해달라고 요청하면 어떻게 될까? 그럼 다른 종족들의 미의 기준은 우리와 같지 않다는 사실을 발견하게 되겠지. 그들에게는 긴 머리, 불룩 솟은 가슴, 자그마한 엉덩이가 반드시 미의 기준은 아닐 거란 말이야.」

델핀은 내 얘기를 들으며 까르르 웃음을 터뜨린다. 나는 이를 소재로 단편을 쓴다. 그녀의 웃음은 내 소설이 흥미로운지를 알 수 있는 첫 번째 시금석인 셈이다.

델핀 역시 나와 같은 리듬을 따른다. 오전에는 게임에 들어갈 그래픽 작업을 하고 오후 6시에는 자유롭게 그림을 그리는데, 나처럼 한 시간에 작품 한 점을 완성한다. 짧은 시간 안에 후딱 작품 한 개를 어떻게든 만들어 내는 것, 이것이 각자의 예술을 완성해 가기 위한 우리만의 연습 방식이다.

우리가 작업하는 모습은 섬 주민의 대부분으로 하여금 각자의 특별한 재능을 찾아내어 우리처럼 꾸준하게 작업하고 싶은 욕구를 느끼게 한다. 음악, 요리, 조각, 건축 등 분야도 다양하다.

「지금 자기는 죽은 걸로 되어 있는데, 〈신들의 왕국〉은 어떻게 출간할 생각이야?」

델핀이 내게 묻는다.

「발행인이 둘러댈 거야. 숨어 있던 원고를 우연히 발견하게 되었다고.」

「이렇게 하는 건 어떨까? 자기의 작품 속에 〈중국 용〉을 하나 만들어 놓는 거야. 자기의 작업을 몹시 싫어해서 작품의 요모조모를 흠잡고 비판하는 가상의 작가.」

델핀과 함께 있으면 항상 새로운 생각이 샘솟는 것을 느낀다. 우리는 갖가지 주제에 대해 흥미로운 대화를 나눈다.

그녀가 내게 요리해 주는 음식들은 점점 더 복잡해진다. 사냥을 나갈 때마다 우리는 숲이 제공하는 새로운 것들을 가져오게 되고, 그것들을 재료로 하여 델핀은 〈고요한 섬〉 특유의 음식 문화를 창조해 가는 것이다. 그녀 요리의 맛이 다양한 향료로 강렬해짐에 따라 그래픽의 색채 역시 점점 더 화려해진다.

대륙에서 들려오는 소식들은 우리를 더욱 결속시킨다. 저쪽 세상의 모든 것이 악화되고 있음을 알 때, 이곳에서의 삶은 더욱 소중하게 느껴지는 것이다.

시간이 흐르며 난민들의 수도 늘어간다. 처음에는 열여덟 명이었던 것이 곧 예순네 명이 되고 다시 144명으로 뛴다. 또 144명에서 288명으로 증가한다.

우리는 절대적인 규칙을 하나 세워 놓는다. 〈어떤 이유로도 우리가 이 섬에서 산다는 사실을 밝히면 안 된다〉.

얼마 뒤, 바깥세상에서 이상한 소식 하나가 들려온다. 지구를 벗어나려고 비행 중이던 한 우주 왕복선이 천문학자들이 〈우주 역장〉이라고 부르는, 하지만 직접 경험한 우주 비행사들의 말로는 〈유리 벽〉 같았다고 하는 무언가에 부딪혔다는 것이다.

일단의 물리학자들은 이것이 중력과 같은 유형의 우주의 네 번째 일반 법칙과 관련된 것일 수 있다는 결론을 내린다.

몹시도 불안스러운 소식들이 줄을 잇는데, 그중 하나가 조류 독감이다. 이 치명적인 바이러스는 돌연변이를 거쳐 사람들에게도 옮을 수 있는 형태로 진화한다. 행성 전체의 병원들은 조류 독감에 걸린 환자로 꽉꽉 채워지며, 연일 사망자 수가 증가한다. 원자 폭탄을 보유한 흰개미 나라와 자칼 나라 사이에서 전쟁이 발발한다. 공포에 사로잡힌 사람들 사이에서는 신비주의와 미신이 다시금 고개를 쳐든다. 군중들은 이런저런 종교에 귀의하는데, 특히 재난이 일어날 때마다 족집게처럼 예언하는 신흥 종교 〈진리와 정의〉가 선풍적인 인기를 끈다.

섬에 있는 우리는 당분간은 안전하리라. 하지만 그 기간이 얼마나 갈까?

우리 무리에 속한 학자 몇 사람은 실험실을 만들어 섬에서 자생하는 식물들을 연구한다. 조류 독감에 걸린 새가 섬에 들어올 경우를 대비하여 치료제를 만들어 놓으려는 것이다. 하지만 지금까지는 넓은 바다가 우리를 보호해 주고 있다.

프루동과 그의 신흥 종교의 음모를 저지하기 위해, 나는 〈가능성의 나무〉를 만들어 인류의 가능한 미래 예측을 시도할 확률 수학자 그룹의 결성을 제의한다. 우리는 이 작업이 〈신들의 왕국〉 게임 제작에 간접적으로 도움을 주는 한편, 미신과 신흥 종교에 빠져드는 사람들에게 좋은 대안이 되어 주리라 기대한다. 또 나는 게임 제작에 참고할 수 있도록 아에덴에서 얻은 몇 가지 지식을 제공하기도 한다.

하지만 나는 항상 긍정적이기만 한 델핀과는 달리 회의와 불안을 떨치지 못한다.

「우리는 결국 성공하지 못할 거야. 왜냐면 인간들은 책임을 지는 습관이 들어 있지 않거든. 인간들은 자포자기 상태에 빠져 있어. 그래서 미래에 대해서도, 자신들의 행위의 결과에 대해서도 깊이 생각하려 들지 않아.」

「자기의 그 패배주의가 또 튀어나오는 거야?」

「모든 건 과학과 종교 때문이야. 과학은 이렇게 말하지. 〈그건 당연한 거야. 종의 진화가 그걸 원하고 있어.〉 또 종교는 이렇게 말해. 〈그건 당연한 거야. 그게 신의 뜻이라고.〉 사람들은 종교와 과학이 상반되는 것이라고 믿고 있지만, 사실 그 둘은 똑같은 방식으로 사람들의 생각을 마비시키고 있어.

그것들은 사람들로 하여금 〈무슨 일이 일어나더라도 우리는 아무 책임도 없으며, 또 우리는 아무것도 할 수 없어〉라고 믿게 만들지. 그러니 직접 신이 되어 볼 것을 제안하는 우리의 게임을 좋아할 리 만무야. 양자 역학만이 아주 작은 결정 하나가 엄청난 결과들을 초래할 수 있다는 생각을 내놓고 있어. 바로 〈나비 효과〉라고 하는 거지.」

「종교에 대해서는 자기가 잘못 생각하고 있어. 종교를 제대로 믿는다면 숙명주의자가 아니라, 자기 행동에 책임을 지는 사람이 될 수 있어.」

어느 날 나의 류머티즘 증세가 심해지자 델핀이 조언한다.
「자기 병을 치료하려면 이렇게 해봐. 자기의 세포들을 의식한 다음, 염증에 맞서 싸우는 그들을 격려해 주는 거야.」

처음에는 이 말이 이상하게 들린다. 하지만 가만히 생각해 보니 안 될 것도 없을 것 같다. 우리는 이미 생각에 의해 몸을 벗어날 수 있었다. 그렇다면 생각을 통해 몸을 이루는 구조들 중에서 가장 깊은 곳으로 들어가는 것도 마찬가지로 가능하지 않겠는가?

나는 두 눈을 감고 이번에도 연꽃 자세로 정좌한 후, 상승하는 대신 하강한다. 커지는 대신 축소된다.

그리고 앓고 있는 부분에서 싸우고 있는 세포들과 접속하고는 난 그들 편이라고 알려 준다.

사랑하는 델핀의 마음을 기쁘게 해주려는 마음이 작용한 건지는 몰라도, 어쨌든 몇 시간이 지나자 몸이 치유되는 걸 느낀다.

이 신비한 현상에 대한 델핀의 설명은 아주 간단하다.

「의식 있는 모든 것들과 할 수 있듯, 우린 우리의 세포들과도 얘기를 나누고 소통할 수 있어.」

「델핀. 자기하고 있으면 좋은 점이 뭔지 알아? 나의 모든 질문에 대답해 준다는 점이야…….」

「그게 바로 나의 본분이야. 자기를 교육하는 것.」

「알고 있어. 타로 카드에 그려진 그 여자 교황처럼 말이지? 책을 펴 들고, 남자들의 영성을 일깨워 주는 여인. 그래, 넌 나의 교황이야.」

달들이 지나간다. 세상은 갈수록 불타오르고, 델핀의 배는 점점 더 둥그레진다.

그러던 어느 날, 드디어 〈신들의 왕국〉의 게임과 소설이 동시에 출시된다.

우리는 컴퓨터 모니터 앞에 모여 앉아 인터넷으로 텔레비전 뉴스를 지켜본다. 엘리오트와 로베르가 저녁 뉴스 게스트로 출연하여 이 게임과 소설의 출시에 대해서 논평하고 있다. 그들은 먼저 나의 죽음에 대해서 얘기한다.

델핀은 장난삼아 프리즘을 요리조리 움직여 무지개 광영을 발하게 하면서 내게 미소를 짓는다. 그녀가 말한다.

「난 자기가 자랑스러워.」

「왜지?」

「그냥. 지금 자기는 뭐랄까……(그녀는 적합한 표현을 찾는다) ……그래, 빛을 내고 있어.」

나는 그녀에게 입을 맞추고 그녀의 불룩한 배를 어루만진다. 기분이 한결 나아진다.

「우리가 살고 있는 이곳이 꼭 낙원 같아.」

그녀는 꿈꾸듯이 말한다.

지금까지 이른바 〈낙원〉이라고 하는 곳들을 여러 곳 탐사해 본 나이기에 거기에 대해서는 나름의 의견이 있다. 낙원이란 거주하는 특정한 장소라기보다는 탐구의 결과가 아닐까? 하지만 이 생각을 굳이 말하지는 않는다.

텔레비전에서는 계속하여 나의 책들이 어쩌니, 내 작품의 숨은 의미가 저쩌니 하며 제멋대로 떠들어 대고 있다.

하기야, 이제 내 작업은 저들의 손으로 넘어간 것 아닌가? 그 속에서 무슨 의미를 찾아내든 그건 저들의 자유인 거지.

이렇게 자위해 보려 애쓰지만, 모든 것이 불확실하게만 느껴지는 이 상황에 마음이 더욱 심란해진다. 나는 버섯이나 따 오겠다고 말하고는 밖으로 나와 버린다.

섬의 북부는 기다란 곶을 이루고 있다. 이빨 모양의 피투시섬의 여러 갈래의 치근 중의 하나인 셈이다.

저들은 내 게임을 어떻게 받아들일까?

저들은 내 소설을 어떻게 받아들일까?

과연 나의 책과 게임은 애초의 목적을 이룰 수 있을까?

어쨌든 공식적으로는 죽은 걸로 되어 있기 때문에, 홍보를 위해 매체에 얼굴을 내밀 필요가 없어서 편하기는 하다.

나는 계속 불안한 마음으로 걷는다.

이렇게 아직 한 번도 탐험해 보지 않았던 숲의 한 장소로 들어가고 있는데, 어디선가 맹수가 으르렁대는 듯한 이상한 소리가 들려온다.

나는 방어용 무기로 쓸 양으로 나뭇가지 하나를 주워 들어 휘둘러 본다.

다시금 포효 소리가 들려온다. 나는 그것이 아래쪽이 아닌 위쪽에서 들려온다는 사실을 알아챈다.

하늘에서 들려오고 있는 것이다.

고개를 들어보니 빛이 한 줄기 보인다. 마치 별 하나가 무서운 속도로 구름을 뚫고 날아오는 것 같다.

나는 눈을 비비고 올려다본다.

빛은 어떤 비행 물체에서 발산되고 있다. 그 비행 물체는 속도를 줄이더니 가장 가까운 곳에 있는 빈터에 착륙하기 위해 천천히 내려온다.

그것은 직경이 5미터가량 되고 환한 빛을 발하는 선창(船窓)들이 뿡뿡 뚫려 있는 일종의 원반이다. 청아한 음이 울려 퍼진다.

「저건 또 뭐야? 이제는 별게 다 나타나는군!」

그렇다고 해서 내가 비행접시의 출현에 크게 놀란 것은 아니다. 나는 천사들의 나라에 살고 있을 때 안드로메다 은하를 방문하여 그곳의 외계 천사인 조즈를 만난 적이 있다. 그런데 결국 그곳의 외계 문명이나 외계인들이란 것도 이곳에 있는 모든 것의 〈외계적〉 복사판에 지나지 않았다.

내가 외계인들에 대해 별다른 흥미를 느끼지 못하게 된 지 이미 오래인 것이다. 내게 그들은 〈외계의 인간〉들에 지나지 않는다. 만일 〈외계의 신들〉을 만날 수 있다면 어느 정도 흥미를 느낄 수 있겠지만, 제우스가 외계 신의 존재를 언급한 적은 한 번도 없었다.

비행접시는 긴 휘파람 소리를 내며 땅에 내려앉는다.

환하던 선창들이 좀 더 어두워진다. 휘파람 소리가 멈춘다. 이제 땅에 내려앉은 비행접시의 아랫부분에서 수증기 같은 것이 치익 하고 뿜어져 나온다.

나는 다가간다.

수증기가 가신다.

갑자기 입구 하나가 나타나더니 거기서 긴 빛줄기가 나온다. 입구에서 멀어질수록 넓어지는 밝은 빛줄기이다.

트랩이 천천히 펼쳐지면서 땅으로 내려온다. 비행접시 내부의 눈부신 빛 속에 실루엣 하나가 보인다.

몸집이나 거동이 인간과 비슷해 보이는 실루엣이다. 실루엣은 앞으로 나아와 트랩을 내려온다.

또 다른 음 하나가 울려 퍼진다.

그 음은 변하며 다른 두 음과 조합되면서 멜로디가 된다.

그러고는 정적이 감돈다. 실루엣은 움직임을 멈춘다.

54. 백과사전: 음들에 대한 설명

영지주의자들에게 있어서 음악의 음들은 저마다 우주, 혹은 천문학적 공간 속에서 우리가 지각하는 어떤 것과 상응한다.

1. 레: 레지나 아스트리스. 별들의 여왕. 달.

2. 미: 믹스투스 오르비스. 선과 악이 섞여 있는 장소. 지구.

3. 파: 파툼. 운명.

4. 솔: 솔라리스. 태양.

5. 라: 락테우스 오르비스. 은하수.

6. 시: 시데레우스 오르비스. 별이 총총한 하늘.

7. 도: 도미누스. 신.

에드몽 웰스, 『상대적이며 절대적인 지식의 백과사전』 제6권

55. 외계인

그는 나의 정면에 있다.

눈이 부셔서 잘 보이진 않지만 장삼을 걸치고 있는 것 같다. 더 정확히 말하자면…… 그것은 토가이다.

「잘 있었나, 미카엘!」

이 목소리의 주인을 알아보는 데는 오랜 시간이 걸리지 않는다.

「아니, 여기서 뭐 하고 계세요?」

나는 너무 놀라 제대로 말도 하지 못한다.

「내가 언제 〈영원히 안녕〉 했었나? 〈다음에 또 봐〉 했었지.」

나는 에드몽 웰스를 얼싸안는다.

「자네를 영영 못 찾게 되는 건 아닌가 하고 걱정했어. 그런데 다행히도 자네가 불을 크게 피워 주었어. 사실 자네가 사라지자마자 자네 스타일을 잘 알기 때문에 또 어떤 섬을 찾아 떠났나 보다 하고 짐작했지. 그런데 이 불이 보이는 거야. 그래서 줌으로 확대해 보았더니, 아니나 다를까, 자네의 작은 마을이 보이더군.」

처음에 느꼈던 반가움이 사그라지고 나니, 내 모든 과거를 잊으려고 들어온 이 은밀한 장소에 불쑥 나타난 내 멘토의 존재가 조금은 거북하게 느껴진다.

「에드몽. 난 더 이상 당신의 세계에 속해 있지 않아요. 미안하지만 이제 나의 운명은 이곳입니다. 난 마침내 나의 진정한 조국을 찾았고, 조금 있으면 아버지가 돼요. 바로 이 섬에서요. 그리고…… 이제 난 지쳤어요.」

「알고 있네. 하지만 상황이 변했어. 아에덴에는 끔찍한 일들이 일어나고 있다고. 우리는 자네가 필요해. 그것도 아주 시급하게. 미카엘! 자넨 돌아와야 하네.」

「난 델핀과 내 아이를 절대로 버리지 않을 겁니다.」

「자네 여자와 아이가 숨 쉴 만한 행성에서 살기를 원하나? 그렇다면 자네에겐 선택의 여지가 없어. 자네도 알다시피 각 개인을 뛰어넘는 큰 문제들이 존재하는 법이네. 이제 세상의 모든 것은 다 연결되어 있어. 세계의 다른 곳과 고립된 섬 같은 것은 더 이상 존재하지 않는단 말일세.」

「우리는 여기서 어둠의 세력과 싸울 거예요. 에드몽, 난 드디어 내 자리를 찾았다고요. 평생 한 가지 질문이 나를 따라다녔죠. 〈도대체 내가 여기서 뭘 하고 있지?〉 하는 질문이었어요. 그런데 이 새로운 〈고요한 섬〉이 그 해답이었어요. 이곳이 바로 내 집이에요. 여기에다 내가 사랑하는 사람들을 모아 놓고 함께 더 나은 세상을 상상할 겁니다. 나의 미래는 그들이에요. 더는 당신들이 아니라고요.」

에드몽 웰스는 나를 똑바로 쳐다본다. 과거 천사의 제국에서 내 지도 천사였을 때 항상 나를 주눅 들게 했던 그 엄숙한 눈빛이다.

「미카엘. 자넨 그들과 같지 않아. 자넨 신 후보생이야.」

「그래서 어쨌다는 거죠?」

「다시 말해서 자네에겐 엄청난 권능이 있는 동시에 막중한 의무 또한 있다는 뜻이야. 아에덴은 자네를 필요로 하고 있어. 순리를 따라야 하네.」

「만일 제가 거부한다면요?」

「이 섬은 먼젓번 〈고요한 섬〉과 같은 운명을 겪게 될 거야. 이곳은 화산섬이네…… . 다시 말해서 지진과 해일이 일어날 수 있는 곳이야. 천재지변이란 느닷없이 찾아오는 법이지.」

이제는 그가 다르게 보인다.

「지금 나를 위협하는 건가요?」

「목적은 수단을 정당화한다네.」

「꼭 라울처럼 말하는군요. 에드몽, 난 당신은 내 친구라고 생각했는데…….」

「난 자네 친구이고 영원히 그럴 거야. 그리고 바로 내가 자네 친구이고, 자네가 여기에다 만들어 놓은 모든 것을 존중하기 때문에 자넬 찾으러 온 거야.」

멀리서 음악 소리가 들려온다. 섬 주민들은 소설 출간과 게임 출시를 축하하는 잔치를 준비하기 시작하고 있다. 마을에서 노랫가락들이 들려온다.

「저녁마다 잔치를 벌이는가?」

에드몽 웰스가 묻는다.

「아뇨. 오늘 저녁은 특별해요. 일종의 〈깜짝 생일〉이라고나 할까요.」

이렇듯 잔치를 준비하고 있는 걸 보니 섬의 다른 주민들은 이 비행접시를 보지 못한 모양이다. 비행접시가 낮게 깔린 구름에서 튀어나왔고, 사람의 발길이 닿지 않는 곳에 착륙했으니 더욱 그러하리라.

「그렇다면 저 사람들의 잔치를 완성시키기 위해 자네도 마술을 한번 벌이는 게 어떨까? 〈깜짝 실종〉을 하는 거야.」

「내 아내를 버릴 수는 없어요. 또 나를 믿고 있는 저 모든 이들을 내팽개치고 갈 수는 없는 노릇이라고요.」

전에 개미족 신이었던 이는 내 두 어깨를 꽉 붙잡는다. 정신 못 차리고 있는 나를 흔들어 깨우고 싶기라도 한 모양이다.

「이봐, 도대체 왜 그러나? 미카엘, 이건 게임에 불과해. 한

407

낮 게임이라고. 지금 자네가 있는 곳은 신 게임이 벌어지던 18호 지구야. 〈자네를 믿고 있는〉 저 사람들은 체스 말들에 지나지 않고. 자네가 〈아내〉라고 부르는 여자도 체스 말 중의 하나일 뿐이야. 다시 말해서 인간이라고. 인간들은 오래 살지 못해. 아침에 태어나서 저녁에 죽는 하루살이 벌레들이나 다름없어. 우리가 볼 때 저들은 지극히 연약한 의식 없는 존재들에 불과해. 저들은 시시한 독감에 걸려 죽을 수도 있고, 뱀한테 물려 죽을 수도 있어. 또 우주가 무언지, 아니 자기들이 어떤 행성에 살고 있는지조차 모르는 존재들이야.」

「델핀은 알고 있어요. 그녀의 신앙을 통해 직관적으로 모든 걸 깨달았어요.」

에드몽 웰스는 어이가 없다는 표정으로 나를 쳐다본다.

「〈그녀의〉 신앙? 바로 자네가 만든 거잖아. 우리가 함께 무얼 했었나? 자넨 돌고래족에게, 그리고 나는 개미족에게 각각 〈저들의〉 신앙을 만들어 주지 않았었나? 저들의 제의, 기도, 환상을 통해 우리를 보는 법, 신도들 간에 영적인 교감을 나누는 법 등을 고안해 낸 것은 다름 아닌 우리였어. 우리가 저들의 사제들에게 영감을 주었고, 우리가 저들의 교리를 정해 주었잖아.」

「델핀은 내가 준 것을 한층 높은 단계로 승화시켰어요. 영적인 면에서는 그녀가 오히려 저보다도 많은 것을 알고 있어요. 에드몽, 정말이에요. 그녀가 제게 많은 것을 가르쳐 주었다고요.」

그는 믿기지 않는다는 듯한 눈으로 내 얼굴을 훑어본다.

「자네 지금 농담하는 건가? 인간은 신을 가르칠 수 없는 법이야.」

「델핀은 예외적인 사람이에요. 그녀는 내게 명상하고 기도하는 법도 가르쳐 주었어요.」

마침내 에드몽 웰스는 웃음을 터뜨린다.

「기도한다고? 그럼 자네는 누구에게 기도하나? 자네 자신에게 하나?」

「우리 위에 있는 무한한 무언가에게 기도하죠. 이것을 그녀는 〈위대한 신〉이라고 부르고, 전 〈9〉라고 불러요. 모든 차원 위에는 상위의 차원이 존재하는 법이죠. 에드몽, 이걸 내게 가르쳐 준 사람은 바로 선생님이에요. 잊었나요?」

그는 대꾸할 말을 찾지 못하고 단지 이렇게 되풀이한다.

「그들은 한갓 〈인간〉에 불과해!」

그는 경멸스러운 어조로 〈인간〉이라는 말을 내뱉는다. 그런 다음 믿기지 않는다는 눈으로 나를 다시금 쳐다본다.

「설마 그 여자와 사랑에 빠진 건 아니겠지? 18호 지구라는 거대한 게임의 일개 체스 말에 불과한 존재와 말이야.」

「그냥 하잘것없는 체스 말이 아니에요. 체스 말 중에서도 퀸이라고요!」

「이봐, 정신 차려! 아직까지 상황을 제대로 파악하지 못한 것 같군. 자네가 여기 남아 있으면 저들은 끝장이야. 그리고 자네의 희생도 아무 소용 없게 되네. 그건 쓸데없는 자존심이야!」

「에드몽, 그렇게 다그치지만 말고 제 심정도 좀 이해해 줘요. 저는 도망 다니는 일에 지쳤어요. 이제는 내 운명과 정면으로 한번 맞서 보고 싶어요.」

「해일이나 지진에 맞설 수는 없는 법이야! 계속 그런 식으로 고집을 부리면 모두가 죽게 되네. 하지만 내 말을 들으면 저들도 살게 돼. 자네는 여기서 없어지겠지만 어쨌든 저들은 살아남을 거란 말이야. 자, 어서 결정을 내려. 난 한없이 기다릴 수는 없어.」

그래도 내가 꿈쩍 안 하자 그는 내 양어깨를 붙잡고 말한다.

「저들을 위해 내 말대로 해! 델핀을 그토록 사랑한다면 그녀를 위해서 돌아가자고! 저들을 구할 길은 오직 하나, 자네가 신의 특권을 되찾는 것뿐이야. 자, 미카엘! 이제 더는 시간이 없네.」

델핀과 우리의 아기, 그리고 섬에 있는 친구들이 죽는다는 위협에 결국 내 마음이 움직인다.

결국 나는 에드몽 웰스를 따라 비행접시의 트랩을 오른다.

「왜 이런 괴상한 걸 타고 왔죠?」

「인간들이 우리를 보게 될 경우에 대비한 거지.」

에드몽 웰스는 눈을 찡긋해 보인다.

「사람들의 선입견을 이용해야 할 필요가 있지 않겠나? 이 비행접시를 보면 놀라기야 하겠지만 신을 직접 보게 되는 것만큼은 아니겠지. 그리고 사실 이런 아이디어는 내게서 나온 게 아니라, 아에덴의 스승 신들이 옛날부터 써먹어 온 트릭이야. 그들은 자기 정체를 감추고 〈체스판 위의 말들을〉 방문해야 할 일이 있을 때 이런 식으로 내려오곤 했지.」

목재로 꾸며진 비행접시 내부는 텅 비어 있다. 안은 영화 촬영장을 연상시킨다. 조명 프로젝터며 영화 촬영 시 특수 효과를 위해 사용하는 안개탄 같은 것들이 굴러다니고 있는 것이다.

「그래, 이 솥단지 같은 게 대체 어떻게 날아다니는 거죠?」

내가 묻는다.

「말해 줘도 안 믿을걸?」

「말씀해 보세요.」

「위에서 투명한 줄을 잡아당기는 거야. 일종의 〈초대형 낚싯줄〉이라고 할 수 있지.」

「그럼 줄을 당기는 낚시꾼은 누군가요?」

바로 이 순간 외침 소리가 들리더니, 이어 사람들이 다가오는 소리가 들린다. 결국 누군가가 이 UFO를 발견한 것이다.

섬 주민들이 두드리는 비상종 소리가 요란하게 울리더니 어느덧 비행접시는 사람들에게 둘러싸인다.

선창 밖을 내다보니 1백여 명의 사람들이 머뭇거리면서 자기들끼리 얘기를 나누고 있다.

「자, 이제 신호를 보내야겠군. 빨리 조종을 시작해 달라고.」

에드몽 웰스가 말한다.

그는 비행접시의 바닥 한복판에서 시작되어 천장 한가운데의 구멍으로 빠져나가는 굵은 줄 쪽으로 걸어가, 처음에는 세 번, 다음에는 두 번, 이렇게 모두 다섯 번을 잡아당긴다.

「이게 올려 달라는 신호야.」

그가 설명해 준다.

하지만 아무것도 움직이지 않는다. 고요한 섬 주민들은 비행접시 주위로 다가오기 시작한다.

「델핀!」

나는 외친다.

「가브리엘!」

델핀도 대답하며 외친다.

이때 줄이 파르르 떨리더니 팽팽히 당겨진다. 비행접시는 하늘로 올라가기 시작하고, 에드몽 웰스는 분주히 버튼들을 눌러 비행접시가 소리와 연기와 섬광을 발하게 한다. 나는 고함친다.

「난 돌아올 거야! 델핀, 약속할게. 꼭 돌아오겠어!」

맹렬히 릴을 감아 물고기를 끌어 올리고 있는 어부가 위에 있는 듯, 비행접시는 위쪽으로 당겨진다.

「미카엘. 난 자네가 이해가 안 돼. 어떻게 이 하위 세계에 그 정도까지 감정적으로 빠져들 수 있지?」

「저들은 인간이에요.」

비행접시가 숲 위로 점점 상승하고 나는 내 친구들이 외쳐 대는 알아들을 수 없는 말들을 들으면서 대답한다.

에드몽 웰스는 어깨를 으쓱해 보인다.

「저들은 저들을 초월하는 게임의 말들에 불과해. 신들을 즐겁게 해주기 위해서만 존재하는 게임 말이야.」

56. 백과사전: 힌두인의 창세기

힌두인들은 우주가 창조의 시기와 파괴의 시기가 주기적으로 순환하며 진행된다고 생각한다.

이 현상의 근원에는 비슈누, 브라흐마, 시바라는 세 신이 있다. 비슈누는 무한의 상징인 〈아난타〉라는 뱀 위에 누워 잠자고 있다(또 이 신성한 뱀은 무의식의 대양에 떠 있다). 비슈누의 배꼽에서 연꽃 한 송이가 피어나고 그 안에서 브라흐마가 깨어난다.

브라흐마가 눈을 뜨면 우주가 창조되니 이것이 바로 빅뱅인 셈이다.

이 우주는 비슈누의 꿈의 특징들을 지니고 있다.

비슈누는 그가 전생에서 체험한 대로 세계를 꿈꾼다. 그리고 이 비슈누의 기억들의 영감을 받아 브라흐마는 물질과 생명을 만들어 낸다. 하지만 이렇게 창조된 세계는 불완전한 것이어서 시바가 춤을 춤에 따라 우주는 쇠퇴하여 결국에는 소멸하는데, 이는 다시 태어나기 위함이다.

브라흐마가 다시 잠들기 위해 눈을 감는 순간, 모든 것이 파괴된다. 바로 천체 물리학자들이 말하는 〈빅 크런치〉의 순간인 것이다. 힌두 사상에 따르면 「다니엘서」의 예언처럼 황금시대로 시작된 각 우주에는 이어 은의 시대와 철의 시대가 도래한다고 한다.

세 신은 지상에 돌아다니기 위해 하위 세계에 보내는 일종의 대사라 할 수 있는 〈아바타〉들을 이용한다. 널리 알려진 비슈누의 아바타 중에는 다음과 같은 인물들이 있다. 첫 번째 아바타의 일곱 번째 화신이며 땅에서 악마들을 몰아낸 라마(『라마야나』의 이야기), 여덟 번째 화신이며 사람들에게 신성한 사랑 속에서 맛보는 황홀경을 가르쳐 준 크리슈나, 그리고 아홉 번째 화신인 부처(고타마 싯다르타). 그리고 철의 시대가 끝날 때는 마지막 아바타인 칼키가 나타난다고 한다.

에드몽 웰스, 『상대적이며 절대적인 지식의 백과사전』 제6권

57. 원심 분리기

아에덴에서 18호 지구로 내려올 때 나는 잠들어 있었다. 깨어나 보니 이미 다른 차원으로 옮겨져 있었고, 나를 어떻게 하위 세계의 인간들 가운데 집어넣었는지, 그 방식에 대해서는 전혀 알 수가 없었다.

아에덴으로의 귀환은 전혀 다른 방식으로 이루어진다.

하늘에서 내려온 줄이 비행접시를 끌어 올림에 따라 우리는 18호 지구의 대기권으로 상승한다.

상승 속도가 대단히 빠른 것을 보아, 위에 있는 낚시꾼이

열심히 릴을 감고 있는 모양이다. 바람이 비행접시의 선체에 세차게 부딪히는 소리가 들린다.

「미카엘, 자네를 다시 찾게 되어 정말 기쁘네. 물론 자네 표정은 그렇게 보이지 않지만.」

에드몽 웰스의 말에 나는 대꾸하지 않는다. 저 아래의 이빨 형태의 조그만 섬은 대양 한복판에서 점차 작은 점으로 사라져 간다. 우리는 거대한 구름바다 위로 올라가고 곧 우주 공간에 진입한다. 나무로 된 선체에 부딪치던 바람 소리는 사라지고 대신 숨 막히는 정적이 뒤를 잇는다.

「정말로 중요한 일이기를 바라겠어요!」

나는 꽉 문 이 사이로 으르렁댄다.

「말로 표현할 수 없을 정도로 중요한 일이지.」

에드몽 웰스는 알 수 없는 대답을 한다.

「그럼 저 아래는 어떻게 하죠? 프루동이 짓뭉개려 드는 저 행성은요? 저들에게는 무슨 일이 일어나게 되죠?」

「난 신 후보생이지 점쟁이가 아냐. 하지만 그들이 위기를 벗어날 가능성이 있다고 생각해. 선의를 품은 한 사람이 계획을 세우고 거기에 전심전력 매달린다면 많은 사람을 구해 낼 수 있어.」

「알고 있어요. 당신이 노상 하던 소리죠. 〈물 한 방울이 대양을 넘쳐흐르게 할 수 있다〉, 〈조그만 선택 하나가 미래 전체를 결정한다〉 등등. 그래서 대양이 넘칠 거라고 협박하여 나를 이렇게 끌고 가는 건가요?」

「만일 이 세상에 궁극적인 계획이 존재한다면 이 모든 일은 해피엔드로 끝나게 될 거야. 아니, 최소한 그렇다고 믿고 싶어. 하지만 그렇게 되기 위해서는 우리가 아픔을 조금 겪어야 할 필요가 있지. 그러니 저들을 잠시 떠나간다고 하여 너무 섭섭해하지는 말게.」

「하지만 엔트로피의 법칙이란 게 있잖아요? 이에 따르면 세계는 자연 상태로 방치되면 혼돈이 승리하여 최악의 상황이 온다고 하지 않던가요?」

「그래서 우리가 이렇게 행동하는 것 아닌가? 모든 것이 부스러져 내리고 있는 곳에서 우린 질서를 회복해야 해.」

「무슨 말인지 알겠네요. 그러니 저는 죽기 전까지는 결코 쉴 수 없는 몸이다, 이런 뜻이겠죠?」

「음…… 자네가 언젠가 죽는다고 가정한다면 그렇게 말할 수 있겠지.」

「그러고 보니 제가 불사의 존재라는 사실을 잊고 있었네요. 하지만 저는 확신이 서지 않아요. 지금까지 내 주위의 많은 이들이 죽어 왔어요. 그중에는 인간도 있었고 신도 있었죠. 모두가 나와 비슷한 이들이었어요. 그런데 왜 그들은 죽는데 저만 안 죽을 거란 말이죠?」

「과거에 자네 영혼이 그걸 선택했겠지.」

「솔직히 지금은 너무도 피곤해서 차라리 죽고 싶어요. 완전히 죽어 버렸으면 좋겠단 말입니다.」

「자네 소원이 실현되는 것이 전혀 불가능한 건 아니야. 우린 한 게임에서는 불사의 존재이지만, 다른 게임에서는 필사의 존재일 수 있으니까.」

「정말 이 세상은 불완전해요. 하루살이 인간들은 죽음을 두려워하는데, 신들은 그걸 원하고 있으니!」

「우선은 다른 생각 하지 말고 다만 살고, 보고, 생각하고, 행동하고 배우게나. 지금 여기서 우리가 해야 할 일은 계속 진화해 나가는 일일 뿐이야.」

우리는 어두운 성간 공간을 계속 올라간다.

나는 민걸상을 하나 끌어다 그 위에 걸터앉는다.

에드몽 웰스는 화제를 돌린다.

「그런데 말이야, 이 비행접시를 만든 것은 내가 아니야. 이건 아에덴의 장난감 중 하나지. 신들이 직접 행성 내부로 들어가 수리해야 할 일이 있을 때 사용하는 것으로 여러 대가 있어.」

「줄은 누가 당겨 올리나요?」

「지금 말하면 재미가 없으니 이따가 자네 눈으로 직접 보게나.」

에드몽 웰스는 선창 밖을 내다본다. 지금 우리가 있는 곳의 위치를 확인하는 모양이다. 그는 줄이 있는 곳으로 돌아와 다시금 세 차례 당긴다.

비행접시의 상승 속도가 완화된다. 나도 선창 밖을 내다보니 수정처럼 맑고 아주 두꺼운 벽이 눈에 들어온다.

설마 저것이⋯⋯.

벽 너머 멀리에 얼룩 같은 것들이 보인다. 얼룩들은 분홍색, 푸른색, 검은색의 일렁이는 형태가 된다. 그것은 좀 더 가까이 다가오는데, 중앙의 검은 원을 둘러싸고 있는 터키석빛깔의 원처럼 생겼다.

우리를 관찰하고 있는 거대한 눈이군.

눈은 어마어마하게 커서 거의 시야 전체를 가리고 있다. 좀 더 가까이서 보니 입같이 보이기도 한다. 우리를 꿀꺽 삼켜 버리려 하는 입.

「저게 누구죠?」

「자네를 정말로 아주 많이 사랑하는 어떤 이. 어쩔 수 없지. 그게 바로 그녀의 특기이니.」

에드몽 웰스가 장난스럽게 눈을 찡긋하며 대답한다.

아프로디테! 저건 바로 아프로디테의 눈이야!

「그렇다면 이 벽은……」

나는 전율한다. 아주 기분 나쁜 전율이다.

그래…… 게임하는 신들이 주위를 빙빙 돌면서 구경하는 구체를 둘러싼 그 유리였어! 나도 그 유리 벽 위에 몸을 굽히고 18호 지구의 세계를 관찰하곤 했었지.

「그럼 과거에 우리가 들여다보면서 작업했던 구체는 영상이 아니라 진짜 지구였단 말인가요?」

「아니야. 그때 그것은 영상을 비추는 입체 스크린이었어. 우리는 일종의 터치스크린 위에서 작업한 셈이지. 하지만 이번에 자네를 데려오기 위해 아프로디테와 나는 진짜 18호 지구를 구해 와야 했네.」

「아니, 제가 그걸 본 곳은 오직 한 군데, 제우스의 집에서였는데요? 그걸 어떻게?」

에드몽 웰스는 태연자약하다.

「바로 그가 직접 우리에게 주었어. 그 이유는 곧 알게 될 거야.」

나는 에드몽 웰스와 아프로디테가 제우스에게서 진짜 세계를 받은 다음, 그것을 그 어항 같은 구체 속에 집어넣었다는 사실을 알게 된다.

그래서 18호 지구의 우주 왕복선이며 로켓들이 갑자기 어떤 보이지 않는 벽에 부딪히게 된 거였어. 그걸 인간들은 〈우주 역장〉이라고 이름 붙였던 거고.

나는 눈썹을 찌푸린다.

「그럼 이 유리를 어떻게 통과하죠?」

「아프로디테만 믿으라고. 그녀에게는 테크닉이 있어.」

이 세계를 둘러싸고 있는 수정 벽 너머를 살펴보니 분홍빛 형상이 보이는데, 자세히 살펴보니 바로 아프로디테의 거대한 손이다. 그 손은 유리 벽 위의 한 지점을 찾더니, 거기에 초대형 주사기같이 생긴 무언가를 꾸욱 박아 넣는다.

그래. 이 유리는 꿰뚫을 수 있는 거였어.

그렇다면 이것은 유리라기보다는 아주 단단한 플라스틱 물질의 일종이리라.

바늘은 끝 부분이 어슷하게 잘려 있는 거대한 관이다. 그것이 비행접시 앞으로 다가온다.

에드몽 웰스는 바닥 한복판에 고정된 금속 고리에 매어진 줄의 매듭을 푼다. 매듭이 풀린 줄은 천장의 구멍을 통해 휘리릭 빠져나간다. 이제 비행접시는 그 무엇에도 매여 있지 않다.

갑자기 폭풍우 치는 소리가 나더니, 비행접시가 바늘 관 터널 속으로 빨려 들어간다. 우리는 바깥벽에 눈금이 그려져 있는 투명한 원통 안으로 들어간다.

「우리가 있는 곳은 주사기 안이야.」

에드몽 웰스가 설명해 준다.

원통은 후퇴하고, 그에 따라 바늘의 터널 끝이 이루는 둥근 공간을 통해 18호 지구가 멀어져 가는 게 보인다. 거대한 손들이 원통의 피스톤을 잡아 빼는가 싶더니, 다음 순간 우리는 현미경의 슬라이드 글라스와 흡사한 유리판 위에 놓여 있다.

굵은 핀셋 하나가 마치 굴 껍데기를 들어 올리듯 나무 비행접시의 윗부분을 떼어 낸다. 다음에는 아주 섬세한 핀셋이 내 목깃을 붙잡아서는 조그만 곤충을 집어 올리듯 내 몸을 공중으로 들어 올린다. 나는 그런 꼴로 엄청난 공간을 통과하여 직경이 1미터 남짓한 시험관 안에 착륙한다.

나는 본능적으로 유리 벽을 기어오르려 팔다리를 버둥거린다.

작업이 제대로 이뤄지고 있는지 확인하려는 듯 터키석 빛깔의 눈이 돌아와 들여다본다. 왼손 손가락으로 시험관의 주둥이 부분을 쥐고 있는데, 나로서는 제발 떨어뜨리지 않기만을 빌 뿐이다. 오른손으로는 내 친구 에드몽 웰스를 들어 올려 내 머리 위에 떨어뜨린다.

시험관 감옥은 거대한 방의 여기저기를 지나고, 결국 우리는 어떤 어두컴컴한 기계 속에 놓인다.

「이건 또 뭐죠?」

「원심 분리기.」

「우린 어떻게 되는 거죠?」

「조금 돌다 보면 원래 크기로 돌아가게 된대.」

「벌써 해봤어요?」

「자네하고 마찬가지야. 즉, 이 안에 들어오기 전 마취되었기 때문에 변형되는 것을 느낄 수 없었어. 하지만 이번에는 아프로디테가 아테나가 마취제를 숨겨 놓은 곳을 찾아내지 못했다네. 그래서 우린 크기의 변화를 체험해야 할 거야. 그녀 말에 따르면, 〈약간 고통스럽지만 견딜 만하다〉더군.」

모터가 돌아가는 것 같은 소리가 울린다. 롤러코스터 열차가 서서히 꼭대기까지 올라갈 때 들리는 소리와도 비슷하다. 이윽고 모든 것이 진동하기 시작한다. 우리의 시험관은 천천히 돌아가기 시작하다가 점점 속도를 높인다. 처음에는 수직으로 서 있던 시험관은 속도가 높아짐에 따라 공중에 떠 오르더니 수평으로 눕는다. 에드몽 웰스와 나는 우주 왕복선 안의 비행사들처럼 허공에 둥둥 떠오른다.

진동이 가속된다. 우리는 마주 본 채 시험관 유리 벽에 찰싹 달라붙는다. 우리의 몸은 사방팔방으로 늘어난다. 또 비행기 조종사들이 훈련하는 가속기 안에 들어간 것처럼 얼굴은 일그러지기 시작한다. 에드몽의 눈은 두개골에서 튀어나오려는 듯 보인다. 안와(眼窩) 속의 내 눈알들 역시 너무도 아프게 당겨 와 나는 그것들이 튀어나가지 못하게 하려고 눈꺼풀을 꼭 닫는다. 내 얼굴은 짓눌린 것처럼 일그러진다. 관자놀이는 미친 듯 고동친다. 고통스럽다.

속도가 더 증가하자 머리는 폭발할 것만 같아진다. 사지는 몸에서 떨어져 나갈 것 같고 피부는 유리 벽에 찰싹 달라붙는다. 에드몽 웰스의 얼굴은 우거지상 그 자체이다. 두개골의 뼈들이 서로 분리되는 게 느껴진다. 그리고 갑자기 팔다리가 몸통에서 우두둑 뽑혀 나간다. 피는 튀어 오르는 대신에 유리 벽에 도포되듯 퍼지며 빨간 베일처럼 시야를 가린다. 이제 나는 목과 머리만 달려 있는 통나무 토막에 지나지 않는다.

뭐? 〈약간 고통스럽기는 하지만 견딜 만하다〉고?

이번에는 샴페인병에서 거품을 분출하며 튀어 오르는 뚜껑처럼 머리가 몸통에서 떨어져 나온다. 그러고는 시험관 유리 벽에 납작하니 붙어 있다.

이제는 머리도 없는데 생각은 계속하네! 왜지?

맞아. 왜냐면 난 의식 있는 불사의 존재이기 때문이야. 인간들은 기절하여 고통에서 해방되는 데 반해, 우리 신들은 의식을 잃지 않는 거야!

역시 몸에서 떨어져 나온 에드몽 웰스의 머리도 엄청난 속도로 인해 마치 머리카락 난 공처럼 천천히 구르고 있다. 그가 다시 나를 쳐다보는데 얼굴에는 미소가 싹 가셔 있다. 그렇게 우리의 머리들은 돌돌거리며 유리 벽 위를 기어가다가 마침내는 서로 만난다. 둘의 뺨이 찰싹 하며 맞부딪친다.

우리는 말도 하지 못하고 멀뚱히 서로를 쳐다보기만 한다.

순간 우리의 입이 벌어진다. 내 턱뼈가 분해된다.

갑자기 두 눈알이 몹시 당기는 게 느껴진다. 눈알들은 한껏 부풀어 오르더니 눈구멍에서 빠져나간다. 시신경은 길게 늘어나다가 탁 끊어져 버린다. 내 눈알들은 자율성을 획득하여 머리 주위를 빙빙 도는 두 개의 위성이 된다.

더는 아무것도 보이지 않는다.

두 귀가 새의 날개처럼 늘어나더니 뜯겨져 나간다.

소리가 끊어진다.

코도 떨어져 나간다.

눈알도 빠져나가고 여기저기 구멍이 뻥뻥 뚫려 있는 나의 몰골은 분명 그다지 아름답지 못할 것이다. 숨구멍을 중심으로 두개골이 호두 껍데기처럼 반으로 쪼개진다. 대뇌가 빠져나오는 순간, 나는 더 이상 아무런 고통을 느끼지 못한다.

하지만 여전히 생각하고 있다.

이 원심 분리기는 우리를 생각하는 죽으로 만들어 놓고 있다.

생각하는 죽……. 이 이미지는 손수 저녁을 지어 먹던 나의 인간 시절에서 온 것이다. 그때 나는 수프를 만들기 위해 믹서에 야채를 집어넣곤 했다. 기계 안에 식재료를 넣고 속도를 조절한 다음 빨간 버튼을 누르면 웅 하는 진동음이 분쇄 작업이 시작되었음을 알려 주었다. 순무와 당근, 혹은 파의 형태는 사라져 버리고 우선은 흐물흐물한 죽이 되었다가 결국은 주스로 화한다. 여태까지 육체적으로 힘든 일들을 제법 겪어 본 나지만 이처럼 고통스러운 적은 없었던 것 같다.

진흙에서 나온 인간인 나는 죽으로 돌아간다.

흙먼지에서 나온 인간인 나는 가루로 돌아간다.

바다에서 나온 인간인 나는 수프로 돌아간다.

하지만 나의 변형은 아직 끝나지 않았다.

액체가 되었지만 점점 더 묽어져 간다.

결국은 증기가 된다.

그러고는 가스가 된다.

바로 〈승화〉라는 현상이다. 나는 고체 상태에서 기체 상태로 넘어가는 그 화학적 단계를 내 존재 내부에서 체험한다.

나는 원자들로 이루어진 구름이 된다. 하지만 계속 의식을 유지하고 있다.

더 이상 고통스럽지 않다.

더 이상 불안하지도 않다.

이제 〈미카엘 팽송〉은 사라졌다. 다시 말해서 확인 가능한 이름과 후각적, 청각적 특성을 갖춘 단단한 살덩이의 전체는 더 이상 존재하지 않는다.

더 이상 두려움도 느껴지지 않는다.

나는 한 조각 구름이다. 난 더 이상 상처받을 수도 없고, 타격을 입을 수도 없으며, 마모될 수도 없다. 나는 나의 가장 간단한 표현 형태, 즉 원자의 상태로 돌아왔다.

하지만 하나의 커다란 물음표가 남는다.

난 아직도 존재하고 있는 걸까?

58. 백과사전: 화두

화두(話頭)란 선(禪)불교에서 논리의 한계를 깨닫게 해주려고 던지는 역설적인 문장이다. 얼핏 들으면 터무니없는 말같이 보이는 문장이 우리의 정신으로 하여금 새로운 태도와 움직임을 취하도록 요구한다. 그리고 이러한 정신적 체조의 목적은 우리의 정신을 일깨워 현실을 새롭게 인식하게 해주는 데 있다. 이런 이유로 지나치게 경직된 사고를 지닌 사람에게 화두는 고통스럽게 느껴질 수도 있다.

이 고통은 경직된 흑백 논리에서 나온다. 통상적으로 우리의 정신은 흑과 백, 선과 악, 좌와 우, 참과 거짓 등으로 사실을 명확히 구분하기 좋아하는 것이다. 화두는 우리로 하여금 이러한 사고의 통상적인 궤도를 벗어나게끔 강요한다. 이런 의미에서 우리는 〈삼각형이 볼 때에는 원은 하나의 화두이다〉라고 말할 수 있다.

다음은 화두의 몇 가지 예이다.

〈더 이상 아무것도 못 하게 되었을 때, 우리는 무엇을 할 수 있는가?〉

〈북극의 북쪽에는 무엇이 있는가?〉

〈의식이 없다면 우주는 존재할 수 있는가?〉

〈검은 빛은 사물을 밝힐 수 있는가?〉

〈박수를 치면서 두 손은 소리를 낸다. 그렇다면 한 손이 내는 소리는 무엇인가?〉

〈환상은 존재할 수 있는가?〉

〈사람은 거울을 보고, 거울은 사람을 본다.〉

〈자신을 잊으라. 우주 전체가 그대를 인정해 주리라.〉

〈흰 눈이 녹을 때 흰색은 어디로 가는가?〉

〈네게 부족한 것을 네가 갖고 있는 것 가운데서 찾으라.〉

〈나는 내 의견에 동의하는가?〉

〈자유를 구하라. 그러면 그대 욕망의 노예가 될 것이다. 규율을 구하라. 그러면 자유를 찾게 되리라.〉

〈우리가 어떤 것을 알 수 있는 것은 그것을 안다고 《믿기》 때문이다.〉

〈정적의 소리를 들어라.〉

에드몽 웰스, 『상대적이며 절대적인 지식의 백과사전』 제6권

백색 작업

신 성 한 산

59. 아에덴에 돌아오다

나는 가볍고, 비물질적이다. 허공에 떠 있는 원자들의 전체이다.

더 이상 피부도, 껍데기도, 그 어떤 한계도 없다.

온도는 올라가고 내 원자들은 점점 더 가벼이 움직인다. 그것들은 서로 분리되어 퍼지고 소용돌이친다.

나는 미지근한 증기이다.

나는 한 조각 구름이다. 나는 내 친구 에드몽 웰스와 섞여 있다. 다른 사람이 이렇게 가까이 느껴진 적은 거의 없었다.

그런 다음 우리가 기체 상태로 떠다니고 있는 시험관이 어떤 관에 연결된다. 난 다시금 내 친구와 분리된다. 한 줄기 바람이 내게 속한 원자들을 빨아들여 훨씬 더 큰 유리그릇 안으로 옮겨 놓는다. 유리그릇은 아까와는 반대 방향으로 회전하는 원심 분리기 안에 놓인다. 원심 분리기가 빠르게 회전함에 따라 나는 유리그릇 속에서 팽글팽글 돌아가고, 동시에 유리그릇의 온도는 내려가면서 나는 점차로 응축된다.

나는 기체 상태에서 다시 액체 상태로 돌아온다. 차가움과 속도는 계속 효력을 발한다. 액체 상태에서 죽 상태로 돌아온다.

성경에 이런 말이 있었지. 인간이란 신의 숨결을 받은 진흙에서 나왔다.

내 원자들은 다시 모인다. 난 다시금 짜인다. 좀 더 길게, 좀 더 넓게, 좀 더 큼직하게. 내 원자들은 그것들이 알고 있는 어떤 설계도의 지시에 복종하고 있는 것 같다. 그렇게 조화롭게 정렬하고 결합하면서 인간의 몸보다는 훨씬 더 커다란, 하지만 동일한 비율의 몸으로 다시 나를 지어 나가는 것 같다.

나는 태아의 단계를 거치지 않고 곧바로 얼마 전까지의 상태였던 성인의 모습이 된다. 두 눈은 굳어져서 처음에는 시뻘건 탁구공이 되었다가 곧 하얗게 된다. 나의 투명한 피부와 두개골 아래로 보이는 대뇌에는 깊은 주름들이 파인다.

손톱이 조각되듯 하나하나 모습을 드러내고, 치아 역시 어린 나무처럼 턱뼈에서 쑥쑥 솟아난다.

가스로 변했다가 다시 몸으로 짜이는 것…… 고통스럽지는 않다. 단지 처음 느껴 보는 새로운 감각일 뿐이다.

근육들은 불그죽죽해지고 피부는 투명함을 잃어 간다. 심장은 몇 번 심하게 덜컹거리더니 이내 규칙적으로 뛰기 시작하고, 몸의 모든 배관 시스템은 진홍색의 액체를 받아들여 온몸에 산소와 당분을 공급한다.

내가 다시 살아 있어!

원심 분리기의 속도는 늦춰지고 난 다시 거대한 시험관 속에 벌거숭이가 되어 놓여 있다. 나는 벌벌 떤다. 내 모든 근육들은 펄펄 끓고, 심장은 빠른 속도로 고동치며, 피부는 땀의 막으로 덮인다. 나는 기진맥진하여 헐떡댄다. 시험관 유리 저편으로 다가오는 실루엣들이 보인다. 일어나고 싶지만 힘이 하나도 없어서 몸을 제대로 가눌 수조차 없다. 난 내 몸이 그대로 시험관 밑바닥까지 미끄러져 내려가도록 놔두며, 거기서 태아 같은 자세로 웅크리고 잠이 든다.

이렇듯 구름의 세계를 거친 내 정신은 꿈의 세계로 미끄러져 들어간다. 내 정신이 다시 힘을 길어 내는 평화로운 장소이다. 화면 하나가 밝아진다.

나는 화면의 천 속으로 들어간다. 어느 섬이 배경으로 펼쳐진다. 하지만 〈두 번째 고요한 섬〉은 아니다.

넓은 해변에 델핀이 나타난다. 그녀는 모래 위에 발자국을 찍으면서 달려온다. 우리는 파도 속에서 포옹한다. 우리 뒤쪽에는 5천 년 전, 그러니까 Y 게임이 시작될 때 내가 창조했던 18호 지구의 돌고래족 마을이 있다. 멀리 대양에는 돌고래들이 노니는 광경이 보인다. 우리는 돌고래들을 향해 헤엄쳐 간다. 우리는 녀석들의 등지느러미에 매달려 물방울을 튀겨 대며 파도 위로 솟구쳐 오르기를 반복한다.

델핀은 내게 알려 준다. 우리는 돌고래들의 도움을 받을 필요가 없다고. 우리 자신이 돌고래로 변신할 수 있다고.

그러자 내 콧구멍이 오므라지며 닫힌다. 대신 이마에 조그만 분수 구멍이 나타나고, 손에는 물갈퀴가 생겨난다. 나는 옛적에 육상 포유류였다가 물로 돌아온 최초의 돌고래들처럼 변신해 가는 중이다. 델핀은 내게 설명하기를, 이것이 바로 우리가 〈고요한 섬〉에 짓게 될 우리의 미래, 즉 수생 인류라고 한다. 변신을 마친 나는 몇 분이 아닌 수십 분 동안 호흡을 정지한 채 물속을 헤엄친다. 등뼈를 마치 물고기처럼 일렁일렁 흔들면서 쏜살같이 나아간다. 그리고 파도 위로 펄쩍 솟구쳐 오르기도 한다. 그렇게 파도와 장난친다. 나는 〈호모 델피누스〉가 된 것이다. 미래의 인간이요, 수생 변종이다. 꿈속에서 나는 나와 비슷하게 생긴 호모 델피누스들과 떼를 지어 점점 더 빠른 속도로 헤엄치며 논다. 우리는 함께 물속을 돌아다니거나 수면 위에서 헤엄을 친다. 나는 한층 속도를 붙여 헤엄치다가 돌고래처럼 벌떡 일어서기도 한다. 수면에 거의 수직을 이루도록 몸을 꼿꼿이 세우고서 꼬리 끝 부분만 물에 담그고 물살을 가르며 나아가는 것이다. 돌고래들은 우리를 둘러싸고, 곡예하듯 점프하는 법을 가르쳐 준다. 난 그 동작이 너무도 좋다.

델핀은 인간보다 훨씬 더 복합적이고도 뉘앙스가 풍부한 작고도 날카로운 소리를 발하여 나와 소통한다. 그녀는 내게 다른 인간들은 다른 곳에서 다른 방식으로 변이했다고 알려 준다. 다람쥐 인간들은 나뭇가지 위에서 개암을 갉다가 허공으로 펄쩍 뛰어 팔과 다리 사이를 잇는 피부막을 날개처럼 이용하여 활공하고 있다고 한다. 눈 먼 두더지 인간들은 땅속을 파헤치며 살고 있다고 한다. 새 인간들은 깃털이 난 날개를 펄럭이며 하늘에 유유히 떠다닌다고 한다. 나는 델핀에게 대답한다. 〈난 다른 동물보다도 이렇게 돌고래인 것이 훨씬 좋아. 물속과 물 위 공간을 삼차원적으로 움직이는 것은 정말이지 기가 막힌 느낌을 안겨 주거든.〉 델핀은 이어 설명하기를, 지금 인류 전체가 다른 형태로 변이해 가고 있으며, 이것은 진화의 논리적 연장에 불과하다고 한다. 이때, 멀리서 상어 인간들이 불쑥 나타나는 게 보인다. 그들은 얼굴이 길쭉하고, 아가리에는 세모꼴의 이빨이 세 줄로 나 있으며, 손은 견고한 지느러미로 변해 있다.

미래의 인류는 변형되어 각자가 섬기던 토템 동물이 된 것이다.

우리는 물 밖 공중으로 펄쩍펄쩍 솟구쳐 오르며 놈들을 피하려 한다.

꿈속에서 나는 더 이상 도망가지 말고 상어들에 맞서야 한다고 중얼거린다. 한 가지 생각이 머리에 떠오른다. 〈돌고래들은 뾰족한 주둥이로 상어의 간장 부근을 찔러 타격을 입힌다. 한정된 부분에 강력한 충격을 가함으로써 최대한의 관통력을 얻기 위함이다.〉 나와 델핀은 무시무시한 어뢰로 변한다. 나는 돌진하여 다가오는 한 상어 인간에게 타격을 가한다. 그러나 그는 몸을 틀어 나의 충각(衝角)을 피한 다음 내 등지느러미를 깨문다. 우리는 다시 마주 보는 위치로 돌아온다. 그는 다시 나를 물려고 하지만, 나는 그를 정면으로 공격하는 척하다가 마지막 순간에 그의 아래쪽으로 몸을 틀어 (삼차원 공간을 활용하는 데는 내가 한 수 위다) 주둥이로 배를 찌른다. 그의 피부는 뚫리고 내 주둥이는 내장 속까지 파고 들어간다. 돌고래 델핀 역시 괴물들에 맞서서 용감히 싸우고 있다. 악착스레 싸운 끝에 우리는 그들을 패주시키는 데 성공한다. 하지만 우리의 옆구리에서 뻘건 선혈이 긴 띠처럼 새어 나온다. 우리도 부상을 입은 것이다. 절벽 가까이로 다가가 보니 하늘에는 갈고리같이 생긴 부리를 단 독수리 인간들이 그 길고 두툼한 날개를 활짝 펴고 날아다닌다. 또 땅에는 긴 앞니와 날카로운 손톱이 난 쥐 인간들도 다가오고 있다.

「난 더 이상 저들이 두렵지 않아!」

나는 날카로운 작은 음향을 발하여 돌고래 델핀에게 말한다.

그녀는 내가 또다시 1점을 획득했다고 알려 준다. 이제는 도망가지 않고 적들에게 맞서고, 그 누구도 무섭지 않다고 자신 있게 외칠 수 있기 때문이란다. 이로써 20점 만점에 21점이 되었다.

나는 돌고래 델핀과 함께 물속 깊이 헤엄쳐 들어가 심해를 향한다. 갑자기 그녀가 걱정스러운 표정을 지으면서 헤엄을 멈춘다. 내가 다가가자 그녀는 몸을 한껏 부풀리더니 다음 순간 조그만 아기 돌고래 인간을 쑥 하고 뽑아 낸다. 깨끗한 몸이 환하게 빛나는 녀석이다. 녀석은 그녀의 몸에서 나오자마자 헤엄치기 시작하더니, 우아하게 몸을 일렁이며 수면 쪽으로 올라간다.

그녀는 꼬마가 나를 쏙 빼닮았다고 말한다. 나는 내게 너무도 많은 것들을 가르쳐 준 그녀에게 감사를 표한다.

우리는 다정하게 주둥이를 서로 비빈다. 그런 다음 함께 심해에서 헤엄쳐 올라와 물 밖으로 솟구쳐 오른다. 그렇게 우리는 물결 위에서 까불며 놀고 있는 우리의 아들 물고기 녀석 옆에서 하늘 높이 뛰어오른다. 시원한 바람이 지느러미 위를 스쳐 지나가는 것을 느끼며 다시금 첨벙 물속으로 들어간다.

온몸이 물에 젖어 드는 그 감각.

델핀⋯⋯.

「미카엘!」

델핀!

「미카엘⋯⋯ 미카엘⋯⋯ 나야.」

나는 눈을 뜬다. 여자의 얼굴이 나를 굽어보고 있다. 델핀은 아니다. 머릿카락은 황금빛이고, 두 눈은 터키석 빛깔에 가까운 에메랄드 같다.

아프로디테!

430

「널 잃게 될까 봐 몹시도 두려웠어. 불쌍한 나의 미카엘. 그 가축 떼 같은 인간들 틈에서 사느라고 얼마나 힘들었어?」

사랑의 신이 속삭이듯 말한 뒤 나를 꼭 안아 준다.

침대에 누워 방을 둘러본 나는 여기가 그녀의 궁전이라는 사실을 깨닫는다. 저 푸크시아꽃 장식, 마치 동화의 나라에 들어와 있는 기분이다. 여기저기에 걸린 횃대에는 아기 천사 몇 녀석이 우리를 비웃는 건지 묘한 표정을 짓고서 앉아 있다. 활을 멜빵처럼 몸통에 두른 녀석들은 수정 화살에 화살 깃을 끼워 넣고 있다. 또 유리 상자들 속에는 과거에 그녀가 내게 준 적이 있는 다리 달린 심장들이 보인다. 녀석들은 누군가 사랑할 사람을 만나고 싶은 마음에 애가 달아 폴짝폴짝 뛰고 있다.

사랑의 신이 내게 열렬한 키스를 퍼붓지만 난 반응하지 않는다.

「난 네가 미치는 게 아닌가 싶어 겁이 났었어. 18호 지구 사람들과 함께 산다는 것은…… 원숭이들 틈에서 사는 것과 마찬가지일 테니까!」

「인간들 역시 우리 같은 남자와 여자들이에요.」

「우린 남자도 여자도 아니야. 우린 신이야!」

그녀가 내 말을 고쳐 준다. 그리고 다시 날 꼭 끌어안고는, 내 상체에 자기 젖가슴을 문지른다.

「네가 18호 지구로 유배되어 내려간 건 너무도 억울한 일이었어. 거기 내려가 있는 기분이 어땠을까? 아주 이상했겠지? 마치…… 동물원 같았겠지.」

여봐요. 정말로 이상한 장소는 이곳 아에덴이란 말입니다. 여기는 동물원이라기보다는 정신 병원에 가까워요. 올림피아는 자아를 광기에 가깝게 부풀려 놓았고, 그 결과 각 신은 저마다 신경증이나 정신병의 한 형태를 체현하고 있을 뿐이죠. 아프로디테는 히스테리, 제우스는 과대 망상증, 아레스는 편집증, 이런 식으로…….

「견딜 만했어요. 인간들이 오만하긴 했지만 그래도 신들보다는 자기 분수를 알고 있더군요.」

「당연하지, 그것들은 게임의 말들 아니야? 그 말들이 뭔가를 요구하고 나서면 어떻게 되겠어?」

나는 그녀의 품에서 몸을 뺀다.

「우리 역시 게임의 말들 아닌가요?」

「그들과 같은 종류의 게임은 아니지.」

「누가 알아요?」

그녀는 내 말을 더 들으려고 하지도 않는다.

「미카엘. 키스해 줘. 너를 그 좁쌀만 한 감옥에서 빼내 주려고 얼마나 고생했는지 알아? 에드몽 웰스는 단지 내 계획을 도와주었을 뿐이고, 사실 내가 다 했단 말이야. 자, 이제 우리는 누구의 방해도 받지 않고 사랑할 수 있게 되었어.」

「난 당신에게 아무것도 부탁하지 않았어요. 난 거기서 잘 살고 있었다고요. 위가 됐든 아래가 됐든, 어떤 세계에서도 우린 저마다의 행복을 찾을 수 있어요. 차원이나 크기나 장소의 문제가 아니에요. 의식의 문제죠.」

그녀는 내가 왜 이리 쌀쌀맞게 나오는지 이해할 수 없다는 표정을 짓는다.

「무슨 일이야, 미카엘? 자기, 좀 이상해 보여.」

나는 침대에서 일어나 몸을 식히려 욕실로 간다. 거울 속의 나는 스스로도 알아보기 힘든 몰골로 변해 있다. 18호 지구에서의 삶과 원자 구름으로 변형되는 고생을 겪은 탓인지 볼이 움푹 꺼져 있다. 의식을 간직한 채 행해진 이 변신은 한편으로는 내가 언제든 티끌로 돌아가 버릴 수 있다는 사실을 알게 해주었고, 다른 한편으로는 육체를 입고 살아간다는 것이 얼마나 고통스러운 일인지를 상기시켜 주었다. 눈 밑에는 반원형의 검은 그늘이 생겼고, 얼굴은 바짝 말라 있다. 순수한 증기 상태가 됐을 때가 그리울 지경이다. 나는 오랫동안 차가운 물로 세수를 한다. 그런 다음 토가 한 벌을 찾아내어 몸에 걸치고 가죽 샌들도 찾아 신는다.

「에드몽 말로는 내가 급히 아에덴에 돌아와야 한다던데요. 그 이유가 뭐죠?」

「미카엘, 내가 그 이유로 충분치 못하단 말이야?」

그녀는 실망한 눈으로 나를 쳐다보다가 벌떡 일어나 말한다.

「좋아. 다 말해 줄게. 네가 없는 동안 이곳에는 끔찍한 사건들이 일어났어.」

나는 다시 방으로 들어간다. 그녀는 어떻게 설명해야 좋을지 모르겠다는 듯 눈을 아래로 내리깔고 난감한 표정을 짓고 있다.

「사건들이라고요? 어떤 사건들이죠?」

이때 어디선가 짐승들의 울음소리가 들려온다. 창가로 달려가 밖을 내다보니, 두 그리핀 무리가 하늘에서 싸움을 벌이고 있다. 독수리 날개가 달린 사자들이 사나운 울음소리를 내며 서로를 찢어발기고 있는 것이다. 그들은 공중에서 커다란 8자를 그리며 선회하거나 돌격한다. 상처 입은 놈들은 격추당한 비행기처럼 수직으로 땅에 떨어져 내린다.

에드몽 웰스가 비척비척 방에 들어온다. 그 역시 원자 구름으로 변형되는 일을 겪은 탓에 기진맥진한 모양이다. 그 역시 눈 밑에 검은 그늘이 졌고, 피부는 창백하다.

천사 시절에 나를 가르쳤던 이는 아프로디테의 얼굴을 살핀다. 그녀가 내게 모든 것을 애기해 주었는지 알아내려는 것이다. 그녀는 아니라는 뜻으로 고개를 젓는다.

아프로디테는 규방으로도 사용하는 자신의 살롱으로 인도하여 우리 둘에게 앉으라고 권한다. 방 이곳저곳을 장식하고 있는 액자 속의 판화 그림들은 1호 지구를 비롯한 여러 행성의 위대한 사랑 이야기들을 묘사하고 있다. 작품 속에는 욕망에 불타는 눈으로 서로를 응시하고 있는 남녀 커플, 남성 커플, 여성 커플 들이 보인다. 때로는 둘 이상인 경우도 있고, 동물들과 어울리는 경우도 있다. 마치 전람회장에서처럼 걸려 있는 이 그림들은 우주 가운데 존재하는 사랑의 다양성을 확인시켜 주고 있다.

바깥에서는 그리핀들이 서로를 살육하며 토하는 울음소리가 하늘을 갈가리 찢어 버릴 듯 요란하기 그지없다. 아프로디테는 덧창을 모두 닫아 버리고 우리에게 생강 맛이 나는 음료를 따라 준다.

에드몽 웰스는 이마를 잔뜩 찌푸리고 있다. 거의 본 적이 없는 심각한 표정이다. 그가 입을 연다.

「나도 사태가 이 정도까지 악화되었을지는 몰랐는데…….」

이때 아프로디테가 끼어든다.

「물론 우리 신들은 어떤 문제가 생기면 빨리 매듭짓는 데 익숙해져 있어. 하지만 그것은 일반적으로 인간들에게 문제가 생겼을 때 해당하는 말이지. 이번 분쟁은 우리 〈동료 신〉

들 간에 일어났고, 지금 그것을 해결할 수 있는 이는 아무도 없거든.」

그들은 내게 자초지종을 들려준다. 내가 심판을 받고 18호 지구에 유배 간 이후, 내 옛 친구이자 Y 게임 우승자인 라울 라조르박은 팡파르가 높이 울리는 가운데 엘리시온 대로의 마지막 문들을 통과해 나갔다.

「그렇게 라울은 상을 받기 위해 길을 떠났지.」

에드몽 웰스가 말한다.

라울이 지평선 너머로 사라지자, 엘리시온 대로의 문들은 다 닫히고, 올림피아 주민들은 모두 평소의 생활로 돌아갔다.

제18기에서 마지막까지 살아남은 후보생들은 이 지역의 다양한 괴물로 변신했다. 장 드 라퐁텐과 라블레는 켄타우로스가 되었다.

시몬 시뇨레와 에디트 피아프는 인어로 탈바꿈했다. 툴루즈 로트레크는 머리가 두 개 달린 용이 되었다. 브뤼노 발라르, 귀스타브 에펠, 조르주 멜리에스 등은 그리핀이 되었는데, 아마 지금 하늘에서 싸우고 있는 녀석들 가운데 섞여 있을 것이다.

스승 신, 카리테스 신, 반신들은 그동안의 모험이 남긴 잔해들을 깨끗이 청소한 뒤, 새로운 후보생들을 맞아 신학기를 시작하기에 앞서 사흘간의 휴가를 가졌다.

「우린 멕시코 후보생들을 맞을 계획이었어.」

아프로디테가 덧붙인다.

조그만 아기 천사들이 방에 들어오더니 사랑의 신에게 무언가 귀엣말을 한다. 그녀는 일어나서 우리더러 잠시 기다리라고 손짓하며 나간 다음, 잠시 후에 토가에 파란 얼룩 같은 것을 묻혀서 돌아온다. 그녀가 앵무새 횃대같이 생긴 횃대를 몇 개 늘어놓자, 아기 천사들이 포르릉 날아와 그 위에 내려앉는다.

그녀는 흐트러진 황금빛 머리카락을 쓸어 넘긴다. 아기 천사 중 어떤 녀석들은 횃대를 떠나 새들처럼 그녀의 어깨 위에 내려앉는다.

그녀는 꽃부리에다 넥타르를 조금씩 따라 녀석들에게 나누어 주고, 내게도 그 음료가 채워진 잔을 내민다. 내가 진한 커피가 낫겠다고 말하자 아기 천사 하나가 즉시 부엌으로 날아가 가져다준다.

그런 다음 아프로디테가 말을 잇는다.

「우린 멕시코 후보생들을 정말 오래도 기다렸어. 하루, 이틀, 사흘, 일주일, 그리고 한 달을 기다렸지. 왜 이리 늦어지는지 이해가 되지 않았어. 물론 우리도 알고 있었지. 가끔 천사 사무국 업무가 밀려서 영혼들이 아에덴에 빨리빨리 들어오지 못한다는 사실을. 그렇게 우리는 이륙하기 위해 마지막 승객들을 기다리는 비행기처럼 늦어지는 학생들을 기다렸어. 하지만 멕시코 후보생들은 도착하지 않았어. 우리는 교대로 망을 서서 해변을 지켜봤어. 또 선택된 영혼들이 공중에서 떨어지지나 않나 하고 목 빠지게 하늘만 쳐다보았지.」

그녀의 말을 들으니 내가 아에덴에 도착하던 때가 떠오른다. 그때 난 운석처럼 직통으로 바다에 내리꽂혔었다.

「……하지만 아무것도 보이지 않았어. 그런데 그들 대신에 다른 이가 찾아왔어. 석 달째 되었을 즈음, 다름 아닌 제우스가 숲에서 불쑥 튀어나온 거야. 정말 어마어마한 크기였어!

전번에 개입하여 너로 하여금 재경기할 수 있게 해주었을 때보다도 컸지. 키가 10미터나 되는 제우스를 한번 상상해 봐! 그는 아에덴의 전 주민을 원형 극장에 소집하고 자기는 극장 한가운데 섰어. 몹시 묵직해 보이는 배낭을 하나 메고 있더군. 그는 연설을 시작했어.」

이렇게 말하는 아프로디테의 얼굴이 어두워진다. 그녀는 불안에 가득한 눈으로 내 팔을 잡는다.

「제우스는 〈다른〉 산에 대해 말했어. 신들 위에 한층 더 위대한 신이 존재하고 있다는 사실을 밝힌 거야.」

「9…….」

나는 나직이 중얼거린다.

「제우스는 그를 〈창조의 신〉이라고 불렀어. 우리로선 충격이 아닐 수 없었지. 그리고 제우스는 말하길, 이 더 높은 신으로부터 어떤 지시 사항을 하달받았다는 거야.」

아프로디테와 에드몽은 서로의 얼굴을 쳐다보더니 힘없이 고개를 떨어뜨리고 만다. 아프로디테가 말을 잇는다.

「그 지시 사항이 뭐냐면, 이제 모든 것을 완전히 중단하겠다는 거야.」

「설마 농담은 아니겠죠?」

「제우스는 이렇게 말했어. 〈멕시코에서도, 그리고 그 어떤 다른 민족에서도 신 후보생은 더 이상 오지 않을 것이오. 다시 말해 신들의 학교는 폐교된 거고, 이곳의 모든 것이 끝났소.〉」

그러고 보니 전에 내가 제우스를 만났던 때가 생각난다. 그때 벌써 올림피아의 주신은 이런 일이 일어나게 될까 봐 두려워하고 있었다. 지금 창조의 신도 자신처럼 피곤해하고 있으며, 이제 모든 놀이를 멈추고 싶어 한다는 것, 이것이 제우스의 생각이었다.

조그만 아기 천사 하나가 내게 다가온다. 내 키 높이로 허공에 둥실 떠서는, 마치 달이 행성 주위를 돌듯 내 주위를 천천히 돈다. 그런 다음 다른 아기 천사들에게 뭐라고 속닥거리니까 녀석들은 일제히 웃음을 터뜨린다.

아프로디테가 손짓을 하자 모두가 입을 다문다.

「제우스의 발표가 끝나자 헤르메스가 이렇게 질문했어. 〈그럼 무슨 일이 있게 되는 거죠?〉, 〈여기에서는 아무 일도 없게 될 거요.〉 제우스가 대답했지. 〈다시 말해서 여러분이 하셔야 할 일은 오직 하나, 죽음을 기다리는 일이오.〉 이 말은 두 번째의 큰 충격이었어. 이어 제우스는 설명했지. 학교가 폐교되는 이상, 더는 이 아에덴 체제를 존속할 필요가 없게 되었다고. 따라서 창조의 신은 아에덴의 전 주민에게 부여한 불멸성을 회수하기로 결정했다고.」

「거기에 제우스도 포함되나요?」

「물론이야. 제우스는 이렇게 말했어. 자기도 자기 궁전에 다시 올라가, 마지막 잠이 찾아오기를 기다리며 잠이나 자야겠다고. 이어 배낭을 열더니 직경이 3미터나 되는 구체를 꺼낸 다음 이렇게 말했어. 〈자, 이게 바로 진짜요. 여러분이 가지고 놀고 싶으시다면 기념으로 놓고 가겠소.〉 그러고는 자기 앙크를 꺼내더니 이렇게 말하는 거야. 〈잠깐만. 박물관에 보관하기 쉬운 크기로 줄여 주겠소.〉 그런 다음 어떤 단추를 누르니까 3미터의 구체가 50센티미터로 쑥 줄어들어 버렸지.」

「당신들에게 진짜 18호 지구를 넘겨주었군요! 내가 있었던 그곳 말이에요!」

「그래. 이젠 무엇이 어찌 되든 상관없다는 걸 분명히 보여 주기 위해서였지. 그러고는 허탈한 웃음을 크게 터뜨리더니 거대한 백조로 변하여 올림포스산의 꼭대기 쪽으로 훨훨 날아가 버리는 거야.」

이제 모든 게 이해되기 시작한다. 에드몽 웰스가 끼어든다.

「나도 제우스의 말을 들어 보려고 숲에서 기어 나왔지. 그리고 그가 진실을 밝히는 순간에는 나도 모르게 다른 신들 틈에 섞이고 말았고. 사실 이제는 어찌 되든 상관없게 되어 버렸으니까. 스승 신들은 나를 보고 별로 놀라지도 않았어.」

「우리 모두가 충격으로 정신이 멍해 있었으니까. 완전히 넋이 나가 있었지.」

아프로디테가 한숨을 내쉰다.

「……폐업하여 한순간에 종업원들을 실업자로 만들어 버린 공장 꼴이 된 거야.」

에드몽 웰스도 따라 한숨을 쉰다.

「이제 우리 삶의 의미는 오직 하나야. 노쇠와 질병과 죽음에 대한 기다림이지.」

그 말을 들으니 퍼뜩 떠오르는 생각이 있다. 내가 필사의 존재들이 사는 곳으로 떨어졌을 땐 오히려 불사의 존재로서 위엄을 지닐 수 있었다. 그런데 이렇게 다시 불사의 존재들이 산다고 하는 곳으로 돌아와 보니, 오히려 필사의 존재가 되어 버린 것이 아닌가.

참으로 우습고도 역설적인 변화가 아닐 수 없다.

나는 철학자 우디 앨런이 저승 탐사 활동을 예견하는 이런 말을 했던 것을 기억한다. 〈인간이 필사의 존재인 한, 결코 진정한 여유를 가질 수 없다.〉 이제 우리는 이런 말을 덧붙일 수 있으리라. 〈신들이 불사의 존재였을 때, 그들의 삶에는 의미가 없었다.〉

「그다음에는 어떻게 됐죠?」

내 물음에 에드몽 웰스가 설명해 준다.

「이제 이 조그만 18호 지구를 거들떠보는 사람은 아무도 없더군. 그래서 내가 주워 놓았지. 그런 다음 버려져 있는 자네 빌라에 들어와 지내고 있었던 거야.」

아프로디테의 아기 천사들은 다시 커피를 따라 준다. 난 녀석들이 우리를 비웃고 있다는 막연한 느낌을 떨칠 수 없지만, 두 신이 들려주는 얘기에 정신이 팔려 깊이 생각하지 않는다. 사랑의 신은 이야기를 계속한다.

「디오니소스가 신 수업의 완전한 종결을 기념하는 잔치나 한판 벌이자고 제안했어. 그래서 대규모 기념행사가 열렸지. 좀 더 정확히 말하자면 말도 못하게 질펀한 난장판 축제였어. 신들은 술을 퍼마시더니 티격태격 싸우기 시작하더군. 그런데 다음 날이 되니까 상황이 악화되기 시작했어. 전쟁의 신 아레스를 필두로 한 무리의 스승 신들이 불만을 토로했지. 아레스는 선언했어. 싸워 보지도 않고 앉아서 죽음을 기다리지는 않겠노라고. 많은 신들이 그에게 동조했어. 그렇게 해서 신들 사이에 분열이 일어났지. 한쪽엔 담담하게 운명을 받아들이는 신들, 그리고 다른 한쪽엔 그렇게 성실히 봉사를 해온 자신들에게 이런 결과는 너무도 부당하다며 들고일어난 신들.」

아프로디테가 아기 천사들에게 마실 것을 달라고 하자,

그들은 재빨리 유리 물병에 가득 차 있는 향긋한 포도주를 따라 준다.

「처음에 신들은 토론을 벌였어. 어떤 이들은 위에서 내려온 명령에 상관하지 말고 현 체제를 계속 이어 가자고 주장했지. 그들은 이렇게 제안했어. 스승 신들의 의회가 이끄는 새 정부를 구성한 다음, 엘리시온 대로를 통해 두 번째 산으로 원정대를 파견하자. 또 이런 제안도 있었어. 천사들의 나라와 직접 협상하여 그들이 계속 우리에게 신 후보생들을 공급하게 하자. 하지만 구체제에 충실한 아테나의 생각은 달랐지. 아테나는 우리가 제우스와 그 위대한 창조자라는 미지의 신의 뜻을 따라야 한다고 생각했어. 그래서 엘리시온 대로로 통하는 길들을 봉쇄해 버렸지.」

아프로디테는 포도주 잔에 입을 대어 한 모금을 마신 다음 다시 말을 잇는다.

「그렇게 해서 두 파가 나누어진 거야. 아레스에 동조한 〈항쟁파〉와 아테나 편에 선 〈충성파〉로 말이야. 항쟁파는 실업자나 은퇴자 신세가 되는 걸 받아들일 수 없었지. 무위도식하는 것은 선 채로 썩어 가는 거나 진배없다고 느꼈기 때문이야. 결국 신들은 서로 싸우기 시작했어. 아레스는 아테나를 칼로 찔렀어. 아테나는 더 이상 움직일 수 없게 되었지. 참으로 끔찍한 일이었어! 우리는 올림피아 신의 죽음이 어떤 것인가를 구체적으로 이해할 수 있었던 거야.」

아프로디테는 몹시 힘들여 침을 꿀꺽 삼킨다.

「아테나는 피를 흘렸어. 얼마 후에는 피가 새어나가는 축 늘어진 몸으로 화해 버렸지. 그 흔한 키마이라조차도 되지 못한 거야. 우리 모두는 신이 죽어 가는 모습을 지켜봐야만

했어. 그렇게 한 영혼의 최후가 무엇인지를 직접 보고 느끼면서 구체적으로 이해하기 시작한 거야. 어떤 신들은 자기들도 삶의 마지막 장(章)을 갖게 되었다고 도리어 좋아했지. 또어떤 이들은 두려움에 사로잡혔고. 모든 인간이 항시 느끼는 그 죽음에 대한 공포 말이야.」

아기 천사들은 그녀에게 붉은색과 하얀색이 어우러진 조그만 케이크들을 가져다준다. 아프로디테는 앞니로 케이크를 조금씩 잘라 먹으며 말을 잇는다.

「그러고는…… 전쟁이 일어났어. 첫 번째 살신에 자극된 항쟁파들은 맹렬한 파괴의 불길에 휩싸였지. 아레스가 이끄는 일부 스승 신, 반신, 키마이라들은 엘리시온 대로로 통하는 대문을 박살 내버리려고 몰려갔어. 하지만 다른 스승 신, 반신, 키마이라들이 그들을 저지했지. 그리하여 엘리시온의 문 앞에서는 치열한 전투가 일어났지.」

「신들은 짐승처럼 날뛰었어. 7의 의식을 가졌다고 하는 자들이 마치 3의 존재들처럼 행동하더군.」

에드몽이 덧붙인다. 아프로디테는 고개를 주억거리며 맞장구친다.

「인간성, 심지어는 신성의 거죽을 조금만 긁어 보면 그 밑에 숨어 있는 수성(獸性)이 모습을 드러내지. 하지만 어느 쪽도 쉽게 우위를 점하진 못했어. 사망자가 속출했어. 특히 많이 죽은 건 키마이라들이었고.」

갑자기 멀리서 요란한 함성이 들려온다. 소리의 방향은 엘리시온으로 통하는 대문이 있는 동쪽 지역이다.

나는 성난 눈으로 에드몽 웰스를 노려본다.

「그래, 그 일 때문에 인간들과 행복하게 살고 있는 나를 여기로 돌아오게 했나요? 나더러 신들과 함께 죽으라고요?」

아프로디테는 몸을 일으킨다. 그러고는 한 쌍의 연인의 모습이 담긴 사진 액자에 손을 갖다 댄다. 누군가 하고 가만히 들여다보니 루마니아의 독재자 차우셰스쿠와 그가 과학부 장관 자리에 앉혀 놓은 그의 아내 엘레나이다. 두 사람이 총살되기 불과 몇 분 전에 찍은 것으로, 서로의 손을 꼭 잡고 앉아 있는 그 모습은 자못 애잔하기까지 하다. 평생을 독재자로 살아온 두 악인이 최후의 순간에 이르러 마지막 남은 한 방울의 정으로 영원히 맺어지고 있는 그 모습이라니!

아프로디테가 액자를 옆으로 치우니 그 아래에는 다이얼 자물쇠가 붙어 있는 강력 금고가 모습을 드러낸다. 그녀는 비밀번호를 맞추고 금고 문이 열리자 궤짝 하나를 꺼낸다. 멋진 철 공예 장식이 들어가 있고 양쪽에는 구리 손잡이가 하나씩 달린 참나무 궤짝이다. 그녀는 열쇠를 꺼내어 궤짝을 연다.

그 안에는 다시 안팎에 자홍색 벨벳을 댄 보석함이 들어 있고, 그 보석함 안에는 직경 50센티미터가량의, 푸른색과 흰색이 어우러진 알처럼 보이는 무언가가 놓여 있다.

나는 호기심에 이끌려 다가가서 들여다본다. 아프로디테가 말한다.

「네 세계가 여기 있어. 이미 끝장난 세계이지만 너를 꺼내 오려고 주워다가 이렇게 잠시 보관하고 있었던 거야.」

「그럼…… 이게 18호 지구란 말이에요?」

에드몽 웰스는 고개를 끄덕인다. 그렇다면 그녀의 이야기가 모두 사실인 것이다. 제우스가 이 행성을 축소해 올림피아 주민들에게 던져 주고 갔다는 얘기 말이다.

「맞아. 진짜 지구야. 입체 투영이 아니고.」

아프로디테가 분명히 확인해 준다.

나는 지금 델핀이 깃들여 있는 구체를 넋을 잃고 들여다본다.

「이 안에 내 친구들이 있는데…….」

「아니, 그 하루살이 중생들에 미련이 많아 보이네? 정말로 그런 거야?」

아프로디테가 묻는다.

「어차피 이젠 우리도 하루살이 신세 아닌가요?」

난 슬쩍 즉답을 피한다.

「하지만 우린 다르지. 훨씬 더 위대하지! 크기 하나만 보더라도!」

「그렇다고 해서 무슨 차이가 있죠?」

「아니지. 큰 차이가 있지. 예를 들어 이 구체를 들어 올려 저 창문 밖으로 던져 버리면 산산조각이 나고 말아. 저들은 흙으로 채워진 어항 속에 사는 개미와 다를 바 없는 존재들이야.」

그녀는 두 손으로 유리구를 잡는다. 그리고 내가 미처 반응할 겨를도 없이 정말 그것을 창밖으로 던져 버리려는 듯 번쩍 들어 올린다.

「안 돼요!」

나는 황급히 그녀의 손목을 꽉 붙잡는다.

「아야야, 아파!」

나는 손목을 놓아 준다. 그녀는 마지못해 그 귀중한 구체를 보석함 속에 다시 집어넣는다.

「그래. 이게 자네를 데려올 수 있는 유일한 방법이었어. 인간 세계에 비행접시를 보낸다는 아이디어는 아프로디테가 생각해 냈어. 자네를 먼저 원자로 분해한 다음 다시 신의 크기로 되돌릴 수 있는 기계가 크로노스의 집에 있다는 걸 알고 있었거든.」

이번에는 에드몽 웰스가 설명해 준다.

「그리고, 에드몽 당신! 18호 지구의 인간들과 평화롭게 살고 있는 나를 왜 이 신들의 전쟁판으로 끌고 왔죠? 그게 날 도와주는 일이라 생각했나요?」

역삼각형 얼굴에 귀 끝이 쫑긋 올라간 사내는 의미심장한 미소를 띠면서 내 얼굴을 요리조리 살펴본다. 내가 왜 이렇게 나오는지 다 알고 있다는 듯한 표정이다.

「물론 자네에게는 썩 반가운 일이 아니었겠지. 하지만 우리로서는 분명 최상의 선택이었어. 내 생각에 항쟁파와 충성파 간의 전쟁은 꽤 오래갈 것 같아. 우리에게는 서로 싸우고 죽이는 것보다 훨씬 중요한 일이 있는데 말이야. 뭔가 신속한 조치를 취하지 않으면 올림피아 전체는 황량한 폐허로 변하고 말 거야.」

나는 18호 지구가 담긴 궤짝에서 좀처럼 눈을 떼지 못한다.

「그래서 어떻게 하겠다는 거죠?」

「자넨 천마 페가수스를 타고 높은 곳에서 아에덴섬을 내려다본 적이 있잖은가? 그때 얻은 지식을 이용해서 원정대를 보내려는 거야. 이번에는 하늘이 아니라 바다를 통해서.」

「그다음에는요?」

「두 번째 산으로 가는 거지. 정상까지 올라가서 창조자인 위대한 신을 만나는 거야.」

「그래서 뭘 하겠다는 거죠? 게임은 이미 끝났는데요.」

「아직 단언할 수는 없어.」

아프로디테가 말한다.

「라울은 지금 엘리시온 대로를 걸어 두 번째 산의 정상으로 향하고 있어. 거기까지의 거리를 감안해 볼 때, 그는 사흘 뒤에야 도착할 거야. 따라서 우리가 해로로 가면 그를 따라 잡을 수도 있어.」

에드몽 웰스의 설명이다.

「그를 앞질러 가서 뭘 하겠다는 거죠?」

「라울은 그 모든 영예를 누릴 자격이 없다는 것, 이게 나와 에드몽의 생각이야.」

아프로디테가 대신 대답한다.

「더구나 그자는 위험하기까지 해. 물론 장점도 많지. 총명하고 귀신같은 적응력이 있으니까. 하지만 정말로 중요한 것이 무엇인지는 이해하지 못한 자야.」

에드몽 웰스가 거들자 아프로디테는 고개를 끄덕인다.

「마지막 시합에서 그는 N력, 즉 중성적 힘을 대표했어. 그 때문에 승리할 수 있었지. 미카엘, 네가 대표한 사랑의 힘인 A력과 자비에가 대표한 파괴의 힘인 D력이 서로 상쇄되었거든. 그 틈에 그는 쉽게 승리를 거둔 거야.」

「하지만 중성적 에너지의 신이 다스리는 우주는 결코 우리가 원하는 우주가 아냐.」

에드몽 웰스가 단호하게 말한다.

「그래서 우리는 미카엘 네가 저 위로 올라갔으면 해. 넌 훌륭하게 경기했어. 네가 최고의 후보생이라는 것을 보여 주었다고. 넌 학문과 예술과 창의성, 그리고 여성 해방과 개개인의 자유를 장려했어. 넌 A력의 신이야. 바로 사랑의 신이지.」

아프로디테가 드디어 그들의 뜻을 밝힌다.

「그만해요. 제가 어떤 실수를 범했는지, 또 제게 어떤 약점들이 있는지 스스로가 잘 알고 있어요. 전 현실과는 동떨어진 이상주의자일 뿐이라고요. 제가 패배한 것은 결코 우연이아니에요. 제 백성들은 자손을 충분히 생산하지 못했을 뿐만아니라, 단호하게 행동해야 할 때에 그러지도 못했어요. 게다가 전 냉정을 잃고 복수심에 불타올라 다른 신을 죽였죠. 결코 A력의 수호자다운 행동은 아니었어요.」

하지만 아프로디테는 물러설 기미를 보이지 않는다.

「너의 분노가 그렇게 폭발한 것은 네가 네 작업에 열정을 갖고 임했다는 증거야. 이 행성에서 죄 없는 네 백성들과, 그들이 대표하는 사랑의 힘은 참혹한 일을 겪었어. 세상에 그걸 보고도 가만히 있을 신이 어디 있겠어?」

그녀는 다시금 내게 몸을 찰싹 붙여 온다.

「너와 함께라면 우린 해낼 수 있어!」

나는 그녀를 감히 밀어낼 수가 없다.

「그렇다면 당신들의 계획은 이건가요? 라울보다 먼저 위대한 창조자 신에게 가겠다는 것? 맞아요?」

에드몽 웰스는 단호하게 말한다.

「더 이상 허비할 시간이 없어. 자, 자, 혼자서 잘난 척하지말고 빨리 따라와! 우리는 자네를 〈시스템〉의 정상에 올려놓기 위해 이 모든 일을 한 거야. 그러니 더는 빼지 말라고.」

「하지만 난 18호 지구에서 잘 살고 있었단 말입니다…….」

에드몽 웰스는 참나무 궤짝을 번쩍 들어 큼직한 배낭에 집어넣는다.

「자네가 이것에만 그토록 집착하는 것 같아서 하는 말인데, 이것을 안전하게 지켜 주기 위해서라도 이 올림피아를 떠나야 하네. 때로는 우리가 아는 세계보다 미지의 세계가 더 안전할 수 있으니까.」

그러고는 내 팔을 잡아끌고 가면서 이렇게 결론짓는다.

「우리에겐 아직도 발견해야 할 무수한 세계들이 있어. 결코 놀라는 걸 두려워해서는 안 돼!」

60. 백과사전 : 바루야족

바루야족은 파푸아뉴기니의 원시 부족이다. 이들은 1951년에 호주 탐험가들에 의해 발견되기 전까지 문명 세계와 완전히 단절된 상태로 살아왔다.

이 부족에 대해 심화된 이해가 가능하게 된 것은 프랑스의 인류학자이며 『선물의 수수께끼』(1996)와 『친족 관계의 변모』(2004)의 저자인 모리스 고들리에가 1967년에서 1988년 사이에 행한 일련의 연구를 통해서였다.

고들리에가 처음 현지를 방문하여 발견한 것은 아직 석기 시대 수준의 기술에 머물러 있는 농경 수렵 사회였다. 그는 이 부족의 기원 신화와 그것이 어떻게 그들의 사회 구조를 조직해 나가는지를 이해하고자 했다.

바루야족에게는 국가나 계급의 개념도, 복잡한 위계질서의 개념도 없다.

반면 그들은 민족학자들이 지금까지 쌓아 온 모든 지식을 뛰어넘는 형태의 부계 사회 속에서 살고 있었다.

바루야족에게 정액은 모든 것의 중심에 위치한다. 인간은 정액과 햇빛의 혼합물인 〈우〉에서 나온다. 여자는 이 혼합물을 담아 놓는 하나의 용기일 따름이다. 그리고 이 혼합물이 잘못 만들어지면 여자아이가 태어나게 된다.

다시 말해서 난자의 존재를 몰랐던 바루야족에게 여성은 잘못 만들어진 인간일 뿐이었고, 생식의 주체인 남성이 〈진정한 인간〉인 남성을 낳는 데 도움을 주는 보조적인 존재에 불과했던 것이다. 이러한 여성관은 서구의 여성 혐오주의와는 성격이 전혀 다른 것이다(따라서 이러한 여성관이 〈정치적으로 올바르지〉 않은 것은 사실이지만, 여기서는 우리의 통상적인 가치 판단 기준을 내려놓을 필요가 있다). 사내아이들은 여덟 살이 되면 여성의 영향으로부터 벗어나야 한다. 그리고 가족을 떠나 열다섯 살이 될 때까지 마을에서 멀리 떨어진 산중에 머물며 통과 의례를 거쳐야 한다. 그곳에는 남성들로만 이루어진 공동체가 있다. 이 남성 공동체는 사내아이들을 마술적 의식들과 성(性)에 입문시킨다.

소년이 열여섯 살이 되면 한 가정을 이룰 수 있는 성인으로 간주된다. 그들은 산에서 내려와 여자를 취한다.

소년들은 성관계를 갖고, 아기를 갖게 된 여자는 임신 기간에 최대한 많은 남성 파트너들과 관계를 가져야 하는데, 이는 다른 남성들의 정액이 태어날 아이를 튼튼하게 해준다는 믿음 때문이다.

마찬가지로 어머니가 수유를 할 때도 모유는 〈변형된 정액〉으로 간주된다. 따라서 여성이 많은 모유를 생산하기 위해서는 계속 여러 남성과 성관계를 가져야 한다.

바루야족 사회에서 여자는 토지 소유권이 없다. 또 경작할 권리도, 종교 의식을 행할 권리도 없다. 이 사회야말로 지금까지 알려진 사회 중 가장 부계적인 성격이 강한 사회라 할 것이다.

이러한 바루야족 연구를 통해 모리스 고들리에가 얻게 된 결론은 무엇인가? 그것은 지금까지 대부분의 민족학자들이 생각해 왔던 것과는 달리 사회는 경제의 반영이 아니라, 창건 신화의 반영이라는 사실이다.

바루야족은 어느 순간 정액이 모든 것의 근원이라고 믿었기 때문에, 이 신앙을 중심으로 하여 그들의 의식과 사회관계를 구축해 나갔던 것이다.

에드몽 웰스, 『상대적이며 절대적인 지식의 백과사전』 제6권

61. 불타는 올림피아

시커먼 연기가 여기저기서 소용돌이치며 솟아오른다. 뻥 뚫린 벽들이 와르르 허물어진다. 거리마다 까맣게 그을려 오 그라든 시체들이 널려 있다. 멀리서 울부짖는 소리들이 들려온다. 시체 썩는 냄새가 진동한다. 사방에는 흙먼지가 자욱하다. 구름 같은 파리 떼가 몰려다니는 소리가 끊이지 않는다. 어딜 가나 까마귀들이 날아다닌다. 올림피아 도성의 그 아름답고 웅장하던 모습은 온데간데없다.

아프로디테 궁전의 창문은 동쪽으로 나 있는 까닭에, 나는 서쪽의 피해 상황을 제대로 알 수 없었다. 하지만 지금 밖에 나와 보니 그 실상을 확인할 수 있다.

도성은 처참하게 파괴되어 있다.

과거 순수한 영혼들을 완성시키는 지고의 학당이었던 이곳이 이제는 맹렬히 날뛰는 키마이라들과 성난 신들이 맞붙은 전장으로 화해 있다. 아테나가 사라져 버렸으므로 정의라고는 흔적도 찾아보기 힘들다. 모두가 싸움 그 자체를 위해 싸운다. 까닭을 잊어버린 분노를 분출하기 위해 맹렬하게 싸워 대고 있다.

공중전의 기세는 다소 수그러든 반면, 엘리시온 대로 부근에 새로운 전장이 형성되어 있다.

에드몽 웰스와 아프로디테, 그리고 나는 꽤 떨어진 거리

에 있지만 싸움이 얼마나 치열하고 심각한지를 실감할 수 있다. 충성파의 무리들은 거대한 동문 앞에 모래주머니로 방벽을 쌓아 놓았다. 그 뒤에 선 카리테스 신, 계절의 신, 사티로스, 티탄, 키클롭스, 켄타우로스 등이 활로 무장하고 과거 친구였던 자들의 거센 공격을 막아 내려 안간힘을 쓰고 있다.

충성파의 선두에 선 것은 디오니소스, 헤르메스, 헤라, 아폴론, 아르테미스, 데메테르, 헤라클레스 등이다. 반대로 포세이돈, 아레스, 크로노스, 헤파이스토스, 아틀라스, 헤르마프로디토스, 프로메테우스, 시시포스 등은 항쟁파를 이끌고 있다. 다른 존재들과 섞여 있는 스승 신들의 존재는 그들이 간헐적으로 발출하는 벼락의 불빛을 통해 알아볼 수 있다.

아프로디테는 내게 손짓하여, 허리를 굽혀 작은 무더기 뒤로 몸을 숨기라고 이른다. 과연 우두두두 말 달리는 소리가 들려와 바라보니, 항쟁파 켄타우로스들이 충성파 켄타우로스들에게 맹렬한 기세로 짓쳐 들어가고 있다.

성난 짐승들은 입으로는 침을 흘리고 콧구멍으로는 김을 내뿜으면서 마치 프로 레슬러들처럼 서로를 잡아 땅바닥에 내동댕이친 다음 발굽으로 짓이겨 숨통을 끊는다. 나비 날개가 달린 거룹들도 공중에서 싸우다가 날개가 찢어진 몸으로 투두둑 땅에 떨어져 내린다. 더 위에는 용들이 입으로 화염을 내뿜으며 구름을 가르며 날아다닌다.

신화와 전설에서 튀어나온 존재들이 증오로 인해 파괴의 힘으로 돌변하여 광란하고 있는 이 광경…… 마치 단테 작품의 한 장면을 보고 있는 듯하다.

전투가 잠시 잦아드는 기미를 보인다. 그 틈을 타서 아프로디테와 에드몽 웰스, 그리고 나는 짐을 걸머지고 도성을 벗어나려고 폐허 사이를 요리조리 빠져나간다.

홀연 한 무리의 켄타우로스들이 어디선가 튀어나온다.

그들은 우리 쪽으로 화살을 날린다. 우리는 간신히 허물어진 담벼락 뒤로 몸을 숨긴다. 하지만 에드몽 웰스가 메고 있는, 18호 지구가 담겨 있는 배낭에 화살 한 대가 날아와 박힌다.

벌써 놈들은 우리 쪽으로 맹렬히 달려오고 있다. 죽느냐 사느냐는 앙크를 얼마나 빨리 뽑아내느냐에 달려 있다. 나는 단 한 번의 사격으로 켄타우로스 중 앞의 다섯 놈을 쓰러뜨리고, 아프로디테는 나머지를 해치운다.

나는 참나무 궤짝에 박힌 화살을 뽑아내고 나서 18호 지구를 직접 메고 가게 해달라고 요청한다. 델핀과 장차 태어날 아이가 있는 구체를 내가 직접 보호하고 싶은 마음에서다.

그렇게 서쪽 지역으로 내닫던 우리는 끔찍한 살육의 현장을 목격한다. 화살에 꿰뚫려 땅에 뒹굴고 있는 켄타우로스들, 하늘에서 떨어진 그리핀들, 날개가 없는 거룹들이며, 새카맣게 타버린 용들…….

좀 더 멀리에는 돌덩이, 잡동사니를 채운 자루, 뒤엎은 수레 따위로 쌓아 올린 바리케이드로 둘러싸인 충성파의 진영이 보인다. 급조한 목재 탑들이 망루 역할을 하고 있다. 항쟁파들도 자루를 쌓아 진지를 만들고 파수병들이 망을 볼 탑들을 세워 놓았다.

그리핀 몇 마리가 하늘 높이 선회하며 적군의 동태를 살피고 있다.

「날씨가 너무 더워서 싸움을 중단한 거야. 하지만 조금만 서늘해지면 항쟁파는 엘리시온 대문을 탈취하기 위해 다시 쳐들어오겠지.」

아프로디테가 상황을 설명한다.

「이건 우리의 전쟁이 아니야. 우린 누가 더 센지 판가름하기 위해 치고받고 할 시간이 없어. 그것보다 훨씬 더 중요한 일이 있으니까. 안 그런가, 미카엘?」

에드몽 웰스가 결론을 내린다.

우리는 아프로디테가 알고 있는 비밀 통로로 올림피아를 빠져나간다. 그렇게 해서 다시 파란 숲으로 접어드는데, 그곳 역시 켄타우로스와 사티로스의 시체들이 지난 얼마 동안 벌어진 전투들이 얼마나 참혹했는지를 증언하고 있다. 파란 강에는 인어의 시체들이 떠다니고 있다. 수면에서는 코를 찌르는 악취가 풍겨 난다.

자, 이렇게 스스로 불사의 존재라고 믿었던 이들이 죽음이 무언지를 발견하고 있는 거야. 더 이상 신화적인 개념이 아닌 진정한 죽음의 실체를 말이야. 죽음, 그것은 차디차게 식고 굳어지고 썩어서 파리들이며 시체 먹는 동물들이 꾀는 살덩이라는 걸 알게 되는 거지.

인어들이 썩는 냄새가 너무도 지독하여 우리는 모두 토가 자락으로 코를 틀어막는다. 강 더 먼 곳에서는 두 인어가 아직도 싸우고 있다. 그들은 서로의 몸을 붙잡고서 비늘 덮인 꼬리로 서로를 후려친다. 또 젖은 긴 머리채로 허공을 채찍질하며 서로를 사납게 물어뜯는다. 그렇게 엉키면서 물속에 쑥 들어갔다가 요란한 거품을 일으키며 다시 솟구치기를 반복한다. 우리는 전에 조그만 흰토끼가 가르쳐 주었던 물 벽을 서둘러 통과하여 강 저편으로 건너간다.

검은 숲이다. 전에 머리가 셋 달린 괴물과 마주쳤던 곳에 들어와 있는 것이다. 하지만 지금 놈은 수백 개의 화살에 꿰뚫려 땅바닥에 뒹굴고 있다. 놈의 시체는 고물대는 수천 마리의 곤충에 뒤덮여 무슨 털옷을 입고 있는 것처럼 보인다.

아프로디테는 목적지를 분명히 알고 있는 듯 거침없이 우리를 이끈다. 그리하여 우리는 개양귀비꽃이 만발한 들판 한복판에 이른다. 과거 나를 황홀하게 했던 꽃들의 붉은색은 이제 피의 호수처럼 느껴진다. 나는 언덕 위에 솟아 있는 작은 건물들 쪽으로 뛰어 올라간다. 언덕 위에 다다르니 아홉 뮤즈의 궁전들이 보인다. 최근에 지어진 매릴린 먼로와 프레디 메예르의 궁전도 눈에 들어온다.

이제 궁전들은 뜨뜻한 열기가 남아 있는 폐허에 불과하다. 매릴린의 궁전에 가보니 영사기 부품들이 여기저기 흩어져 있다. 에드몽 웰스는 프레디 메예르가 쓴 두툼한 공책 한 권을 주워 든다. 표지에는 〈더 나은 세계가 올 때까지 이 세계를 견뎌 내기 위한 유머집〉이라는 제목이 적혀 있다. 사고하는 법을 내게 가르쳐 줬던 스승은 내가 영사기의 잔해를 줍고 있는 것을 보고는 이렇게 말한다.

「내버려 두게. 이제 우리가 생각해야 할 것은 과거가 아니라 미래야.」

그러고는 내게 메예르의 공책을 건넨다. 나는 그것을 18호 지구의 궤짝이 들어 있는 배낭에 함께 넣어 둔다.

우리는 과거 메두사가 있었던 주황색 지대에 접어든다. 아프로디테는 메두사의 궁전에 이르는 가파른 비탈길을 가리켜 보인다.

등에 서늘한 전율이 인다. 내가 다시 조각상이 되어 버릴 수도 있다는 생각이 든 것이다. 정신은 말짱한데 몸 전체가 광물로 변해 버려 옴짝달싹할 수 없었던 그 끔찍한 순간이 다시금 떠오른다. 나는 두려움을 억누르고 앞으로 나아간다. 손가락은 앙크의 버튼에 걸쳐 놓았고, 눈으로는 마녀가 날아서 나타날 경우를 대비하여 하늘을 살펴본다. 하지만 이곳에도 기이한 정적만이 흐르고 있다. 아프로디테는 메두사 궁전의 정원 깊숙한 곳으로 우리를 이끈다. 그녀는 관목의 가지들로 이루어진 벽의 어느 지점에서 비밀 통로를 찾아내고, 그것은 바윗덩어리 속을 깎아 만든 층계와 이어진다. 계단은 나선으로 빙빙 돌면서 우리를 지하 깊숙이 이끈다.

그렇게 한동안 내려가다 보니 어디선가 물소리가 들려온다. 또 진흙과 해초가 뒤섞인 것 같은 강렬한 냄새가 퍼져 나온다.

마침내 우리는 바위 속에 형성된 광활한 지하 공간에 다다른다. 저쪽 끝을 보니 물이 괴어 있고 범선 한 척이 보이는데, 굵직한 밧줄과 목재 구름다리로 부두와 연결되어 있다.

동굴 속에 항구가 감춰져 있다니!

「메두사의 배야. 내가 파견한 스파이 아기 천사들의 보고에 따르면, 메두사는 오래전부터 이 계획을 추진해 왔다고 해. 그리고 사태가 심각해지기 시작하자 작업 속도를 높였지. 이를 위해 조각상들을 해방시켜 움직일 수 있게 해주었대. 그녀를 위해 일해 준다는 조건으로 말이야.」

아프로디테가 설명해 준다.

배는 장려하기 그지없다. 뱃머리에는 메두사의 모습을 재현한 조각상이 장식되어 있다. 배에 가까이 다가가자 앙크의 번개를 맞은 자국들이며 나무로 된 선체에 박힌 화살들이 눈에 들어온다.

「와, 꼭 유령 해적선 같군요!」

나는 나도 모르게 탄성을 발한다.

「선상 반란이 있었던 게로군.」

에드몽 웰스의 추측이다.

우리는 배와 부두를 연결하는 구름다리를 건넌다. 배 안에 펼쳐진 광경은 올림피아에 비해 결코 낫다고 할 수 없다. 남자와 여자의 시체들이 갑판 위에 널려 있다. 메두사 편과 그 반대편 사이에 한바탕 격렬한 전투가 벌어졌던 모양이다. 마침내 메두사의 시체도 발견된다. 하지만 우리가 볼 수 있는 것은 날개와 몸뿐이다. 머리 부분이 거적때기 한 장으로 덮여 있는 탓이다.

「노예들의 원한이 사뭇 깊었던 모양이군.」

에드몽 웰스가 짤막하게 논평한다.

그가 거적을 들어 올리려고 다가서자 나는 황급히 제지한다.

「죽었어도 얼굴을 보는 건 위험해요. 조각상으로 굳어 버릴 수 있다고요.」

「다른 이들과 함께 작업하기 위해서는 자기 능력을 잠시 정지시켜 놓아야 할 필요가 있지 않았을까?」

「하지만 구태여 위험을 무릅쓰고 확인해 볼 필요는 없잖아요.」

이렇게 말하고 나는 한 남자의 시체를 가리킨다. 그는 화살을 건 활시위를 잔뜩 당긴 자세로 석화되어 있다.

그러자 아프로디테가 나선다. 그녀는 메두사의 머리를 천으로 감싼 뒤에 앙크를 꺼내어 괴물의 목을 절단한다.

「이 머리에 아직 석화하는 능력이 남아 있다면 무기로 쓸 수 있게 보존해 두는 것도 괜찮겠지.」

그녀의 지극히 실용적인 설명이다. 에드몽 웰스와 나는 목이 잘린 시체에 다가가 각기 두 팔과 두 다리를 잡는다.

「이 메두사가 원래는 예쁜 소녀였다는 걸 생각하니 마음이 착잡하네요. 그녀의 잘못이라곤 포세이돈이 겁탈하고 싶은 마음이 들 정도로 아름다웠다는 것뿐인데…….」

「자기 신전에서 신성 모독을 범한 데 분노한 아테나가 그녀를 메두사로 변형시켜 버렸지. 그녀의 아름다움을, 보기만 해도 몸이 얼어붙는 추괴함으로 바꿔 놓은 거야.」

에드몽 웰스가 동을 단다.

「어리석은 욕망들에 희생된 가련한 여인이지.」

묘비명과도 같은 아프로디테의 논평이다. 그러고는 덧붙인다.

「하지만 지금부터는 우리가 역경을 헤치고 나아가는 데 있어 최상의 무기가 되어 줄 것 같군.」

우리는 머리 없는 몸뚱이를 들어 배의 난간 너머로 집어던진다. 시체가 물에 떨어지는 소리가 요란스럽게 들려온다.

아프로디테는 안전을 기하기 위해 천으로 머리를 한 겹 더 싼 다음에 배의 식품 저장고에 넣어 둔다. 나 역시 나의 소중한 짐이 들어 있는 배낭을 거기에다 내려놓은 다음, 두 사람과 함께 작업을 시작한다. 배 여기저기에 널려 있는 다른 시체들을 처리하는 일이다. 석화된 시체들은 꽤나 무거워서 셋이서 함께 들기에도 벅차다.

「우리가 좀 도와줄까요?」

갑자기 들려온 목소리에 깜짝 놀라 몸을 돌려 보니 중년의 두 사내가 서 있다. 둘 다 갈가리 찢어진 더러운 토가를 걸치

457

고 있고, 긴 수염은 무성하게 자라 있으며, 등에는 배낭을 하나씩 메고 있다. 고릿한 땀 냄새를 풍기는 그들은 지친 기색이 역력하다.

「당신들은 누굽니까?」

내 물음에 아프로디테가 대신 대답해 준다.

「반신들이야. 스승 신들을 보조하는 강사로 일했었지.」

이렇게 말하고는 그들에게 눈길을 돌린다.

「당신들은 우리를 뒤따라온 거요?」

「스승 신들 간에 전쟁이 일어났을 때 우리는 숲으로 들어가 숨었습니다. 싸움에 끼어들고 싶지 않았어요.」

오른쪽의 사내가 말한다. 자세히 살펴보니 눈알이 온통 허연 장님이다.

「그동안 열매와 풀을 먹고, 샘물을 마시면서 연명해 왔지요.」

「세 분께서 폐허가 된 뮤즈의 신전에 왔을 때는 우리 둘이서 그 안에 숨어 있었소.」

「우리도 도움이 될 수 있을 거예요. 난 괜찮은 수부거든요.」

오른쪽의 사내도 말한다.

「나 역시 눈이 멀긴 했지만 그렇게 서툴진 않습니다. 게다가 청각이 예민하니 쓸모가 있을 거요.」

「이 배는 크니까 선원이 필요할 거야. 도움을 받으면 좀 더 빨리 갈 수 있어. 그리고 내가 알기로는 〈타나토노트〉 중에는 장님인 프레디 메예르도 끼어 있었지만 그 사람 때문에 방해가 되지는 않았어. 오히려 그 반대였지.」

에드몽 웰스가 나선다. 이렇게 해서 두 사내는 배를 청소하는 우리를 돕는다. 또 그들은 삭구를 점검하고 각종 도구를 정리한다.

나는 한쪽 구석에서 나침반과 육분의를 찾아낸다. 운 좋게도 델핀 덕분에 나는 항해술의 신비에 입문한 터이다.

에드몽 웰스와 아프로디테가 주 돛을 펼치려 할 때 나는 말한다.

「여기서는 돛을 펼쳐 봤자 소용없어요. 우선은 노를 저어 이 동굴에서 빠져나가야 해요.」

우리는 기다란 노들을 찾아낸다. 두 수염쟁이 중 시력이 멀쩡한 사내는 배를 부두에 매어 놓은 밧줄을 풀고 장님은 배 앞쪽의 닻을 올린다. 우리가 힘차게 노를 젓자 배는 수로 저쪽 끝에 희미하게 빛나는 출구 쪽으로 미끄러지듯 나아간다.

우리는 수생 식물들이 길게 드리워진 아치 형태의 출구를 통해 동굴 밖으로 나온다. 식물들의 커튼을 통과하고 보니, 바깥은 바다이다.

강렬한 빛 때문에 우리는 모두 눈을 찌푸린다. 갈매기들이 큰 소리로 울어 대며 우리를 맞아 준다.

우리는 노 젓기를 멈추고 노를 제자리에 갖다 놓는다. 이제 주 돛은 활짝 펼쳐져 있다. 돛은 빨간색인데 그 한복판에는 노란색 문양이 그려져 있다. 바로 뱀 대가리 형상의 머리카락으로 둘러싸인 메두사의 얼굴이다.

내 생각에 우리는 서쪽에서 와서 우현으로 방향을 틀었으니까 아에덴섬 남쪽 해상을 항해하고 있는 게 분명하다.

나침반을 보니 내 계산이 맞았음을 알 수 있다.

「자, 어느 쪽으로 가지?」

에드몽 웰스가 묻는다.

「동쪽으로요. 위대한 미지의 동방으로 갑시다!」

에드몽 웰스는 키를 잡고 나의 지시에 따라 방향을 튼다.

배가 돌자 주 돛이 펄럭이더니 이내 팽팽하게 부풀어 오른다.

이 틈에 두 수염쟁이가 이물 쪽으로 달려가 빨간 삼각돛을 펼치자 우리의 범선은 속도를 내기 시작한다. 이때 장님이 내게 다가온다.

그의 두 눈은 온통 허옇지만 기이한 광채를 발하고 있다. 그는 내게 손을 내민다.

「내 소개를 잊었네. 내 이름은 오이디푸스야.」

62. 백과사전: 오이디푸스

테베의 왕 라이오스와 이오카스테 왕비는 후사를 얻지 못해 상심해 있었다. 부부는 델포이의 아폴론 신전을 찾아가고, 여사제는 그들이 아들을 낳을 것이나 자기 아버지를 죽이고 어머니와 결혼하게 될 거라고 예언한다.

과연 몇 달 뒤, 사내아이가 태어난다.

라이오스왕은 차마 아기를 죽이지 못하고 그냥 산에다 갖다 버린다. 양발의 복사뼈에 구멍을 뚫고 가죽 끈을 꿰어 한데 묶은 채로 말이다.

한 목동이 아이를 발견하고 끈을 풀어 준 다음 코린토스 왕 폴리보스에게 데려간다. 자식이 없었던 폴리보스는 아이를 양자로 삼고 〈퉁퉁 부은 발〉이라는 뜻의 〈오이디푸스〉라는 이름을 붙여 준다.

어느 날 오이디푸스가 델포이의 여사제를 찾아가 신탁을 묻자, 사제는 과거 그의 부모에게 했던 예언을 되풀이한다. 〈너는 네 아비를 죽이고 네 어미와 결혼할 것이다.〉 폴리보스왕이 자기 아버지라고 믿고 있던 오이디푸스는 이 예언이 실현될까 두려워 코린토스를 떠나기로 결심한다.

여행 중에 그는 한 무리의 사내들을 만나게 된다. 오이디푸스는 이들이 강도떼라고 생각했으나, 사실 이 무리는 라이오스왕과 그의 신하들이었다. 말다툼이 벌어졌고, 오이디푸스는 강도떼의 두목, 즉 자신의 친부를 죽이고 만다. 그런 다음 그는 다시 길을 떠난다.

그가 테베에 이르렀을 때 도시는 스핑크스라는 괴물로 인해 온통 두려움에 빠져 있었다. 이 괴물은 만나는 사람마다 수수께끼를 하나 내고 대답하지 못하면 잡아먹었다. 그 수수께끼는 이러했다. 〈아침에는 네 발이었다가, 정오에는 두 발이 되고, 저녁때는 세 발이 되는 게 무엇이냐?〉 오이디푸스는 정답을 찾아낸다. 〈인간이다. 젖먹이는 네 발로 걷고, 성인이 되면 두 발로 걸으며, 늙으면 세 번째 다리인 지팡이에 의지하게 되니까.〉 화가 난 스핑크스는 바위 절벽 밑으로 몸을 던져 죽는다. 테베의 시민들은 그들의 영웅을 왕으로 삼고, 전왕 라이오스가 알 수 없는 이유로 실종된 탓에 과부가 되어 있던 왕비를 아내로 준다. 이렇게 해서 오이디푸스는 자신도 모르는 사이에 생모와 결혼하게 된 것이다. 오이디푸스와 이오카스테는 자식도 넷이나 낳으면서 행복하게 산다. 그런데 갑자기 흑사병이 돌았고, 델포이의 신탁은 이 전염병은 아직 해결되지 않은 라이오스의 살인 사건으로 인한 것이며, 범인이 밝혀져서 처벌되지 않는 한 역병은 계속될 것이라고 알려 준다. 오이디푸스왕은 밀정들을 보내어 범인을 찾게 한다. 그리고 결국 진실을 알게 된 밀정들은 주군에게 무서운 진실을 밝힌다. 살인범은 바로 왕 자신이었던 것이다.

이 소식을 들은 이오카스테는 목매달아 죽는다. 고통으로 거의 실성하다시피 한 오이디푸스는 옥좌에서 내려와 자신의 두 눈을 멀게 한다. 테베에서 쫓겨난 오이디푸스는 그를 끝까지 버리지 않은 딸 안티고네와 함께 구걸을 하며 세상을 떠돌아다닌다.

먼 훗날 지크문트 프로이트는 어머니를 사랑하게 되어 아버지를 파괴하고 싶어 하는 사내아이들의 원초적 충동을 설명하기 위해 이 신화를 사용한다.

에드몽 웰스, 『상대적이며 절대적인 지식의 백과사전』 제6권

63. 9를 찾아서

물거품이 뱃머리까지 튀어 오른다. 우리는 측면에서 미풍을 받고 있고, 그로 인해 메두사의 범선은 약간 기우뚱한 자세로 물살을 가르며 빠르게 나아간다.

이물에 우뚝 선 내 얼굴에 해풍이 세차게 부딪혀 온다. 나는 해안 쪽을 계속 지켜본다. 절벽과 숲으로 둘러싸인 첫 번째 산의 모습이 선명하게 보인다. 델핀과 함께 〈고요한 섬〉으로 피신하던 일이 또다시 시작되는 기분이다. 혹시 삶이란 다른 삶에서 있었던 동일한 사건들이 〈약간 다른〉 방식으로 반복되는 것에 불과한 것은 아닐까?

나는 영계를 발견했었다.

나는 그것과 〈약간 다른〉 천사들의 나라를 발견했었다.

또 나는 이들과는 〈약간 다른〉 신들의 왕국을 발견했었다.

다시 말해서 이 모든 것들은 약간의 차이만 있을 뿐 항상 똑같았다.

나는 저 산의 꼭대기에서 제우스를 발견했었다.

그리고 이제 두 번째 산 위에서는 또 무엇을 발견하게 될 것인가? 그것 역시 〈약간 다른〉 어떤 큰 신이겠지.

나는 설핏 미소를 머금지만, 곧바로 다시 심각해지지 않을 수 없다.

하지만 그 산에 있는 이는 진짜 창조자일 수도 있지 않은가.

바로 〈9〉 말이다.

모든 신들 위에 있는 신.

모든 문제에 대한 해답.

갑자기 나는 까닭을 알 수 없는 거대한 슬픔에 사로잡힌다(최초의 열광 뒤에 오는 반작용인 걸까?).

나는 눈을 들어 하늘을 쳐다본다. 거기, 천장처럼 드리운 구름들 위로 별 몇 개가 반짝이기 시작한다.

어렸을 때 나는 서러운 일이 있을 때마다 본능적으로 고개를 들어 하늘을 올려다보았다. 그럴 때면 내가 처한 모든 문제들은 내 존재 전체를 빨아들일 듯 펼쳐진 광대한 우주에 비하면 너무도 하찮은 것에 불과하다는 느낌을 받곤 했다.

살아가면서 겪는 실패, 배신, 굴욕, 불운 등으로 인한 그 모든 순간의 절실한 감정들은 망망한 창공을 한 번 올려다보는 것만으로 그 무한의 감정 속에 간단히 흡수되어 버리곤 했던 것이다……

그리고 지금, 나는 이론적으로는 이 모든 것을 초월한 위치에 있건만 다시금 하늘을 올려다본다. 거기서 무한한 상대성이 가져다주는 마음의 평온함을 구하기 위함이다.

그렇다. 지금 나의 마음은 욕망과 두려움, 불안감과 갈망으로 들끓고 있다.

죽지 않는 것.

창조자를 찾아내는 것.

사랑받는 것.

델핀을 구하는 것.

깨닫는 것.

왜 내가 태어났는지를,

왜 내가 고통받는지를,

왜 내가 사는지를,

왜 내가 죽어야 하는지를 마침내 이해하는 것.

나는 이 모든 것들을 갈망하지만, 다른 한편으로는 그 가능성 앞에서 두려워하고 있는 것이다.

「내가 간다!」

나는 두려움을 억누르고, 세차게 불어오는 맞바람에 대고 외친다.

「창조자여, 내 말 들리시오? 내가 당신을 찾아간다고!」

대답을 대신하듯 하늘은 컴컴해지고, 한 줄기 번개가 구름을 쪼갠다.

「그런 방법은 더 이상 나한테는 통하지 않아! 난 벼락이 뭔지 잘 알고 있거든!」

그러자 시커먼 구름들은 우리 위에서 굉음을 발하며 커튼이 찢어지듯 양쪽으로 벌어진다.

아포칼립시스인가?

아포칼립시스는 묵시록이라는 말의 그리스어 어원이다……. 사람들은 보통 이 단어를 세상의 종말에 연결시키지만 이는 옳지 않다. 이것은 문자 그대로 〈감추어진 진실의 드러남〉을 의미할 뿐이다.

이어 구름은 물러가고 하늘이 밝아진다. 다시금 미지의 무언가를 향해 항해하는 모험을 하고 있다는 느낌이 나를 휘감는다.

〈최종 진실〉을 향해 나아가는 것일까?

그렇게 날씨가 가라앉고 밤이 깊어짐에 따라 저 멀리에서 희미한 불빛이 나타나는 게 보인다. 에드몽 웰스가 배의 식품 저장고에서 찾아낸 쌍안경을 내게 건넨다.

나는 쌍안경의 초점을 조절해 본다. 그리핀들이 횃불을 들고서 야간 공중전을 준비하고 있는 모습이 보인다. 그들은 한 손에는 횃불을, 한 손에는 검을 들고서 불붙은 화살들과 함께 하늘로 치솟는다.

퍼덕이는 날개들, 검들, 그리고 불.

아프로디테의 말이 맞았다. 서늘한 저녁이 되자 싸움은 한층 격렬한 기세로 재개된다. 서쪽에는 거대한 검은 연기 기둥이 솟아오르는 게 보인다.

성난 함성 소리, 돌과 금속이 맞부딪치는 소리들이 희미하게 들려온다. 엘리시온으로 통하는 대문의 통제권을 차지하기 위해 신들이 벌이는 전투의 치열함을 우리에게 알려 주는 유일한 정보들이다.

아프로디테가 내 곁으로 다가오며 말한다.

「저들은 스스로 죽음을 찾고 있어. 난 아레스를 잘 알아. 손에 무기를 든 채 죽고 싶어 하지. 그가 원하는 건 승리가 아니야. 단지 전사로서 멋지게 생을 마감하고 싶은 거야.」

「싸움이 오래가겠어요. 양측의 힘의 균형이 팽팽해요.」

「저러다 끝없는 참호전이 될 수도 있겠지.」

철학적 암시가 숨어 있는 아프로디테의 말이다.

상처 입은 그리핀들의 비명 소리가 들려온다. 한층 짙고 굵은 두 번째의 연기 기둥이 남쪽 지대에서 피어오른다.

「전쟁이 더 커진 것 같아요.」

「아예 올림피아 전체를 불태워 버릴 모양이군.」

465

「신들은 미쳐 버렸어. 이건 아폽토시스야.」

웰스는 한숨을 내쉰다.

「아폽토시스? 그게 무슨 뜻이지?」

아프로디테의 물음에 웰스가 설명한다.

「유기체 내에서 가끔씩 일어나는 현상을 말합니다. 자신이 아무 쓸모 없다고 느끼게 된 세포 가운데 어떤 것들은 유기체의 진화를 방해하지 않으려고 어떻게 해서든 자살할 방법을 찾아내죠. 그 세포들은 자신이 희생한다는 의식도 없이 자연스럽게 그리해요. 왜 자신의 무덤을 파고 그 안에 뛰어드는지, 스스로는 이유를 모르는 거죠.」

「자신이 더 이상 쓸모 없고 방해가 된다고 느끼기에 스스로를 파괴한단 말이지?」

「일테면 대자연의 큰 계획을 따르는 거겠죠.」

나도 나의 생각을 말해 본다.

우리는 끝없이 솟아오르는 두 개의 연기 기둥을 망연히 바라본다.

「이제…… 되돌아간다는 건 불가능하게 되었어.」

아프로디테가 탄식한다.

「우리의 운명은 오직 앞에만 있을 뿐, 그 어디에도 없다는 사실을 받아들여야 하겠죠.」

「……그리고 이제 남은 것은 우리뿐이라는 사실도 받아들여야겠지.」

웰스가 이렇게 덧붙이고 멀어져 간다. 황금빛 머릿결의 젊은 여인은 커다란 에메랄드빛 눈으로 나를 응시하다가 속삭여 온다.

「우리 섹스해. 나는 식물과도 같단 말이야. 항상 말을 많이 해주고, 시시때때로 물을 뿌려 주어야 해.」

이 문장! 마타 하리가 했던 것과 똑같아.

그녀는 그렇게 말하면서 나를 꼭 끌어안는다.

「안 돼요, 여기서는. 지금은 싫고, 또 이런 식으로 하고 싶지도 않아요.」

그녀는 의문에 가득 찬 눈으로 나를 쳐다본다.

「왜 그래? 다른 여자들 때문이야? 그 때문에 불안한 거라면, 그들은 우릴 보지 못해.」

「나는…… 나는…….」

「됐어, 그만둬! 다 이해했다고.」

그녀는 자존심이 상해서 휙 하고 가버린다.

에드몽 웰스가 다시 돌아온다.

「웬일이야? 아프로디테의 얼굴이 영 좋지 않던데?」

「지금은 섹스하고 싶지 않다고 말했을 뿐이에요.」

나의 옛 스승은 한숨을 내쉰다.

「남자에게서 그런 대답을 들은 적이 별로 없었겠지.」

「그녀에게도 언젠가는 일어나야 할 일이죠.」

에드몽 웰스는 내게 종이와 연필을 내민다.

「앞으로의 여행을 위해 섬의 대체적인 형태를 알고 싶네. 자네는 페가수스를 타고 내려다보았으니 잘 알겠지?」

나는 종이와 연필을 받아 든다.

「섬의 모양은 세모꼴이에요. 올림피아는 여기 서쪽 꼭짓점 부근에 있죠. 첫 번째 산은 섬의 중앙에 있고요.」

나는 섬의 대략적인 형태를 그려 보인다.

「두 번째 산은 첫 번째 산 뒤에 있으니 여기, 좀 더 동쪽에 있겠죠.」

나는 첫 번째 산과 삼각형의 동쪽 꼭짓점 사이의 공간에 동그라미를 하나 그린다.

「그래, 위에서 본 게 뭔가?」

에드몽 웰스가 묻는다. 나는 눈을 감고, 날개 돋친 말을 타고 비행하며 본 것들을 하나하나 떠올려 본다.

「남쪽 해안은 깎아지른 듯한 절벽으로 둘러싸여 있었고…… 좀 더 동쪽에는 수면 높이의 암초들이 많았어요. 당연히 거기서는 배 속도를 늦춰야 하겠죠.」

에드몽은 눈썹을 찌푸리면서 내가 그린 지도를 받아 들고는 생각에 잠겨 떠나간다. 바로 그 순간, 알 수 없는 불안감이 엄습해 오고, 나는 본능적으로 선실로 뛰어 내려간다.

나는 안전한 곳에 숨겨 놓았던 배낭을 찾아, 그 속에서 복잡한 철공예 장식으로 덮여 있는 궤짝을 꺼낸다. 바로 이때 반쯤 열린 선창을 통해 커다란 나비 같은 무언가가 쏜살같이 날아 들어오는데, 그 뒤로는 갈매기 한 마리가 뒤쫓아 오고 있다. 곤충은 선창을 통과하여 선실로 들어온다. 하지만 추격하던 갈매기는 커다란 몸집 때문에 선창에 쿵 하고 부딪히고 만다. 녀석은 대가리만 선실 안에 밀어 넣은 채 고막이 찢어져라 시끄럽게 깩깩댄다. 마치 내가 자기 식사감을 가로챘다고 항의하는 듯하다. 나는 갈매기 녀석을 밀어내고 선창을 닫은 다음, 곤충에게 몸을 돌린다.

「안녕, 무슈론?」

나비 날개 달린 조그만 아가씨는 헐떡이며 숨을 고르고 있다. 그녀는 제대로 움직이는지 확인하려는 듯 터키석 빛깔의 긴 날개를 푸르르 흔들어 본다. 나는 거듭게 손가락 하나를 내민다. 그녀는 잠시 망설이다가 그 위에 폴짝 올라선다.

「아, 다시 보게 되어 정말로 반가워! 돌이켜 보면 넌 내게 항상 행운을 가져다주었던 것 같아.」

그녀는 헝클어진 적갈색 머리칼을 매만진다.

「그래, 무슈론. 넌 올림피아의 그 난장판에는 참여하지 않은 거야?」

그녀는 내 손가락에 걸터앉는다. 내 두꺼운 피부에 와 닿는 그녀의 섬세한 피부 감촉이 느껴진다.

그녀는 팔짱을 끼면서 뿌루퉁한 표정이 된다.

「아, 맞아! 잊고 있었네! 넌 무슈론이라고 부르면 화를 내는 거룹이었지.」

그녀는 골이 나서 얼굴을 잔뜩 찌푸린다. 나는 그런 모습이 재미있어 미소를 짓는다.

「너 알아? 너를 보면 왠지 정감이 느껴져. 무슨 인연이 있는 사이처럼 말이야. 네가 이 조그만 혼성 괴물이 되기 전에 무엇이었는지 정말로 알고 싶다. 우리, 예전에 서로 아는 사이였어?」

그녀는 고개를 빨리 끄덕인다. 내가 비로소 제대로 질문을 한 것이 너무도 기쁜 모양이다. 내가 그녀를 알고 있었다…… 언제? 인간의 삶에서? 천사의 삶에서? 아냐, 최소한 타나토노트 시절 이상으로 거슬러 올라가야 할 거야. 여자였을 테니까. 내가 사랑했고, 나를 사랑했던 여자. 아, 대체 누구람?

「그래, 너도 우리와 함께 모험을 떠나려 따라온 모양이지? 그냥 섬의 전쟁에서 피난 나온 게 아니라면 말이야.」

그녀는 다시금 고개를 끄덕인다.

「아니면 너도 나를 사랑하는 거야?」

그녀는 얼굴을 찡그리더니 나비의 대롱처럼 돌돌 말려 있던 혀를 쭈욱 내민다. 오색이 황홀하게 흐르는 그녀의 긴 날개가 바르르 떨린다. 적갈색 머리칼은 쑥대강이가 되어 있고, 몸은 땀과 비말에 흠뻑 젖어 있다. 쫓아오는 새들과 한참을 싸운 몰골이다.

「걱정 마, 내가 보호해 줄 테니. 그런데 내가 사랑하는 여자는 너보다도 몸이 더 작단다.」

나는 궤짝으로 돌아와 커다란 열쇠로 자물쇠를 연다. 뚜껑을 열자 벨벳 보석함 속 18호 지구가 드러난다.

무수론은 동그란 행성 위에 내려앉는다. 그리고 뭔가를 자세히 관찰하려는 듯, 행성을 감싼 유리 벽에 파리처럼 네 발로 달라붙는다.

나는 앙크의 줌을 조절하여 행성을 들여다본다. 행성을 뒤덮은 대양들을 뒤진 끝에 마침내 원하는 것을 찾아낸다. 이빨 모양의 조그만 섬, 바로 나의 〈고요한 섬〉이다.

나는 떨리는 손으로 급히 줌을 다시 조정한다. 섬이 불타고 있는 것은 아닐까? 프루동의 광신도 무리들 손에 완전히 쑥대밭이 되어 있는 것은 아닐까?

하지만 전혀 그렇지 않다. 그곳은 아직 어둠의 힘이 닿지 않았다. 〈고요한 섬〉 주민들은 잎이 우거진 나뭇가지 아래에다 목재로 집을 짓고 있고, 세계의 다른 지역들과 접속하기 위해 위장색을 칠한 접시 안테나들을 산꼭대기에 설치하고 있다.

옹기종기 붙어 있는 가옥들 쪽으로 줌을 확대해 본다. 나의 옛집이 보인다. 델핀은 그래픽 프로그램으로 우리의 게임에 들어갈 장엄한 배경들을 그리고 있다.

그녀의 상상력이 창조해 낸 〈신들의 왕국〉은 실제보다도 훨씬 더 화려하고 장엄하다. 이렇게 그녀는 그림을 그림으로써 형태들을 조직하고, 이를 통해 스스로 하나의 신이 된다. 아주 작은 신이.

선실 문이 열린다. 놀란 무슈론은 포르르 날아올라 천장에 매달린 램프 위에 내려앉는다. 나는 앙크를 끄고 18호 지구를 두 무릎 위에 올려놓는다.

아프로디테가 선실용 간이침대 위에 엉덩이를 걸치고 앉는다.

「지금 라울은 뭘 하고 있을까?」

그녀가 중얼거리듯 말한다.

「엘리시온 대로를 걸어가고 있겠죠. 내 생각으로는, 첫 번째 산을 가로지르는 터널이 아마 있을 거예요. 그걸 통과하면 창조자 신이 있는 두 번째 산에 이르죠.」

「그다음에는 무슨 일이 일어나지?」

그녀는 두 발을 나의 허벅지 사이에 끼우며 묻는다.

「그다음에요? 라울은 새로운 〈위대한 신〉이 되어 자신의 비전과 시스템을 전 우주에 부과하겠죠. 또 자기 철학에 맞는 아에덴과 신들의 학교, 그리고 나름의 영혼 재활용 시스템을 창조할 거예요. 그렇게 되면 우주는 조금 달라지겠죠. 예술가가 바뀐 셈이니까요.」

그녀는 생각만 해도 역겹다는 듯 몸을 부르르 떤다.

「그래, 네 친구 라울 라조르박은 정확히 어떤 인물이야?」

「글쎄요, 저는 그에 대해 객관적으로 말할 수 있는 처지는 못 되죠. 복잡한 감정이 얽혀 있는 사이니까요. 어쨌든…… 그는 제 친구, 그것도 가장 친한 친구였어요. 그러다가 최악의

적이 되어 버렸죠. 하지만 지금은 그렇게까지 미워하지는 않아요. 결국 그렇게 나쁜 녀석은 아니니까요. 아니, 오히려 괜찮은 녀석이라고 할 수도 있겠죠. 용기가 있는 데다가, 자신의 한계를 뛰어넘고자 하는 확고한 의지를 지녔으니까요.」

「하지만 우주의 주인이 된다는 것은 보통 일이 아니야. 그것은 실로 어마어마한 책임을 떠맡는 거라고. 그 큰 책임을 그가 제대로 감당해 낼 수 있을까?」

「그가 Y 게임에서 우승한 것은 결코 우연이 아니었어요. 그는 냉혹한 실용주의자예요. 목적이 수단을 정당화한다고 보는 친구죠. 따라서 우주의 주인이 되면 인류를 이른바 〈올바른 길〉로 가게끔 강제하는 독재 체제로 몰아넣겠죠.」

사랑의 신은 눈썹을 찌푸린다.

「그렇담 우리 같은 부류의 신들은 끝장난 셈이군.」

나는 소중한 18호 지구의 구체를 쓰다듬는다.

「아마 그렇지 않을 거예요. 내가 저 아래 세상에 뭘 놓고 온 줄 알아요? 시한폭탄을 하나 두고 왔어요.」

「무슨 뜻이야?」

「전 18호 지구에 있을 때 인간들에게 능력을 주었죠. 신들의 지배로부터 벗어날 수 있게 해주는 능력을.」

내 말을 들은 아프로디테는 안심하기보다는 더 불안해하는 기색이다. 나는 차분하게 설명해 준다.

「저는 프로메테우스처럼 인간들에게 지식의 불을 전해 주고 왔어요. 그들이 신이 될 수 있는 방법을 가르쳐 준 거죠. 그들이 다스리는 세계의 규모가 그렇게 크지는 않지만요.」

이제 아프로디테는 육체적인 욕망은 완전히 잊어버린 듯, 넋을 잃고 내 이야기에 귀 기울인다. 나는 구체를 가리키며 말을 잇는다.

「제가 이 안에 있을 때 말이죠, 한 회사에다 제안을 했어요. 인간들로 하여금 그들의 능력을 의식할 수 있게 해주는 컴퓨터 게임을 제작하자고요.」

「그 게임의 이름은 뭐지?」

「〈신들의 왕국〉. 이 게임을 통하여 인간들은 깨닫게 되죠. 자신은 언젠가는 죽어야 할 운명일지는 모르되, 한 세계를 창조하고 관리하고 책임지기 시작할 때, 자신 역시 〈신들과 같은〉 존재가 된다는 사실을요.」

그녀는 고리처럼 말린 황금빛 머리 가닥들을 손가락으로 감았다 풀었다 하기를 반복한다.

「왜 그런 일을 한 거지?」

「그게 바로 내 삶의 자연스러운 방향이니까요. 내 이름이 뭐죠? 〈미, 카, 엘〉 즉 〈무엇이 신과 같은가?〉이죠. 자, 이렇게 내 이름 자체가 하나의 질문이라면, 나 자신이 그 대답이었어요. 저는 인간들을 〈신들과 같은〉 존재로 변화시켜 줄 수 있는 자이죠. 다른 인간을 신 같은 존재로 만들어 줄 수 있는 것, 그게 바로 신이에요.」

그녀의 얼굴에 수심이 어린다.

「하지만 인간들이 〈신들과 같은〉 존재가 되고, 반대로 우리는 신의 특권을 상실하고 다시 〈인간들과 같이〉 되어 버린다면, 그럼 우리가 지는 것 아닐까…….」

「아니에요. 이것은 누가 이기고 지는 문제가 아니에요. 영혼들의 자연스러운 궤도의 문제일 뿐이죠. 에드몽 웰스는 백과사전 어디선가 이렇게 말했어요. 〈처음에는 공포, 그다음에는 모색, 결국에는 사랑.〉 맞아요. 모든 영혼의 종착점은 사랑이고, 사랑은 자신의 신성을 다른 영혼들과 나누고 싶어 하죠. 명색이 사랑의 신이라는 당신이 그것도 모르고 있었단 말인가요?」

고개를 설레설레 흔드는 품이 그녀는 별로 수긍하는 기색이 아니다. 대신 위안이 필요한 아이처럼 웅크린 몸을 내게 기대 온다.

「앞으로 일어날 일들이 두려워.」

그녀가 힘없이 고백한다.

나는 거의 반사적으로 18호 지구의 구체를 천으로 덮어 버린다. 델핀이 망원경으로 내 모습을 볼까 겁이 났던 모양이다. 그런 다음 조금 주저하다가 아프로디테를 안심시키려고 품에 안아 준다.

「걱정할 것 없어요.」

「난 네가 결코 나를 사랑하지 않으리란 걸 알고 있어. 네 마음은 항상 마타 하리의 추억에 사로잡혀 있으니까. 난 네 몸은 어떻게 할 수 있을지언정, 네 마음만큼은 영원히 갖지 못하겠지.」

그녀는 오늘따라 무척이나 연약하게 느껴진다.

「마타 하리는 이제 여기 없어요. 지금 여기 내 품 안에 있는 건 당신이라고요. 나도 언제까지나 죽은 옛 약혼자의 기억에 빠져 살 수만은 없는 노릇 아니겠어요? 하지만 문제는 마타 하리가 아니라 델핀이라는 다른 여자예요. 18호 지구에서 만난 사람이죠.」

그녀는 몸을 빼고 한동안 나를 뚫어지게 쳐다보더니 웃음을 터뜨린다.

「아니, 18호 지구의 먼지 알갱이보다도 작은 인간과 사랑에 빠졌단 말이야?」

그녀는 구체를 보호하는 천을 홱 하니 벗긴다.

「맞아요.」

「이 속에 들어 있는 조그만 버러지한테?」

「내가 신의 창조를 가상 체험할 수 있는 능력을 전해 준 이상, 그들은 더 이상 미물이 아니라 〈신들과 같은〉 존재들이죠.」

아프로디테의 얼굴에 놀란 빛이 떠오른다.

「정말로 그렇게 믿는 거야? 우리의 비밀들을 전해 주는 것만으로 저들을 해방시켜서 우리처럼 만들 수 있다고?」

「전 우리 모두가 러시아 인형 놀이 가운데 있다고 생각해요. 세계들 속에는 또 다른 세계들이 포함되어 있지요. 이 세계들은 규모가 클 수도 작을 수도 있지만 모두가 동등한 가치를 지니고 있어요. 각 세계 속에 사는 존재들이 이 사실을 깨닫는 순간 그렇게 되지요.」

「오, 불쌍한 우리 미카엘! 넌 지금 큰 착각에 빠져 있어. 우리는 신이고, 저들은 하루살이 인간이야. 결코 같아질 수 없단 말이야.」

「하지만 이제 우리도 죽어야 할 운명이 된 것 같은데요?」

순간 그녀의 얼굴이 굳어진다.

「……아직 증명된 사실은 아니야.」

「아테나는 죽었어요. 그리고 켄타우로스와 인어 등 불사의 존재로 여겨졌던 아에덴 주민들의 시체도 목격했죠. 그 썩어 가는 시체들 위에 파리 떼가 시커멓게 덮여 있는 것을 우리 두 눈으로 똑똑히 봤잖아요.」

「내겐 아무 의미 없는 얘기야. 난 다른 이들이 죽는다고 해서 나도 죽을 거라고 결론짓지는 않아.」

아프로디테는 내 한쪽 손을 살며시 잡더니 애무해 오기 시작한다. 나는 행여 그녀가 18호 지구를 어떻게 할까 봐, 그녀에게 붙잡히지 않은 다른 손으로 그것을 내 몸에다 꼭 붙인다.

「난 네가 말하듯 세계들이 위아래로 무한히 계속된다고 생각하지 않아. 그보다는 우주라는 구조물 전체를 매듭짓는 〈무언가〉가 존재한다고 믿고 있지. 피라미드의 꼭대기에 마지막으로 놓이는 돌덩이 같은 것.」

「이렇게 생각해 봐요. 우리가 최후의 단계에 도달하여 만나게 된 〈누군가〉가 이렇게 말해요. 〈자, 내가 바로 모든 것의 꼭대기에 있는 자이다. 너희들이 날 찾아냈으니 모든 것에 대한 대답은 이러이러하다. 그리고 더 이상 깨달아야 할 것은 아무것도 없다…….〉 이런 대답을 듣게 된다면 얼마나 끔찍하겠어요?」

「그런데 지금 우리는 바로 그 9를 향해서 가고 있잖아? 그 〈끔찍한 대답〉을 들으려고 거기 가고 있는 중이 아니냐고?」

나는 선창 밖을 내다본다. 아에덴의 두 번째 태양이 떠오르면서 수평선이 밝아 오고 있다.

「이 모든 모험이 어디에 이르게 될지는 모르겠지만, 여하튼 우리가 깜짝 놀랄 일이 기다리고 있을 것 같아요.」

아프로디테도 이 말에는 동의하는지 고개를 끄덕이며 갑판으로 올라간다.

나는 구체를 관찰하기 위해 앙크를 다시 꺼낸다.

무슈론이 램프에서 날아 내려와 구체 위에 내려선다. 그러고는 누군가를 흉내 내며 그 위에서 폴짝폴짝 뛰어 댄다.

아마 나의 사랑을 놀리고 싶은 것이리라.

「너도 델핀을 질투하는 거야?」

그녀는 나비 혀를 쑥 내민다. 이때 바깥에서 다급한 외침이 들려온다. 나는 18호 지구를 벨벳 함 속에 조심스레 내려놓은 다음, 그 유리 구체에 입을 맞춘다.

「이따가 봐, 델핀.」

기다시피 하여 갑판에 올라가 보니 문제가 파악이 된다.

배는 크게 흔들리고 있다. 나는 뱃전의 난간을 꽉 붙잡는다.

난간 너머로 몸을 굽혀 내려다보니 투명한 수면 아래에 밝은 색의 어떤 형태가 심해로부터 올라오고 있는 것이 보인다.

이윽고 그 동물의 몸이 수면에 나타난다. 메두사다. 다시 말해서 직경이 20여 미터에 달하는 진짜 바다의 메두사, 즉 괴물 해파리이다.[9] 놈의 몸통 둘레로는 보랏빛이 감도는 투명한 막이 레이스처럼 드리워져 하늘하늘 춤을 춘다. 몸통에서 뻗어 나온 가늘고 긴 다리들은 수면 밖으로 높직이 일어서고 있다.

「저게 뭐죠?」

에드몽 웰스는 노를 하나 집어 들더니, 내게도 하나를 건네준다. 무기로 쓰라는 것이다.

「조금 귀찮게 됐어.」

그는 이렇게 짤막하게 대답하고 만다. 그 순간 길이가 수십 미터에 달하는 촉수 하나가 파도 속에서 솟구쳐 금방이라

---

9 〈해파리〉를 의미하는 프랑스어 단어는 뱀 머리칼이 달린 괴물 메두사와 같은 〈메뒤즈méduse〉이다.

도 덮칠 듯 우리의 머리 위에 꼿꼿이 서고, 그 통에 튀어 오른 바닷물로 우리 몸은 흠씬 젖는다.

64. 백과사전: 인간의 멍청함

미국의 기자 웬디 노스컷은 인간의 멍청함의 사화집을 만들기 위해 〈다윈상〉을 제정했다. 이 상의 수상자로는 매년 가장 멍청한 실수로 죽음으로써 열등한 유전자를 스스로 제거하여 인류 진화에 이바지한 사람이 선정된다. 수상 후보자는 다음의 세 조건을 충족시켜야 했다. 첫째, 자신의 죽음에 스스로 원인을 제공할 것. 둘째, 정상적인 지적 능력을 지니고 있을 것. 셋째, 신문, 텔레비전 보도, 믿을 만한 사람의 증언 등 출처가 분명한 사건일 것. 다음은 수상자의 몇 예이다.

1994년의 다윈상은 한 테러리스트에게 수여되었다. 그는 개봉하면 터지게 되어 있는 폭탄을 넣은 소포를 보내면서 우표를 충분히 붙이지 않았다. 소포는 집으로 반송되었고, 그는 소포를 뜯어 보았다.

1996년의 수상자도 폭탄과 관계가 있다. 한 어부는 다이너마이트 심지에 불을 붙여 얼어붙은 호수 위로 던졌다. 그러자 그의 충견이 즉시 달려가 폭발물을 다시 물어 왔다.

1996년, 대상은 고층 빌딩의 유리창의 견고도를 시험해 보고자 했던 토론토의 한 변호사에게 돌아갔다. 그는 힘차게 달려가 유리창에 몸을 부딪쳤고 24층 높이에서 추락했다.

1998년의 수상자는 스물아홉 살의 청년이었다. 그는 공연을 하던 한 스트립쇼 무용수의 몸에 붙은 반짝이 장식물을 이빨로 뜯어내어 삼키다가 질식사했다.

1999년의 대상은 세 명의 팔레스타인 테러리스트에게 돌아갔다. 그들은 폭탄을 설치한 두 대의 차에 나눠 타고 목표지를 향해 가던 중에 두 대의 차가 동시에 폭발하여 숨졌다. 그들은 서머 타임제로 인한 시간

변경을 고려하지 않았던 것이다.

2000년 영예의 수상자는 친구들과 함께 러시안룰렛 게임을 한 시카고 의 주민이었다. 하지만 그들이 사용한 총기는 리볼버가 아니라 그냥 집 에 있는 자동 권총이었다. 그리고 그는 게임에서 졌다.

2001년 25세의 한 캐나다 남성은 쓰레기 하치장에서 쓰레기를 내리 는 미끄럼틀을 타 보이겠다고 친구들에게 제안했다. 그런데 그가 모르 는 사실이 있었다. 12층 높이의 미끄럼틀을 통해 내려온 쓰레기는 자 동 압착기 속으로 들어가게 되어 있었다.

수상자는 대부분 사망자들이지만 예외도 종종 있었는데, 1982년 선외 가작 수상자 래리 월터스도 그중 하나였다. 로스앤젤레스에 거주하는 이 남성은 비행기가 아닌 다른 방법으로 하늘을 나는 평소의 꿈을 실현 하려 했다. 그는 아주 안락한 소파에다 직경 1미터 크기의 헬륨 풍선 마흔다섯 개를 매달았다. 그런 다음 샌드위치와 캔 맥주, 그리고 권총 을 가지고서 소파에다 자기 몸을 묶었다. 그가 신호를 하자 친구들은 소파를 땅에다 매어 놓은 줄을 풀어 주었다. 그런데 소파는 그의 희망 대로 지상 30미터에 머무르지 않고 상승을 계속하여 5천 미터 고도까 지 올라갔다.

하지만 겁에 질려 몸이 얼어붙은 월터스는 권총으로 풍선을 쏘지도 못 했다. 그렇게 그는 로스앤젤레스 공항 레이더에 포착될 때까지 오랫동 안 세찬 바람을 맞으며 구름 속을 떠돌아다녀야 했다. 마침내 용기를 내어 풍선 몇 개를 터뜨린 그는 지상에 내려올 수 있게 되었는데, 터진 풍선의 줄들이 고압선에 걸리는 통에 롱비치 전역에 정전 사태를 초래 하게 되었다.

착륙 직후 그를 체포한 경찰이 왜 이런 짓을 했느냐고 묻자 그는 이렇 게 대답했다. 〈하루 종일 아무것도 안 하고 앉아 있을 수는 없잖소.〉

에드몽 웰스, 『상대적이며 절대적인 지식의 백과사전』 제6권

65. 심해의 괴물

괴물들과 싸울 때 괴로운 점은 시간을 쓸데없이 허비하고 있다는 느낌에 시달려야 한다는 사실이다.

예전에는 괴물들과 싸우는 게 즐거웠다. 그래서 더 강력하고 더 날쌔며 더 무시무시한 마력을 지닌 존재들과 힘을 겨뤄야 할 일이 있으면 오히려 신이 났다. 하지만 벌써 노화의 초기 증상들이 찾아온 탓일까? 심해에서 솟구친 이 새로운 적수와 맞서고 있는 이 순간, 지금 다른 일을 하면 더 좋겠다는 생각이 이 힘겨운 투쟁을 더욱 피곤하게 만든다.

누군가와 얘기하는 것. 사랑하는 것. 사색에 잠기는 것. 혹은 분재를 가꾸듯 작은 우주들을 관리하는 것. 지금 내가 관심 있는 것은 이런 일들이다.

내 존재의 파동의 속도가 느려진 것일까?

이제 나는 예전만큼 놀라움을 즐기지 않는다. 누구를 놀라게 하고 싶지도 않고, 내가 놀라는 것도 원치 않는다.

그저 아무 일도 하지 않고 유유자적하게 지내고 싶을 뿐이다.

제발 나를 좀 가만히 놔뒀으면 좋겠다.

하지만 어쩌면 공격적인 행동 역시 의사소통의 한 형태인지도 모른다. 어쩌면 저 괴물, 우리와 마찬가지로 어머니 대자연의 자녀인 저 거대한 해파리는 우리와의 접촉을 시도하고 있는 건지도 모른다. 단지 그 방법이 서툴 뿐이다.

예를 들어 오이디푸스에게 접근하는 방법이 그렇다. 놈은 촉수로 이 맹인의 허리를 휘감아 하늘 높이 들어 올린 다음 거세게 갑판에 내동댕이친다. 자기와 다른 종과의 접촉을 꾀하는 것으로 최상의 방법이라고는 말하기 어렵다. 또 놈은 그 어마어마한 몸통으로 배 전체를 엎어 버릴 듯 뱃머리를 번쩍 들어 올린다.

우리는 모두 앙크를 꺼내 든다. 놈에게 앙크를 쏘아 대면서도 나는 엉뚱한 생각에 빠져든다. 어쩌면 저 생명체 역시 사랑을 찾으려고 저 난리를 치고 있는 건지도 모르지.

놈에게 이렇게 말해 줘야 하지 않을까? 〈우리 잠시 진정하고 얘기 좀 해봅시다. 당신 문제가 뭐요?〉 그런 다음 놈의 마음을 조금 다독거려 줘야 하리라. 그의 일상에 관심을 가져 줘야 하리라. 〈그래, 해저 생활은 어떻습니까? 당신 덩치에 맞는 파트너를 찾는 일이 어렵지는 않나요? 자녀는 있고요? 이렇게 사람이 가득한 배들을 공격하지 않을 때는 보통 어떻게 시간을 보냅니까?〉

하지만 해파리에게는 우리의 언어를 할 줄 아는 입이 없고, 나 역시 종간(種間) 텔레파시에는 그다지 능숙하지 않다.

그리하여 싸움은 몇 시간이나 계속된다. 반투명한 분홍빛 레이스를 몸에 두른 괴물은 우리를 파괴해 버리고자 여러 차례 맹렬히 공격해 온다. 놈의 촉수에서는 조그만 표창처럼 생긴 독침들이 비처럼 쏟아져 나온다.

눈이 성한 수염쟁이가 그 독침에 맞았다. 다행스럽게도 독침은 고통스럽기는 하되 목숨을 위협할 정도는 아니다.

이때 아프로디테는 가죽끈 같기도 하고 채찍 같기도 한 괴물의 촉수에 휘감겨 상갑판 난간 위로 들어 올려진다. 그녀를 풀어 주려고 우리 모두가 달려든다. 그러자 무수한 독침이 회오리바람처럼 머리 위로 쏟아져 내리며 전진을 방해한다. 나는 앙크로 강력한 벼락을 쏘아 여신을 납치해 가려는 촉수를 절단하는 데 성공한다. 우리는 새하얗게 질린 아프로

481

디테를 데리고 조종실로 몸을 숨기고는 선창을 통해 사격을 계속한다.

얼마 전에 우리는 진짜 메두사와 싸워야 했다. 그리고 지금은 메두사의 이름을 딴 이 동물과 맞서고 있다. 갑자기 괴물은 우리를 들어 엎으려고 다시 한번 용을 쓴다. 범선은 앞뒤로 크게 흔들린다.

에드몽 웰스는 놈에게 멋진 카운터펀치를 먹일 방법을 찾아낸다.

「그래, 머리야! 우리에겐 메두사의 머리가 있잖아!」

하지만 폭탄과도 같은 그것을 선뜻 들고 오려는 사람이 없다. 결국 오이디푸스가 나선다. 눈이 보이지 않으니 석화될 위험이 없는 것이다. 그는 허리에 밧줄을 단단히 묶는다. 촉수에 끌려가게 될 경우에 대비한 예방 조치이다.

왕년에 스핑크스를 굴복시킨 테베의 왕이었던 그는 자신에게 맡겨진 임무가 사뭇 자랑스러운 기색이다. 그는 수백 개의 기다란 촉수가 거대한 꽃의 암술들처럼 어지러이 춤을 추는 갑판 위로 뚜벅뚜벅 걸어 나간다.

이물 쪽의 갑판 한가운데로 간 오이디푸스는 점점 더 숫자가 많아지는 촉수들이 맹렬한 기세로 허공을 후려치는데도 꿈쩍도 않고 버티고 서 있다.

「뭘 기다리는 거죠?」

「저 괴물의 눈에 해당하는 것이 물 밖으로 나오기를 기다리고 있어.」

에드몽 웰스가 대답한다.

「하지만 장님인데 그걸 어떻게 알 수 있죠?」

「소리를 듣고서.」

다시금 수백 개의 촉수가 범선 위로 일제히 솟아오르면서 오이디푸스에게 무수한 독침들을 빗줄기처럼 뿌려 댄다. 그 중 하나를 가슴팍에 맞은 맹인은 고통을 견디지 못하고 털썩 무릎을 꿇더니, 그만 메두사의 머리가 든 자루를 손에서 떨어뜨리고 만다.

「저러다 일이 틀어지고 말겠어요!」

나는 마음이 급해져서 외친다. 하지만 오이디푸스는 타는 듯한 독의 고통에 얼굴을 온통 찡그리면서도 바닥을 손으로 더듬어 자루를 찾아내어 꽉 움켜쥔다. 그리고 괴물의 어마어마한 몸체가 수면으로 솟아오르자 메두사의 머리를 꺼내어 놈에게 내민다. 그렇게 〈여인 메두사〉와 〈괴물 메두사〉가 대면한다.

괴물은 위험을 느끼고는 첨벙하고 다시 물속으로 들어간다. 하지만 오이디푸스는 앞으로 몇 걸음을 내달리며 그 탄력으로 메두사의 머리를 바다에 집어 던진다. 머리칼 대신 무수한 뱀 대가리들로 뒤덮인 머리는 소용돌이치는 물속으로 들어가 괴물 해파리의 시각 기관 바로 앞으로 잠겨 든다. 기다란 촉수들이 경직된다. 그리고 딱딱해진다. 그런 다음 회색으로 변한다.

우리 모두는 그 광경을 내려다본다.

이제 범선은 수백 개의 길고 가느다란 손가락 같은 돌 촉수에 에워싸여 있다.

그렇게 배는 석화된 해파리로 이루어진 암초 위에 올려진 것이다.

오이디푸스는 꿈쩍하지 않고 있다. 아직 자신의 승리를 알아채지 못한 그는 청각에 온 신경을 집중하고서 주위의 상황을 이해하려 애쓰고 있다.

우리는 일제히 승리의 함성을 지르며 달려가 그를 축하해 준다.

아프로디테는 급히 그를 치료한다. 가슴팍에서 독침을 빼 낸 다음, 자신의 토가를 찢어 내어 상처 난 부위에 동여맨다.

그런 뒤 우리는 모두 돌로 화한 괴물 위로 내려간다. 노를 지렛대 삼아 괴물 암초에 걸려 버린 배를 빼내기 위함이다.

「여러분은 어떤지 모르겠지만, 난 한바탕 힘을 써서 그런지 몹시 배가 고프오.」

오늘의 영웅이 미소를 지으며 말한다.

우리는 배를 샅샅이 뒤져 본다. 마침내 에드몽은 배 밑의 선창에서 식량이 가득 든 커다란 궤짝 하나를 찾아낸다. 그 안에는 마른 빵, 비스킷, 각종 말린 과일, 기름 단지, 귀가 두 개 달린 조그만 항아리에 든 물과 포도주 등이 있고, 소금에 절인 고기까지 있다.

아프로디테는 상을 차리겠다고 나선다. 바람이 잦아들자 눈이 성한 수염쟁이는 키를 고정해 놓고 좌중에 합류한다. 그는 배낭에서 현이 아홉 개 달린 리라를 꺼내더니, 재빨리 조율을 마친 다음 몇 개의 화음을 튕겨 본다.

그제야 난 그를 알아본다. 오르페우스이다. 올림피아의 투기장에서 있었던 결승전 개막 축제 때 절묘한 솜씨로 구현 금을 연주했던 바로 그 장본인이다. 얼굴을 온통 뒤덮은 긴 수염 탓으로 제대로 분간하지 못했던 것이다. 그의 노래는 우리의 마음을 가라앉혀 주고, 나아가 황홀감까지 안겨 준다.

우리는 선장실에 식탁을 하나 가져다가 식탁보를 깔고 그 위에 접시며 각종 식기 등을 올려 상을 차린다. 격렬한 감정들이 폭풍우같이 몰아친 뒤에 맛보는 휴식이란 무척이나 달콤하다.

아프로디테가 먼저 내온 요리는 앙크의 번갯불에 구운 말린 영계 고기이다. 그녀는 여기에 무화과와 대추야자를 따뜻한 올리브기름에 담근 것을 곁들이고 빵도 몇 조각 내온다. 하지만 나는 얼굴을 찡그리며 내 접시를 저만치 밀어 버린다.

「왜, 이런 음식을 좋아하지 않아?」

오이디푸스가 묻는다.

「난 아이들은 먹지 않아요.」

그는 〈아이들〉이라는 표현에 놀란 표정을 짓는다. 나는 말뜻을 설명해 준다.

「난 모든 생명체는 성년에 이를 권리가 있다고 생각해요.」

내 말에 아프로디테도 마음이 짠해지는지 안색이 어두워진다.

「그렇다면 송아지, 새끼 양, 새끼 돼지는 안 먹겠네?」

「달걀도 못 먹겠네?」

「캐비아도 안 되고?」

「알은 아이가 아니죠.」

「어쨌든 이 병아리는 죽었어. 자네가 먹지 않는다고 해서 다시 살아나는 건 아니잖아.」

오르페우스가 말한다.

「그래. 1호 지구에서도 가축의 새끼를 먹지 않는다고 해서 녀석들의 운명이 바뀌는 일은 없었지.」

오이디푸스가 덧붙인다.

「꼭 그렇지는 않아요. 제가 거기 있었을 때만 해도 축산업은 전산화되어 있었어요. 이를 통해 소비자의 수요가 정확히 파악되었고, 그에 따라 축산 정책이 바뀌곤 했다고요.」

「그건 자네가 잘못 생각하고 있는 거야. 자네가 말하는 그 전산화된 축산업자들이 어떻게 했을까? 그들은 병아리들이 성년을 즐길 수 있게끔 대자연 가운데다 풀어 주지 않았어. 단지 부화되는 병아리 숫자를 줄였을 뿐이야. 그게 다야.」

오르페우스가 반박하자 오이디푸스는 고개를 주억거린다.

「맞아. 이 병아리 녀석이 평화롭게 성계로 자라나는 시나리오는 이 세상에 존재하지 않아. 녀석의 운명은 태어나기도 전에 이미 결정되어 있지.」

이제 아프로디테는 영계 요리가 담긴 접시를 밀어 버리고, 마른 빵만 포도주에 찍어 먹고 있다.

「불쌍한 녀석들! 그런데도 녀석들은 상상조차 못 하고 있지. 자기들을 태어나고 죽게 하는 것은 사람들이라는 사실을.」

「만일 누군가가 그들과 말이 통하여 모든 사실을 설명해 준다면 어떻게 될까요?」

내가 불쑥 가정해 본다.

「그런다고 달라지는 게 있겠어? 녀석들은 마침내 알게 된 끔찍한 진실 앞에서 그저 떨기만 하겠지. 기껏해야 미뢰와 위장의 쾌락을 위해 공장에서 부모 형제를 도살하는 인간들을 원망할 수 있을 뿐. 하지만 별다른 해결책이 없잖아.」

우리는 묵묵히 먹기만 한다. 내 머릿속에는 인간 도살장의 이미지들이 떠오른다.

뤼시앵 뒤프레가 신 후보생이었을 때 했던 말이 떠오른다. 그는 분연히 일어서며 이렇게 외쳤다. 〈……우리는 스스로를 신이라 여기고 있지만, 돼지들을 기르고 도살하는 축산업자와 다를 바 없잖아?〉

그는 이러한 의식을 지니게 되었기에 신들로부터 인간들을 보호하고자…… 살신자로 변신했던 것이다.

그로서는 〈살인자들을 죽여야만〉 했다.

역설이었다. 하지만 그는 자신의 논리에 충실했다.

오르페우스는 자리에서 일어나 저 멀리 동쪽으로 시선을 던진다.

「사실 진정한 문제는 따로 있어. 왜 신은, 왜 그 〈위대한 신〉은 피조물들에게 자신의 모습을 한 번도 드러내지 않았던 걸까?」

「설사 그가 나타났었더라도 아무도 믿지 않았겠지. 이 세상에는 벌써 너무나 많은 우상들이 들어차 있기 때문에 그가 등장해도 아무도 알아차리지 못할 테니까. 자, 그가 자신이 진정한 신임을 증명하기 위해 무얼 할 수 있을까? 수십만 명이 운집한 스타디움에서 전 세계로 생중계되는 콘서트를 벌이는 가수들보다 더 나은 것을 보여 줄 수 있을까? 월드컵 축구보다 더 짜릿한 연설을 하는 것이 과연 가능할까? 우리의 감각 기관들은 너무도 강렬한 것들을 맛본 나머지 감수성을 잃어버렸어. 고추 때문에 얼얼해진 혀가 요리의 미묘한 풍미를 감지할 수 없게 되듯이.」

「전 세계 텔레비전으로 생중계되는 초대형 스타디움에 등장한다면 가능할지도…….」

「요즘의 로큰롤 콘서트에서 사용되는 것들보다 훨씬 강력한 특수 효과와 불꽃놀이가 필요하겠지.」

「사람들이 채널을 다른 곳으로 돌릴 생각이 들지 않을 정도로 굉장한 연설을 해야 하겠죠.」

에드몽 웰스는 한숨을 내쉰다.

「그래도 여전히 사람들은 그가 정말 신임을 증명하라고 요구할 거야. 또 그가 그 무엇을 보여 주고 증명한다 해도, 진정한 신이 아니라고 주장하는 사람들이 남아 있겠지.」

「키가 백 미터에 이르는 거인의 형상으로 나타나도 마찬가지일까요?」

「요즘 관객들은 웬만한 것을 봐서는 아무 느낌도 없어. 갈수록 강렬하고 어마어마해지는 시각 이미지들을 유포하는 영화 탓이지. 신 자신이 특수 효과 전문가가 되어야 할 거야.」

「그런 점에서 보면 예술가는 관객 앞에 등장하고 싶은 마음이 전혀 들지 않겠네요.」

「차라리 관객이 자기를 찾아와 주기를 바라겠지.」

「지금 우리가 그렇게 하고 있잖아요.」

「그런데 진지하게 묻는데 말이죠, 여러분은 이 여행에서 바라는 게 뭐죠?」

아프로디테가 불쑥 질문한다.

「난 내 아버지를 찾고 싶어요. 저 위, 두 번째 산의 정상에 있는 분은 모든 아버지들의 아버지이죠. 그분의 자녀들인 우리는 모두 근원으로 돌아가야 해요.」

오이디푸스가 대답한다.

「난 말이죠, 나의 사랑하는 에우리디케를 다시 찾았으면 해요.」

이번에는 오르페우스가 말한다.

「하지만 말입니다, 신화에 나오는 당신의 에우리디케는 지옥에 갇혀 있지 않습니까?」

그의 말에 흥미를 느꼈는지 에드몽 웰스가 묻는다.

「위대한 신은 모든 권능을 갖고 있소. 지옥도 그분의 권능 아래에 있지. 난 그분께 나와 그녀의 억울한 사정을 아뢸 거요.」

아프로디테도 자신의 소망을 밝힌다.

「난 이 세상의 모든 사랑들을 탄생시킨 사랑을 만나고 싶어요. 만일 저 산 위에 정말로 누군가가 있고, 그 누군가가 이 우주를 창조하여 관리하고 있는 것이 맞는다면, 그건 그가 이 우주를 사랑하고 있다는 뜻이에요. 그리고 자신이 창조한 세계에 대한 창조자의 이 최초의 큰 사랑으로부터 모든 사랑들이 흘러나온 거예요.」

아프로디테는 몸을 일으켜 말린 과일들을 가져와 이번에는 차와 곁들여 우리에게 나누어 준다. 그 맛은 사랑만큼이나 달콤하다.

「그러면 미카엘, 자네는 저 위에서 무엇을 찾게 될 것 같은가?」

「결국⋯⋯ 아무것도 없을 것 같아요. 제우스는 내게 공허의 힘에 대해 가르쳐 주었죠. 이렇게 무수한 모험을 겪은 뒤에 우리가 도달할 곳은 텅 빈 장소일 거고, 그건 역사의 모든 장난들을 완성하는 마지막 개그가 되겠죠. 우리가 지금까지 벌인 이 모든 야단법석, 결국⋯⋯ 무(無)를 위한 것 아니겠어요?」

침묵이 감돈다.

「그래도 뭔가가 있다면?」

「아마 또 다른 신비로 이어지는 구름다리 같은 거겠죠.」

오르페우스는 이물 쪽으로 걸어간다. 그러다가 갑자기 소리친다.

「됐어! 저기 보인다!」

우리는 모두 그쪽으로 달려간다. 어느새 안개는 걷혀 있고, 마침내 두 번째 산의 웅장한 모습이 우리의 눈에 들어온다. 내 목소리는 감격으로 떨린다.

「자, 모두들 보이죠? 난 거짓말하지 않았어요. 저렇게 첫 번째 산 뒤에 두 번째 산이 숨어 있잖아요? 8인 제우스의 산 다음에는 9인 창조자 신의 두 번째 산이 있다고요.」

너무도 장엄한 산의 모습에 압도된 나는 넋을 잃고 바라본다.

다른 이들도 말이 없다. 우리의 모든 질문에 대한 답이 저 위에 기다리고 있을지도 모른다는 생각에 모두들 가슴이 두근거린다.

이 두 번째 산은 첫 번째 산보다 더 높고 가파르면서도 한결 아름답다. 산은 푸르스름한 암괴로 이루어져 있다. 정상은 구름에 감싸여 잘 보이지 않는다. 우리는 이제 어떤 결정적인 단계를 통과했다는 감회에 사로잡힌다. 심지어는 장님 오이디푸스마저도 얼굴을 그쪽 방향으로 돌리고 있다.

「그가…… 바로 저기에 있을지 모른다니…….」

나는 감격에 겨워 띄엄띄엄 말한다.

「실망하게 될 수도 있어. 신기한 마술을 보면 우린 꼭 그 비밀을 알고 싶어 하지. 하지만 정작 설명을 듣게 되면 이렇게 말하잖나. 〈아니, 고작 이거였어?〉 이런 상황이 될 수도 있다고.」

지나친 흥분을 완화시키려는 듯 에드몽 웰스가 한마디 던진다.

홀연 한 줄기 번갯불이 두 번째 산 전체를 굽어보는 구름지대를 가르듯 지나간다.

「다들 봤어요?」

「저기 분명히 누가 있다는 얘기야.」

바람이 점차로 잦아듦에 따라 배의 속도가 느려진다.

「이러다 누가 빨리 도착하게 될지 모르겠네. 걸어가는 라울과 이 배를 타고 가는 우리 중에서.」

오르페우스는 하늘을 살펴본다.

「바람이 전혀 불지 않아. 이거, 잘못하면 너무 늦게 도착할 수도 있겠는걸.」

「아냐. 바람은 반드시 다시 일어!」

오이디푸스는 예측인지 소망인지 모를 소리를 내뱉는다.

우리는 초조하게 기다린다. 그렇게 긴 시간이 흐른다. 바람 한 점 없는 바다의 수면은 기름에 덮인 듯 매끈하고, 그 가운데 떠 있는 배는 꼼짝도 않는다.

이때, 좌현 방향에서 작은 울음소리가 들려온다.

돌고래들이다. 녀석들은 배 주위에서 좌악좌악 물을 튀기며 수면 위로 도약한다. 나는 에드몽 웰스를 돌아보며 외친다.

「맞아, 저 돌고래들이 우릴 끌어 줄 수 있겠어요! 전에도 그런 일이 있었어요. 에드몽, 18호 지구에서의 일 생각나요? 녀석들이 우리 백성 중 생존자들이 탄 배를 인도해 주었잖아요.」

나는 밧줄을 던지자고 제안한다. 돌고래들은 던져 주는

삼밧줄을 입으로 물고는 전속력으로 헤엄쳐 범선을 끌어준다.

「말 안 해도 우리 목적지를 잘 알고 있는 것 같군.」

에드몽 웰스가 신기해한다.

우리는 돛을 모두 내린 다음 돌고래들로 하여금 배를 끌고 가게 놔둔다. 키를 잡으려는 사람조차 없다.

그렇게 우리는 남쪽 해안을 따라 항해한 끝에 깎아지른 듯한 수직 절벽들과 도저히 통과할 성싶지 않은 밀림을 발견한다. 수면 아래 잠겨 있어 바로 앞에 이르러서야 분간이 되는 암초들이 지천이지만 돌고래들 덕분으로 무사히 통과할 수 있다.

아프로디테가 다가오더니 내 손을 살며시 잡는다.

「여기에 너와 함께 있게 되어 기뻐.」

「우린 이 모든 일들의 의미를 마지막에 가서야 알게 되겠죠……. 처음에는 각 장면들이 뒤죽박죽 혼란스럽게만 보이다가 마지막에 모든 것을 설명해 주는 결론에 이르는 서스펜스 영화처럼 말이에요. 내 삶이 절정의 피날레를 향한 궤도를 따라가고 있다는 이런 인상…… 만일 제가 인간이었을 때 이런 인상을 받았더라면 신자가 되었을 거예요.」

우리는 첫 번째 산에서 발원한 큰 강의 하구로 보이는 급류를 지난 뒤에, 윗부분이 다양한 색채의 식물로 덮여 있는 검은 절벽 지대에 이른다. 그런 다음 다시 다른 절벽들과 어두운 밀림이 이어진다.

마침내 돌고래들은 해안 쪽으로 방향을 틀어 고운 모래가 펼쳐져 있는 내포로 우리를 데려간다.

나는 18호 지구를 궤짝에 넣고, 또 궤짝은 배낭에 넣어 등에 멘다. 그런 다음 물에 뛰어들어 개구리헤엄으로 나아가기 시작한다.

아프로디테는 내 옆에서 헤엄친다. 에드몽 웰스도 닻을 내려놓은 다음 물속으로 첨벙 뛰어든다. 그 뒤로는 두 수염쟁이가 따라온다. 오르페우스는 오이디푸스의 허리에 묶은 노끈의 한쪽 끝을 이로 물고서 맹인을 인도해 준다.

발밑에 굳은 땅이 느껴지기 시작한다. 신대륙을 발견하는 탐험가들의 기분이 이럴 것이다. 우리는 마침내 해변에 올라선다. 우리 앞에는 야자나무들이 병풍처럼 늘어서 있고, 그 뒤로는 두 번째 산의 기슭으로 오르는 울창한 숲이 펼쳐져 있다.

기진맥진한 우리는 뜨거운 모래 위에 널브러져 한동안 꼼짝을 못 한다. 공기에는 향긋한 목련 냄새가 섞여 있다.

「자, 이제 다시 나아가도록 하죠.」

나는 마침내 입을 연다. 다른 이들은 고개를 끄덕인다. 이 모든 일들의 결과는 빨리 알게 될수록 좋으리라는 것, 이것은 모두의 공통적인 감정이다.

우리는 물에 젖은 토가를 벗어 허리 아래쪽에 두르고 웃통은 드러낸 채 다시 걷기 시작한다. 아프로디테는 토가를 찢어 일종의 비키니를 만든다. 젖은 천이 몸에 착 달라붙으니 그녀의 완벽한 굴곡이 숨김없이 드러난다.

우리는 야자수의 장벽을 넘어 1호 지구의 적도 지방과 비슷한 밀림 지대로 들어간다. 만일의 경우에 대비하여 각자의 앙크를 앞으로 내밀고서 천천히 전진하고 있는데, 주위의 수풀 속에서 어떤 존재들이 어른대는 것이 언뜻언뜻 느껴진다. 오르페우스는 나뭇가지 하나를 꺾어 들고 정글에서 길을 트는 만도(蠻刀) 대용으로 휘두른다.

우리들도 몽둥이를 하나씩 주워 든다. 앙크만으로는 충분하지 않게 될 경우를 대비해서이다.

「뭔가 보이지 않아요?」

내가 묻는다.

「뭔가 보이지 않아요?」

기묘한 목소리가 내 말을 되풀이한다. 네 명의 동료와는 멀리 떨어진 곳에서 나는 소리이다.

나는 돌아선다. 다시금 덤불 속에서 어른대는 것들이 보인다. 우리 주위에서 어떤 동물들이 사사삭 뛰다가 일제히 멈춰 서는 게 느껴진다. 마치 우리를 기다리고 있는 것 같다.

「아마 큰 토끼들이겠지.」

에드몽 웰스가 추측해 본다. 그러자 10여 개의 음성이 합창하듯 그의 말을 반복한다.

「아마 큰 토끼들이겠지.」

등골이 서늘해진다. 상대방의 말을 그대로 따라 하는 증세, 바로 반향 언어증이다. 그리고 지금 이 증상을 보이는 주인공들이 누구인지 알 듯하다.

판의 자식들인 사티로스들이다.

아니나 다를까, 반은 인간이요 반은 산양인 존재들 수백 마리가 우리 주위에 모습을 드러낸다. 그러고는 마치 우리를 야유하듯 일제히 소리를 질러 댄다.

「아마 큰 토끼들이겠지!」

66. 백과사전: 판

그리스어로 〈판〉은 〈전체〉를 의미한다(따라서 접두사 〈판 pan-〉은

〈전체성〉을 표시하기 위해 사용된다. 전경panorama, 전 세계적 유행병pandémie에서의 pan이 이런 의미이다.)

그리스 신화에 따르면 판은 아르카디아 출신이다. 혹자는 그가 헤르메스와 페넬로페(고향에 돌아가기 위해 아르카디아의 험산 준령을 넘어야 했던 오디세우스의 아내) 사이에서 태어난 아들이라고 주장한다.

반은 인간이고 반은 염소인 그의 머리에는 조그만 뿔이 나 있고, 몸은 털로 덮여 있으며, 역삼각형의 얼굴에는 턱수염이 달려 있다.

출산 직후 그의 흉측한 모습을 발견한 어머니는 두려움에 사로잡혀 아기를 숲에다 버린다.

그러자 아버지 헤르메스는 그를 토끼 가죽에 싸서 올림포스로 데려간다. 올림포스의 신들은 아이의 괴상한 모습을 오히려 재미있어하면서 잘 보살펴 준다. 특히 디오니소스는, 못생겼지만 익살스럽기 그지없는 이 아이를 몹시 귀여워한다.

그는 숲속의 샘가나 풀밭에서 가축을 기르고 살며, 주체할 수 없이 넘쳐 나는 성적 욕구로 인해 항상 님프나 미소년들을 쫓아다닌다고 한다. 아리따운 님프 시링크스를 보고 사랑에 빠지지만, 그가 싫었던 님프는 갈대로 변신한다. 상심한 판은 갈대를 잘라 피리를 하나 만드니, 그것이 바로 유명한 판의 피리, 즉 팬파이프이다.

판은 군중의 신이기도 하다. 특히 사람들로 하여금 이성을 잃게 하는 그의 능력으로 인해 집단 히스테리에 사로잡힌 군중의 신으로 여겨진다. 〈패닉panic〉이라는 단어는 바로 그의 이름에서 나왔다.

에드몽 웰스, 『상대적이며 절대적인 지식의 백과사전』 제6권

67. 판의 왕국

그렇게 그들은 우리를 둘러싸고서 킬킬대고 있다. 결코 우호적인 태도라곤 할 수 없지만 그렇다고 해서 위협적인 모

습도 아니다. 단지 기분 나쁘게 키득대고 있을 따름이다. 그리고 수가 엄청나게 많다.

그들은 공격적으로 보이지는 않는다. 하반신이 털가죽으로 덮여 있는 모습이 꼭 모피 바지를 입고 있는 것 같아, 어찌 보면 귀엽기까지 하다. 얼굴은 염소처럼 기름한데 눈이 약간 튀어나와 있고, 어떤 놈들은 긴 속눈썹이 달려 있다. 머리칼은 뽀글뽀글하게 고불거리며, 팬파이프를 목걸이처럼 목에 건 놈들도 있다.

「이거 골치 좀 아프겠구먼!」

오르페우스가 끄응 하며 내뱉는다. 사티로스 한 놈이 즉시 그 말을 흉내 내고, 이어 무리 전체가 합창하듯 반복한다.

「이거 골치 좀 아프겠구먼!」

「몸짓을 써봅시다.」

에드몽 웰스가 제안한다.

그러자 흉내 낼 수 있는 말이 떨어진 것이 너무도 기쁘다는 듯 사티로스들은 다시 그의 말을 반복한다.

「우리, 몸짓을 써봅시다!」

그것으로 만족하지 않고 한 놈은 이 문장에 약간의 변주를 가한다.

「우리, 원숭이 언어를 사용해 봅시다!」

그 말이 떨어지기가 무섭게 다른 놈들이 즐거이 합창을 한다.[10]

---

10 웰스가 한 말은 〈Utilisons le langage des signes〉였는데, 사티로스는 signes(몸짓)의 철자를 약간 뒤바꾼 단어 singes(원숭이)를 사용하여 말장난을 한 것이다. 특히 지금 그들의 행위 자체가 원숭이처럼 흉내 내는 장난이기 때문에 의미론적 쾌감은 한층 증폭된다.

그중에서 몸집이 비교적 작고 털이 유난히 고불거리는 녀석 하나가 아프로디테에게 다가오더니, 꼼짝도 않고 서 있는 그녀의 몸을 쓰다듬고 주무르기 시작한다.

〈얘들은 그렇게 못돼 보이지는 않는데 참 끈적대네!〉

아프로디테는 말 대신 몸짓으로 이렇게 말한다.

내가 이해한 바에 따르면, 그녀는 이 사티로스 녀석들에 신경 쓰지 말고 그냥 산 쪽으로 걸음을 계속하자고 암시하는 것 같다.

「아무 말도 하지 말자고요!」

오르페우스는 암컷 사티로스 하나가 다가와 그의 엉덩이를 주무르자 자신도 모르게 내뱉는다.

「아무 말도 하지 말자고요!」

사티로스들은 즉시 노래를 부른다.

한 민족 전체가, 한 문화 전체가 이렇듯 남들이 한 말을 반복하기만 하여 과연 무얼 얻자는 것일까? 저들의 의도가 궁금하기도 하고 한심하게도 느껴진다.

「쉿!」

오이디푸스가 소리를 낮춰 경고한다. 이번에는 스치는 바람에 잎사귀들이 술렁이듯이 〈쉿〉 하는 소리들이 끊임없이 이어진다.

다른 놈들보다 몸집이 큰 사티로스 하나가 우리 앞으로 나서더니 〈쉿〉 하면서 자기를 따라오라고 한다.

사티로스 무리는 우리를 에워싸고 조그만 언덕으로 이어지는 오솔길로 인도한다. 언덕 꼭대기에는 한층 울창한 숲이 있고, 그 가운데에는 어마어마하게 커다란 떡갈나무 한 그루가 우뚝 서서 숲 전체를 굽어보고 있는데, 그 크기가 얼마나 대단한지 다른 나무들은 주먹만 한 관목처럼 느껴질 정도이다.

이 웅장한 식물은 높이가 수백 미터에 달하며 떡갈나무라기보다는 마천루에 더 가까워 보인다.

수령도 상당히 오래되어 보이는 그 나무는 가까이 다가감에 따라 생각했던 것보다도 훨씬 높다는 걸 알 수 있다. 1호지구의 에펠 탑 높이인 3백 미터는 족히 되어 보인다.

거대한 나무의 몸통에는 목피를 파서 만든 널찍한 계단이 위쪽으로 이어지는데, 사티로스들은 빨리 올라가라고 우리를 재촉한다. 그렇게 한참을 올라가자 일종의 층계참 같은 공간이 나오는데, 그곳에서는 마치 교차로처럼 사방팔방으로 굵은 가지들이 뻗어 있어 우리는 그 위를 추락의 위험 없이 걸어다닐 수 있다.

나는 타원형의 거대한 밤색 열매들이 여기저기 매달려 있는 것을 발견한다. 열매의 한쪽 면에는 창 하나가 뚫려 있고, 그 안에서 한 사티로스 여인이 우리에게 손짓하고 있다. 다른 열매들에도 문과 창문이 나 있고, 창문마다 미소 띤 얼굴들이 나타난다. 모두 몇 개나 될까? 1천여 개? 아님 그 이상일까?

사티로스들은 양식이 든 자루들을 운반하고 있다. 아이들은 서로에게 솔방울을 집어 던지는 장난을 치며 뛰어다닌다.

「꼭 새 둥지들 같군.」

에드몽 웰스는 행여 녀석들이 들을까 소리를 최대한으로 낮추어 내게 속삭인다.

나무 위에 건설된 이 세계는 우리에게는 완전히 새로운 것이다. 가만히 살펴보니 가지 사이로 커다란 도마뱀 비슷한 동물들도 기어다니는데 사티로스들은 독침을 쏘아 녀석들을 사냥하고 있다.

이따금 둥지에서 연기가 피어난다. 내부에 화덕이 있다는 증거이다.

다시 말해 이것들은 둥지가 아니라 매달려 있는 집이라 할 수 있다.

「이걸 보니 올림피아 한가운데 우뚝 서 있는 지식의 나무가 생각나는군.」

오르페우스의 속삭임에 내가 말한다.

「난 가능성의 나무가 떠오르는데요.」

「그게 뭔데?」

「잎사귀 대신 인류의 모든 가능한 미래들이 돋아나 있는 나무죠.」

「전혀 들어 본 적이 없는데. 그 얘기는 어디서 들었나?」

오르페우스가 묻는다.

「생각이 잘 안나요. 아마 1호 지구에 있을 때 인터넷에서 읽었을 거예요.」

「여보게들! 자네들이 보는 것을 내게도 좀 얘기해 줘!」

눈이 안 보이는 오이디푸스가 부탁한다. 오르페우스는 그의 귀에다 대고 우리 주위에 보이는 광경을 묘사해 준다.

우리는 다시 출발한다. 아까보다 약간 더 좁은 계단이 나무줄기를 따라 돌며 올라가고 있다. 그리고 이 중앙의 줄기에서 도시의 대로들처럼 뻗어 나가는 굵은 가지들도 계속하여 나타난다.

더 올라감에 따라 모락모락 연기가 피어오르는 달걀 형태 집들의 수도 늘어난다. 주름 덮인 얼굴에 백발 혹은 반백의

곱슬머리를 한 늙은 반인반수들이 손짓으로 인사를 보낸다.

이렇게 나무껍질을 파서 만든 널찍한 계단을 몇 시간이나 오른 끝에 우리는 이 거대한 나무의 3분의 2 정도 되는 지점에 다다른다. 거기에는 무수한 가지들이 얼기설기 얽혀서 일종의 거대한 쟁반을 이루고 있고 그 중앙에는 다른 것들보다 훨씬 큰 밤색 알이 하나 놓여 있다.

「판 신의 궁전이야.」

아프로디테가 중얼거린다. 하지만 충분히 조심하여 발음하지 않은 탓으로 원주민들 모두가 염불하기 시작한다.

「판 신의 궁전이야…… 판 신의 궁전이야…….」

이 합창에 화답하듯, 이 문장의 리듬과 가락에 맞추어 어디선가 팬파이프 소리가 솟아오른다.

사티로스들은 우리를 판의 궁전으로 안내한다.

몇 개의 층층대를 더 올라간다. 나무로 된 대문이 열린다. 그 안은 왕궁의 어전이다. 사방의 벽에는 장식을 대신하여 1호 지구의 성인 잡지에서 뜯어 낸 에로틱한 사진들이 섬세한 조각 장식 액자들 안에 들어 있다. 어전 중앙에는, 역시 복잡하게 얽힌 여인 나체상들로 장식된 옥좌가 놓여 있다.

우리는 옥좌 앞으로 나아간다.

거기에는 꾀바른 눈빛의 한 반인반수가 비스듬한 자세로 앉아서 여러 개의 관을 잇댄 팬파이프를 불고 있다. 길쭉한 얼굴 끝에는 고운 결의 턱수염이 달려 있고, 유난히도 긴 뿔이 솟아 있는 머리에는 월계수 잎사귀와 꽃들을 한데 엮어 짠 왕관이 얹혀 있다.

그렇게 드넓은 어전 한가운데 서 있는 우리 주위에는 사티로스들이 우리와 자기네 왕의 대면이 어떤 식으로 진행될 것인지 관심 있게 지켜보고 있다.

마침내 왕은 연주를 중단하고 옥좌 계단을 내려와 또각또각 발굽소리를 내며 우리 쪽으로 걸어온다. 몸은 구부정한 주제에 가슴을 한껏 내밀고 뒤뚱대며 걷는 품은 황소가 달려들기 전에 투우사가 보여 주는 과장된 몸짓을 연상시킨다.

왕은 우리를 하나하나 살핀다. 몸을 숙이고 킁킁거리면서 우리의 겨드랑이와 등 아래쪽의 냄새를 맡아 보는 것이다. 그 광경이 재미있는지 신하들은 키득댄다.

그는 아프로디테에게서 오래 머문다. 그녀의 체취가 자신의 온몸에 배어들기를 원하는 것인지, 킁킁 소리를 빨리하며 숨을 깊이 들이마신다. 이어 그는 그녀의 몸에 슬그머니 손을 올려놓는다. 처음에는 턱을 어루만지던 손은 이윽고 목을 타고 내려오더니 한 손가락 끝으로 젖가슴과 배를 간질이듯 애무한다. 하지만 아프로디테는 미동도 하지 않는다.

「그냥 놔둬요!」

나는 참다못해 소리 지르고 만다. 그리고 그를 제지하려고 앞으로 나서지만 곧바로 사티로스들에게 붙잡힌다.

「그냥 놔둬요! 그냥 놔둬요!」

어전의 모든 사티로스들이 합창을 한다.

왕이 한 번 손짓을 하자 모두들 잠잠해진다. 그는 내 쪽으로 고개를 돌리고, 내 반응이 재미있다는 듯 미소를 짓는다. 그러고는 아프로디테를 다시 주무르기 시작한다. 그의 손은 사랑의 신의 허리 아래께를 쓰다듬더니 결국에는 엉덩이를 애무한다.

아프로디테는 여전히 반응이 없다. 그의 손은 서서히 허벅지를 타고 내려온다. 그 순간 아프로디테는 유난히 털이 북슬북슬한 그의 사타구니를 힘껏 걷어찬다.

판은 시뻘게진 얼굴로 바닥에 뒹구는데 고통으로 새우처럼 몸이 반으로 꺾여 있다. 벌써 사티로스들은 독침 대롱을 꺼내어 당장이라도 쏠 기세로 아프로디테를 겨눈다. 하지만 왕은 찡그린 얼굴에 미소를 지으려 애를 쓰면서 몸을 일으키고는 무리에게 무기를 거두라고 손짓한다.

그는 털이 북슬북슬한 가랑이 부분을 문지르면서 왕좌로 돌아가 앉는다. 그러고 나서 잠시 망설이는 표정을 보이더니 이윽고 너털웃음을 터뜨린다.

사티로스들은 잠시 어리둥절해하다가 이윽고 화답하여 웃음을 터뜨린다. 판은 손짓을 하고, 무리는 혼자서 우리 일행과 얘기하고 싶어 하는 왕의 뜻을 알아챈다.

사티로스들이 모두 어전을 빠져나가자 우리는 비로소 살 것 같은 기분이다. 아닌 게 아니라, 한마디 던지면 그것이 무한히 반복된다는 강박 관념 속에서 산다는 것은 얼마나 피곤한 일인가.

「신 후보생들, 반신들, 거기에다 사랑의 신까지! 올림피아에서 멀리 떨어진 나의 이 누추한 왕국까지 왕림해 주시다니 정말 무한한 영광이오. 대체 무슨 바람이 불어 내게 이렇게 큰 특전을 베풀어 주신 건지?」

「관광 여행이라고나 할까요. 항상 똑같은 도시에 갇혀 있으면 몹시 지루하잖습니까.」

내가 대답한다.

「하긴 〈이따금 목초지를 바꿔 줘야 송아지들이 좋아한다〉라는 속담도 있으니까. 그래, 산 너머 올림피아 도성에서는 뭐 새로운 소식이라도 있소?」

「거기에선 서로를 죽이고 죽는 살육전이 한창입니다.」

오이디푸스가 알려 준다.

판은 놀란 표정으로 한동안 말을 하지 못한다.

「허어…… 그게 사실이오?」

「심지어는 사티로스들까지 싸우고 있습니다.」

「흠! 조국을 떠나 이방인 틈에 섞여 살면 어떤 결과가 오는지 똑똑히 깨달았겠지! 사티로스는 동족들과 함께 살아야 하는 법이야!」

판의 목소리가 쩌렁쩌렁 어전을 울린다.

산양의 다리가 달린 사내는 말이 뒷발로 선 것 같은 걸음걸이로 선반 쪽으로 간다. 그는 거기 죽 놓여 있는 두 귀 달린 항아리들을 킁킁 냄새 맡아 보더니 큼직한 나무 컵들에다 허연 액체를 따른다. 그리고 그 컵들을 쟁반에 담아 와 우리에게 내민다. 우리는 처음에는 내키지 않아 손도 대지 않지만, 조금씩 냄새도 맡아 보고 하다가 결국 맛을 본다.

「약간 아몬드 유액 같기도 하고…….」

「어때, 맛이 괜찮소?」

에드몽 웰스가 고개를 끄덕인다.

「맛있군요. 뒷맛이 감초 같기도 하고…….」

「좋아요! 그렇게 역겹지 않으시다니 기쁘군.」

「근데 이게 뭡니까?」

그는 슬그머니 화제를 돌린다.

「자, 이제 말해 보시오. 여러분은 올림피아에서 천 리나 떨어진 이곳에 대체 뭐하러 오신 거요?」

「두 번째 산에 올라가려 합니다.」

사티로스의 왕은 놀란 얼굴로 우리를 쳐다본다.

「창조자를 만나려고 해요.」

오이디푸스가 말하자 판은 켈켈켈 웃음을 터뜨린다.

「뭐가 그리 우습습니까?」

오르페우스가 화가 나서 쏘아붙인다.

「창조자를 만나려고 한다……. 아니, 당신들은 이게 우습지 않단 말이오? 나는 배꼽이 빠질 정도구먼!」

「우리가 산에 올라가는 걸 도와줄 수 있습니까?」

나는 정색을 하며 묻는다.

「그런데 왜 내가 여러분을 도와드려야 하는데?」

「왜냐면 우리가 당신에게 부탁하니까.」

오이디푸스가 엄숙하게 말한다.

「흠, 그렇다면 내 대답은 이거요. 〈당신들 집으로 돌아가시오〉.」

「〈우리 집〉은 더 이상 없어요. 말했잖아요? 올림피아는 불타고 있다고.」

판은 비워진 컵들에다 다시 흰 음료를 따라 준다.

「아, 그건 내가 상관할 바 아니고!」

「놔둬, 미카엘. 저들의 도움 없이 우리끼리 가면 돼. 저 산에 오르는 길을 우리 힘으로 찾아낼 수 있을 거야.」

아프로디테가 끼어든다. 판은 참으로 가소로운 얘기지만 좋을 대로 해보시라는 듯 피식 웃는다.

「이곳과 산꼭대기 사이는 천 길 협곡이 가로막고 있지. 거기를 통과할 수 있는 장소는 단 하나뿐이고, 숲 한가운데 울창한 나무들로 숨겨져 있는 곳이야. 우리의 도움 없이는 절대 찾을 수 없지. 숲은 엄청나게 넓기 때문에, 장담컨대 당신들은 1년 뒤에도 여전히 찾아 헤매고 있을걸.」

「그러니까 우릴 좀 도와 달라고요!」

에드몽 웰스가 답답하여 소리친다.

「에, 그러니까…… 여러분은 우리 아에덴에 다음과 같은 일종의 전통이 존재함을 알고 계실 거요. 즉, 우리는 〈나아가고, 시련에 부딪히고, 그 시련을 뛰어넘고, 또다시 나아가기〉를 계속한다오. 그런데 이 시련이란 것은 매번 한층 더 어려워지지. 그리고 매번 이제는 너무 힘들어서 더 이상 전진하기란 불가능하다는 생각이 들기도 하고. 그러나 그럼에도 우리는 시도를 해보고, 때로는 성공하기도 해요. 평범한 얘기 같지만 이게 바로 삶의 법칙이라오. 우리는 나아가고, 성장해야 하지. 그리고 이를 위해서는 장애물에 부딪쳐야 해. 왜냐하면 그 장애물을 통과하기 위해서는 우리 자신을 뛰어넘어야만 하니까…… 스스로를 넘어설 때만 성장할 수 있으니까…… 그리고 이 세상에 통과하지 못할 장애물이란 없는 법이지.」

「그렇게 말을 빙빙 돌리지 말고 본론으로 들어갑시다. 그러니까 당신은 두 번째 산의 정상에 살고 있는 위대한 신이 누구인지 알고 있다는 얘기입니까?」

오르페우스가 묻는다.

「하지만 각각의 시련은 바로 다음에 이어지는 것만을 밝혀 줄 뿐이오. 다시 말해서 하나의 시련을 통과했다 하여 곧장 결승점에 이르지는 않는단 말이지. 그건 너무 빨라요. 아시오? 즐거움은 결과가 아닌 과정에 있다는 사실을?」

그는 자신의 표현이 자못 만족스러운 듯 가는 턱수염을 쓸어내린다. 내가 나선다.

「좋습니다! 자, 그럼 괴물을 한 마리 보내 주세요. 우리가 한번 해치워 볼 테니까요. 그러지 않아도 여기 오기 전에 초대형 해파리 한 마리를 죽인 터라 워밍업은 충분히 돼 있어요.」

「내가 내놓을 시련은 괴물이 아니야.」

목신은 아프로디테를 지긋이 바라보면서 다시금 수염을 쓰다듬는다.

「그 시련인즉슨, 아니 이 경우에는 시험이 되겠지만……〈난 네 수염을, 넌 내 수염을 잡고 먼저 웃는 사람이 지는 거다!〉 시합이오.」

「〈난 네 수염을, 넌 내 수염을 잡고〉? 그건 유치원 오락 시간에나 하는 애들 장난 아닙니까?」

오르페우스가 어안이 벙벙하여 묻자 산양 몸 사내의 얼굴에서 미소가 싹 가신다.

「우리 사티로스들은 섹스와 유머를 좋아하오. 그것은 애들 장난이 아니라 세상에서 가장 심각한 가치들이오!」

「만일 우리가 이기면?」

에드몽 웰스가 묻는다.

「산에 올라갈 수 있는 유일한 통로로 안내해 주겠소.」

「만일 우리가 지면?」

「여러분은 사티로스가 되어 나와 함께 지내야 하오. 사랑의 신만은 예외고. 그녀의 모습은 숭엄하므로 변할 수 없기 때문이지. 하지만 그녀는 내 성적 노예가 될 거요.」

나는 패배하고 난 뒤의 내 꼴을 잠시 상상해 본다. 산양 다리를 하고 서서는 어디 만지작거릴 아가씨들이 지나가지나 않나, 혹은 말을 따라 해보게 누군가가 입을 열지 않나 하고 기다리고 있는 모습, 내 존재의 말년치고는 좀 갑갑하지 않을까 싶다.

「왜 이런 시험을 내는 거죠?」

에드몽 웰스가 목신을 대신하여 대답해 준다.

「아에덴의 어디에서도 마찬가지이지만 이곳에서도 신화적 존재들은 까마득한 옛날부터 존재해 왔기 때문에 몹시 지루해하고 있어. 그래서 그들에게 〈방문객들〉이란 그들을 재미있게 해줄 수 있는 참신한 존재이지.」

「얼쑤! 제대로 설명하고 있군!」

판이 장단을 맞춘다. 에드몽 웰스가 설명을 계속한다.

「약간은 휴양지하고 같은 상황이야. 그곳의 관리인들은 서로가 서로를 너무도 잘 알고 있어. 그렇기 때문에 몹시도 지루하지. 그런데 관광객들이 찾아와 이런 단조로운 일상에 변화를 가져다주는 거야. 생각해 봐. 수천 년 동안 이어져 내려온 일상이니 얼마나 지겹겠어?」

판이 말한다.

「바로 그거야! 그게 신들의 문제이지. 죽지 않는다는 건 좋은 거야. 하지만 결국에는 지겨워지지. 그런데 다행스럽게도 당신네 같은 사람들이 가끔씩 찾아와 우리를 놀라게 해준단 말씀이야. 자, 나를 놀라게 해보시오. 그럼 여러분은 이곳을 통과하여 계속 길을 갈 수 있고, 심지어는 내 도움까지 얻을 수 있어. 자, 그럼 누가 나하고 〈난 네 수염을, 넌 내 수염을 잡고〉 시합을 하실 생각인가?」

「내가 하겠어. 패배할 경우 가장 많은 걸 잃게 될 사람은 나니까, 꼭 내가 하고 싶어.」

아프로디테가 나선다. 하지만 나로서는 그녀가 이 힘든 싸움을 떠맡는 것을 보고만 있을 수는 없다. 그래서 나는 멍청한 말을 내뱉고 만다.

「아뇨, 내가 하겠어요.」

그리고 내 동반자의 마음을 돌리기 위해 하지 말아야 할 거짓말까지 한다.

「난 랍비 프레디 메예르의 유머를 모두 기억하고 있어요. 그러니 내게는 쉬운 게임이 될 거예요.」

판 신은 나를 지긋이 쳐다보더니, 이렇게 선언한다.

「좋아. 우리 내일 대결을 벌이지. 우선은 모두들 휴식을 취하시오. 보아하니…… 몸에 힘이 한 방울도 남아 있지 않은 것 같소.」

그는 친절하게도 감초 맛이 나는 아몬드 유액을 다시 따라 주고, 우리는 아주 맛나게 마신다. 모두가 몹시 시장한 데다가 음료가 걸쭉한 것이 영양분이 풍부해 보이므로 정신없이 들이켠다.

사티로스들의 왕을 계속 쳐다보고 있던 나는 한 가지 질문을 한다.

「한 가지 궁금한 점이 있어요. 왜 당신의 사티로스들은 항상 말을 따라 하는 거죠?」

「아, 그거? 따라 하기는 내가 870년 전에 생각해 낸 아주 오래된 개그지. 한번 해보니까 재미가 있었는지 계속 저러고들 있는 거요. 하지만 당신이 그렇게 말하니 아닌 게 아니라 이 말장난은 좀 진부하다는 생각이 드는구면. 그래. 이젠 바꿔야겠어. 내일 새로운 훈령을 내려, 앞으로 남의 말을 따라 하는 일은 없도록 하겠소.」

사티로스의 왕은 턱수염을 쓰다듬으며 잠시 무언가를 생각한다.

「대신 다른 말장난을 하나 찾아내야 할 것 같아. 내 백성들이 따라 하기 개그를 박탈당한 삶을 못 견뎌 할 테니 말이야…… 옳지, 이렇게 해야겠어. 말끝마다 〈○○에 털 났네!〉하는 말을 각운처럼 붙이는 거야. 예를 들어 〈코에 털 났네!〉라는 식으로.」

「하지만 그것도 아이들에게나 어울리는 유치한 장난 아닌가요?」

오르페우스가 토를 단다.

판은 노여움에 이글거리는 눈을 하고 벌떡 일어선다.

「물론이지! 유머는 애들 장난이야. 하지만 난 이 나라 왕이고, 〈애들 장난〉 하는 게 내 맘에 드는데 당신이 어쩔 거요? 이빨에 털 났네!」[11]

나는 더 이상 사티로스들의 왕의 성미를 건들지 말라고 오르페우스에게 신호한다.

에드몽 웰스는 호기심 어린 표정으로 이렇게 묻는다.

「당신은 그렇게나 유머를 좋아하십니까?」

「말했잖소, 섹스와 유머는 우리의 종교라고. 내가 얼마나 유머를 좋아하는지 알고 싶소? 자, 방금 여러분이 아주 맛나게 먹은 그 음료가 뭔지 아시오?」

---

11 판의 대사에 해당하는 프랑스어 원문은 이렇다. 〈Bien sûr! L'humour c'est un truc d'enfant mais je suis le roi et cela me plaît de faire des 《trucs d'enfant》! Poil aux dents!〉여기서 앞 문장을 끝맺는 단어는 enfant(발음은 〈앙팡〉이고 뜻은 〈아이〉)이고, 그다음 문장의 마지막 단어는 dents(발음은 〈당〉이고 뜻은 〈이빨〉)이다. 즉, 두 단어는 〈앙〉이라는 공통된 소리로 각운을 이루고 있는 것이다. 이처럼 판과 사티로스들이 행하는 이 말장난은 앞 문장의 마지막 음절의 음과 운이 맞는 단어(손 mains, 신경 nerf, 궁둥이 derrière 등)를 사용하여 〈○○○에 털 났네!〉라는 아무 의미 없는 우스갯소리를 말끝에 붙이는 것이다.

「글쎄요…….」

「산양의 정액!」

우리 모두가 일제히 웩웩 구역질을 하고 있는 가운데, 그는 장난기로 반짝이는 눈을 하고서 덧붙인다.

「……손에 털 났네! 우헤헤헤헤! 그러게 내가 말했잖아, 〈섹스, 그리고 유머〉라고!」

판이 손뼉을 치자 한 무리의 여인들이 나타나 우리를 나뭇가지에 걸려 있는 둥지들로 인도한다. 우리의 객실인 셈이다.

나는 두툼하고 푹신푹신한 매트리스가 깔린 커다란 목재 침대가 있는 방을 아프로디테와 함께 사용한다.

식탁에는 음식과 음료 몇 가지가 놓여 있지만 손을 댈 엄두가 나지 않는다. 또다시 고약한 취향의 장난질에 걸려들까 두려워서다.

나는 배낭에서 18호 지구가 담긴 궤짝을 꺼내어, 여기까지 운반해 오면서 상한 데라도 없는지 확인해 본다.

「아직도 그 여잘 생각해?」

아프로디테가 쌀쌀맞게 묻는다.

「그 여자 이름은 델핀이에요.」

「뭐, 아주 쬐그맣겠지. 몇 미크론 정도나 돼? 양탄자 속에 기어 다니는 진드기보다도 작을 테지.」

「중요한 건 크기가 아니에요.」

멀리서 누군가가 팬파이프를 불고 있다. 우수에 젖은 유려한 가락이 듣는 이의 심금을 울린다. 그 가락에 화답이라도 하는 듯 오르페우스는 구현금을 쓰다듬더니 단순하면서도 감미로운 가락을 연주하기 시작한다. 이렇게 두 음악가는 멀리 떨어져 대화를 나눈다. 악기를 통하여 각자의 문화를 그 어떤 말보다도 정확하게 표현해 내고 있는 것이다.

이따금 팬파이프의 가락은 고양되며 한층 드높은 아름다움에 도달한다. 이에 따라 오르페우스의 구현금 소리도 강렬해진다.

에드몽 웰스의 한 구절이 생각난다. 〈삶의 의미는 아름다움의 추구에 불과한 것인지도 모른다.〉

이제 두 악기는 같은 가락을 연주하고 있다. 이런 생각이 떠오른다. 문명들 간의 대화 역시 이렇게 시작되어야 하지 않을까? 유리 세공품이나 황금을 교환하기 전에, 서로에게 볼모를 보내기 전에, 누가 힘이 더 센지 가늠하려고 맞붙어 싸우기 전에, 먼저 음악을 함께 연주해야 하지 않을까?

다른 팬파이프들이 첫 번째 팬파이프의 연주에 합류한다. 오르페우스의 신묘한 재능에 다른 음악가들도 그와 함께 대화할 마음이 일었나 보다.

그렇게 얽혀 드는 가락들은 하나의 교향악을 이룬다.

나는 창문을 통해 검은 하늘에 떠 있는 두 개의 달을 올려다본다.

아프로디테는 위쪽의 비키니를 풀어 눈부신 가슴을 드러낸다. 그녀는 내게 몸을 밀착해 오면서 음란한 춤을 추자고 청한다. 사방에 귀뚜라미들의 합창이 요란한 가운데 멀리서 음악 소리가 들려오고 있다. 몹시 후덥지근한 밤이다. 그녀가 속삭인다.

「난 너를 원해. 내일 나는 산양의 소유가 될지도 모르는 일, 오늘이 마지막 밤이 될지도 모르잖아.」

그녀의 논리가 그럴싸하게 들린다. 우리는 오랫동안 춤을 추고, 나중엔 둘의 몸이 땀으로 번들거린다. 우리의 입과 손은 서로를 찾고, 그녀는 내 머리를 자신의 황금빛 머리칼에 깊숙이 파묻는다. 그녀의 두 눈은 별처럼 반짝인다.

문득 델핀이 우리를 볼지도 모른다는 생각에 나는 반사적으로 큰 보자기를 하나 집어 18호 지구를 덮는다.

아프로디테가 그 위에다 쿠션을 하나 더 올려놓는 것을 보면서 나는 멍청하게도 신소리를 지껄인다.

「그렇게 하면 행성 안이 몹시 후끈해지겠는걸요.」

우리는 웃음을 터뜨리고, 그렇게 하여 마지막 남은 긴장의 끈이 풀어져 버린다. 그녀는 나를 침대 위에 넘어뜨리고 내 배 위에 말 타듯 걸터앉고는 나의 남은 옷들을 벗기려 든다.

우리의 두 입이 서로 부딪히고, 혀가 서로의 입 속으로 깊이 잠겨 들어감에 따라 우리의 숨결 또한 급해진다.

에라, 모르겠다! 어쨌거나 이 여자는 만인이 선망하는 〈사랑의 신〉 아닌가?

나는 나 자신에게 변명하듯 속으로 이렇게 중얼거린다. 동시에 내일 대결에서 패배하여 나 자신이 산양으로 변할지 모른다는 강박 관념이 내 열정의 불길을 지핀다.

우리는 기계적으로 행위를 시작한다. 하지만 이내 그것은 격렬해지고, 열렬해지고, 마침내는 이것이 마지막 섹스인 것처럼 절망적인 몸부림이 된다. 그녀는 쾌감이 온몸에 차오름에 따라 여러 차례 울부짖는다. 오르가슴을 알기 위해서는 너희들 도움이 전혀 필요 없다는 걸 사티로스들에게 보여 주고 싶기라도 한 모양이다.

「나, 정말로 널 사랑하고 있는 것 같아.」

그녀가 속삭여 온다.

「내일의 시합을 위해 농담 연습이라도 시켜 주려는 건가요?」

「아냐. 지금만큼 심각하게 말해 본 적은 없었어.」

「그렇다면 당신을 위해서라도 내일 웃기려고 애써 보겠어요.」

「네가 성공하리라고 확신해. 어쨌든 우리에겐 다른 선택이 없어. 웃기든지 아니면 시간이 끝날 때까지 여기 갇혀 있든지, 둘 중 하나니까.」

〈웃겨라, 그러지 않으면 죽으리라……〉 이 문장처럼 두려운 말도 없다는 생각이 든다. 갑자기 여러 장소, 여러 시대에 존재했던 코미디언들에게 공감을 하게 된다. 그들이 무대에 오를 때 느꼈을 그 비장한 감정이 가슴 깊이 이해되는 것이다.

저 멀리에서 오르페우스의 구현금과 팬파이프들이 계속하여 밤을 채워 가고 있을 때, 아프로디테와 나는 작은 몸을 서로에게 꼭 붙이고서 혼곤한 잠에 빠져든다.

내가 모르는 사이에 18호 지구를 덮고 있던 쿠션이 보자기와 함께 흘러내린다.

68. 백과사전: 웃음

웃음은 뇌에서 발생하는 사고에 의해 촉발된다.

좌뇌는 감각이 받아들이는 괴상하거나 역설적인 정보를 소화하지 못한다(좌뇌는 계산하고 추론하는 논리적 기능을 담당한다). 허를 찔린 좌뇌는 즉시 고장 상태에 빠지며, 받아들인 이질적인 정보를 우뇌에 보낸다(우뇌는 직관적, 예술적 사고를 담당한다). 이 정체불명의 소포를 받게 된 우뇌는 순간적인 전류를 보내어 좌뇌의 활동을 정지시키는 한편, 그 사이에 자신은 이 정보에 대해 개인적이고도 예술적인 설명을 시도한다.

평소에는 항상 깨어 있는 좌뇌의 순간적인 활동 정지는 즉시 대뇌의 이완과 엔도르핀(이 호르몬은 사랑의 행위를 할 때도 나온다)의 분비를 초래한다. 역설적인 정보가 좌뇌에게 거북하게 느껴질수록 우뇌는 더 강한 전류를 보내게 되고, 엔도르핀의 분비량은 더욱 많아진다.

동시에 이질적인 정보가 야기하는 긴장 상태로부터 몸을 보호하기 위한 안전 메커니즘으로서, 온몸이 몸의 긴장 완화에 참여한다. 허파는 공기를 체외로 세차게 배출하기 시작하는데, 이것이 웃음의 〈신체적〉 과정의 시작이라 할 수 있다. 이어 광대뼈 근육 및 흉곽과 복부의 단속적인 움직임으로 몸은 수축과 이완을 반복한다. 몸의 더 깊은 곳에서는 심장 근육과 내장이 경련을 일으킴으로써 일종의 체내 메시지를 발출하여 복부 전체의 긴장을 푼다. 이 이완이 심하면 때로는 괄약근까지 풀어지게 된다.

요약하자면, 우리의 정신은 역설적 혹은 이질적인 성격의 뜻밖의 정보를 소화할 수 없으므로 스스로의 활동을 정지시킨다. 즉 〈고장〉 상태로 들어가는 것이다. 그런데 이 사고는 가장 기묘한 쾌락의 원천이 된다. 더 많이 웃을수록 우리의 건강은 더 좋아진다. 이 활동은 노화를 늦추고 스트레스를 감소시켜 준다.

에드몽 웰스, 『상대적이며 절대적인 지식의 백과사전』 제6권

69. 웃음의 진검 승부

팬파이프 하나가 노래하고 있다.
팬파이프 둘이 노래하고 있다.
그리고 수백의 팬파이프가 함께 노래하고 있다.

나는 눈을 뜬다. 언제부터인가, 잠에서 깨어날 때마다 나는 이렇게 자문하곤 한다. 〈이 눈꺼풀의 커튼 뒤에서 난 어떤 세계를 발견하게 될까?〉

나는 쿠션을 얼굴 위에 올려놓고 다시 잠이 든다. 이렇게 두 번째 잠에 빠져들 때 느껴지는 즐거움은 말로 표현할 수가 없다. 그 순간 무언가 금지된 것에 몸을 맡긴다는 기분이 들기 때문이다. 이런 야릇한 기분은 어렸을 때의 경험에서 기인한 것인지도 모르겠다. 학교가 가기 싫을 때면 나는 잠을 자는 척했다. 부모님들이 내 잠을 방해하는 걸 포기하기를 기대하면서 말이다.

두 번째 꿈에서 나는 1호 지구의 소녀 은비를 본다. 내가 텔레비전을 통해 지켜보곤 하던 그 소녀이다. 그 예쁜 소녀는 한 자 한 자 또박또박 발음하며 내게 뭔가를 말하고 있다. 그녀는 이렇게 말한다.

〈제1세계, 현실.

제2세계, 꿈.

제3세계, 소설.

제4세계, 영화.

제5세계, 컴퓨터 속의 가상 세계.

제6세계, 천사들의 세계.

제7세계, 신들의 세계.

제8세계, 제우스의 세계.

여기에 당신이 모르는 또 다른 차원도 있어요. 제9세계, 바로 창조자의 세계지요.〉

소녀가 무언가를 말해 주는데 잘 알아들을 수가 없다. 소녀는 내게 애타게 말한다. 〈세어 봐요! 제발 숫자를 세어 보

라고요! 세어 보면 이해할 수 있을 거예요.〉

그런 다음 그녀는 하늘에 어마어마하게 커다란 라자냐가 나타나게 한다. 여러 개의 층이 켜켜이 겹쳐져 있는 그 라자냐의 각 층은 저마다 하나의 세계이며, 그 각 세계의 층마다 숫자가 매겨져 있다. 은비는 이렇게 덧붙인다.〈당신이 이 거대한 라자냐에서 나오면 시간과 공간은 더 이상 존재하지 않아요. 지금 당신은 있는 곳은…….〉그녀는 다시 무언가를 말하지만 나는 여전히 이해할 수가 없다. 그러자 그녀는 애가 타서 이렇게 반복한다.〈아직도 이해 못 하겠어요? 지금 당신이 있는 곳은…….〉

다시금 그녀는 여러 개의 층이 겹쳐져 있는 라자냐를 가리켜 보인다.

「그래. 내가 있는 곳이 라자냐야?」

「아니에요. 더 자세히 살펴봐요. 눈을 올려 보라고요. 그리고 세어 봐요. 여기저기 숫자가 적혀 있잖아요. 그걸 보면 알 수 있잖아요. 지금 당신이 있는 곳은…….」

「어디라고?」

그녀는 입을 크게 크게 벌려서 대답해 주지만 난 여전히 잘 들을 수가 없다. 다음 순간 나는 문들이 줄줄이 나 있는 복도에 서 있는 그녀를 발견한다. 나는〈현실〉이라고 쓰인 첫 번째 문을 열고, 그 안에 내가 인간이었을 때 아내였던 로즈가 있는 걸 본다. 그녀는 타나토노트 시절에 우리가 살던 옛 아파트 안에 있다. 그녀는 이렇게 말한다.〈우리 모두 바보들에 맞서 싸우자.〉두 번째 문을 열어 보니, 거기에는 내가 천사였을 때 맡았던 인간 여자인 비너스가 보인다. 그녀는 1호 지구 캘리포니아의 한 빌라에 머물고 있다. 그녀는 이렇게 말한다. 〈더 멀리. 항상 더 멀리.〉 나는 세 번째 문을 열고, 그 안에서 프랑스군에 의해 처형되기 전 재판을 받고 있는 마타하리의 모습을 본다. 그녀는 이렇게만 말한다. 〈내게는 항상 말을 많이 해주고, 시시때때로 물을 뿌려 주어야 해.〉 네 번째 문을 연다. 거기에서는 델핀이 이렇게 말하고 있다. 〈수가 많다고 해서 틀린 것이 옳은 것은 아니야.〉 다섯 번째 문을 연다. 라울이 나타나 이렇게 말한다. 〈내가 너보다 먼저 거기 도착할 거야.〉 여섯 번째 문. 거기에는 어전에서 이렇게 말하는 판이 보인다. 〈사랑을 검으로, 유머를 방패로 하겠다고?〉 그는 조롱하는 듯한 미소를 짓더니 이렇게 덧붙인다. 〈그래, 그 방패가 제대로 견디는지 한번 보지! 내 검은 항상 서 있단 말씀이야.〉 그러고는 하복부로 음탕한 몸짓을 해 보인 다음 한쪽 눈을 찡끗하며 이렇게 마무리한다. 〈두……피(頭皮)에 털 났네!〉 그리고 또 다른 문을 열어 보니 지금까지 나타났던 이들이 모두 모여 아까 했던 말을 반복하고 있다. 〈내가 너보다 먼저 거기 도착할 거야〉, 〈사랑을 검으로 유머를 방패로 하겠다고?〉, 〈더 멀리, 항상 더 멀리〉, 〈아니, 이건 라자냐가 아니에요, 이건 하나의……〉 그리고 은비가 문장을 끝내려 할 때마다 나는 마지막 단어를 알아듣지 못한다. 델핀이 나를 도와주려 은비가 했던 마지막 단어를 반복해 말해 주지만 여전히 들리지 않는다. 이에 나는 18호 지구의 그래픽 디자이너에게 몸을 돌리고 부탁한다. 〈전혀 안 들려. 대신 그림으로 그려 봐.〉 그러자 그녀는 뭔가를 그려 보이는데, 층층이 포개어진 우주들처럼 보이는 이미지이다. 층에는 각기 숫자가 매겨져 있다. 〈세어 봐요! 제발 세어 보라고요!〉 〈됐어! 이젠 더 이상 못 견디겠어!〉 나는 꿈속에서 외친다. 〈나를 안아

줘. 날 안아 달라고.〉

나는 내가 현실 속에서 말하고 있으며, 이 현실 속에서 아프로디테가 나를 꼭 끌어안고 있음을 알아차린다.

나는 눈을 뜨고 흠칫 몸을 뒤로 뺀다.

「나한테 안아 달라고 그랬잖아.」

그녀가 놀라며 말한다.

「미안해요. 악몽을 꿨어요. 정확히 말하자면…… 잘 이해가 되지 않는 꿈이었어요.」

「무슨 꿈이었는지 얘기해 봐.」

「몰라요. 잊어버렸어요.」

「그래. 꿈이란 날아가는 새 같은 거니까. 날아가 버리기 전에 빨리 날개를 잡아야 하지.」

그녀는 이해할 수 있다는 듯 고개를 끄덕인다.

나지막한 탁자에 누군가가 아침을 차려 놓았다. 각종 열매, 포도, 사과 주스와 흡사한 투명한 음료, 그 밖에 괴상하게 생긴 과일들이 있다. 이 모든 것들의 중앙에는 대가리는 성한 모습 그대로 구운 고슴도치와 다람쥐 요리가 놓여 있다.

나는 서랍장을 열고 이 두 시체를 집어넣은 다음, 아프로디테와 함께 과일을 먹기 시작한다.

「자기 오늘 웃겨야 하는 거 알지? 그래, 농담들은 모두 기억하고 있어?」

그녀가 오늘의 대결을 상기시켜 주며 묻는다.

「필요할 때 다 생각날 거예요.」

나는 마치 대입 자격시험 준비생처럼 슬그머니 즉답을 피한다.

「자, 먹어. 먹어 둬야 힘을 내지.」

「그런데 이 안에 샤워실은 없나요? 이런, 세면대도 없 잖아?」

창가로 가서 밖을 내다보니 나무들만큼이나 큰 나뭇가지 들 사이로 조그만 폭포 하나가 보인다. 이 거대한 나무 도시 의 꼭대기에 위치한 수조에서 공급되는 물이리라.

우리가 그리로 가서 샤워를 하고 있으려니 원주민들이 히 죽거리며 구경을 한다.

「그렇게 할 일들이 없어?」

아프로디테가 짜증을 내며 소리친다.

「그렇게 할 일들이 없어?」

한 꼬마 사티로스가 그녀의 말을 반복하자, 녀석의 어미 가 즉시 달려와 꾸짖는다.

그러자 녀석은 정신을 차리고 다시 말한다.

「그럼…… 이렇게 해야 해? 신경에 털 났네? 저렇게 신경 질을 부려 대니까?」

사티로스들은 개그 생활에 대한 새로운 훈령을 받은 것 이다.

한 녀석이 〈궁둥이에 털 났네〉 혹은 〈지구에 털 났네〉가 더 낫지 않으냐고 묻는다. 하지만 다른 녀석들은 그 제안은 별 로 마음에 들지 않는 듯 〈신경에 털 났네〉 쪽의 손을 들어 준다.

그들이 정말로 말 따라 하기 놀이를 870년 동안 해온 것이 맞다면, 이번 변화는 그들에게 엄청난 정신적 충격을 안겨 주었으리라. 그리고 그들은 또 870년 동안을 이 유치하기 짝 이 없는 개그를 반복하며 살아가게 되리라.

방에 돌아오자 아프로디테는 마치 이곳을 여러 번 와본 사람처럼 서슴없이 벽장문을 열고서는, 비치되어 있는 깨끗하고 뽀송뽀송한 녹색 튜닉을 두 벌 꺼낸다.

그녀는 한 벌을 걸치고 내게도 입으라고 한 벌을 건넨다.

오르페우스, 오이디푸스, 에드몽 웰스가 우리 방으로 찾아온다. 그들도 하나같이 녹색 튜닉을 걸치고 있다. 모두가 그렇게 초록 일색으로 옷을 입은 모습은 〈숲 사나이〉 로빈 후드의 무리를 방불케 한다.

「준비됐어?」

에드몽 웰스가 묻는다.

「시간이 얼마나 남았죠?」

「한 시간.」

나는 재빨리 배낭에서 〈더 나은 세계가 올 때까지 이 세계를 견뎌 내기 위한 유머집〉이라는 제목의 프레디 메예르의 책을 꺼낸다.

나는 책 내용을 여러 번 훑어보기도 하고, 시험을 앞둔 학생처럼 큰 소리로 되뇌어 보기도 한다.

「되도록 간단한 것들을 골라. 짧을수록 실수할 위험이 적으니까.」

「판을 과소평가하지 말게. 어제도 봤잖아? 그가 어떻게 그 허연 음료로 우리에게 한 방 먹였는지.」

오이디푸스의 말을 들으니 판의 그 〈유머〉의 찝찔한 뒷맛이 아직도 입 속에 느껴지는 듯하다.

「맞아. 우리의 적수를 과소평가해서는 안 되겠어. 특히나 이 분야는 그들 문화의 일부분이니만큼……. 〈섹스와 유머〉 말이야.」

에드몽 웰스도 고개를 끄덕인다.

이 말을 그들의 문화에 대한 칭찬으로 이해해야 하는 것인지, 얼른 분간이 가지 않는다.

「물론 유머가 그들의 전유물은 아니야. 유머란 각 민족의 문화와 연결되어 있는 상대적인 것이기도 하니까. 그런데 말이야, 전 세계 모든 문화권에서 통하는 개그가 딱 하나 있어. 그게 뭔지 알아?」

「어떤 사람이 넘어져서 코를 땅바닥에 처박는 거?」

「아니, 개가 방귀 뀌는 거.」

오이디푸스가 답을 말해 주고, 나는 실망하여 탄식한다.

「아무튼 충고 고마워요. 도움이 많이 된 것 같네요.」

나의 네 동료는 감독이 권투 선수에게 하듯 나를 둘러싼다.

「상대의 의표를 찔러야 해.」

「말에 적절한 억양을 줘. 익살극을 하고 있다는 걸 잊지 마. 각 인물마다 다른 목소리를 내야 해.」

「무엇보다도, 웃기는 말을 해놓고 자기가 먼저 웃으면 절대로 안 돼. 아무리 우스워도 표정이 변하면 안 된다고.」

다시금 저쪽 나뭇잎이 우거진 곳에서 팬파이프 합주 소리가 들려온다.

「자, 가자! 시간이 됐어.」

시합은 숲속의 호수 위에서 열린다. 판의 궁전 위쪽, 가지들이 갈라지는 지점에 움푹하게 파인 곳이 있는데, 여기에 물이 괴어 형성된 거대한 웅덩이가 바로 그 호수이다.

누군가가 경기자들에게 유머를 슬그머니 알려 주는 부정행위를 방지하기 위해 사티로스들과 내 동료들은 호수 주위에 빙 둘러선다.

보다 흥미진진한 시합을 위하여 우리 둘은 호수 위에 걸쳐 놓은 기다란 각목 위에 균형을 잡고 선다.

한 사티로스 소녀가 팬파이프를 불어 경기 시작을 알린다.

판과 나는 서로의 턱을 붙잡는다. 난 그의 턱수염을 잡고 있다.

그는 처음에는 아무 말도 않고서 야릇한 눈빛으로 나를 빤히 쳐다보기만 한다. 그러다가 별안간 혀를 쑤욱 내민다. 난 뜻밖의 공격에 몹시 당황하지만, 패배할 경우 내가 받게 될 형벌에 온 정신을 집중한다. 지금 웃어 버리면 어떤 결과가 오는가? 난 산양으로 변신하고, 델핀과 아프로디테, 그리고 내 친구들과 내 백성 전체를 잃게 될 것이다.

절대로 웃으면 안 돼!

그는 다시 괴상망측한 표정을 몇 번 더 지었다가 효과를 보지 못하자 이번에는 말로 공격을 계속한다.

「소 두 마리가 들판에서 풀을 뜯고 있었어. 한 녀석이 이렇게 말했지. 〈이것 봐, 요즘 뉴스 들었어? 자넨 걱정도 안 되나? 광우병이 돌고 있대. 소들이 미쳐 간다는구면.〉 그러니까 다른 녀석이 이렇게 대답하는 거야. 〈아니, 난 관계없어. 왜냐면 난…… 토끼거든!〉」

운 좋게도 이 우스갯소리는 프레디 메예르의 유머집에 들어 있는 거였다. 이미 알고 있는 유머이므로 큰 충격 없이 받아들일 수 있다. 내 얼굴은 돌부처처럼 변화가 없다.

마치 권총 대결을 하듯 그가 먼저 쏘았다. 그러니 이번에는 내가 쏠 차례이다. 그가 짧게 시작했으니 나도 짤막한 것으로 한 방 날려야겠다. 그리고 그와 같은 영역에서 한번 놀아 보리라.

「토끼 두 마리가 포커를 치고 있었죠. 갑자기 한 마리가 들고 있던 카드를 방바닥에다 집어 던지더니 소리쳤어요. 〈아, 이젠 다시는 너랑 카드 치지 않을 거야. 왜 속이냐고! 네가 클로버를 다 씹어 먹어 버렸잖아!〉」

그는 미소만 더욱 크게 지을 뿐 자신을 완벽히 제어한다. 그리고 다시금 내게 혀를 쑥 내민다.

내 동료들은 불안해진다. 내가 상당히 끈질긴 적수를 만났음을 깨달은 것이다. 판이 말한다.

「자, 이젠 다시 내 차례야. 한 새끼 키클롭스가 제 아빠한테 말했어. 〈아빠! 왜 우리는 눈이 하나밖에 없어?〉 아버지는 못 들은 척하고, 읽고 있던 신문에서 눈을 떼지 않았어. 하지만 꼬마 키클롭스는 같은 질문을 되풀이했어. 〈아빠, 왜 우리는 눈이 하나밖에 없어? 학교에 가보니까 모두가 눈이 두 개인데 나만 하나더라고.〉 그러자 아버지는 화를 내며 말했어. 〈아유, 정말 귀찮게 하네! 네가 못 봐서 그렇지 다른 놈들은 불알도 두 쪽이야!〉」

휴우…… 이것도 내가 아는 것이다. 이 농담을 내게 들려준 이는 제우스로, 프레디 메예르가 올려 준 것이라고 했었다. 올림피아의 왕을 만나니까 그래도 이런 이점은 있구나.

다시 내 차례. 그의 농담을 계속 맞받아치자. 이번에도 그가 사용한 소재에 이어서 부자간의 이야기를 하나 해본다.

「빙판 위에서 새끼 곰이 아버지에게 말했죠. 〈아빠, 나 정말 북극곰 맞아?〉, 〈물론이고말고. 왜 그런 질문을 하니?〉, 〈왜냐면, 나 지금 추워.〉」

사티로스들 사이에 웃음이 터져 나오자 판의 얼굴에 동요의 빛이 희미하게 떠오른다. 하지만 그는 잘 참아 넘기고 다시금 반격한다.

「호수에 오리 두 마리가 떠 있었어. 한 녀석이 다른 녀석에게 〈꽉, 꽉〉 하고 말했지. 그러니까 다른 녀석이 이렇게 말하는 거야. 〈야, 정말 희한하다! 나도 지금 그 말 하려고 했는데!〉」

내 뒤에서 누군가가 참지 못하고 큭큭큭 웃음을 터뜨린다. 바로 우리 진영에서 나온 웃음소리다. 오르페우스다. 이런, 조심하지 않고! 웃음에는 전염성이 있다는 사실도 모르시나? 나는 어금니를 꽉 깨문다. 하지만 각목 위에서 균형을 잃고 약간 휘청거리다가, 간신히 몸을 바로 잡는다. 빨리! 계속 공격하자!

「역시 두 오리 얘기예요. 한 놈이 말했어요. 〈꽉……〉 그러니까 다른 놈이 이렇게 대답했죠. 〈너에겐 짜증 나는 점이 하나 있어. 말을 시작하면 끝내는 법이 없더라고, 넌.〉」

사티로스 무리에서 웃음이 터져 나온다. 어떤 녀석은 우스꽝스러운 염소 소리를 내며 웃기까지 한다. 다행히도 우리 둘은 호숫가로부터 충분한 거리에 떨어져 있다. 거리가 좀 더 가까웠더라면 저들의 웃음에 전염되었을지도 모른다.

내 적수의 시선이 반짝거린다. 그의 내부에 동요가 이는 게 느껴진다.

그래, 조금만 더 하면 웃을 것 같아. 이길 수 있어!

판은 다시 새로운 농담을 장전하여 거침없이 쏟아붓는다.

「한 인간이 장의사 앞을 지나다가 장의사 사장에게 말했어. 〈어, 가게를 분홍색으로 다시 칠했네요. 왜 그랬죠?〉 사장이 대답했어. 〈아, 이거요? 젊은 고객층을 좀 끌어 볼까 해서요.〉」

냉정을 유지하자.

당장이라도 터질 듯한 웃음이 가슴속에 차오른다. 나는 각목에서 떨어지지 않으려고 판의 턱수염을 약간 잡아당긴다.

지금 판이 내놓은 유머의 희극적 효과를 한번 분석해 보자. 그것은 죽음과 관계있는 가게와 분홍색과 젊은 고객층이라는 서로 어울리지 않는 요소들의 대비에서 기인한다. 그게 바로 우리의 이성을 흔들어 놓는다.

판은 나의 유머를 기다리고 있다.

빨리 또 하나를 찾아내야 해!

나는 눈을 감는다. 고등학교 철학 시간에 들은 내용을 떠올려 본다. 베르그송의 저서 『웃음』을 가지고 공부했었지. 무엇이 우리를 웃게 하는가? 일상적인 논리에 갑작스러운 단절이 올 때. 뜻밖의 일이 일어날 때……. 나는 다시 공격한다.

「오믈렛 두 개가 프라이팬에서 지글지글 익고 있었어요. 한 놈이 다른 놈에게 말했죠. 〈형씨, 근데 여기 좀 덥지 않수?〉 그러니까 다른 놈이 소리 지르는 거예요. 〈사람 살려! 내 옆에 말하는 오믈렛이 있다아!〉」

내 적수는 설핏 미소를 짓지만, 곧바로 억누르고 제어한다. 그는 바통을 이어받는다.

「멧돼지가 집돼지와 산책하고 있었어. 멧돼지는 잠시 머뭇거리더니 걱정스러운 낯빛으로 이렇게 물었지. 〈그래, 자네가 받고 있는 화학 요법은 잘돼 가고 있나?〉」

나는 이를 악문다. 빌어먹을! 이자는 블랙 유머까지 거침없이 구사한다.

그것도 지독한 블랙 유머이다. 그는 추악한 이야기의 효력을 시험해 보고 있다. 나는 잔인함이 사람들을 웃게 한다는 사실을 잊고 있었다. 일종의 보상 작용으로 웃는 것이다. 하지만 암 이야기를 좋아하는 사람은 그리 많지 않다.

좀 더 가벼운 소재를 택하자.

「사티로스들은 우스갯소리를 해주면 세 번 웃어요. 왜 그런지 알아요?」

그는 눈썹을 찌푸린다. 내 친구들의 가슴에는 희망이 솟는다. 사티로스들을 소재로 한 유머라면 분명 새로운 것일 테니까.

「우스갯소리를 해주면 첫 번째로 웃어요. 그 뜻을 설명해주면 두 번째로 웃죠. 그리고 뒤늦게 그 뜻을 이해하고는 세 번째로 웃는 거죠.」

사티로스 쪽 관중들이 야유를 보낸다. 우리 편의 얼굴에는 실망의 빛이 역력하다. 새로우리라고 기대했던 내 유머가 실은 〈구닥다리〉의 개작에 불과한 것임을 이해했기 때문이다. 미처 예상 못 한 결과이다. 이로써 난 또 한 번의 공격을 실패한 셈이다. 과연 승자는 누가 될 것인가? 긴장감은 극도에 달해 있다. 나는 내 적수가 더욱 강력한 한 방을 준비하고 있음을 느낀다.

「두 아가씨가 얘기하고 있었어. 한 명이 물었지. 〈너 섹스 후에 담배를 피우니?〉 그러자 다른 애가 대답했어. 〈몰라. 본 적이 한 번도 없어서.〉」[12]

<hr>

[12] 프랑스어로 fumer에는 〈담배를 피우다〉와 〈모락모락 김을 내다〉라는 두 의미가 있다. 두 번째 아가씨는 〈넌 섹스 후에 김이 나니?〉라는 의미로 질문을 이해한 것이다.

여성 혐오적 사상이 깔린 마초주의이다. 아까는 블랙 유머를 사용하더니만, 이제는 성 차별주의적 유머로 나온다. 나는 웃지 않고, 그의 전문 영역에서 한판 붙어 보기로 마음먹는다.

「한 금발 여인이 서점에 들어가서 〈책을 한 권 사고 싶어요〉라고 말했죠. 그러니까 역시 금발인 서점 여주인이 물었어요. 〈저자가 누구죠?〉 손님은 대답했어요. 〈오…… 잘 모르겠네요. 한 20센티미터?〉 그러자 서점 주인이 소리쳤죠. 〈아니, 뱅상 누구라고요?〉」[13]

그는 씰룩씰룩 새어 나오려는 웃음을 억누른다.

다시 그의 차례다.

「어떤 친구가 풀장에 갔는데, 관리인이 못 들어가게 하는거야. 그는 왜 그러느냐고 따졌어. 〈당신은 풀장에다 소변을 보니까.〉 〈그래서? 누구나 풀장 물속에서 소변을 보지 않나? 그게 뭐가 잘못된 건지 모르겠군.〉 〈하지만 다이빙대에 서서 소변보는 사람은 당신뿐이잖아.〉」

크게 한 방 맞았다. 하지만 난 곧 반격한다.

「어떤 에스키모가 빙판에 구멍을 뚫고 물고기를 낚으려고 낚싯바늘이 달린 줄을 던졌어요. 그때 갑자기 하늘에서 어떤 목소리가 들려왔죠. 〈이곳에는 물고기가 없다.〉 그는 뒤돌아보았지만 아무도 보이지 않았어요. 그래서 무서워진 그는 좀

---

13 금발 여인을 멍청한 존재로 보는 일반적 편견을 담은 유머다. 손님이 책을 사고 싶다고 하자, 서점 주인이 〈저자가 누구냐Quel auteur?〉라고 묻는데, 이는 〈높이가 얼마냐Quelle hauteur?〉와 음이 같다. 이 말을 책의 높이가 얼마냐고 묻는 것으로 이해한 손님은 〈20센티Vingt centimètres(뱅 상티메트르)〉라고 대답하고, 서점 주인은 이를 사람 이름이라고 생각하여 〈뱅상 누구Vincent qui?〉라고 반문하고 있는 상황이다.

떨어진 곳으로 가서 다시 구멍 하나를 뚫고 낚싯바늘을 던졌어요. 그러자 또다시 그 목소리가 울려 퍼졌죠. 〈말했잖은가? 이곳에는 물고기가 없다고.〉 에스키모는 더듬거리며 말했죠. 〈지금 누가 말하는 거죠? 혹시…… 혹시…… 하느님이신가요?〉 목소리가 대답했어요. 〈아니야. 난 이 스케이트장 관리인이야!〉」

그의 뒤쪽에서 큰 웃음이 터져 나온다. 하지만 그는 꾹 참고 다시 공격한다.

「한 등산가가 크레바스에 빠졌어. 그는 삐죽 나온 바위에 한 팔로 매달려 소리 질렀지. 〈사람 살려! 사람 살려! 여기 사람 떨어져요! 누가 와서 좀 도와줘요! 어서요!〉 이때 멀리서 들려오는 목소리가 있었어. 〈자, 내가 여기 있느니라. 나는 하느님이니라. 나를 믿어라. 그 바위를 놓아도 괜찮다. 내가 절벽 아래에 조그만 쿠션을 하나 깔아 놓을 터이니, 떨어져도 충격이 완화될 것이니라. 자, 나를 믿고 손을 놓아라. 넌 죽지 않고 구원될 것이니라.〉 그러자 등산가는 잠시 망설이더니만 다시 고래고래 외치기 시작했어. 〈사람 살려! 누구 다른 사람 없소?〉」

다시금 금방이라도 터질 듯한 끔찍한 열기가 허파 벽을 간질간질 기어 올라온다. 사실은 벌써 알고 있는 유머였다. 하지만 판의 독특한 말투와 우리의 운명이 걸려 있는 이 특수한 상황이 갑자기 나를 흔들어 놓는다. 다시금 나는 모든 것을 꼭 잠그려고 애쓴다. 엉덩이 근육을 죄고, 온몸에 힘을 꽉 준다. 판 신은 내가 흔들리고 있음을 알아챘다. 그는 내게 찡긋 윙크를 보낸 다음 마무리 펀치를 날린다.

「떨어질 것 같아? 그럼 창조자에게 도움을 청해. 그는 멀리 있지 않으니까.」

그가 두 번째 산을 가리키며 말한다.

웃으면 안 돼. 절대로 웃으면 안 돼.

나는 어렸을 때 경험했던 난처한 순간들을 떠올려 본다. 웃음이 터질 것 같은데 절대로 웃으면 안 되는 그런 때 말이다.

예를 들어 수학 선생님이 가발을 비뚜름하게 쓰고 나오셨던 날. 난 도저히 참을 수 없어서 결국 웃음을 터뜨리고 말았고, 선생님은 방과 후에 학교에 남는 벌을 주셨다.

웃으면 안 된다고!

하지만 웃음을 폭발시켜 버리고 싶은 욕구가 너무도 강하다. 가슴속에 차오르는 이 압력을 지난 며칠 동안 쌓인 스트레스와 함께 시원하게 날려 버리고 싶다.

나는 목구멍에 간질간질 차오르는 이 웃음을 어떤 액체, 강, 혹은 개울의 이미지로 떠올려 그것을 얼려 버린다. 나는 유동적인 웃음을 굳혀 버리기 위해 우울한 생각들을 떠올린다.

나는 텔레비전 프로그램 「언어 깨뜨리기와 골라 모은 삶의 조각들」을 생각한다. 인간이었을 때 겪은 그 괴로웠던 순간들을 말이다. 그때를 생각하니 또 다른 이미지가 떠오른다. 이런! 아르시발드 구스탱이 물고 있던 그 우스꽝스러운 담배 부리이다.

냉정을 되찾으라고! 빨리!

모두가 나를 지켜보고 있다. 오르페우스는 도저히 참지 못하고 큭큭큭 웃음을 터뜨린다. 관중 사이에서는 다른 웃음이 새어 나오고, 그 웃음은 나로서는 참기 힘든 전염 효과를 낸다. 내 뇌 속에 있는 마을의 작은 가옥들이 차례로 불타오른다. 이윽고 큰 화재가 발생한다.

빨리! 비극적인 이미지들을 생각해!

전쟁. 죽음. 원자폭탄. 나는 시체들의 영상을 떠올린다. 시체들이 산처럼 쌓여 있는 학살의 현장. 독재자들. 광신적 신흥 종교의 교주들. 조제프 프루동. 그리고 〈정화자〉.

판 신은 아까의 우스운 대목을 반복한다.

「누구 다른 사람 없소?」

웃음이 터지려 한다. 각목에서 떨어지기 일보 직전이다.

바로 이때 어디선가 무슈론이 불쑥 나타나더니 내 콧잔등이에 내려앉고, 그 바람에 나는 콧속이 간질간질해져서 재채기를 하고 만다.

그렇게 정신이 딴 데로 쏠린 덕에 난 다시 자제할 수 있게 되었다.

나는 상대방에게 혀를 쑥 내밀어 아직 그가 나를 꺾지 못했음을 보여 준다.

그러면서 행운을 가져다준 조그만 거룹을, 이 대결이 끝날 때까지 옆에서 보조해 주기를 기대하면서 내 어깨 위에 올려놓는다.

쉽게 승부가 나지 않자 관중은 술렁대기 시작한다.

빨리 뭔가 다른 것을 찾아내야 한다.

무슈론, 내게 영감을 줘!

나는 잠시 뜸을 들이며 마치 체스 기사처럼 상황을 분석해 본다. 판왕(王)이 웃지 않는 이유는 무엇인가? 내가 하는 유머들을 이미 알고 있기 때문이다. 그는 전 세계의 농담들을 모두 알고 있다. 논리적으로 따져 보면, 수천 년을 살아온 그가 나와는 비교할 수 없이 많은 유머들을 축적해 왔다고 봐야 한다. 따라서 그를 꺾을 수 있는 유일한 방법은 그가 모르는 유머를 내놓는 것이다. 그렇다. 기존의 유머들을 내 삶의 경험과 결합하여 하나의 맞춤형 유머를 만들어 내자. 다시 말해서 개인적인 유머를 생각해 내는 거다. 방금 전 유머에서 판은 1호 지구의 신을 언급했다. 이것이 내게 한 가지 아이디어를 준다. 영감을 얻은 나는 입을 연다.

「이건 자기 행성에 내려온 어떤 신의 이야기예요. 한 사원에 들른 그는 기도를 하고 있는 인간 여자를 만나요. 그녀는 이렇게 옹알옹알 읊조리고 있죠. 〈오, 하나님, 제 기도를 들어주소서…….〉 그는 그녀에게 다가가 이렇게 말해요. 〈더 이상 그렇게 힘들여서 기도할 필요가 없소. 이제 내가 당신 옆에 있으니 나한테 직접 말하면 되오.〉」

나는 효과적인 연출을 위해 코맹맹이 소리가 섞인 델핀의 가는 목소리와 제우스의 굵직한 목소리를 번갈아 가며 흉내 낸다. 사티로스들의 왕의 얼굴에는 흠칫 놀란 기색이 떠오른다. 그렇게 흔들릴 듯한 기미를 보이면서도 그는 이죽거리기 시작한다. 나는 재빨리 말을 잇는다.

「그러고는 신은 이렇게 덧붙이죠. 〈당신의 종교를 만든 이가 바로 나라오!〉 하지만 여자는 조금도 놀라지 않고 이렇게 대답해요. 〈당신이 만들었을지는 모르지만, 당신 자신이 그 종교를 믿을 수 있는 건 아니잖아요!〉」

이번에는 그가 휘청이는 것이 느껴진다. 그의 이죽거림은 웃음을 간신히 참는 표정으로 변한다. 나는 권투 선수처럼 어퍼컷 몇 방을 더 연결한다.

「그러자 신은 말해요. 〈그럼 내…… 종교를 어떤 식으로 믿어야 하는 건지 좀 가르쳐 주겠소?〉」

나는 신의 목소리로는 점점 더 무뚝뚝한 저음을 내고, 여자의 목소리로는 점점 더 가느다란 코맹맹이 소리를 낸다.

「……그러자 그 여자는 이렇게 결론짓죠. 〈그건 어려울 거예요. 당신이 만들었기 때문에 이 종교는 당신에게는 효력이 없어요. 당신은 결코…… 당신 자신에 대해 신앙을 가질 수는 없을 테니까요!〉」

이 대목에서 판 신은 마침내 웃음을 터뜨리고 만다.

그 웃음은 점차로 거세어져서 그는 내 턱을 놓고서 두 팔을 양 옆구리에 붙인 구부정한 자세로 컥컥대다가, 급기야는 각목을 딛고 있던 발굽이 미끄러지고 만다. 균형을 잡으려고 두 팔을 풍차처럼 돌려 보지만 결국 성공하지 못하고 풍덩하고 물에 떨어진다. 차가운 물속에서도 그는 진정하지 못한다. 계속 웃고, 기침하고, 물과 침을 뱉어 내고, 숨이 막혀 캑캑대다가 사방에 온통 물방울을 튀겨 가면서 물속에 잠겨 든다.

나는 물속에 뛰어들어 그의 다리를 붙잡아 둑으로 끌고 나온다. 한 여자 사티로스가 입으로 인공호흡을 하기 위해 그에게 달려들고, 다른 암컷들도 재빨리 그녀의 뒤를 따른다. 그들은 자신들의 우상에게 달려들 수 있는 이런 기회만 노리고 있었던 듯하다. 그는 아직도 물을 뱉어 내며 몸을 일으킨 다음, 나를 쳐다보면서 경련하듯 간헐적인 웃음을 계속 발하고 있다.

「〈당신은 결코…… 당신 자신에 대해 신앙을 가질 수는 없을 테니까요!〉 인간 여인이 신에게 이렇게 말했단 말이지. 〈당신은 결코 신앙을 가질 수 없어요!〉」

그는 내게 손을 내밀고, 나는 악수를 한다.

「브라보! 1 대 0이야.」

「뭐라고요? 1 대 0? 단판 승부잖아요!」

「물론이지, 농담이오. 하하, 이렇게 많이 웃어 본 적이 없었는데. 그래, 약속을 지키지. 내일 아침, 산으로 올라갈 수 있게 해주는 유일한 통로로 여러분을 안내하겠소. 하지만 우선 오늘 저녁은 여러분을 초대해 신나는 잔치를 열겠소!」

그는 집게손가락을 세워 내 가슴팍을 가리킨다.

「자네, 미카엘 팽송! 다른 분들이 뭐 좀 드실 동안 자네와 단둘이서 얘기하고 싶네.」

판은 나를 중앙 나무줄기 쪽으로 데리고 간다. 우리는 줄기 둘레를 빙빙 돌아 올라가는 계단을 오른다. 그렇게 해서 다다른 곳은 굵다란 가지들이 모여 이룬 쟁반처럼 움푹한 분지이다. 거기에는 호수도 없고, 얽힌 가지들 위에 놓인 알 집도 없다. 판 신은 온통 송악 덩굴로 뒤덮여 있는 한 지점으로 향한다. 거기서 어떤 기계 장치를 작동시키니 나무껍질로 된 문이 하나 열리고, 그 속에는 위쪽으로 올라가는 복도가 보인다.

다람쥐 집인가?

판은 가지 속을 파서 만든 작은 방으로 나를 인도한다. 그가 양초에 불을 붙여 둥그런 방의 한복판에 내려놓자 방 안에 있는 물건들이 눈에 들어온다. 식탁 하나, 촛대 하나, 그리고 약 1미터 높이의 작은 세쿼이아 나무가 심겨 있는 화분 하나이다.

「나무 안에 나무가 있네?」

나는 중얼거린다.

「그렇다네. 신 안에 신이 있고, 우주 안에 우주가 있으며, 나무 안에 나무가 있는 법이지. 하지만 이 나무에는 자네의 흥미를 끌 만한 특별한 게 하나 있다네.」

가까이 다가가 보니 열매 대신에 구체 세계와 거의 흡사한 모양의 투명한 구체들이 주렁주렁 달려 있다. 모두가 직경 3센티미터가 넘지 않는 조그마한 것들이다.

「세계들인가요?」

「아냐, 이것들은 아냐. 자네가 올림피아에서 다루었던 것들과 마찬가지로 그림자들일 뿐이지. 진짜 세계를 담은 구체는 매우 드물다네. 따라서 이 구체들은 일종의 관망대를 이룬다고나 할까? 이 하나하나가 입체 텔레비전 화면이니까 말이야.」

더 바짝 다가가 살펴보니 아닌 게 아니라 내가 이미 봤던 행성들이다.

「그런데 판 전하, 왜 저를 여기로 데려왔죠?」

「자네의 그 기가 막힌 농담 때문이지.」

그는 마치 조소하는 것처럼 느껴지는 야릇한 눈빛으로 나를 빤히 쳐다보면서 턱수염을 쓰다듬는다.

「내가 왜 웃음을 터뜨렸는지 아나? 그건 자네가 꺼낸 이야기가 진실임을 금방 알았기 때문이야. 맞아. 자네는 정말로 자네가 통제하던 어떤 행성으로 가서, 자네를 믿는 여신도 중 하나를 만난 거지. 안 그런가?」

「맞아요.」

판은 눈빛이 흐릿해지며 무언가 깊은 상념에 잠긴다. 그러더니 한 손가락으로 수염을 고리처럼 돌돌 말면서 말을 잇는다.

「그런데 그녀가 이렇게 말했다고? 자네가 자기의 신이긴 하지만 신앙은 자기만큼 없다고?」

「바로 그거예요.」

그는 다시 요란스러운 웃음을 터뜨린다.

「맞아, 정말 맞는 말이야! 항상 보면 구두를 수선하는 이들이 가장 형편없는 신발을 신고 다니지. 베토벤이 귀가 멀었듯 말이야. 음악을 창조해 내지만 스스로는 그걸 듣지 못하는 거지. 얼마나 기가 막힌 역설이냔 말이야! 자네도 마찬가지지. 지혜를 만들어 냈지만 자네 자신은 지혜롭지 못해. 또 신앙을 만들어 냈으되 스스로는 신앙이 없지. 얼마나 웃기는 얘기인가! 자, 그 얘기를 자세히 좀 들려줘 보게!」

「그 인간 여자는 〈내〉 종교를 통해 얻은 것을 내게 가르쳐 주기 시작했어요. 명상하고 기도하는 법을 가르쳐 줬죠.」

그는 나를 빤히 쳐다보다가 다시금 풋 하고 웃음을 내뿜는다. 나는 발끈한다.

「아니, 이거 자꾸 그러니까 지금 저를 비웃고 있다는 느낌이 드네요. 아, 정말 화나려고 해요.」

「오, 아냐, 아냐! 정말로 그 상황이 우스꽝스러워서 웃는 거라네. 그러니 부디 그 얘기 좀 계속해 주게나. 너무 재미있어서 그래.」

「그 인간 여자는 내가 자기 신일 수 있다는 사실에 대해서는 이의를 제기하지 않았어요. 대신 내가 내 종교를 진정으로 이해하지 못하여 그 혜택을 누리지 못하고 있음을 지적했죠. 그녀 자신은 열렬한 신앙 생활에 삶을 바쳐 왔기 때문에 내 종교의 힘을 이해하게 되었대요.」

「음, 그거 맞는 말이네……. 그래서 그녀가 자네를…… 개종하려고 한 건가?」

「뭐, 그렇다고 말할 수 있죠. 하지만 그렇게 하려던 차에 이곳으로 다시 불려 온 거죠.」

그는 뭐가 그리 우스운지 발굽으로 방바닥을 딱딱딱 두드려 댄다.

나는 불쾌함을 꾹 참으며 그가 끝낼 때까지 기다린다. 나는 다시 묻는다.

「왜 저를 여기 데려왔냐고요.」

「나를 이렇게나 웃게 해준 것에 대해 고마움을 표하려고.」

그는 몸을 일으켜 내게 앙크 하나를 내민다.

「자, 보게. 이 행성들 중에서 몇 개는 낯이 익지 않나?」

돋보기 역할을 하는 앙크를 통해 들여다보니, 1호 지구가 보이는 것 같다. 또 아틀라스의 지하실에서 얼핏 보았던 다른 지구들도 보인다. 해저 문명이 건설된 지구들, 다른 기술, 다른 윤리, 다른 운송 수단들이 존재하는 지구들이다.

「자, 자네에게 첫 번째 큰 비밀을 알려 주겠네. 잘 들어 보고 내 말의 깊은 뜻을 이해할 수 있으면 이해해 보게나.」

그는 잠시 뜸을 들인 다음 엄숙하게 말한다.

「세계들 사이에는…… 연결 통로들이 존재한다네.」

「연결 통로들이요?」

그는 과일처럼 매달린 구체들을 어루만진다.

「이 모든 지구들은 서로가 비슷비슷해. 저마다 유사한 시공간 안에서 살고 있는 인간형 주민들이 있고. 거기에 대해선 동의하겠지?」

「물론입니다.」

「그러니까 이것들은 일테면 자매 행성들이라고 할 수

있어.」

「대체 무슨 말씀을 하고 싶으신 거죠?」

「자네는 왜 이 지구들의 역사가 서로 비슷한지 궁금했을 거야. 그건 단지 우연의 일치였을까?」

나는 비로소 그가 무엇을 말하고자 하는지 이해하기 시작한다. 그리고 머리가 핑 도는 듯한 현기증을 느낀다.

「또 왜 한 지구에 있는 정보들이 다른 지구에도 있게 되는지 궁금한 적은 없었나? 마치 지구들이 서로 연결되어 있는 것처럼 말일세.」

맞아. 은비는 1호 지구에서 코리안 폭스와 함께 제5세계를 만들었는데, 공교롭게도 18호 지구에도 〈제5세계〉라는 이름의 게임이 존재했어. 또 〈나는 식물과도 같단 말이야. 항상 말을 많이 해주고, 시시때때로 물을 뿌려 주어야 해〉라든가 〈수가 많다고 해서 틀린 것이 옳은 것은 아니다〉처럼, 어떤 문장들은 다른 세계의 다른 상황 가운데서 듣게 되었었고. 그래. 이게 바로 내 꿈의 의미였어. 라자냐의 층들은 서로 연결되어 있었던 거야. 세계들은 연결되어 있었어. 행성들의 역사들은 서로 공명하고 있는 거야.

「그래, 그 연결 통로들이라는 게 정확히 뭐죠?」

판 신은 나무 앞에 서서 손가락으로 가지 하나를 어루만진다.

「우주 전체는 하나의 나무라고 할 수 있어……. 가지들이 이 〈세계-과일〉들을 연결하고 있지. 동일한 수액이 도처에 흐르고 있는 거야. 이 잎사귀들은 빛을 받아들이는 면들이야. 그리고 이 새싹들을 보게. 저마다 크기가 다르지 않나? 큰 놈도 있고 작은 놈도 있지. 그런데 크기가 다른 이 새싹들은 어떤 끈으로 이어지고 있다네. 그 끈이 뭔지 아나? 바로 기도야. 명상이지. 또 시간과 공간을 초월하는 보편적 에너지, 바로 생명이라네.」

이제는 이 산양이 아주 흥미롭게 느껴지기 시작한다. 그는 설명을 계속한다.

「그래서 어떤 사람들은 단지 생각의 힘만으로 자신이 어떤 잎사귀 위에 서 있는지 인식할 수 있게 된다네. 그다음에는 가지들을 타고 올라가 한 면에서 다른 면으로, 한 차원에서 다른 차원으로 건너갈 수 있는 거지.」

라자냐의 한 층에서 다른 층으로 말이지.

현기증은 더욱 심해진다. 나는 좀 앉게 해달라고 부탁한다. 그는 안락의자를 하나 가리킨 다음, 내가 앉자 자기도 나와 마주 보고 앉는다. 내가 묻는다.

「그렇다면 연결 통로들이란…… 몸에서 빠져나와 저승이나 천사들의 나라로 가는 게 아니라, 다른 차원과 다른 행성들로 가는 그런 사람들을 말하는 건가요? 맞나요?」

「그러기 위해서는 죽어서 천사가 되거나 신이 되어야 할 필요조차 없네. 신앙을 가져야 할 필요도 없어. 단지 어떤 의식을 갖느냐의 문제야. 이 모든 것이 가능하다는 것을 아는 것으로 충분하지. 우리는 다양한 순간에 이런 경험을 하게 된다네. 꿈을 꿀 때, 간질 발작이 일어났을 때, 혼수상태에 빠졌을 때, 술에 취했을 때…….」

「또 창조 행위를 하다가 법열에 빠졌을 때도 그렇죠. 작가 가브리엘 아스콜랭이었을 때 글을 쓰다가 나도 그런 순간들을 체험했어요.」

판왕은 앉은 채로 몸을 앞으로 기울이더니 입을 내 귀에 대고는 속삭인다.

「샤먼들이 빠지는 황홀경도 그런 순간을 가능케 한다네. 때로는 명상을 할 때도 우리는 몸을 벗어나 다른 세계를 방문하고, 여행하고, 탐험하게 되지. 내가 알기로는 1호 지구에서 이런 육체 이탈의 선구자 중의 하나가 바로 팽송 자네였어. 또 최근에는 18호 지구에서 자네 친구 델핀과 함께 미래와 과거와 현재가 뒤섞이는 곳에 다다랐던 것으로 알고 있네.」

「맞아요. 하지만 전 전혀 모르고 있었어요.」

「자네 이전에도 무수한 사람들이 그런 체험을 했다는 사실을 말인가? 그런 사람들이 있기에 자매 행성들에 유사한 발명물들이 동시에 나타나게 되는 거라네. 때로는 같은 행성의 동일한 시대에 여러 장소에서 동시에 출현하기도 하지.」

나는 그 작은 세쿼이아를 새삼스러운 느낌으로 들여다본다. 판이 밝혀 준 사실이 내포한 모든 의미가 이해되기 시작한다.

「그렇다면 〈정화자〉는…… 1호 지구의 히틀러의 반향이었단 말인가요?」

「어떤 강력한 정신들은 평행 세계들로 건너가 거기서 사상들을 낳을 수 있다네. 최상의 것들만이 아니라, 최악의 것들까지.」

18호 지구에서 들은 모차르트의 「디에스 이레」. 같은 곡이었지만 제목이 달랐지! 프루동 역시 나무의 가지들을 타고 돌아다니면서 마음에 드는 것을 골라 가지고 올 수 있었던 거야! 이게 바로 그의 힘의 비밀이군.

「다시 말해서 생각들은 한 지구에서뿐 아니라, 우주의 모든 지구들로도 전염될 수 있는 거로군요.」

「바로 그거야. 한 개인의 생각은 무수한 병사들을 희생시키는 전쟁보다도 더 심각한 결과를 초래할 수 있다네. 하나의 생각은 나무 전체, 즉 모든 열매로 돌아다닐 수 있으니까.」

「하나의 바이러스가 피를 통해 몸 전체를 감염시키듯이⋯⋯.」

「그렇게 해서 좋은 수액이 순환하지. 고약한 수액 역시 마찬가지야. 자네에게 신앙이 없다고 비난했다는 그 인간 아가씨도 내가 말한 내용을 직관적으로 알고 있었음에 분명해.」

나는 델핀이 〈그녀의〉 돌고래 종교를 수행하며 행하곤 했다고 주장하는 성간 여행들을 떠올린다.

그녀는 〈우리 세계와 거의 비슷한〉 다른 세계들을 방문하여 〈우리의 문제들과 거의 비슷한〉 문제들에 대한 해결책들을 얻어 왔다고 말하곤 했다.

「사원들은 일종의 증폭기 역할을 할 수 있어. 여러 사람들이 나란히 앉아 함께 기도하고 명상하면, 모종의 집단적 효과가 이러한 이동을 쉽게 해주지. 사람들은 이것을 〈에그레고르〉[14]라고 부르기도 한다네.」

「사원이 아닌 다른 곳에서 모여 그렇게 해도 마찬가지인가요?」

「물론이야. 혼자든 여럿이든 상관없이, 이러한 이동이 가능하다는 사실을 인식하기만 하면 누구든지 평행 지구들을 여행할 수 있어.」

---

14 égrégor. 프리메이슨과 장미 십자회가 쓰는 용어로 〈동아리가 공동으로 조성하고 사용하는 정신적 자산〉을 의미함. 『개미』1부 4장 참조.

「다른 지구들뿐 아니라, 다른 차원들에도 갈 수 있겠죠?」

「그래. 모든 방향으로의 여행이 가능해. 너비로, 높이로, 깊이로.」

반은 인간이고 반은 산양인 이 왕이 이제 달리 보이기 시작한다. 더 이상 실없이 킬킬대기만 하는 단순한 강박적인 농담꾼으로 보이지 않고, 나로 하여금 한 걸음 더 전진할 수 있게 해주는 새로운 스승으로 느껴지고 있다.

「대안적인 역사를 만드는 것이 그토록 어려운 이유가 바로 여기에 있었군요.」

「맞아. 그게 문제의 핵심이야. 1호 지구의 최초 시나리오는 시간과 공간 속에 존재하는 다른 지구들의 모든 시나리오에 영향을 주었던 거지.」

판은 턱수염을 매끈하게 쓰다듬는다.

「하지만 당신은 올림피아에서 멀리 떨어진 이곳에 처박혀 있으면서 어떻게 그런 사실을 알게 되었죠?」

「내 이름은 판이야. 판은 〈모든 것〉을 뜻하지. 나는 이 세상의 거의 모든 걸 알고 있어.」

이어 그가 앙크를 벽에 쳐진 스크린 쪽으로 내밀자, 은비와 코리안 폭스의 모습이 나타난다.

「내가 특별히 좋아하는 친구들이지. 은비…… 부모와 자신을 둘러싼 환경과 투쟁하여 모든 역경을 극복하고 결국 자신의 뿌리를 되찾았고, 신비에 싸인 미지의 남자와 함께 전위적인 컴퓨터 게임을 창조해 낸 용감한 한국 소녀……. 난 이 코리안 폭스가 어떤 인물일지 무척 궁금했어. 알고 보니 피부 경화증을 앓고 있는 청년이더군. 끔찍한 병이지. 하지만 완벽하고도 순수한 영혼의 소유자야.」

두 남녀의 이미지가 스크린에 나타난다. 기쁨으로 빛나는 얼굴을 한 그들은 한 아이를 데리고 있다.

「그들은 마침내 서로 만나 사랑에 빠지게 되었지. 하지만 그렇게 되기 전에 많은 대화를 나누었어. 코리안 폭스는 은비가 자신이 불치병 환자라는 사실을 알면 거부하지나 않을까 두려워했었지. 하지만 그녀는 영혼의 긴 진화 과정을 이미 통과한 터였어. 그를 겉모양이 아닌 참모습으로서 사랑했고, 처참하게 망가진 그의 몸도 조금도 개의치 않았어.」

「그럼 델핀은 어떤가요?」

「델핀도 은비에 비견할 만한 사람이야. 훌륭한 여자지. 자네는 처음에는 그녀가 그다지 아름답다고 생각하지 않았어. 그렇지 않은가? 하지만 결국 그녀를 다른 눈으로 보게 되었지. 겉모습 너머의 진면목을 발견하게 된 거야.」

「그럼 당신은 모든 걸 알고 있었군요?」

「그래. 이 나무 관망대 덕분에 자네에 대한 모든 것을 알고 있었어. 내가 왜 그토록 웃었는지 아나? 그건 자네의 유머가 실없는 우스갯소리가 아님을 알고 있었기 때문이었어. 자넨 자네 자신을 웃음거리로 삼았던 거야. 그리고 그 말도 안 되게 괴상망측한 상황도. 어떤 신이 자기 여신도를 만났는데 그녀가 그 자신의 종교를 발견하게 해주는 상황이라니!」

「당신은 그런 저를 봤었나요?」

「물론이지. 그러니까 자네에게 이 우주 나무의 비밀을 밝혀 준 거야. 자네는 그럴 만한 자격이 된다는 걸 알기 때문이지. 그리고 내일, 자네는 이보다 한층 큰 비밀을 발견하기 위해 다시 길을 떠나야 해.」

「제가 창조자를 만나는 게 가능하다고 생각하세요?」

판왕은 몸을 일으켜 둥근 집의 창문을 통해 바깥을 내다본다. 그러고는 나도 창가로 오라고 부르더니, 손가락으로 한 지대를 가리킨다.

「저기가 녹색 영역이네.」

「저기에는 누가 사나요?」

「자네의 다음번 시험이 기다리고 있지.」

「제발 그렇게 신비스러운 연막 좀 피우지 마세요.」

「정말로 알고 싶은가? 음…… 저기 악마가 있다네.」

「악마요? 하지만 악마 따위는 존재하지 않잖아요? 그건 사람들이 꾸며 낸 가공의 존재 아닙니까? 서로에게 겁을 주거나…… 귀찮게 느껴지는 사람들을 쫓아 버리려는 목적으로요.」

판은 손가락으로 턱수염을 돌돌 말면서 기이한 미소를 지어 보인다.

「어쨌든 여기에서 우리는 그를 그렇게 부르고 있다네.」

70. 백과사전: 하데스

하데스는 〈보이지 않는 자〉를 뜻한다. 크로노스가 패배한 후, 그의 세 아들은 우주를 나누어 가졌으니, 제우스는 하늘을, 포세이돈은 바다를 가졌고, 하데스는 지하 세계를 받았다.

하데스는 그의 왕국이 빛 가운데 있지 않은 까닭에 올림포스 열두 신에 끼지 못한다. 그래서 하데스는 열세 번째 신이며, 사람들이 가장 두려워하는 신이기도 하다.

그는 지옥 가장 깊은 곳에 흑단으로 만든 옥좌에 앉아 있으며, 머리에는 키클롭스들이 선물한, 착용하면 몸이 안 보이게 되는 투구를 쓰고, 손에는 죽음의 왕홀을 들고 있다. 그의 발밑에는 머리가 셋 달린 케르

베로스가 웅크리고 있다.

키벨레나 미트라를 신봉하던 고대인들은 하데스의 노여움을 가라앉히기 위해 구덩이를 파고 신도들이 들어가게 한 다음 구멍 뚫린 널빤지로 덮은 후 그 위에서 검은 황소를 죽여 그 피가 신도들에게 떨어지게 했으니, 바로 〈타우로볼리움〉이라는 이름의 의식이다.

하데스의 왕국인 지옥에는 다섯 개의 강이 흐르고 있다. 바로 레테(망각의 강)와 코키토스(통곡의 강)와 플레게톤(불의 강)과 스틱스(증오의 강), 그리고 아케론(비통의 강)이다.

죽은 이들의 영혼은 뱃사공 카론의 배를 타고서 스틱스강을 건너 지옥으로 간다. 영혼이 지옥에 들어가면서 거치는 각 단계는 돌아가는 것을 불가능하게 만드는 일종의 역류 방지 밸브인 셈이다. 오디세우스, 헤라클레스, 프시케, 그리고 오르페우스만이 다시 지상으로 올라올 수 있었다. 하지만 이를 위해서는 모두가 큰 희생을 치러야 했다. 오르페우스는 그의 사랑 에우리디케를 잃었고, 프시케는 지옥 출구에서 잠에 빠졌다.

하데스가 명계를 떠난 것은 단 한 번뿐으로, 지옥 왕국의 왕비를 구하기 위해서였다. 하지만 그는 그 어떤 여인도 살아서 죽은 자들의 나라로 내려오려 하지 않을 것임을 잘 알고 있었다. 그래서 그는 땅을 열어 데메테르의 딸 젊은 페르세포네를 납치해 간다.

에드몽 웰스, 『상대적이며 절대적인 지식의 백과사전』 제6권

71. 지옥의 입구

나뭇잎들이 살랑거린다. 우리가 내딛는 발길 아래 마른 나뭇가지들이 부러진다. 형형색색의 작은 새 수백 마리가 갑자기 나타났다가, 덧없이 사라져 버리는 수증기처럼 일제히 날아오른다. 축축한 열기 속에서 곤충들이 윙윙댄다. 우거

진 풀숲에는 겁 많은 작은 동물들이 숨어서 우리를 엿보고 있다. 구불구불한 뱀이며 작고 섬세한 나비들이 지천이다. 환각 성분이 있는 꽃향기에 머리가 핑 돈다.

우리는 만도를 휘둘러 초록 벽들을 쪼개어 길을 튼다. 아에덴섬의 남부, 두 번째 산의 바로 앞에 있는 열대림에서 사티로스들이 우리를 인도하고 있다. 원주민 여자들은 숲속에서 움직이기 편하고 추위도 막아 주는 옷들을 우리에게 제공했다.

아프로디테는 내 옆에서 걷고 있다. 그녀는 왠지 약간 쪼그라든 느낌이다. 판의 왕국을 출발하기 얼마 전, 욕실에 있던 그녀는 갑자기 비명을 질렀다. 사랑의 신은 얼굴에서 주름살 하나를 발견했던 것이다. 그녀를 몇 시간 동안 위로해 주고 나서야 우리는 비로소 출발 준비를 할 수 있었다. 아름다움의 화신으로 알려진 신에게 시간의 무자비한 파괴 작용을 예고하는 이 최초의 주름살은 분명 크나큰 충격이었으리라.

시한폭탄이 카운트다운을 시작한 셈이다. 이제 아프로디테는 자신이 노파가 되리라는 사실을 알게 된 것이다.

우리 다섯 명과 스무 명 남짓의 사티로스들로 이루어진 행렬의 선두에는 판왕이 직접 길을 인도하고 있다. 그는 빠른 속도로 걸으며 황금 만도를 휘둘러 오솔길을 점령하고 있는 잔가지들을 쳐내고 있다.

나는 18호 지구와 프레디 메예르의 유머집이 든 배낭의 끈을 다시 한번 바짝 조여 멘다. 배낭 안에는 원주민들이 준비해 준 물이 담긴 호리병과 말린 과일도 들어 있다.

우리는 걷는다.

우리는 깊은 협곡을 따라 이어지는, 기이한 동물과 식물이 우글거리는 울창한 수풀을 통과한다.

이따금 한 사티로스가 독침 대롱을 꺼내어 혹 하고 불면 어디선가 뱀 한 마리가 툭 떨어져 내리고, 산양 다리를 한 다른 소인(小人)들이 재빨리 죽은 파충류를 수거한다. 저들의 도움 없이 우리끼리만 왔더라면 결코 이 길을 찾아내지도, 나아가지도 못했으리라.

우리는 까마득한 천 길 협곡을 가로지르는 넝쿨 구름다리가 있는 곳에 이른다. 협곡은 깊기도 할뿐더러 폭이 얼마나 넓은지 반대편이 잘 보이지 않을 정도이다. 길고 긴 구름다리의 끝 부분은 아스라한 뿌연 안개 속에 파묻혀 있다.

「우리의 영토는 여기까지요.」

판왕이 큰 소리로 알린다.

「저 건너편에는 뭐가 있죠?」

「하데스의 영토요.」

사티로스들은 이 저주받은 이름이 행여 액운이라도 몰고 올까 봐 일제히 땅에다 침을 뱉는다.

우리 일행은 송악 넝쿨로 엮어 만든 구름다리를 향해 나아간다. 사티로스들은 불안한 기색을 보인다.

「저쪽에 가본 적이 있습니까?」

에드몽 웰스가 판왕에게 묻는다.

「지옥에? 아뇨! 세상에 악마를 보고 싶은 사람이 누가 있겠소?」

「우린 보고 싶어요! 창조자에게 다다르기 위해 반드시 거쳐야 할 관문이라면, 그를 얼마든지 보겠어요.」

아프로디테가 결연한 목소리로 말한다.

사티로스들은 엄습하는 두려움에 안절부절못하며 발굽으로 땅바닥을 따각따각 두드려 댄다.

「지금 저들이 무얼 하는 거죠?」

오이디푸스의 물음에 판이 설명해 준다.

「낭떠러지에 이처럼 가까이 있는 게 너무도 싫은 거요. 우리는 이 세상 황금을 다 준다 해도 이 넝쿨 구름다리만은 절대로 건너지 않소. 하지만 무슨 일이 있어도 이 다리를 건너려 하는 당신네 심정만큼은 이해할 수 있소. 알고 싶을 테니까.」

「우리가 어떤 일을 하지 않는 것은 그 일이 어려워서가 아닙니다. 우리가 하지 않기 때문에 그 일이 어려운 거지.」

에드몽 웰스가 단호하게 말한다.

사티로스들이 어느 정도 진정될 즈음, 판은 내 어깨를 꽉 잡고는 가슴을 맞대고 힘차게 포옹해 준다.

「미카엘, 자네를 만나서 정말로 반가웠네. 훗날 내 아이들에게 자네의 모험담을 들려줄 걸세. 아주 재미있어할 거야.」

나는 이 말을 나에 대한 칭찬으로 받아들인다. 이어 그는 아프로디테의 손을 잡고는 옛날식으로 그녀의 손등에 입을 맞춘다.

「당신 역시 만나게 되어 반가웠어요…… 아프로디테 양.」

그는 〈양〉을 강조해서 말한다. 자기 눈에 그녀는 영원히 〈부인〉이 아니라 〈아가씨〉임을 암시하고자 함이다.

이어서 그는 에드몽, 오이디푸스, 오르페우스에게도 작별 인사를 한다. 마침내 왕은 이렇게 결론짓는다.

「여러분의 용기에 경의를 표하는 바요. 나도 두려움을 극복하고 이 넝쿨 구름다리를 건널 수 있었으면 좋겠소. 하지만 지옥을 방문하기에 난 너무 늙고 겁이 많은 것 같소이다.」

오르페우스가 곧바로 말한다.

「이게 만일 내가 전에 방문했던 지옥과 같은 곳이라면, 그렇게까지 위험하진 않아요.」

「그래, 가서들 어떤지 알아보시오. 여기선 모든 것이 그리스·로마 신화의 내용과 비슷하긴 하지만, 완전히 똑같지는 않지. 아에덴의 지옥은 그 어떤 다른 지옥과도 다를 거구먼.」

다시금 그의 얼굴에는 빈정거리는 듯한 염소의 표정이 되돌아온다.

우리는 마지막 작별 인사를 나눈 다음 넝쿨 다리를 향해 나아간다. 맨 앞에는 에드몽 웰스가, 그 뒤로는 나와 아프로디테가 걷고, 맨 뒤에는 오르페우스가 장님 친구를 안내하며 따라온다.

공중에 걸린 길은 온통 이끼투성이라 미끄럽기 그지없다. 발을 내디딜 때마다 널빤지가 부서지고, 그렇게 떨어져 나간 나뭇조각들은 한참 동안 낙하한 뒤에야 까마득한 협곡의 밑바닥에 도달한다. 우리는 벌레 먹은 난간 로프를 꼭 붙잡는다.

그렇게 겨우겨우 전진해 가고 있는데, 역한 시체 냄새가 코를 찔러 온다. 여기가 정말로 지옥이라면, 지옥은 악취가 지독한 쓰레기 하치장인 모양이다.

오이디푸스는 눈이 보이지 않아 전진하는 데 큰 어려움이 있지만, 다행히도 오르페우스가 무척이나 친절하다.

아프로디테는 샌들을 벗어 들고 맨발로 걷는다. 난간 로프를 얼마나 세게 붙잡았는지 내 손가락 관절들은 온통 하얘져 있다.

그렇게 정신없이 구름다리를 1백여 미터나 걸어온 뒤에 뒤를 돌아보니 사티로스들은 아직 떠나지 않고 서서 우리를 지켜보고 있다. 앞쪽의 안개는 여전히 자욱하다. 우리는 구름 속으로 들어간다.

「앞에 뭐가 보여요?」

「아니, 아무것도 안 보여. 하지만 조심하라고. 이쪽은 나무가 심하게 썩어 있어.」

공기는 점점 더 역해져서 숨을 쉴 수 없을 정도이다. 얼음같이 차가운 바람이 채찍처럼 발목을 휘감아 온다.

「지금은요?」

「여전히 아무것도 안 보여.」

주위에서 무슨 소리가 들린다. 가만히 귀 기울여 보니 우리의 도착을 알리는 듯한 까마귀들의 울음소리이다.

우리는 계속 걷지만 건너편 절벽은 나타날 기미를 보이지 않는다.

「아니, 이렇게 한없이 가야 하는 거야?」

오이디푸스가 답답한 듯 소리친다.

「다리가 정말로 길기는 기네. 게다가 안개는 더 짙어져만 가고.」

오르페우스도 얼굴을 찡그리며 신음하듯 말한다.

「하지만 여기서 되돌아갈 수는 없소! 지금 분명히 우리는 건너편 절벽 가까이에 있을 거요.」

에드몽 웰스가 단호히 못 박는다.

갑자기 위쪽에서 까마귀 소리라고는 볼 수 없는 이상한 소리들이 들려온다. 발밑의 널판들은 점점 더 성겨져 간다. 우리는 난간에 꼭 매달리면서 커다랗게 입을 벌린 구멍들을 건너지 않으면 안 된다. 특히나 눈이 안 보이는 오이디푸스에게는 너무도 힘든 시련이다.

그렇게 팔 힘만으로 매달려 두 다리를 허공에 버둥거리면서 간신히 나아가고 있는데 까마귀 한 마리가 나를 공격해 온다. 나는 발뒤꿈치를 내질러 녀석을 물리친다. 하지만 벌써 다른 녀석들이 놈을 도우러 온다. 녀석들은 날개로 내 몸을 스치고 지나간다. 그중 한 녀석은 부리를 내 가슴에 박아 버릴 기세로 앞으로 내민 채, 곧장 내게로 내리꽂힌다. 나는 몸을 돌려 간신히 놈의 공격을 피하지만, 대신 놈의 날카로운 부리에 배낭의 천이 찢어진다.

프레디 메예르의 유머집과 사티로스들이 준 양식이 발 아래의 현기증 나는 허공으로 떨어져 내린다. 하지만 벌써 다른 녀석이 내게 돌진하고 있다. 녀석이 나의 배에 상처를 입히는 순간, 나는 충격에 소스라치고 그 통에 배낭에서 18호 지구가 든 궤짝이 튕겨져 나간다. 너무나도 소중한 그 물체는 속절없이 추락한다.

순간 아프로디테가 재빠르게 반응한다. 한 손으로는 로프를 잡은 채 다른 손으로 떨어지는 궤짝의 손잡이를 낚아챈다.

나는 그녀에게 감사의 손짓을 보낸다.

「아슬아슬했어.」

그녀도 한숨을 내쉬며 말한다. 나는 그녀에게서 궤짝을 받아 손잡이를 이로 물고서, 그녀와 함께 다시 나아간다. 손잡이는 쇠로 되어 있는데, 그 녹슨 쇠 맛에 안도감이 느껴진다.

델핀은 이 궤짝 안에 있어. 그리고 궤짝은 내 입 안에 있지.

이 말하기 힘든 기묘한 감정……. 말라위 호수에 서식하는 어종인 시클리드, 새끼들을 보호하기 위해 입 속에 넣고 다닌다는 그 물고기들의 심정이 아마 이러하리라.

이제 다시 널판들이 나타나기 시작한다. 처음에는 상태가 형편없는 것들만 보이다가, 점차 좀 더 견고한 것들로 바뀐다.

마침내 우리는 널판에 발을 내려놓을 수 있게 된다.

까마귀들은 여전히 주위를 빙빙 돌고 있다. 하지만 우리가 앙크로 여러 마리를 죽인 뒤라 녀석들은 더 이상 달려들지 못한다.

안개가 걷히기 시작한다.

「협곡 건너편이 보여!」

에드몽 웰스가 알린다.

「나도 나무들이 보여!」

아프로디테가 덧붙인다.

「이 다리를 따라가면 정말로 어디가 나오긴 나오는 건지 의심이 들던 참이었어.」

기진맥진한 오이디푸스가 한숨을 몰아쉬며 말한다.

「아닌 게 아니라, 전에 지옥에 갔을 때만 해도 이런 종류의 시련은 경험한 기억이 없는데…….」

오르페우스도 고개를 절레절레 흔든다.

우리는 튼튼한 널판 위를 재게 걷는다. 시체와 쓰레기 썩는 냄새는 한결 옅어졌다.

마침내 우리는 반대편 절벽 위에 발을 올려놓는다.

「정말 고마웠어요.」

나는 아프로디테에게 나직이 말한다.

「뭐, 엉겁결에 한 일이었어.」

그녀는 연적을 구한 자신의 행위를 변명이라도 하듯 이렇게 말한다.

협곡 이쪽의 수풀은 훨씬 더 울창하다. 어마어마한 거목들의 그늘로 인해 숲은 영원한 밤 속에 잠겨 있다. 우거진 나뭇가지 사이로 부는 바람은 때때로 구역질 나는 악취를 실어 온다.

아프로디테는 내 손을 꼭 붙잡는다.

「내가 척후병 역할을 맡는 게 좋겠어요. 주위를 둘러보니 내게 낯익은 요소들도 있는 것 같아서. 이 방향으로 좀 더 가면 입구가 나올 겁니다.」

오르페우스가 자원한다.

나는 오이디푸스를 인도하며 뒤따라간다. 우리는 산등성이를 따라 형성되어 있는 밀림을 뚫고 나아간다. 협곡 반대편의 숲이 열대림에 가까웠다면, 이곳의 숲은 추운 지역답게 가시덤불이며 가지가 뒤틀린 떡갈나무 등으로 이루어져 있다.

우리는 저쪽 산등성이에 어른거리는 어떤 존재들을 감지한다.

잠시 후에 늑대 울음소리가 들려온다. 하지만 우리는 그래도 새로 등장한 적들이 생판 모르는 괴물은 아니라는 생각에 오히려 일말의 안도감마저 느낀다. 이제 놈들의 모습이 보다 분명히 보이기 시작한다. 우리는 걸음을 재촉하지만, 놈들의 수는 점점 더 많아질 뿐이다.

「놈들이 우리를 공격하기 위해 한데 모여들고 있어.」

에드몽 웰스가 상황을 분석한다.

우리는 걸음을 멈추고 저마다 앙크를 꺼내 든다.

다시금 바스락거리는 소리가 우리를 에워싼다.

「우릴 공격하려고 어두워질 때까지 기다릴 거야.」

오이디푸스가 자신 있게 말한다.

하지만 바로 이 순간, 이글거리는 주홍빛 눈의 거대한 늑대 세 마리가 침이 질질 흘러내리는 아가리를 쩍 벌리고서 불쑥 튀어나온다.

우리는 앙크를 발사하여 어렵지 않게 놈들을 해치운다.

하지만 벌써 다른 늑대들이 으르렁대면서 솟아 나온다.

「잔뜩 굶주려 있는 것 같아.」

「오른쪽을 조심해요!」

나는 번개 같은 연속 사격으로 세 마리를 죽인다.

이제 놈들은 사방에서 공격해 온다. 모두 10여 마리이다. 그리고 순식간에 1백여 마리로 불어난다. 내 손가락 사이에서 앙크는 뜨겁게 달궈지기 시작하고 마침내는 배터리가 소진되고 만다. 나는 늑대 한 마리가 펄쩍 뛰어 내게 덮쳐 오는 것을 보고는 땅에 굴러다니는 몽둥이 하나를 집어 든다. 그리고 마치 테니스의 백핸드 같은 타법으로 놈을 쓰러뜨린다. 나는 미친 사람처럼 맹렬히 싸운다. 나의 동료들 역시 이 강력한 갯과 동물들에 용감히 맞서 보지만 중과부적으로 모두가 놈들 아래 깔려 갈가리 찢길 위기에 처한다. 바로 그때 어디선가 음악이 울려 퍼진다. 늑대 떼에 쫓겨 나무 위로 기어 올라간 오르페우스이다. 가지 위에 걸터앉은 그는 구현금을 꺼내어 몇 개의 화음을 튕겨 본 것이다.

늑대들은 즉시 공격을 멈춘다. 그러고는 구현금의 가락을 들으려고 슬금슬금 나무 아래로 모여든다.

우리도 다시 몸을 일으킨다. 옷은 걸레가 되었고 몸은 기진맥진하다.

「계속해요! 제발 멈추지 말고 계속 연주해요!」

아프로디테가 간절히 부탁한다.

오르페우스가 좀 더 부드럽게 연주하자 늑대들은 한 놈 한 놈 땅바닥에 몸을 눕힌다. 기이하게도 주위의 나무들까지 오르페우스 쪽으로 몸을 기울이는 것 같다. 나는 탄성을 발한다.

「당신의 음악은 마법과도 같아요! 정말이지 당신에 대한 신화는 거짓이 아니었군요. 대체 어떻게 그렇게 할 수 있는 거죠?」

그가 천천히 현을 뜯어 몇 개의 화음을 내자 늑대들은 모두 꾸벅꾸벅 졸기 시작한다.

「우리는 저마다 특별한 재능을 지니고 있어 그것을 찾아내고, 부지런히 갈고닦기만 하면 된다네.」

오르페우스가 내 질문에 대답하고는 다른 식으로 연주한다. 그러자 나무들이 파르르 떨리면서 가지를 움직여 한 방향을 가리킨다.

거기서 무언가를 발견한 에드몽 웰스가 한 곳을 가리켜 보인다. 우리가 있는 곳보다 훨씬 높은 산비탈에 쩍 벌어진 입 같이 생긴 함몰지가 형성되어 있다. 그 안쪽에 검은 구멍 같은 것이 어렴풋이 보이는 걸로 보아 동굴의 입구인 모양이다. 그리고 그 함몰지 너머에, 즉 눈이 위치해야 할 지점에 땅이 두 개의 혹처럼 불룩하니 솟아 있다. 커다랗게 벌린 입에 부릅뜬 두 눈이 있으니 산 전체가 살아 있는 존재 같은 느낌이 든다.

「오르페우스, 저게 하데스의 왕국으로 들어가는 입구가 분명해요?」

아프로디테가 묻는다.

「어쨌든 1호 지구에서 내가 가봤던 지옥 입구는 저런 모습이었어요.」

갑자기 나는 설명하기 어려운 묘한 기분에 사로잡힌다. 세계들은 서로 반향하고 있다는 사실이 다시금 떠오른 것이다. 그리고 판이 설명했듯, 동일한 수준의 세계들 간의 〈수평적 연결〉만 있는 것이 아니라, 낮은 세계와 높은 세계 간의 〈수직적 연결〉 또한 존재하는 모양이다.

아에덴의 올림피아는 1호 지구 올림피아의 복사판이라 할 수 있다. 이곳의 신들과 괴물들은 1호 지구의 그리스인들이 만들어 낸 고대 신화의 존재들과 조금도 다를 바가 없다.

그렇다면 1호 지구는 모든 세계들의 중심 전거란 말인가?

아니다. 1호 지구도 이웃 세계와 아래 세계와 위 세계들의 영향을 받고 있다. 그러고 보면 판은 우주 인식의 열쇠를 내게 제공한 셈이다.

우주에는 수많은 체스판들이 떠 있고, 1호 지구는 그중의 하나야. 그리고 하나의 거대한 나무가 이 체스판들을 하나로 연결하고 있어.

「미카엘, 무슨 생각을 하고 있어?」

아프로디테가 물으면서 자신도 모르게 눈가의 주름을 문지른다. 그렇게 피부를 잡아당김으로써 그 주름을 없앨 수 있기라도 한 듯이.

「당신을 생각하죠.」

「내가 너의 작은 행성을 구할 수 있어서 다행이었어.」

하지만 어조에서는 자기가 그리한 것을 조금은 후회하는 기색이 느껴진다.

우주의 수많은 세계들을 생각하던 나의 의식은 이제 내가 놓여 있는 〈지금, 여기〉로 돌아온다. 이 〈지금, 여기〉에서 나는 행운이라고도 할 수 있다. 세상에서 가장 아름다운 여자와 함께 세상에서 가장 위험천만하고도 흥미진진한 모험을 벌이고 있으니까.

하지만 내 마음이 온통 이 여자에게 사로잡혀 있는 것은 아니다. 이제 내게 육체적 아름다움은 중요하지 않기 때문이다.

오직 영혼의 질만이 중요하다.

그리고 지금 내 영혼이 연결되어 있는 여인은 오직 하나, 델핀뿐이다. 내가 어디에 있든 그녀는 나와 함께 있다. 바로 내 마음속에 있다.

「저 아가리를 피해 가는 방법은 없나요?」

에드몽 웰스는 살벌한 느낌을 주는 함몰지가 못내 불안한 모양이다.

「잘 살펴봐요. 함몰지 전체가 유리처럼 매끈한 수직 벽으로 둘러싸여 있잖아요. 우리에게 다른 선택은 없어요.」

오르페우스가 대답한다.

우리는 오랫동안 어두운 숲속을 기어오른다. 마침내 커다란 입처럼 벌어져 있는 함몰지를 내려다보는 아랫입술 형태의 작은 둔덕에 다다른다. 다시 나타난 안개 때문에 5미터 앞도 제대로 보이지 않는다. 우리는 천천히 나아간다.

동굴 입구에 이르기가 무섭게 구름 같은 박쥐 떼가 안에서 솟아 나와 우리를 스치고 날아오르는 바람에 우리는 땅바닥에 납작 엎드린다.

「제길, 접대원들인가?」

에드몽 웰스가 투덜거린다.

유황 냄새와 시체 냄새가 어지러이 뒤섞여 파도처럼 밀려온다.

앞장선 오르페우스는 나뭇가지 하나와 가느다란 송악 넝쿨을 주워 우리에게 횃불 만드는 법을 가르쳐 준다.

우리는 횃불을 밝혀 높이 치켜들고서 높이가 거의 20미터는 됨직한 동굴 속을 나아간다. 오르페우스는 이따금 아르페지오 주법으로 화음들을 퉁긴다. 우리가 지나는 동굴 통로들의 크기와 형태를 파악하는 한편, 우리를 공격할 수도 있는 동물들을 진정시키려는 의도이다.

음악을 방어 무기처럼 사용하고 있어.

「지금까지 연주 중에 틀린 음을 낸 적은 없나요?」

에드몽 웰스가 묻는다.

「솜씨가 서툴러서 낸 틀린 음은 말 그대로 틀린 음이죠. 하지만 확신을 갖고 낸 틀린 음은…… 즉흥 연주입니다.」

사방에 주렁주렁 매달려 있는 종유석에서는 물방울이 뚝뚝 듣는다. 갑자기 어디선가 한 줄기 바람이 솟아 나온다. 자세히 살펴보니 동굴 벽 한쪽에 또 다른 동굴로 통하는 입구가 열려 있다.

「이거야말로 진짜배기 미궁이군. 다시 빠져나오려면 곳곳에 표시를 남겨 놓아야 하겠어.」

오이디푸스가 혀를 찬다.

「만일 이곳이 내가 방문했던 지옥과 같은 구조라면, 같은 입구로 빠져나오는 일은 절대로 없을 테니까 걱정 마세요.」

오르페우스는 자신 있게 말한다. 에드몽 웰스도 끼어든다.

「어쨌든 간에 우리가 관심을 갖는 그 출구는 이 동굴보다는 위쪽으로 나 있어야겠죠. 우리가 상승을 할 수 있으려면 말이죠.」

아프로디테는 안심이 되지 않는지 유황석 하나를 집어 들어 바위벽에다 노란 십자 표시를 해놓는다.

우리는 끝없이 이어지는 동굴들을 계속 지난다. 갈수록 악취의 종류도 변하고 박쥐도 점점 더 커진다.

「아이, 이거 참! 정말로 어디로 가는지 확실히 알고 있는 거예요?」

아프로디테가 오르페우스에게 다그치듯 묻는다.

그는 꿀 먹은 벙어리가 되어, 동굴에 메아리치는 화음을 다시 한번 튕겨 볼 뿐이다.

바로 그 순간 우리 앞에는 두 동굴이 교차하는 지점이 나타난다. 하지만 거기서 발견한 것은 처음에 아프로디테가 노란 유황석으로 그어 놓은 바로 그 십자 표시이다. 아프로디테가 한탄한다.

「아이고, 우린 완전히 길을 잃어버렸어! 계속해서 같은 길을 뱅뱅 돌고 있잖아!」

「아녜요, 아녜요. 분명히 길이 있다고요. 자, 갑시다!」

오르페우스는 다시 걷기 시작한다.

우리는 위쪽으로 올라가는 새로운 통로에 이른다. 지금까지의 동굴들과는 색깔도 냄새도 다른 동굴이다.

그 동굴 벽에는 아까 아프로디테가 그은 것과 비슷한 노란 십자 표시가 있다. 하지만 분명 아까 우리가 지나온 곳은 아니다.

「무서워.」

아프로디테는 조그맣게 말하면서 내게 달라붙는다.

나는 그녀를 안심시키려고 품에 안아 준다.

「난 오히려 좋은 징조라고 생각하는데. 누군가가 우리를 인도해 주려고 이 십자 표시들을 그어 놓은 건지도 모르잖아.」

에드몽 웰스가 의견을 내놓는다.

그래서 우리는 이어지는 노란 십자 표시들을 계속 따라가 본다. 그러다 잠시 뒤에 에드몽 웰스의 추측이 옳았음을 증명해 주는 놀라운 광경을 목격하게 된다. 앞에는 아무도 보이지 않는데, 동굴 벽에 노란 십자 표시 하나가…… 저절로 나타나는 것이 아닌가!

「악마야! 악마가 우리를 지옥으로 데려가려고 저렇게 십자 표시들을 긋고 있는 거라고.」

아프로디테가 불안에 몸을 떨며 말한다.

「그보다는 오히려 머리에 쓰면 보이지 않게 되는 하데스의 투구를 사용하고 있는 누군가라고 해야겠지요.」

에드몽 웰스는 마지막 노란 십자 표시가 그어졌던 장소 부근을 가리키면서 말한다. 아닌 게 아니라 그곳의 땅바닥에는 사람은 보이지 않는데 발자국이 저절로 찍히고 있다.

「투명 인간!」

「아니, 투명 인간들이에요.」

나는 우리 둘레에서도 다른 발자국들이 생겨나는 것을 알아채고는 그녀의 표현을 정정해 준다.

이제 우리는, 우리에겐 보이지 않지만 우리를 지켜보며 움직이는 사람들에 둘러싸여 있다는 사실을 의식한다.

마침내 노란 표시들은 우리를 큰 강이 가로지르고 있는 광대한 지하 공간으로 이끈다. 선착장 근처에는 기다란 나룻배 한 척이 물 위에 떠서 흔들거리고 있고, 그 위에는 베네치아의 곤돌라 사공 같은 모습의 이가 웅크리고 있다. 그의 얼굴은 녹색 띠를 두른 챙 넓은 모자가 드리운 그림자 속에 잠겨 있고, 몸은 긴 망토로 감춰져 있다.

「스틱스요. 죽음의 강이지.」

오르페우스가 구현금을 집어넣으면서 약간 더듬으며 말한다. 과거 이와 비슷한 장소에서 그에게 일어났던 일의 기억으로 마음이 격동된 모양이다.

「혹은 스틱스의 복사판 중 하나라 할 수 있겠죠.」

에드몽 웰스는 오르페우스가 말한 내용을 보충한다.

「그렇다면 저 배의 사내는 죽은 자를 실어 나른다는 카론이겠군.」

아프로디테도 덧붙인다.

「이제 어떻게 하지?」

오이디푸스가 불안한 얼굴로 묻는다.

「여기까지 와서 발길을 돌릴 수는 없죠! 그러기엔 너무 늦었어요. 자, 계속 나아갑시다! 무엇이 우리를 기다리고 있는지, 한번 보자고요!」

오르페우스가 감연히 외친다.

우리가 배에 오르자 뱃사공은 몸을 일으키는데, 기분 나쁜 미소를 짓는 것이 얼핏 느껴진다. 그는 기다란 노를 끈끈할 정도로 무겁게 느껴지는 물속에 담근다. 나룻배는 안개가 살짝 덮인 강 위를 미끄러지기 시작한다.

스틱스.

불안스럽게 느껴지는 나룻배와 이 배의 이상한 선장은 종유석으로 뒤덮인 천장 아래로 계속 이어지는 어두운 동굴들을 조용히 지나간다.

갑자기 한 줄기 물살이 배를 빠른 속도로 떠밀고 간다. 사공은 배를 교묘히 조종하여 수면에 닿을 듯 말 듯 올라온 석순들 사이를 간발의 차로 살짝살짝 비켜 나간다. 가끔씩 희미하게 비치는 그의 입가에 이유를 알 수 없는 미소가 떠오르는 게 보인다.

우리는 스틱스강으로부터 한 지류가 갈라져 나가는 지점에 이른다. 그 강의 강둑을 바라보니, 갈기갈기 찢어진 누더기를 걸친 사람들이 주저앉아 흐느끼고 있다. 이 강에 대해 자신의 백과사전에 기록해 둔 바 있는 에드몽 웰스는 저기가 코키토스강일 거라고 알려 준다.

첫 번째 지류 코키토스, 통곡의 강.

좀 더 멀리 가니 또 다른 강이 나오는데, 그 강둑에는 어떤 사람들이 무엇에 홀린 듯 멍한 눈을 하고서 느릿한 걸음으로 같은 장소를 계속 맴돌고 있다.

두 번째 지류 레테, 망각의 강.

우리가 탄 배는 점점 더 빠른 속도로 녹색의 강 위를 미끄러져 간다. 홀연 매캐한 냄새에 목이 콱 막혀 주위를 살펴보니 또 다른 지류가 하나 보이는데, 수면이 휘발유 막으로 뒤덮여 불타오르고 있다. 그 강둑에 있는 사람들은 마치 불길에 타오르고 있는 듯, 피부가 너덜너덜해진 채 온몸을 뒤틀고 있다.

세 번째 지류 플레게톤, 불의 강.

마지막으로 우리가 항해하는 스틱스의 강둑이 마침내 나

타나는데, 그 위에서 사람들은 서로를 할퀴고, 물어뜯고, 팔을 비틀고, 발길질하고, 머리끄덩이를 잡아당기면서 싸우고 있다.

네 번째 지류 스틱스, 증오의 강.

어떤 사람들은 강둑에서 굴러떨어져 청록색의 물에 빠지지만, 거기서도 물을 튀겨 대며 계속 싸우고 있다. 좀 더 가니 동굴 벽이 벌겋게 물들어 있다. 무슨 일인가 자세히 살펴보니 그 앞에 사람들이 큰 불들을 피워 놓고 있다. 그뿐이 아니다. 그 불들 주변에서 갈가리 찢어진 누더기를 걸친 사람들이 역시 누더기 차림의 다른 사람들에게 뾰쪽한 못이 잔뜩박힌 고문 기구나 거열(車裂)하는 데 쓰는 기구 등으로 가혹 행위를 벌이고 있다. 또 어떤 이들은 다른 이들을 교수대로 끌고 가 형틀에 매달아 놓고는 채찍질하고, 불태우고, 면도날로 살을 점점이 도려내고 있다. 고통받는 사람들이 얼마나 거세게 울부짖는지 귀가 멍멍할 정도다.

우리의 뱃사공은 여전히 챙 넓은 모자 아래서 이죽대고 있다.

배는 붉은 지역을 떠나 잿빛이 감도는 장소로 접어든다. 동굴 천장에서 물방울이 비 오듯 쏟아져 내린다.

고개를 들어 올려다보니 동굴 윗부분에 무수한 머리들이 벽에 박혀 있는데, 그것들이 눈물을 흘리고 있다.

「저들의 눈물이 스틱스의 강물을 이루는 거라네.」

오르페우스가 설명해 준다.

위에 있는 머리들을 하나하나 살펴보던 나는 그중 낯익은 얼굴을 하나 발견한다.

뤼시앵 뒤프레!

바로 살신자이다.

그가 여기에 있다면, 어쩌면 마타 하리도 있을지 몰라.

나는 자신도 모르게 소리치고 만다.

「마타!」

수많은 여자 목소리들이 동시에 대답한다.

「내가 마타야! 나 여기 있어!」

「아냐, 내가 마타야! 나 여기 있어!」

「아냐, 여기야! 내가 마타야! 날 이 지옥에서 꺼내 줘!」

「아냐, 나야!」

「아냐, 여기를 봐! 내가 마타야!」

곧 여자들의 새된 목소리는 귀청이 떨어질 듯 요란한 소음으로 변한다. 카론은 높이 치켜 올린 망토의 깃과 챙 넓은 모자 밑에 얼굴을 숨기고 계속 이죽거리고 있다.

「제발 진정하라고! 그녀는 저기에 없어!」

아프로디테가 강하게 말한다.

나는 사랑의 신을 뿌리치고 천장 벽에서 삐져나온 머리들을 계속 뚫어져라 쳐다본다.

마침내 배가 나루터에 다다르자, 카론은 우리끼리 떠나라고 팔짓으로 신호한다.

배에서 내린 우리는 썩는 냄새가 진동하는 어두컴컴한 계단으로 내려간다. 아프로디테가 그었던 것과 같은 노란 십자 표시들이 또다시 그어지기 시작한다.

보이지 않는 존재들이 돌아왔군!

아닌 게 아니라 땅바닥의 흙먼지에 발자국들이 찍히면서 우리가 가야 할 방향을 지시해 주고 있다.

72. 백과사전 : 오르페우스

오르페우스는 트라키아 왕 오이아그로스와 뮤즈 칼리오페 사이에서 난 아들이다(트라키아는 현재 불가리아에 해당하는 지역에 있던 나라이다.) 아폴론은 소년 오르페우스에게 일곱 개의 현이 있는 리라를 선물했는데, 여기에 그는 어머니의 자매인 뮤즈들의 수에 맞추기 위해 현두 개를 더하여 구현금을 만들었다. 뮤즈들은 그에게 각종 예술을 가르쳤는데, 특히 작곡과 노래와 시 교육에 정성을 쏟았다.

오르페우스의 재능은 너무도 뛰어나 그가 리라를 연주하면 새들은 노래를 멈추고 귀를 기울였다. 그의 음악을 들으려고 모든 짐승이 몰려오는데 늑대는 어린 양과, 여우는 산토끼와 어깨를 나란히 하고 달려왔다. 상대를 해치려는 본능마저 잊어버린 것이다. 강들도 흐르기를 멈추었고, 물고기들까지 음악을 들으려고 물 밖으로 뛰어올랐다.

이집트를 여행하여 오시리스 밀의에 입문한 그는 비로소 오르페우스라는 이름을 갖게 되고(페니키아어로 〈아오우르〉는 빛을 의미하고 〈로파에〉는 치유를 의미하므로, 그의 이름은 〈빛으로 치유하는 자〉라는 뜻이다), 엘레우시스에서 오르페우스교를 창시한다. 그러고 나서는 아르고호(號)의 영웅들과 함께 황금 양털을 찾으러 떠난다. 그는 아름다운 노래로 영웅들이 노를 저을 때 힘을 북돋아 주고 풍랑을 잠재운다. 또 황금 양털을 지키는 콜키스의 용을 잠들게 하여 이아손이 임무를 완수할 수 있게 해준다.

이 모험을 마친 오르페우스는 트라키아에 있는 아버지의 왕국에 정착하여 님프 에우리디케와 결혼한다. 어느 날 에우리디케는 목동 아리스타이오스가 자기를 쫓아오는 줄 알고 급히 도망가다 독사를 밟고 만다. 독사에게 물린 그녀는 즉사한다. 비탄에 빠진 오르페우스는 그녀를 구하고자 죽은 이들의 왕국을 찾아간다.

그는 죽은 아내에 대한 사랑을 애절하게 노래하며 서쪽을 향해 걷는다.

그의 노래를 듣고 나무들조차 감동하여 가지를 굽혀 지옥 입구를 가리켜 준다.

그는 리라를 켜서 맹견 케르베로스를 진정시켰고, 복수의 여신 에리니에스의 분노도 가라앉혔으며, 지옥에 갇힌 자들의 형벌을 잠시나마 멈추게 해주었다. 그의 리라 연주에 감동한 하데스와 페르세포네는 그가 에우리디케를 산 자들의 세계로 데려가는 것을 허락한다. 하지만 명계의 신은 한 가지 조건을 내건다. 오르페우스는 아내가 햇빛 아래 설 때까지는 절대로 몸을 돌려서는 안 된다는 것이었다.

그렇게 에우리디케는 리라를 연주하는 남편의 뒤를 따라 지옥의 출구에 이르는 통로를 걷는다. 드디어 밝은 지상에 도달한 오르페우스는 뒤에서 발자국 소리가 들리지 않는 것이 불안하여 에우리디케가 여전히 따라오고 있는지 확인하려고 고개를 돌리고 만다.

아내에게 던진 이 단 한 번의 시선이 지금까지의 모든 노력을 물거품으로 만들어 버린다. 이제 에우리디케를 영원히 잃게 된 것이다. 한 줄기의 미풍이 마지막 키스인 양 그의 이마를 스칠 뿐이었다. 트라키아에 돌아온 오르페우스는 은자가 되어 아침부터 밤까지 잃어버린 사랑을 노래하며 세월을 보냈다.

그리고 그를 사랑한 트라키아의 여인들을 무시했고, 이 때문에 그를 증오하게 된 여인들에게 갈가리 찢겨 죽었다고 한다.

에드몽 웰스, 『상대적이며 절대적인 지식의 백과사전』 제6권

73. 타르타로스[15]에서

숭엄한 하강.

15 타르타로스는 하데스의 지옥보다도 아래에 있는 곳으로 신들이 대대로 원수를 가둬 둔 곳이기도 하다. 그러나 차츰 그 의미가 지옥과 혼동되어 가장 큰 죄인들이 가는 곳으로 여겨지게 됐으며, 그런 점에서 복받은 이들의 저승인 엘

계단을 따라 계속 내려가니, 거대한 에메랄드 덩어리로 이루어진 벽에 부조들이 잔뜩 새겨져 있는 터널 입구에 이른다.

「이곳이 어딘지 알겠어. 똑바로 가다가 왼쪽으로 꺾어야 해요.」

오르페우스가 설명한다.

나는 전율을 느낀다. 나 역시 왠지 이 장소가 낯이 익은 것이다. 심지어는 지금 우리가 나누고 있는 대화까지도 그렇다.

맞아. 델핀과 함께 보았던 미래의 비전이 이랬어. 어떻게 이런 일이 가능한 거지? 어떻게 내가 이 순간을 예측할 수 있었지?

이런 생각은 나를 점점 더 불안하게 만든다. 이러한 사실은 이 미래가 우주의 어디엔가에 벌써 기록되어 있었고, 심지어는 〈참조 가능한〉 상태였다는 것을 의미하지 않는가?

「아, 현기증이 이네!」

나는 나지막이 중얼거린다.

내가 금방이라도 기절할 듯 휘청거리자 아프로디테가 부축해 준다.

「괜찮아? 왜 그래?」

「아무것도 아니에요. 단지 데자뷔의 감각이 조금 느껴져서. 이 장면을 전에 본 것 같아요.」

「꿈에서?」

「아뇨. 명상 중에.」

에드몽 웰스가 우리에게 다가온다.

리시온은 평원과 반대되는 개념이다.

「무슨 문제라도 있어요?」

「미카엘이 전에 여기 왔었던 것처럼 느껴진대요.」

「오르페우스처럼요?」

다른 이들은 호기심 어린 눈으로 나를 쳐다본다.

나는 현기증 나는 데자뷔의 느낌에서 벗어나고자 반투명한 녹색 바위에 돋을새김된 장면이며 인물들을 집중하여 살펴본다.

부조에는 하나의 이야기가 펼쳐지고 있다. 두 천사들의 군대가 맞붙어 싸우는 이야기가 1백여 개의 에피소드로 그려진다. 어떤 천사들이 다른 천사들을 배신하는 장면, 인간의 마을 위를 날아다니면서 요란스럽게 검을 부딪치며 격전을 벌이는 장면 등등.

「아마겟돈이야. 빛의 천사들과 어둠의 천사들 간의 최후의 결전이었지.」

몇몇 장면을 알아본 에드몽 웰스가 설명해 준다.

「어느 쪽이 이겼지?」

오이디푸스가 묻는다.

「내가 생각하기에, 전투는 지금도 계속되고 있어요.」

에메랄드 통로를 나아감에 따라, 보이지 않는 존재들이 내는 희미한 발자국 소리도 점점 더 많아진다. 우리가 걸음을 멈추면, 계속 전진하라고 격려하듯이 녹색 돌벽에 노란 십자 표시 하나가 저절로 그어진다.

때로는 노란 십자 표시 여러 개가 잇달아 나타나기도 한다. 보이지 않는 존재들은 머뭇거리는 우리를 답답하게 느끼고 있는 듯하다.

마침내 우리는 두 개의 검은 옥좌가 나란히 놓여 있는 큰 홀에 다다른다. 옥좌 하나는 크고 하나는 작다.

왼편에 놓인 큰 옥좌에는 검은 토가를 걸친 거한이 앉아 있다.

신장이 적어도 3미터는 되어 보인다. 피부는 새하얀 것이 거의 우윳빛에 가깝고, 흑옥처럼 까만 머리는 기름을 바른 듯 반들반들하면서도 구불구불한 가닥들을 이루어 이마를 덮고 있다. 검은 눈동자는 어떤 흥분성 마약을 복용한 사람처럼 기이한 광채로 번쩍거린다. 그의 토가에는 검은 윤기가 은은한 빛을 흘리고 있다.

그의 옆에는 보통 체구의 젊은 여인이 앉아 있다. 키는 기껏해야 170센티미터 정도이고, 금실로 수놓은 검은 토가 속의 몸매는 아주 날씬해 보인다. 알록달록한 보석 장신구로 몸을 꾸몄는데, 그중에서도 옥색 보석으로 장식한 긴 은팔찌가 특히 눈에 띈다.

창백한 피부의 거한이 쩌렁쩌렁한 음성으로 인사한다.

「내 왕국에 오신 것을 환영하오! 나는 하데스요. 여러분을 여기까지 모셔오려고 내 사자들을 보냈지. 혹시 그 때문에 불안하지나 않으셨는지 모르겠소.」

제우스와 많이 닮았군. 좀 더 젊어 보이기는 하지만.

제우스보다 더 잘생기기도 했고.

하긴, 그들이 닮은 것은 당연하다. 하데스는 제우스의 형이니까.

검은 토가를 걸친 장대한 남자가 다시금 우렁찬 목소리로 말한다.

「여기 페르세포네 왕비를 소개하겠소. 이 세상의 모든 농작물을 자라나게 해주는 게 바로 이 사람이라오.」

그 순간, 오이디푸스가 나서며 버럭 소리를 지른다.

「시끄럽소! 당신은 악, 그 자체요!」

「악?」

「지금 우리가 있는 곳이 지옥 아니오? 이 지옥을 만든 장본인이 바로 당신이잖소.」

「지옥?」

하데스는 미소를 짓는다.

「오호, 내 왕국에 대해 지나치게 단순한 관념을 갖고 계시 군그래! 나에 대한 흑색선전을 너무 많이 들은 모양이야.」

「당신은 열세 번째 신이지요. 타로 카드의 13번 아르카나, 즉〈죽음의 아르카나〉의 신.」

에드몽 웰스가 자신이 아는 바를 말한다.

「아, 이제야 좀 합리적인 말이 나오는군. 맞아. 난 죽음과 연관되어 있지……. 하지만 죽음 안에는 부활이 들어 있지 않던가? 그래, 당신들이 가지고 노는 그 13번 아르카나를 한번 들여다보시오. 거기에 낫을 든 해골이 나오지 않아? 그 해골은 새싹이 돋아날 수 있게끔 낫으로 낡은 풀들을 베어 버리지. 그렇게 겨울은 봄을 예고하는 거야. 그렇지 않소, 페르세포네?」

「맞아요. 우리는 새로운 생명을 품고 있는 죽음을 받아들여야만 해요.」

젊은 여인은 놀라울 만큼 고음으로 느껴지는 목소리로 맞장구친다.

나는 반박한다.

「하지만 우리는 여기에 오던 중에 동굴 벽에 박혀서 울고 신음하는 사람들을 봤어요. 그들을 그렇게 만든 건 당신이 아닌가요?」

하데스는 고개를 끄덕인다.

「그들은 스스로 선택하여 여기 와서 저렇게 고통받고 있는 거라네. 역설이지. 지옥이 뭔지 아나? 지옥은 인간들이 스스로를 벌하기 위해 만들어 낸 개념에 불과해. 여러분이 스틱스강을 따라오면서 본 모든 이들은 스스로 자유롭게 선택하여 여기에 왔고, 또 자유롭게 선택하여 저렇듯 고통을 받고 있는 거요. 저러다 지겨우면 이곳을 떠나 저들이 원하는 장소에서, 또 원하는 존재로 다시 태어나게 되겠지.」

오이디푸스가 그의 말을 끊는다.

「그 말을 우리더러 믿으라고요?」

「하지만 그게 진실인 걸 어찌하겠소? 그들을 여기에 묶어 두고 있는 것은 오직 스스로에게 형벌을 가하고자 하는 그들 자신의 의지일 뿐이오. 당신은 죄의식의 힘을 과소평가하는 것 같군.」

「나도 당신 말을 못 믿겠어요! 한 영혼이 그토록 강렬한 자기 파괴의 의지를 가질 수 있다니요!」

이번에는 아프로디테가 나선다.

「지금 말하신 분은…… 내 사촌 누이 맞소?」

하데스는 몸을 일으켜 그녀에게 다가간다.

「그런데 누이! 몸이 좀 쪼그라든 것 같소이다?」

하데스의 손이 자연스럽게 지금 그녀의 근심거리인 한 가닥 잔주름을 어루만지자, 그녀는 그 손을 세차게 밀쳐 버린다.

「이곳의 영혼들은 육체적 고통으로 스스로를 괴롭히고, 누이 당신은 사랑으로 사람들을 괴롭히지. 하지만 결국 결과는 마찬가지 아니오? 이유가 어떻든 간에 인간은 스스로를 괴롭히고 있소.」

아프로디테는 대답을 하지 못한다.

「다시 한번 말하지. 이 세상에는 지옥도 없고, 그 안에서 우리 모두는 자유롭소. 하지만 우리 중의 어떤 이들은 스스로의 선택을 통해 자신의 지옥을 만들지. 왜냐면 자기가 고통받고 싶으니까. 이 끔찍한 장소는 사람들의 상상 속에서만 존재할 뿐이오. 그리고 지옥이 오늘도 이렇게 영업을 계속할 수 있는 것은 사람들 안에 내재된 공포와 죄의식, 그리고 마조히즘 덕분이지.」

지옥과 악을 지향하는 인간의 본성을 말하는 하데스의 어조는 냉정하기 짝이 없다. 페르세포네는 남편의 말이 유감스럽기는 하지만 인정하지 않을 수 없다는 듯, 굳은 얼굴로 묵묵히 고개를 끄덕거린다.

「그렇다면 사람들이 저렇게 스스로를 고문하고 있는 것도, 저렇게 머리만 내놓고 동굴 천장에 몸이 처박혀 있는 것도 자신의 선택에 따른 것이란 말입니까?」

에드몽 웰스도 믿기지 않는다는 듯한 표정으로 묻는다.

지옥의 신은 마치 수업을 하듯 차분하게 설명해 준다.

「물론이지. 사람들이 마조히즘을 추구하는 데에는 여러 가지 이유가 있어. 거기에 대해서는 웰스 당신도 백과사전에 써넣은 걸로 알고 있는데? 그중 하나는 고통을 느끼면 정신이 각성하기 때문이야. 다시 말해서 현재의 순간과 더욱 강하게 연결됨으로써, 더욱 강렬하게 사는 것처럼 느껴지지.」

그가 신호를 하자, 하인이 쟁반 하나를 가져온다. 물론 하인은 보이지 않는 까닭에 쟁반은 천천히 날아서 방을 가로질러 오는 것처럼 보인다. 이어 쟁반 위의 유리잔들이 저절로 떠오르더니, 제각기 터키석 빛깔에 들척지근한 냄새가 나는 술로 채워진다.

나는 내 얼굴 앞에 둥둥 떠 있는 잔 하나를 잡는다. 동료들도 하나씩 잡긴 했지만, 판의 왕국에서 겪은 불쾌한 일이 아직도 기억에 생생한 터라 아무도 선뜻 입을 대려 하지 않는다.

하데스의 설명이 이어진다.

「마조히스트가 즐기는 또 하나의 쾌락은 엄살떨고 한탄하는 거야. 이게 무슨 말이냐 하면, 마조히스트는 고통받는 자신의 모습을 사람들에게 보여 주면서 큰 만족감을 느낀다는 얘기지. 그럴 때 자기가 박해받는 영웅이라도 된 듯한 기분이 되거든.」

그가 손뼉을 치자 횃불들이 저절로 불타오른다. 그러고는 공중에 둥실 떠서 벽 쪽으로 가더니 걸려 있는 그림들을 밝혀 준다. 만화 영화처럼 움직이는 그 그림들은 고난받는 기독교 성자들의 모습을 보여 주고 있다. 그들이 사자에게 잡아먹히고, 발목을 묶여 거꾸로 매달리고, 채찍질당하고, 사지가 찢기는 광경들이 너무도 생생히 묘사되어 있다.

「초기 기독교 시대에는 스스로를 고발하는 신도들이 너무 많아 교회는 이를 금지하는 칙령을 선포해야 할 정도였어. 신도들은 자기들의 예언자가 겪은 고통을 나누기 위해 자신도 고통받기 원했지. 자, 보다시피 이 지옥을 만든 것은 내가 아니라, 바로 당신들이야.」

허공에 뜬 횃불의 빛을 받아 다양한 시대, 다양한 장소에서 스스로 고통을 찾는 사람들의 모습들이 드러난다. 자기

가슴을 채찍질하는 시아파 교도들. 못까지 박힌 가느다란 가죽끈 묶음으로 자기 몸을 후려치는 스페인의 교권파 가톨릭 교도들. 음경 끝에 무거운 흙벽돌을 끈으로 매달고서 알몸에 가까운 상태로 걷고 있는 텁수룩한 인도인들. 인도네시아에서는 남자들이 무엇엔가 홀린 눈을 하고서 친구들이 연주하는 탐탐 소리에 맞추어 길고 가느다란 꼬챙이로 자기 몸을 꿰뚫는다. 좀 더 현대로 오면, 얼굴 여기저기에 피어싱 고리를 단 고딕 로커들과 깨진 병 조각 위에서 춤을 추는 펑크족들이 있다. 그리고 판화 그림들도 있다. 몸에다 난절(亂切) 문신을 새기는 아프리카인들, 울부짖는 계집아이의 음핵을 도려내는 할례를 행하는 여자들, 서커스에 출연하여 기다란 칼 전체를 목구멍을 통해 배 속에다 집어넣는 남자, 관중들의 박수와 응원을 받으며 맨발로 시뻘건 잉걸불 위를 걸어가는 한 무리의 사람들…….

우리가 너무도 잘 알고 있는 이 세계의 실상을 숨김없이 드러내는 이 충격적인 이미지들을 우리는 그만 외면하고 만다.

내가 묻는다.

「결국 당신이 말하고자 하는 게 무엇이죠? 이 세상에 악이란 존재하지 않는다고요? 단지 자신에 대한 사랑이 부족할 뿐이라고요?」

대답을 하는 하데스의 목소리는 점차로 커지더니 마침내는 쩌렁쩌렁해진다. 그는 같은 말을 반복하는 것이 지겹다는 듯, 한 마디 한 마디를 마치 의사봉을 내리치듯 힘주어 말한다.

「여러분의 불행에 책임이 있는 사람은 오직 여러분 자신뿐이야! 여러분 자신이 불행을 만들고, 또 그것을 도구화하고 있는 거라고!」

이어 그는 목소리를 약간 누그러뜨리며 말을 잇는다.

「여러분은 스스로에 대해 너무도 가혹해요……. 여기 오는 모든 이들에게 나는 말하지. 좀 더 너그러워지고, 지난 삶에서 악행을 저지른 스스로를 용서하라고. 하지만 그들은 내 말을 들으려 하지 않아요. 자신에 대한 그 어떤 변명도 용납하지 않지.」

하데스는 측은함이 가득한 목소리로 허허허 웃는다.

「이것이 내가 여기서 실제로 하고 있는 일이라오. 하지만 워낙에 남을 심판하고 단죄하는 데 익숙해져 있는 여러분인지라, 나도 그렇게 심판하여 이른바 〈악마〉라는 이름으로 매도하고 있지. 나는 여러분의 상상력이 만들어 낸 악당일 뿐인데 말이야. 그리고 세상에 악한 자가 있다면 그건 여러분 자신뿐인데도 말이야. 자, 이제 질문 있으면 해보시오.」

내가 다시 나서서 묻는다.

「왜 이 세상은 온전히 착하지 않은 건가요?」

「아주 좋은 질문이야! 그래, 대답해 주지. 왜냐면 이 세계가 전적으로 착하기만 하다면, 여러분이 어떤 착한 선택을 한다 할지라도 아무런 가치가 없기 때문이야. 에드몽 웰스도 백과사전에다 이런 얘기를 하나 썼는데, 여러분들 기억하시나? 아기 반딧불이가 아빠에게 물었어. 〈아빠, 제가 반짝반짝 빛나요?〉 아빠는 대답했지. 〈다른 반딧불이들이 너무 많아 네 빛이 잘 보이지 않는구나.〉 그러자 아기 반딧불이가 다시 물었어. 〈내가 아빠에게 보이려면 어떻게 해야 해?〉 아빠는 다시 말했지. 〈어둠 속으로 들어가거라.〉 아기 반딧불이는 어둠 속에 들어갔어. 마침내 아기 반딧불이를 보게 된 아빠는 말했지. 〈아들아! 넌 참 예쁜 반딧불이로구나!〉 그러나 아기 반딧불이는 자기가 어둠에 둘러싸여 있다는 사실을 의식하게 되고는 울부짖었지. 〈아빠! 왜 나를 여기다 버렸어?〉」

하데스는 터키석 빛깔의 음료가 든 잔을 들어 고양이처럼 홀짝홀짝 마신다.

「오직 어둠 속에서만 빛을 볼 수 있어. 오직 역경 속에서만 사람의 가치와 미덕을 알아볼 수 있듯이.」

페르세포네는 예의 그 유감스럽다는 표정을 지으며 다시금 고개를 끄덕인다.

「맞아요, 여보.」

그녀는 자신의 동반자인 거인의 손을 잡아 손등에 다정하게 입을 맞춘다. 길들인 커다란 수곰을 쓰다듬어 주는 듯한 모습이다. 그 모습을 본 아프로디테는 반사적으로 내게 몸을 붙인다.

「그래, 다른 질문은 없소?」

이번에는 오이디푸스가 나선다.

「연쇄 살인범들은 대체 왜 생겨나는 거죠?」

「아주 좋은 질문이야! 왜냐면 과거 그들에게 하나의 기능이 있었기 때문이야(그리고 지금도 있지). 자, 모두들 내가 하는 말을 잘 들어 보시오! 여러분의 〈악마〉가 하는 소리지만 틀린 얘기는 아니니까 말이야. 인간 사회는 마치 개미집처럼 움직이지. 인간 사회도 개미집처럼 전문적 기능을 지닌 개체들을 산출해야 할 필요성이 있다는 얘기요. 옛날에는 왕국마다 강하게 동기 부여가 된 공격적인 군사 지도자가 필요했어. 이런 사람들을 얻기 위해서는 우선 〈분노한 아이들〉이 필요했지. 쉽게 말해서 얻어맞고 자란 아이들. 맞고 자란 아이는 세상 전체에 대해 원한을 품게 되고, 다른 사람들을 짓밟는 데 온 에너지를 쏟게 되지. 바로 여기에서 정신적으로 정상인 다른 장수들을 훨씬 능가하는 무시무시한 장수들이 나오는 거요.」

오이디푸스가 놀라서 외친다.

「그렇다면 인간 무리는 전쟁에 나가 싸울 사나운 아이들을 얻으려고 자녀를 학대하는 부모들을 산출한다는 말인가요?」

「바로 그렇소. 문제는 현대 사회에서는 영토를 둘러싼 다툼이 사라졌다는 사실이지. 그래서 세상 사람들을 모조리 죽이고 싶어 하는 분노한 아이들은 더 이상 군사적 침략자가 될 수 없게 되었어. 그래서 연쇄 살인범이 출현하게 되는 거요.」

내가 이의를 제기한다.

「하지만 신경증 환자라고 해서 다 살인범이 되는 건 아니죠.」

「맞아. 그 고통은 다른 방향으로도 흘러갈 수 있는 에너지이지. 신경증 환자들, 그리고 기타 정신적 환자들은 그렇지 않은 이들로서는 생각조차 할 수 없는 것들을 광기 덕분에 이룰 수 있는 특별한 인격을 형성하게 돼. 만일 반 고흐가 미치지 않았다고 가정해 보자고. 그가 과연 색채의 실험을 그토록이나 악착스럽게 끝까지 밀고 나갈 수 있었을까?」

「당신의 논리는 언뜻 들으면 그럴듯하지만 사실은 허점투성이요. 지금 당신은, 흥미로운 예술적 도전을 감행해 볼 수 있는 것은 오직 정신적 환자들뿐이라고 얘기하고 있는 것 같은데?」

에드몽 웰스가 따지고 든다.

「맞아.」

「하지만 행복하고 안정된 이들이 뛰어난 작품을 산출한 경우들도 있었잖소?」

하데스는 짐짓 놀란 표정을 지어 보인다.

「오, 그래요? 누가 있는데?」

에드몽을 대신해서 내가 대답한다.

「1호 지구의 경우만 보더라도 모차르트가 있잖아요?」

「미안하지만, 그에 대해서 잘 모르는 것 같군. 난 알아. 그는 정말로 정신적으로 불안정한 사람이었어. 아버지가 어린 아들을 귀족들로 가득한 궁정에서 활약하는 똑똑한 원숭이로 키우기 위해 그야말로 무자비하게 짓밟았지. 그 때문에 평생을 정서 불안 속에 살아야 했어. 카드 도박으로 파산한 것도 그 탓이지.」

「레오나르도 다빈치는요?」

「동성애 행위로 인해 열아홉 살 때 화형대에 오를 뻔했어. 그 역시 아버지와 문제가 상당히 많았던 사람이야.」

「잔다르크는요?」

「타협을 모르는 광신적 종교인이라 할 수 있지. 다 환각에 사로잡혀서 그랬던 거야.」

「성왕(聖王) 루이 9세는요?」

「〈성왕〉이라고? 살인마야! 그가 〈성군〉의 명성을 얻을 수 있었던 것은 어용 사관(史官)이었던 에젤라르라는 수도사가 찬양 일색의 전기를 써준 덕분이지. 사실은 걸핏하면 화를 내는 난폭한 자였어. 다른 사람들의 재산을 탐내어 그걸 뺏기 위해 서슴지 않고 학살을 자행했던 악당. 실제 인물과 전설을 혼동하지는 말게.」

「베토벤은?」

「못된 부친이 그를 학대하여 공격적인 편집증을 앓게 만들었지. 나중에 그는 제수씨에게서 조카를 뺏어 와서 억지로 음악가로 만들려고 닦달하다가 결국은 자살까지 시도하게 만들었어. 걸핏하면 불같이 화를 내는, 격렬하고도 폭군 같은 자였지. 털끝만큼의 모순도 참아 내지 못하는 사람이었어.」

「미켈란젤로는?」

「정신 분열증이 있었어. 과대망상 증세도 보였지. 밤이면 여자로 변장하고 돌아다니기도 했어. 자신의 성(性)을 받아들이지 못했거든.」

「그럼 간디는요? 설마 간디까지 신경증 환자라고 말하지는 못하겠죠?」

「역시 정신적으로 경직된 사람이야. 항상 자기 혼자만 옳다고 믿었지. 그 누구의 말도 듣지 않았어. 그 역시 아내에게는 폭군이었고, 그 어떤 모순도 견뎌 내질 못했지.」

「테레사 수녀는요?」

「다른 사람들을 돌본다는 것은 따지고 보면 자신으로부터 도피하는 한 방법이라 할 수 있어. 자네가 천사들의 나라에 있을 때 그 여자와 한 번 마주친 걸로 알고 있는데? 그때 자네도 확인하지 않았나? 그녀는 단지 자신을 회피하고 있을 뿐만 아니라, 고집스레 가난한 사람들만을 돌보려 했다는 사실을. 하기야 부자들의 복잡한 정신 상태나 지도자들의 힘의 전략 같은 것들보다는 주거 문제나 양식 문제 같은 단순한 문제들을 해결하는 쪽이 훨씬 더 쉬울 테니까.」

아닌 게 아니라 천사들의 세계에서 테레사 천사를 보고 꽤나 놀랐던 일이 떠오른다. 거기서 세 명의 돈 많은 의뢰인을 돌보게 된 그녀는 어쩔 수 없이 증권이나 성형 수술의 비밀들을 알게 되지 않으면 안 되었다. 하지만 그런 처지에서도 여전히 그녀의 관심은 온통 극빈자들에게만 쏠려 있었던 것이다.

에드몽 웰스가 분연히 외친다.

「악마의 말이야! 당신은 깨끗한 것을 더럽히려 하고 있어. 그들은 성스러운 사람들이었다고!」

하지만 하데스는 까딱도 하지 않는다.

「〈성스러운 사람들〉? 3~4단계에 속한 인간들의 눈에는 성스러워 보일지 몰라도, 그들 대부분은 얼룩진 영혼을 씻으러 여기에 왔어. 그들이 어떻게 했는지 알아? 여기 있는 우리가 그렇게 순진하지가 않아서 그들의 진정한 삶을 알고 있다는 걸 알게 되니까, 마침내 가면을 벗어던지고는 자신에게 끔찍한 형벌을 가하더군. 나는 그들을 설득해 보려고 했어. 제발 좀 자신을 용서하라고 말이지. 하지만 난 실패하여 그들에게 고문실을 빌려 줄 수밖에 없었고, 그들은 가장 지독한 형벌들을 요구했어.」

「우리는 당신 말을 믿을 수 없어!」

에드몽 웰스가 소리 지른다.

「당신들이 말하는 그 성자들과 모범적인 인물들뿐만 아니라 지도자들도 마찬가지야. 얼마나 많은 국가 원수들과 대기업 총수들이 여기 오기도 전에 1호 지구의 사도마조 고문실을 드나들고 있는지를 안다면 여러분은 깜짝 놀랄걸. 그들은 그곳을 찾아가 심지어는 나조차도 지나치다고 느껴지는 지독한 형벌을 맛보고 있어. 장차 가게 될 저 세계를 먼저 맛보고 싶은 건지도 모르지. 어쩌면 어떤 예감에 이끌린 것일 수도 있고. 확실한 것은 모두들 빨리 죄를 씻고 싶어 안달을 하고 있다는 사실이야. 왜냐면 그들은 현실을 알고 있거든.」

다시금 그의 웃음은 부드러워지고 얼굴에는 측은한 빛이 어린다.

「그런데 에드몽 웰스. 나도 다른 사람들처럼 자네의 백과사전을 읽어 봐서 하는 소리인데, 자네 자신이 이런 말을 하지 않았었나? 사람들은 고통의 순간과 방법을 선택함으로써 〈자신의 운명을 지배하고 있다〉고 느끼게 된다고.」

그는 기억을 더듬어 인용해 본다.

「자네는 이렇게 썼지. 〈마조히스트는 스스로에게 부과하는 고통보다 더 심한 고통은 없으리라고 생각한다. 이를 통해 마조히스트들은 스스로의 삶에 대해 전능감을 갖게 되고, 특별한 업소에서의 행위가 끝난 뒤에는 직장에 돌아가 사디즘을 부하들에게 마음껏 퍼부을 수 있는 것이다.〉」

지옥의 신은 이 모든 일들이 참으로 한심하다는 뜻의 몸짓을 해 보인다.

「여러분이 보다시피 나도 이렇게 조그만 지하 업소 하나를 경영하고 있긴 하지만, 난 예외야. 비록 이런 일을 하고 있을지라도 난 나를 사랑한다고. 최소한 나를 받아들이지. 사실을 말하자면, 페르세포네의 사랑이 나를 많이 도와주었어. 나 자신을 존중할 수 있게 해주었지…….」

페르세포네는 그의 팔뚝을 잡고는 작은 입맞춤들로 그 위를 뒤덮는다.

「……그렇게 나 자신을 충분히 사랑하기 때문에, 난 이렇게 다른 사람들에게도 상냥할 수 있는 거라네.」

「역겨워!」

「또 사람을 심판하는구먼! 난 심판하지 않아. 당신들을 조금도 나쁘게 생각하지 않는다고. 정말이야. 악마에 대한 그 모든 이야기는 순전히 중상에 불과해. 기껏해야 아이들을 겁주거나, 사제들에게 권력을 주기 위해 지어낸 허무맹랑한 이야기들일 뿐이야. 당신들은 언제나 이 함정의 본질을 이해하게 될는지!」

하데스는 들고 있던 왕홀을 한 화면을 향해 리모컨처럼 내민다. 그러자 감시 카메라의 중계를 통해 스틱스 강변에서 벌거벗은 사람들이 서로에게 형벌을 가하고 있는 광경이 나타난다.

「저기를 한번 보라고! 저기에 악마들이 있소? 저기에 형벌 집행인이 있냐고? 내 힘만으로 가능한 일이었다면, 저 사람들의 죄를 다 용서해 주었을 거요. 안 그렇소, 페르세포네?」

그녀는 다시금 유감스럽다는 표정으로 고개를 끄덕인다.

「오, 그래요. 당신 말이 맞죠.」

「하지만 남의 말을 들으려 하지 않는 사람처럼 답답한 자는 없지……. 내 꿈이 뭔지 아시오? 그건 이런 장소가 존재하지 않는 거요. 저 사람들이 모두 아기로 환생하여 새로운 경험들을 하고, 한 생 한 생을 거치면서 계속 진보해 나간다면 나로서는 더 이상 바랄 것이 없겠소.」

「새빨간 거짓말이오!」

「또 가치 판단을 하는구먼. 진실을 얘기할까? 솔직히 내 꿈은 이곳 문을 걸어 잠그고 휴가를 떠나는 거요. 하지만 세상이 그걸 허락하지 않지. 흰색이 부각되기 위해서는 검은색이 필요하니까. 그렇지 않소?」

「사실 당신은 파업을 시도해 본 적까지 있었잖아요. 안 그래요, 여보?」

「맞아. 한 번 있었지. 이 고통의 장소를 폐쇄하자고 제의했었어. 아에덴의 모든 신들이 동의했지. 심지어는 제우스까지. 하지만 인간의 영혼들이 싫어했어. 〈지옥을 폐쇄하는 건 말도 안 된다! 우리에겐 너무나도 필요하다!〉 아, 신들은 이토록 너그러운데, 인간들은 얼마나 가혹한지!」

나와 내 동료들은 화면에서 눈을 떼지 못한다. 사람들이 서로에게 고통을 주고 있는 너무도 끔찍한 광경이지만, 서서히 익숙해지기 시작한다. 결국 우리는 모든 것에 익숙해지게 마련이다.

「여기 있는 영혼들은 모두가 자의로 남아 있는 것이고, 원하면 언제든지 떠날 수 있어.」

하데스가 다시 한번 상기시켜 준다.

「그렇지 않소! 나의 에우리디케는 내가 몸을 돌렸다는 이유로 이곳을 떠날 수 없었잖아!」

오르페우스가 반박한다.

「그렇게 결정한 것은 그녀 자신이야. 그녀는 이렇게 생각했지. 〈내가 저 사람을 이렇게 사랑하는데도 그가 몸을 돌린다면, 그건 나를 완전히 신뢰하지 않는다는 뜻이야. 그렇다면 차라리 지옥에 남는 편이 낫겠어.〉」

분노한 오르페우스가 하데스의 멱살을 잡아 보려고 펄쩍 뛰어오른다. 하지만 지옥의 신은 긴 팔로 그를 붙잡아 더 이상 가까이 오지 못하게 한다.

「내가 당신 말을 믿을 것 같아?」

「못 믿겠지. 자네는 그녀의 죄의식을 과소평가하니까.」

순간 나는 가슴이 조여드는 것을 느끼며 더듬거린다.

「혹시…….」

「자네가 뭘 물어보려 하는지 알고 있네……. 마타 하리가 여기 있는지 알고 싶은 거지. 안 그런가?」

하지만 그는 대답은 해주지 않고 비밀스러운 미소만 짓는다.

우리가 이 병적인 광경을 충분히 감상했다고 판단했는지, 하데스는 화면을 끈 다음 우리에게 자신의 〈안방〉에 들어와 앉으라고 권한다.

「다들 내가 드린 음료를 의심쩍어하는 기색이구려. 그럼 대신 박하 차를 드시오.」

다시 물건들이 두둥실 떠온다. 선반에서 날아온 유리잔을 들고 있으니, 찻주전자에서 김이 무럭무럭 나는 뜨거운 차가 흘러나와 잔을 채운다. 우리는 맛을 본다.

에드몽 웰스가 묻는다.

「자, 다음 시련은 뭐죠?」

「시련이라니?」

「길을 계속 가기 위해 통과해야 할 다음 시련 말입니다.」

「시련 같은 것은 없어. 그냥 저 복도를 따라가면 산의 정상이 나올 거야.」

「시련을 통과하지 않아도요?」

검은 토가를 걸친 거인은 우리가 몹시 답답한 듯 열변을 토한다.

「물론 시련 따위는 필요 없어. 난 항상 생각했지. 유일한 실제적인 시련은 자유 의지라고. 우리는 원하는 모든 것을 얻을 수 있어. 문제는 자신의 진정한 욕망에 대해 착각하고 있다는 거라고. 이건 당신들이 천사였을 때 직접 확인했던 사실 아닌가? 왜, 에드몽 웰스가 항상 하는 말도 있잖아…….」

당사자 에드몽은 그가 특히 좋아하는 그 문장을 소리 내어 말해 본다.

「인간은 행복을 만들려고 노력하기보다는 불행을 줄이기 위해 애쓴다.」

「바로 그거야, 브라보! 거기에 모든 설명이 들어 있어. 하지만 지금 여러분은 그 사실을 머리로만 알고 있을 뿐, 아직 실제로 체험하지는 못했지. 그것이 바로 창조자를 만나기 위해 극복해야 할 여러분의 유일한 한계요……. 행복해져라. 자신의 진정한 욕망에 대해 착각하지 마라.」

「아직 내 질문에 대답하지 않았어요. 마타 하리가 여기 있냐고요?」

나는 초조한 마음을 감추지 못하고 재차 묻는다.

지옥의 신은 자못 걱정스러운 표정으로 내 쪽으로 고개를 돌린다.

「자, 바로 자네가 스스로의 불행을 만들어 내고 있는 거야. 자네는 지금 나로 하여금 차라리 안 듣는 편이 나을 대답을 어쩔 수 없이 하게 만드는 나쁜 질문을 하고 있다고.」

「그녀가 여기 있냐고요!」

「물론 그녀는 여기 있지.」

내 심장이 파르르 떨린다.

「그럼 그녀를 데려갈 수 있나요?」

「또 나쁜 질문을 하고 있군. 자, 여기 나쁜 대답일세. 그럼, 물론이지.」

오르페우스가 분개하며 나선다.

「잠깐! 설마 내게 했던 짓을 미카엘에게도 하는 것은 아니겠죠?」

하데스는 검지와 중지를 쭉 펴서 자신의 입술에 대며 말한다.

「흐음…… 솔직히 그 생각은 안 해봤는데, 이렇게 말이 나왔으니 그 점을 고려하지 않을 수 없군. 따라서 이 세 번째의 나쁜 질문에 대한 대답은 이래. 〈지금 여러분이 그렇게 해달라고 암시한 이상, 나로서는 다른 선택이 없다.〉」

난 오르페우스에게 버럭 소리를 지른다.

「조용히 좀 하고 있을 수 없어요?」

페르세포네가 얄밉게도 토를 단다.

「하데스가 말했듯이, 이곳에서 형벌과 석방의 규칙을 정하는 것은 결국 〈지옥의 세입자들〉 자신이라고요.」

이렇게 말하고는 검은 토가를 홱 하니 휘감은 젊은 왕비는 못마땅한 표정으로 입을 삐죽 내민다.

「안 그래요, 여보?」

하데스는 고개를 끄덕인다.

「안 돼! 가지 마! 이건 함정이야!」

아프로디테가 소리친다.

「아프로디테 말이 맞아. 자넨 큰 고통을 받게 될 거야.」

오르페우스가 맞장구친다.

「마타 하리를 구할 가능성이 털끝만큼이라도 남아 있다면, 난 시도해 볼 거예요.」

하데스는 어쩔 수 없다는 표정으로 어깨를 으쓱한다.

「원하는 대로 하게나. 그래, 자넨 아기 반딧불이이기 때문에 자신의 빛의 밝기를 확인해 보기 위해서는 어둠 속으로 들어가야 할 필요가 있겠지…… . 자, 미카엘 선생, 날 따라오시게나. 자네의 이름 자체가 하나의 질문이니 자네가 그토록 대답에 목말라하는 것은 어쩌면 당연한 일이지.」

그는 잔에 가득한 음료를 한 입에 털어 넣은 다음, 활기찬 걸음으로 우리를 한 회색 문으로 인도한다.

74. 백과사전: 세 개의 체

어느 날 어떤 사람이 소크라테스를 찾아와 말했다.

「여봐. 방금 자네 친구에 대해 어떤 얘기를 들었는데 말이야…… .」

소크라테스가 그의 입을 막았다.

「잠깐만! 내게 그 얘기를 해주기 전에 우선 시험을 세 개 통과해 줬으면 좋겠네. 세 개의 체라는 시험일세.」

「세 개의 체?」

「나는 타인에 대한 얘기를 듣기 전에는 우선 사람들이 말할 내용을 걸러 내는 게 좋다고 생각한다네. 내가 〈세 개의 체〉라고 부르는 시험을 통해서지. 첫 번째 체는 진실의 체일세. 자네가 내게 얘기해 줄 내용이 진실인지 확인했는가?」

「아니. 그냥 사람들이 말하는 걸 들었을 뿐이야.」

「좋아. 그럼 자네는 그 얘기가 진실인지 모른다는 말이지. 그럼 두 번째 체를 사용하여 다른 식으로 걸러 보세. 이번에는 선(善)의 체일세. 내 친구에 대해 알려 줄 내용이 뭔가 좋은 것인가?」

「천만에! 그 반대야.」

「그럼 자네는 내 친구에 대해 나쁜 것을 얘기해 주려 하고 있군. 그것이 진실인지 아닌지 확실히 모르면서 말이야. 자, 이제 마지막 시험, 즉 유용성의 체가 남아 있네. 사람들이 내 친구가 했다고 주장하는 그것을 내게 말하는 것이 유익한 일인가?」

「뭐, 꼭 그렇다고는 할 수 없네.」

그러자 소크라테스는 이렇게 말했다.

「그렇다면, 자네가 내게 알려 주려는 내용이 진실도 아니고, 선하지도 않고, 유익하지도 않은 일이라면 왜 굳이 그걸 말하려고 하는가?」

에드몽 웰스, 『상대적이며 절대적인 지식의 백과사전』 제6권

75. 검은 튤립

어둠의 색깔의 토가를 걸친 부부가 우리를 데려간 곳은 거대한 바위가 깊이 패어 이루어진 어느 협곡이다. 협곡 밑바닥으로 내려가 보니 수많은 검은 튤립이 밭을 이루고 있고, 그 가운데는 네덜란드식 풍차가 한 채 서 있다. 굴뚝에서는 연기가 피어오르고, 잎이 다 떨어진 주위의 나무들에는 까마귀들이 앉아 있다.

마타 하리가 네덜란드에서 보낸 유년기를 얘기해 준 적이 있다. 그녀가 태어난 소읍인 레이우아르던에 대해서. 또 그곳의 풍경을 이루던 네덜란드 특유의 간척지와 튤립과 풍차들에 대해서.

페르세포네가 지옥과 묘한 부조화를 이루는 목가적인 풍경의 의미를 설명해 준다.

「그녀는 자신의 개인적인 환경을 이렇게 다시 만들어 놓았어요. 물론 어린 시절의 경험을 끝없이 반복하기 위함이죠.」

이 말을 들으니 무언가 불길한 예감이 스친다.

나는 풍차 건물의 문턱을 넘어선다. 주위에는 바람 한 점 없건만 풍차의 날개들이 삐걱거리는 소리가 머리 위에서 들려온다. 풍차 내부는 거미집 천지이고 먼지가 뽀얗게 내려앉아 있다.

벽에 액자들이 걸려 있기에 자세히 들여다보니 다름 아닌 내 모습을 그린 초상화요, 내 모습을 담은 사진들이다. 또 내 모습을 묘사한 조각상들도 있다. 식탁 위에는 네덜란드 특산의 하우다 치즈 조각들이 담긴 더러운 접시들이 놓여 있다.

뒤따라 들어온 하데스는 내 어깨에 손을 얹고, 진심 어린 동정의 미소를 머금는다.

「그녀는 자네를 몹시 사랑한다네. 하지만 저렇듯 스스로를 괴롭히려고 자네의 이미지와 함께 사는 것을 선택했지.」

「그녀는 어디 있죠?」

「옆방에 있어. 지금 자고 있지. 하지만 내가 가서 깨우면 나올 거야. 자네가 이 스카프를 쥐고 있으면 그녀가 등 뒤에서 한쪽 끝을 잡을 거고, 그렇게 자네는 그녀를 내 세계 밖으로 인도해 내면 되네. 하지만 물론 오르페우스의 경우와 똑같은 시험이 기다리고 있어. 만약 자네가 몸을 돌려 그녀에게 뭔가 얘기하려 들면, 자네는 그녀를 영원히 잃게 될 거야. 반대로 그런 사고 없이 바깥으로 데려가기만 한다면 두 사람은 다시 함께 있을 수 있지.」

「난 절대 돌아서지도, 말하지도 않을 거예요!」

나는 결연히 다짐한다.

이상하게도 델핀이 생각난다. 내 상황은 항구마다 다른 연인이 한 명씩 있는 선원과도 비슷하다. 내 경우에 항구는 아니지만 각 차원마다 사랑이 하나씩 있는 것이다. 그런데 기묘한 점은 이 모든 사랑들이 서로를 배척하지 않는다는 사실이다.

나는 델핀을 사랑한다. 나는 마타 하리를 사랑한다. 어떤 의미에서는 아프로디테도 사랑한다. 또 예전에 내가 인간이었을 때는 아망딘과 로즈도 사랑했다. 이 여인들은 모두 나를 진리로 이끌어 준 존재들이었다. 하지만 그 하나의 진리에 이르기 위해 내가 받아야 했던 수업은 하나만이 아니었다.

지금 여기서, 나는 델핀을 열렬히 사랑하면서도 다른 한편으로는 진심으로 마타 하리를 구해 내고 싶다.

나는 앞으로 나아간다.

하데스는 페르세포네에게 몸을 돌리고 나직이 말한다.

「지옥이란 그들의 욕망일 뿐이야. 인간들이란 얼마나…… 한심한 것들인지!」

나는 그의 말을 못 들은 척한다.

내가 마타 하리가 자고 있다는 방문 앞에 서자, 하데스는 스카프 한 장을 내 손에 쥐여 준다.

「누군가가 이 스카프를 잡았다고 느껴지면 나아가기 시작하게. 이쪽 방향으로 계속해서 똑바로 가야 하네.」

그는 에메랄드 벽이 이어진 녹색 복도를 가리킨다.

「이 통로의 끝에는 출구가 나오고, 거기에서 산의 정상에 이를 수 있을 거네. 나는 자네의 친구들과 먼저 그리로 가서 자네를 기다리고 있겠네.」

나는 그가 준 스카프를 오른손 안에 꼭 쥐어 본다.

지금 내가 처해 있는 상황이 꼭 마술 쇼 같다는 느낌이 어렴풋이 든다. 마지막에 가서 아무도 예상 못 했던 결과가 튀어나오게 되는 마술 쇼. 그렇게 기분 좋은 예감은 아니다.

어쩌면 악마가 못된 장난을 벌이고 있는지도 모른다는 불안감이 인다. 하지만 마타 하리를 되찾고 싶은 욕구는 이 모든 불안감을 눌러 버릴 만큼 강하다. 그렇게 나는 등 뒤로 스카프를 든 채로 오랫동안 기다리고 서 있다.

갑자기 어떤 존재가 잔걸음으로 내게 다가오는 것이 느껴진다. 그리고 누군가의 손이 스카프를 잡는다.

순간, 말이 목구멍까지 올라왔지만 가까스로 참는다. 몇 분만 참으면 마타 하리를 되찾을 수 있지 않은가.

김칫국부터 마신다고, 마타 하리가 아프로디테를 보고 질투할지도 모른다는 엉뚱한 상상이 인다. 하지만 내 생각은 분명하다. 이 두 여자 중 나한테 더 중요한 사람과 함께 돌아가리라. 최소한 여기, 이 차원에서는 말이다.

바로 마타이다.

나는 가슴이 두방망이질하는 것을 느끼며 걷기 시작한다.

등 뒤의 누군가가 잔걸음으로 따라온다.

난 긴 에메랄드 터널로 들어간다. 저 끝에는 출구가 등댓불처럼 반짝이고 있다.

마타가 말 못 하는 뮤즈(매릴린 먼로처럼)나 인어(라울의 아버지처럼)로 변신하지 않고, 온전한 모습으로 여기 이렇게 있다는 것이 얼마나 다행인가! 그래. 절대로 오르페우스처럼 호기심에 굴복하지 말자. 그의 실패를 교훈 삼아 정신을 바짝 차리자.

우리는 나아가고, 내 심장의 고동은 더욱 빨라진다.

내 뒤의 존재는 내 걸음에 보조를 맞추어 따라온다.

문득, 왜 그녀가 여기 있을까 하는 생각이 든다. 어떤 이유 때문에 자신을 벌하고 싶었다는 얘기인데…… 하지만 대체 어떤 이유로? 마타 하리는 오히려 희생자가 아니었던가? 그 누구에게도 해를 끼친 일이 없는 사람이다.

그렇게 걷고 있을 때 이상한 현상이 발생한다. 뒤쪽의 발걸음 속도가 느려지고, 팽팽했던 스카프도 아래로 처지는 느낌이다.

나는 계속해서 걷는다. 이제 출구에서 1백여 미터밖에 남지 않았다.

스카프가 점점 더 아래로 내려가는 동시에 발걸음은 점점 더…… 잦아진다.

대체 무슨 일일까?

그녀의 몸이 점점 낮아지고 있는 것 같아.

너무도 그녀에게 얘기하고 싶다.

이제 발걸음 소리는 아주 작아졌고 또 느려졌다. 그리고 스카프도 여전히 내려가고 있다.

결국 얼마 후에 스카프의 저쪽 끝은 지면에 닿은 듯하고, 발걸음은 아예 멈춰 버린다.

그녀가 힘이 빠진 걸까?

나는 말하고 싶다.

마타! 일어나! 거의 다 왔단 말이야!

나는 입을 벌리지 않으려고 혀를 꽉 깨물고, 까닭을 알기 위해 몸을 돌리고 싶은 욕구에 저항하려고 목에 부르르 힘을 준다.

그 순간 등 뒤에서 누군가가 흐느끼는 소리가 들려온다. 하지만 전혀 마타 하리의 목소리가 아니다.

따라오고 있는 건 마타 하리가 아니야!

난 더 견디지 못하고 몸을 돌리고 만다.

76. 백과사전: 아포테오시스

현재 〈신격화〉, 〈절정〉, 〈극치〉 등의 의미로 쓰이고 있는 아포테오시스는 원래는 한 인간을 신Theos으로 격상시키는 행위이다.

이집트의 파라오들은 선임 파라오가 죽으면 신이 된다고 생각하고는 아포테오시스 의식을 거행했다. 이는 자신들을 위해서도 유리한 것이었으니, 살아 있는 자기들 역시 〈미래의 신〉이라고 주장할 수 있었기 때문이다.

고대 그리스에서 영웅들을 마법의 능력을 지닌 신으로 변형시키는 것은 각 영웅이 창건한 도시의 위명을 드높이는 한 방법이었다(신이 된 인간 헤라클레스의 이름을 딴 도시 헤라클리온의 경우가 그러하다). 알렉산드로스 대왕이 죽은 뒤 사람들은 그를 신으로 숭배했다. 때로는 예술가들에게도 이런 영예가 주어지기도 하니 바로 호메로스 같은 경우이다. 고대 로마인들은 그들만의 특별한 방식으로 아포테오시스 의식을 거행했다. 우선 고인의 관 뒤에 원로원 의원, 고위 관리, 전문적인 대곡자(代哭者), 고인의 조상들의 가면을 쓴 배우, 고인의 생전 행동을 흉내 내는 어릿광대 등으로 이루어진 행렬이 뒤따른다. 시체를 장작 더미에 올려놓기 전에는 고인의 흔적으로 무언가를 지상에 남겨 놓기 위해 손가락 하나를 잘라 낸다.

이어 시체를 화장하고 독수리 한 마리를 날리는데, 이는 이 새가 고인의 영혼을 신들의 왕국으로 인도한다고 믿기 때문이다.

기원전 44년 암살된 뒤 율리우스 카이사르는 이 아포테오시스 의식을 받은 최초의 로마인이 되었다. 그 이후 로마 원로원은 모든 황제에게 이 의식을 거행해 주었다. 인간이 신 가운데 받아들여지는 극적인 순간이라 할 수 있는 이 아포테오시스는 회화와 조각에서 즐겨 다루는 주제

중의 하나가 된다.

에드몽 웰스, 『상대적이며 절대적인 지식의 백과사전』 제6권

77. 두 번째 산

내 눈앞에 있는 것은 기껏해야 몇 개월밖에 안 되어 보이는 작은 여자아이다. 아이는 침을 질질 흘리면서 울고 있다. 하지만 그녀의 얼굴에서 마타 하리의 윤곽이 희미하게 느껴진다.

하데스가 다시 돌아와 툭 내뱉는다.

「자넨 졌어.」

나는 더듬거린다.

「하지만…… 하지만, 왜 그녀가 이렇게 어린아이가 됐죠? 이건 정말 예상 못 했어요!」

검은 토가의 신은 특유의 유감스럽다는 표정을 지으며 고개를 가로젓는다.

「그녀의 선택이야. 그녀는 자네가 자기를 육체 때문이 아니라 영혼으로서 사랑한다는 확신을 얻고 싶었어. 그래서 이런 변신을 선택한 거지. 자네가 그녀를 이렇게…… 아이의 형태로도 사랑할 수 있는지 알고 싶었던 거야.」

「하지만……하지만…… 그래요, 물론이죠. 난 그래도 그녀를 받아들였을 거예요.」

나는 달려가 그 조그만 아이를 품에 꼭 껴안는다.

하데스는 아이를 빼앗아 약간 떨어진 곳에 내려놓는다.

「너무 늦었어. 터널 끝까지 견뎌 냈더라면 그녀를 되찾을 수 있었을 거야. 그게 우리의 계약이었으니까. 하지만 이제 그녀는 이 타르타로스의 밑바닥에 있는 그녀의 풍차로 돌아

가야 해. 혹시 그녀가 원한다면 젖먹이로 환생할 수도 있지. 그래. 그것은 그녀 영혼의 상태에 달려 있고, 영혼의 상태마저 각자의 자유 의지가 선택하는 거야. 자유 의지…… 이것이 바로 우리의 모든 문제의 근원이라네.」

나는 네발로 엉금엉금 기면서 놀란 듯이 눈을 둥그렇게 뜨고서 나를 쳐다보는 아기에게 몸을 돌린다. 나는 다시 그녀를 안아 들려 해보지만 하데스가 앞을 막아선다.

「결과에 깨끗이 승복하게.」

나는 아이에게 손을 내민다.

「마타! 제발 부탁이야! 난 실패했어. 하지만 넌 제발 여기에 남아 있지 마! 넌 환생하여 다시 태어날 자격이 있는 사람이야. 다시 땅으로 돌아와! 1호 지구도 좋고, 18호 지구도 좋고 1천 호 지구라도 좋아. 어떤 지구라도 좋고, 어떤 형태를 입어도 좋으니 돌아오기만 해줘. 제발 이곳에만은 있지 마. 이곳은…… 막다른 골목이라고!」

하데스는 그러는 나의 어깨를 붙잡고, 다른 투명 하인들도 아이에게 다가가지 못하도록 나를 꽉 붙잡는다.

「이봐, 부탁하는데 내 왕국은 모욕하지 말게. 선택한 건 그녀야. 왜 그녀가 이곳에 있으려 하는지 아나? 자네와의 추억을 부여안고 슬픔으로 몸부림치기 위함이야. 즉 어떤 의미에서 그녀는 이별의 고통 자체를 즐기고 있단 말일세. 자네는 그녀에게 충고는 해줄 수 있지만, 그녀 대신 결정할 수는 없어. 말이 나왔으니 말인데, 자네가 몸을 돌린 것도 자네와의 자유 의지였어. 아무리 자신의 자유 의지조차 제대로 사용하지 못하는 사람이지만 최소한 남의 자유 의지는 존중해 줘야 하지 않겠나.」

나는 아이를 쳐다본다.

「만일 내가 몸을 돌리지 않았더라면요?」

「마타 하리, 즉 아홉 달 먹은 이 아이와 함께 밖으로 나갔겠지. 내가 보기에 그녀는 확신을 얻고 싶었던 것 같아. 자신의 겉모습과 나이가 어떻든, 자네가 자기를 사랑해 준다는 확신. 그래서 그녀는 자네에게 이 시험을 부과한 거라네. 난 이런 종류의 사람들을 전에도 본 적이 있어. 자기를 지옥에서 꺼내 주려는 사람의 사랑을 확인하기 위해 일부러 장애인이나 추남 추녀로 변신한 사람들 말이야. 이처럼 증거를 얻고자 하는 욕구, 정말 놀랍지 않나? 나한테는 사랑에는 증거가 필요 없어. 그렇지 않소, 페르세포네?」

「맞아요, 여보.」

나는 거세게 치밀어 오르는 분노를 애써 억누른다. 하지만 하데스에게는 아무 잘못이 없다는 사실 또한 잘 알고 있다. 지옥은 마타 하리의 두려움에서 나온 것이다. 내가 자신을 영혼이 아니라 몸 때문에 사랑하고 있다는 두려움.

나는 하데스와 투명 하인들의 손을 홱 뿌리치고 마침내 아이를 들어 품에 안는 데 성공한다.

「이, 이런 갓난애의 형태로도 너, 널 사랑할 수 있었는데…….」

나는 감정이 북받쳐 올라 말을 제대로 이을 수 없다.

그녀는 마치 무얼 물어보는 것처럼 옹알거린다. 그러고는 다시 맑은 침을 흘린다.

「그녀는 내 말을 이해하나요?」

하데스가 다시 아이를 빼앗는다. 보이지 않는 다른 손들은 나를 꽉 붙잡는다.

「그녀의 오성(悟性)은 이해 못 해. 그건 아직 아홉 달배기의 수준에 머물러 있거든. 하지만 영혼으로는 물론 이해하지.」

「마타, 환생해! 환생하라고! 그럼 내가 무슨 수를 써서라도 널 다시 찾아내겠어.」

그녀는 다시 옹알거린다.

하데스는 그녀의 말을 다 알아듣는 표정을 지으며 통역해 준다.

「자네 말을 알아들었다는군. 그리고 돌아가겠대. 언젠가는.」

또다시 아이는 어떤 소리를 내고는 침을 흘린다.

「또 이렇게 말하는군. 다음 생에는 자네가 자기의…….」

아이는 다시 뭐라고 옹알거리고 악마는 그 말을 금세 해독해 준다.

「아니, 뭐? ……(그는 너털웃음을 터뜨린다)…… 엄마가 됐으면 좋겠대! 자네를 엄마로 삼고 싶다는구먼. 이거야, 원! 인간들이란 왜 이리 복잡한 거야!」

나는 내 영혼에 제시된 이 새로운 시련 앞에 아연하여 그저 입을 딱 벌리고 있을 뿐이다. 사랑하는 여자를 다시 찾았는데, 그녀가 5분 만에 어려져서 아기가 되더니만 이제는 나를…… 자기 엄마로 되찾고 싶다니!

아기는 다시금 뭐라고 소리를 내고, 하데스는 자못 놀랍다는 표정을 지으며 이렇게 알려 준다.

「자기는 사내아이로 태어나고 싶다는군. 남자가 되어 여자들을 유혹하고 싶다는 거야. 그리고…….」

또다시 옹알옹알.

「아…… 자네가 엄마가 돼서 자기에게 젖을 물려 줬으면 좋겠대. 뭐, 그게 모자간에는 반드시 있어야 할 융합적 체험이라고 생각한다나.」

하데스는 나를 출구로 인도한다.

「중요한 것은 영혼뿐이야. 육체적 껍데기는 〈용기(容器)〉에 불과할 뿐.」

나는 이제 타로의 13번 아르카나가 보여 주는 변화가 내 안에서도 이루어졌음을 느낀다. 머리도 잘리고 손도 잘려, 어느 풍요한 농토에서 무언가 다른 것으로 새롭게 돋아날 준비가 되어 있는 것이다.

나는 마타에게서 멀어져 가며 외친다.

「델핀이 임신 중이야! 아마 6개월째일 거야! 그러니 네가 오면 돼!」

페르세포네도 나를 떠밀면서 말한다.

「그녀가 당신의 말을 들었어요. 자, 이제 결정은 그녀의 몫이니 스스로 선택하게 합시다. 그녀의 자유 의지를 존중하세요.」

마침내 나는 체념한다.

출구에 이르자 기다리고 있던 아프로디테가 내 손을 부여잡는다. 마타 하리가 돌아오면 나를 잃게 될까 걱정하고 있었던 것이다.

하데스와 페르세포네는 고지를 향해 똑바로 올라가는 길을 가리킨다.

모두가 눈을 들어보니 두 번째 산의 정상이 보인다. 그 꼭대기는 여전히 안개에 싸여 있지만 이제는 손에 닿을 듯이 가깝게 보인다.

78. 백과사전 : 어릿광대

사람들을 웃기는 직업은 어느 시대에나 존재했던 것 같다.

그리스 신화에서 〈모모스〉는 올림포스 신들의 익살꾼이었다고 할 수 있다. 하지만 신이 아닌 실제의 익살꾼에 대한 최초의 기록을 남긴 사람은 5세기의 그리스 역사가 프리스코스이다. 그에 의하면 훈족의 황제 아틸라에게는 연회 중에 동석자들을 웃기는 역할을 맡은 신하가 있었다고 한다. 이보다 훨씬 나중의 프랑스 국왕들의 회계 장부를 들여다보면, 〈익살꾼〉에 대한 지출 내역이 적혀 있는 것이 확인된다.

프랑스의 유명한 익살꾼들을 몇 명 들자면 다음과 같다.

트리불레. 루이 12세와 프랑수아 1세를 섬긴 궁정 공식 익살꾼.

브리스케. 의사였는데 솜씨가 너무도 서투른 탓에 환자깨나 죽었다고 한다. 결국 사형 선고를 받았는데, 앙리 2세가 사면해 주고 자기를 웃기는 신하로 삼는다. 신교로 개종했다는 의심을 받게 된 그는 늘씬하게 얻어맞은 뒤 도주한다.

니콜라 주베르. 앙리 4세의 익살꾼. 〈멍청이들의 왕자〉라는 별명을 가지고 있었다.

랑질리. 원래는 콩데 공의 마구간 하인이었으나, 그의 재능을 발견한 루이 13세가 신하로 삼는다. 그의 거침없는 입담은 그 누구도 사정을 봐주지 않았다. 귀족들은 그의 신랄한 야유를 피하고자 뇌물을 주었고, 그 결과 그는 상당한 부자가 되었다고 한다.

영국에서는 제임스 1세의 익살꾼 아치볼드 암스트롱이 유명하다. 별명이 〈아치〉였던 그는 주군이 죽은 후 캔터베리 대주교를 모시게 되지만, 결국 주교를 미워하게 되어 그를 욕하는 선전물까지 발행했다고 한다.

주로 서커스에서 활약하는 익살꾼bouffon을 가리키는 〈어릿광대clown〉란 말은 〈서투른 자〉를 의미하는 영어 단어 〈클로드clod〉에서 나왔다.

어릿광대가 처음 출현한 것은 중세였던 것 같다. 당시의 한 곡마단장은 관중이 항상 똑같은 마술(馬術) 묘기에 지루해하는 모습을 보고서 묘안을 짜냈다. 즉 승마에 서툰 농부가 항상 말에서 떨어지는 모습을 보여 줌으로써 곡마단원들의 솜씨를 부각시킨다는 거였다. 결과는 대성공이었고 다른 곡마단들도 따라 하게 되었다. 그런데 당시 고용된 농부는 대부분 코가 빨개지도록 술에 전 가난한 농부들이었고, 그 때문에 곡마단 어릿광대는 코를 빨갛게 칠하는 전통이 생겨났다.

흰 어릿광대(뾰쪽한 모자를 쓰고 얼굴에는 흰 분칠을 한)와 〈오귀스트〉(헐렁한 옷을 입은 거지) 콤비가 출현한 것은 더 나중의 일이다. 흰 어릿광대는 제대로 된 인물이지만 오귀스트는 어수룩하고도 서툴기 그지없다. 관객은 흰 어릿광대의 행동에는 웃을 일이 없지만 오귀스트는 손끝만 까딱해도 웃음보가 터지게 되어 있다. 그는 항상 흰 어릿광대의 행동을 따라 하려 시도하지만 결코 성공하지 못할 뿐 아니라 오히려 큰 사고만 치기 때문이다.

그런데 흥미롭게도 이 콤비의 관계는 북아메리카 인디언 나바호족과 주니족의 신화에 나오는 두 신 간의 관계에서도 발견된다. 한 가지 차이가 있다면 오귀스트에 해당하는 인물은 인디언 신화의 신들 가운데 가장 중요하고도 강력한 신이라는 점이다.

한 가지 덧붙이자면, 연금술에도 어릿광대가 존재한다. 이것은 그 화학적 분해 작용으로 인해 〈흑색화 단계〉를 가능케 해주는 용해제의 상징이다.

에드몽 웰스, 『상대적이며 절대적인 지식의 백과사전』 제6권

79. 정상을 향하여

산비탈의 경사가 급해진다. 고도가 높아짐에 따라 공기는 가볍게 느껴지지만 발걸음은 무거워지기 시작한다.

우리는 갈수록 험준해지는 산허리를 끼고 이어지는 좁다란 절벽 길을 걷는다. 다시 꿰맨 배낭 속에 넣어 짊어진 18호 지구가 갈수록 무겁게 느껴진다.

비록 자그마한 궤짝의 크기로 축소되긴 했지만, 이처럼 한 세계를 짊어지고 천 리 길을 가는 것은 참으로 진 빠지는 일이다. 동병상련이라고 아틀라스가 떠오른다. 이제야 그의 심정이 이해가 된다.

그런데 이것은 내게는 하나의 단순한 세계만이 아니다. 내 미래의 모든 희망이 이 안에 깃들어 있는 것이다.

델핀.

태어나게 될 우리의 아이.

나와 내 친구들이 건설한 새로운 공동체.

이들을 생각하니 발걸음이 한결 가벼워진다.

암벽을 따라 구불구불 올라가던 그 위태로운 오솔길마저 마침내 사라져 버린다. 이제 우리는 스스로 길을 만들지 않으면 안 된다. 앞장서 가는 오르페우스는 덤불들을 치워 가며 길을 튼다.

공기는 무거워지고 기온은 차가워진다.

이제 말을 하는 사람은 아무도 없고, 뽀얀 입김만 가쁘게 내뿜을 뿐이다.

우리 앞에 우뚝 서 있는 산은 안개에 싸인 정상과, 마치 케이크의 꼭대기를 장식한 하얀 크림처럼 정상에서부터 흘러내리는 눈의 외투를 드러내 보여 준다.

비탈이 한층 더 가팔라지기 시작하는 곳에서 우리는 일종의 고원에 이르고, 거기서 에드몽 웰스는 잠시 쉬어 가자고 제안한다.

파노라마와도 같은 전망이 눈앞에 펼쳐진다. 서쪽으로는 제우스의 산이 보이고, 들쭉날쭉한 해안의 모습도 한눈에 들어온다.

내가 그린 그림은 틀리지 않았다. 섬은 첫 번째 산이 있는 위치에서 약간 좁아지기는 하지만 전체적으로 커다란 삼각형을 이루고 있다. 에드몽 웰스가 침묵을 깬다.

「이제 우리는 최소한 한 가지 사실은 알게 되었어. 산은 세 개가 아니라 두 개야. 저 정상에 이르면, 이 세상에 우리가 올라야 할 곳은 더 없다는 얘기지.」

첫 번째 산 뒤쪽으로 검은 연기가 올라오는 게 보인다. 우리 모두의 머릿속에는 내전에 휩싸여 있는 올림피아의 도성이 떠오른다.

에드몽 웰스는 한숨을 내쉰다.

「저들은 자기들이 이기기 위해서 싸운다고 믿고 있어. 하지만 그건 착각이야. 저렇듯 싸우는 것은 스스로를 파괴하기 위함이야. 저들 중에서 가장 불쌍한 사람이 누군지 알아? 바로 가장 나중에 죽는 자들이야. 죽어라고 싸웠지만, 결국 자신이 죽기 위해 이렇게 싸웠다는 것을 깨닫게 되니까.」

「그게 바로 당신의 그〈아폽토시스〉이론 아닌가요?」

「우리도 신이었을 때 어떤 인간들이 성공하도록 다른 인간들을 저버린 일이 있었지. 생각나, 미카엘? 그 처참한 파괴의 와중에서도 우리는 희망을 가득 안고 배에 올라 뭍을 떠났었지……. 개미들도 마찬가지야. 그들은 여왕이 도망가는 것을 돕기 위해 무수한 병정개미들을 희생시키지.」

검은 연기는 첫 번째 산 주위에서 끊임없이 피어오른다.

「올림피아 전체가 불과 피로 화해 있을 거야.」

601

무슈론이 행운의 마스코트인 자신의 존재를 상기시켜 주고 싶기라도 한 듯, 내 손가락 위에 살포시 내려앉는다.

우리가 마침내 눈이 쌓인 지대가 시작되는 곳에 이르렀을 때 하늘이 어둑해지기 시작한다.

우리의 발걸음은 한층 무거워진다. 우리가 걸친 의복은 추위를 막기에는 충분치 않다. 설상가상이라고, 땀에 젖은 토가가 살갗에 찰싹 달라붙는다.

나의 소원한 태도에도, 아프로디테는 내 곁을 떠나지 않는다.

밤이 되자 우리는 새로이 나타난 조그만 고원에서 쉬어 가기로 결정한다.

늑대들과의 싸움으로 앙크의 배터리가 다 닳았기 때문에, 우리는 마른 나뭇가지들을 모으고 부싯돌로 불을 일으켜야 한다. 매우 어려운 작업이지만 오이디푸스는 이 일에 뛰어난 재능을 보여 준다. 조그만 불똥 하나가 튀자 그는 불을 고운 섬유에 옮겨 붙인 다음, 쌓아 놓은 잔가지 아래에 집어넣고 훅 하고 분다. 불길이 일기 시작한다. 모닥불에서 발산되는 열기는 우리의 지친 몸에 새로운 활력을 불어넣어 준다.

바로 이때, 오르페우스가 우리에게 기이한 현상을 보라고 한다. 우리 위 검은 하늘에 가늘고 흰 글자 같은 무언가가 나타난 것이다. 언뜻 나타났다가 사라지긴 했지만 모두가 분명히 그것을 보았다.

우리는 멍한 얼굴을 하고 털썩 주저앉는다.

「여러분은 무얼 보았죠?」

「글쎄, 글자들이 거꾸로 쓰여 있는 것 같기도 하고…… 한데 모으면 〈비신〉이라는 단어 같았어.」

602

오르페우스가 말한다.

「아냐. 내가 보기엔 〈들신〉 같았어.」

아프로디테가 바로잡는다.

내 느낌으로는 〈비〉가 아닌가 싶다.

하지만 우리는 그것이 과연 글자였는지 확신하지 못하고 서로의 얼굴만 멀뚱히 쳐다본다. 에드몽 웰스가 주장을 편다.

「이건 집단 환시 현상입니다. 때로 별들은 대기층의 영향을 받아 길게 늘어진 형태들을 취하기도 하죠. 그 결과 일련의 점들이 모여 직선이나 곡선으로 보일 수도 있는 겁니다. 그다음에는 우리의 상상력이 그 선들을 연결하여 어떤 글자를 만들어 냅니다.」

「복잡하게 얘기할 것 없이 아까 그건 오로라였어요. 원래 오로라는 주로 극지방에서 발생하지만 이 행성은 너무 작아서 여기서도 보이는 거라고요.」

에드몽 웰스는 다소 긴장된 분위기를 풀어 볼 양으로 불붙은 나뭇가지를 집어 들며 이야기를 하나 꺼낸다.

「저걸 보니 프레디 메예르의 유머가 생각나네요. 한 천문학자가 하늘에서 흥미로운 행성 하나를 발견했어요. 그는 그 행성을 더 잘 관측하기 위해 엄청난 장비를 마련하느라 전 재산을 탕진했죠. 그 행성 하나만을 위해서 말이에요. 그리고 죽으면서 아들에게 그 행성을 계속 연구해 달라는 유언을 남겼죠. 아들은 아버지의 뜻을 받들어 점점 더 성능 좋은 망원경을 구입하여 그 별을 점점 더 자세히 들여다보게 되었죠. 그러던 어느 날, 그는 그 행성의 표면에 어떤 상징 같은 것들이 그려져 있는 것을 보게 됐어요. 꼭 글자같이 생긴 상징들이었죠. 그리고 그 글자들은 하나의 문장을 이루고 있었죠. 행성의 표면에 새겨진 거대한 문장이었어요.」

우리는 흥미를 느끼며 에드몽 웰스의 이야기에 귀를 기울인다.

「그 문장은 이랬죠. 〈당신들은 누구입니까?〉 천문학자의 아들은 전 세계의 모든 천문대에 이 놀라운 사실을 알렸고, 모두가 이 신기한 표면을 향해 망원경을 돌렸어요. 그야말로 지구 전체를 뒤흔든 일대 사건이었죠. 학자들에게 그건 의심할 수 없는 사실이었어요. 즉, 그들이 보기에 그건 다른 행성에서 볼 수 있게끔 어떤 지적 존재들이 써놓은 거대한 글자였지요. 그것도 지구인의 언어로 말이죠. 이에 국제 연합은 모든 국가를 소집하여 이 메시지에 답신을 보낸다는 엄청난 프로젝트를 수립하기에 이르렀죠. 이를 위해 사하라 사막이 선택됐고, 무수한 불도저들이 어마어마한 고랑들을 파서 외계인들에게 보내는 답신을 새겼어요. 그 메시지는 이랬죠. 〈우리는 지구인입니다.〉 그때부터 지구의 모든 주민들은 답신이 오기만을 기다리며 목이 빠져라 하늘만 쳐다보았죠. 그들의 기대는 헛되지 않았어요. 갑자기 그 멀리 떨어진 행성의 표면이 모습을 바꾸기 시작한 거예요. 마치 거기서도 불도저를 동원하여 〈당신들은 누구입니까?〉라는 질문을 지우고 새 메시지를 쓰고 있는 것 같았지요.」

「그게 뭐였죠?」

「우린 지금 당신들에게 말하고 있는 게 아닙니다.」

지금까지 너무도 극적인 사건들을 통과하며 팽팽히 긴장되었던 우리의 마음은 이 이야기 하나로 일시에 풀어진다. 이것이 바로 유머의 힘이다. 유머는 모든 것을 한 걸음 물러

서서 여유 있게 바라보게 해준다.

아프로디테는 다시 내게 몸을 붙여 온다. 그녀의 긴 황금빛 머릿결과 에메랄드 빛의 커다란 두 눈은 보고 또 보아도 항상 새로운 매력으로 다가온다. 비록 약간 쪼그라들었을지라도, 약간 더 늙고 지쳤을지라도, 그녀의 아름다움은 너무도 휘황하여 아무리 굳은 마음이라도 그 자연스러운 매력 앞에서 사르르 녹아 버리고 만다.

그녀가 속삭인다.

「키스해 줘.」

나는 그녀의 말에 따른다.

「내 느낌으로는, 그다지 유쾌하지 않은 비밀이 우리를 기다리고 있을 것 같아.」

「난 창조자를 만나는 게 두렵지 않아요.」

그녀는 얼굴을 잔뜩 찌푸리고 있다.

「뭔가…… 좋지 않은 예감이 들어.」

에드몽 웰스가 우리에게 온다.

「어이, 연인들! 무슨 문제라도 있소? 추우면 둘만 그렇게 떨어져 있지 말고 불가로 오라고요.」

「아프로디테가 불안해하고 있어요. 저 위에 가서 발견하게 될 진실이 끔찍한 것이기나 하면 어쩌나 하고요.」

다른 이들도 우리 곁으로 온다.

「지금 〈위대한 신〉 얘기하고 있는 거야? 뭐, 그거야 제우스 같은 신 아닐까? 물론 그보다는 더 크고 더 멋지고 더 강하겠지.」

오르페우스가 자신의 생각을 말해 본다.

「그건 너무 단순한 생각이야. 또 돌이켜 보면 우리의 예측

605

은 항상 틀렸었어.」

오이디푸스가 말한다.

「그게 오히려 다행이었습니다. 나 같으면 저 위의 위대한 신이 내가 상상했던 대로라면 실망할 것 같아요.」

에드몽 웰스가 말한다.

나는 내가 노상 하는 그 질문을 또 내놓아 본다.

「여러분은 위대한 신을 만나게 되면 무얼 물어볼 거죠?」

아프로디테가 먼저 대답한다.

「나는…… 인간의 성적 욕망을 왜 그렇게 복잡하게 만들어 놨는지 묻고 싶어.」

에드몽 웰스는 눈을 들어 하늘 어딘가를 쳐다보며 말한다.

「내가 창조자를 만나게 되면…… 이렇게 묻고 싶어. 〈당신은 당신 자신을 믿습니까?〉」

이 말에 내 몸은 아프로디테에게서 살짝 떨어진다.

오르페우스는 이렇게 말한다.

「난 말야, 위대한 신을 만나게 되면…… 오히려 이렇게 묻고 싶어. 〈당신은 저를 믿으세요?〉」

그 말에 모두가 미소 짓고, 분위기는 한결 부드러워진다.

이번에는 내가 말한다.

「난 신을 보게 되면 이렇게 묻고 싶어요…… 왜 무(無)가 아닌 우주를 창조했냐고요.」

아프로디테가 지적한다.

「이 질문들에 대한 답은 어쩌면 모두 우리 스스로가 찾아낼 수 있을 거야. 그건 바로 우리의 질문이 좋은 질문이 아니라는 뜻이지. 어쨌든 이렇게 그에게 다가감에 따라, 우리가 조금씩 그를 만날 준비가 되어 가고 있는 건 사실이야.」

두 번째 산 정상의 안개 사이에서 희미한 빛이 반짝인다.

무슈론이 내 손가락에 내려앉는다. 그녀는 추운지 몸을 바르르 떤다. 나는 두 손바닥을 모아 그녀를 올려놓고 불에 가까이 대어 준다.

오르페우스가 다시 입을 연다.

「내 생각에, 저 위에서 우리를 기다리고 있는 것은 모든 상상을 초월하는 무엇일 것 같아. 비밀의 마지막 현시가 되겠지. 어쨌든 한 가지 분명한 것은, 우리가 조금 전에 보았듯이 세 번째 산은 존재하지 않는다는 사실이야. 따라서 저 위에 이르게 되면 우리는 마침내 이해할 수 있게 되겠지. 이 우주를 움직이는 위대한 시계 장치의 비밀을.」

아프로디테는 내게 몸을 꼭 붙여 온다. 이렇게 불안해하는 모습은 한 번도 본 적이 없다. 우리는 타닥거리며 타오르는 불 옆에서 잠이 든다.

80. 백과사전: 엘레우시스 게임

엘레우시스 게임은 단지 감춰진 법칙이 무엇인지 찾아내는 것으로 승부를 겨루는 아주 특이한 놀이다.

이 놀이에는 적어도 네 사람이 필요하다. 먼저 놀이꾼 가운데 하나가 〈신〉으로 결정된다. 그는 어떤 법칙을 만든 다음 종이에 적는다. 법칙은 하나의 문장으로 되어 있고 〈우주의 섭리〉로 명명된다. 그런 다음 쉰두 장으로 된 카드 두 벌이 놀이꾼들에게 골고루 배분된다. 한 놀이꾼이 선을 잡고 카드 한 장을 내놓으면서 〈세계가 존재하기 시작한다〉라고 선언한다. 그러면 각자 돌아가면서 카드를 한 장씩 낸다. 〈신〉으로 명명된 사람은 다른 사람들이 카드를 낼 때마다 〈이 카드는 합격이야〉 혹은 〈이 카드는 불합격이야〉 하고 알려 준다. 퇴짜 맞은 카드들은 한쪽으로 치워 놓고, 합격 판정을 받은 카드들은 한 줄로 나란히 늘어 놓는다. 놀이꾼들은 〈신〉이 받아들인 일련의 카드를 관찰하면서 그 선별에 어떤 규칙이 있는지를 찾아내려고 노력한다.

누구든 법칙을 찾아냈다고 생각하는 사람이 있으면 손을 들고 스스로 〈예언자〉라고 선언한다. 그때부터는 그가 〈신〉을 대신해서 카드의 합격 여부를 다른 사람들에게 알려 준다. 〈신〉은 〈예언자〉를 감독하고 있다가 〈예언자〉의 말이 틀리면 그를 파면한다. 파면당한 〈예언자〉에게는 이제 게임을 계속할 권리가 없다. 예언자가 열 번을 맞게 대답했을 때는 자기가 추론한 법칙을 진술한다. 그러면 다른 사람들은 그의 진술이 종이에 써놓은 문장과 일치하는지 비교한다. 두 가지가 맞아떨어지면 〈예언자〉는 승리한 것이고 다음 판에서 〈신〉을 맡게 된다. 그러나 두 진술이 어긋나면 〈예언자〉는 파면된다. 만약 104장의 카드를 다 내놓도록 〈예언자〉가 되겠다고 나선 사람이 없거나 〈예언자〉를 자처한 사람들이 모두 틀린 진술을 하면, 승리는 〈신〉에게로 돌아간다. 승리한 〈신〉이 법칙을 밝히면 다른 사람들은 그 법칙이 〈찾아낼 수 있을 법한 것〉이었는지를 확인한다.

이 게임에서 흥미로운 점은 대개 법칙이 단순할수록 찾아내기가 어렵다는 사실이다. 예컨대 〈끗수가 7보다 높은 카드와 7보다 낮은 카드가 번갈아 나타난다〉는 법칙은 알아내기가 매우 어렵다. 놀이꾼들은 주로 킹이나 퀸 같은 그림패라든가 빨간색 카드와 검은색 카드가 갈마드는 것에 주목하기 때문이다. 〈빨간색 카드만을 받아 주되 10의 배수 번째에서는 예외로 한다〉라는 법칙은 알아내기가 불가능하다. 법칙의 단순성을 지향하더라도 누구나 쉽게 떠올릴 수 있는 것은 피해야 한다. 〈모든 카드가 유효하다〉와 같은 법칙이 그런 예에 속한다.

이 게임에서 승리하기 위한 가장 훌륭한 전략은 무엇일까? 설령 〈신〉의 법칙을 발견했다는 확신이 들지 않더라도 되도록 빨리 〈예언자〉를 자처하는 것이 유리하다.

에드몽 웰스, 『상대적이며 절대적인 지식의 백과사전』 제6권

(제5권의 항목 재수록)

81. 역장을 뚫고

그날 밤 나는 자면서 꿈을 꾸지 않는다.

잠에서 깨어나 보니 세상은 깊은 정적 속에 잠겨 있다. 두 번째 태양이 서서히 떠오르고 있을 때, 우리는 발이 푹푹 빠지는 눈을 밟으며 다시 걷기 시작한다.

온몸의 근육이 아파 오기 시작하지만 더 이상 허비할 시간이 없다.

오르페우스는 우리더러 바다의 수평선 쪽을 쳐다보라고 한다. 짙푸른 수평선 바로 위쪽에 다시금 어떤 기호가 쓰여 있는 게 보인다. 이번에는 글자가 아니라 숫자들이 거꾸로 쓰여 있는 것 같다.

「저걸 뒤집어서 읽으면 865가 될 것 같은데?」 오르페우스가 말한다.

「아냐, 562야.」

「내가 보기엔 585 같은데요.」

에드몽 웰스는 어깨를 으쓱한다.

「우리가 또 집단 환시를 일으킨 건가? 아님 오로라?」

「바다 위에 나타났으니 차라리 〈신기루〉라는 용어가 낫지 않겠어?」

「뭐, 숫자들로 이루어진 신기루?」

오르페우스가 놀랍다는 듯이 외친다.

「우리가 위대한 신에 가까이 갈수록, 우리로서는 이해할

수 없는 현상들이 일어나는 것, 이게 오히려 논리적인 것 아니겠어?」

「자, 어서 올라갑시다. 이제 정상은 그리 멀지 않을 거예요.」

아프로디테가 대화를 끊어 버린다.

우리는 걸음을 빨리해 보려고 애쓴다.

그렇게 아프로디테와 함께 앞장서서 걸어가던 나는 갑자기 큰 충격을 받고 멈춰 선다.

코 연골에서 쾅 소리가 나더니 엄청난 고통이 엄습한다.

내 코가 보이지 않는 어떤 벽에 세차게 부딪친 것이다.

눈앞에 보이는 것은 전혀 없다. 하지만 코에 느껴지는 고통은 너무도 생생한 현실이다.

「어떤 힘의 장이 산정을 에워싸 보호하고 있군.」

에드몽 웰스는 이 보이지 않는 벽을 손으로 더듬어 보며 말한다.

「제우스가 이런 장애물이 있을 거라고 경고했었지. 하지만 일단 라울이 지나가고 나면 이 벽은 더 이상 필요가 없어져서 사라지리라고 생각했어.」

「지금 우리는 벌써 정자 하나를 받아들인 난자 앞에 다다른 정자들이라고 말할 수 있겠네요.」

내가 말한다.

「더 정확히 말하자면 다른 놈들은 못 들어오게끔 다시 닫혀 버린 난자이지.」

오이디푸스가 한숨을 푹 쉰다.

「그렇다면 들어간 정자가 남긴 〈흉터〉가 어딘가에 남아 있을 텐데?」

우리는 그 흉터를 찾으려고 산비탈을 끼고 산을 한 바퀴 돌아본다.

「저기 좀 봐요!」

별안간 아프로디테가 한 곳을 가리킨다.

우리는 서쪽 비탈에서 산 위쪽으로 뻗어 있는 도로를 하나 발견한다. 그것은 제우스의 산을 관통하여 터널로 빠져나온 다음, 황금 다리를 건너 두 번째 산의 정상으로 뻗어 올라가고 있다.

「엘리시온 대로야!」

우리는 영롱한 빛으로 반짝거리는 그 길을 향해 내닫는다.

마침내 그곳에 도달한 우리는 난간을 넘어 도로에 들어선다. 땅바닥은 무언가 폭신폭신하고 빨간 물질로 포장되어 있다. 두툼한 벨벳 양탄자의 느낌이다.

꼭 기다란 혀 같아.

드디어 우리의 발은 엘리시온, 신화 속의 그 길을 밟게 된 것이다. 나는 이 자홍색의 벨벳에 발자국이 남아 있는 것을 발견한다.

「라울이 벌써 여길 지나갔어요.」

우리는 길을 따라 나아가지만, 다시금 어떤 장애물에 부딪힌다. 조금 전의 그 보호 역장보다 약간 불투명한 벽이다. 물렁물렁하고 투명하며 아주 두껍다. 우리는 그것을 두드려도 보고 딱딱한 물체로 찔러도 보지만 꿈쩍도 안 한다.

에드몽 웰스는 두 손바닥으로 벽을 더듬어 보다가 다른 곳보다 좀 더 불투명한 부분을 발견한다. 투명한 벽면 가운데 미세한 홈 같은 것이 수직으로 길게 나 있는 것이다.

「여기에서 벽이 찢겼던 것 같은데?」

「라울이 지나가면서 남긴 흉터예요. 우리가 너무 늦게 도착했어요.」

내가 힘없이 말한다.

「이건 지나갈 수 없을 것 같아. 우리의 등정은 여기까지야. 라울만이 이 방벽을 넘은 유일한 이로 남게 되겠군.」

오르페우스도 풀 죽은 목소리다.

「이건 말도 안 돼! 지금까지 그 숱한 시련을 겪어 왔는데 결과가 고작 이거냐고!」

오이디푸스가 외친다.

「우린 최선을 다했어요. 시도해 봤지만 결국 실패한 거죠. 이제 남은 일은 이 엘리시온 대로를 따라 다시 내려가는 것 뿐이에요.」

「그럼 저 밑에 내려가서 뭘 해야 하지? 다른 이들과 내전이나 벌이고 있어야 하나?」

나는 아프로디테에게 몸을 돌린다.

「나를 당신의 원심 분리기에 다시 넣어 줄 수 있나요? 어차피 죽을 바에야 고요한 섬에서 죽고 싶군요.」

델핀과 함께.

「난 그 기계를 거꾸로 돌리는 건 못 해.」

사랑의 신이 쌀쌀맞게 대답한다.

「이제 그냥 판의 왕국에 가서 사티로스들하고 노닥거리면서 남은 한세상 살아가는 건 어때? 따지고 보면 섹스와 유머가 그렇게 나쁜 프로그램은 아니니까…….」

오르페우스가 허탈하게 내뱉는다.

이때 오이디푸스가 모두들 조용히 하라고 손짓을 한다.

「무슨 소리가 들려!」

모두들 몸을 돌려 산 아래를 내려다보니, 저 멀리에서 한 무리가 엘리시온 대로를 따라 우리 쪽으로 몰려오고 있는 것이 보인다. 워낙 멀어서 잘 보이지는 않지만, 그 가운데 켄타우로스, 그리핀, 그리고 물을 채운 수조에 몸을 담근 인어 등이 식별된다.

「결국 아레스의 패거리가 디오니소스의 무리를 꺾었군! 그래서 엘리시온 대로로 진입하여 창조자를 만나러 저렇게 달려오는 거야. 잠시 후면 여기에 이르겠어.」

에드몽 웰스가 중얼거린다.

나는 엘리시온 대로를 막고 있는 벽으로 돌아와 있는 힘껏 주먹으로 두드려 본다. 주먹에 피가 나도록 쳐보지만 벽은 끄떡도 하지 않는다. 나는 다시 마음을 가라앉힌다.

이게 열렸었다면 다시 열릴 수도 있다는 얘긴데…….

「해결책은 분명히 있어.」

에드몽 웰스가 침착하게 말한다.

아프로디테는 내게 몸을 돌린다.

「넌 스핑크스의 수수께끼도 풀어낸 사람이야. 그러니 이 문을 통과하는 방법도 찾아낼 수 있을 거야.」

바로 이때 델핀이 가르쳐 준 방법이 뇌리를 스친다.

「잠깐만 기다려 줘요…….」

나는 연꽃 자세로 앉아 심장 박동의 속도를 늦추고 머릿속을 완전히 비운다. 그리고 내 육체에서 빠져나와 날기 시작한다. 산 위로 솟아오르고, 다시 아에덴의 대기권 위로 솟아오른다. 거기서 내 미래 삶의 레일을 나타나게 하여 〈지금 여기〉의 깃발을 꽂아 놓은 다음, 앞으로 나아간다. 내 앞에는 장차 닥쳐올 내 존재의 중요한 순간들의 슬라이드 필름들이 줄지어 늘어서는데, 나는 그중에서 첫 번째 필름을 들여다본다.

다시 내 몸에 돌아온 나는 〈잠시 뒤의 나〉가 사용하게 될 방법을 모두에게 알려 준다.

조금 아까 나는 반투명한 그 막을 난자에 비유했는데, 그것은 틀린 게 아니었다. 단지 직감적으로 떠오른 그 생각을 끝까지 밀고 나가지 못했을 뿐이다. 그리고 흉터처럼 보였던 그런 틈은 하나만 있는 게 아니었다.

나는 네 동료에게 어떻게 해야 할지를 지시해 준다.

「이 벽이 살아 있다고 상상해 보세요. 그렇다면 이것이 열리기 위해서는 무엇이 필요할까요? 바로 애무와…… 사랑의 행위겠죠」.

「말도 안 돼!」

오르페우스는 어이없어한다.

「네가 말하는 방법이 약간 이상한 건 사실이야. 이건 단순한 벽일 뿐이잖아.」

아프로디테도 오르페우스에 동조한다.

「설마 우리보고 저 벽에다 〈전희〉까지 해주라고 요구하는 건 아니겠지?」

에드몽 웰스의 눈도 둥그레져 있다.

「아니, 바로 그걸 해줘야 해요. 애무해 주고 키스해 주고 긴장을 풀어 줘야 해요. 왜냐하면 저건 살아 있는 벽이거든요. 살아 있는 모든 것은 자신이 사랑받는다고 느끼고 싶어하죠. 저 벽으로 하여금 우릴 받아들이게 하는 방법은 오직 하나, 따뜻한 애정뿐이에요. 그리고 어차피 지금 우리에게 이 방법 외에 다른 길이 있나요?」

나는 엘리시온 대로의 저쪽 아래에서 우당탕탕 몰려오고

614

있는 반란군의 무리를 가리켜 보인다.

「하기야 밑져야 본전이니까.」

오이디푸스가 씁쓰레하게 인정한다.

결국 모두가 내 말을 따르게 된다. 오르페우스 같은 열성파는 혀로 벽을 핥아 주기까지 하고, 아프로디테는 가벼운 뽀뽀로 그친다. 에드몽 웰스는 가장 물렁물렁한 부분들을 주물러 준다.

나는 미래의 내가 했던 대로 손바닥으로 슬슬 문질러 준다. 마침내 나는 손가락 하나를 집어넣는 데 성공한다. 투명한 벽 속으로 두 번째 마디까지 박혀 들어간다.

「돼요! 자, 계속하세요!」

그들은 뽀뽀와 핥기와 애무에 박차를 가한다. 심지어는 작은 무슈론까지 벽 한쪽을 어르고 있다.

저 멀리에서 올림피아의 성난 떼거리가 우리 쪽으로 서둘러 달려오는 게 보인다.

벽에 균열이 보이기 시작한다. 벽이 반투명한 회색빛으로 변하면서, 수직의 홈 주위로 그물 같은 잔금들이 나타나기 시작한다.

「자, 어서 열어 줘! 우리 귀여운 막아, 제발 좀 열어 달라고!」

나는 집게손가락을 지그시 누른다. 오, 된다! 박혀 들어간다!

손가락에 이어 나는 손을 밀어 넣는다.

모두가 노력을 배가한다.

아프로디테는 보드라운 벽에 몸을 비벼 대고, 에드몽 웰스는 뭐라고 중얼중얼 속삭이면서 애무하고 있다.

이제 벽 전체는 물결치듯 흔들리고, 그물 같은 잔금은 흰

색으로 변하면서 깨진 거울과도 같은 수백 조각의 균열로 확산된다.

나는 계속 누른다. 손 다음에는 어깨까지 팔을 밀어 넣는다.

이어 내 정수리의 튀어나온 부분을 가져다 댄다. 일테면 성문을 파괴하는 뾰족 기둥의 끝 부분이라 할 수 있는 그것을 벽에 대고 밀어 댄다. 그렇게 내 이마는 눈썹께까지 박힌다.

이러고 있으려니 아주아주 오래전의 어떤 경험이 생각난다…….

막의 저쪽은 공기가 미지근하다.

나는 눈을 꽉 감고 눈꺼풀이 마찰되는 것을 느끼며 계속 용을 쓴다. 코는 찌그러지지만 어쨌든 통과한다. 다음에는 입이 들어간다. 일순 축축한 공기가 코 안에 밀려 들어온다.

나의 고막은 새로운 환경이 주는 자극들을 감지한다.

안쪽은 그 살아 있는 투명한 벽과 같은 종류의 막으로 둘러싸인 일종의 널찍한 터널이다.

이제 바람 소리도, 바깥의 그 어떤 소리도 들리지 않는다. 기분 좋은 느낌, 외부로부터 보호되고 있다는 느낌이 나를 사로잡는다.

오래전에 겪은 경험을 뒤집어 놓은 것 같다.

나는 계속 용을 쓴다. 그렇게 몸통이 통과하고, 그다음에는 한쪽 다리와 몸 전체가 통과한다. 자, 이제 나는 막의 반대편에 들어와 있다.

왠지 고향에 돌아온 듯한 느낌이다.

포근하고 따스하고 조용하다. 바닥은 융단이 깔린 듯 보드라우며 공기는 아기의 살에서 나는 젖내로 충만하다.

나는 밖에 있는 친구들에게 나처럼 들어오라고 손짓한다.

나의 네 동료 역시 열심히 애무하고 뽀뽀한 끝에 마침내 살아 있는 벽을 통과하는 데 성공한다. 오이디푸스도 에드몽 웰스와 오르페우스가 잡아당겨 준 덕분으로 마지막으로 들어온다. 위기일발이었다. 벌써 밀어닥친 올림피아의 반란군에게 잡힐 뻔한 것이다.

그들은 점점 더 불투명해지는 벽 앞에서 멈춰 선다. 선두에 선 포세이돈은 앙크를 꺼내 벼락을 발사하여 장애물을 파괴하려 든다. 하지만 역효과만을 유발할 뿐이다. 벽은 마지막으로 몇 번 더 수축하며 굳어지더니, 마침내는 보이지 않는 상태로 다시 돌아간다.

성난 신들은 앙크를 발사하고, 켄타우로스, 그리핀, 키마이라들과 함께 벽을 치고 두드려 댄다.

우리에게도 뭐라고 소리치는데 우리 귀에는 전혀 들리지 않는다.

에드몽 웰스는 두 손을 모아 키스한 후 그들을 향해 훅 하고 부는 시늉을 한다. 일종의 힌트를 준 셈인데, 그들은 오히려 이것을 도발로 받아들였는지 폭력과 위협을 배가한다.

「비밀을 알아내지 못하는 한 저들은 영원히 들어올 수 없어.」

오이디푸스가 단언한다.

「자, 저 한심한 무뢰배들과 시간을 너무 많이 허비했어요.」

다시금 콧대 높은 모습으로 돌아온 아프로디테가 내뱉는다.

우리는 따스하고 축축한 투명 터널을 따라 산의 정상으로 향한다. 터널 벽은 점점 더 불투명해지는데, 베이지색, 분홍색, 빨간색의 순서로 점차 따뜻한 색조로 변해 간다. 외부의 빛이 좀처럼 뚫고 들어오지 못하는 가운데, 이제 우리는 푹신하고 붉고 뜨거운 터널 속을 나아간다.

「이제 정상이 그리 멀지 않을 거야.」

오르페우스가 우리의 위치를 추정해 본다.

우리는 군데군데 빛줄기가 새어 들어오고 있는 부드러운 막 앞에 도달한다.

「마지막 베일인가?」

「묵시록…… 아포칼립시스가 가까이 왔어요. 마지막 베일이 벗겨져 궁극적 실체가 드러나겠죠.」

내가 말한다.

오르페우스는 다가가 손을 내밀어 커튼을 잡으려다가 멈칫한다. 귀를 기울이고 있던 오이디푸스가 묻는다.

「무얼 기다리지? 겁이 나나?」

나는 더 이상 견디지 못하고 성큼 앞으로 나서서 자홍빛 커튼을 단번에 걷어 버린다.

82. 백과사전: 천문학의 역사

지구가 자전을 하면서 태양 주위를 돈다는 가설을 처음 내놓은 사람은 사모스섬의 아리스타르코스(B.C. 310~B.C. 230)였다. 하지만 그의 이론은 또 다른 그리스 사람인 클라우디오스 프톨레마이오스에 의해 반박되었다. 프톨레마이오스가 보기에 지구는 우주의 중심에 고정되어 있었고, 그 주위를 태양과 달과 모든 행성과 별들이 돌고 있었다. 이러한 생각은 중세까지만 해도 절대적인 진리로 받아들여졌는데, 태양이 동쪽에서 떠서 서쪽으로 진다는 단순한 이유 때문이었다.

그러다가 폴란드의 천문학자 니콜라우스 코페르니쿠스(1473~1543)는 자신의 관측 기록을 통해 아리스타르코스가 생각했던 대로 지구는 태양 주위를 돈다는 결론에 이르게 되었다. 하지만 종교 재판에 의해 이단자로 몰릴까 두려웠던 그는 저서 『천구의 회전에 관하여』(전4권)의 출판을 자신의 사후로 미뤘다. 그리고 임종의 순간에야 자신의 깊은 확신을 고백했다.

그가 죽은 1543년에 출간된 『천구의 회전에 관하여』는 교황청에 의해 금서 처분을 받았으나, 그의 작업은 다른 학자들에 의해 계승되었다. 특히 덴마크의 튀코 브라헤(1546~1601)는 덴마크 국왕을 설득하여 벤섬에 최초의 근대적 천문대라 할 수 있는 기념비적인 우라닌보르 관측소를 지었다.

합스부르크 황가의 궁정 수학자 요하네스 케플러(1571~1630, 하지만 이러한 신분에도 불구하고 그의 어머니는 마녀로 몰려 투옥되었다)는 티코 브라헤의 관측 자료에 관심이 많았다. 그래서 그의 조수가 되었지만, 브라헤는 자신과 견해가 조금 달랐던 케플러에게 모든 것을 내주지는 않았다. 그래서 케플러는 브라헤가 죽고 난 후에야 그의 관측 자료 전체를 열람할 수 있었다. 그는 행성들의 궤도가 원이 아닌 타원임을 밝혀냄으로써 선배 브라헤의 작업을 발전시켰으며, 달나라를 배경으로 하는 글을 쓰기도 했는데, 이 작품은 서구 최초의 SF 소설로도 꼽힌다.

같은 시대에 살았던 조르다노 브루노(1548~1600)는 코페르니쿠스의 가설을 이어받았고, 또 별들의 수가 무한하다고 주장했다. 그는 우주는 광대무변하며, 우리의 세계와 같은 세계들을 무수히 포함하고 있다고 생각했다. 종교 재판은 8년에 걸친 고문과 신문 끝에 그를 이단으로 단죄하고 화형에 처한다. 화형대에 오르기 전에는 그의 〈거짓말〉을 멈추게 할 목적으로 혀를 뽑아 버렸다고 한다.

이탈리아 사람 갈릴레오 갈릴레이(1564~1642)는 좀 더 신중한 사람이었다. 그는 먼저 교황의 보호를 확보해 놓은 다음에 조르다노 브루노가 남긴 작업을 계속했던 것이다. 당시 네덜란드에서 최초의 망원경이 발명되었다는 소문을 들은 그는 즉시 볼록 렌즈와 오목 렌즈를 결합하여 망원경을 제작하여 별들을 관측하니, 이것이 세계 최초의 천체 망원경이었다. 그는 이것으로 태양의 흑점, 토성, 금성 등을 관찰했고, 은하가 수많은 별들로 이루어져 있다는 사실도 발견하게 되었다. 하지만 이런 작업에 불만을 품은 교황의 측근들은 그의 재판을 요구했고, 결국 그가 발견한 사실들은 부정되었으며 렌즈의 결함에 기인한 착시 현상이라고 선언되었다.

교회의 권위 앞에 무릎을 꿇게 된 갈릴레이는 자신의 생각이 틀렸다고 공개적으로 인정했다(전설에 의하면, 그는 이때 〈그래도…… 지구는 돈다〉라는 말을 했다고 한다).

그 뒤 3세기가 지나고 나서야 서구 여러 나라의 공식 시스템은 단죄되었던 저작들을 재검토하고, 지구가 태양 주위를 돌며 우주에는 무수한 별들이 존재한다는 사실을 인정하게 되었다.

하지만 2000년에 시행된 한 설문 조사 결과에 의하면, 아직도 대부분의 사람들은 태양이 지구 주위를 돈다고 생각하고 있다고 한다.

에드몽 웰스, 『상대적이며 절대적인 지식의 백과사전』 제6권

83. 커튼이 걷히다

커튼 뒤는 새카맣다.

별이 없는 밤과도 같다.

나는 아프로디테의 손을 잡고 앞으로 한 걸음을 내딛는다. 다음 순간, 나는 계속 나아가고 싶건만 모든 게 사라져 버린다. 이제 내 손 안에 느껴지는 아프로디테의 손만이 남아 있

는 유일한 감각의 기준이다.

다행히 그녀도 오르페우스의 손을 놓지 않았다. 우리는 하나의 사슬을 이루고 있다. 이렇게 우리 다섯은 완전한 어둠 속에서 손에 손을 잡고 서 있다. 정적. 공허.

「뭔가 보여?」

「아니, 아무것도.」

「그래도 이 단단한 땅은 남아 있어.」

마치 이 말을 듣기라도 한 듯 발밑의 땅은 쑥 꺼지듯이 움직이고, 우리는 흔들리기 시작한다.

「우리 돌아가는 게 어때?」

불안감이 엄습한 오르페우스가 제안한다.

우리의 다리는 허공 속에 허우적거린다.

「이제는 불가능해.」

「지금 우리가 우주 공간에 있는 거야?」

「하지만 공기를 호흡하고 있잖아.」

「행성의 희미한 불빛 하나 안 보여.」

「그럼 어디에 있는 거지?」

「전혀 알 수 없는 곳.」

「뭉쳐 있어야 해! 서로를 절대 놓지 말라고!」

이제 장님이라는 사실이 더는 중요하지 않게 된 오이디푸스가 외친다.

나는 고개를 사방으로 돌려 보면서, 아무것도 존재하지 않는 이 환경 가운데 유일한 준거점인 아프로디테의 손을 꼭 붙잡는다.

공허. 무. 모든 것이 부재하는 상태……. 우리는 참으로 오래전부터 이 개념을 가지고 유희를 벌여 왔다. 하지만 지금,

그것을 실제로 체험해야 할 때가 온 것이다. 참으로 다행스러운 일은 지금 내 곁에 동료들이 있다는 점이다. 이들이 아니었더라면 난 곧바로 미쳐 버렸으리라. 나는 델핀과 그녀의 행성이 들어 있는 배낭을 다시 한번 꽉 움켜쥔다.

과거 명상 수업을 받을 때 스승은 머릿속으로 공허를 상상하라고 했었다. 하지만 실제로 체험하는 공허란 정말이지 견디기 힘들다.

「지금 우리는 어떤 상자 속에 있는 모양이야.」

에드몽 웰스가 추측해 본다.

「하지만 테두리가 없는 상자죠.」

나는 보다 정확하게 묘사한다.

우리는 기다린다.

순간, 나는 아프로디테의 손을 놓치고 만다. 이어 내 귀에는 점차로 흐릿해지는 외침들이 들려온다.

「미카엘! 미카엘! 미카엘! 그가 우리 손을 놓아 버렸어!」

그 외침들도 더 이상 들리지 않는다. 그것은 먼 곳의 희미한 소음이 되고 만다.

아프로디테의 손은 나로 하여금 거리감을 인식하게 해준 마지막 준거점이었다.

나는 위와 아래의 개념을 상실한다.

내가 먼 곳을 보고 있다는 느낌을 가질 수 있었던 것은 그곳에 지평선이 있었던 덕이었다.

또 높은 곳을 올려보고 있다는 느낌을 가질 수 있었던 것은 그곳에 하늘이 있었던 덕이었다.

이제 이 모든 준거점들이 사라져 버렸으므로 나는 길을 잃는다.

이어 시간의 개념도 흐려진다.

나는 지금껏 내가 빛 덕분에 시간의 흐름을 지각할 수 있었다는 사실을 의식하게 된다. 해가 뜨면 잠이 깨고 밤이 되면 잠자리에 들지 않았던가.

나는 시간과 공간 가운데 길을 잃었다.

나는 나 자신의 숨결을 새로운 시간 단위로 삼는다.

이 완전한 정적 속에서 청각만이 최고조로 기능하고 있으므로 내 심장의 박동은 시간의 새로운 계수 단위가 된다.

그러다 시간의 계수 단위가 두 가지 더 나타난다. 바로 피로감과 배고픔이다. 하지만 이 두 준거점 역시 흐릿해져 가고, 나는 배고픔과 피로감마저 사라져 버린다는 높은 고원 같은 상태에 이른다.

그렇게 한 시간이, 하루가, 한 달이, 아니 1년이 흘렀을까? 부패 작용이 가속된 결과인지 갑자기 내 옷들이 스르르 사라져 버린다.

그리고 내 옷들과 함께 18호 지구가 든 배낭도 스러져 버린다.

「델핀! 델핀!」

나는 벌거벗은 상태가 되어 있다. 추위도 더위도 느끼지 못하는 채로.

나는 허공 속을 떠다닌다.

이제 눈을 뜨든 감든 차이가 없으므로 나는 눈꺼풀을 내린다.

나는 몸을 웅크리고 몸을 빙그르르 돌린다. 마치 태아처럼.

나는 내가 질식하지 않는 것을 깨닫고는 새삼스레 놀란다.

그렇다면 여기에 공기가 있다는 얘기다. 그것도 내가 생명을 유지할 수 있을 만큼 충분히.

이 사실은 과거의 경험 하나를 떠오르게 한다. 인간이었을 때 나는 감각 차단 탱크라는 것을 체험한 바 있다. 그것은 일종의 커다란 플라스틱 관으로, 인간의 체액과 성분이 비슷한 짭짤하고 미지근한 물이 채워져 있어 그 속에 있는 사람의 몸은 탱크 벽에 닿지 않고 둥둥 떠다니게 된다.

탱크 속에서 나는 무중력 상태의 우주인처럼 허공을 유영하는 기분을 느꼈지만, 그래도 물과는 접촉하고 있었다. 그리고 실험 중에는 일종의 응축 현상도 있었다. 다시 말해서 체액 성분의 물방울이 가끔씩 얼굴에 떨어져 의식의 각성 상태를, 혹은 세계와의 접촉을 유지해 주었다. 모든 감각과 차단된 공간에서 부유하는 중에도 바깥에 사람들이 기다리고 있다는 사실을 의식하고 있었던 것이다.

하지만 여기서, 나는 완전히 혼자이다.

제우스는 내게 이렇게 말했었다.

〈미카엘, 미치고 싶지 않거든 자신이 누구인지, 진정한 자신이 누구인지 상기하게. 왜냐하면 모든 영적 체험의 목적은 오직 한 가지이기 때문이야. 자신의 본질을, 물질과 시간 너머에 위치하는 자신의 본질을 상기하는 것, 그것을 되찾는 것이지.〉

나는 표류자들이 날뛰는 파도 위에 떠다니는 널판에 매달리듯 필사적으로 추억에 매달린다.

내가 의사였을 때 동료 의사들이 해준 얘기가 떠오른다. 알츠하이머병을 연구하던 동료들은 말하기를, 기억이 사라질 때 마지막으로 잊는 건 바로 우리의 이름이란다.

내 이름은 〈미카엘〉이야.

그런데 성(姓)은 생각나지 않는다. 어렴풋한 기억으로는 어떤 작은 새하고 관련이 있지 않았나 싶다. 방울새였던가? 박새? 아니면 참새?

아, 맞아! 팽송[16]이었지!

과거 내가 보살펴 주던 방울새의 모습이 떠오른다. 땅에 떨어져 있는 것을 주워다가 흰 솜을 깐 신발 상자에 넣어 주었었지.

나는 그 이미지에 매달린다. 작은 새를 구하려고 종이 상자에 넣어 주던 조그만 사내아이 미카엘의 모습. 젖꼭지 달린 장난감 젖병으로 새에게 물을 먹여 주던 여리고 착한 꼬마.

그런데 놀랍게도 내 어린 시절의 이미지들이 흑백으로 떠오른다.

나는 곧 그 까닭을 이해한다.

어렸을 때 나는 과거의 세계를 흑백으로 상상하곤 했었다. 그 이유는 그저 가족 앨범에 들어 있는 옛날 사진들이 모두 흑백이었기 때문이다. 하지만 지금 나를 둘러싸고 있는 세계는 흑백도 아니고, 온통 검을 뿐이다.

나는 손으로 나를 만져 본다. 다행스럽게도 아직 나는 만져진다. 이렇게 할 수 있는 한 나는 존재할 수 있으리라.

시간은 계속 흐른다. 이제는 내가 자고 있는지 깨어 있는지조차 알 수 없다. 내 이름은 여전히 미카엘이다.

어쩌면 나는 몹시 늙어 버렸을지도 모른다.

어쩌면 의식하지 못하는 사이에 죽어 버린 것인지도 모

16 프랑스어로 〈팽송pinson〉은 방울새를 말한다.

른다.

자, 커튼 뒤에 있던 것이 바로 이거였다. 무(無). 왜 이것이 그렇게 감춰져 있어야 했던가? 아무도 이것을 받아들이고 싶어 하지 않기 때문이다. 〈묵시록〉은 바로 모든 것의 끝이었다. 그것은 무이다.

또 다른 분들이, 시간들이, 날들이, 해들이, 세기들이 지나간다. 소리도, 접촉도, 그 어떤 준거점도 없는 공허 속을 벌거벗은 채로 떠다니면서.

그렇게 나는 내 기억들만을 간직하고 있다.

나는 끊임없이 영화 한 편을 돌리고 또 돌린다.

나는 인간이었다.

그리고 나는 타나토노트였다.

그리고 나는 천사였다.

그리고 나는 신 후보생이었다.

그리고 나는 제우스를 만났다.

그리고 나는 다시금 인간이 되었다.

그리고 나는 다시금 신 후보생이 되었다.

나는 내가 만났던 얼굴들을 하나하나 내 앞에 지나가게 한다.

델핀.

마타.

아프로디테.

에드몽.

라울.

이 마지막 인물은 특히 나의 주의를 끈다. 난 그가 중요하다는 사실을 알고 있다. 그를 절대로 잊어서는 안 될 것이다.

잊지 말 것…… 라울…… 그리고 뭐였었지?

그리고 내 성은 또 뭐였었지?

어떤 새였다. 참새. 내 이름은 미카엘 무아노[17]일 것이다.

또 몇 세기가 지나간다.

그런데 내가 누구더라?

〈미, 뭐, 뭐〉였다. 어떤 음으로 시작되는 이름이 아닌가 싶다.

미 혹은 레. 레미? 아니면 솔로 시작되나?

솔랑주?

아냐, 난 남자야.

아니, 여자인지도 모르겠다.

난 더 이상 내 성(性)을 기억해 내지 못한다.

그리고 내 얼굴 모습도 기억나지 않는다. 얼굴을 만져 보니 그저 코 하나와 입 하나라는 느낌이다. 하기야 이런 암흑과 공허 속에서 생김새가 무슨 의미가 있으랴. 속눈썹은 길다. 그래, 난 여자인 모양이다.

그리고 내 키도 생각나지 않는다. 컸던가, 작았던가?

나는 키가 크고 날씬한 몸매의 여자가 아닌가 싶다.

하지만 기억이 흐릿하다.

그래, 나는 여자였다. 솔랑주 무아노.

그런데 내가 이 암흑 속으로 들어올 때 몇 살이었더라?

아주 젊었었다. 열아홉 살. 그 이상은 아니었다. 난 내 몸을 더듬어 본다.

가슴은 그다지 크지 않다. 아니, 이런! 남근이 달려 있잖아! 난 남자야. 그럼 내가 전에 누구였지?

17 프랑스어로 〈무아노moineau〉는 참새이다.

모른다. 내 과거는 지워진다. 이제는 내가 살았던 세계까지 기억나지 않는다.

그런데 난 무슨 동물이었더라?

두 다리로 걸어 다니는 온혈 동물이었던 것 같다. 하지만 어떤 동물이었지?

어쩌면 식물이었을 것이다.

아니, 돌멩이였는지도 모르겠다.

한 가지 확실한 것은, 나는 암흑 속을 떠다니면서 이런저런 생각을 하고 있는 어떤 〈것〉이라는 사실이다.

이처럼 모든 것이 사라져 버리자 처음에는 짜증과 역정이 나고 견딜 수가 없더니, 차츰 과거 일이 하나둘 잊히면서 지금의 상황이 받아들여진다. 나는 여기 있고 아무 일도 일어나지 않는다.

그리고 하루가, 한 시간이, 1분이, 1초가, 1년이, 아니 1세기가 흐른 후 무언가가 내 앞에 나타난다. 반짝이는 관(管)이다.

뭔지는 잘 모르겠지만, 이것이 나타나니 세상에 그렇게 기쁠 수가 없다.

관은 내게 다가온다. 엄청난 크기이다. 그것은 천천히 회전하면서 어슷하게 잘린 한쪽 끝을 드러낸다.

홀연, 그 어슷한 끝에서 강력한 흡입력이 발산된다.

나는 진공청소기에 빨려 들어가는 먼지처럼 휩쓸려 간다.

난 이미 이런 경험이 있다.

상위 차원으로 옮겨질 때 겪었던 일이었다.

나는 금속관 속에서도 계속 그 흡입력 있는 바람에 휩쓸려 간다.

시간에 대한 지각이 변한다. 모든 것은 느리면서도 동시에 빠르게 이루어진다.

결국 터널 같은 관 끝에 이른 나는 보다 넓고 밝은 또 다른 관으로 빠져나온다.

마침내 빛이 나타난다.

마침내 나는 무언가를 만질 수 있게 된다.

물질과 빛과의 접촉은 단번에 내 기억을 되살린다.

나는 진화하여 신 후보생이 된 한 인간이다.

미카엘 팽송이다.

나는 창조자를 만나려고 산을 올랐고, 곧 까마득한 옛날부터 모든 인간들이 알고 싶어 했던 것을 알게 될 것이다.

유리 벽의 저편에 거대한 눈 하나가 보인다.

설마 저것은…….

끝 부분이 고무로 덮인 핀셋 하나가 내 종아리를 잡아 주사기 밖으로 꺼낸다. 거대한 눈이 다가오고 나는 그 눈 주위의 얼굴과 어떤이의 실루엣을 본다. 그제야 나는 지금 이 작업을 하고 있는 주인공을 알아본다.

「제우스?!」

「잘 있었나, 미카엘! 이렇게 또 만나게 되었군.」

올림포스의 왕이 대답한다.

여전히 벌거벗은 상태인 나는 곤충학자의 처분만 기다리고 있는 벌레처럼 그 어마어마한 핀셋 끝에 달랑달랑 걸려 있다. 일종의 거대한 실험실 안에서 말이다.

「하지만 전 당신이 첫 번째 산 이상으로는 올라갈 수 없고, 이곳에는 일종의 역장 때문에 올 수 없는 걸로 알고 있었는데…….」

「난 그때 모든 진실을 밝히지 않았어. 아직 자네가 깜짝 놀랄 일이 많이 남아 있지.」

「그렇다면 당신이 바로 지고의 신, 창조자란 말인가요?」

「미안하지만 아냐. 난 창조자가 아냐. 단지 〈통과시켜 주는 자〉일 뿐이지. 난 8, 즉 무한한 신이야. 그리고 이제 자네를 진짜 9를 볼 수 있는 곳으로 보내 주겠네.」

「하지만 두 번째 산의 정상에서 반짝이던 빛이 당신이 아니었던가요?」

「물론 난 지금 자네가 보다시피 이렇게 두 번째 산에 있어. 하지만 내가 여기 올 수 있는 기회는 한정되어 있네. 지금 하고 있는 이 작업을 위해 이 실험실을 사용해야 할 필요가 있을 때뿐이야.」

나는 내 종아리를 잡은 핀셋이 스르르 미끄러지는 것을 느낀다. 저 아래에 바닥이 보인다. 그대로 떨어지려고 하려는 찰나, 제우스는 다른 핀셋으로 나를 옮겨 잡는다. 이번에는 엉덩이께이다.

「아까 제가 있던 곳은 어디죠?」

「〈절대적 무(無)〉라는 상자였어. 씻김 작업의 일환이었지. 동물들을 새집에다 넣어 주기 전에 말끔히 씻어 주지 않던가?」

그때에야 나는 제우스가 〈무〉로 채워진 구체를 내게 자랑스럽게 보여 주었던 일이 생각난다. 아무런 물질도 빛도 없고, 단지 〈검은 기체〉로만 채워진 유리 구체였다. 알고 보니 그는 존재들을 씻는 용도로 그것을 사용하고 있었다. 그런데 무로 잠겨 든다는 것은 얼마나 무서운 극한의 경험인가! 내가 이미 여러 번의 육체 이탈 경험을 통해 이런 일에 익숙해

630

졌기에 망정이지, 그렇지 않았더라면 미쳐 버렸으리라.

「자, 이제 저를 가지고 무얼 만들 건가요?」

「미카엘, 자네도 알고 있지 않나. 삶에서 가장 큰 문제는 〈저마다 결국 자기가 바라는 것을 얻게 된다〉는 점일세. 모든 사람은 자신의 욕망이 실현되는 것을 보게 되네. 문제는 자신의 욕망을 착각하는 사람들이 있다는 점이며, 이들은 나중에 후회하게 되지. 따라서 자네 역시 자네의 가장 오래되고 가장 깊은 욕망이 실현되는 것을 보게 될 거야. 자네는 항상 모든 것 위에 존재하는 것이 무엇인지 알고 싶어 하지 않았나? 자, 자네의 그 소망이 곧 실현될 거야. 마침내 그걸 알게 될 거란 말일세.」

그는 거대한 핀셋으로 나를 유리 시험관 안에 내려놓는다. 그 안에서 나는 실험실을 둘러본다. 전체 모습은 알 수 없지만 적어도 내가 볼 수 있는 한은 오색찬란한 스테인드글라스로 장식된 성당의 내부같이 생겼고, 각종 기계, 거울, 광학 렌즈 등속이 놓인 커다란 작업대가 갖추어져 있다. 제우스는 여러 개의 시험관이 걸려 있는 일종의 회전목마처럼 생긴 기계로 나를 가져간다.

바로 원심 분리기로, 제우스는 그중 한 구멍에 내가 든 시험관을 내려놓는다.

「이게 자네를 저 위로 올려 보낼 수 있는 유일한 방법일세. 너무 걱정 마.」

그러고는 작별 인사를 한다.

「여행 잘 하게!」

시험관 밑바닥에 앉은 나는 두 다리를 쭉 뻗어서 유리 벽에 꽉 대어 몸을 최대한 고정해 보려고 애쓴다. 나는 이것이 너무도 고통스러운 과정임을 잘 알고 있지만, 그래도 한번 겪어 봤으니 견딜 만할 것이다. 미지의 것만이 우리를 진정으로 두렵게 할 수 있으니까.

나는 이를 꽉 깨물고 가속의 끔찍한 고통을 느낄 준비를 한다.

다시금 1호 지구에서 인간이었을 때의 추억들이 떠오른다. 놀이 공원에서 거대한 기구에 오르면 기구는 점점 더 빠른 속도로 회전하고, 약혼녀가 겁에 질려 비명을 질러 대면 나는 꼭 안아 주곤 했었다. 우리는 그 끔찍한 기계들을 자발적으로, 심지어는 돈까지 내고 즐기지 않았던가?

원심 분리기가 웅 하는 모터 음을 내자, 시험관은 돌면서 서서히 위로 올라가기 시작한다.

마침내 시험관이 완전한 수평 상태가 되었을 때, 나는 유리관 안에 둥둥 떠 있다.

회전 운동은 가속된다. 나는 유리 벽에 찰싹 달라붙는다.

만일 위장에 음식이 조금이라도 남아 있었더라면 분명히 토하기 시작했으리라.

얼굴이 부풀어 오른다.

몸이 피자 반죽처럼 납작해진다. 그리고 마치 거열형(車裂刑)을 당하는 것처럼 사지가 사방으로 늘어나더니, 마침내는 두 팔이 우지끈 부러진 다음 어깨에서 쑤욱 뽑혀 나간다. 조금 뒤에는 두 다리도 뽑혀 나가서 나는 달랑 머리만 하나 얹혀 있는 몸통에 지나지 않게 된다.

두 눈과 입술이 사정없이 부풀어 오른다.

입이 벌어지고 혀가 길게 늘어난다.

두 귀와 코에서는 피가 허공중에 붉은 선을 그리며 흘러나온다. 피가 시험관 벽을 온통 뒤덮어 시험관을 붉게 번들거리는 작은 동굴로 둔갑시킨다.

머리통은 샴페인병 마개가 뽑히는 소리를 내며 목에서 튀어나온다.

하지만 아프지는 않다. 고통의 경계를 넘어선 지 이미 오래이기 때문이다. 단지 호기심을 느낄 뿐이다.

이건 상위 차원에 도달하기 위한 과정일 뿐이야.

이제 난 드디어 알게 될 거야.

시험관은 한층 빨리 돌아 그 압력이 내 얼굴을 뭉개 버리고, 두 눈알을 터뜨리고, 치아를 뽑아 버리고, 떨어져 나간 두 귀를 앞쪽의 벽에 찰싹 들러붙게 만든다.

나는 불그스름한 반죽으로 변형된다.

그러고는 액체로 변형된다.

나는 액체 상태에서 증기로 변한다.

나는 다시 원자로 이루어진 구름이 된다.

이제 나는 가장 단순한 형태의 표현으로 환원되었다.

지난번의 실험은 이 단계에서 멈췄었다.

하지만 이번에는 멈추지 않고 계속된다.

원자들은 달궈져서 폭발하며, 원자핵과 전자들을 방출한다. 나는 한 무더기의 소립자로 변형되었다가, 다시 압력을 받아 광자로 변형된다. 파동에 실린 한 다발의 광자들이다.

세상에나! 이제 나는 더 이상 한 무더기의 원자조차도 아니다.

나는 빛이 된 것이다!

84. 백과사전 : 초광속 인간

의식 현상을 이해하기 위한 가장 전위적인 이론들 가운데 특히 주목할 만한 것이 하나 있다. 프랑스 푸아티에 의과 대학 물리학 교수였던 레지스 뒤테유의 이론이다. 이 연구자가 전개한 이론의 요체는 미국 물리학자 파인버그의 연구에 바탕을 두고 있다. 뒤테유의 주장에 따르면, 세계는 구성 요소의 운동 속도에 따라 세 가지 유형으로 나눌 수 있다.

첫째는 우리가 살고 있는 〈하(下)광속계〉. 뉴턴의 만유인력 법칙으로 대표되는 고전 물리학의 원리를 따르는 세계다. 이 세계는 브라디온 즉, 빛의 속도보다 느리게 운동하는 입자들로 구성되어 있다.

둘째는 〈광속계〉다. 이 세계는 광속에 근접하거나 도달한 룩손이라는 입자들로 구성되어 있고, 아인슈타인의 상대성 원리에 지배된다.

끝으로 〈초(超)광속계〉가 있다. 이 세계는 빛의 속도보다 빠른 타키온이라는 입자로 구성되어 있다.

레지스 뒤테유의 이론에 따르면, 세계의 이 세 가지 유형은 인간 의식의 세 수준에 대응한다. 첫째는 물질을 지각하는 오감의 수준이고, 둘째는 광속 사고 즉, 생각이 빛의 속도로 이루어지는 현세적 의식의 수준이며, 그다음은 생각이 빛의 속도보다 빠르게 돌아가는 초의식의 수준이다. 뒤테유는 우리가 꿈이나 명상을 통해서, 또는 어떤 마약들을 사용함으로써 초의식에 도달할 수 있다고 생각한다. 그뿐만 아니라 그는 〈깨달음〉이라는 더 넓은 개념에 관해서도 말하고 있다. 우주의 원리에 관한 진정한 깨달음을 통해서 우리 의식의 속도가 빨라져 타키온의 세계에 도달할 수 있다는 것이다.

뒤테유의 생각대로라면, 〈초광속계에 살고 있는 존재에게는 삶을 구성하는 모든 요소가 완전히 한순간으로 통합될 수 있다〉. 그리하여 과거와 현재와 미래의 관념들은 하나로 융화하여 사라진다. 그는 데이비드 봄의 연구를 받아들여, 우리가 죽는 순간 우리의 의식은 육신에서 빠져

나가 초의식이 되고, 우리가 살던 세계보다 진화된 다른 차원의 세계 즉, 타키온의 시공간에 합류하리라고 생각한다. 그는 생애의 마지막 무렵에 딸 브리지트의 도움을 받아 훨씬 대담한 이론을 발표한다. 이 이론에 따르면, 과거와 현재와 미래는 지금 여기에서 하나가 될 수 있다. 그뿐만 아니라, 초광속의 차원에서는 우리의 전생과 내생이 모두 현생과 동시에 전개된다고 한다.

에드몽 웰스, 『상대적이며 절대적인 지식의 백과사전』 제6권

(제5권의 항목 재수록)

85. 별

그 느낌은 엄청나다. 말로 표현하기 불가능하다. 난 더 이상 형태가 없다. 견고함도 없다. 단지 유리관을 밝게 비추는 순수한 에너지일 뿐이다.

〈신들의 왕국〉 게임과 소설이 출시되던 날 저녁, 델핀은 내가 〈빛을 낸다〉고 말했었지. 그런데 내가 지금 이렇게 순수한 빛이 되어 있는 걸 본다면 무슨 말을 할까?

원심 분리기가 멈추자, 시험관은 거치대에서 뽑힌 다음 재빨리 검은 천으로 덮인다.

제우스가 나의 빛이 새어 나가지 못하게 하고 있군.

검은 천 한쪽 자락이 살짝 쳐들리고, 나는 그 틈으로 빠져나간다. 하지만 다음 순간 오목한 거울에 부딪힌 나는 한데 모아져서 균일하고 똑바른 원통형 광선이 된다.

그러고 보니 이 실험실의 작업대 위에 널려 있던 잡다한 렌즈며 거울들은 다 이를 위한 것이었다. 이제 나는 반듯하게 뻗은 하나의 광선이 되었다. 그리고 다시금 다른 광학 렌즈들을 거치며 더욱더 압축된다.

밝은 광선인 나는 어딘지도 모를 어떤 공간을 가로지르며 길게 늘어난다. 그때 불쑥 나타난 반사경에 부딪힌 나는 튕겨져 V 자 형태를 이룬다. 이어 또 다른 반사경이 나를 W 자로 변형시킨다.

이렇게 나는 레이저 광선처럼 압축되었지만 주위를 환히 밝히면서 실험실 안을 뻗어 나간다.

나는 물체들 옆을 지나면서 그 모습을 드러내 준다. 무수히 많은 나의 광자들은 물체들의 표면과 부딪힌 다음 튕겨지며 그들의 어둠을 몰아낸다.

나의 빛에 바싹 가져다 댄 제우스의 얼굴도 환히 비춰 준다.

삼라만상의 감춰진 형상을 드러내는 것은 빛이야. 빛은 존재들을 이미지로 바꾸어 주지. 그들의 색깔과 형태를 보여 주는 거야.

그렇게 뻗어 나가던 나의 광선은 렌즈 하나를 통과하면서 원뿔 모양으로 퍼져 나간다.

하지만 다음 순간 또 다른 렌즈가 나를 다시 압축하고, 나는 한층 더 밝고도 섬세한, 균질적인 빛줄기가 된다.

시간에 대한 나의 인식에 변화가 온다. 나 자신이 너무도 빠르기 때문에 모든 것이 슬로 모션으로 움직이고 있는 듯한 느낌이 든다.

거울 하나가 나를 프리즘 기능을 하는 세모진 크리스털로 보낸다. 나의 빛은 무지갯빛으로 분해된다. 보라에서 시작하여 빨강, 녹색, 파랑, 분홍을 거쳐 노랑에 이르는 찬란한 빛의 축제가 펼쳐진다.

그래. 나의 흰 빛 속에는 이렇듯 모든 색이 포함되어 있었어. 제우스는 내가 순수한 빛으로서 얼마나 많을 것들을 할 수 있는지 보여 주고 있는 거야.

두 번째 크리스털 프리즘은 나의 모든 색들을 모아 예쁜 흰색 광선으로 되돌려 놓고, 그것은 다른 광학 렌즈들을 거치며 다시금 압축된다.

이렇게 나는 끝없이 확장되고, 거울들에 부딪혀 튕겨지고, 주위의 환경을 드러내고, 어둠들을 몰아내면서 초속 30만 킬로미터에 달하는 속도로 실험실 안 여행을 계속한다.

결국 한 볼록 렌즈가 나를 한데 모아 반구형의 오목 거울에 보낸다. 나의 모든 광자들이 그곳에 모여든다. 나는 갇혀 버린 것이다. 곧이어 반구형 오목 거울이 또 하나 다가오더니 이 빛의 석관을 닫아 버린다. 나의 빛은 이렇게 갇혀 버리지만 꺼지지는 않는다.

나는 제자리에서 뱅뱅 돈다.

잠시 뒤 어떤 현상이 일어나면서 빛의 공[球]인 나는 일관성 있는 형체를 갖추게 된다.

나를 담고 있는 구체 거울은 모종의 방식으로 조작된다. 내 느낌으로는 제우스가 이 빛의 공을 투석기 위에 올려놓는 것 같다. 창문을 여는 소리가 들린다. 이어 투석기의 기계 장치가 작동하여 구체 거울은 하늘로 튕겨진다. 그렇게 나는 석관에 갇힌 채로 한동안 여행을 계속한다. 그렇게 얼마나 시간이 흘렀을까. 홀연 석관의 속도가 느려진다.

이제 내가 있는 곳은 우주 공간의 어디쯤이리라.

나는 오직 생각의 힘만으로 구체 거울 속에서 점점 더 빠르게 빙빙 돈다. 나는 달궈지고 압력이 증가하여 마침내는 석관을 폭발시켜 버린다.

바깥은 몇 개의 불빛만이 반짝이고 있는 하늘일 뿐이다. 나는 내가 새로이 변신했음을 깨닫는다.

내가 별이 되었어!

내 주위에는 다른 별들이 빛나고 있다.

이 모든 별들…….

그렇다면 이들도 모두 나와 똑같은 이야기를 거쳐 온 것일까? 모든 영혼 진화의 귀착점은 바로 이것인 걸까? 별이 되는 것?

「쉿!」

누가 말했지? 지금 누가 나한테 〈쉿!〉이라고 한 것 같은데?

「생각 좀 살살 해. 여기서는 천천히 여유 있게 생각해도 된다고.」

이 문장들은 나의 〈별의 의식〉에 직접 도달한다.

「지금 누가 내게 말하죠?」

그러자 모든 별들이 일제히 대답한다.

「우리.」

「난 지금 어디 있죠? 그리고 당신들은 누구예요?」

「나야, 나.」

은은한 붉은 빛이 감도는 아름다운 노란 별이 알고 보니 에드몽 웰스의 별이다.

「그럼 당신도 별이 된 거예요?」

「물론이지.」

「나도야.」

좀 더 분홍빛이 감도는 어떤 별이 말하기에 자세히 보니 다름 아닌 아프로디테이다.

「사실 내가 항상 품어 온 꿈은 하나의 별자리가 되는 거였어. 그런데 지금 그 소망이 이루어진 거야. 사람들이 안드로 메다와 헤라클레스와 페가수스를 알게 되는 것은 밤하늘에서 보는 그들의 별자리 덕분이잖아. 하지만 〈아프로디테 별자리〉가 있다는 사실을 아는 사람은 아직 아무도 없어.」

그러고 보니 그리스 신화는 영웅들, 즉 반신들이 죽은 뒤에 별이 되었다는 이야기를 전하고 있지 않았던가? 하지만 그 이야기가 이렇게 〈정말로〉 실현되리라고 그 누가 상상이나 했으랴!

「다른 사람들은요?」

「나 여기 있어!」

푸르스름한 작은 별이 된 오르페우스가 자신을 알린다.

「나는 여기야!」

좀 더 녹색이 감도는 별은 오이디푸스이다.

「나도 여기 있어.」

샛노란 무슈론의 별이 마지막으로 말한다.

이렇게 친구들을 모두 되찾게 된 기쁨은 말로 표현할 수가 없다.

「사실 지금까지 우리와 연관된 별자리들이나 우리 이름이 붙은 별들이 아주 없었던 건 아니야. 하지만 이제는 우리 자신이 이렇게 별이 되어 있는 거라고.」

오이디푸스가 사뭇 만족스러워하며 말한다.

「후우! 여기는 정말로 좋아.」

오르페우스가 행복한 한숨을 내쉰다.

「이제 나는 더 이상 늙는 것을 두려워하지 않아도 돼.」

아프로디테가 자신 있게 말한다.

「난 말이야. 아버지를 죽이고, 어머니와 동침한 나 자신을 마침내 용서할 수 있게 됐어.」

오이디푸스의 고백에서는 편안함이 느껴진다.

「난 에우리디케를 보려고 몸을 돌려 버린 나를 용서하게 됐지.」

오르페우스도 털어놓는다.

「나는 드디어 내 마음을 표현할 수 있게 되었어.」

이렇게 말하는 별은 무슈론이다.

「어, 그리고 보니 말을 할 수 있게 되었네? 그런데 무슈론! 넌 거룩이 되기 전에 내가 아는 사람 중에 누구였었어?」

「너의 인간의 삶이 시작될 때부터 네게 예정된 사랑이었지. 네가 타나토노트였을 때를 기억해 봐. 그때 라울이 네 운명의 여자가 누구인지 알려 주었잖아.」

「나탈리 김?」

「나의 옛 이름 중의 하나였지.」

나탈리 김. 그래, 생각난다. 나의 〈반쪽 오렌지〉라던 여자. 당시 아내 로즈와 살고 있던 나는 인생을 복잡하게 만들고 싶지 않아서 그녀와의 만남을 거부했었지.

그녀가 여기까지 나를 따라왔구나!

「그리고 나는 마침내 온전한 깨달음에 이르게 됐어. 이제 모든 비밀, 모든 신비, 모든 지식은 우리의 영혼에 활짝 열린 거야. 왜냐하면 별인 우리는 여기에서 도처에 있는 모든 것을 볼 수 있고 또 이해할 수 있기 때문이지.」

에드몽 웰스가 미소 지으며 말한다.

그 말을 증명이라도 하듯, 내 친구 별들은 그 무한히 뻗어 나가는 광선을 발한다.

「그럼 우리 위에 있는 위대한 신은요? 9는 뭐죠?」

「더 높은 차원? 어, 그건 자네 앞에 있잖아. 새로이 얻게 된 별의 감각을 사용해서 한번 쳐다보게나.」

에드몽 웰스가 대답한다.

「9가 있다고요? 아무것도 안 보이는데요?」

「〈9〉의 형태를 지닌 것을 찾아보라고. 바로 눈앞에 있잖아? 허허, 등잔 밑이 어둡다더니.」

나는 열심히 찾아보지만 보이는 것은 텅 빈 공간과 별들뿐이다.

「아무것도 안 보여요.」

「자네의 인식을 넓혀 봐. 습관적인 시각에 갇혀 있지 말고.」

나는 나의 〈시각〉을 넓혀 본다. 그리고…… 홀연 나는 그를 보게 된다.

아니, 그녀를 보게 된다.

그것을 지칭하는 낱말은 프랑스어로 여성형이기 때문이다.

그녀.

나는 그만 입을 딱 벌리고 만다.

그녀의 자명한 진실 앞에.

그녀의 위엄 앞에.

그녀의 크기 앞에.

그녀의 아름다움 앞에.

우아한 팔들을 길게 펼치고 있는 그녀.

나는 무엇이 9인지, 내 눈이 이제껏 무엇을 놓치고 있었는지 비로소 깨닫는다.

바로 은하이다.

우리 모두를 뛰어넘는 존재, 바로 그녀이다. 단지 크기 하나만 보더라도 말이다.

「안녕?」

은하가 인사한다.

순간, 그녀에 대한 깊은 존경심이 솟아오른다. 기이하게도 이 실체의 목소리는 너그러움이 넘치는 할머니처럼 느껴진다.

나는 가슴이 너무도 벅차올라 감히 대답도 할 수 없다. 옛날 언젠가 프리메이슨 사원에 방문했을 때, 그들의 상징 한복판의 삼각형 안에 G 자가 새겨진 걸 본 일이 있다. 프리메이슨 단원이었던 내 친구는 이렇게 말했었다. 〈이건 가들뤼 GADLU의 G자야. 우주의 위대한 건축가Grand Architecte De L'Univers의 약자지.〉 동시에 카발라의 G자도 떠오른다. 〈위에 있는 실체〉를 의미하는 구이멜Guimel의 첫 글자 말이다. 예로부터 이 글자의 중요성을 직관적으로 파악한 사람들이 있었던 모양이다.

은하의 G.[18]

할 수만 있다면 『상대적이고도 절대적인 지식의 백과사전』에다 이렇게 덧붙이리라.

9. 은하. 열린 나선. 외부로 향하는 따스함의 순수한 선(線). 영성의 나탑(螺塔). 돌면서 펼쳐지는 유머와 사랑의 차원.

그녀가 바로 9였다. 그녀가 바로 위대한 신이었다. 그리고

18 프랑스어로 〈은하〉는 G로 시작하는 단어인 Galaxie이다.

그 우주적 장엄함을 온전히 드러내고 있는 그녀를 나는 마침내 보고 있다.

그녀는 마음을 내게 직접 전달한다. 어머니 은하가 〈그녀의 커다란 팔들 중 하나에 포함되어 있는 풋내기 별 하나〉에게.

「그래, 미카엘. 너도 돌아왔구나. 빅뱅에서 솟아난 빛이었던 네가 이제 다시 빛이 되었구나. 하지만 이제는 네 자신의 빛을 가질 수 있게 되었지.」

그녀가 내 이름을 말했다.

「저를 알고 계시나요?」

「난 몰라요. 하지만 내 아들은 당신의 작품을 읽고 있고, 당신이 쓰는 것을 아주 좋아한답니다.」

내가 가브리엘 아스콜랭의 삶을 살 때에 수없이 들었던 말은 나를 깜짝 놀라게 한다. 오호, 나의 은하님은 농담도 잘하신다!

프레디 메예르는 말하곤 했다. 〈신은 유머야.〉 그의 말이 맞았다. 우리가 겪은 이 모든 것들은 유쾌한 정신으로부터 나온 거대한 농담일 뿐이다.

「자, 이제 저는 별로서 무얼 해야 하죠?」

「왜, 심심할까 봐 걱정되니? 염려 마라. 무수히 많은 동료들에 둘러싸여 있는데 뭐가 걱정이야? 절대로 외롭지 않을 거야. 그리고 네가 알고 있는 별들도 그리 멀지 않은 곳에 있단다.」

「나 여기 있어!」

어디선가 전해져 오는 이 별의 생각, 나는 그게 누구인지 곧바로 알아낸다.

「라울!」

「우리는 결국 모두 여기로 오게 돼. 단지 좀 더 빠르거나 늦거나의 차이가 있을 뿐이지. 앞으로 보면 알겠지만, 별로 지내는 것도 그렇게 나쁘진 않아. 별, 그것은 우리 영혼이 취할 수 있는 다양한 상태 중에서도 꽤 괜찮은 거라고 할 수 있지.」

「너도 이렇게 우리와 함께 있게 된 거야? 그렇담 그렇게 힘들어서 Y 게임을 우승한 것이 소용없게 됐잖아?」

「난 너희들보다 조금 더 일찍 도착했을 뿐이야. 아까 은하가 말했듯이, 우리는 결국 모두 별에서 나와서 별로 끝나는 거야. 그 나머지는 〈중간의 자잘한 우여곡절〉일 뿐이고. 난 우승했기 때문에 남들보다 먼저 올 수 있었지. 그뿐이야. 자, 이제 이런 형태를 입고 여기 있게 된 것이 얼마나 큰 행운인지 한번 느껴 보라고.」

나는 친구의 충고에 따라, 나 자신의 상태를 느끼려 해 본다.

정말이다. 아주 좋은 느낌이다.

빨리 나아가야 한다는 조급한 마음은 더 이상 느껴지지 않는다. 죽음에 대한 공포도 사라졌다. 원한도, 마음의 상처도, 죄의식도, 내가 잘못 생각하고 있을지 모른다는 두려움도 없다. 마음이 너무나도 편안하다. 하지만 나는 한 가지 생각만큼은 완전히 떨쳐 버리지 못한다.

델핀.

「18호 지구는 어떻게 됐죠?」

그 대답은 아프로디테가 해준다.

「너의 그 인간 애인 때문에 그러는 모양인데 걱정하지 마.

은하께서 〈너의〉 행성을 여기에다 잘 모셔 놓았어. 이제 그것도 우리와 같은 차원에 있게 된 거지. 행성을 둘러싼 유리 구체도 치워졌기 때문에 이제 그들은 우주 공간을 마음껏 여행할 수도 있게 되었어.」

「지금 18호 지구는 어디에 있죠?」

나는 불안감을 떨치지 못하고 재차 묻는다.

그러자 은하가 내게 남은 마지막 근심거리들을 없애 줄 양으로 18호 지구의 성간(星間) 위치를 가리켜 준다. 나는 그것이 아프로디테 별의 주위를 돌고 있음을 알게 된다.

「아프로디테, 당신이 이 행성의 태양이 되었군요. 부탁이 있어요. 제발 나를 봐서라도 델핀과 우리 아기를 태양빛으로 공격하지는 말아 줘요.」

「그런 걱정은 안 해도 돼. 오히려 난 잘 보살펴 줄 거야. 이젠 나도 아에덴에서의 그 유치하고 치사한 짓거리들을 초월해 버린 별이란 말이야. 나는 비로소 영혼의 진정한 고양이란 게 무엇인지를 알게 되었어. 이제 네 여자 친구를 해코지할 생각을 품는 것 자체가 불가능해진 거야. 내 마음속엔 새 털만큼의 질투도 없다고.」

그녀의 말에서 진심이 느껴진다.

「그녀를 믿어도 될 거야.」

무슈론이 미소를 지으며 안심시켜 준다.

나는 감사의 표시로 별빛을 깜빡깜빡해 보인다.

나는 다시 아프로디테에게 묻는다.

「그럼 당신이 18호 지구의 태양인 동시에 신도 되는 건가요?」

「이 은하계 평의회에서 우린 결정을 내렸어. 18호 지구를 시험 행성으로 삼자고.」

내가 잘 알지 못하는 어느 별이 알려 준다.

「이제 그것의 운명은 스스로에게 주어질 거야. 그것은 자율 행성, 다시 말해서 〈신들이 없는 자율적인 행성〉이지.」

「사실 지금까지 144명이나 되는 신들에게 많이도 시달렸잖아? 그러니 이제는 혼자 좀 쉴 수 있게끔 아무도 간섭하지 말고 놔두는 편이 합리적이라는 게 모두의 생각이었지.」

라울 라조르박이 덧붙인다.

이 말을 들으니 에드몽 웰스의 질문이 떠오른다. 〈만일 신이 전능하고 편재(遍在)한다고 가정한다면, 신이 아무것도 할 수 없고, 또 존재하지 않는 장소가 존재할 수 있을까?〉

이제 18호 지구가 바로 그 장소가 될 것이다.

하지만 나의 불안감은 완전히 가시지 않는다. 만일 18호 지구에 더 이상 신이 없다면, 프루동이 자신이 조종하고 있는 신흥 종교 집단과 매체들과 광신적 집단들과 극단주의적 정당들을 동원하여 권력을 잡을 위험이 있는 것이다.

다른 별들이 내 생각을 듣는다. 라울이 모두를 대신하여 내게 대답해 준다.

「걱정 마. 네가 벌써 필요한 조치를 해놨잖아. 그 〈신들의 왕국〉이라는 게임으로 저항의 씨앗을 심어 놓은 거야. 인간들은 네가 신으로서 겪은 모든 일들을 시뮬레이션 게임을 통해 경험해 볼 수 있어.」

「그들은 네 책도 읽게 될 거야.」

어떤 별도 한마디한다.

「하지만 그들은 내 책을 이해 못 할 거예요.」

그러자 별들이 모두가 나서서 한마디씩 한다.

「또, 또, 또, 그 옛날의 걱정들이 나온다!」

「아무에게도 이해받지 못하리라는 불안감은 이제는 내려 놓으라고.」

「그들을 믿어!」

「네 독자들을 못 믿는 거야?」

「책을 읽으면서 금방 이해하지 못할 수는 있어. 하지만 그들의 삶은 자신도 모르는 사이에 자네 책의 어떤 구절들과 공명을 일으킬 거야.」

「그것은 단계적으로 차근차근 이뤄질 거야. 모든 게 때가 있는 법이라고.」

「다시 찾아서 읽게 될 거야.」

「책의 힘이란 큰 거야. 너도 잘 알고 있었잖아.」

「넌 그 힘을 직접 사용하기도 했었어. 그런데 믿지 못한단 말야?」

「그들은 결국 깨닫게 돼.」

이렇게 별들은 차례차례 말하며 나를 안심시켜 준다.

「그들 모두가 결국은 깨닫게 될 거네.」

「그것이 프루동의 사상이 확산되는 것을 막아 줄 거야.」

「그래도 불안할까 봐 하는 말인데, 여기서 우리는 앙크 없이도 저 아래서 일어나는 일들을 다 볼 수 있어. 자기가 보고 싶은 것을 생각하기만 하면 그대로 보여. 자, 한번 해봐!」

파란색이 살짝 감도는 조그만 태양 하나가 내게 알려 준다.

나는 눈을 감는다. 과연 마치 18호 지구에다 탐사 카메라를 보내기라도 한 듯, 〈고요한 섬〉이 선명하게 내려다보인다. 우리의 집이 보이고, 이어 우리의 방도 보인다. 델핀이 한 아이와 함께 있다. 조그만 사내아이이다.

집 주위에서는 사람들이 집들을 짓고 여기저기 안테나를 설치하고 있다. 내가 떠난 후로 섬에는 많은 발전이 있었던 듯하다.

심안을 행성의 다른 곳으로 돌린 나는 무수한 사람들이 〈신들의 왕국〉 게임을 즐기고 있다는 사실을 알게 된다. 그동안 엘리오트는 기발한 광고 문구를 많이도 찾아냈다. 〈당신이 신의 자리에 있다면, 무얼 하시겠습니까?〉, 〈격무에 지치셨습니까? 스트레스 해소에는 행성 창조보다 확실한 게 없습니다.〉, 〈한 세계를 이해하는 가장 좋은 방법, 그것은 세계를 직접 이끌어 보는 것입니다.〉, 〈인류 역사가 맘에 들지 않으세요? 자신 있으면 더 나은 역사를 만들어 보세요!〉

오, 괜찮은데!

「하찮아 보이는 이 작은 게임 덕분에 그들은 결국 이해하게 될 거야.」

별 하나가 다시 한번 말한다.

문득 이런 생각이 떠오른다. 내가 1호 지구에 있을 때, 그곳의 태양 역시 지금의 나처럼 의식이 있었으리라. 그리고 그 의식을 지니고 우리를 관찰하고 있었으리라. 물론 그곳에는 아즈텍인들처럼 〈태양신〉의 이름을 부르며 태양을 섬기는 문명들이 있었던 게 사실이다. 하지만 그들은 자신의 그런 행위에 그들이 생각하는 것보다도 훨씬 더 깊은 진실이 숨어 있다는 사실은 꿈에도 생각지 못했으리라.

새로이 얻게 된 이러한 별의 삶이 갑자기 너무도 마음에 든다. 나는 고백한다.

「여기 있게 되어 너무 좋아요. 또 모든 것을 완성하는 분을 마침내 만나게 되어 너무나 기쁘고요. 어머니인 당신 말이에요. 우리 모두를 당신이 보호하는 의식 속에 감싸 주고 계시는 은하님, 당신 말입니다.」

잠시 침묵이 흐른다. 그러다가 은하는 너그러운 노부인의 목소리로 대답한다.

「미안해. 네가 잘못 생각하고 있어, 미카엘. 모든 것의 정상에 있는 건 내가 아니란다. 내 위에는 또 다른 것이 있어.」

안 돼! 또 있다니, 말도 안 돼!

나는 감히 질문조차 할 수 없다.

「당신 위에…… 또 뭐가 있죠?」

「네 생각으로는 9 위에는 뭐가 있을 것 같니?」

86. 백과사전: 고양이와 개

개는 이렇게 생각한다.

〈인간은 나를 먹여 줘. 그러니까 그는 나의 신이야.〉

고양이는 이렇게 생각한다.

〈인간은 나를 먹여 줘. 그러니까 나는 그의 신이야.〉

에드몽 웰스, 『상대적이며 절대적인 지식의 백과사전』 제6권

87. 아도나이

나의 의식은 한층 더 확대된다.

의식의 확대, 그것은 내게서부터 혹은 나의 별에서부터 한 운명적인 질문이 빛처럼 방사되어 퍼져 나가는 것과도 같다. 그리고 우리 모두가 피할 수 없는 그 질문은 바로 이것이다.

〈위에는 무엇이 있을까?〉

이때 자명한 진실이 섬광처럼 내게 임한다. 내 친구들, 델핀, 모든 사람이 수백 번 말했던 바로 그 장엄한 진실이다.

〈무〉를 알아맞히는 수수께끼처럼 이것은 너무도 간단하고, 너무도 논리적이고, 너무도 자연스러워서 아무도 생각해 내지 못했다. 그 해답은 너무도 밝은 빛처럼 우리의 눈을 멀게 하고 있는 것이다.

〈은하 위에 있는 신〉은 어디에서나 보인다. 어디에나 있는 그것은 광대하다. 어마어마하게 광대하다.

나는 그의 안에 있다.

그는 내 안에 있다.

언제나 그래 왔고, 앞으로도 오랫동안 그러할 것이다.

델핀은 내게 이렇게 말하곤 했다. 〈내가 보기에 신은 우리를 둘러싸고 있어. 그분은 새들의 노랫소리 속에, 구름의 움직임 속에, 가장 하찮아 보이는 곤충과 나뭇잎 속에, 너의 미소와 나의 눈물 속에, 우리의 기쁨과 고통 속에 있어.〉 이렇게 말하면서 그녀는 자신의 말에 얼마나 큰 진실이 숨어 있는지 몰랐을 것이다.

은하 위에 있는 신은 진정 어디에나 있다.

그것은 바로……

우주이다.

아닌 게 아니라, 내가 우주를 생각하자마자 내 영혼은 은하보다도 더 크고 무한히 광대한 어떤 실체와 연결된다.

은하의 9를 상상해 내기 위해 8로서 동일한 길을 걸어와야 했던 다른 모든 별들도, 마찬가지로 동일한 길을 거쳐 와 지금 내가 생각하고 있는 그것, 나의 생각 속에서 10이라는 숫자의 부인할 수 없는 진실로서 다가오고 있는 그것을 상상하게 되었으리라.

10.

그 안에 모든 차원과 모든 숫자를 포괄하고 있는 숫자.

그렇다. 모든 것을 포괄하는 위대한 신은 바로 10이다. 이렇게 그의 본성을 이해하자마자 난 그에게 접속되는 것을 느낀다.

이번에는 제우스 같은 늙은 남자가 아니다.

은하 같은 여성적 실체도 아니다.

〈모든 것을 넘어서는 동시에 모든 것을 포함하고 있는 모든 것〉이다.

그 전체로서의 우주이다.

내 생각이 우주와 접속되는 순간, 그 안에 들어 있는 수백억 개의 은하계들, 지금 내가 있는 은하와 유사한 그 무수한 모성적 실체들이 느껴진다.

우주 전체는 어머니-은하라는 세포들로 이루어진 살아 있는 유기체였어.

그리고 우주는 우리와 소통할 수 있다.

전에 델핀은 우리는 병을 치료하기 위해 우리의 세포들과 대화할 수 있다는 사실을 내게 보여 준 바 있다.

그것은 하나의 〈생각〉이다. 별인 내게서 뻗어 나가는 가장 긴 빛보다도 길고, 나의 상상력이 떠올릴 수 있는 가장 넓은 지평보다도 넓은, 광대한 생각이다.

우주.

「안녕하세요, 우주님!」

나는 영혼으로 공손하게 인사한다.

「미카엘, 안녕!」

이제 내가 그에게 인사하니, 그는 내게 대답한다. 나의 언어로, 나의 이해 체계 안에서 대답한다. 간단히 말해서 우주는 내게 응답한다. 모든 것은 소통한다. 모든 것은 말한다. 우리는 우주의 모든 의식 있는 실체와 대화를 나눌 수 있다. 우주 자신까지를 포함해서 말이다. 내가 묻는다.

「당신은 누구시죠?」

「넌 이미 알고 있잖아. 그런데 넌 누구지?」

「전 당신의 일부분이에요.」

「거봐. 넌 알고 있잖아. 모든 질문은 그 자체가 이미 대답이란다.」

「저는 당신을 어떻게 불러야 하죠?」

「넌 나를 어떻게 불러야 한다고 생각하지?」

「나와 대화하고 있는 상대방은 살아 있어요. 따라서 당신은 생명의 에너지이죠.」

「계속해 보렴.」

「이 에너지는 3으로 분해돼요. 세 개의 힘이죠. 파괴, 중성, 사랑. DNA. 바로 원자들의 은밀한 공식이죠. 부정성, 중성, 긍정성.」

「계속해 봐.」

「DNA, 그것은 디옥시리보 핵산이죠. 역시 살아 있는 세포핵의 은밀한 공식이죠.」

「계속해.」

「DNAA, 그것은 추상적 아이디어들을 이해할 수 있는 능력을 지닌 동물적 원형의 이름이에요.」

「계속해.」

「ADN, 이는 또 아에덴Aeden이죠. DNAA가 놓였던 실

652

험의 장소였으며, 그 후손들이 프로젝트 전체를 이해할 준비를 하게 될 최후의 장소이기도 하죠.」

「계속해.」

「그리고 당신도 마찬가지죠. 내가 알기로 옛적에 히브리인들이 당신에게 붙인 이름도 ADN, 더 정확히는 아도나이였어요. 〈우주의 신〉이라는 뜻이죠. 하지만 내가 보기에 당신은 〈우주의 신〉이라기보다는 〈우주 그 자체〉예요. 왜냐면 우리 모두가 당신 안에 포함되어 있으니까요.」

「자, 이것 보라고. 내가 가르쳐 줄 게 전혀 없잖아. 넌 항상 알고 있었어. 단지 잊고 있었을 뿐이지. 그리고 지금 넌 다시 기억해 내어 알게 된 거야.」

이제야 나는 깨닫는다. 델핀은 이해에 필요한 모든 요소들을 가져다줌으로써 이 만남이 가능할 수 있게끔 나를 준비시켜 주었던 것이다. 그렇다. 〈그〉는 모든 것 안에 있었다. 뿐만 아니라 〈그〉는 우리와 소통할 수 있었다. 우리가 우리를 이루는 세포들과 원자들과 소통할 수 있듯이.

나는 이렇게 발견한 진실에 담겨 있는 힘과 그것이 가져올 수 있는 모든 결과들을 하나하나 곱씹으며 천천히 소화시킨다. 마침내 모든 것이 완성되었다.

은하의 9 위에는 우주의 10이 있다.

하지만 나는 모종의 실망감을 느낀다. 이제는 더 이상 발견해야 할 것이 없기 때문이다. 모험은 여기서 멈추었고, 나는 영혼의 도정 끝에 다다랐기 때문이다. 이제 내 영혼은 분명히 이해한 것이다. 신들 중에서 가장 큰 신은 우주 자체이며, 그보다 더 강하고 더 큰 존재는 없다는 사실을.

은하는 이러한 나의 생각을 감지하고 내게 대답한다.

「작은 별아, 아니야. 모험은 여기서 끝나지 않아. 네가 지금, 여기에 우리와 함께 있다는 사실 역시 결코 우연이 아니란다.」

「또 뭐가 있나요?」

「사실 우주는, 더 정확히 말해서 〈이〉 우주는 오래전부터 자기만의 어떤 프로젝트를 생각해 왔고, 그것을 오늘 실현하기로 결정했단다. 그건 어쩌면 너 때문이었을 거야. 네가 바로 〈모두가 기다리는 이〉였던 거지.」

나는 자신의 모습을 온전히 드러낸 은하를 본다. 오색영롱한 가루와도 같은 별들로 이루어진 그 어마어마한 두 팔을 천천히 돌리면서, 수백억 개의 색깔로 채워진 신비한 빛을 뿌리고 있는 그 장엄한 은하를.

「이미 생명이 있었고, 인간이 있었고, 신성(神性)이 있었어요. 우주에 이보다 더 큰 계획이 있을 수 있나요?」

「있고말고. 모든 구조는 그것을 뛰어넘는 구조를 알고 싶어 한단다.」

「하지만 우주 위에 있는 것은 〈무(無)〉일 뿐이잖아요!」

「그런 식의 아포리즘은 이제 그만둘 때가 됐어. 이제 우리의 새로운 선생님인 은하님의 말씀을 들어야 해.」

에드몽 웰스가 끼어든다.

에드몽의 말대로 나는 빛으로 충만한 노부인의 음성에 귀를 기울인다.

「우주 위에는 또 뭔가가 있단다.」

「말도 안돼요.」

「은하의 말이 맞아. 이번 기(期)는 특별히도 흥미로웠다. 그래서 나는 내 일생일대의 프로젝트에 착수하기로 결정했어.」

우리의 대화 가운데 항상 임재하고 있는 우주가 말한다.

「어떤 프로젝트이죠?」

「내 위에 무엇이 있는지를 알아내는 것.」

안 돼! 또다시라니!

「10 위에는 무언가가 존재하고 있어.」

작은 별인 나는 흥분에 사로잡히며 심장처럼 팔딱이기 시작한다. 그러면서도 다른 한편으로는 그렇게 흥분하면 내 주위의 행성들을 태워 버릴 위험이 있음을 의식하고는 마음을 진정시킨다.

「10 위에 있는 것은…….」

이때 모든 별들이 일제히 대답한다.

「11!」

「그럼 11은 뭐죠?」

우주가 말한다.

「아니야. 쟤들이 잘못 생각하고 있다. 내 프로젝트는 11이 아니다. 또 12도 아니지. 10인 내 안에는 이미 모든 숫자와 모든 두 자리 숫자가 포함되어 있거든. 나 다음에 오는 한계는 111이라는 의식 수준이야.」

……111?

「그래. 1이 세 개 있는 111.」은하가 확인해 준다.

「그건 내가 오래전부터 계획해 온 프로젝트 중의 하나야.」

우주는 말을 잇는다.

「난 그것을 111억 년 전부터 생각해왔지. 내 직관으로는 내 위에 무언가가 존재하고 있어. 난 그것을 〈111〉이라고 부르지. 그런데 다행스럽게도 여러분 가운데는 개척 정신이 투철하고 특별히 유능한 두 별이 있어요. 그래서 난 이 둘을 파견하여 내 위에 있는 그 세계를 찾아내기로 결정했어.」

내가 지금 제대로 들은 거야?

「그래. 미카엘과 에드몽 웰스, 자네 둘이야. 나는 은하의 강력한 원심력을 사용하여 자네들을 나의 바깥 한계에까지 튕겨 낼 거야. 얼마 전부터 내 의식이 더욱 확장된 덕분으로 난 거기에 어떤 벽이 있다는 것을 알게 되었다네.」

다시금 새로운 세계들을 발견한다는 흥분감이 내 영혼 전체를 찌르르 울린다.

우주 위에 있는 이는 과연 누굴까?

88. 백과사전: 모든 것의 이론

과학의 최종 목적은 우주를 움직이는 위대한 시계 장치의 메커니즘들을 묘사하고 설명할 수 있는 단일한 이론을 제공하는 것이다.

바로 〈모든 것의 이론〉이라고 부를 수 있는 것이다.

이 이론은 무한히 작은 세계의 물리학(미시 물리학)과 무한히 큰 세계의 물리학(거시 물리학)을 통합하는 것을 목적으로 삼으며, 이를 위해 현재까지 알려진 다음의 네 힘 간의 관계를 규명하려 애쓴다.

만유인력. 질량이 있는 물체 사이의 힘.

전자기력. 전자기장과 전하를 띤 물체 사이에 작용하는 힘.

약한 핵력. (중성자가 양성자와 전자로 나눠지는) 베타 붕괴 현상에 관여하는 힘.

강한 핵력. 쿼크, 글루온 등의 소립자들이 서로 끌어당기는 힘.

알베르트 아인슈타인은 1910년대 〈통일장 이론〉이라는 이름의 이러한 이론에 대해 처음 접근하기 시작했고, 이후 죽을 때까지 네 힘을 통합할 수 있는 원리를 찾아내려 애썼지만 고전 물리학으로는 원자 같은 극미 세계와 행성 같은 극대 세계를 화해시킬 수 없었다. 그러나 이제 양자 역학의 부상과 새로운 입자들의 발견으로 인해 〈모든 것의 이론〉을 위한 새로운 길들이 열리고 있다. 그 가운데서도 가장 유망한 것인 〈초끈 이론〉은 통상적인 4차원이 아닌 10차원 이상의 우주를 제의한다. 이 이론에 따르면 입자들은 더 이상 구체 형태로 된 하나의 우주 안이 아닌, 서로 포개져 있으며 우주적 끈들로 연결되어 있는 〈종이 같은 우주들〉 안에서 순환하고 있다고 한다.

에드몽 웰스, 『상대적이며 절대적인 지식의 백과사전』 제6권

89. 그 위의 세계

이제 모든 것이 각자의 위치에 자리 잡는다.

나를 우주의 경계를 탐험하는 영웅으로 만들기 위해 우주 전체가 계획을 꾸민다.

모든 별들이 나를 쳐다본다.

우주의 모든 은하들이 나의 가장 미세한 움직임도 놓치지 않으려고 귀를 기울인다.

우리 은하는 좀 더 빨리 돌기 시작한다. 그 움직임으로 인해 은하 중앙에 소용돌이가 하나 생겨난다. 그 가운데에 〈블랙홀〉이라는 이름의 깊은 우물이 형성되는 소용돌이다.

「혼자 떠나고 싶은가, 아니면 누구와 같이 가고 싶은가?」

우주가 내게 묻는다.

「같이 가고 싶어요.」

「누구하고?」

나는 아프로디테, 라울, 에드몽, 무슈론, 오르페우스, 오이디푸스 등이 내 옆에 있음을 느낀다. 모두가 나와 함께 떠나 우주보다 위에 있는 세계를 발견하고 싶은 마음에 팔딱팔딱

고동치고 있다.

세 개의 숫자로 이루어진 이 신비의 수 〈111〉이 무엇인지, 모두가 너무도 알고 싶은 것이다.

「에드몽!」

나는 생각으로 그를 부른다.

돌이켜 보면 언제나 나의 모험을 이끌어 준 것은 그의 『상대적이며 절대적인 지식의 백과사전』이었다. 가장 깊은 어둠 속을 탐험할 때에도 에드몽 웰스는 항상 나의 인도자였던 것이다. 따라서 이 마지막 극한의 모험을 함께할 동반자로 그를 선택하는 것은 너무도 당연한 일 아니겠는가?

그의 별은 천천히 내 옆으로 다가온다.

우리는 은하의 중앙 소용돌이로 이끌려 간다. 블랙홀의 무시무시한 힘은 우리에게서 방사되는 광선들조차 휘게 하여 사정없이 끌고 간다.

우리 두 별은 은하 중앙의 소용돌이에 휩쓸린다.

은하의 입인 셈이군.

우리는 세면대에 물이 빠질 때 생기는 물구멍처럼 모든 것이 핑핑 돌고 있는 거대한 깔때기 속으로 휩쓸려 들어간다.

모든 것이 가속된다.

우리 두 빛의 구체는 핑핑 돌다가 깔때기의 중앙에 이르러 흡입된다.

우리는 수없이 많은 번갯불이 번쩍이고 있는 원통형의 검은 구멍 속을 유성처럼 날아가고, 구멍은 갈수록 좁아진다.

은하의 내장인 모양이다.

속도는 끊임없이 증가한다.

압력 또한 높아만 간다.

은하가 우릴 소화하고 있어.

다음 순간 우리는 넓게 부푼 공간에 이르고, 거기서 속도가 준 다음 이윽고 정지한다.

우리는 어머니 은하의 핵심부에 와 있는 거야.

그때 은하가 일러 준다.

「자, 이제 우주의 경계로 튕겨 나갈 준비를 하고 있으렴. 심지어는 우주 자신조차도 그 경계에 무엇이 있는지 모른단다. 관찰하여라. 이해하여라. 그리고 우리를 뛰어넘는 것의 비밀을 우리에게 전해 주어라.」

우리의 어머니 은하와 아버지 우주는 이 마지막 탐사를 떠나는 우리 안에 에너지를 빵빵하게 채워 준다. 그런 다음 우리는 다시금 어떤 터널로 빨려 들어간다.

나아갈수록 터널은 더욱 뜨겁게 달궈져 환하게 빛을 내고, 우리는 마침내 깔때기 모양의 하얀 출구로 통하는 끝 부분에 이른다.

「자, 하얀 분수대가 기다리고 있는 것 같네요!」

「아냐. 이건 빅뱅이야! 우주는 우리를 그의 경계에까지 쏘아 보내려고 여기다 빅뱅을 하나 만든 거라고!」

에드몽 별이 소리친다.

우리는 세차게 튕겨져 나간다.

소용돌이와 빅뱅은 일종의 대포일 뿐이었다. 우리를 가속시킨 다음 튕겨 내어, 공간을 가로질러 우주의 끝자락에 도달할 수 있게끔 해주는 대포.

우리는 대포에서 발사된 두 개의 불붙은 탄환처럼 우주 자신도 모르는 이 극한 공간의 어둠 속을 날아간다. 여기에는 이제 별도 없고, 행성도 없다. 우주의 가장자리는 텅 비어 있다.

우리는 얼마 동안 멀고도 먼 거리를 건너오지만, 그 시간도, 거리도 더는 측정할 수 없다. 시간과 공간에 대한 우리 별들의 인식은 사람과는 다른 까닭이다.

이윽고 빅뱅의 추진 효과는 완화되기 시작한다.

어느 순간, 나는 스스로 비행 궤도를 변경할 수 있음을 느낀다.

그렇게 우리는 목적지를 모르는 불안과 의혹 속에서도 관성의 힘으로 계속 날아간다.

그리고 마침내, 나는 저 멀리에서 우리의 시야 전체를 덮고 있는 거대한 유리 벽을 발견하게 된다.

에드몽 웰스와 나는 속도를 줄인다. 그리고 그 매끄럽고도 투명한 벽의 수백 미터 앞에서 정지한다.

「이게 뭐죠?」

「아마도 우주의 한계겠지.」

「신의 한계인 건가요?」

「아니, 신의 피부인 거지. 여기서 모든 것이 끝나는 거야.」

에드몽 웰스가 표현을 정정한다.

「그럼 그〈모든 것〉의 저편에는 무엇이 있을까요?」

우리는 매끄러운 유리 벽에 더 가까이 다가가 본다.

「뭔가 보여?」

에드몽 웰스 별이 묻는다.

「아뇨. 선생님은요?」

좀 더 가까이 다가간 우리는 마침내 유리 벽 저편에 무언가를 발견하는데, 그것은……

어마어마하게 커다란 눈이다!

사실 이런 경험이 처음은 아니다. 첫 번째 산을 오르는 길에서 나는 제우스의 거대한 눈과 마주친 적이 있다. 또 내가 먼지 알갱이만 한 18호 지구 주민에 지나지 않았을 때 시험관 위에 떠 있는 아프로디테의 눈도 마주한 바 있다. 하지만 이번에는, 이유를 정확히 설명할 수는 없지만, 이것은 뭔가…… 앞의 것들과는 아주 다른 무엇이라는 느낌에 휩싸인다.

「날 따라와!」

나보다 먼저 뭔가를 깨달은 듯한 에드몽 웰스가 명령한다.

그렇게 벽 저편을 계속 주시하면서 벽을 따라 움직이던 우리는 마침내 두 번째의 눈을 발견한다.

그 두 개의 눈은 마치 우주의 투명한 표면을 비질하기라도 하듯, 끊임없이 오른쪽에서 왼쪽으로 움직여 댄다.

「……이제는 뭔가 좀 알 것 같아.」

내 옆에서 팔딱이고 있는 에드몽 웰스 별이 나직이 내뱉는다.

「네. 말해 보세요.」

「우리를 존재하게 하는 것은…… 바로 이 두 눈이야.」

「대체 무슨 말이죠?」

「이 두 눈이 우리가 들어 있는 이 우주를 존재하게 한다는 뜻이야. 이 두 눈과 아마 그 뒤에 있을 두뇌가 우리의 시공간을 존재하게 하는 거라고.」

「계속해 봐요!」

「양자 역학에서 말하는 이런 법칙을 알고 있겠지? 〈관찰자는 그가 관찰하는 세계를 변화시킨다.〉 그런데 여기에 더 엄청난 것이 있었네…… 〈관찰자는 그가 상상하는 세계를 존재하게 한다.〉」

「이게 뭐죠? 아니 이게 누구죠? 에드몽, 좀 더 명확하게 설명해 줘요!」

「저 벽 뒤는 위의 차원이야.」

나는 투명한 벽 저편에 여전히 오른쪽에서 왼쪽으로 움직이기를 반복하고 있는 두 눈을 뚫어지게 쳐다본다. 그 눈들의 초점은 우리를 보지 못하는 것처럼, 아니면 우리가 은박을 입히지 않은 투명거울 뒤에 숨어 있기라도 한 듯 우리에게 맞춰져 있지 않다.

「무슨 말인지 알 것 같아요. 지금 우리는 비디오 게임 안에 있는 거예요. 우리는 모니터 화면에 붙어 있는 광자들이죠. 제가 저 아래 세상에 만들어 놓은 〈신들의 왕국〉이 사실은 저 위에 존재하는 바로 저거예요!」

나로서는 아주 그럴듯한 생각같이 느껴지는데, 에드몽 웰스는 고개를 젓는다.

「아냐. 이건 비디오 게임이 아니고 다른 거야. 누군가가 쳐다볼 때만 존재하는 평행 세계야. 다시 말해서 관찰자가 이 세계를 창조하는 거지. 이 세계는 관찰자 없이는 존재하지 않아.」

「좀 더 명확히 설명해 주세요.」

「편평한 세계. 극도로 납작한 평행 육면체인 우주. 어떤…… 페이지! 그래, 우리는 어떤 페이지 안에 있는 거야! 우리의 우주는 어떤 페이지 안이라고!」

나로서는 도저히 감당하기 힘든 생각이다.

「말도 안 돼요!」

「하지만 이렇게 보고 있잖아?」

「내가 보는 것은 벽 뒤에서 좌우로 왔다 갔다 하고 있는 거대한 눈 두 개예요. 그게 다라고요.」

뭐라고 표현하기 힘든 현기증이 엄습한다.

에드몽 웰스는 그 편평한 표면의 좀 더 아래쪽으로 내려가 보자고 신호한다.

그의 뜻에 따라 내려간 나는 이번에는 거대한 상징 하나를 발견한다. 그 뜻을 해독해 보려고 요리조리 살펴보니, 즉 숫자 3이 거꾸로 된 형태이다.

좀 더 뒤로 물러나 보니 그것은, 즉 거꾸로 된 663의 일부분임을 알 수 있다.

「이게 뭐죠?」

「지금 우리가 들어가 있는 페이지의 번호야. 우리가 페이지 안에 있으니까 거꾸로 보이는 거지. 두 번째 산에 올라갈 때 하늘에 숫자들이 보였던 것 생각나? 바로 이거였던 거야. 시공간에 벌어진 틈이 우리로 하여금 우주의 경계를 이루는 한 요소를 언뜻 보게 했던 거지. 그리고 이게 전부가 아냐.」

그는 이제 선명하게 보이는 행(行)들 위로 올라가 보자고 말한다.

위에 올라가 보니 좀 더 굵은 글자들이 쓰여 있는 게 보인다.

「비신 의들신」

「이거 보니까 뭐 생각나는 거 없어?」

「들신…… 비…… 신…… 아니, 우리가 산에 오를 때 오로라처럼 나타났던 그 글자들이잖아요?」

그는 고개를 끄덕인다.

「이것도 거꾸로 쓰였어. 아니, 우리가 거꾸로 보는 거지.

저쪽에서 읽으면 이것은…….」

「신들의 신비!」[19]

「자, 뭐라고 한마디 해봐!」

에드몽 별이 내게 뜬금없는 요청을 한다.

「왜 그러는 거죠? 무슨 말인지 이해 못 하겠어요.」

「자, 그럼 이제 한번 보라고!」

놀랍게도 투명한 벽에는 하나의 행이 나타나 있다.

〈「.요어겠하 못 해이 지인말 슨무 ?죠거 는러그 왜」〉

이것이 인물의 대화 내용임을 표시하는 낫표까지 붙어 있다.

에드몽 웰스 별은 그가 흥분했음을 알려 주는 파동을 보내 온다.

「자, 더 이상의 증거가 필요해?」

다시 유리 벽에는 다음의 글자들이 나타난다.

〈?해요필 가거증 의상이 더, 자〉

「우리는 페이지 안에 있어요! 이 우주, 즉 10은 바로 어떤 페이지예요. 그리고 우리는 페이지의 〈내부〉에서부터 텍스트를 거꾸로 보고 있어요. 우리는 별이 아니었어요. 우린 페이지의 공간 안에 들어있는 티끌보다도 작은 두 개의 빛 알갱이였던 거예요.」

「아냐. 아직도 이해 못 했어? 우린 어떤 소설의 등장인물이야.」

19 이 책 『신』은 프랑스에서 〈우리는 신〉, 〈신들의 숨결〉, 〈신들의 신비〉라는 각각 다른 제목의 3부작으로 출간된 것을 한국판에서는 〈신〉이라는 하나의 제목으로 묶어 낸 것이다. 『신』 3권에 해당하는 3부의 제목 〈신들의 신비〉는 프랑스판에서 모든 페이지의 상단에 표기되어 있고, 여기에서 미카엘과 에드몽은 그 페이지 상단의 글자를 본 것이다.

나는 이 말의 의미를 재빨리 따져 본다. 만일 우리가 어떤 소설의 인물들이라면, 〈나〉는 정말로 존재하는 게 아니라는 얘기가 된다. 나는 어떤 이야기에 봉사하는 허구적 존재일 뿐이다.

에드몽 웰스가 내 생각을 들었는지 이렇게 묻는다.

「자네는 우리가 정말로 존재한다고 생각해? 무엇이 그 사실을 증명해 준다고 생각하지?」

「전 제 이야기와 제 과거와 야심, 개인적인 희망들을 알고 있으니까요……. 이 모든 것들은 제게 속한 것이죠. 전 저의 독특한 개인적 경험들로 그것들을 만들었어요.」

「설사 그렇다 해도 달라질 것은 없어. 바깥에 있는 누군가가 그 〈모든 것들〉을 만들어 내어, 자네로 하여금 그게 자네 것이라고 믿게 하고 있는 거야.」

「말도 안 돼요!」

「그래. 우리가 있는 이곳은 어떤 소설가가 잡다한 재료들로 창조해 낸 하나의 세계일 수 있어. 이 경우, 피조물인 우리는 스스로 존재한다고 믿을 수 있지. 하지만 우리는 우리의 모험을 만들어 낸 작가의 상상력에 의해서만 존재할 뿐이야. 그다음에는…… 우리의 모험을 읽고 그 광경을 머릿속에 떠올리는 독자의 상상력에 의해서만 존재할 뿐이지. 예를 들어 지금 저 독자도 우리가 이러이러한 모습일 거라고 생각하고는 우리에게 외관을 부여해 주지. 아마 지금 그는 우리를 유리 뒤에서 까불대고 있는 두 개의 조그만 빛의 모습으로 보고 있을 거야.」

「저 독자요? 어떤 독자요?」

「남자인지 여자인지는 아직 모르겠어. 눈이 하도 커서 지금 우리를 읽고 있는 게 남자인지 여자인지 잘 분간할 수가 없군.」

나는 끊임없이 오른쪽에서 왼쪽으로 비질을 하고 있는 두 눈을 다시 한 번 쳐다본다.

그렇다면 〈묵시록의 베일〉 뒤에 숨어 있는 것은……

바로 당신?

에드몽 웰스의 빛의 공은, 왼쪽으로 달려가다가 어떤 기둥 같은 것에 부딪히면(행의 끝 부분) 즉각 약간 아래로 내려가 다음 줄로 건너가는 시선을 넋을 잃고 쳐다본다.

「상상된 이 세계는 책 안에 담겼어. 하지만 책의 상태로 남아 있으면 마치 냉동고에 들어 있는 것과도 같지. 독자의 시선이 데워 줘야만 비로소 다시 깨어날 수 있는 거야. 유리 벽의 표면을 비질하고 있는 저 두 눈은 옛날 전축의 다이아몬드와도 같아. 레코드판의 고랑을 훑고 지나가면서 음악을 솟아나게 하는 다이아몬드바늘 말이야.」

「여기서 고랑이란 글자들로 채워진 행들이겠죠.」

「그리고 음악은 우리가 들어 있는 이 상상적 우주이지. 이 우주는 쓰인 우주야. 그리고 이 쓰인 우주가 생명을 얻어 비로소 살 수 있는 것은…… 누군가에 의해 읽히기 때문이지. 그리고 우리가 존재할 수 있는 것도 우리가…… 누군가에 의해 읽히기 때문이야!」

「그럼 작가는 누굴까요?」

에드몽 웰스의 작은 태양은 색깔이 변하며 바르르 진동한다.

「그걸 알려면 표지까지 가야 할 거야. 거기에 작가의 이름이 쓰여 있을 테니까.」

「한번 가볼까요?」

「뭐, 그럴 것까지야. 작가의 이름은 그다지 중요하지 않아. 그래 봤자 시시껄렁한 삼류 작가 아니겠어. 중요한 것은 우리가 누구이며, 지금 우리가 있는 곳이 어디인지를 명확히 의식하는 거라고.」

이때 투명한 유리 벽 저편에서 어떤 움직임이 일어난다.

어마어마하게 큰 분홍빛 공 하나가 나타난다. 공이 가까이 다가오자, 그 표면이 일종의 아라베스크 문양과도 같은 수백 개의 평행한 계곡들로 덮여 있는 것이 보인다. 또 아마도 땀구멍일 듯한 구멍들도 눈에 띈다. 표면 전체가 빛나고 있는 것으로 보아 땀이 묻어 있는 게 아닌가 싶다. 아니면 독자들이 책장을 쉽게 넘기기 위해 손가락에 바르곤 하는 침일 수도 있겠다.

엄지손가락이군.

그 아래에는 보다 길쭉한 또 다른 공이 보인다.

저건 집게손가락이고.

그 둘은 오므려져 집게를 이룬다.

그리고 그 집게는 두꺼운 우주의 층 전체를 잡는다.

그런 다음 그 거대한 우주 전체를 오른쪽에서 왼쪽으로 뒤엎는다.

우리는 왼쪽에서 오른쪽으로 기울어지며 뒤집히는 페이지 안에 있는 것이다. 이제 거대한 두 눈은 보이지 않는다.

에드몽 웰스는 자기를 따라오라고 신호한다. 우리는 페이지들을 한데 묶어 놓은 곳으로 간다. 거기에는 책매기용 천의 미세한 섬유들이 한데 모인 종이들에 풀로 꽉 접착되어 있다.

우리는 그 섬유들을 따라 올라가, 펼쳐진 다음 페이지로 건너간다.

〈모든 것의 이론〉에 대해 말하고 있는 백과사전의 한 구절이 생각난다. 천체 물리학자들은 공간의 끝 부분들을 이어 주고 있다는 〈우주적 끈〉들에 대해 얘기하곤 했다. 〈우주적 끈······.〉 이 경우에는 책을 매기 위해 한데 모은 책장들에 붙이는 그 얇은 천을 이루는 섬유들이리라. 이 〈실〉들 덕분으로 우리는 한 〈우주 페이지〉에서 다른 〈우주 페이지〉로 건너갈 수 있는 것이다.

이제 우리는 독자를 마주하고 있는 새 페이지 안에 위치해 있다. 그 비질 운동을 다시 시작하고 있는 두 눈도 다시 보인다. 문득, 은비가 사용했던 표현들이 떠오른다.

〈라자냐 우주들. 켜켜이 겹쳐진 층들.〉

그 층들, 그건 바로 책장들이었어. 그녀는 뭔가 신비로운 비전을 통해 모든 것에 대한 해답을 받았던 거였어. 겹쳐진 책장들로 이루어진 라자냐 우주. 층층이 포개어진 수백 장의 페이지들.

마야인들은 이미 11개의 층을 보고 있었다. 그들은 11장짜리 책을 상상하고 있었던 셈이다.

11······ 111.

그렇다면 우리의 〈우주-신〉이 〈위의 차원〉이라고 부른 것은 숫자들이 아니라 층들이었다. 〈111〉은 책을 이루는 평행한 책장들을 도형으로 나타낸 거였다!

에드몽 웰스의 작은 태양이 팔딱거린다.

「이제 확실해졌어. 우리는 소설의 어느 페이지 안에 있어. 우리의 우주는 종이 한 페이지인 거야. 그렇다면 왜 이 종이가 우리에게는 투명하게 보이냐고? 그건 우리가 극미 세계 안에 있기 때문이야. 하지만 바깥에 있는 눈들에게는 이 공간이 불투명하게 보여. 아마 검은 글자들을 돋보이게 해주는 흰색이나 밝은 베이지색이겠지.」

나는 이 믿을 수 없는 사실을 나름 이해해 보려고 애쓴다. 하지만 에드몽은 이미 백과사전에 이렇게 쓰지 않았던가.

〈원자는 원자들의 신은 믿을 수 있다. 하지만 그 위에 실제로 존재하는 차원이 분자라는 사실을 상상할 능력은 없다. 또 이 분자는 손가락에 속해 있고, 다시 이 손가락은 인간에게 속해 있다는 사실을 상상할 능력은 더더욱 없다. 모든 것은 차원과 의식의 문제이다.〉

나는 독자에게서 눈을 뗄 수가 없다. 그에게 나의 존재를 알려 주고 싶다. 그의 눈에 내가 보인다면, 나 역시 그를 보고 있다고 말해 주고 싶다. 하지만 나는 잘 알고 있다. 그에게 나는 그의 손에 들려 있는 책장의 그 광대한 두께 안에 들어 있는 한 극미한 빛 알갱이에 불과하다는 사실을.

「결국 한 의식은 그보다 더 큰 또 다른 의식 속에 포함되어 있다는 원리가 적용되는 거로군요.」

「그래. 러시아 인형들처럼 말이야. 영지주의는 우리에게 이렇게 가르쳐 주지 않았던가?〈우리의 신에게는 또 다른 신이 있다.〉또 이렇게도 말했지.〈우리의 우주는 또 다른 우주 안에 포함되어 있다.〉하지만 영지주의가 명확하게 말하지 않은 점이 하나 있어. 마지막 우주는 어떤 책 안에 들어 있다는 사실이야.」

「인간 위에는 천사가 있다. 천사 위에는 신 후보생이 있다. 신 후보생 위에는 제우스가 있다. 제우스 위에는 은하가 있다. 은하 위에는 우주가 있다. 그리고 우주 위에는…… 아, 도저히 믿어지지가 않네요!」

「오래전부터 신비주의자들은 이렇게 말해 왔어.〈모든 것은 쓰여 있다.〉하지만 그 누구도 감히 다음과 같이 말하지는 못했지.〈우리 모두는 소설의 인물들이다.〉」

우리는 감당할 수 없으면서도 너무도 위대한 이 진실 앞에서 반신반의와 경이와 매혹의 감정을 동시에 느끼며, 망설이 듯, 혹은 전율하듯 흔들리며 허공 가운데 떠 있다.

에드몽 웰스의 별은 노랗고 붉은 빛을 발하며 진동한다. 그의 사고가 다시금 새로운 크기를 획득하는 것이 느껴진다.

「어느 날 작가는 죽을 거야. 하지만 이 우주는, 우리의 우주는 여전히 존재하지. 더 정확히 말하자면…… 어떤 독자가 시선과 상상력으로써 활성화시켜 주기만 하면 존재하게 될 거야.」

「그렇다면 선생님과 저는 불멸의 존재인가요?」

「난 그렇다고 생각해. 우리의 존재가 멈추기 위해서는 더 이상 아무도 이 책을 읽지 않아야 할 테니까.」

이제 독자의 거대한 눈은 행들을 좀 더 빠른 속도로 비질 해 간다. 무슨 급한 일이라도 있는 것일까.

「우리의 우주는 그것을 묘사하는 책들이 마지막 한 권까지 모두 파괴될 때까지 영속할 거야.」

「…… 혹은 그것을 읽을 수 있는 마지막 독자가 파괴될 때까지겠죠.」

「독자가 한 사람이라도 남아 있는 한, 우리의 우주는 다시 태어날 수 있어.」

나는 왼쪽에서 오른쪽으로 나아가며 천천히 내려가는 눈들을 다시금 쳐다본다. 분홍빛 손가락은 또 한 번 페이지 하단을 집고, 우리는 반대쪽으로 옮겨진다. 우리는 다시 제본 천의 섬유들을 통해서 다시 그에게로 돌아온다.

「그렇다면 가장 강력한 신은 바로 〈저것〉이란 말인가요?」

「그렇지 않을까? 그가 우리의 우주에 행사할 수 있는 권능은 무한해. 책에는 우리의 과거와 현재와 미래가 있지. 자네,

초광속 인간 이론을 기억해? 이 이론에 따르면 시공간이 더 이상 통상적인 물리학 법칙들을 따르지 않는 장소가 존재해. 즉 과거, 현재, 미래가 뒤섞일 수 있는 공간 말이야.

　책이 바로 그런 공간이야. 한 권의 책은 등장인물들의 과거와 현재와 미래를 담고 있어. 그런데 독자는 책의 끝 부분을 펼치기만 하면 그 즉시 결말을 알 수 있지. 그리고 원하기만 하면 언제든지 그렇게 할 수 있어. 마찬가지로 언제든지 시작 부분으로 돌아올 수도 있지. 다시 말해서 독자는 우리 우주의 시간의 흐름을 따를 필요가 없는 거야. 책에서는 독자가 시공간의 주인인 셈이지.」

　나는 이 발견의 현기증 나는 의미를 깨닫기 시작한다.

　「만일 독자가 읽기를 멈추면 어떻게 되죠?」

　나는 갑자기 불안해져서 묻는다.

　「그 순간 우리의 삶도 멈춰 버리지. 순간, 딱 굳어 버리는 거야. 비디오의 리모컨으로 〈멈춤〉 버튼을 누른 것처럼. 그렇게 되면 독자가 중단했던 독서를 재개하고 싶은 마음이 생길 때까지 기다리는 수밖에 없지.」

　「독서를 재개하지 않으면요?」

　「독자가 중단한 곳에서 우리의 세계는 멈추는 거지.」

　「그럼 그가 속도를 높여서 읽으면요?」

　「우리의 삶도 빨라지겠지.」

　「그가 한 번 더 읽는다면…….」

　「우린 똑같은 모험을 다시 시작하게 되겠지.」

　이거야 원! 내가 타나토노트의 삶을 다시 살 수 있단다. 로즈를 다시 만나고, 델핀을 다시 만나고, 아프로디테를 다시 만날 수 있단다. 내가 이미 겪은 일들을 다시 겪을 수 있단다!

매번 모든 것을 잊어버린 채로 말이다. 그리고…… 매번 모든 사건들을 순진하게도 그것이 처음인 양 믿으면서 말이다.

아직 한 가지 걱정거리가 남아 있다.

「만일 독자가 끝까지 읽지 않고 중단하면요? 다시 말해서 중도에서, 혹은 마지막 몇 페이지를 남겨 놓고 책을 집어 던지면요?」

「문제될 것 없어. 독자는 한 명이 아니거든. 다른 곳에 있는 다른 독자가 우리의 모험담을 계속 읽는다면 모험은 계속돼. 우리의 우주를 죽이기 위해서는 모든 독자가 같이 독서를 중단해야 해.」

내 친구의 빛의 공은 나만큼이나 이 발견의 의미에 한껏 흥분하고 있다.

빛의 구체들인 우리의 표면은 강렬한 빛을 발하는 그물 무늬로 뒤덮인다. 우리 별들이 활발한 정신 활동을 벌이고 있다는 신호이다.

「하지만 이런 점은 있어. 우리 작중 인물들은 불멸의 존재이긴 하지만 상태가 고정되어 있지는 않아. 독자는 책을 읽을 때마다 우리를 상상하는데, 그때마다 다른 방식으로 상상할 수 있거든. 우리의 상태는 독자의 연상 능력에 달려 있어.」

「독자의 정서적 상태나 교양도 변수로 작용하겠죠. 우리는 독자의 영혼과 공명을 일으키게 될 테니까요. 만일 독자가 우울한 기분일 때 우리를 읽는다면, 어둡고도 차가운 세계 속에 있는 우리를 보게 되겠죠. 아에덴마저도 처량하고도 무미건조한 세계로 보일 거예요. 반대로 즐거운 기분으로 독서를 하면 자신의 마음에서 길어 낸 요소들, 다시 말해서 텍스트에는 존재하지도 않는 요소들을 첨가하게 되겠죠. 우리를 보다 아름답고 다채롭고 행복한 모습으로 보게 될 거예요.」

「맞아. 독자는 텍스트 자체에는 없는 요소들을 만들어 낼 수 있지. 독자는 자기가 단순히 텍스트를 읽어 내려갈 뿐이라고 믿지만, 사실은 이야기가 주는 추진력에 그 자신의 추억들을 결합해 가며 나아가고 있는 거야.」

「독자는 아프로디테를 자신의 옛 애인이나 젊은 시절 어머니의 모습으로 상상할 수 있겠죠. 남자인 경우라면 말이죠.」

「독자는 자네를 자신의 옛 남자 친구 중의 하나로 상상할 수 있을 거야. 물론 독자가 여자인 경우겠지.」

어질어질한 느낌이 한층 더 심해진다. 그토록 궁금했던 존재 9인 은하의 의식과, 또 그토록 신비했던 존재 10인 우주와 만났을 때에도, 지금 이 순간 나를 읽고 있는 저 독자의 시선과의 만남만큼 놀랍지는 않았다. 나는 그 두 눈을 다시 한번 쳐다본다.

〈그렇다면 정말로 당신이…….〉

나는 갑자기 빽 하고 소리 지른다.

「아냐! 에드몽, 지금 당신은 잘못 생각하고 있어요! 우리는 소설 안에 있을 수 없어요. 그 이유는 간단해요. 난 지금 이렇게 당신을 보고, 당신에게 말하고, 당신의 말을 듣고 있어요. 내 자유 의지를 사용해서 몸을 움직이지 않기로 결정할 수도 있어요. 그리고 이것을 결정하는 것은 오직 이 미카엘 팽송의 자유 의지일 뿐이지, 다른 그 무엇도 아니에요. 그 어떤 소설가도, 그 어떤 시나리오 작가도, 그 어떤 독자도 나로 하여금 내 뜻에 반하는 일을 하게 만들 수는 없다고요! 난 자유로워요. 자유롭다고요! 그리고 난 소설의 인물이 아니에요. 나는 실제로 존재해요. 난 현실이라고요!」

나는 이 사실을 스스로에게 확신시키고 싶은 사람처럼 자꾸만 반복해 말한다.

나는 영혼 속에서 부르짖기 시작한다.

〈나는 일개 소설의 인물이 아니라고! 난 실제로 존재한다고!〉

한 자 한 자를 힘주어 외치는 내 음성은 문장의 뒤로 갈수록 더 거세어진다.

그러고는 다시 차분한 음성으로 이렇게 말한다.

「좋아요. 제 생각에는 한계가 없다는 사실을 증명하겠어요. 전 책에서 빠져나가 독자에게 말하겠어요.」

「안 돼. 우리는 이 우주에서 나갈 수 없어. 이것이 우리의 위를 막고 있는 천장이고 우리의 궁극적인 한계야. 지금 우리가 안에 떠 있는 이 종잇장이 말이야.」

「우린 항상 한계들을 넘어섰어요. 우리는 항상 자신을 뛰어넘어 더 높은 차원으로 자신을 끌어올렸다고요. 당신 자신이 한 말을 기억해 봐요. 〈우리가 어떤 일을 하지 않는 것은 그 일이 어려워서가 아니다. 우리가 하지 않기 때문에 그 일이 어려운 거지.〉」

「미카엘, 우리는 페이지 안에 있어! 책의 한 페이지에. 우리는 결코 이 한계를 뛰어넘을 수 없어. 독자는 우리의 유일한 주인이라고.」

「내가 내 운명의 주인이 되기로 결정하는 순간, 나는 주인이 돼요. 독자? …… 엿이나 먹으라죠!」

「신성 모독은 삼가게. 우리에게는 독자가 필요해. 독자를 도발해서는 안 돼.」

나는 있는 힘을 다해 돌진하여 〈페이지-우주〉의 벽에 몸을 부딪친다. 활자들이 나타나 있지 않는 밝은 부분을 선택해서.

.

「자, 보라고요! 페이지의 벽에 몸을 부딪쳐서 점 하나를 찍었잖아요. 제 별의 열기가 이 커다란 둥근 자국을 새겨 놓았어요.」

나는 벽에 작용을 가할 수 있는 스스로의 능력에 감탄하면서 그 둥근 자국 밑에 머문다.

「그렇군. 하지만 독자의 눈을 한번 봐. 네가 만든 점을 힐끗 보고는 금세 그 밑에 있는 행으로 시선을 옮겨 버리잖아. 독자에게 이것은 책에 찍힌 하나의 활자, 그 이상도 이하도 아냐.」

「잠깐! 전 아직 끝나지 않았어요!」

나는 다시 온몸의 힘을 끌어모아, 전체가 백지로 남겨져 있는 한 페이지로 돌진한다.

....

「자, 이건 어때요? 지금 독자는 빈 종이에 활자는 하나도 없고, 대신 이 점들이 한 줄로 늘어서 있는 것을 볼 거예요. 그리고 지금 뭔가 비정상적인 일이 일어나고 있음을 느끼겠죠. 〈통상적으로〉 책에다 이런 것을 넣는 경우는 없으니까요.」

우리 두 빛나는 구체는 우리의 우주 저편에 있는 눈들의 반응을 살피기 위해 페이지의 표면에 다가간다.

「독자는 계속 읽고 있을 뿐이야! 페이지 속에 들어 있는 우리를 보지 못하고 있어. 마치 투명 거울 뒤에 누군가가 숨어 있는 걸 전혀 모르는 사람처럼 행동하고 있군. 당연한 일이야. 독자에게 페이지의 표면에서 일어나는 모든 일은 정상적인 거고, 이야기의 일부일 뿐이거든. 기껏해야 이건 작가가 꾸며 낸 독특한 문체적 효과라고 생각하겠지.」

「세상에 이럴 수가!」

「자, 보라고. 우리는 그를 보지만, 그는 우리를 보지 못해. 우리가 종이 표면에서 지그재그로 뛰어 다니며 난리를 친다 해도 그는 결코 우리의 존재를 알아채지 못하는 거야.」

나는 다시 삑 하고 소리를 지른다.

「잠깐요! 우리가 이렇게 점들을 찍어 놓을 수 있었다면, 그건 우리가 페이지 위에서 일어나는 일들을 제어할 수 있다는 뜻이에요. 그럼 다른 것을 시도해 보겠어요. 즉 시커먼 공간 가운데 떠 있는 우리의 모습 그대로 나타나 보는 거예요. 물론 확대된 크기로요.」

분홍색 손가락들은 페이지를 넘긴다.

나로서는 너무도 절망스럽게도, 두 눈은 여전히 무심하게 그다음 행들을 쫓을 뿐이다.

「또 실패했군. 독자는 이 그림도 작가의 기발한 아이디어의 결과라고 생각하겠…….」

「작가야 어떻든 상관없어요. 전 작가를 통하지 않고 직접 독자에게 말을 걸겠다고요!」

어이 독자여 나는 여기 있어, 이건 작가가 쓴 게 아냐

「독자는 읽을 수 없어. 거꾸로 쓰인 글자로 보일 거야.」

「걱정 마세요. 제겐 시간과 공간이 얼마든지 있으니까.」

「가능하다면 인쇄 활자로 쓰게나. 독자로서는 그게 더 읽기 쉬울 테니까.」

여보쇼! 난 이 페이지 안에 있고, 당신을 쳐다보고 있소!

하지만 눈들은 내 글 위에 오래 머물지 않는다. 그저 계속해서 읽어 나가고 있을 뿐이다.

「아직도 독자는 모든 것이 정상이라고 생각하고 있어. 독자에게는 페이지 위에서 일어나는 모든 것이 그저 소설의 일부일 뿐이야.」

에드몽 웰스 별이 탄식한다.

나는 다른 것을 시도해 보기 위해 정신을 집중한다. 바로 생각을 통해 소통해 보자는 것이다.

독자 분! 내 말 들려요? 우리 여기 있어요. 에드몽 웰스와 내가 당신이 지금 읽고 있는 페이지의 물질 안에 들어 있다고요. 우리는 소설의 인물에 불과한 존재가 아니에요. 우리는 실제로 존재합니다.

독자의 두 눈은 조금도 멈칫하지 않고 무정하게 앞으로 나아가기만 할 뿐이다.

나는 화가 치밀기 시작한다.

어이, 독재 당신은 지금 내가 하는 말을 읽고 있잖아! 그럼 이걸 알아 두라고! 난 미카엘 팽송이고 자유로운 존재야. 그리고 당신과는 상관없이, 그리고 내 모험담을 쓴다고 주장하는 그 작가하고는 전혀 상관없이 내 삶을 결정하고 있어!

이거…… 무언가 방법을 찾아내야겠다.

아, 좋은 생각이 났다!

어이, 독자! 내 말 들려? 내가 하는 말을 알아들었다면, 그 사실을 우리에게 알려 줄 방법이 하나 있어. 아주 간단한 방법이야. 이 페이지 한쪽을 조금 찢어 내기만 하면 돼. 그래, 왼쪽 상단의 구석 말이야. 당신은 몇 센티미터만 움직이면 종이를 찢을 수 있잖아. 자, 우리 우주의 한쪽 구석을 뜯어내라고. 당신이 이해하기 쉽게 내가 점선으로 표시해 놓겠어. 그 잘라진 조각은 우리 사이의 결연(結緣)의 표징이 될 거야. 여길 찢으면 우리는 당신이 손에 든 책을 뛰어넘어 우리와 직접 대화할 준비가 되어 있다고 이해하겠어!

우리는 기다린다.

에드몽 웰스는 나의 고집이 짜증 나기 시작하는 모양이다.

「그만 좀 해. 설사 독자가 자네 말대로 했다 해도 변하는 건 없어. 왜냐면 이야기는 계속될 뿐이니까. 그리고 독자가 지금 내가 하는 이 말을 읽고 있다면, 그건 그가 벌써 페이지를 넘겨 버렸다는 뜻이야. 따라서 우리는 페이지가 찢겼는지 아닌지, 확인조차 할 수 없는 신세야. 그 페이지는 이미 우리 뒤로 넘어가 버렸다고!」

「그렇다면 이 페이지의 왼쪽 끝으로 가서 넘겨다보면 되잖아요.」

「허 참, 답답하네! 그렇게 말하는 걸 보니 아직도 내 말 뜻을 이해 못했군. 내 말은, 이미 모든 게 다 쓰여 있다는 얘기야. 이전 페이지들에서 무슨 일이 일어난다 해도, 다시 말해서 여기서 우리가 무슨 짓을 한다 해도 이야기는 한번 쓰인 대로 계속 흘러간다는 말이야.」

에드몽 웰스의 별빛이 약간 어두워진다.

「자네의 능력이란 고속도로에서 달려오는 트럭을 세우려 드는 미생물보다 나을 게 없네.」

나는 포기하고 싶지 않다. 그래서 다시금 생각을 집중하여 내쏜다.

어이, 독자! 내 말 들려? 아는지 모르겠는데 여기에는 우리만 있는 게 아니야……. 아마도 당신 역시 작중 인물의 하나일 거야. 당신이 살고 있고 당신이 〈현실〉이라고 부르는 세계는 당신을 담고 있는 한 권의 소설에 불과해. 그리고 당신의 삶이란 것도 어떤 작가가 처음부터 끝까지 상상한 것에 지나지 않아!

「미카엘, 그만두라고! 보다시피 저 독자는 자네가 말하는 것의 깊은 의미도 이해하지 못한 채 그냥 읽고 있을 뿐이야. 그는 자신의 존재에 대해 문제를 제기하지 않아.」

「왜죠?」

「자네라는 존재를 그렇게 심각하게 생각하지 않기 때문이지. 독자는 자네를 여전히 소설 속에서 지껄이고 있는 작중 인물로 보고 있을 따름이야. 알겠어? 자네가 요구한 대로 종이 한쪽을 찢어 냈다 해도, 독자는 자네하고 소통할 수 없어.」

「그럼 어떻게 이 장벽을 넘어설 수 있을까요? 전 단념하고 싶지 않아요.」

어이, 독자! 당신 위에는 당신을 읽고 있는 또 다른 독자가 있어. 지금 내 말 듣고 있어? 당신이 별로 변형되어 당신 우주의 가장자리까지 여행할 수만 있다면 당신도 이해할 수 있을 텐데 말이야. 당신의 우주 역시 하나의 페이지고, 당신 위에도 당신을 읽고 있는 두 눈이 있다는 사실을!

에드몽 웰스가 내게 다가오고, 나는 그의 빛이 변하는 것을 보고 이제는 정말로 포기해야 한다는 것을 깨닫는다.

「나는 내가 소설의 한 인물이라는 게 그리 나쁘게 느껴지지 않아. 아니, 내 허구적 위치를 기꺼이 받아들이네. 얼마나 좋은가? 읽힐 때마다 끝없이 다시 태어날 수 있다는 게. 심지어는 내가 엄청난 힘을 지닌 존재라는 느낌마저 들어. 수많은 다른 장소에서 끊임없이 다시 살 수 있잖아. 독자들의 시선은 나를 무한히 존재하게 해줘. 그러니 자신이 누군가의 꼭두각시에 불과하다는 생각에만 얽매이지 말게나. 자네 역시 그 능력이 있잖아.」

「어떤 능력 말이죠?」

「읽기! 그리고 이 신성한 행위를 통하여 한 세계를 창조하기! 자네는 언제든지 상상의 인물들이 등장하는 소설을 한 권 집어 들고 그들에게 생명을 부여해 줄 수 있어. 내가 알기로 제우스가 자네에게 설명해 주었다며? 자네 이름은 히브리어로 〈무엇이 신과 같은가?〉를 뜻한다고. 자네의 존재 자체는 이 형이상학적 질문을 담고 있네. 그리고 마침내 자네가 찾게 된 해답은……」

나는 모든 신비의 귀착점인 이 마법의 단어를 또렷이 발음한다.

「독자.」

끝

옮긴이 **임호경** 1961년에 태어나 서울대학교 불어교육과를 졸업했다. 파리 제8대학에서 문학 박사 학위를 취득했으며, 현재 전문 번역가로 활동하고 있다. 옮긴 책으로는 피에르 르메트르의 『오르부아르』, 『사흘 그리고 한 인생』, 『화재의 색』, 『우리 슬픔의 거울』, 에마뉘엘 카레르의 『왕국』, 『러시아 소설』, 요나스 요나손의 『킬러 안데르스와 그의 친구 둘』, 『셈을 할 줄 아는 까막눈이 여자』, 『창문 넘어 도망친 100세 노인』, 베르나르 베르베르의 『카산드라의 거울』, 조르주 심농의 『리버티 바』, 『센 강의 춤집에서』, 『누런 개』, 『갈레 씨, 홀로 죽다』, 앙투안 갈랑의 『천일야화』, 로런스 베누티의 『번역의 윤리』, 스티그 라르손의 〈밀레니엄 시리즈〉, 파울로 코엘료의 『승자는 혼자다』, 기욤 뮈소의 『7년 후』 등이 있다.

신 제3부 신들의 신비

발행일	2009년	7월 10일	초판(제5권)	1쇄
	2011년	3월 10일	초판(제5권)	34쇄
	2009년	7월 10일	초판(제6권)	1쇄
	2011년	3월 10일	초판(제6권)	35쇄
	2011년	7월 25일	신판	1쇄
	2022년	11월 10일	신판	16쇄
	2023년	6월 15일	특별판	1쇄
	2024년	1월 30일	신판 2판	1쇄

지은이 베르나르 베르베르
옮긴이 임호경
발행인 홍예빈·홍유진
발행처 주식회사 열린책들

경기도 파주시 문발로 253 파주출판도시
전화 031-955-4000 팩스 031-955-4004
www.openbooks.co.kr